Dagmar von Gersdorff
Goethes Mutter

Eine Biographie

Insel Verlag

Umschlag: Hermann Michels und Regina Göllner
Umschlagabbildung: Georg Oswald May.
Porträt Catharina Elisabeth Goethe, 1776.
Freies Deutsches Hochstift / Frankfurter Goethe-Museum,
Foto: Ursula Edelmann, Frankfurt am Main

Satz: Hümmer GmbH, Waldbüttelbrunn
Druck: GGP Media, Pößneck
Printed in Germany
Erste Auflage dieser Ausgabe 2002

1 2 3 4 5 6 – 07 06 05 04 03 02

Goethes Mutter

Der Mensch muß sich den besten Platz erwählen, und den muß er behaupten sein Leben lang.

Catharina Elisabeth Goethe

Von der Mutter schreib mir alles auf, es ist mir wichtig. Sie hatte Kopf und Herz zur Tat wie zum Gefühl.

Goethe an Bettine Brentano

Eine treffliche Frau. Ich freue mich erstaunlich, sie zu kennen.

Carl-August von Sachsen-Weimar

[Goethes] Mutter ist eine der angenehmsten Erscheinungen in der Welt der deutschen Literatur und tritt daraus mit größerer Lebendigkeit hervor als fast alle anderen. Ihre einfache, herzliche, fröhliche und liebevolle Natur machte sie bei allen beliebt. Sie entzückte die Kinder und war der Liebling von Dichtern und Fürsten.

G.H. Lewes, Goethe

I.
Ein schöner Mann

Der Heiratskandidat Johann Caspar Goethe (1748)

Catharina Elisabeth Textor, die älteste Tochter des Kaiserlichen Rats und höchsten Frankfurter Beamten Johann Wolfgang Textor, war gerade siebzehn Jahre alt, als ihre Jugend ein jähes Ende nahm. Durch das Tor des elterlichen Hauses schritt der Doktor beider Rechte Johann Caspar Goethe und bat die Eltern um die Hand ihrer Tochter.

Daß die Heirat zustande kam, entsprach eher dem Ehrgeiz des Bewerbers und dem Interesse der Eltern als dem Wunsch der Tochter. Sie hatte sich diesen Mann nicht ausgesucht, ihn wahrscheinlich nicht einmal gekannt. Dafür, daß sie einen anderen Bewerber vorgezogen hätte und nur widerstrebend in die Verbindung einwilligte, fand sich ein Hinweis, von dem noch die Rede sein wird. Bettina gegenüber hat sie offen bekannt, *ohne bestimmte Neigung* in die Ehe gegangen zu sein.[1] *Ohne bestimmte Neigung*? Das unsentimentale Geständnis klingt nicht gerade wie eine Liebeserklärung. Die Äußerung wirkt vielmehr wie die Bemäntelung der Tatsache, daß überhaupt keine Neigung vorhanden war. Wie kam die Ehe der beiden ungleichen Partner zustande? Im August 1748 fand die Hochzeit statt, ein Jahr später wurde der erste Sohn geboren, doch offenbar war bei dieser Verbindung von Liebe nicht die Rede. Es gibt sogar Anhaltspunkte dafür, daß die junge Catharina Elisabeth Textor vor der Ehe lieber geflohen wäre.

Dem Heiratskandidaten, der sich im Frühjahr 1748 bei Johann Wolfgang Textor einfand, war das Haus in der Friedberger Gasse Nr. 10 seit langem bekannt. Es lag keine Viertelstunde Fußweg vom Großen Hirschgraben, in dem er wohnte, entfernt und unterschied sich von den Nachbarhäusern schon von weitem durch ein überhohes, von Zinnen bekröntes Tor. Als Kind habe man sich hinter der gewaltigen Zinnenfront immer eine befestigte Burg vorgestellt, erklärte der Enkel später.[2] Die riesigen Holztüren beschützten jedoch keine Burg, sondern ein von der Straße nicht einsehbares, aus mehreren Gebäuden bestehendes Anwesen. Man mußte einen rechteckigen, gepflasterten Hof überqueren, um am alten Sandsteinbrunnen vorbei zum Wohnhaus zu gelangen, hinter dem sich bis zu den Bleichplätzen ein langer Garten erstreckte – ein Pracht- und Wundergarten mit Weinspalieren, Rosenstöcken und den seltenen Nelkenrabatten, die gerade in Mode gekommen waren. Noch konnte Johann Caspar Goethe nicht ahnen, wie oft er in Zukunft über die Kieswege gehen, die Stachelbeerbüsche begutachten und seinen Kindern das Naschen der Pfirsiche verbieten würde, die ihnen die Mutter dann doch heimlich zusteckte. Die Art, in der die Obstbäume gepflegt, die Rabatten um ein Rondell gezogen, die Spaliere in Form gebracht waren, gefiel ihm auf den ersten Blick. Das alles entsprach seinem Geschmack. So sah die Welt aus, die Caspar Goethe behagte.

In dieser Welt und in diesem Haus war am 19. Februar 1731 Textors älteste Tochter geboren worden. Noch am selben Tag hatte man den Pfarrer gerufen. Immer mußten Eltern damit rechnen, das Neugeborene in kurzer Zeit wieder zu verlieren. Die Säuglinge starben an ›Stickhusten‹ oder ›hitzigem Fieber‹, an Scharlach oder der schlimmsten aller Krankheiten, den schwarzen Blattern. Von neun Kindern blieben den Textors nur fünf erhalten. Auch Catharina Elisabeth, die in den frühen Morgenstunden auf die Welt kam, war nicht ihr erstes Kind. Vor ihr waren zwei Söhne geboren worden, David Wolfgang und Johann Wolfgang, die nur wenige Wochen lebten, wie auch der zwei Jahre nach ihr geborene Heinrich David Wolfgang, der nach einem Monat starb.

Pfarrer Schleiffer war ein Freund von Stadtschultheiß Textor, dessen Garten an den seinen grenzte. Er taufte das Kind noch am

Tag der Geburt. Das Frankfurter Taufbuch, aufbewahrt im Stadtarchiv, enthält die handschriftliche Eintragung: *Textor, Herr Johann Wolfgang: U.J. Doctor und des Raths allhier, dessen Tit. Frau Anna Margaretha Eheliebste, geb. Lindheimerin, eine heute früh zwischen 4 und 5 Uhr gebohrene Tochter und 3tes Kind, Catharina Elisabetha.* Patinnen waren die beiden Großmütter: die mit im Haus wohnende Maria Catharina Textor, geborene Appel, Witwe des kurpfälzischen Hofrats und Advokaten Christoph Heinrich Textor, und die in Wetzlar lebende Catharina Elisabeth Lindheimer, von der die Enkelin ihren Namen erhielt.

Das Kind überstand die gefährlichen ersten Monate und blieb am Leben. In der Familie rief man sie *Elisabeth*. Mit diesem Namen unterschrieb sie alle persönlichen Dokumente, auch die neunundzwanzig zärtlichen oder zornigen Briefe an den Schauspieler Carl Unzelmann, dem sie nach Caspars Tod leidenschaftlich zugetan war und der ihr durch seine Treulosigkeit das Leben schwermachte. Die Briefe an Charlotte von Stein und die junge Bettina Brentano beendete sie *Dero Dienerin Elisabeth* oder *deine wahre Freundin Elisabetha Goethe*. In den Briefen an den Sohn taucht der Vorname selten auf. Bei ihm, der sie stets in der dritten Person ansprach, heißt es: *Behalte lieb deine dich hertzlich Liebende Mutter Goethe,* oder: *deine treue Mutter Aja.*

Elisabeths Vater, als Schöffe im Rat der Stadt tätig, wurde zum Bürgermeister gewählt, als Elisabeth sieben Jahre alt war, und mit der Freien Reichsstadt war auch ihr Leben eng verbunden. Sie wuchs heran in den noch mittelalterlich wirkenden, durch überhängende Hausfassaden dunklen Straßen, kannte aber auch die Bewohner der Großen Sandgasse oder der Neuen Kräme. Die schönste und eleganteste Straße Frankfurts war die Zeil, die im leichten Bogen von der Friedberger Gasse, in der sie wohnte, zur Großen Eschenheimer Straße führte, in der Friedrich Georg Göthe ein Haus besaß. An der Zeil lag sein Gasthof *Zum Weidenhof* neben anderen prachtvollen Bauten, dem *Römischen Kaiser*, dem *Darmstädter Hof*, dem *Rothen Haus*. Von früh auf waren dem Kind die Gegenden vertraut, in denen die vornehmen Verwandten wohnten, die Klettenbergs und die Loëns, die Hoffmanns und die Uffenbachs. Sie kannte die Winkel in der Stadtmauer und die Buden auf dem Wochenmarkt, wohin sie mit der Magd lief, wenn die Kräuterfrauen mit Gewürzen und Essenzen, die Zuckerbäcker mit *Biskuittern* und *Mandeltörtgern* vor der Bartholomäuskirche auf Kundschaft warteten. Die wohlhabende Handelsstadt war bekannt für die großen Messen, die die Bevölkerung alljährlich zu Ostern und im Herbst in Taumel versetzten. Dann durfte Elisabeth Textor den Seiltänzern und Schattenspielern zusehen und das Marionettentheater auf dem Platz gegenüber der Konstabler Wache besuchen, das ihre – lebenslange – Leidenschaft für das Komödienspielen wachrief. Schon als Kind ging sie ins Theater.[3] Gelegentlich nahm der Vater sie auch mit in den *Römer*, das Rathaus mit dem steilen Renaissancegiebel. Sie stand im Kaisersaal, als das größte und prächtigste Schauspiel stattfand, das Frankfurt zu bieten hatte: die Krönung Kaiser Karls des Siebten im Jahr 1742. Aus dem Fenster neben der Uhr beobachtete sie den Zug von Honoratioren, der den Kaiser zum Dom geleitete, wobei ihr Vater, durch sein Amt bevorzugt, den goldenen, mit Adlern bestickten Baldachin persönlich über dem Herrscher tragen durfte.[4]

Sie liebte die Stadt von Kindheit an. Noch Jahre später, nach Bombardierung, Brandschatzung und der Einquartierung französischer Soldaten, schrieb sie dem Sohn nach Weimar: *Sey stolz, daß du ein Franckfurther Bürger bist.* Er wiederum wußte, wie eng sie mit ihrer Vaterstadt *ganz eigentlich zusammengewachsen* war, *weshalb sie denn auch nicht einmal einen Besuch zu mir unternehmen wollte.*

Groß waren Zärtlichkeit und Liebe, mit denen die Eltern das erste Kind, das ihnen erhalten blieb, umgaben. Man habe sie *Schwester Prinzeß* genannt, weil sie ihren Willen durchsetzte und lieber ein Buch las, während die anderen arbeiteten, so hat sie es Bettine Brentano erzählt. Nachsichtig und liebevoll war die Mutter, Anna Margaretha Lindheimer aus Wetzlar. Sie war eine

1. Catharina Elisabeth Goethe in jungen Jahren

von vier Töchtern des mit Textor befreundeten Kammergerichts-Prokurators Cornelius Lindheimer. Nach dem frühen Tod des Vaters wurde Magaretha mit sechzehn Jahren Textors Frau. Noch im Hochzeitsjahr 1727 wählte die Freie Reichsstadt Frankfurt den jungen Doctor iuris zum Mitglied des Rates. Schon sein Vater Christoph Heinrich Textor war Advokat in Frankfurt gewesen, Jurist wie der Großvater Johann Wolfgang Textor, dessen Vater noch *Weber* hieß, bevor er barockem Brauch zufolge seinen Namen in das lateinische Textor umwandeln ließ. Mit seiner jungen hübschen Frau zog Johannn Wolfgang Textor wieder in sein Elternhaus in der Friedberger Gasse ein, in dem seine Mutter Catharina Textor noch lebte.

Frankfurt war auch die Stadt von Johann Caspar Goethe, der hier am 19. Juli 1710 geboren worden war. Vermutlich hätte auch er gerne einen studierten Vater präsentiert, doch damit konnte er nicht dienen. Sein Vater Friedrich Georg Göthe, Sohn eines Hufschmieds aus dem thüringischen Artern (bei Mansfeld), war Schneidermeister, hatte in Lyon und Paris gearbeitet und mit Geschick und Geschmack ein Vermögen zusammengetragen, bevor er über Nacht zu einem wahrhaft reichen Mann wurde. Durch seine zweite Ehe mit der sechsunddreißigjährigen Cornelia Schellhorn, geborene Walther, avancierte Göthe – der sich noch französisch *Göthé* schrieb – zum Haus- und Grundbesitzer, erhielt Stadt- und Bürgerrecht, übernahm den prosperierenden *Weidenhof* auf der Zeil, den Cornelia mit in die Ehe brachte, und konnte es sich leisten, seinem Sohn Caspar eine hervorragende Erziehung auf dem Coburger Gymnasium Casimirianum zu ermöglichen. Das anschließende Studium hat der Vater, der 1730 starb, nicht mehr erlebt.

Man kann vermuten, daß Johann Caspar Goethe das Textorsche Haus mit jenem Gesichtsausdruck betrat, den er auch auf allen seinen Bildnissen zeigt: die Stirn gefurcht, die Brauen zusammengezogen, ein Mann der Prinzipien, von dem der Sohn *des Lebens ernstes Führen* lernte. Er war nicht mehr jung, und die

Ablehnung, die in Elisabeths Äußerung liegt, sie habe ihn *ohne bestimmte Neigung* genommen, kann mit dem selbst für damalige Zeiten enormen Altersunterschied zusammenhängen, der sie von ihrem Verehrer trennte. Er war noch älter als ihre Mutter, und ohne weiteres hätte der steife Mann mit der gepuderten Perücke und dem Zöpfchen im Nacken ihr Vater sein können. Mit seinen achtunddreißig Jahren wirkte er alt im Vergleich zu Elisabeths Jugend, alt durch die gravitätische Würde, das umständliche Wesen, den Hang zu Pedanterie und despotischer Strenge, mit der er den Kindern später *ernst und trocken* erschien.

Welche Chancen mochte er sich bei seiner Brautwerbung ausrechnen, als er sich dem höchsten Mann Frankfurts gegenübersah? In der Öffentlichkeit galt Textor als »ehrfurchtgebietende« Erscheinung. Zwar hatte ihn Enkel Wolfgang, wie er in *Dichtung und Wahrheit* schreibt, als gemütlichen Mann mit Hausrock und Samtmütze in der Bibliothek, mit Lederhandschuhen im Garten in Erinnerung. Doch Textor verstand es durchaus, seine Macht zu nutzen. Es existiert noch sein Tagebuch, das mit den Worten beginnt: *Anno 1693 den 11. Decembr. bin ich Johann Wolfgang Textor, U.J.D. Kaisl. May. würcklicher Rath und Reichs-Stadt-Gerichts-Schultheiß allhier zu Frankfurth gebohren worden.* Wie zur Illustration seines Selbstbewußtseins gibt das offizielle Porträt im Frankfurter Goethehaus den Ratsherrn in schwarzer Amtstracht und jener breiten Goldkette wieder, die ihm die Kaiserin Maria Theresia verliehen hatte. Weltmännisch zeigt ihn auch ein privates Gemälde in Weimar,[5] das entstand, als seine Tochter Catharina Elisabeth geboren wurde: der junge Bürgermeister in goldbordiertem Samtrock, ein Mann von Welt, elegant, geschmeidig und erfolgreich.

Inzwischen war er vor genau einem Jahr, 1747, zum Stadt- und Gerichtsschultheißen, mithin zum Vertreter des Kaisers ernannt worden; der Mittfünfziger stand an der Spitze der städtischen Hierarchie und im Zenit seiner Karriere. Was sollte ihn veranlassen, ausgerechnet einem Mann ohne Amt und Stellung seine Tochter zur Frau zu geben? Verbindend mochte wirken, daß beide, Textor wie Goethe, die gleiche akademische Ausbildung absolviert, beide in Jura promoviert und am Wetzlarer Kammergericht praktiziert hatten – und beide zum *Kaiserlichen Rath* ernannt worden waren. Allerdings hatte sich Caspar Goethe den Titel mit der nicht geringen Summe von 313 Gulden und 30 Kreuzern gekauft, während Textor ihn von Kaiser Karl VII. *ehrenhalber* erhielt.

Der Name des Kaisers hatte in Textors Haus einen besonderen Klang. Seine Tochter Elisabeth war noch Schülerin, als sie sich in der Zeit, die der Monarch in Frankfurt verbrachte, mit jugendlichem Überschwang in ihn verliebte. Ermöglicht durch die hohe Position des Vaters, hatte sie für Karl geschwärmt und ihn öfter gesehen, als es sonst üblich war.[6] Doch von unpassenden Träumen und früher Verliebtheit erfuhr der Bewerber nichts. Das Gespräch drehte sich vielmehr um die Frage: Konnte Caspar Goethe die Zukunft der Tochter garantieren? Wie sah seine finanzielle Lage aus? Das Schicksal einer Frau hing gewöhnlich von nichts anderem ab als vom Einkommen des Ehemannes. Wer gesellschaftliche Reputation finden, *ein Haus machen* wollte, mußte über jenes Fundament verfügen, das nur durch ein entsprechendes Kapital gebildet wird.

Der Bewerber wird gewußt haben, daß die Textors nicht zu den reichsten Familien, erst recht nicht zum tonangebenden Patriziat der alten Reichsstadt zählten und mit den wirklich wohlhabenden Häusern der Stadt nicht konkurrieren konnten. Während er, Johann Caspar Goethe, allein aus den Zinsen seines Kapitals, der Immobilien und dem Ertrag des Weinbergs eine Summe von jährlich 2700 Gulden einnahm, erhielt der Stadtschultheiß mit 1800 Gulden pro Jahr ein vergleichsweise geringes Gehalt, wovon er überdies eine Familie mit fünf Kindern zu ernähren hatte. Angeblich waren diese Kinder der Grund, weshalb Textor eine Nobilitierung durch den Kaiser ablehnte. Viele Mitglieder seiner Familie zählten zum Adel. Sein Bruder Johann Nicolaus vermählte sich mit Elisabeth von Barckhausen, geborene von Klettenberg, seine Schwägerin Sibylla Lindheimer ehe-

2. Johann Caspar Goethe

lichte den Freiherrn von Loën, sein Schwager Johann Jost Lindheimer gehörte dem Reichsadel an. Textor aber lehnte die Standeserhöhung mit der Begründung ab, er müsse auf seine vier unverheirateten Töchter Rücksicht nehmen, die adlig, aber arm, keine Ehemänner finden würden.

Fünf Kinder: außer der siebzehnjährigen Elisabeth gab es zwei Marien: Johanna Maria und Anna Maria, vierzehn und zwölf Jahre alt, zwillingsgleich im Aussehen, aber denkbar unterschiedlich im Wesen, den neunjährigen Johann Jost, Textors einzigen Sohn, und die jüngste Tochter Anna Christine, ein Mädchen von fünf Jahren.

Caspar Goethe war an Geschwister nicht gewöhnt. Er lebte allein mit seiner achtzigjährigen Mutter im Haus am Hirschgraben, das sie nach dem Tod ihres Mannes erworben hatte. Manchmal kamen Studienfreunde, was Caspar in seinem Ausgabenbuch als *convivia amicorum* verbuchte, seine Mutter spielte in einem Damenkränzchehn Karten, und im Winter ging man in die öffentlichen Konzerte. Er liebte Musik, besonders die Laute, die er, wie sein Sohn später respektlos bemerkte, oft länger stimmte, als daß er sie spielte. Im übrigen fanden im Hause Goethe keine Geselligkeiten statt.

Bei Textors aber herrschte die Jugend. Fünf Kinder, Freunde, Verwandte, Gäste; Lebendigkeit statt Reputation und Reichtum. Catharina Elisabeth war das Leben selbst, sie lachte gern. Ein überaus herzliches Lachen, wie noch Bettine Brentano bemerkte.[7] Eine temperamentvolle junge Frau mit großen und klugen Augen und von besonnenem Ernst, trotz aller Lebhaftigkeit. Der Bewerber war angetan. Das Gesicht gefiel ihm.

Es gibt ein Gemälde, das Elisabeth Textor in jungen Jahren zeigt. Das Datum fehlt, doch man kann vermuten, daß sie Mitte Zwanzig war, als das Bild entstand. Das schöne Oval des Gesichts wird beherrscht von den dunklen Augen. Der Mund ist geschlossen, das charakteristische Grübchen im Kinn wiederholt sich auf einem späteren Porträt, ebenso die dunklen Bögen der Augenbrauen. Auf dem zurückgekämmten Haar thront ein weißes, mit farbigen Emailleblüten verziertes Häubchen, das das Gesicht schmaler, die Stirn höher erscheinen läßt. *Blüten von Emaille* werden in ihrem Nachlaß aufgeführt. Das dunkelbraune Haar fällt im Nacken auf ein helles Halstuch herab. Der Mode entsprechend, trägt die junge Frau eine schwarze Seidenschnur um den Hals. Sie hat die Hände in den Ärmeln ihres pelzverbrämten Seidenmantels versteckt und blickt ihr Gegenüber ruhig und gelassen an.

Wann wurde die junge Frau gemalt? Am 13. April 1755 vermerkte Caspar Goethe die Anschaffung eines *langen Damenmantels nach neuestem Schnitt – novissima forma* – in seinem Ausgabenbuch. Zehn Gulden hatte das Kleidungsstück gekostet, vielleicht ein Ostergeschenk für die vierundzwanzigjährige Ehefrau. Sie erhielt aber ein noch kostbareres Kleidungsstück, mit dem sie sich ebenfalls elegant hätte präsentieren können. Im November 1757 wurde ein pelzbesetzter Mantel nach russischer Art für 22 Gulden angefertigt. *Mantilla pellicea Moscovitica*, ein Wintermantel mit pelzumsäumter Kapuze, wie er auf dem Gemälde zu erkennen ist. Dann wäre Elisabeth zur Zeit ihres Porträts sechsundzwanzig Jahre alt gewesen.[8]

Nach ihrem eigenen Bekenntnis war sie unerfahren und naiv, als der Heiratskandidat bei ihren Eltern erschien. Sie sei gleichsam von der Schaukel in die Ehe gesprungen, wie es in Goethes *Erwin und Elmire* über die jungen Frauen dieser Zeit heißt. Zum Nachdenken blieb ihr nicht viel Zeit. Caspar Goethe war ein Hagestolz, der sich nach Jahren des Junggesellendaseins auf den eigenen Hausstand besann und dazu nach der geeigneten Ehegefährtin Ausschau hielt. Mußte sein Blick ausgerechnet auf die lachlustige und erzählfreudige Tochter Textors fallen? War sie die geeignete Frau für einen weitgereisten und erfahrenen Mann? Ihre sorglose Art war der seinen entgegengesetzt. Es würde Konflikte geben. Schon beim ersten Gespräch hätte er merken müssen, wie eigenständig sie war. Kein Zweifel, Elisabeth Textor verfügte über eine gehörige Portion Selbstbewußtsein. Hier verstand sich jemand auf Rede und Antwort. Im Haus des Bürgermeisters pflegte viel gesprochen zu werden, und die älteste Tochter übernahm bereitwillig die Unterhaltung, schien auch sonst, wie ihr Sohn später bemerkte, über die geeigneten Mittel zu verfügen, ihren Willen durchzusetzen.

Der Bewerber blieb beharrlich. Ihm gefiel die Ruhe, die bei aller Lebhaftigkeit von ihr ausging. Er wußte, daß er selber starrsinnig war und zu unberechenbaren Zornesausbrüchen neigte. Ihre Seelenruhe schien die beste Garantie für ein harmonisches Zusammenleben, ihre Gelassenheit der Ausgleich zu seinem aufbrausenden Charakter. Ihre Jugend sagte ihm zu, war sie doch auf diese Weise noch lernfähig – und er würde ein guter Lehrmeister sein. Daß sie als Älteste in einem kinderreichen Haus zur Arbeit angehalten worden war, entsprach seinen Wünschen. Sie war groß, größer als der Durchschnitt, und würde auch in dieser Hinsicht als Gattin ausgezeichnet zu ihm passen. Es gab für seine Wahl noch andere nüchterne Überlegungen, die mit Zärtlichkeit und Liebe nichts zu tun hatten.

Hat Elisabeth, wie sie behauptete, wirklich *ohne viel nachzudenken* geheiratet? In einem bisher kaum beachteten Buch fanden sich Anhaltspunkte dafür, daß sie nicht so unbedacht in die Ehe schlitterte, wie sie es Bettine weismachen wollte. Ein in schwarzes Leder gebundenes, mit Goldschnitt versehenes ›Erbauungsbuch‹ blieb erhalten, weil Sohn Wolfgang es nach dem Tod der Mutter an sich nahm und wie einen Schatz in seiner Bibliothek verwahrte.[9] Sein vollständiger Titel: *Güldenes Schatz=Kästlein der Kinder GOttes, deren Schatz im Himmel ist. Bestehend in auserlesenen Sprüchen der Heil. Schrift, samt beygefügten Versen. Die 17te und fast durchgehends vermehrte Auflage. Nebst einem Vorbericht vom rechten Gebrauch derselben, Verlag des Hallischen Waisenhauses 1745*. Das Buch enthält auf 365 Seiten für jeden Tag einen geistlichen Spruch. Die gegenüberliegende Seite ist frei, um die Worte von Eltern, Paten und Freunden aufzunehmen.

3. Anna Margaretha Textor, geb. Lindheimer

Erstaunt stellt man fest: Fast alle Eintragungen in Elisabeths *Schatz-Kästlein* datieren aus der Zeit vor ihrer Hochzeit, als der Abschied unmittelbar bevorstand. Eine einzige Ausnahme: Auf Seite 202 schrieb sich Sohn Wolfgang mit einem Gedicht ein, und zwar im September 1765 an dem Tag, an dem der Sechzehnjährige sein Elternhaus verließ.[10] Danach gibt es keinen Eintrag mehr.

Diejenigen, die sich als erste einschrieben, waren die Schwestern von Klettenberg. Elisabeths Freundinnen fordern die »Jungfer Textorin« fünf Monate vor der Hochzeit auf, sich der Sünde zu enthalten. Zu diesem Zeitpunkt war ihre Verlobung vermutlich schon bekannt. *Ihrer herzlich geliebten Freundin* wird Johanna Dorothea Griesbach in Zukunft treu zur Seite stehen. *Treu und aufrichtig* nennen sich im April 1748 Anna Elisabetha und Catharina Sibylla Schöll, welche die Worte *Fort fort, zum Himmel* als geeigneten Leitspruch für die heiratswillige Schulfreundin empfindet. Maria Elisabetha Schaaf äußert die Bitte: *O Gott, regiere meine Seele / Daß ich dein Wort zum Leitstern wähle.* Ihre damals erst siebenjährige Schwester Catharina Margaretha, die sich mit Johann Philipp Bethmann verheiraten wird, teilt später mit Elisabeth die Theaterloge. Einem Porträt nach zu urteilen, muß sie eine Schönheit gewesen sein, elegant mit Perlen im Haar und einer Brillantschleife am Ausschnitt.[11]

Aus dem *Schatz-Kästlein* geht hervor, daß Elisabeth von verschiedenen Lehrern unterrichtet wurde. Griesbach schreibt ausdrücklich: *Einer aus der Zahl der aufrichtigen Lehrer.* Er lobte seine Schülerin, weil sie rasch und gut lernte. Anerkennung fand sie auch bei ihrem Religionslehrer Johann Philipp Fresenius, der am 4. April 1748 die Verse einträgt:

Du hast in Deinem Thun mich zweimal recht vergnüget:
Vor's erste, da Du Dich im Lernen treu bewiesen,
Als ich Dir Gottes Wort zum Leitstern angepriesen.

Sein Unterricht muß ebenso feurig gewesen sein wie seine von Goethe gerühmten Predigten. Schülerin Elisabeth konnte jederzeit mit Zitaten aus der Heiligen Schrift aufwarten, die biblischen Geschichten waren ein Schatz, von dem noch ihre Kinder profitierten. Sohn Wolfgang wagte sich bereits früh an biblische Stoffe.

Was auffällt: Im *Schatz-Kästlein* ist kein Jubel, kein Glückwunsch zu lesen. Die Hochzeit findet keine freudige Erwähnung, das Wort ›Liebe‹ kommt nicht vor. Vielmehr sind alle, die Elisabeth in den neuen Lebensabschnitt geleiten, sichtlich bemüht, ihr Mut und Trost zuzusprechen. Bei Lehrer Griesbach herrscht sogar der Gedanke des ›Überwindens‹ vor. Nach einem geistlichen Spruch merkt er an: *Zur Bezeugung seiner Hochachtung / gegen die liebwertheste Jungfer Besitzerin, welcher der Herr / durch alle Kämpfe glücklich durchholfen ...*

C. G. Griesbach Ev. Prediger.
Franckfurt, d. 9. April 1748

Das gibt zu denken. Welche Kämpfe waren es? Es ist zu vermuten, daß Elisabeth einen bestimmten Mann liebte und sich erst dazu ›überwinden‹ mußte, einen anderen zu nehmen. Waren seelische Konflikte dieser Art gemeint? Oder handelte es sich um religiöse Zweifel? Schließlich ging sie nicht ins Kloster, sondern in die Ehe. Der Beichtvater mußte es wissen. Was hatte seine Schülerin, die nun Braut war, ihm anvertraut? Von großem Glücksgefühl, muß man folgern, war sie nicht durchdrungen.

Am 31. März 1748, der Hochzeitstermin stand schon fest, wanderte das *Schatz-Kästlein* zu Johanna Elisabetha Nogelin geb. Treviranus Wittib. Sie könnte Elisabeths Amme oder Kinderfrau gewesen sein, die der Siebzehnjährigen nun schreibt: *Ich will euch trösten, wie einen seine Mutter tröstet.* Trost und Zuspruch. Witwe Nogelin mußte wissen, warum ihr Schützling ihn nötig hatte. Ihre Worte lassen auf eine tiefe Krise schließen. Die junge Elisabeth brauchte Trost. Sie wurde aus allem herausgerissen, was ihr lieb war. Die Ausbildung einer Tochter galt mit der Konfirmation als beendet. Während Söhne konsequent auf ein Studium vorbereitet wurden, zog man die Mädchen verstärkt zur Hausarbeit heran. So wird es auch bei den Textors gewesen sein. Elisabeths jüngerer Bruder studierte Jurisprudenz, stieg zum Schöffen und Senator auf. Die Tochter wurde so früh wie möglich verheiratet.

Die Eltern der Braut sind im *Güldenen Schatz-Kästlein* nicht vertreten. Nur die lustige Lieblingsschwester, die vierzehnjährige Johanna Maria, darf sich *ihrer lieben Schwester zum Andenken am 3. Mai 1748* ins Buch eintragen, zu einem Zeitpunkt also, da die Hochzeitsvorbereitungen ihren Höhepunkt erreichten. Am 25. Juni 1748 – der Vermählungstermin rückte näher – schrieb sich Vetter Andreas Textor ein, am 2. Juli 1748 Johann Martin Gucketin und Pfarrer Claus, der kurz darauf Elisabeths Freundin Rebekka Petsch, Tochter des Gastwirts *Zum goldenen Roß*, heiraten wird. Einige Eintragungen stammen von Verwandten namens Walther aus der Familie der zukünftigen Schwiegermutter. Als Stephanus Schultz und A. J. Woltersdorff sich 1750 und 1751 als vorläufig letzte im *Schatz-Kästlein* eintrugen, waren die Kinder Wolfgang und Cornelia Goethe schon auf der Welt.

Mitten im Buch findet sich ein Eintrag, der als einziger ohne Datum und Unterschrift blieb. Es sind die Worte eines Zweifelnden, der Angst hat, weil ihm die Zukunft *voller finsternißen* scheint.

Nun Bräutigam du wirst Es wißen
wieviel mir noch hieran gebricht,
mein Aug ist voller finsternißen,
Ich armer kenn mich selbsten nicht –

Vielleicht stammen die Zeilen von Elisabeth selber. Der frühe Zeitpunkt erlaubt keinen Schriftvergleich. Auch wenn mit dem genannten *Bräutigam* nicht der weltliche gemeint sein wird, klingen die Worte äußerst bedrückt. Man erfährt von Angst, Ungewißheit, Zweifeln. *Mein Aug ist voller finsternißen* – von Vorfreude auf die Hochzeit, von Verliebtheit und Glück ist merkwürdigerweise an keiner Stelle des Buches die Rede.

4. Johann Wolfgang Textor

Es war vermutlich der im *Schatz-Kästlein* erwähnte Johann Michael von Loën, der als Ehevermittler auftrat. Sein Haus, das ehemalige Merian-Haus am Main, war mit seiner reichen Bücher- und Kupferstichsammlung ein kultureller Mittelpunkt. Loën, mit einer Schwester von Elisabeths Mutter verheiratet, sah es wohl als seine Pflicht an, günstige familiäre Bindungen herzustellen, wie es die Bethmanns und Gontards, die Adlerflychts und Lersners, die Sarasins und Manskopfs schon lange praktizierten. Wer das Glück habe, mit großen Familien in Kontakt zu treten, schrieb er, *der ist von gutem Herkommen, der hat Verstand, der hat Ehre.*[12] Verstand und Ehre erhoffte er sich offenbar auch für seine Nichte Elisabeth. Zwar gehörten die Göthes nicht zu den großen Familien, sondern entstammten der kleinbürgerlichen Handwerkerschicht, deren Mitglieder zum Teil in äußerst bescheidenen Verhältnissen lebten.[13] Dennoch war es weitblickend und vernünftig, wenn der Hofrat den mit Töchtern gesegneten Textors jenen Doctor iuris empfahl, der weitgereist, unvermählt und Erbe eines nicht unbeträchtlichen Vermögens war.

Was der Heiratskandidat in dieser Hinsicht zu bieten hatte, war beachtlich. Sein Vater Friedrich Georg Göthé hatte außer dem »Weidenhof« an der Zeil, der günstig verkauft worden war, ein Haus an der Eschenheimer und der Bockenheimer Gasse hinterlassen, dazu einen Weinberg, zwei Gartengrundstücke und siebzehn Säcke gefüllt mit Geld, mit Louisdors und Dukaten und Talern, die zusammen einen Wert von 19 000 Gulden ausmachten. Alles in allem betrug Caspars Erbe rund 90 000 Gulden, inklusive des Hauses am Hirschgraben. Platz war reichlich vorhanden. Tochter Textor brauchte nur einzuziehen. Was zu einer wohlhabenden Existenz gehörte, würde der Gatte ihr bieten können. Zwar wirkte er nicht eben weltmännisch, doch an seinem Äußeren war nichts auszusetzen. Mit gerollten Seitenlocken und schwarzem Haarbeutel, bordiertem Rock und Schnallen aus echtem Silber, wie sie auch im Ausgabenbuch auftauchen, war seine Erscheinung vollkommen. Dieser Goethe sah stattlich aus und war auch in den Augen von Textors Tochter *ein schöner Mann.*[14] Nach ihrer eigenen Darstellung muß es vorwiegend an seinem imponierenden Äußeren gelegen haben, wenn sie die Werbung annahm.

Man mußte sich fragen, warum der Jurist keinen Beruf ausübte. Caspar Goethe lebte als Privatier. Particulier, wie man es vornehm nannte. Er lebte, hieß das, ohne Aufgabe, ohne Stellung, ohne Amt. Die Begründung fiel ihm nicht schwer. Als er sich nach seiner Italienreise um eine Stelle bei der Stadt bewarb – allerdings mit der selbstbewußten Forderung, das Amt ohne die sonst üblichen Bedingungen zu erhalten –, wies man ihn ab. Überdies war sein Stiefbruder Hermann Jacob aus der ersten Ehe des Vaters zum Ratsmitglied ernannt worden, und da verwandtschaftliche Bindung eine Tätigkeit im Rat ausschloß, war ihm in Zukunft jede Karriere bei der Stadt verschlossen. Er lebte nur noch seinen privaten Interessen.

Sohn Wolfgang lieferte noch einen zweiten, ebenso einleuchtenden wie ernüchternden Grund, weshalb Caspar Goethe als Bewerber um Textors Tochter auf den Plan trat. Er schreibt in *Dichtung und Wahrheit*, die Ablehnung durch die Stadt sei für den Vater die größte Enttäuschung gewesen und der Grund, warum er sich gezielt um die Tochter des Schultheißen bemüht habe. Nach seiner Darstellung beruhte der väterliche Heiratsantrag auf einer nüchtern kalkulierten Überlegung. Caspar besaß mit dem Titel eines Kaiserlichen Rats den gleichen hohen Rang wie die Oberen der Stadt. Diesen Status wollte er durch die Heirat verstärken. *Derselbe Beweggrund führte ihn auch dazu, um die älteste Tochter des Schultheißen zu werben*, heißt es in *Dichtung und Wahrheit.* Mit kaiserlichem Privileg versehen, mit der Tochter des Stadtschultheißen vermählt, würde Caspar Goethe doppelt privilegiert sein.[15] Die geplante Ehe wäre somit Teil eines sachlich erwogenen Konzepts. Nicht Neigung, sondern »Ärger und Mißmut« über das Verhalten des Magistrats brachten Caspar Goethe als Heiratskandidaten in Textors Haus. Man konnte von Glück sagen, wenn darüber hinaus auch Sympathie und Verständnis vorhanden waren.

Von solchem Kalkül wußte Elisabeth nichts. Töchter wurden ohnehin nicht nach eigenen Wünschen gefragt. Das galt bedingungslos für Töchter fürstlicher Häuser, die aus dynastischen und politischen Gründen zur Ehe regelrecht gezwungen wurden wie bei Luise von Hessen-Darmstadt, die den ›Goethe-Herzog‹ Carl August von Sachsen-Weimar heiraten mußte, der sie vor aller Augen betrog. Der Herzog nahm die Schauspielerin Caroline Jagemann zur Gattin linker Hand und bekam drei Kinder mit ihr. Daß sich in bürgerlichen Häusern die Töchter ebenfalls elterlicher Autorität zu beugen hatten, galt auch für die nachfolgende Generation, zu der Cornelia Goethe, Maximiliane und Louise von La Roche gehörten. Keine von ihnen wurde in der Ehe glücklich. Man gehorchte in der ohnmächtigen Erkenntnis, daß es für Frauen, die nicht Gouvernante werden oder ins Kloster gehen wollten, keine andere Existenzform gab.

Dr. iur. Johann Caspar Goethe, Kaiserlicher Rat und Privatier mit Vermögen, war unbestreitbar eine vorteilhafte Partie. Die Bedingungen konnten nicht günstiger sein. Man würde bei der Mitgift der Tochter nicht knausern. Von zehntausend Gulden war die Rede. Daß sie die Verfügungsgewalt über ihr Vermögen dem Mann überlassen mußte, war selbstverständlich. Eine Frau besaß in der Ehe keine Rechte, weder juristischer noch finanzieller Art. Dafür bot ihr der Gatte, der zugleich ihr Vormund war, den nötigen Schutz und ein standesgemäßes Leben. Für ungehörige fürstliche Träume war darin kein Platz. Elisabeth würde nur eine Aufgabe zu erfüllen haben: dem Ehemann viele gesunde Kinder zu schenken. Viele Kinder waren der Sinn jeder Ehe. Das jugendliche Alter der Braut bot dafür die beste Voraussetzung. Catharina Elisabeth Textor hatte keine Wahl.

II.
Sie sind einander wert

Die Hochzeit von Catharina Elisabeth Textor
(1748)

Cara Amica – Teure Freundin.
Suavissima Costa – Süßeste Gefährtin.
Carissima Caja – Liebste Caja.

Überaus zärtlich sind die Namen, mit denen der Ehemann seine junge Frau bedenkt. Wohlgefühl und innige Befriedigung sprechen aus seinen Worten. Catharina Elisabeth – seine *Caja* – muß es sich verdient haben. Ihr Gatte war, wie man aus verschiedenen Berichten weiß, anspruchsvoll, leicht verärgert, aufbrausend und selten zufrieden.

Überraschend ist der Fundort dieser Scherz- und Kosenamen. Wo erlaubte sich der spröde Mann derart intime Äußerungen? *Der süßesten Ehefrau ein Geschenk* – wo konnte Caspar Goethe solche Worte niederschreiben, die für einen zurückhaltenden Menschen wie ihn schon als heimliche Liebesbeteuerungen gewertet werden müssen.

Nicht in Briefen finden sie sich, auch nicht in privaten Notizen, sondern in seinem Ausgabenbuch. Er hat dieses Haushaltsbuch weitgehend in lateinischer Sprache geführt und ihm den Titel *Liber domesticus* gegeben. Zwanzig Jahre lang hat der korrekte Hausherr die täglichen Ausgaben bis auf den letzten Kreuzer registriert.[1] Zwischen dem Ankauf von Schuhschnallen und Schokoladentassen, zwischen Klaviernoten und Kandiszucker finden sich jene zärtlichen Attribute, die seiner Ehefrau gelten. Die Kinder werden zwar mit ihren Kosten, doch fast nie mit Kosenamen bedacht. Oft aber, wenn er am Tagesende zum Federkiel greift, um die Ausgaben der Gattin zu notieren, gebraucht er eine überraschend intime Formulierung, die – gleichsam unbeabsichtigt – seine Gefühle preisgibt. *Cajae dilectae pro mundo*, der geliebten Caja einen Schmuck. Der süßesten Ehefrau Meßgeschenke. Noch deutlicher am 19. Juni 1753: *munusculum pro thori socia,* ein Geschenk für die Gefährtin des Bettes – für seinen ›Bettschatz‹ also.

Hat Elisabeth Goethe die erotischen Wünsche ihres Mannes erwidert? Hat sie sie geteilt? Seine Notizen könnten als Hinweis gelten, daß auch sie ihm nicht abgeneigt war. Andere Äußerungen aus dieser Zeit fehlen. Nur durch Bettine Brentano weiß man, zu welchen Gefühlen Elisabeth fähig war. Eigentlich wollte Bettine Goethe von seinen Eltern berichten, statt dessen breitete sie das erträumte *Liebeseinverständnis* seiner Mutter mit Kaiser Karl vor ihm aus.[2] Das Bekenntnis, erklärt Bettine, sei dadurch ausgelöst worden, daß gerade auf der Straße ein Posthorn ertönte wie damals, als Karl, Kurfürst von Bayern und nachmaliger Kaiser, in Frankfurt einzog und im Barckhausenschen Hause auf der Zeil seine Residenz aufschlug.

Zum ersten Mal erlebte die Tochter des Bürgermeisters, wie ihr Vater nicht nur zu Audienzen und Empfängen, sondern als Vertreter der Stadt jeden Abend persönlich zum Kaiser gebeten wurde, um die Parole für den nächsten Tag entgegenzunehmen.[3] Elisabeth spürte die Verehrung, die der eigene Vater dem Monarchen entgegenbrachte, und begann für ihn zu schwärmen. Aufgeregt war sie, hingerissen, eifersüchtig und verliebt. *Himmel, was hatte der Mann für Augen! Wie melancholisch blickte er unter den gesenkten Augenwimpern hervor!* – Noch Jahrzehnte später erklärte sie, er sei ihre erste Liebe gewesen. *Damals war Karl VII., mit dem Zunamen der Unglückliche, in Frankfurt – Alles war voll Begeisterung über seine große Schönheit ...* Tag und Nacht träumte sie von ihm, folgte ihm in den Sitzungssaal und sogar in die Kirche, wo seine Andacht sie rührte. *Ich verließ ihn nicht ... wenn er wieder empor sah, war mir's allemal wie ein Donnerschlag in der Brust ...* Mit dramatisch wirkungsvollen Worten pflegte Elisabeth sich gerne auszudrücken. Wie sie, von väterlicher Macht geschützt, zur Festtafel gelangte, wo der Kaiser den Pokal auf die anwesenden Fürsten hob. *Ich war ihm ganz nah* ... Zu Hause habe sie gezittert, wenn von ihm gesprochen wurde. *Und am Abend in meiner Schlafkammer kniete ich allemal vor meinem Bett und hielt den Kopf in meinen Händen, wie ich von ihm am Karfreitag in der Kirche gesehen hatte ... So baute sich ein geheimes Liebeseinverständnis in meinem Herzen auf ...*[4] Ihre Phantasie war groß. Sie war durch das Freibillett des Bürgermeister-Vaters schon als Kind viel ins Theater gekommen; mit zehn Jahren sah sie den *Hermann* von Johann Elias Schlegel, den sie Zeile für Zeile im Gedächtnis behielt (ihr Brief vom 19. Februar 1779) – diese Theaterbesuche werden nicht ohne Einfluß auf ihre Liebeswünsche und -vorstellungen geblieben sein.[5]

Die herausgehobene Stellung des Vaters gab der Tochter Gelegenheit, den Monarchen bis zu seiner Abreise zu sehen. Mit seiner Erscheinung schuf sie sich eine vom Alltag abgehobene Welt, eine Traumwelt, in der Sehnsucht und pubertäres Liebesverlangen zusammentrafen. Noch im Alter suchte sie nach einer Erklärung dafür, daß diese *Chimäre einer Liebe* lebendig blieb.[6] *Ich lag frühmorgens um vier Uhr in meinem Bett. Der Tag fing eben an zu grauen; es war der 17. April. Da hörte ich fünf Posthörner blasen, das war er, ich sprang aus dem Bett. Vor übergroßer Eile fiel ich in der Mitte der Stube und tat mir weh; ich achtete es nicht und sprang zum Fenster. In dem Augenblick fuhr der Kaiser vorbei – er warf mir Kußhände zu und winkte mir ... Von der Zeit an hab' ich kein Posthorn blasen hören, ohne dieses Abschieds zu gedenken.* Sie zeigte Bettine eine Narbe am Knie. Die Wunde, die sie sich beim Sturz auf die Dielen zuzog, aus denen ein scharfer Nagel ragte, bildete mit der Zeit *einen sehr feinen, regelmäßigen Stern.* Die sternförmige Narbe, der helle Klang des Posthorns – Insignien einer Jugendliebe, die unerfüllbar und darum unsterblich war. Wie ein versteckter Hinweis wirkt es, wenn Goethe in *Dichtung und Wahrheit* den großen Eindruck erwähnt, den *die ernste, würdige*

Gestalt und die blauen Augen Karls des Siebenten auf die Frauen auszuüben vermochten.

Weniger erfährt man über Elisabeths wahre Gefühle für ihren Ehemann. Sie hat ihn, als die Situation es erforderte, couragiert vor einer Haftstrafe bewahrt, hat sein unduldsames Wesen entschuldigt, sich schützend vor ihn gestellt. Sie hat später, in einer bestimmten Situation, zwischen ihm und einem Offizier, dem empörten Sohn, der beleidigten Tochter besänftigend eingegriffen. In ihrer Mittlerrolle entwickelte sie, als Sohn Wolfgang sich als unausstehlicher Flegel gebärdete, eine Art Meisterschaft. Mit standhafter Geduld hat sie schließlich ihren Mann während seiner langen Krankheit versorgt und gepflegt. Aber Liebe? Es gibt keine Äußerung ehelicher Freuden, weder im *Schatz-Kästlein*, noch in ihren fast vierhundert Briefen. In *Dichtung und Wahrheit* äußert sich Goethe freimütig über seine Eltern – von Liebe ist dabei nicht die Rede. Statt dessen teilt er mit, daß es seine Mutter nicht leicht hatte an der Seite eines Mannes, der ihr Respekt einflößte, aber keine Leidenschaft hervorrief, der pedantisch war und von pädagogischem Ehrgeiz erfüllt, dem selbst sie, die Ehefrau, sich widerspruchslos zu fügen hatte. *So hatte er meine Mutter in den ersten Jahren ihrer Verheiratung zum fleißigen Schreiben angehalten wie zum Klavierspielen und Singen; wobei sie sich genötigt sah, auch in der italienischen Sprache einige Kenntnis und notdürftige Fertigkeit zu erwerben.*

Wobei sie sich genötigt sah ... Die Kinder merkten: Der Mutter erging es nicht anders als ihnen. Fast wurde auch sie behandelt wie ein Kind, war aber dadurch auch den Kindern näher. Sie verbrachte Stunden am Klavier, wie später Cornelia. Sie erhielt Italienischunterricht von Privatlehrer Giovinazzi. Caspar Goethe liebte diese Sprache, also mußten alle sie lernen. Die Mutter studierte italienische Arien. Sie widmete sich Handarbeiten. Sie verstand sehr gut zu klöppeln. Sie schrieb nach Caspars Anweisung. Sie führte ein Haushaltsbuch. Sie gehorchte.

Anno 1748 den 19. Augusti Dingstag Nachmittag umb 1 Uhr ist Mein Bruder Johan Caspar Göthe als Keiserlicher Hoffrath mit deß Herrn Stattschultheisen von [!] Textor Fräulein Jungfer Tochter in des Herrn Hoff-Rath von Lohnen garten vor dem St. gallen Tohr unten an der Wind Mühlen gelegen durch Herrn Pfahrer Fresenius in dem schönen garten-Hauß getrauet und copuliret worden und ist mit einem Consert eine abend Mahl Zeit gehalten worden, worzu der aller Höchste Gott Ihnen seinen Gnaden reichen Seegen hier Zeitlich und dort Ewig verleihen wolle. Dabey Herr Pfahrer Fresenius vor der Copulation eine schöne und wohl außgearbeite zierliche oration gethan hat und wohl auf den Zustand gerichtet war.[7]

Am 20. August 1748 – nicht, wie Caspars Stiefbruder Hermann Jacob Göthe notierte, am 19. August – wurde die Vermählung der siebzehnjährigen Catharina Elisabeth Textor mit dem achtunddreißigjährigen Juristen und Kaiserlichen Rat Johann Caspar Goethe feierlich begangen. Es war ein heißer Sommertag.[8] Die Festlichkeiten fanden in Haus und Garten des Onkels von Loën statt, der den Brauteltern seinen mainabwärts gelegenen Landsitz als Ort der Feier angeboten hatte. Daraufhin setzte der Bräutigam am 15. August 1748 ein Gesuch auf, den heiligen Segen auch außerhalb der Kirche erhalten zu dürfen. Er habe sich *vor kurtzem mit Unseres dermahlen rühmlichst regierendem S. T. Herrn Stadt-Schultheißens ältester Jungfer Tochter in eine güldige Eheverlöbnis unter göttlichem Beystand eingelassen* und könne die Sondergenehmigung dadurch begründen, daß dieses Unterfangen *von der Cantzel zu Jedermanns Wissenschaft gelanget* und *durch die priesterliche Haus-Einsegnung zu seiner völligen Vollendung gedeyhen soll.*[9] So kam es, daß die Hochzeit nicht im vertrauten Elternhaus in der Friedberger Gasse stattfand, der Segen nicht in der Barfüßer- oder Katharinenkirche erteilt wurde, wo Fresenius, Beichtvater der Textors, als Hauptpfarrer amtierte, sondern daß man in Kutschen und Wagen hinausfuhr zu Loëns Haus, der die Gesellschaft in seinem blühenden Rosengarten erwartete. Hermann Jacob Göthe beschließt seine Aufzeichnung über die Vermählung mit dem Satz: *Dabey Herr Pfarrer Fresenius vor der Copulation eine schöne und wohl ausgearbeitete zierliche Oration gethan hat und [die] wohl auf den Zustand gerichtet war.*

Daß die Predigt von Johann Philipp Fresenius, dem Verfasser vielgelesener Erbauungsschriften, *wohl auf den Zustand* einer *Copulation* ausgerichtet war, wirkt merkwürdig, wenn man den Text nachprüft. Fresenius sagte: *Denn die leibliche Übung ist wenig nütz; aber die Gottseligkeit ist zu allen Dingen nütz.* Wollte Fresenius der jungen Braut zugleich mit der Furcht vor der *leiblichen Übung* die Angst vor der Sexualität, den zu erwartenden ›ehelichen Pflichten‹ nehmen? War die Predigt eigens auf seine Schülerin gemünzt, die er seit Kindertagen kannte; die er lobte, weil Gott ihr *durch alle Kämpfe glücklich durchgeholfen,* bevor sie diesen Mann nahm?

Die Eltern der Braut konnten sich gratulieren, die Zukunft ihrer Ältesten vorzüglich geregelt zu haben. Hermann Jacob Göthe war von der Zeremonie so bewegt, daß er dieses Ereignis als einziges in seiner Familienbibel festgehalten hat.[10] Sein Stiefbruder Caspar erschien elegant wie noch nie, trug zu seinem Rock mit gestickten Schößen und den schwarzseidenen Strümpfen, die ein Vermögen gekostet hatten, eine Weste aus goldenem Brokatstoff. Wir kennen die modischen Details, weil die väterliche Weste später für Sohn Wolfgang passend geändert wurde. Er bekam, berichtet er in *Dichtung und Wahrheit, einen Rock von grünem Berkan mit goldnen Balletten. Die Weste dazu, von Goldstoff, war aus meines Vaters Bräutigamsweste geschnitten.*

Die Braut trug, wie es Sitte war, in ihrem aufgesteckten Haar blühende Rosen. Rosen trug man im späten Rokoko auch am Ausschnitt der Seidenrobe, die sich über einem Unterkleid aus Musselin bauschte. Zusätzlich säumte eine Spitzengarnitur das tiefe Decolleté und wiederholte sich als durchsichtige Kaskade an den Ärmeln. Von Elisabeths kostbaren Spitzen, die sie beim Empfang der Madame de Staël im Bethmannschen Hause trug, schwärmte noch Bettine Brentano.[11]

Das weite Anwesen des Herrn von Loën wurde gegen Abend zur kerzenbeglänzten Idylle. Barocke Figuren säumten den Rasen, der Springbrunnen rauschte – auf seinen französischen Garten war der Besitzer so stolz, daß er ihn in Versen besang. Man speiste auf der Terrasse mit offener Aussicht nach Süden und freiem Blick auf den vorbeifließenden Main. Gute Freunde hatten ihre Wünsche in komplizierte Reime gebracht, die viel Beifall geerntet haben müssen.[12] Sogar der General und Stadtkommandant Friedrich Christian von Hoffmann, mit Textors Schwester verheiratet, trug ein umständliches Gedicht vor, wandte sich dabei seiner Nichte zu und wünschte, daß die Kinder, die ihr gewiß bald geboren würden, *des Vaters Geist anzeigen*, mithin Caspars Intelligenz, von der Mutter aber die Schönheit erben sollten.

Dabei ist interessant, mit welchem Blick die Textor-Verwandten den Bräutigam betrachteten. Weil er weitgereist war, galt er auch als hochgebildet, dazu war er reich, und man fand es erstaunlich, daß er bei diesen dreifachen Vorzügen noch keine Braut gefunden hatte. General von Hoffmann reimte:

Dein Schatz, der manches Land gesehen,
Doch nirgends Deinesgleichen fand,
Kommt mit Gelehrsamkeit und Ehren,
Die deines Stammes Glanz vermehren,
Zu aller Menschen Lust nach Haus …

Erhalten hat sich auch das handschriftliche Gedicht eines Poeten namens Scheper: *Die hochbeglükte Goethe- und Textorische am 20. August 1748 vollzogene Vermählung bewunderte in diesen geringen Zeilen des wohlgebohrnen Brautpaars tiefgehorsamster Johann David Schepern.*[13] Er pries *die Vorzüglichkeit* von Braut und Bräutigam nebst ihren Eigenschaften Tugend und Ehre, Witz und Verstand, um dann mit einer Sentenz, die auf die gesellschaftlich sanktionierte Standesgleichheit des Paares hinweisen sollte, in den Ruf auszubrechen:

Sie sind einander wert, hör ich von weitem schreien.
Sie sind einander wert? O Gott, so gib Gedeyen!

Der soziale Status war wichtigstes Kriterium, Voraussetzung für das Gelingen der Ehe; alles übrige stand in der Hand Gottes. *Sie sind einander wert*, dieser Hinweis verlieh dem Paar das irdische und himmlische Gütesiegel.

Am 19. Februar wurde Catharina Elisabeth Goethe achtzehn Jahre alt. Sie mag ihren Geburtstag mit gemischten Gefühlen begangen haben, immerhin wußte sie zu diesem Zeitpunkt schon, daß sie die Wünsche ihres Gatten und der erwartungsvollen Familienmitglieder erfüllen würde. Sie war im dritten Monat schwanger.

Mit *Freude und Angst* sah eine Frau damals dem Gebärenmüssen entgegen. Die Müttersterblichkeit war hoch, Schwangerschaft, Geburt und Wochenbett lebensgefährlich. Jede zehnte Mutter starb an den Folgen der Geburt. Waisenhäuser nahmen die Kinder auf, die ihre Mutter nie gekannt hatten, weil sie im Kindbett gestorben war. Die häufigsten Ursachen waren das berüchtigte Wundfieber, Blutvergiftung und der große Blutverlust während der Geburt. *Sie ist verblutet wie ein Soldat in der Schlacht*, hat Clemens Brentano beim Tod seiner Frau Sophie gesagt, die mit dem Neugeborenen zugleich starb. Sie verblutete, weil das Kind eine falsche Lage hatte. Man kannte keinen Kaiserschnitt, die Entbindung wurde ohne Betäubung vorgenommen. Man konnte von Glück sagen, wenn wenigstens das Neugeborene ohne Schaden blieb.

Schock und Schmerz, Fieber und Blutverlust hatte eine Schwangere neun Monate lang drohend vor Augen. Fürsorgemaßnahmen waren unbekannt, auch von seiten des Mannes. Sophie von La Roche verfluchte die Potenz ihres italienischen Schwiegersohnes; ihre Tochter Maximiliane Brentano starb nach der Geburt ihres zwölften Kindes buchstäblich an Erschöpfung. Pausen in diesem kräftezehrenden Rhythmus wurden nur dann gewährt, wenn die Mutter ihr Kind selber stillte. Das aber war bei den sogenannten besseren Ständen weitgehend verpönt.

5. Das alte Goethe-Haus am Großen Hirschgraben,
Goethes Geburtshaus, vor dem Umbau 1755

Keiner wußte, wie man den Gefahren der Geburt begegnen sollte. In Unkenntnis zuverlässiger Hygienemaßnahmen kam es zu Infektionen und dem gefürchteten Kindbettfieber. Erst um 1750 wurden erstmals ärztliche Ratgeber veröffentlicht mit dem Ziel, das Sterberisiko der Mütter zu verringern und ihren körperlichen und seelischen Zustand zu stabilisieren.

Ein Arzt war bei der Geburt gewöhnlich nicht zugegen. Nur die medizinisch unzulänglich ausgebildete Hebamme kümmerte sich um die Gebärende. Vor einer Geburt trafen Frauen häufig ihre letzten Verfügungen, verteilten ihren Besitz, ordneten ihre Angelegenheiten und schrieben den Freunden Briefe, die von Angst erfüllt waren. Bei steigendem Alter verliefen die Schwangerschaften tödlich. Die Sterbekleider lagen bereit.

Das Haus, in das Caspar Goethe seine Frau nach der Hochzeit führte, war weder neu, noch war es sein Eigentum. Es bestand aus ehemals zwei Gebäuden, die Ende des 16. Jahrhunderts *auff dem Hirschgraben*, vormals *Hirtzengraben* genannt, errichtet worden waren. Die Gegend, in der sie lagen, gehörte zu den vornehmeren Stadtvierteln Frankfurts. Ursprünglich hatte sich dort, an der noch mittelalterlich-staufischen Stadtmauer, ein kleiner Tierpark befunden, später ein mit vielen Nußbäumen bepflanzter ›Graben‹, in dem Hirsche gehalten wurden: der Hirschgraben. Als im Jahre 1583 auch dieser westliche Teil der Stadtmauer eingeebnet und zur Bebauung freigegeben wurde, siedelten sich vor allem Flüchtlinge aus den Niederlanden hier an. Die Gebäude, die Cornelia Göthe erwarb, waren von einem holländischen Goldschmied erbaut worden. Bei den alten Frankfurter Wohnhäusern zeigte sich noch die Beengtheit des bürgerlichen Lebens. Die Höhe der Häuser, die drei Stockwerke nicht übersteigen durfte, war ebenso festgelegt wie die Dachform, bei der die Traufseite zur Straße zeigen mußte, damit das abfließende Regenwasser die Küchenabfälle durch die Straßenrinne wegschwemmen konnte.

Die Fachwerkhäuser, die Caspars Mutter als Witwensitz dienten, waren so verwinkelt, daß die nötigen Verbindungen erst geschaffen werden mußten und entgegen den Vorschriften Türen und Treppen quer durch die Brandmauer führten. Es gab einen bestimmten Grund, weshalb Cornelia Göthe gerade dieses Haus wählte: Ihr ging es um die geräumigen Keller, die sich an der Stelle des alten Stadtgrabens befanden. Die Wirtin *Zum Weidenhof* brachte große Fässer mit altem Wein mit, deren Wert Caspar auf 42 500 Gulden veranschlagte.[14] Von der Schwiegermutter lernte Elisabeth, den Besitz alter Weine zu schätzen. Es war jedesmal ein Ereignis, wenn sie mit Kerze und Krug in den Keller hinabstieg, um die legendären Jahrgänge von 1706, 1719 und 1726 heraufzuholen, die sie *die alten Herren* nannte.

Nicht nur der Keller war dunkel, dunkel war das ganze Haus mit den Butzenscheiben, den Gängen und Stiegen in den ersten, den zweiten Stock, mit gotischen Wendeltreppen, so steil, daß man ein Seil zum Festhalten brauchte. Schrecklich war es, wenn man nachts im Hof *den Abtritt* aufsuchen mußte, die Mäuse unter der Treppe nagen und man im Gang die Schritte der alten Frau schlurfen hörte. Vom Fürchten ist die Rede, wenn Sohn Wolfgang seine frühen Kinderjahre beschreibt. Die Mutter hatte den Kindern süße Früchte versprochen, wenn sie so mutig wären, alleine in ihren finsteren Kammern zu schlafen. Die Kinder ängstigten sich halb zu Tode, kletterten nachts aus dem Bett und schlichen die Holzstiegen zu den Mägden hinauf. Der Vater, im Schlafrock und ohne Perücke eine fürchterliche Gestalt, drohte ihnen mit Strafen, wodurch die Angst noch größer wurde. *Die alte, winkelhafte, an vielen Stellen düstere Beschaffenheit des Hauses war übrigens geeignet, Schauer und Furcht in kindlichen Gemütern zu wecken. Meine Mutter,* schreibt Goethe in *Dichtung und Wahrheit, stets heiter und froh und andern das gleiche gönnend, erfand eine bessere pädagogische Auskunft. Sie wußte ihren Zweck durch Belohnungen zu erreichen. Es war die Zeit der Pfirschen [Pfirsiche], deren reichlichen Genuß sie uns jeden Morgen versprach, wenn wir nachts die Furcht überwunden hätten.*

Zum ersten Mal werden Elisabeths Wesenszüge benannt, ihre Heiterkeit, ihre Warmherzigkeit. Keine schlechte Basis zur Erhaltung familiärer Harmonie. Fünf Jahre lang, bis zum Tod der Schwiegermutter im März 1754, haben drei Generationen Goethe im alten Haus am Hirschgraben einträchtig miteinander gelebt. Die sehr junge Schwiegertochter und die sehr alte Schwiegermutter standen in gutem Einvernehmen. Die beiden Frauen schlossen sogar ein geheimes Bündnis in bezug auf Kindererziehung und berieten gemeinsam darüber, welche Geschichten den Kindern erzählt werden sollten. Cornelia Goethe, die eigentliche Besitzerin des Hauses, war schon zweimal Witwe geworden und besaß mit ihren über achtzig Jahren ein für damalige Verhältnisse biblisches Alter. Um von dem jungen Paar unabhängig zu sein, ließ sie sich im Erdgeschoß eine eigene Wohnung einrichten mit Eß- und Schlafzimmer, wobei dic Enkel ihren Flur zum Spielen benützten.[15] Außer in den Stunden, in denen der Arzt Senckenberg oder ein Geistlicher bei ihr war, konnten die Kinder immer zu ihr kommen, durften ihre Spielsachen bis zu ihrem Sessel tragen und schließlich, als sie kränker wurde, bis vor ihr Bett. Die Großmutter duldete ihre Nähe ebenso, wie Goethe seine Enkel im Arbeitszimmer ertrug. Als eine auch im Alter schöne, große und schlanke Erscheinung behielt Wolfgang sie in Erinnerung, sorgfältig und immer weiß gekleidet, eine Großmutter, die den Hausbewohnern mit Güte begegnete und von der Familie mit Respekt und Zuneigung bedacht wurde. Wenn es in Caspars Ausgabenbuch heißt: *Ein Extra für die liebe Mutter,* dann ist die alte Cornelia Göthe gemeint.

6. Blick aus dem Goethehaus

III.
Rätin, er lebt!

Wolfgang, Cornelia, Hermann Jacob
(1749/1750/1753)

Ein Jahr nach der Hochzeit bereitete Elisabeth ihr Wochenbett vor. Bettine Brentano wußte Einzelheiten zu berichten wie die, daß das Bett Vorhänge aus blauweiß kariertem Stoff besaß. Da vieles von dem, was »die kleine Brentano« erzählte, ihrer eigenen Phantasie entsprang, hat man den Wahrheitsgehalt solcher Details lange bezweifelt. Es stellte sich aber heraus, daß auch Kleinigkeiten stimmten. *»Und somit begreifst du mich, wenn ich Dir erzähle«*, schrieb Bettine im November 1810 wörtlich an Goethe, *daß das Wochenbett Deiner Mutter blau gewürfelte Vorhänge hatte, worin sie Dich zur Welt brachte? Sie war damals 18 Jahre alt und ein Jahr verheiratet.*[1]

Der Beweis ist im handschriftlich hinterlassenen Testament von Caspars Vater gefunden worden. Friedrich Georg Göthe führte darin nicht nur sein gesamtes Immobilienvermögen auf und nicht nur die in Säcken gesammelten Mengen an Gold, sondern auch Silber, Möbel und Wäsche. Dabei erwähnt er sechsundvierzigeinhalb Ellen von *blau gewürfelt Tuch*. Kein Wunder, daß auch die Vorhänge und Bettbezüge im Haus am Hirschgraben aus »blau gewürfelt Tuch« bestanden.[2]

Drei Tage bedachtest Du Dich, eh Du ans Weltlicht kamst, und machtest der Mutter schwere Stunden; aus Zorn, daß Dich die Not aus dem eingebornen Wohnort trieb, und durch die Mißhandlung der Amme kamst Du ganz schwarz und ohne Lebenszeichen. Elisabeth mußte als Erstgebärende schwere Stunden überstehen. Die Wehen kamen, das Kind kam nicht. Schon am 25. August 1749 hatten Schmerzen eingesetzt. Die Quälerei dauerte drei Tage.

Die verzögerte Geburt war die erste von mehreren lebensbedrohenden Krisen. Daß der Sohn *ganz schwarz* zur Welt kam, war das Zeichen für einen schweren Sauerstoffmangel, der in seinem Fall zum Glück nicht zu einer Schädigung des Gehirns führte.[3] Doch für die Mutter muß es eine entsetzliche Nachricht gewesen sein, daß der Säugling *ohne Lebenszeichen* blieb. Die anwesende Hebamme, Anna Dorothea Müller, legte das Neugeborene in einen *Fleischarden mit Wein* und erwärmte das Kind in der Hoffnung, daß es doch noch die Augen öffnen würde. Sie *bäheten [wärmten] Dir die Herzgrube, ganz an Deinem Leben verzweifelnd*, so die Worte Bettines. Die Hebamme war überzeugt, das Kind sei tot.

Was bei Elisabeths Geburt vor achtzehn Jahren gegolten hatte, als sie nach zwei toten Söhnen den Eltern als erstes Kind erhalten blieb, das galt auch jetzt. Der Säuglingssterblichkeit gegenüber war man machtlos und konnte sogar der Auffassung sein, *daß die Ärzte im allgemeinen mehr Menschen töteten, als am Leben erhielten.*[4]

Kindersterben wurde als schicksalhaft hingenommen und nur durch den Glauben bewältigt, daß Leben und Sterben in Gottes Hand lag. So hat sich im Bewußtsein von Schmerz und Ohnmacht später auch Elisabeth geäußert, als sie fünf Kinder verloren hatte.

Der Großvater, Stadtschultheiß Textor, regte sich über die Ungeschicklichkeit der Hebamme bei der Geburt seines ersten Enkels so auf, daß er den Mißstand zum Anlaß nahm, sich gezielt um die Geburtshilfe in seiner Stadt zu kümmern. Von nun an sollte außer der Hebamme ein ›Chirurgus‹ oder ›Accoucheur‹ bei der Geburt zu Rate gezogen werden. Es gelang ihm, wenn auch mit Mühe, die neue Vorschrift gegen seinen notorischen Widersacher Erasmus Senckenberg durchzusetzen.

Mit beachtlichem Stolz erwähnt Goethe die Tatsache, daß eine bessere medizinische Geburtshilfe in Frankfurt eingeführt wurde, weil sein eigenes Leben an einem seidenen Faden hing: *indem mein Großvater, der Schultheiß Johann Wolfgang Textor, daher Anlaß nahm, daß ein Geburtshelfer angestellt und der Hebammenunterricht eingeführt oder erneuert wurde; welches denn manchem der Nachgeborenen mag zugute gekommen sein.*

Eine Wochenstube im 18. Jahrhundert bot selbst bei wohlhabenden Bürgern keine annehmbaren hygienischen Verhältnisse. Abgekochtes, mit Kräutern versetztes Wasser war das einzige Desinfektionsmittel, das man kannte. Zum Auffangen von Blut und Nachgeburt suchten die Mägde nach Leintüchern und Lappen. Das Wasser, das für die Gebärende aus dem Brunnen herbeigeschafft werden mußte, nahm meist einen langen Weg. Zum Glück verfügte man im Haus am Hirschgraben in der Küche im Erdgeschoß über eine Pumpe, die vom eigenen Brunnen gespeist wurde – eine Seltenheit. In Töpfen und Kesseln aus Eisen und Kupfer wurde das Wasser auf offenem Herdfeuer erhitzt, um dann in den zweiten Stock geschleppt zu werden, wo sich vermutlich das Geburtszimmer befand.

Das Neugeborene wurde vom Hals bis zu den Füßen mit einem Wickelband fest umschnürt, als sollte es wie ein Päckchen verschickt werden. Vom Dachboden war die große Wiege aus braunem Nußbaumholz mit den eingelegten Elfenbeinornamenten geholt und mit dicken Kissen ausstaffiert worden. Glücklicherweise fand die Geburt des Knaben im Sommer statt; in den Wintermonaten wäre das Neugeborene ohne Rücksicht auf die dumpfe, stickige Luft so nah wie möglich an den Ofen gestellt worden.

Goethe selbst hat in *Dichtung und Wahrheit* seine Geburt pathetisch ausgeschmückt: *Am 28. August 1749, mittags mit dem Glockenschlage zwölf, kam ich in Frankfurt am Main auf die Welt*, als seien die Glocken eigens in Gang gesetzt worden, um seinen Eintritt ins Leben einzuläuten. Er bemüht sogar die Astronomie, berichtet über die Stellung der Gestirne und läßt Sonne und Mond nicht unerwähnt, um dem Vorgang größeres Gewicht zu verleihen. *Die Konstellation war glücklich: die Sonne stand im Zeichen der Jungfrau und kulminierte für den Tag; Jupiter und Venus blickten sie freundlich an …* Nur der Mond habe sich seiner Geburt widersetzt, *die nicht eher erfolgen konnte, als bis diese Stunde vorübergegangen.* Das Kirchenbuch dagegen hält sachlich fest, daß der Knabe *zwischen zwölf und ein Uhr* geboren wurde.

Seine Mutter – die in dem Text übrigens keine Rolle spielt – hat den Vorgang nüchterner beschrieben. Während er kosmische Einflüsse bemühte, hielt sie sich enger an die Tatsachen. Bettine berichtete sie, daß sie nicht an das Überleben des Kindes glauben konnte, bis die Großmutter, die hinter dem Bett stand, sah, daß der Säugling zu atmen begann. *Rätin, er lebt!* war der erlösende Ausruf.[5] In diesem Augenblick sei ihr »mütterliches Herz« erwacht. Sie legte den Säugling an die Brust, konnte aber nicht stillen. Diese Aufgabe übernahm die eilig herbeigerufene Amme Antonia Elisabetha Held.

Selbstverständlich wurde die Taufe des kleinen Goethe öffentlich bekannt gemacht. In den *Wöchentlichen Franckfurter Frag- und Anzeigungs-Nachrichten* war zu lesen: *S. T. [Salvo Titulo] Hr. Joh. Caspar Goethe / Ihro Röm. Kayserl. Majestät würcklicher Rath / einen Sohn, Joh. Wolfgang.* Nicht dabei erwähnt: die Mutter. Ihr Vater Textor pflanzte aus Freude über den ersten Enkel einen Birnbaum im Garten am Bockenheimer Tor, dessen Früchte noch Bettine Brentano gut schmeckten.[6] Bei der Taufe durch Pfarrer Fresenius erhielt der Täufling nicht etwa den Namen seines Vaters, sondern des mütterlichen Großvaters: Johann Wolfgang Textor. Während der Taufe wurde das Kind, einer Überlieferung zufolge, über dem sogenannten ›Brautteppich‹ gehalten, einem Erbstück der Textors aus dem 16. Jahrhundert, auf dem später Goethes Sohn August mit Ottilie von Pogwisch getraut wurde, die ihn wiederum zur Taufe ihrer Kinder Walther, Wolfgang und Alma benutzten. Schließlich stand Goethes Sarg auf eben diesem Teppich.[7]

Elisabeth mochte die Geburt ihres ersten Kindes als ein Wunder betrachten – ein Wunderkind aber war der Junge nicht. Die Streiche, die sie berichtet, ähneln denen aller Kleinkinder, beweisen nur in ihrem Fall die erstaunliche Nachsicht und Geduld einer noch sehr jungen Mutter. Sie wand dem Sohn keine Ruhmeskränze, sondern betonte eher die Schrecknisse und Ängste, unter denen er als Kind litt: seine Alpträume, aus denen sie ihn mit einem Glöckchen herausriß, seine Angst vor häßlichen Kindern, seine Zornesausbrüche. Sie erzählte, daß er die Tischdecke zerschnitt und aus Stühlen Türme baute, die ihn und seine Schwester zu erschlagen drohten. Die Kindergeschichten, die Bettine an Goethe weitergab, wurden von ihm in *Dichtung und Wahrheit* übernommen. Goethe hat, wie erwähnt, seine Geburt mit astrologischen Ereignissen in Zusammenhang gebracht und nicht gezögert, die Sterne zu Garanten seines Schicksals zu machen. Doch auch dies hatte er von der Mutter. Eine der Geschichten, die von Bettine zu Goethe drang, sollte wohl sein frühes Anderssein betonen. *Oft sah er [der siebenjährige Sohn] nach den Sternen, von denen man ihm sagte, daß sie bei seiner Geburt eingestanden haben ... und so hatte er bald heraus, daß Jupiter und Venus die Regenten und Beschützer seiner Geschicke sein würden. Darum sagte er oft sorgenvoll: ›Die Sterne werden mich doch nicht vergessen und werden halten, was sie bei meiner Wiege versprochen haben?‹ Erstaunt habe die Mutter geantwortet: ›Warum willst du denn mit Gewalt den Beistand der Sterne, da wir andren doch ohne sie fertig werden müssen.‹*[8] Die Begebenheit belegt den bewußt erzieherischen Einfluß der jungen Mutter, die von der Andersartigkeit ihres Kindes früh überzeugt war, was sich durch die Ausdrucksweise *wir anderen* andeutet. Als sie dem Sohn später vom Fortkommen seiner Frankfurter Jugendfreunde berichtet, weiß sie: kein einziger hatte solche *Riesenschritte* gemacht wie er.[9]

Das erste Kind war ein halbes Jahr alt und lag noch in der Wiege, als sich das nächste schon ankündigte. Wieder wurde das Geburtszimmer vorbereitet, vorsorglich eine Amme angestellt. Der kleine Wolfgang – *Wölfchen, Wolf* – sprach schon die ersten Worte, als die neunzehnjährige Elisabeth am 7. Dezember 1750 ein Mädchen zur Welt brachte.

Das alte Haus füllte sich mit Leben. Für jedes der Kinder eine Amme, für beide eine Kammer, zusätzlich eine Magd, die die Öfen in den Kinderstuben heizte, heißes Wasser in die kupferne Bettpfanne, in die porzellanenen Waschschüsseln füllte. Auf der Straße wurden die Holzklötze zu ›Plotzen‹ gespalten, Tücher vorgewärmt, aus dem Herd kam der Wärmstein in das Bett der Wöchnerin. Der Hausherr ließ vor der Tür das Eis von den Stufen schlagen. Der Dezember war kalt. Ein Neugeborenes mußte am Leben erhalten werden.

Getauft wurde das Kind auf die Namen *Cornelia Friederica Christiana*, genannt *Cornelia* nach Caspars Mutter. Neben ihr, der einundachtzigjährigen alten Dame, erschien die bei der Taufe vermutlich ebenfalls anwesende Schultheißin Textor mit ihren neununddreißig Jahren geradezu jugendlich.

Sie war, nach den Gedichten ihres Schwagers Michael von Loën zu urteilen, eine lebhafte, höchst anziehende und elegante Frau. Als solche ließ sich die selbstbewußte Schultheißin zu dem Zeitpunkt, als ihre Enkelin Cornelia geboren wurde, auch im Bild festhalten. Auf dem Porträt (heute in Weimar)[10] trägt Anna Margaretha Textor über einem Kleid aus grüner Seide einen Mantel mit Hermelinbesatz – bei der herrschenden Kleiderordnung ein königliches Privileg, fast eine Provokation. Hier wird Selbstbewußtsein demonstriert. Unter diesem Aspekt wirkt auch der Blick herausfordernd: eine Frau, die weiß, was ihr zukommt. Textors Erzfeind Senckenberg hatte ihr, um sie und ihren Mann zu diffamieren, eheliche Untreue nachgesagt, eine Verdächtigung schlimmster Art, die nur dadurch noch übertroffen wurde, daß er sie zudem der Bestechlichkeit bezichtigte. Die Anschuldigungen erwiesen sich als unhaltbar; Textor blieb zeitlebens unangefochten im Amt. Daß aber seine Gattin Sinn für repräsentatives Auftreten besaß, *Schmuck und Gold liebte,* wie Enkel Wolfgang in einem späten Gedicht reimte,[11] wird gerade auf diesem Bild durch Kleidung und Schmuck, Goldspitzenjabot und Perlencollier bestätigt. In einer für die damalige Zeit untypischen Individualisierung zeigt das Bild nicht die übliche stilisierte Rokoko-Schönheit im gepuderten Haar, sondern eine höchst lebensvolle Frau, der man es nicht ansieht, daß neun Geburten hinter ihr liegen.

Schwager von Loën besaß ein Landgut bei Mörfelden, wohin er an schönen Sommertagen auch die attraktive Schwägerin Anna Margaretha einlud, die einmal das Pech hatte, auf einer morschen Brücke nahe dem Gut einzubrechen und in den versumpften Graben zu fallen. Naß und kalt, erbat sie sich von der Pächtersfrau ein anderes Hemd – das aber starrte vor Dreck.

›Nein‹, sprach die Schwägerin beschämt:
›Viel lieber will ich sterben
Als dieses schöne Hemd verderben …‹[12]

Loëns Verse betonen Anna Margarethas Realitätssinn und Humor, Eigenschaften, die auch Elisabeth besaß. Seine Darstellung bezeugt letztlich nichts anderes als jene unkonventionelle Lebensart, wie sie in Frankfurt herrschte. Unbefangen und zugleich selbstbewußt bewegte man sich in der Gesellschaft. Auch Elisabeth wuchs in Freiheit auf, Angst vor hierarchischen Verhältnissen, vor Standesunterschieden war ihr fremd. Ihr Umgang mit Hohen und Niedrigen war gleichermaßen souverän, wie sie es auch von ihrem Vater kannte. Mit einer preußischen Königin, einem regierenden Großherzog oder einer adligen Hofdame ging sie ebenso selbstverständlich um wie mit ihren Freundinnen Griesbach und Stock.

Im Herbst 1752, Wolfgang und Cornelia sind drei und zwei Jahre alt, brachte Elisabeth ihr drittes Kind zur Welt, den Sohn *Hermann Jacob*, benannt nach dem einzigen noch lebenden Stiefbruder des Vaters, dem Zinngießermeister und Ratsmitglied der dritten Bank, Hermann Jacob Göthe.

Für das, was im Haus am Hirschgraben angeschafft und gebraucht wird, ist das große Ausgabenbuch, das in Caspars Handschrift erhalten blieb, eine Quelle ersten Ranges. Es setzt mit dem Jahr 1753 ein und wird Tag für Tag in lateinischer Sprache mehr als zwanzig Jahre fortgeführt. Jeden Arztbesuch, jede

Reparatur, jede Handwerkerrechnung und jede Anschaffung hat der Kaiserliche Rat eingetragen. Als authentisches Zeugnis für die Lebensform und Kultur einer Epoche ist das *Liber domesticus* unübertroffen.

Die wachsende Kinderzahl macht sich im Hause Goethe auch in steigenden Ausgaben bemerkbar. Leinwand, Kattun und Baumwollstoff werden in Ballen gekauft, um Einschlagtücher, Kissen, Schürzen, Rolltücher, Nachtkappen, Windeln und Laken im Hause herstellen zu lassen. Für den einjährigen *Jacobulus* wird ein *Schutzkäppchen* angeschafft, vermutlich mit einem Lederrand, damit er sich beim Laufenlernen nicht den Kopf verletzte. Für Jacobs erstes Zähnchen erhält die Amme im August 1753 eine kleine Anerkennung von 30 Kreuzern. Nach einem weiteren Jahr darf sie ein Entgelt von 22 Gulden 30 Kreuzern in Empfang nehmen.

Im Mai 1754 werden für Cornelia feste Stiefel angefertigt, schließlich geht sie mit Wolfgang in die von der Witwe Hoff eingerichtete Spielschule, in der die Kinder besserer Stände die Anfänge des Lesens und Schreibens erlernen sollen. Der Unterricht des Söhnchens Wolfgang – im Ausgabenbuch *Guelfus* genannt – kostet bei *ludimagistra Hoffin* einen Gulden und dreißig Kreuzer im Monat. Im Dezember verlangt der Schuster für drei Paar Kinderstiefel einen Gulden 36 Kreuzer, für 45 Kreuzer wird Cornelchen mit der Kutsche ausgefahren. Die große Wäsche verschlingt die nicht geringe Summe von zwölf Gulden.

Was die damals üblichen Zahlungsmittel Gulden, Kreuzer und Taler betrifft, sind die Umrechnungsversuche in heutige Währung problematisch.[13] Ein Gulden (1 fl.) hat 60 Kreuzer, vier Gulden entsprechen drei Talern. Auf Grund der unterschiedlichen Lebenshaltungskosten kann man den Wert damaligen Geldes nicht mit dem heutigen vergleichen. Kaffee, Tee und Zukker galten als unerschwingliche Luxusgüter, dagegen lagen die Kosten für das Hauspersonal extrem niedrig, da Sozialabgaben und Versicherungen unbekannt waren. Eine Untermagd erhielt

17 bis 20 Gulden pro Jahr, der Lohn von Köchin und Diener betrug rund 25 Gulden jährlich, einschließlich Wohnung, Kleidung und Essen. Ein Anzug für den zwanzigjährigen Wolfgang kostete doppelt so viel, nämlich 50 Gulden, eine Fahrt von Frankfurt nach Heidelberg 30, ein pelzgefütterter Seidenmantel der Hausherrin 128 Gulden. Nach einer für die Familie Hölderlin erstellten Rechnung wäre ein Gulden heute zwischen fünfzig und hundert Mark wert.[14]

Die sogenannten ›Küchenausgaben‹, also die Kosten für die Ernährung der Familie und der Angestellten, beliefen sich 1754 auf 667 Gulden für das ganze Jahr; sie stiegen mit der Zeit auf 700 Gulden an. Die Goethes verfügten über reichlich Personal, das aus der Köchin und zwei bis drei Mägden, einem Schreiber, wechselnden Hauslehrern, der jeweiligen Amme und dem livrierten Diener bestand. Dazu kam ein großer Aufwand an Wäsche und Kleidung, wozu für den Hausherrn gestickte Westen, Jacken aus Samt und Brokat, Halsbinden, Seidenstrümpfe, Schnallenschuhe und Perücke gehörten, für die Dame des Hauses waren weitbauschige Seiden- und Atlas-, Taft- und Schleppkleider mit Unterkleidern, die aus der entsprechenden Menge an Stoffen, Spitzen, Bändern gefertigt wurden, erforderlich, dazu Seidenmäntel mit Besatz, wollene Umhänge, handgefertigte Schuhe, Hüte und Hauben.

Zur geistigen Ausstattung wurden kontinuierlich Bücher, Werkausgaben, Lexika, Kunstbände sowie Zeitschriften erworben, ferner Gemälde und Kunstgegenstände für Caspars Sammlung, was finanziell den größten Posten ausmachte. Alles in allem berechnete der Hausherr einen Aufwand von 2500 Gulden pro Jahr, eine Summe, wie sie nur der Oberschicht zur Verfügung stand.[15] Elisabeths Schwager, der mit ihrer Schwester Johanna verheiratete Pfarrer Starck, verdiente im ganzen Jahr 500 Gulden, Schiller als Professor der Geschichte in Jena 400 Gulden, ein Schullehrer 200 Gulden.[16] Derjenige, der mit einem Einkommen von 1800 Gulden zu den höchstbezahlten Frankfurter Beamten zählte, nämlich Elisabeths Vater, Stadtschultheiß

Textor, mußte mit ansehen, wie sein Schwiegersohn Goethe allein aus einem Barkapital von 65 000 Gulden – Häuser, Grundstücke und Gärten nicht mitgerechnet – anderthalbmal soviel an Zinsen einnahm, wie er durch seinen Einsatz für das Wohl der Stadt verdienen konnte.

Die bald vierjährige Cornelia erhält ein Mieder *(thoracae Corneliolae 1 fl. 27)*. Die häufige Erwähnung des »Mieders« erinnert daran, daß es üblich war, den Töchtern, kaum daß sie laufen konnten, ein Leibchen anzulegen, das mit Fischbein- und Holzstäbchen versteift, zu der begehrten schmalen Taille verhelfen sollte. In Caspars Ausgabenbuch wird ein solches Kleidungsstück im Zusammenhang mit Elisabeths Kleidern immer wieder erwähnt. Auch sie war nicht nur im Hängekleidchen aufgewachsen. Sie schrieb einmal: *Gott sei dank, daß meine Seele von Jugend auf keine Schnürbrust angekriegt hat, sondern daß sie nach Herzenslust hat wachsen und gedeihen können* (19. Mai 1780). Dies gilt aber für ihre Seele, nicht für ihre Taille. Im Ausgabenbuch gebraucht Caspar statt *Schnürbrust* gewöhnlich den Ausdruck *vulgo Brust Schnur.*

Kinderkrankheiten. Nachtwachen. Sorgen der Mutter. Im Februar 1754 gehen zwei Gulden an den Chirurgus, einen Mann, der weniger Chirurg als vielmehr Mediziner war, der Zähne zieht, zur Ader läßt und dem zweijährigen Jacob Einläufe macht. Wurmmittel werden benötigt. Der Gehilfe des Arztes bekommt Lohn für das Ansetzen von Blutegeln. Ein neues Mieder für Cornelchen ist schon wieder im April 1754 fällig, und wieder muß der Arzt Le Cerf gerufen werden. Nach jeder überstandenen Krankheit ist ein Berg von Leinenwäsche zu bügeln. Wolfgang und Jacob erhalten einen *Brustwams*, und man braucht *drei Pfund spanische Salbe.*

Der zukünftigen Amme ein Geldgeschenk, so lautet plötzlich Caspars Eintrag unter dem 17. August 1754. Die neue Amme bekam einen Gulden im voraus. Was besagt die Notiz? Offenbar war es üblich, einer so dringend benötigten Person wie der Nähr-Amme eines Neugeborenen einen Teil ihres Gehalts im voraus auszuhändigen für den Fall, daß der Säugling nicht am Leben blieb und der erwartete Lohn ausfiel.

Diesmal kam sie rechtzeitig. Als Wolfgang seinen fünften Geburtstag feierte, brachte Elisabeth ihr viertes Kind zur Welt, eine Tochter, der sie den eigenen Namen gab: *Catharina Elisabeth Goethe*. Caspar vermerkte Wochenbettausgaben von 15 Gulden 20. Zusätzlich erhielt Frau Graef für Hilfeleistung bei der Niederkunft einen Gulden. Die Hebamme Johanna bekam sechs, die Amme Gablerin noch einmal einen Gulden dreißig Kreuzer.

Die jüngste Tochter gedeiht. Am 3. Dezember 1754 kann ihr das erste Mieder angepaßt werden. Die Mutter erhält ein Paar Pelzhandschuhe. Es ist so kalt wie bei der Geburt von Cornelia, unmöglich, zu Fuß ins Konzert zu gehen, man mietet eine Kutsche. Zum erstenmal ist nun auch Schulgeld für den zweijährigen Jacob zu entrichten, der ein zartes, anfälliges Kind bleibt. Jetzt gehen schon drei Goethekinder in Witwe Hoffs Erstlingsschule, das vierte liegt in der Nußholzwiege und wird vier Monate alt.

Im März des Jahres 1754 war Caspars Mutter mit sechsundachtzig Jahren gestorben. Drei Enkel hatten an ihrem Sessel gehockt und ihren Geschichten gelauscht. *Meine Großmutter*, heißt es im *Werther, hatte ein Mährchen vom Magnetenberg, die Schiffe, die zu nah kamen, wurden auf einmal allen Eisenwerks beraubt, die Nägel flogen dem Berge zu, und die armen Elenden scheiterten zwischen den übereinander stürzenden Brettern.* Bettine Brentano verwendet das *Märchen vom Magnetenberg* in ihren Briefen ebenfalls, allerdings hatte sie es von Goethes Mutter gehört.

Kurz vor ihrem Tod konnte die alte Dame noch von ihrer Schwiegertochter erfahren, daß das vierte Kind unterwegs sei. Dann wurde sie bettlägerig. Peinlich genau trug ihr Sohn die Begräbniskosten in sein Ausgabenbuch ein. Es wurde nicht ge-

7. Das Marionettentheater der Goethekinder

spart. Sogar die vierjährige Cornelia erhielt passende Trauerkleidung. *Alle Ausgaben, die für die Beerdigung der seligen Mutter entstanden und im einzelnen noch andernorts aufgeführt sind, machten zusammen 514 Gulden und 35 Kreuzer.* Bald darauf gab man die überflüssige Habe, Damenkleidung, Zinngeschirr und versilbertes Gerät, zur Versteigerung. Der Erlös: 147 Gulden.

Wie in jedem Jahr, hatte auch zu Ostern 1754 die Frühjahrsmesse stattgefunden, und Elisabeth, im fünften Monat schwanger, kaufte dort ein, was an Töpfen und Tellern fehlte, Küchengeschirr, Kannen, Schüsseln, Tassen. Für die Anschaffung von *irdenem Geschirr* gab sie einen Gulden und 20 Kreuzer aus. Das Geld hätte sie sich sparen können. In einem unbewachten Moment lief ihr kleiner Sohn mit dem Geschirr ins *Geräms*, einem in Frankfurt üblichen Holzgitteranbau neben der Haustür, und warf unter den Zurufen der Brüder Ochsenstein zuerst sein eigenes Puppengeschirr, dann den mütterlichen Vorrat an irdenen Tiegeln und Töpfen krachend auf die Straße. Der Jubel der Zuschauer spornte ihn an, noch mehr Geschirr aus der Küche zu holen. *Ich säumte nicht*, schreibt Goethe in *Dichtung und Wahrheit, sogleich einen Topf und auf immer fortwährende Rufen: Noch mehr! nach und nach sämtliche Schüsselchen, Tiegelchen, Kännchen gegen das Pflaster zu schleudern.* Entsetzt sah die aus der Kirche zurückkehrende Mutter, was passiert war. Doch es kam zu keiner Strafe: als sie das herzliche Lachen ihres Kindes sah, lachte sie mit.[17]

Weihnachten 1753, als die Großmutter noch am Fest teilnahm, gab es eine Überraschung. Die Kinder fanden unter grünem Tuch verborgen ein echtes Puppentheater vor. Kein Familienmitglied hat dieses Ereignis jemals wieder vergessen, zumal der schriftstellerisch begabte Sohn das Ereignis zu einer Zeit, da Vater und Schwester noch lebten, literarisch gestaltet hat. Das Marionettentheater erscheint bei ihm in drei *Varianten:* In *Wilhelm Meisters theatralischer Sendung,* den *Lehrjahren* und in *Dichtung und Wahrheit.* Das ist deshalb bemerkenswert, weil nach dem *Liber domesticus* der Vater es war, der die Kosten trug – allerdings erst ein halbes Jahr später. Am 30. Juni 1754 fand laut Ausgabenbuch die erste Zusammenkunft Wolfgangs mit seinen Spielgefährten für 44 Kreuzer statt. Dazu der Eintrag: *Wincklero juveni pro theatro et puppis commoedis 4 Gulden 34 Kreuzer* – dem jungen Winkler Theater und Puppenspiel bezahlt.

Wer hatte die Idee? Fünf Jahre vor den Kindern Goethe besaßen schon die Kinder des Bankiers Gontard ein Marionettentheater. Anregung können auch die Marionettenbühnen gegeben haben, die während der Messen *Judith und Holofernes* und die *Erschröckliche Geschichte vom Doctor Faust* aufführten. Bei Goethes spielte man als erstes Stück *David und Goliath*. In Caspars Ausgabenbuch ist 1754 *eine kleine Harfe aus Blech* vermerkt. Vielleicht die Harfe, mit der David den König Saul zu Tränen rührte. *Wer übrigens eigentlich für die Bühne arbeiten will*, sagte Goethe später, *der bedenke ja fleißig, nichts anzulegen, als was sich auf Brettern zwischen Latten, Pappendeckel und Leinewand durch Puppen von Kindern aufführen läßt.* Das zweite Kapitel von *Wilhelm Meisters theatralischer Sendung* berichtet von einem Weihnachtsfest, wie es sich im Hirschgrabenhaus abgespielt haben könnte. *Der Christabend nahte heran in seiner vollen Feierlichkeit* ... Die Kinder liefen zu ihren Geschenktischen, *als ein unerwartetes Schauspiel sich vor ihren Augen auftat. Eine Tür, die aus einem Nebenzimmer hereinging, öffnete sich ... So saß nun alles und war still, und mit dem Pfiff rollte der Vorhang in die Höhe und zeigte eine hochrot gemalte Aussicht in den Tempel. Der Hohepriester Samuel erschien mit Jonathan, und ihre wechselnden Stimmen vergeisterten ganz ihre kleinen Zuschauer. Endlich trat Saul auf ...*

Der Eindruck dieses Abends hat Goethe nie mehr verlassen. *Kinder müssen Komödien haben und Puppen*, läßt er *die Mutter* im *Wilhelm Meister* sagen. Der Vater – im Roman wie im Leben – war anderer Meinung. Hatte Caspar schon für Kartenspiele nichts übrig, so war er erst recht ein entschiedener Gegner des Theaters, dessen Besuch er Frau und Sohn nach Möglichkeit verbot. In seinem Ausgabenbuch kommen im übrigen keinerlei Spielsachen vor, keine Puppen, keine Pferde, nur das kleine Theater. Vermutlich war für Spielzeug die Mutter zuständig. Demnach wird er auch nicht derjenige gewesen sein, der das Puppentheater vorschlug, auch wenn er es schließlich bezahlte.[18]

IV.
Ein wohleingerichtetes Haus

Kinderreichtum, Kindertod
(1753-1760)

Ein Jahr nach der Beerdigung seiner Mutter nahm Caspar Goethe die Renovierung ihrer Wohnung in Angriff. Küche, Türschwellen und Zisterne wurden erneuert, auch die Kosten für den »Abtritt« bleiben nicht unerwähnt: 193 Gulden und 35 Kreuzer. Solange die alte Cornelia lebte, hatte Caspar keine Veränderung vorgenommen, aber er wußte, daß sein Haus, verglichen mit dem Anwesen der Ochsensteins gegenüber, altmodisch und unpraktisch wirkte. Der Nachbar hatte seinem Gebäude durch eine breite Fassade und roten Anstrich ein prächtiges Aussehen verliehen – das wollte auch Caspar Goethe. Er verhandelte mit den Behörden, sparte aber den Architekten und übernahm die Bauleitung selbst. Dabei war eine große Schwierigkeit zu überwinden. Aus Rücksicht auf Brandgefahr und Straßenbreite verbot die Bauaufsicht den Überhang der oberen Geschosse. Dank seiner guten Beziehungen zum Rat der Stadt erreichte der Bauherr eine Sondergenehmigung, die ihm am 4. April 1755 erteilt wurde. Dennoch wagte er keinen völligen Neubau, sondern ›entkernte‹ das Haus und riß einen Raum nach dem anderen ab – wobei er strikt verlangte, daß die Familie in den restlichen Räumen wohnen blieb.

Bisher waren die Zimmer wegen der kleinen Fenster und engen Stiegen dunkel – nun würde alles komfortabel und repräsentativ werden. Der Stolz des Hausherrn war eine breite Treppe, die die alte Wendeltreppe ablöste und von Stockwerk zu Stockwerk durch großzügige Dielen, sogenannte Vorsäle, führte. Es gab eine ›Szene‹, als Student Wolfgang einmal Kritik an der Raumverschwendung zu üben wagte.

Über der barock verschnörkelten Haustür ließ Caspar das Familienwappen seiner Frau anbringen, der geborenen Textor, wobei er drei Leiern einfügte, als wolle er auf den künstlerischen Charakter des Hauses, die Liebe zu Musik, Kunst und Literatur hinweisen. Das Treppenhaus mit den Frankfurter Schränken schmückte er mit Veduten von Rom, der Peterskirche, des Colosseums. Im elegant geschwungenen Handlauf des Treppengeländers ließ er die eigenen Initialen anbringen, JCG, sowie die verschlungenen Initialen CEG seiner Frau – als schritte Catharina Elisabeth Goethe für immer die Treppe zu ihrem Zimmer im zweiten Stock hinauf. Die Initialen des ältesten Sohnes wurden dem Schlußstein im Kellergewölbe eingemeißelt, und der auf die Buchstaben J. W. G. stolze Sechsjährige schrieb (in einer Lateinarbeit): *Ich gedencke und wünsche, daß der Stein nicht eher als mit dem Ende der Welt verrucket werde.*

Die Nerven der Mutter wurden während des Umbaus nicht geschont. Caspar überwachte die Baumaßnahmen und verlangte mitten im Wirrwarr die Anwesenheit der Familie. Seine Frau saß mit vier Kindern, die sechs, fünf, drei und ein Jahr alt waren, in Staub, Dreck und Mörtel. Das führte zu grotesken und unzumutbaren Situationen. *Da nun das Einreißen und Aufrichten allmählich geschah, so hatte mein Vater sich vorgenommen, nicht aus dem Hause zu weichen* ... Alle erlebten mit, wie die Wände niedergebrochen, die Tapeten abgerissen, Treppen und Balken mit dem Beil zerhackt wurden.

Für die Kinder war jeder Tag ein Abenteuer: es wurde nämlich *die Unbequemlichkeit von der Jugend weniger empfunden*, schreibt Goethe, da sie den Kindern Gelegenheit gab, *sich auf Balken zu schaukeln und auf Brettern zu schwingen.* Für die Mutter muß es hingegen eine tägliche Angstpartie gewesen sein. Sie erzählte Bettine, wie sie ihren Sohn *mit großen Sorgen habe auf den Gerüsten herumklettern sehen.* Mitten im Trubel bekam die Jüngste ihren ersten Zahn, was im *Liber domesticus* unter dem 12. Juli 1755 freudig vermerkt wird. Aber der dreijährige Jacob benötigte vom Arzt *einen festen Verband,* also hatte er sich etwas gebrochen.

Als schließlich auch Teile vom Dach abgerissen werden mußten und es trotz der Wachstuchüberspannung in die Räume regnete, wurde es der Hausfrau zuviel. Sie zog zu ihren Eltern in die Friedberger Gasse. In Caspars Ausgabenbuch steht unter dem 22. August 1755 der Eintrag, man habe *zur Wäsche bei der Mutter* sieben Gulden beigesteuert. Demnach fanden die Großwaschtage bei der Stadtschultheißin Textor statt. Die Kinder wohnten währenddessen bei Freunden und durften zum erstenmal eine öffentliche Schule besuchen.

Schon die wenigen Monate, die Wolfgang und Cornelia in die Schellhaffer'sche Schulanstalt gingen, brachten Ärger ins Haus. Unter den Schülern kam es zu Prügeleien, wie sie die Goethekinder bisher nicht kannten. Man wollte dem vornehmen Jungen zeigen, was für ein Schwächling er war, verprügelte ihn nach Kräften, und auch wenn Goethe in *Dichtung und Wahrheit* behauptet, sich gleich gegen drei Angreifer auf einmal gewehrt und dabei gesiegt zu haben, werden sich die Eltern kaum gefreut haben zu hören, was sich in der Schule abspielte.

Es ereignete sich aber Schlimmeres und Peinliches. Verdächtigungen wurden laut, die sich direkt gegen sie, die Eltern, richteten. Was war geschehen? Wolfgang hatte sich vor den anderen damit gebrüstet, seinen Großvater *in der Mitte des Schöffenrats, eine Stufe höher als die anderen, unter dem Bilde des Kaisers gleichsam thronend gesehen zu haben.* Die über seine Angeberei empörten Schüler brachten von ihren Eltern die Neuigkeit mit in die Schule, daß der Reichtum der Goethes keineswegs durch seinen Großvater, den Schneidermeister und Gastwirt Göthe, ins Haus gekommen sei, sondern daß sein Vater Caspar in Wirklichkeit *der Sohn eines vornehmen Mannes* sei, mit dem sich dessen Mutter, die schöne Cornelia, eingelassen habe. Von diesem vornehmen Liebhaber stamme das viele Geld. Die Mitschüler spielten sogar einen echten Trumpf aus: sie wußten, daß Caspar Goethe Verwandte in Friedberg hatte, die so arm waren, daß er sie mit monatlichen Zuwendungen unterstützte. Im *Liber dome-*

sticus kann man nachprüfen, daß dies den Tatsachen entsprach.

Die intriganten Anspielungen ließen Wolfgang keine Ruhe. Auf einmal sah er den eigenen Vater mit anderen Augen an – die Eltern werden über diese Wendung wenig erfreut gewesen sein. Ihr Sohn schlich, wie er berichtet, auf der Suche nach dem *vornehmen Mann* überall herum: *meine Spürkraft ging auf diese Fährte, meine Einbildungskraft war angeregt*, zumal er über den längst verstorbenen Schneidermeister Georg Friedrich Göthe, seinen Großvater, so gut wie nichts wußte. Im Zimmer der Großmutter Cornelia, die einst *eine sehr schöne Frau* war, hatte er früher das Porträt eines Offiziers *mit Stern und Orden* gesehen. Seit ihrem Tod war es verschwunden. Er fahndete an allen nur möglichen Orten nach Bildern, die Ähnlichkeiten aufwiesen, sah sich sogar in der Wohnung von Rat Schneider, der eine Reihe fürstlicher Porträts besaß, nach einem passenden Vorfahren um. Ob seine Alleingänge dem Vater verborgen blieben, sagt er nicht. Es erstaunt immerhin, daß Goethe es noch dreißig Jahre nach des Vaters Tod für nötig hält, dessen Abkunft in Zweifel zu ziehen. Der Grund konnte nur sein, dadurch die eigene Person mit dem Geheimnis einer *vornehmen*, vielleicht sogar aristokratischen Abkunft zu umgeben.

Der Schulbesuch hatte jedoch noch eine andere Folge: Die Familie der Mutter erfuhr eine unvorhergesehene Aufwertung. Ihr Vater war der höchste Mann der Stadt, das kam dem Jungen jetzt deutlich zu Bewußtsein. *So ist es wahr, daß alles, was den Mensch innerlich in seinem Dünkel bestärkt, seiner heimlichen Eitelkeit schmeichelt*, schreibt Goethe. An keiner Stelle wird der soziale Unterschied der Eltern – der Vater aus aufsteigender, die Mutter aus alteingesessener Familie – so deutlich benannt wie hier in *Dichtung und Wahrheit*. Die Vorteile, die Textors Stellung bot, erschienen nun in einem neuen Licht. Es war etwas Besonderes, daß man den Kaisersaal im Römer betreten durfte, es war erhebend, am Neujahrstag das sogenannte *Pfeifergericht* mitzuerleben und vom Großvater mit dem kostbaren Silber beschenkt zu

8. Das Goethehaus am Großen Hirschgraben, nach dem Umbau

werden, das die Abordnungen der Zünfte ihm zu jedem Neujahr unter den Klängen mittelalterlicher Musik überreichten. Diese Vergünstigungen waren ausnahmslos der Mutter zu verdanken.

Ob der Vater von den Klatschereien erfuhr oder nicht – in Zukunft ließ er seine Kinder nie mehr eine öffentliche Lehranstalt besuchen. Sie erhielten den Unterricht durch ihn oder von Privatlehrern. Da er selbst alles *nur durch unsäglichen Fleiß, Anhaltsamkeit und Wiederholung* gelernt hatte, verlangte er dasselbe von seinen Kindern. Sie hatten einem festen Unterrichtsplan zu folgen, der mit eiserner Konsequenz eingehalten wurde. Das Ungewöhnliche an Caspars Lehrmethode war, daß er in seinem Unterricht Sohn und Tochter gleichberechtigt behandelte. Während Wolfgang alles schnell begriff, eigene Texte verfaßte, komplizierte Fragen stellte und sogar die Grammatik anzweifelte, war Cornelia gründlich, fleißig, folgsam und von fast pedantischer Genauigkeit.

Die Veränderungen, die währenddessen innerhalb des Hauses stattgefunden hatten, waren beträchtlich. Wo Großmutter Goethe ihren wärmenden Ofen hatte, stand nun der Küchenherd, wie er noch heute dort steht. Es gab in der Küche nicht nur die Pumpe mit dem geschweiften Schwengel, sondern in der Nische der Hofwand auch eine Wasserpumpe mit barock gewölbtem Dach. Neben der Küche lag die immer verschlossene Vorratskammer. *Kinder*, so Goethe in *Dichtung und Wahrheit, haben in wohleingerichteten und geordneten Häusern eine Empfindung, wie ungefähr Ratten und Mäuse haben mögen*, nämlich begierig auf jede verbotene Leckerei. Als der Schlüssel zur Vorratskammer einmal versehentlich steckenblieb, schlich Wolfgang in die Speisekammer und sah sich *langgewünschter Glückseligkeit* gegenüber. Es roch wunderbar. *Ich besah Kasten, Säcke, Schachteln, Büchsen, Gläser*, die die Mutter verschlossen hatte, dann griff er zu getrockneten Äpfeln und seiner Lieblingsnascherei, eingemachten Pomeranzenschalen, und rannte mit der Beute hinauf in seine Dachkammer.

Es war gelungen, aus dem verwinkelten alten Gebäude mit ungleichen Stockwerkshöhen eine großzügige, klar gegliederte Raumaufteilung zu gewinnen, wobei man insgesamt 14000 Gulden in den Umbau investierte. Das neue Haus verfügte über zwanzig Zimmer, deren Fenster nun mit großen, teuren Glasscheiben versehen waren. *Reinlichkeit und Ordnung herrschten im ganzen*, schreibt Goethe, *vorzüglich trugen große Spiegelscheiben das ihrige zu einer vollkommenen Helligkeit bei.* Als nicht lange nach dem Umbau ein Unwetter ausbrach, hängte der Vater die Fensterscheiben aus, um sie zu schonen, so daß es in die Zimmer hinein regnete.

Das Eßzimmer im Erdgeschoß, in dem die Kinder beim Tischdecken helfen mußten, war mit schweren Lehnstühlen im Régencestil eingerichtet. Für den vornehmsten Raum im ersten Stock lieferte Maler Nothnagel mit chinesischen Landschaften bemalte Tapeten, weshalb es *das Peking* genannt wurde. Die Möbel bestellten die Eltern bei dem berühmten Abraham Röntgen in Neuwied; die Sessel kamen aus Augsburg und waren mit karmesinrotem Brokatell bezogen, aus dem gleichen Stoff wie die leuchtend roten Vorhänge, weshalb die Hausfrau das Zimmer *ihre rothe Stube* nannte.

Während die Mutter noch damit beschäftigt war, die Zimmer einzurichten, starb, kaum zwei Jahre alt, die kleine Catharina Elisabeth. Laut Ausgabenbuch hatte man den Arzt Le Cerf konsultiert, süße Essenzen und *Medicamenta* beschafft, doch nichts nutzte, gegen Keuchhusten und Masern war man ebenso machtlos wie gegen Scharlach oder die gefürchteten schwarzen Pokken. Eigentlich war das Jahr 1755, was die Kinder betraf, ein glückliches Jahr gewesen. Acht Paar Strümpfe für Wolfgang, Cornelia, Jacob und Elisabethchen wurden laut Ausgabenbuch gestrickt und dem *Jacöblein*, das in die Spielschule kam, ein *polnisches Kleid* angemessen. Caspar beging seinen fünfundvierzigsten Geburtstag; deshalb bekam die *süßeste Caja* sechs Gulden *für Verschiedenes* – wahrscheinlich besorgte sie ihm ein

Geschenk. Man reichte den Gästen frisches Obst, Bohnenkaffee und *Radonkuchen.* Das Haus erglänzte in seiner neuen Schönheit. Noch wurde die kleine Elisabeth von ihrer Amme Kunigunde gestillt. Cornelia, fünfjährig, bekam neue Stiefel. Bäume wurden gepflanzt, im Dezember der Garten winterfest gemacht. *Der Vater zeigte sich heiter, weil ihm alles gelungen war*, schreibt Goethe, *so hätte man kein glücklicheres Leben denken können.*

Doch am 8. Januar 1756 heißt es dann im *Liber domesticus: Varia, plurim, partis medicamenta 8 fl.*, »verschiedene Ausgaben, zum größten Teil Arzneien für 8 Gulden«. Zwei Wochen später muß die Jüngste, die gerade laufen konnte, gestorben sein. *25. Januar 1756, Funerbia expensa Cath. Elisab.:* die Beerdigung kostete mit Grabschmuck 31 Gulden 57 Kreuzer. Sterbeurkunde und Leichenträger wurden im März bezahlt.

Den Kummer der Mutter kann ein Ausgabenbuch nicht wiedergeben. Doch selbst den nüchternen Fakten ist zu entnehmen, daß es ihr nicht gutging. Im Februar 1756 wird das *Anlegen von Blutegeln* registriert. Mit einem Gehalt von zwei Gulden dreißig Kreuzern entließ man die nun überflüssige Amme Kunigunde. Dann stellte sich heraus, daß Elisabeth wieder schwanger war. Aber die Erschütterung und der Kummer waren zu groß. Drei Monate nachdem ihre Tochter beerdigt worden war, erlitt sie eine Fehlgeburt. Ein totes Kind, das beweist wohl auch ihren schlechten körperlichen und seelischen Zustand. Am ersten April 1756 findet man im *Liber domesticus* den Eintrag: *Ein Sarg für die Leiche des Foetus.*

Noch liefen drei lebhafte Kinder durchs Haus. Wagenfahrten wurden unternommen und Anfang April eine kleine Gesellschaft gegeben. Der Frankfurter Maler Christian Georg Schütz lieferte Tafelbilder mit anmutigen Rheinlandschaften, wofür er 85 Gulden verlangte.

Anscheinend wollte Caspar seine Frau so schnell wie möglich den Schmerz vergessen lassen, kurz nacheinander zwei Kinder

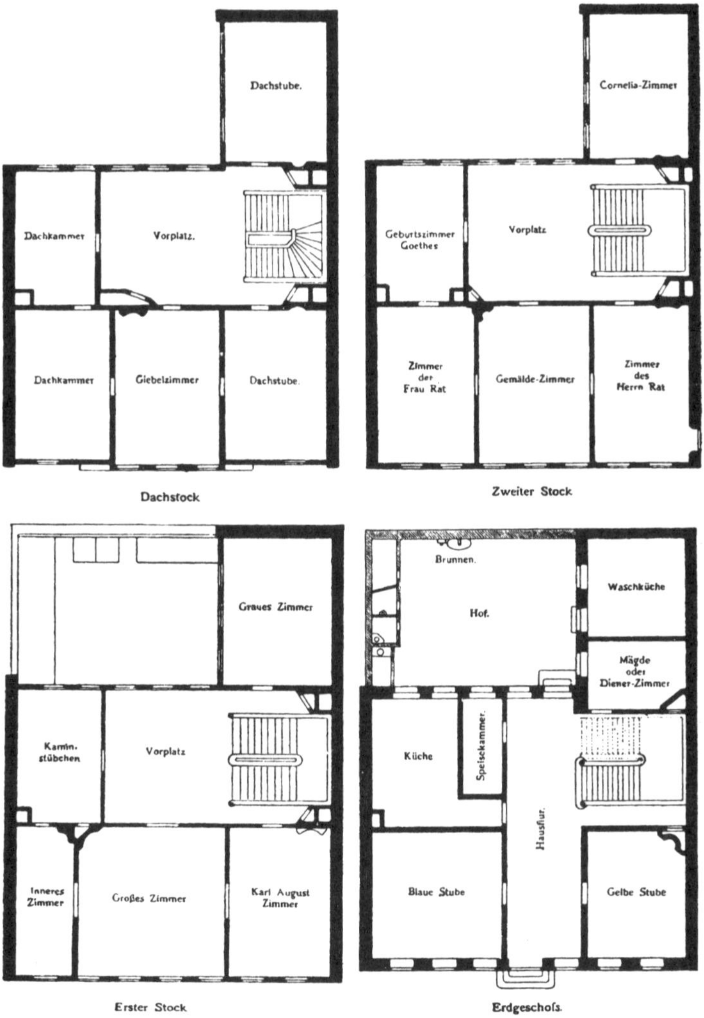

9. Grundriß des Goethehauses und Lage der Zimmer, nach dem Umbau

begraben zu müssen. Nach dem Ausgabenbuch vom Sommer 1756 zu urteilen, erging er sich in allerlei Extras. Beim Hutmacher Kepsel wurde für die Gattin ein neuer Kopfputz angefertigt, ein Wagen zu Spazierfahrten gemietet. *Der lieben Ehefrau* Anfang Mai vier Gulden anläßlich der Frühjahrsmesse. *Unterkleid und seidene Hosen in Schwarz* kosten 18 Gulden. Man fährt nach Offenbach und speist Leckereien. Im Juni macht Rat Goethe *der hochgeschätzten Ehefrau* wieder ein Geschenk, ließ ihr am gleichen Tag weiteres zukommen: *der lieben Caja für besondere Sorgfalt und Mühe drei Gulden.* Bald darauf zeigte er sich noch einmal großzügig: *für Caja zwei Gulden 36 Kreuzer*, und im Juli wird ihr braungelocktes Haar durch einen himmelblauen, seidenen, mit Federn geschmückten Hut gekrönt. Sie erhält Saffiansandalen und *ein rotes Damenhemd.* Im August unternimmt das Paar, gekleidet nach neuester Mode – *forma novissima* –, eine Wagenfahrt und verzehrt süßen Weinbeerenkuchen. Es müssen ihm diese Sommerwochen besondere Freuden geboten haben, die ihn geradezu verschwenderisch machten.

Man hatte noch im September 1756 die Herbstmesse besucht und reichlich eingekauft, zumal man im Oktober die Hochzeit von Elisabeths jüngerer Schwester Anna Maria mit Pfarrer Starck beging. Im Garten wurden acht Apfelbäume gepflanzt. Im November schickte Elisabeth ihrer mit Kaufmann Melber verheirateten Schwester Johanna Maria ein Geschenk ans Wochenbett. Am 7. Dezember bekam Cornelia ihre Geburtstagsbrezel, sie wurde sechs Jahre alt. Dreimal Schulgeld für sie und die Brüder waren zu bezahlen.

Als Elisabeth am 19. Februar 1757 sechsundzwanzig Jahre alt wurde, war sie im achten Monat schwanger. Die Geburt ihres sechsten Kindes stand bevor. Wieder wurde die große Nußholzwiege mit Kissen gepolstert, vorsorglich eine Amme gemietet.

Für diese Zeit – und viele weitere Jahre ihres Lebens – kommt uns ein Fund zu Hilfe, der fast noch bedeutungsvoller ist als Caspars Ausgabenbuch. Nahezu unbekannt und bisher unausgewertet liegen in einem großen Archivalienkasten im Weimarer Goethe- und Schiller-Archiv die *Ausgaben-, Wirtschafts-, Spiel-, Wasch-* und *Cassabücher* von Catharina Elisabeth Goethe selber. Peinlich genau enthalten sie Angaben über Ereignisse und Einladungen, Anschaffungen, Krankheiten und Besucher. Neben der erstaunlichen Tatsache, daß diese Bücher erhalten sind, Goethe sie also nach dem Tod der Mutter an sich nahm und sorgfältig aufbewahrte, stellt es überhaupt eine Ausnahme dar, auf Wirtschaftsnotizen aus weiblicher Sicht dieser Zeit zu stoßen und die Abrechnungen einer Frau zu lesen, die ein selbständiges und verantwortliches Leben führte. Insgesamt sind dreißig handschriftlich geführte Bücher erhalten.

Im ersten Büchlein mit dem Titel *Liber Famulitii et vinitoris* (Buch für Personal und Weingärtner) hat die junge Mutter die Umstände der sechsten Geburt notiert: *1757, d. 28. März, trat Catharina Weberin, vorher deflorata, als Saugamme in unsre Dienste und bekommt wöchentlich 45 Kreuzer Lohn.* Manchmal gab es mit den Dienstboten Ärger. Dem Vermerk über die Anstellung von Catharina folgt der Zusatz: *Ist am 22. Okt. 1757 wegen Verdacht der Mauserey Knall und Fall fortgeschickt worden. Lohn 22 Gulden 30.*

Am 29. März 1757 konnte der Hausherr die Wochenbettausgaben übersehen, die mit der Summe von 32 Gulden doppelt so hoch lagen wie bei der kleinen Catharina Elisabeth. Hatte es Komplikationen gegeben wie bei der Geburt von Wolfgang? Elisabeths Vater, Schultheiß Textor, hatte, wie erwähnt, die Ausbildung von Hebammen und die Hinzuziehung eines Chirurgus oder *Accoucheurs* durchgesetzt. *Von gefährlicher und schwerer Geburth* handelt das zehnte Kapitel der neuen Verordnung. Ein weiteres trägt den Titel: *So die Frucht im Mutterleib, oder die Mutter, oder beyde zugleich todt.*[1] Dieser Fall traf hier zum Glück nicht ein. Mutter und Kind lebten. Würde die neugeborene Tochter ein Ersatz für die vor einem Jahr gestorbene sein? Zur Patin wählte die Wöchnerin ihre Lieblingsschwester, nach der das Kind *Johanna Maria* hieß, genannt *Anna;* jene Schwester, die der zehnjährige Wolfgang als *sehr schön und angenehm* erlebt hat.

Vier kleine Kinder, ein anspruchsvoller Ehemann – der Goethesche Haushalt war nicht klein. Täglich mußten mindestens zwölf Personen versorgt werden. Außer den Eltern und ihren Kindern gab es das umfangreiche Personal, die Köchin mit zwei bis drei ›Untermägden‹ für die anfallenden Arbeiten, den Lohndiener, die jeweilige Amme und die Kinderfrau. Sie alle wohnten mit im Haus, wurden beköstigt und erhielten ein festes Gehalt. Elisabeth hat in ihrem Wirtschaftsbuch die Namen und Kosten der Bediensteten festgehalten. Der Diener erhielt 1755 einen Jahreslohn von 27 Gulden, der bis 1770 auf 30 Gulden stieg, dazu jährlich 3 Paar Schuhe und 2 Paar Strümpfe, Rock, Camisol und Hut mit goldener Borte. Schuhe und Strümpfe kosteten 2 Gulden 45 Kreuzer. Dem ersten Diener folgte 1759 Johann Elias Becker, *Schneidergesell aus Langenhayn aus der Grafschaft Ebstein*, und zwar *erhielt er die vorige Montour, welche, da sie mangelhaft war, 5 Gulden 30 zu reparieren kostet* ... Bis 1771 diente für den gleichen Lohn Johann Georg Freytag aus Nauheim.

Dauergast im Hause war ferner ein Mündel des Hausherrn, Johann David Balthasar Clauer, der immerhin dreißig Jahre lang mit im Hause lebte. Der junge Mann, Sohn eines Archivars und dessen Ehefrau Eva Maria Bethmann, war geisteskrank, und Caspar als sein Vormund hatte sich bereit erklärt, ihn gegen ein Kostgeld von monatlich dreißig Talern aufzunehmen. Clauer erledigte anfangs Schreibarbeiten, mußte aber bald seiner gefürchteten Ausbrüche wegen bewacht werden, ein Gast mithin, der auch für die Hausfrau nicht einfach zu ertragen war.

Zu denen, die in schöner Regelmäßigkeit die Gastfreundschaft der Hausfrau genossen, gehörte außerdem der kurbayrische Rat Johann Caspar Schneider, Jugendfreund des gleichaltrigen Hausherrn, Sammler von Siegeln, Wappen, Münzen und alten Gemälden. Rat Schneider, der sich als Jurist bei der heiklen

Gretchen-Affäre des Sohnes bewähren sollte, war als gebildeter und belesener Junggeselle ein Tischgast, der sonntags nach der Kirche gern gesehen wurde.

Neben den festangestellten Dienstboten waren Hilfskräfte vonnöten, die regelmäßig ins Haus kamen: der Barbier und der Perückenmacher, die Botenfrau, die Wäscher- und Plätterinnen, Hausschneiderin und Weißnäherin, Ofenkehrer, Kutscher, Uhrmacher und Dachdecker, Böttger und Spengler, Korb- und Kesselflicker, dazu über viele Jahre Amme und Kinderfrau. Um das große und aufwendige Anwesen zu erhalten, benötigte man Fachpersonal. Brunnen und Zisterne mußten gereinigt, der Abtritt geleert, in allen Räumen die Holzdielen gespänt und abgezogen, mit Sand gescheuert, mit Wachs gebohnert werden. Die Untermägde brachten das Wasser in die Schlafräume und schütteten es nach Gebrauch in die Straßengosse, sorgten früh für die Öfen und das Feuer im Herd, leerten Nachtgeschirre, scheuerten Brat- und Waschkessel, besorgten die Bunt- und Windelwäsche. Seife und Seifenpulver kamen im April 1755 jeweils im Viertelzentner, Wäschestärke und Berliner Blau zum Bleichen der Tafeltücher in Pfundpaketen ins Haus.

Den wichtigsten Platz unter den Hausangestellten nahm die Köchin ein, von Caspar nicht zu Unrecht als *regina culinae* (Königin der Küche) bezeichnet. Elisabeth hat ihre Köchinnen in ihrem *Liber Famulitii*, dem Personalbüchlein, lückenlos notiert. 1755 kam Anna Maria Benderin, gefolgt von Rebecka Sophia Rieth, einer Glasertochter. 1766 konnte Dorothea Kramerin aus Rothenburg nur Cornelia im Hause erleben, da der 16jährige Wolfgang bereits in Leipzig studierte. Ihr folgte Juliana Kügelin, die 1778 als Braut entlassen wurde. Bis zum Jahre 1782, in dem Caspar starb, stand dann Maria Elisabetha Zeitinger aus Wiesbaden der Küche vor, 1783 war es Maria Seyfriedin von Umstädt, nach ihr Catharina Wendemännin, die der Hausfrau bis zum 28. Oktober 1793 zur Seite stand. Eine Köchin war nicht nur für die Zubereitung der komplizierten Speisen zuständig. Sie wies auch die Mägde an, organisierte die Lagerung und Zubereitung der Nahrungsmittel. Hühner, Gänse, Puten und Enten, die noch lebend vom Markt geholt wurden, mußten im Hof geschlachtet werden, bevor in der Küche die Federn gerupft, die Daunen gesengt, die Innereien herausgenommen und gehackt, die Brühe zum Sieden gebracht und das Geflügel gegart werden konnte. Fische wurden geköpft, ausgenommen, gewässert und geschuppt, bevor sie im Sud dünsteten. Fleisch lag tagelang *in der Beiz*, wurde mit Öl bepinselt oder gespickt. Als eine vorzügliche Neuerung betrachtete die Hausfrau den gerade erfundenen Bratenwender aus Hanau, der zwar ein Vermögen kostete, aber dafür die Arbeit erleichterte, indem er nicht mehr stundenlang per Hand gedreht werden mußte, sondern aufgezogen wurde, eine Einrichtung, um die Wieland seine Gastgeberin im Hirschgraben sehr beneidete.

In der Küche existieren noch der geriffelte Spül-Stein und die originale Wasserpumpe mit dem runden Messingknauf. Auf großen Tischen, Hack- und Nudelbrettern wurden die Zutaten von Hand zerkleinert, gerieben, gemahlen, geschlagen und gerührt, vom Nudelteig bis zur Quittencreme, vom Kalbsfußgelee bis zum Hechtragout. Zum Kochen nahm man gewöhnlich Schinken- und Fischkessel aus Kupfer, die gescheuert wurden wie die Eisentöpfe, die Bratpfannen, das schwere Waffeleisen, der Fleischwolf. Untersetzer, Trichter, Siebe, Meßbecher, Mandelmühle, Gurkenhobel, Muskatreibe und Lichtschere waren aus Blech. Für Ragouts und Zwischengerichte standen kupferne Kasserollen im Regal, daneben große Pasteten- und Kuchenformen aus Ton. Eiserne Mörser dienten zum Zerstoßen von Pfefferkörnern und Wacholderbeeren, Mandeln, Indigo und welschen Nüssen. Kuchen und Konfekt, Marzipan, Brenten und die von Elisabeth geschätzten *Biskuiter* wurden in der eigenen Küche hergestellt. Der große Bestand an zinnernen Gebrauchsgegenständen, die Schüsseln, Teller und Schöpflöffel, Milchkannen, Tee- und Gewürzbüchsen aus Zinn waren ausschließlich für die Küche bestimmt. Als die Schwiegermutter starb, hinterließ sie 57 Pfund englisches Zinn, das von Elisabeth noch vermehrt wurde, so daß schließlich 84 Pfund allein an zinnernem Gerät auf den Regalen in der Küche stand.[2] Dagegen war alles, was der Repräsentation diente, das Kaffeeservice, Zuckerdose und Teemaschine, Präsentierteller, Tabletts und Pralinenkörbe aus Silber. Das für elegante Mahlzeiten bestimmte Tafelservice bestand aus Höchster Porzellan und wurde kontinuierlich ergänzt. Eine handbemalte Teedose hat sich im Frankfurter Goethehaus erhalten.

Manchmal stattete Wolfgang der Küche einen Besuch ab. Dann bekam er von der Köchin *einen leckeren Bissen* zugesteckt und erfuhr von der Mutter, wie gewisse Lieblingsgerichte bereitet wurden, Speckpfannkuchen und warmer Wirsingsalat. Ihre Informationen scheinen auf fruchtbaren Boden gefallen zu sein, denn im Gartenhaus an der Ilm brachte Goethe dem kleinen Carl von Stein das Pfannkuchenbacken bei, und einer seiner Besucher im Haus am Frauenplan berichtet vom Mittagsmahl mit Kohlsalat in warmer Brühe. *Das ist ein echt Frankfurter Essen*, äußerte Goethe, *wie's meine Mutter mir so häufig gemacht hat.*[3]

Elisabeth bekam wöchentlich Haushaltsgeld, womit sie Bäkker und Fleischer, auch Garn, Wolle und die frischen Waren vom Markt bezahlte. Nach den eintönigen Wintermahlzeiten mit Trockengemüse und Hülsenfrüchten besorgte sie Kresse und Borretsch, Feldsalat und Rapunzeln, Pimpernelle, Kerbel und Sauerampfer. Was über das Haushaltsgeld hinausging, waren jene *Extras*, die Caspar in seinem Ausgabenbuch erwähnt: *Caja für Sonderausgaben zwei Gulden, der lieben Caja extra für Besonderes.*

Die wichtigste Aufgabe der Hausfrau bestand im Haltbarmachen von Obst, Fleisch und Gemüse. Zu einer Zeit, da man keine ausreichende Kühlung kannte, spielte die Lagerung die größte Rolle. Es mußten Äpfel zentnerweise in Ringe geschnitten und Kirschen in Bütten entsteint, Erbsen gepahlt und Bohnen kleingeschnitten werden. Bettine Brentano erfuhr noch, wie die Borsdorffer Äpfel auf dem Stroh in der Bodenkammer regelmäßig umgelegt wurden, damit sie nicht faulten.[4] Das Frühjahr war die härteste Zeit. Elisabeth berichtet ihrer Schwiegertochter Christiane, daß sie wieder Holz eingekauft, Molken gekocht, die Wäsche besorgt und »vor das ganze Jahr Butter zentnerweise eingemacht« habe. Die Butter, gesalzen in Fässern gelagert, mußte für Monate reichen. Im Kupferkessel wurden Marmeladen, Pflaumenmus und Gelees eingekocht, Flaschen mit Apfel- und Johannisbeersaft verkorkt, Dörrobst getrocknet, Gänse geräuchert und Rindfleisch gepökelt. Das Korn konnte auf der Mühle zu Niederursel gemahlen und das eigene Mehl beim Bäkker zu Sechspfundbroten gebacken werden, die dann zum Austrocknen in Stapeln aufeinanderlagen.

Alles, was gekauft, produziert und verarbeitet wurde, geschah unter dem Gesichtspunkt der Vorratswirtschaft. Im Juni 1767 lagerte Caspar zwei Zentner Butter ein. Orangen- und Pomeranzenschalen legte man in Zuckerwasser, Gurken und Sauerkraut wurden in Steinguttöpfen eingemacht und mit Holzdeckeln beschwert. Auf dem Speicher standen Säcke mit Gerste und Hirse, Erbsen, Linsen und Bohnen, an der Decke hingen die Schinken und Würste von der eigenen Schweineschlachtung, die, als *Schlachtfest* gefeiert, von Wolfgang aber wegen des Gestanks verabscheut, im Januar stattzufinden pflegte. Den Kaffee lieferte in großen Blechbehältern zu 25 Pfund Kaufmann Bölling für zwölf Gulden. Schwager Melber berechnete im Jahre 1753 einen ganzen Gulden für ein halbes Pfund Tee. Elisabeth und Caspar tranken zum Frühstück regelmäßig ihren Tee, der mit einer kupfernen Teemaschine – *machina theana cuprea* – bereitet wurde; Gebäck nahmen sie aus einer Silberschale, wie sie im Oktober 1766 für 39 Gulden erstanden wurde.

Als Hausfrau war Elisabeth zuständig für die Leitung und Organisation des Vielpersonenhaushalts, der sich mit jedem neuen Kind um ein bis zwei Hilfskräfte vermehrte. Sie, die alle Ausgaben, Gehälter und Geschenke an das Personal vermerkte und den Verbrauch der Lebensmittel überwachte, war auch verantwortlich für das soziale Gefüge, nämlich den reibungslosen

Tagesablauf, die Koordinierung des Personals und die Gestaltung von Freizeit und Feierabend. Sie hatte für den günstigen Einkauf zu sorgen wie dafür, daß Obst und Gemüse aus dem Garten pünktlich angeliefert wurden. Die kostbare Seife sollte nicht verschwendet, die teuren Wachskerzen nicht unnötig verbraucht werden.

Haushaltsführung in diesem Ausmaß war eine Aufgabe, als leite man eigenverantwortlich einen Betrieb mittlerer Größe. Nebenbei erledigte man die Näh- und Flickarbeit, gab das selbstgesponnene Leinengarn in Heimarbeit zum Weben außer Haus, sorgte dafür, daß Rindfleisch und Rebhuhn nicht verdarben, die Scheiben poliert, Silber und Kupfer mit Kreide und Branntwein zu Glanz gebracht wurden. Die Tätigkeit einer Hausfrau wurde hoch geschätzt; sie allein besaß die ›Schlüsselgewalt‹, was bedeutete, daß nur sie Zugang zu Keller und Speicher, Vorrats- und Speisekammer, Mehlkisten, Truhen und Wäscheschränken hatte.

Teuer war der Zucker. Die silberne Zuckerdose, die man im September 1753 für 19 Gulden angeschafft hatte, wurde nach jedem Gebrauch verschlossen. Zum Süßen der Speisen nahm man Honig, denn Zucker wurde noch ausschließlich aus Zuckerrohr gewonnen, drei Pfund kosteten mehr als einen Gulden. Man bezog ihn von Schwager Melber, und ein halbes Dutzend Zuckerhüte stand aufgereiht in der Vorratskammer neben den Schachteln mit Kandiszucker. Essenzen, Vinaigre und Kochwein lieferte Kaufmann d'Orville, feines Speiseöl aus Oliven der italienische Handelsmann Peter Anton Brentano, bei dessen *schwarzäugiger* Ehefrau Sohn Wolfgang später Eifersucht und Unruhe stiften würde.

Bei Familie Goethe übernahm der Hausherr die Bezahlung der Lehrer und Dienstboten sowie die Kosten für Geburten und Beerdigungen, Mietkutscher und Handwerker. Er bestritt die Pflege von Weinberg, Gärten und Wiesen und die öffentliche Laternen- und Latrinensteuer. Alles, was über den täglichen Bedarf bedeutend hinausging, wurde von ihm finanziert. So war er für das Brennholz zuständig, das in Fuhren für das ganze Jahr angeliefert und im Hof gehackt wurde. Holz war nicht billig. Zu den reinen Kosten von 100 Gulden kamen der Transport, das Stapeln im Holzkeller und das Zerkleinern noch hinzu. Der Haushaltsvorstand übernahm auch die Bezahlung jener Nahrungsmittel, die in größeren Mengen eingelagert wurden. Im August 1755 – es sind vier Kinder im Haus – wandern 800 Gurken zum Einlegen und 100 Kohlköpfe in die Küche.

Dann war dafür zu sorgen, daß die Vorräte nicht von Mäusen angenagt oder durch Nässe verdorben wurden. Gegen die Mäuseplage schaffte man zwei Kater an, für die im Januar 1755 ein abführendes Mittel nötig war: *Medicina laxans duabus feliabus ordin. 12 Kreuzer.* Später mußten die beiden Kater, die sich zu vermehren drohten, kastriert werden. Die exakt eingetragenen Gulden und Kreuzer machen die Sorgen des Ehepaares für ein gepflegtes Hauswesen deutlich. Im Juni 1765 werden zusätzlich weitere acht Mausefallen – *muscipulae* – aufgestellt. Auch der Kauf von zwei Vogelkäfigen ist verbürgt. Arzneimittel gegen Wurmerkrankungen wurden benötigt, und immer mühte man sich, die Motten in den Wäscheschränken, die Flöhe in den Betten und die Wanzen in den Strohmatratzen, die Stechmücken und die Schmeißfliegen, die ihre Eier auf Fleisch und Obst ablegten, zu bekämpfen. Rezepte gegen Entzündungen und *schlechte Säfte* wanderten von Haus zu Haus, auch Elisabeth hat sie zwischen den Adressen von Bedürftigen und Waschanleitungen in ihrem Haushaltsbuch notiert.

Der Hausherr finanzierte die Ausstattung des Hauses, das Mobiliar, so im August 1767 neun Polsterstühle für »die blaue Stube«, einen indischen Schlafzimmervorhang, Messingleuchter, Wandbilder und die Reparatur der Eisenbetten. Seinem Reglement unterstanden die Vergnügungen der Familie, die Kutschfahrten nach Wiesbaden, sommerliche Wasserpartien, Konzertbesuche und die goldenen Ohrringe für Cornelia. Der Hausherr war ein Liebhaber der geordneten Zeit. Es gab in seinem Haus so viele Uhren, daß mehrere Uhrmacher zum Aufziehen und Reparieren benötigt wurden, die im Ausgabenbuch ebenso regelmäßig auftauchen wie der Klavierstimmer und der Notenkopist.

Caspar rauchte nicht, der berühmte Tabak aus Offenbach fehlt in seiner Liste, während wir von seiner Frau wissen, daß sie gelegentlich den Schnupftabak liebte. Was das Ehepaar ansonsten bevorzugte, findet sich aufgeführt: Schwartenmagen und Göttinger Wurst, Käse aus Emden, Schwalbacher Tafelwasser, Morcheln und Likör. Man aß als Vorspeise gerne Pastetchen, danach Gebrannte Suppe mit gerösteten Semmeln, Aal in rotem Wein, gefüllte Kalbsbrust oder Schöpsenfleisch in brauner Brühe, zum Dessert Zitronencreme.[5] Um Wein brauchte man sich nicht zu sorgen, die Keller waren voll von Fässern, die Cornelia Göthe aus dem *Weidenhof* mitgebracht hatte. Es galt damals das Sprichwort: ›In Frankfurt ist mehr Wein in den Kellern, als Wasser in den Brunnen.‹ Der Hausherr trieb anscheinend auch einen eigenen Weinhandel.[6] Zwischen den Weinstöcken seines Weinberges ließ er in langen Reihen Spargel anpflanzen, und aus dem eigenen Garten bezog man Stangenbohnen, Zuckererbsen und Zwiebeln, Aprikosen, Klosterbirnen, Kirschen und gelbe Äpfel, die Hausfrau hat es in ihrem *Gartenbuch* vermerkt.

Selbstverständlich beteiligte sich Elisabeth am geistigen und gesellschaftlichen Leben der Familie. Bei ihr lagen die Gastgeber- und Repräsentationspflichten, sie lud die Freunde zu Hauskonzerten und geselligen Zusammenkünften ein. Darüber hinaus oblag ihr die ›Sozialarbeit‹. Regelmäßig betreute sie vierzehn arme, alte Frauen – *Anis menstruis quatuor decim* – und unterstützte vom Unglück Betroffene. Sie besorgte auch die obligaten Neujahrsgeschenke für die Hauslehrer der Kinder und deren Frauen, für die Handwerker und Laternenanzünder, Botenfrau und Billettverkäufer, Torschließer, Nachtwächter und den Kirchturmbläser der Katharinenkirche.

Die gefürchtete Kindersterblichkeit machte vor dem Hause Goethe nicht halt – für die Mutter das größte Unglück. Und was dachten die Geschwister, wenn sie ins leere Zimmer traten? Elisabeth wußte, daß ihr ältester Sohn an seinem Bruder hing, wie er auch an der Wiege der kleinen Cornelia eifersüchtig gewacht und ihr Brot gebracht hatte, wenn sie schrie. Elisabeth berichtete Bettine Brentano, daß Wolfgang für seinen jüngeren Bruder Jacob schon allerlei Lernmaterial vorbereitet hatte. Doch alles war umsonst. Am 11. Januar 1759 notierte der Vater: *Begräbniskosten für das selige Jacöblein 53 Gulden.*

Im Jahr zuvor hatte Caspar Umschläge von Weingeist *(suppl. spiritu)* für Jacob notiert. Wolfgang bekam die Röteln, ›Windblattern‹ genannt, und zum Entsetzen der Mutter auch die Pocken. Die Eltern hatten nicht gewagt, an ihren Kindern die neuerdings empfohlene, doch nicht ungefährliche Prozedur einer Kuhpocken-Impfung auszuprobieren. Als sich dann der schwächere Jacob ansteckte, sein Körper vom Fieber geschüttelt wurde, sein Gesicht entstellt aussah, gab es keine Rettung mehr. Beim Tod seines Bruders verhielt der zehnjährige Wolfgang sich merkwürdig. Er weinte nicht, sondern ärgerte sich nur, berichtete Elisabeth Bettine. *Als ich ihn nun nach acht Tagen fragte, ob er den Bruder nicht lieb gehabt? lief er in seine Kammer und brachte unter dem Bett eine Menge Papier hervor, die er mit Lektionen und Geschichten beschrieben hatte. ›Dieses alles, sagte er, habe ich gemacht, um es dem Bruder zu lehren.‹*[7] Jacob war, als er starb, noch nicht sieben Jahre alt.

V.
Mein Vater war lehrhafter Natur

Ehefrau, Hausfrau, Schülerin und Mutter (1756-1760)

Die junge Ehefrau kam gewissermaßen aus den Händen der Lehrer unmittelbar in die Hände eines beruflich enttäuschten, dafür von pädagogischem Ehrgeiz getriebenen Ehemannes, der sie wie eine Schülerin behandelte. Sie hatte zwar eine Schule besucht, was nicht allgemein üblich war, doch ein geregelter Schulunterricht für Mädchen wurde erst zu Beginn des 19. Jahrhunderts eingeführt, wobei man weibliche Gelehrsamkeit auf jeden Fall vermeiden wollte. Sophie von La Roche, die spätere Freundin, bat ihren Vater auf Knien, sie Latein lernen zu lassen – er erlaubte es nicht.

Textors Älteste durfte bei dem Frankfurter Schulmeister und Rechenlehrer Bischoff zum Unterricht gehen, der von 1730 bis 1745 eine Schule im Haus neben der Peterskirche betrieb.[1] Dort konnte man rechnen, lesen und schreiben lernen. Zwar schrieb Elisabeth orthographisch eigenwillig, doch das entsprach der Zeit, nicht der Unbildung. Keiner ihrer Briefpartner schrieb wirklich ›richtig‹, da es noch keine verbindliche Rechtschreibung gab. Dafür sind ihre Briefe Kabinettstücke bildhafter Formulierungskunst. Sie sagte selbst von ihren Briefen, in ihnen stecke *eine lebendige Darstellung aller Dinge, die in mein Wissen eingeschlagen.* Mit ihrem *Wissen* war sie allerdings nicht zufrieden. Als der Enkel sie in Frankfurt besuchte und mit seinen Kenntnissen brillierte, entgegnete sie: *Auch schäme ich mich nicht zu bekennen, daß du mehr von diesen Sachen, die von so großem Nutzen sind, weißt als die Großmutter.* Kinder in ihrer Zeit seien *elend* unterwiesen worden.

Von früh an las sie leidenschaftlich gern; im Gegensatz zu ihrer Schwester Johanna, die lieber in der Nachbarschaft umherlief und sich um verwahrloste Kinder kümmerte. Diese Schwester, drei Jahre jünger als sie, war auch ihre beste Freundin. Johanna Maria Textor, mit dem Lebensmittelhändler Adolph Melber verheiratet, besorgte mit ihrem Mann das Geschäft am Hühnermarkt, von wo die Goethes ihren Kaffee, Tee und Gewürze bezogen. Von ihren Fenstern aus konnte man auf das Marktgewühl herunterblicken und dabei Zuckerhütchen aus dem Laden essen. Wolfgang und Cornelia freundeten sich dort mit den Nachbarskindern an, mit Susanna Magdalena Münch, die Caspar gern als Schwiegertochter gehabt hätte, und den vier Schwestern Charlotte, Katharina, Nanne und Antoinette Gerock. Antoinette begleitete später die gleichaltrige Cornelia nach Emmendingen und stand ihr bei der Geburt ihres ersten Kindes bei.

Elisabeth Textor und ihre drei Schwestern waren in ihrer Jugend von keinem Sprachlehrer, keiner französischen Gouvernante gedrillt worden, wie es bei wohlhabenden Familien üblich war. Ihr Vater freilich hatte Französisch gelernt, auch ihr Bruder Johann Jost wurde sorgfältig auf sein Studium vorbereitet. Für Töchter aber gab es kein Gymnasium, und es war undenkbar, daß sie es je betreten würden. Sie sollten die Hauswirtschaft verstehen, kochen können und alle Arten von Handarbeiten beherrschen. Darin machte Textors Tochter keine Ausnahme.

In der Elementarschule wurde der größte Wert auf gründliche Bibelkenntnis gelegt. Catharina Elisabeths Lehrer, Pfarrer Fresenius, hat bemerkt, daß sie nicht nur gut lernte, sondern das Gelernte auch richtig anwandte. Seine Schülerin war von tiefer Gläubigkeit beseelt. Ihre Zuversicht und Lebenssicherheit wurde später vom Sohn bewundert, der an Zelter einen ihrer Briefe mit dem Hinweis sandte: *darin, wie in jeder ihrer Zeilen, spricht sich der Charakter einer Frau aus, die in alttestamentlicher Gottesfurcht ein tüchtiges Leben voll Zuversicht auf den unwandelbaren Volks- und Familiengott zubrachte* ... In der Bibliothek am Hirschgraben befanden sich nicht weniger als 33 Bibelausgaben und -übersetzungen,[2] in denen sie sich so gut auskannte, daß sie sogar Übertragungsfehler registrierte. *Luther hat Gott zu Kain sagen lassen: warum verstellst du deine Gebärde, aber es heißt eigentlich im Grundtext: warum läßt du den Kopf hängen?* schrieb sie einmal.

Auch gab es in der Bibliothek am Hirschgraben erstaunlich viele Lyrikbände, die *Sinngedichte* von Logau, *Scherzhafte Lieder* von Christian Felix Weisse, die *Poetischen Werke* von Hagedorn.[3] Dafür, daß sich Elisabeth für Dichtung interessierte, spricht die Tatsache, daß sie vieles besaß, was erst nach Caspars Tod erschienen war: Schillers *Musenalmanache*, Hallers *Heldengedichte* und die Lyrik der Heidelberger Dichterin Caroline Rudolphi.

Ein Teil dessen, was sie las, läßt sich auch aus ihrer Korrespondenz ermitteln. In ihrer Jugend waren es die Volkssagen, die man bei fahrenden Händlern für ein paar Kreuzer erstehen konnte. Sie las *die Geschichte von den vier Haimonskindern* – der sie, wie Goethe in *Dichtung und Wahrheit* berichtet, den Namen *Frau Aja* verdankte –, die *Artussage*, den *Till Eulenspiegel* und die *Geschichte der Fee Urgane*. Vom *Doctor Faustus* wünschte sie sich den *fliegenden Mantel*, damit sie schneller nach Weimar käme. *Fortunatus mit dem Glückssäckel* war ihr so vertraut, daß sie für ihre Schwiegertocher Christiane eine eigene Fassung herstellte.

Ihr Brief an den Enkel August, in dem sie ihr mangelndes Wissen beklagte, hat zu der Auffassung geführt, Goethes Mutter habe schlechte Lehrer und keine gute Ausbildung gehabt. Doch die Lektüre, die sich aus ihren vierhundert erhaltenen Briefen ermitteln läßt, stellt eine beeindruckende Leseliste dar. In den ersten Ehejahren waren Klopstock und Lessing ihre Favoriten, von letzterem vor allem *Emilia Galotti* und *Nathan der Weise*. Mit den Helden aus Homers *Odyssee* lebte sie wie mit guten Bekannten, und die griechischen Götter waren ihr so vertraut, daß sie Merkur und Minerva, Jupiter und Herkules an passender Stelle auftreten lassen konnte. Gellerts *Fabeln*, die im Jahr ihrer Hochzeit 1748 erschienen, kannte sie auswendig. *Tristram*

Shandy und *Yoricks Empfindsame Reise* von Sterne gehörten zu ihrem Repertoire. Die sentimentalen Romane Richardsons nahm sie zur Hand, als auch Cornelia sie las und für *Sir Charles Grandison* schwärmte. Das Leben des *Götz von Berlichingen mit der eisernen Hand* interessierte sie, als Wolfgang ihr die alte Nürnberger Chronik brachte, und dank seiner Shakespeare-Begeisterung las sie die Dramen, die in acht Bänden in der Bibliothek standen, in Wielands Übersetzung.

Wieland war der Dichter, den sie am meisten liebte. Er kam nach Frankfurt und wurde ihr Freund. Mit ihm, dem Gleichaltrigen, hat sie humorvolle Briefe gewechselt. Sein *Pervonte*, seine Märchen und Erzählungen geistern durch ihren Zitatenschatz, sein *Teutscher Merkur* machte sie über Jahre mit der neuesten Literatur aus aller Welt bekannt. Höchstes Vergnügen bereitete ihr der *Oberon*. *Was mir sein Oberon für seelige Tage gemacht hat und noch macht, das belohne Ihm Gott*, schrieb sie an die Herzogin Anna Amalia mit dem überzeugenden Urteil: *Dafür ist Er aber auch Wieland.* (16. Mai 1780)

Mit Vorliebe las sie die Werke derjenigen Autoren, die sie persönlich kannte, den Roman des Onkels von Loën, die Erbauungsschriften von Pfarrer Starck, von Schwiegersohn Schlosser den *Anti-Pope* und seinen *Katechismus für das Landvolk*. Sie las das Drama *Sturm und Drang* von Maximilian Klinger, den sie als Kind betreut hatte, und die Lebensgeschichte Jung-Stillings, der 1775 bei ihr wohnte. Herder, der sie 1771 in Frankfurt besuchte, mußte ihr alles schicken, was er veröffentlichte: seine *Verstreuten Blätter, Volkslieder, Zwo Predigten* (1783) und *Reden*. Sie las den *Wandsbecker Boten* von Matthias Claudius und ärgerte sich über den König von Preußen, der den *Götz von Berlichingen* nach der Aufführung in Berlin abgesetzt hatte, weil er französische Dramen bevorzugte. Für Jakob Michael Reinhold Lenz, den ihr Sohn unterstützte und den Cornelia zum Paten ihres Kindes machte, veranstaltete sie eine Geldsammlung, als er in geistige Verwirrung fiel. Was den Theologen Lavater aus Zürich betraf, so schwärmte sie nicht nur für die zierliche Person dieses Freundes, sondern auch für seine vierbändige *Physiognomik*, in der sie gerne mit einem schon fertigen Porträt erschienen wäre – wenn Sohn Wolfgang es nicht hinter ihrem Rücken verhindert hätte.

Sie kannte den *Sebaldus Nothanker* von Friedrich Nicolai, der sie besuchte, und auch den umstrittenen Roman *Leben, Bemerkungen und Meinungen Johann Bunckels*, den Nicolai in Berlin herausbrachte. Sie lobte die *Moralischen Abhandlungen* von Daniel Salzmann wohl deshalb, weil er ihr Freund war, las das *Deutsche Museum* von Christian Boie, bevor sie den Herausgeber persönlich bewirtete, und befaßte sich mit den Balladen des *Dichters Bürger*, der 1786 bei ihr einkehrte.

An Zeitungen abonnierte sie auch nach Caspars Tod (1782) die *Frankfurter Gelehrten-Anzeigen* und das Nachrichtenblatt, ließ sich als Periodikum *Die Landzeitung* und seit 1788 *Das Journal des Luxus und der Moden* kommen. Selbstverständlich las sie den Briefroman, der ihre Freundin Sophie La Roche 1771 bekannt machte: *Die Geschichte des Fräuleins von Sternheim*, und in der Folge jedes ihrer Werke, die Frauenzeitschrift *Pomona* ebenso wie *Rosaliens Briefe*, wozu sie sich nicht eben anerkennend äußerte: die Ratschläge der Verfasserin, bemerkte sie maliziös, stünden in krassem Gegensatz zu ihrer Handlungsweise.

Die Liebesromane, die Christiane Vulpius ihr schickte, amüsierten sie, vor allem *Agnes von Lilien* von Schillers Schwägerin Caroline von Wolzogen. Durch ihre Theaterleidenschaft war sie mit den Neuerscheinungen der zeitgenössischen Autoren vertraut; ihr Favorit auf der Bühne aber war und blieb Schiller.

Die Werke ihres Sohnes Wolfgang – den sie manchmal als *Docter Wolf* bezeichnete – las seine Mutter vom ersten Augenblick an, gedruckt oder ungedruckt, ganz oder in Teilen. Das gilt für den *Götz* und den *Werther*, für die frühen Stücke *Hanswursts Hochzeit, Claudine von Villa Bella* und *Die Geschwister*, die sie später in Frankfurt auf der Bühne sah. Sie las den *Pater Brey, Die Mitschuldigen,* las *Stella* und den *Clavigo*, der, wie *Egmont*, ebenfalls in Frankfurt aufgeführt wurde. Wolfgangs

Gedicht *Proserpina* las sie noch in der Handschrift, *denn es wird schwerlich gedruckt werden* (20. Mai 1778). Für sein Singspiel *Erwin und Elmire* schwärmte sie wohl auch deshalb, weil sie sich in *Mutter Olympia* wiederfand und die darin enthaltenen Lieder, die Anna Amalia vertont hatte, mit Bravour sang, *daß es eine Art und Schick hat* (16. Oktober 1778). Zu ihren frühen Lieblingsstücken gehörte *Das Jahrmarktfest zu Plundersweilern*, woraus sie die derberen Stellen gern derb wiederholte. Auch in *Herrmann und Dorothea* fand sie sich zweifellos durch den Sohn geschildert und beim *Wilhelm Meister*-Roman wartete sie sehnsüchtig auf jede neue Folge.

Der Ehemann als Lehrmeister seiner Frau – das weckt die unangenehme Vorstellung einer einem patriarchalischen Tyrannen untergeordneten Frau, die zwar gehorsam, aber ohne Liebe seinen Befehlen nachkommt. Die Mutter sei erst in und mit den Kindern erwachsen geworden, behauptete der Sohn. Doch das von ihm beobachtete Eltern-Verhältnis muß nicht unbedingt in besserwisserischer Tyrannei und kleinlauter Unterordnung bestanden haben. Für Elisabeth konnten diese Lehrstunden eine Verlängerung ihrer Jugendzeit bedeuten. Ihr Unterricht war mit der Heirat abgebrochen worden, auch die Klavierstunden bei Kapellmeister Beck, der sie früher schon unterrichtet hatte und nun in den Hirschgraben kam.

Man kann die Stunden, die Caspar Goethe seiner Frau abverlangte, auch unter dem Aspekt einer intensiveren Gemeinsamkeit sehen. Die Zeit, die das Ehepaar miteinander verbrachte, ließ Elisabeth zur *Caja carissima* werden, zur liebsten Gefährtin und unersetzlichen Vertrauten, die er *thori socia* nannte, die »geliebte Gefährtin des Bettes«.[4] Aus dieser Zeit stammt wahrscheinlich das erwähnte Porträt Elisabeths im pelzgesäumten Seidenmantel, die ruhig lächelnd ins Bild blickt – es zeigt eine absolut zufrieden wirkende Frau.

Gemeinsamkeiten zwischen Caspar und Elisabeth entstanden auch durch die Liebe zur Musik.[5] Die Ehefrau begleitete auf dem

Cembalo die Stimme ihres Italienischlehrers Domenico Giovinazzi zu Duetten, Arien und Canzonen. Die Partituren lagen im Musikzimmer auf dem rotlackierten, goldgeblümten Notenpult, in das Wolfgang leichtsinnig mit der Kerze ein Loch brannte, wie er in *Dichtung und Wahrheit* erzählt. Ihm blieb von den Liedern, die er von der Mutter hörte, besonders die Melodie einer italienischen Canzone im Ohr, deren Text *Solitario bosco ombroso* er auswendig kannte, bevor er überhaupt den Inhalt verstand. *Solitario bosco ombroso – einsamer schattiger Hain / Zu dir kommt das bedrängte Herz / Um Ruhe zu finden …* Es handelte sich um ein italienisches Gedicht in der Vertonung des Niederländers Fesch, dessen melodiöse Arien sehr verbreitet waren.[6] Goethes Schilderung enthüllt unbeabsichtigt die elterliche Harmonie. Der Vater stimmte sich auf der Flöte ein, Cornelia saß am Klavier, die Mutter sang, Wolfgang lauschte. Es werden intime, leicht melancholische Abende gewesen sein, an denen jene anmutigen und traurigen Canzonen erklangen, die Caspar gerne hörte und Elisabeth gerne sang. *Solitario bosco ombroso …*

Was Elisabeth nicht lernen mußte: die Kunst, Geschichten zu erfinden. Sie war eine Erzählerin von Rang, die ihre Einfälle aus einem unerschöpflichen Fundus bezog und nicht nur *Lust zu fabulieren* hatte, sondern damit auch Freunde gewann und ihren Zuhörerkreis fesselte. *Diese schönen Abende*, sagte sie stolz, *durch die sich der Ruhm meiner Erzählkunst bald verbreitete, so daß endlich Alt und Jung daran teilnahm, sind mir eine sehr erquickliche Erinnerung*, und noch im Juni 1807 ebenfalls zu Bettine: *Auf deine Herkunft freue ich mich gar sehr, da wollen wir eins zusammen schwatzen – denn das ist eigentlich meine Rolle, worin ich Meister bin.*

Die Erzählerin war zugleich eine gute Pädagogin. Ihre Kinder regte sie zu eigenen Geschichten an, lobte ihre Einfälle und führte ihre Geschichten weiter bis zum Schluß. *Wenn ich denn am nächsten Abend die Schicksalsfäden nach seiner Angabe weiterlenkte und sagte: ›Du hasts geraten, so ists gekommen‹, da war er Feuer und Flamme, und man konnte sein Herzchen unter der Halskrause schlagen sehen*, berichtete sie über die Erzählstunden mit Wolfgang. Sie förderte die Phantasie und lenkte das Mitdenken. Erfreut hörten die Kinder die eigene Version aus ihrem Mund, vor allem der Sohn habe wie gebannt zugehört. *Da saß ich, und da verschlang er mich bald mit seinen großen schwarzen Augen, und wenn das Schicksal irgend eines Lieblings nicht recht nach seinem Sinn ging, da sah ich, wie die Zornader an der Stirn schwoll und wie er die Tränen verbiß.* Sie mußte bekannte Märchen seinetwegen abändern. *Nicht wahr, Mutter, die Prinzessin heiratet nicht den verdammten Schneider, wenn er auch den Riesen totschlägt.*

Bettine zuliebe hat sie einmal eine Geschichte wiederholt,[7] die sie eigens für ihren Sohn erfunden hatte. *Luft, Feuer, Wasser und Erde stellte ich ihm unter schönen Prinzessinen vor und alles, was in der ganzen Natur vorging, ... und da wir uns zwischen den Gestirnen Straßen dachten, und daß wir einst Sterne bewohnen würden, und welchen großen Geistern wir da oben begegnen würden, da war kein Mensch so eifrig auf die Stunde des Erzählens mit den Kindern wie ich ... und eine Einladung, die mich um einen solchen Abend brachte, war mir immer verdrießlich.* Später schickte ihr der Sohn mit seinen *Unterhaltungen deutscher Ausgewanderten* ein von ihm erfundenes Märchen, das die ›Traumrealität‹ der mütterlichen Geschichte wiederholte. Der Psychoanalytiker Kurt Eissler kommt zu dem Resultat: *In der Beziehung zwischen dem Kind Goethe und seiner Mutter ist das, was mir immer als höchst bemerkenswert und charakteristisch aufgefallen ist ... die von Bettine berichtete Situation des Geschichtenerzählens.* Er habe *das Empfinden, daß dies das Zentrum gewesen sein kann, welches die geniale Begabung des Kindes weckte.*[8] *Die Mutter glaubte auch*, erklärte Bettine ebenso überzeugt, *sich einen Anteil an seiner Darstellungsgabe zuschreiben zu dürfen.*[9]

Elisabeth wirkte nicht nur durch Phantasie, sie vermittelte den Kindern auch die realen Ereignisse des Weltgeschehens. Das Le-

10. Johann Wolfgang Goethe im Alter von 16 Jahren

ben, sagte sie, *tat durch seine grausenhafte Wirklichkeit, die alles Fabelhafte überstieg, fürs erste der Märchenwelt Abbruch. Das war das Erdbeben von Lissabon, alle Zeitungen waren davon erfüllt ...* Goethe hat die Wirkung des Erdbebens vom November 1755 in *Dichtung und Wahrheit* geschildert, weil es seinen Glauben an einen gerechten Gott durch ein Übermaß an Ungerechtigkeit erschütterte. *Der kleine Wolfgang, der damals im siebenten Jahr war, hatte keine Ruhe mehr*, berichtete Elisabeth, *dies alles beschäftigte den Wolfgang tiefer, als einer ahnen konnte.* Er habe sich dann aber *weise* geäußert. Als er mit Großvater Textor aus der Kirche kam und Caspar sich nach der Predigt erkundigte, habe er geantwortet: *Gott wird wohl wissen, daß der unsterblichen Seele durch böses Schicksal kein Schaden geschehen kann.*

Offenbar besaß Elisabeth nicht den Ehrgeiz, ihre Geschichten zu Papier zu bringen. Auffallend häufig betonte sie, *tintenscheu* zu sein, obwohl sie nahezu unablässig Briefe schrieb und Erlebnisse formulierte. Sie lehnte *das Schreiben* so kategorisch ab, als sei es mit einem Tabu belegt. Oder wollte sie den Unterschied zum Sohn bewußt hervorheben, um sich von ihm abzugrenzen? Paßte das Verfassen von Romanen nicht zum Bild idealer Weiblichkeit? Am Beispiel von Sophie La Roche konnte sie beides erleben, Anerkennung, aber auch öffentliche Ablehnung. Das Erzählen hingegen gehörte traditionell zur weiblichen Sphäre. Als einer begabten Erfinderin von Geschichten ist ihr geglückt, was Sohn Wolfgang in *Dichtung und Wahrheit* rühmte: *die Neugierde zu erregen, die Aufmerksamkeit zu fesseln ... der Einbildungskraft Stoff zu neuen Bildern und dem Verstand zu fernerem Nachdenken zu hinterlassen.*

Caspar dagegen wird vom Sohn einsilbig genannt, zu Gesprächen nicht aufgelegt, was in den Augen des Jungen ein beklagenswerter Mangel gewesen sein muß. Das einzige Thema, das den Vater wirklich interessierte, war seine Italienreise; sprach er über etwas anderes, dann hauptsächlich als Lehrmeister. Elisa-

11. Der Brunnen im Hof des Hirschgrabenhauses

beths Wirkung auf die Kinder kann daher nicht hoch genug veranschlagt werden. Entsprechend eindeutig fällt Goethes Urteil über den unterschiedlichen Einfluß seiner Eltern aus. In *Dichtung und Wahrheit* heißt es: *Der Mensch wirkt alles, was er vermag, auf den Menschen durch seine Persönlichkeit ... Mir war von meinem Vater eine gewisse lehrhafte Redseligkeit angeerbt; von meiner Mutter die Gabe, alles, was die Einbildungskraft hervorbringen, fassen kann, heiter und kräftig darzustellen, bekannte Märchen aufzufrischen, andere zu erfinden und zu erzählen, ja im Erzählen zu erfinden. Durch jene väterliche Mitgift wurde ich der Gesellschaft mehrenteils unbequem ... Meine Mutter hingegen hatte mich zur gesellschaftlichen Unterhaltung eigentlich recht ausgestattet.*

Im neuen Haus lagen die Privaträume der Familienmitglieder im zweiten Stock. Dort hatte Cornelia ihr Zimmer, dort befanden sich das Gemäldezimmer und die Bibliothek mit nahezu zweitausend Bänden. Die Hausfrau bewohnte das Zimmer zum Hirschgraben hinaus, hier stand ihr Schreibtisch, an dem sie der Köchin den Tagesplan ausgab, ihre Ausgabenbücher führte, Briefe schrieb. In diesem Zimmer stand wohl der grüne Sessel, von dem Bettine Brentano als dem *Märchensessel* der geborenen Erzählerin berichtet hat.

Im zweiten Stock lag auch das Arbeits- und Studierzimmer des Vaters, in dem er den Kindern Unterricht erteilte oder die Privatlehrer instruierte, seit sich der Schulbesuch als Fiasko erwiesen hatte. Den Kindern erschienen die Stunden qualvoll. *Mein Vater war überhaupt lehrhafter Natur, und bei seiner Entfernung von Geschäften wollte er gern dasjenige, was er wußte und vermochte, auf andere übertragen.* Seine *Entfernung von Geschäften* ist die vorsichtige Umschreibung der Tatsache, daß der Vater überhaupt keine Geschäfte hatte. Mit der Zeit muß es dem ehrgeizigen Mann als schwerwiegendster Fehler seines Lebens erschienen sein, durch eigene Schuld seine Karriere abgeblockt zu haben. Das Leben als Privatmann machte ihn zwar unabhängig, die Untätigkeit aber auch unzufrieden. Seine ungenutzten Kenntnisse fanden nun ein ehrgeiziges Ziel: die Erziehung der Kinder.

Unter seiner Aufsicht lernten sie ab dem siebten Lebensjahr Latein, Griechisch, Geographie und Geschichte und übten seitenlang Schönschrift bei dem unerträglich langweiligen Kalligraphen Johann Heinrich Thym, der regelrechte ›Schönschreibwettbewerbe‹ veranstaltete. Cornelia ging ein Jahr lang ins Rolandsche Lehrinstitut und lernte, was ihre Mutter versäumt hatte: Französisch. Beim Tanzunterricht blies der Vater selber die Flöte, was gewiß rührend war, doch seine Pedanterie wirkte sich quälend aus. *Hatten wir in langen Winterabenden im Familienkreis ein Buch angefangen vorzulesen, so mußten wir es auch durchbringen, wenn wir gleich sämtlich dabei verzweifelten*, heißt es in *Dichtung und Wahrheit. Ich erinnnere mich noch eines solchen Winters, wo wir die Bowers Geschichte der Päpste so durchzuarbeiten hatten. Es war ein fürchterlicher Zustand ...* Waren die Kinder krank und geriet Caspars Zeitplan durcheinander, bekamen sie *doppelte Lektionen.* Sein *Erziehungs- und Unterrichtskalender* war sein Lebensinhalt. *Vor diesen didaktischen und pädagogischen Bedrängnissen flüchteten wir gewöhnlich zu den Großeltern.* Wolfgang und Cornelia liefen zu den alten Textors, und vermutlich fand dann auch Elisabeth sich erleichtert bei ihren Eltern ein.

Für ihre charakterliche Entwicklung, meinte Goethe, sei der Unterricht beim eigenen Vater eher schädlich gewesen. Bei den Vorarbeiten zu *Dichtung und Wahrheit* notierte er, der Abstand zwischen Eltern und Kindern sei zu groß. *Dankbarkeit, Neigung, Liebe, Ehrfurcht halten die jüngeren und bedürftigen Wesen zurück, sich nach ihrer Weise zu äußern.* Er hat diesen bitteren Vorwurf im gedruckten Text bezeichnenderweise weggelassen. Es war die Erkenntnis, daß man als Kind gezwungen war, in Lüge und Verstellung zu flüchten. Dachte er dabei auch an Cornelia? *Jeder tätige Widerstand ist ein Verbrechen. Entbehrungen und Strafen lehren das Kind schnell, auf sich zurück-*

zugehen und, da seine Wünsche sehr nahe liegen, wird es sehr bald klug und verstellt. Klug und verstellt? Seine Schwester vermochte nicht einmal das. Sie wurde bockig und verklemmt.

Immerhin, der Vater tobte nicht, schlug nicht, disziplinierte weder seine Frau noch die Kinder. Das war nicht selbstverständlich. Es gab Familien, in denen es anders zuging, und man wußte es. Die Kinder fürchteten aber seinen unberechenbaren Zorn. Ihre Zuflucht war die Mutter. *Meine Mutter, stets heiter und froh, erfand eine bessere pädagogische Auskunft ...*

Weitere Unterrichtsfächer kamen hinzu, Zeichenunterricht und Übungen in architektonischen Stilarten bei Kupferstecher Johann Michael Eben.[10] Wolfgang lernte Hebräisch bei dem mit den Eltern befreundeten Rektor Albrecht, Cornelia Englisch bei Johann Peter Christoph Schade, der 1762 nach Frankfurt kam. Französisch war für beide Kinder Pflichtfach. Wolfgang verfaßte französische Gedichte, Cornelia schrieb ihre tagebuchartigen Seelenepisteln auf Französisch – vielleicht, um ihre Briefe dadurch dem mütterlichen Auge zu entziehen. Sie sprach auch sehr gut Italienisch, das ihr vom Vater rund zwei Jahre lang, von 1760 bis 1762, von Domenico Giovinazzi beigebracht worden war.

Italienisch war die Sprache, die Caspar liebte. Mit Italien verband er die schönste Zeit seines Lebens. Die Aufenthalte in Venedig, Rom und Neapel zählten zu den Höhepunkten seines Daseins. Wollte er noch einmal in die Welt Arkadiens eintauchen, als er seinen Reisebericht *Viaggio per l'Italia* in italienischer Sprache zu schreiben begann? – zur gleichen Zeit übrigens, da er seine Familie in einer arkadischen Ideallandschaft porträtieren ließ. War die Schilderung seiner Erlebnisse in Rom, Florenz und Loreto, wo er das Gotteshaus *casa santa* besuchte, ein Rückzug aus der wenig befriedigenden Gegenwart in die Sprache und Landschaft einer beseligenden Vergangenheit? Sechs Jahre widmete er sich der Niederschrift. Er holte alte Briefe hervor und erklärte den Kindern die römischen Veduten im Treppenhaus, zeigte ihnen das Gondelmodell aus Venedig. Nur bei

12. Die Küche im Goethehaus

dieser Gelegenheit, bemerkte der Sohn in *Dichtung und Wahrheit*, wurde der sonst *lakonische* Vater gesprächig.

In seiner *Viaggio per l'Italia*[11] enthüllt Caspar Goethe Eigenschaften, die man ihm nicht ohne weiteres zugetraut hätte. Er fügte ein Liebeserlebnis ein, das ihn nicht etwa als den beglückten Liebhaber, sondern als den unfreiwillig Verzichtenden zeigt. In Mailand, berichtet er, habe er sich in eine schöne Dame verliebt, welche er freilich nicht aus nächster Nähe sah – Caspars Angebetete war eine Liebe durchs Fernglas. Seine glühenden, vielleicht erfundenen Liebesbriefe sind immerhin ein Beweis, daß ihm Leidenschaft und Sinnlichkeit nicht fremd waren. *Es ist unmöglich, Ihre Schönheit nicht anzubeten*, heißt es in seinem Brief, in dem er die schöne Mailänderin um ein Treffen bat, da er, so wörtlich, *vor Liebe brenne*. Sie verweigerte es, und er reiste ab, *da sich sein Stroh allzusehr erhitzen wollte*.

Feurige Gefühle im südlichen Land. Hat der Ehemann seine Frau an seinem einzigen literarischen Werk teilnehmen lassen? Hat er ihr daraus vorgelesen? Sprachen sie von der Zeit, da sie eine Schülerin, er der dreißigjährige Anbeter einer unnahbaren Italienerin war? Merkwürdig berührt es, daß Caspar, der in seinen Aufzeichnungen die Eigenschaften eines in Liebe entflammten Frauenverehrers bekundet, sein Versagen ohne weiteres eingesteht. Das Abenteuer endet, noch bevor es begann. Das erinnert fatal an die Bekenntnisse, die seine Tochter Cornelia im gleichen Jahr 1768 niederschrieb. Auch sie schildert sich als eine Liebende, die in fast selbstquälerischer Manier ihre Niederlagen eingesteht. Bei beiden, Caspar wie Cornelia, durchzieht die literarische Verarbeitung ihrer jeweiligen ›Liebesabenteuer‹ der gleiche Ton des Verzichts. In ihrer resignativen Weltsicht waren sich Vater und Tochter ähnlicher, als sie vermutlich wußten.

Cornelia war auffallend musikalisch, und sicher wäre sie über den Klavierunterricht bei Kapellmeister Bismann glücklicher gewesen, hätte der Vater sie nicht unter Druck gesetzt und täglich

13. Das Musikzimmer im Haus am Hirschgraben

stundenlang üben lassen. Jahrelang – bis der Tag der Hochzeit sie befreite – mußte Cornelia sich dem Zwang des Vaters beugen. Daß sie trotzdem Konzerte für Besucher veranstaltete und mit schöner Stimme zur Zither oder Laute sang, spricht für ihre Musikliebe.

Den obligaten Anstandsunterricht erteilte Tanzmeister Ferrand. Während der Bruder, der sich schon damals und erst recht in seinem Singspiel *Erwin und Elmire* über das gezierte Benehmen junger Damen lustig machte, Fecht- und Reitunterricht bei Reitlehrer Runckel bekam, dessen Tochter Lisette seiner Meinung nach das schönste Mädchen der Stadt war, mußte Cornelia lernen, anmutig zu knicksen, den langen Rock zu raffen, die Füße in den Seidenschuhen graziös zu kreuzen und lächelnd einen Handkuß entgegenzunehmen.

Von klein auf waren Töchter anderen Bedingungen unterworfen als Söhne. Alle wilden Spiele waren verboten. Stillsitzen galt als Muster der Sittsamkeit. Früh schon bekamen sie Strickzeug und Häkelnadel in die Hand, durften ›Schönschreiben‹ und Klavier üben wie Cornelia. Einem Mädchen war es verboten, allein das Haus zu verlassen oder auf der Straße zu spielen; im Garten durfte die zarte Haut nicht unter der Sonne leiden. Man spielte Verstecken und Blindekuh, Murmeln und Ballwerfen. Elisabeth kannte Spiele wie *Vögelverkaufen, Tuchdiebes, Potzschimper-Potzschemper* und die von ihr geliebten Pfänderspiele, zu denen sie pikante Auflösungen vorschlug: *Fensterscheiben zählen, auf dem Besen laufen* oder *den Ofen zu Gevatter bitten.* Aber Fangen und Fechten, Reiten, Schwimmen oder gar Eislaufen, was Wolfgang mit Wonne tat, war einem anständigen Mädchen selbstverständlich untersagt.

Der Sohn Jacob war seit dem Januar 1759 tot. Noch im gleichen Jahr starb die jüngste Tochter, die noch nicht einmal zweijährige Johanna Maria. Ihre Beerdigung wird im Ausgabenbuch unter dem 1. November 1759 vermerkt. Vielleicht haben auf einem Wandbild, das der mit den Eltern befreundete Maler Seekatz anfertigte, die beiden übriggebliebenen Kinder nun ohne ihre Geschwister Modell gestanden. Das Bild zeigt ein Mädchen im langen, zierlich gerafften Kleid und mit dem koketten Strohhut einer ›Schäferin‹. Ein hübscher Knabe in Kniehosen reicht ihr Blumen, die sie – beliebte Anspielung auf das zart erotische Verhältnis eines Schäferpärchens – in ihrem Schoß einsammelt.

VI.
Beim Widerwillen des Vaters

Einquartierung und gestörter Frieden (1759-1763)

Als das Geschwisterbild entstand, war das mühsam geordnete Leben von Caspar und Elisabeth Goethe schon in seinen Grundfesten erschüttert. Mit dem Einmarsch der Armee des Preußenkönigs Friedrichs II. in Sachsen begann 1756 der Siebenjährige Krieg. Er spaltete nicht nur Völker, sondern auch Familien. Stadtschultheiß Textor und seine Frau standen auf der Seite Österreichs, Schwiegersohn Goethe ergriff die Partei Friedrichs des Großen, von dessen Sieg er überzeugt war. Für Elisabeth, Tochter und Ehefrau, entstand eine schwierige Situation. Bisher hatte man sich an jedem Sonntag zum Familienessen bei ihren Eltern versammelt, was für die Kinder der Höhepunkt der Woche bedeutete; noch Student Wolfgang beneidete seine Schwester um das Zusammensein mit den Großeltern an der Familientafel. Nichts schätzte Schultheiß Textor so hoch wie familiäre Geselligkeit. Bei ihm trafen sich die Verwandten – wobei es bei ausgedehnten Mahlzeiten und scherzhaften, mit Küssen garnierten Pfänderspielen gelegentlich auch zu Reibereien kam. Michael von Loën zog einmal den Degen gegen Schwager von Hoffmann, der seine Frau angeblich zu heftig geküßt hatte. Ein anderes Mal war der Anlaß zum Krach weniger erotischer als politischer Natur. Man saß bei Pfarrer Starck, der Textors dritte Tochter Anna Maria geheiratet hatte. Vor wenigen Tagen waren in Frankfurt französische Truppen einmarschiert, und Caspar warf seinem Schwiegervater vor, er und sein Bruder, der Stadtkommandant Nicolaus Textor, hätten das Unglück nicht verhindert, sondern aus eigenen Interessen gefördert. *Der Großvater, sonst ein heitrer, ruhiger und bequemer Mann*, so Goethe, warf im erhitzten Streit mit dem Messer nach seinem Schwieger-

14. Königsleutnant François de Thoranc

sohn, der daraufhin den Degen zog. Von da ab durfte kein Mitglied aus der Familie Caspar Goethes mehr Textors Haus betreten; sogar auf der Straße ging man sich aus dem Weg, ein für Elisabeth unerträglicher Zustand.

Das Haus am Hirschgraben erhielt Einquartierung in Gestalt des Königsleutnants François de Thoranc, der für sich und sein Gefolge die besten Räume requirierte. Caspar haßte diesen ›Gast‹, der die Besetzung Frankfurts durchgeführt hatte und nun sein Haus belegte, vom ersten Moment an. Für die Hausfrau bedeutete Einquartierung eine tägliche Belastung. Fremde Menschen liefen ungebeten durch das eigene Anwesen, verlangten Essen, Wein und Bedienung, wirtschafteten in der Küche, benutzten Kammern und das einzige Nebengelaß. Elisabeth sah sich querulierenden Bürgern, befehlenden Offizieren, Ordonnanzen, Boten und Bediensteten gegenüber. Es gab keine Privatsphäre mehr. Das offene Treppenhaus erwies sich nun als denkbar ungünstig. Thoranc empfing seine Leute in den Vorsälen, wo die versammelten Bittsteller und Besucher lärmten, klagten und fluchten. Die Situation wäre erträglicher gewesen, hätte Caspar sich entgegenkommender gezeigt. Doch obwohl sich der französische Offizier betont rücksichtsvoll verhielt, blieb der Hausherr ihm gegenüber ablehnend bis zur Beleidigung. Sein Vater habe weder geistige Flexibilität noch diplomatisches Geschick besessen, sagte Goethe zu Eckermann. Jeden Tag hatte Elisabeth die angespannte Atmosphäre zwischen dem verärgerten Franzosen und dem eigenen Mann zu ertragen.

Sie litt.

Die Stimmung besserte sich auch dann nicht, als Thoranc lebhaftes Interesse an Caspars Gemäldesammlung bekundete und die Frankfurter Künstler mit eigenen Aufträgen versah – Wolfgang mußte sogar sein Giebelzimmer räumen, weil es als Atelier gebraucht wurde. Der weltmännisch gewandte, jüngere Franzose bedeutete für den Hausherrn eine ständige Provokation.

Caspar sah sich nicht nur in seiner Privatsphäre gestört, seine ganze Lebensform wurde in Frage gestellt durch den künstlerisch ambitionierten, militärisch tatkräftigen Offizier, den sogar die eigenen Kinder bewunderten. Sein Ärger nahm noch zu, als die Franzosen Ostern 1759 die Schlacht bei Bergen gewannen, und *aufbrausend* rief er dem Offizier zu, ihn und seine Landsleute möge der Teufel holen. Thoranc stand diesmal kurz davor, den unverschämten Bürger verhaften zu lassen, als Elisabeth eingriff. Um der Einquartierung gewachsen zu sein, hatte sie ihr Französisch verbessert und trug nun Thoranc ihre Argumente persönlich vor. Ihre Eloquenz scheint Sohn Wolfgang, der davon später ausführlich berichtet, ebenso beeindruckt zu haben wie den Königsleutnant. *Der Graf war geschmeichelt von der Mühe, welche die Hausfrau sich in ihren Jahren gab.*

In ihren Jahren – die Hausfrau wurde neunundzwanzig Jahre alt. Am Ende des Unglücksjahres 1759, in dem zwei Kinder starben und das Haus mit Einquartierung belegt wurde, wußte Elisabeth, daß sie wieder schwanger war. Ihr stand die siebte Geburt bevor. In dieser Zeit notierte ihr Gatte verärgert: *Für den von den Franzosen im Garten angerichteten Schaden einen Gulden 16 Kreuzer.* Wie zum Trost kaufte er sich zu Pfingsten die Werke von Voltaire, dem ›Philosophen von Sanssouci‹, sowie die *Lebensgeschichte der Madame Pompadour*, während Elisabeth sich hinter seinem Rücken Klopstocks *Messias* beschaffte und auch den Kindern zu lesen gab. Wolfgang und Cornelia lernten die Flüche, mit denen Klopstocks Höllenszenen gespickt waren, schnell auswendig. *Die wechselseitigen, zwar gräßlichen, aber doch wohlklingenden Verwünschungen flossen nur so vom Munde*, so Goethe, *und wir ergriffen jede Gelegenheit, uns mit diesen höllischen Redensarten zu begrüßen.* Gelegenheit dazu fanden sie auch an einem kalten Wintertag in demselben Zimmer, in dem der Vater rasiert wurde. Als der Barbier die Worte *Verworfner, schwarzer Verbrecher* aus der Ecke hörte, rutschte ihm vor Entsetzen das Seifenbecken aus der Hand und seinem Kunden ins Hemd.

Was konnten die Kinder lesen? Eine eigentliche Kinderliteratur existierte nicht. Sie suchten sich bei den Verwandten heraus, was ihnen Unterhaltung versprach. So hatte es schon Elisabeth bei Onkel von Loën gemacht, in dessen Bibliothek sie ihren Lesestoff fand. Auch ihre Kinder wußten genau, daß man bei den Großeltern Textor Reisebeschreibungen, bei Pfarrer Starck die *Aeneis* des Vergil und Ovids *Metamorphosen* finden konnte. Sie lasen die alten Volkssagen, die schon ihre Mutter gelesen hatte. Carl von Stein erwähnt in seinen Erinnerungen, daß Goethe ihm seine Bücher gab, den *Gehörnten Siegfried*, die *Vier Haimonskinder*, die *Heilige Genoveva*, die *Schöne Melusine*, den *Kaiser Oktavian*.[1] Es waren jene Bücher, die Wolfgang durch seine Mutter kannte.[2]

Im Juni 1760 war es soweit. Ein Sohn kam zur Welt. *Georg Adolf* wurde, wie alle Geschwister vor ihm, von Pfarrer Fresenius getauft. Der Vater hatte gerade seinen fünfzigsten Geburtstag begangen, als er am 25. Juli 1760 notierte: *Für Wochenbettausgaben, im einzelnen noch andernorts spezifiziert, 38 Gulden und 40 Kreuzer.* Eine schwere Geburt also. Bei der Tochter Catharina Elisabeth waren es nur fünfzehn Gulden gewesen. Wieder mußte Elisabeth sich von den Strapazen erholen, wieder lag ein Säugling in der Wiege, wirkte eine neue Amme, Katharina aus Wächtersbach, im Haus. Caspar schaffte Porzellan und eine Bettpfanne an. Die Geburtstagsbrezel für den elfjährigen Wolfgang fiel diesmal aus, aber »die teuerste Caja« – *Caja carissima* – erhielt zur Herbstmesse ein Geldgeschenk von sage und schreibe 80 Gulden. Dazu einen neuen Pompadour und eine seidene Puderquaste.

Cornelias zehnter Geburtstag im Dezember 1760 wurde mit Zuckerkuchen und einem *Kleid mit Schleppe* gefeiert; vielleicht war es jenes roséfarbenes Seidenkleid, das sie auf einem Frühlingsbild von Seekatz trägt. Elisabeths Schwester Anna, mit Pfarrer Starck verheiratet, brachte fast gleichzeitig ein Kind zur Welt; Caspar notierte, daß Elisabeth ihr ein Geschenk ans Wochenbett brachte.

15. Familie Goethe in arkadischer Landschaft

Dem kleinen Georg Goethe war kein langes Leben beschieden. Am 16. November 1760 feierten die Eltern sein erstes Zähnchen, wofür die Amme, inzwischen eine andere mit Namen Dorothea, den obligaten Gulden erhielt. Im Dezember bekam Georg ein Wämschen. Doch einen Tag vor Elisabeths dreißigstem Geburtstag, am 18. Februar 1761, trug Caspar zum fünften Mal fast lakonisch den Tod eines Kindes im Ausgabenbuch ein: *Beerdigungskosten für den seligen Georg 20 Gulden.* Der Kleine war nur sieben Monate alt geworden. In Elisabeths *Liber famulitii* heißt es zur Entlassung der Amme Dorothea Elise Schneiderin: *1761 d. 16. 2. ging dieser Dienst durch erfolgten Todt des säugenden Kindes zu Ende.*

Wieder einmal war es trotz des medizinischen und finanziellen Einsatzes nicht gelungen, ein Kind am Leben zu erhalten. Elisabeth hatte im Mai 1759 den Sohn von Dolmetscher Diene über das Taufbecken gehalten, am 24. August war das Kind tot. Man war daran gewöhnt, die Kinder zu verlieren, ohne sich doch je damit abfinden zu können. Elisabeth waren von sieben Geburten in elf Ehejahren zwei Kinder übriggeblieben. *Das Schicksal hat von jeher vor gut befunden, mich in etwas kurz und die Flügel unter der Schere zu halten*, hat sie einmal gesagt.[3] Von diesem Jahr 1761 an, in dem man den kleinen Georg bestattete, bekam sie, obgleich erst dreißig Jahre alt, keine Kinder mehr.

Auf dem Gemälde, das Maler Seekatz von der Familie Goethe schuf, sind die gestorbenen Kinder als Engel oder kleine Putten im Hintergrund mitgemalt. Im Vordergrund sieht man die einunddreißigjährige Elisabeth als ›Schäferin‹ mit einem Hündchen beschäftigt. Sie trägt eine über dem seidenen Unterkleid sich öffnende Robe, eine sogenannte Andrienne, Atlasschuhe und einen koketten Hut. Vor römisch-antiker Architekturkulisse stehend, neigt sich ihr der Ehemann in galanter Pose zu, neben den Eltern spielen Wolfgang und Cornelia mit Schafen. Die Idealdarstellung in arkadischer Landschaft erinnert an die poetischen *Idyllen* von Geßner, die Caspar im Januar 1761 gekauft hatte. Das

Bild, zu dem zwei Skizzen existieren, wurde von Elisabeth anscheinend nicht geschätzt. Es entstand im September 1762, nachdem sie Wolfgang mit Kniebundhosen und einem silbernen Degen, die zwölfjährige Cornelia mit *Schleppkleid* und Fächer ausstaffiert hatte.

Offenbar blieb die Kunstliebe des Königsleutnants, der die für ihn gefertigten Gemälde in sein Schloß in Frankreich bringen ließ, auf Caspar doch nicht ohne Einfluß. Sein Ankaufsetat stieg enorm. Zwischen 1759 und 1763 erwarb er fünf Bilder von Johann Georg Trautmann für 180 Gulden und 48 Kreuzer, 1760 dazu zwei Holztafelbilder von Schütz für 88 Gulden und von 1761 bis 1763 sechzehn Supraporten, Wandgemälde und Nachtstücke von Johann Conrad Seekatz – darunter das beschriebene Familienbild – für die ungeheure Summe von insgesamt 395 Gulden und 20 Kreuzern. Das entsprach dem Jahresgehalt eines Lehrers. Vielleicht versuchte der gedemütigte Hausherr auf diese Weise, sein häusliches Ungemach und seine Unzufriedenheit mit der politischen Lage zu kompensieren.

Die bis zum Ende des Siebenjährigen Krieges in Frankfurt herrschende Besatzung brachte auch Neuerungen mit sich, die man gutheißen mußte. So wurden zum ersten Mal Müllbeseitigung und Straßenbeleuchtung, Hausnummern und Bürgersteige eingeführt. Am erfreulichsten waren die Aufführungen der Comédie française, die auf Mutter und Sohn Goethe eine magische Anziehungskraft ausübten. Stadtschultheiß Textor überließ dem Enkel sein Freibillett, *dessen ich mich, mit Widerwillen meines Vaters, unter dem Beistand meiner Mutter, täglich bediente.*

Widerwillen des Vaters, Beistand der Mutter. Es war nicht das erste Mal, daß Elisabeth nicht für ihren Mann, sondern für den Sohn Partei ergriff. So war es schon beim Puppentheater, so bei verbotener Lektüre. Gegen den Wunsch des Vaters unterstützte sie die Theaterbesuche und förderte dadurch Tendenzen, die Caspar gerade hatte verhindern wollen. Ohne Dispute von beiden Seiten wird es nicht abgegangen sein. Das Familienoberhaupt mußte erleben, daß in anderen Häusern Aufführungen stattfanden, an denen seine eigenen Kinder beteiligt waren. Bei Bürgermeister Ohlenschlager spielte man den *Britannicus*; Wolfgang trat als Nero, Cornelia als Agrippina auf. Sogar Elisabeth war mit von der Partie. Er habe sich damals leicht von zu Hause wegstehlen können, erklärt Goethe in *Dichtung und Wahrheit*, *wenn die Mutter auf den Proben oder in Gesellschaft war*. Caspars Trost bestand darin, daß sein zwölfjähriger Sohn auf diese Weise wenigstens gut Französisch lernte. Er gab ihm aus der eigenen Bibliothek die Dramen von Corneille und Racine, und der Junge verblüffte ihn zunehmend. *Ja ich lernte ganze Stellen auswendig und rezitierte sie wie ein eingelernter Sprachvogel ... Meine Leidenschaft zu dem französischen Theater wuchs mit jeder Vorstellung, ich versäumte keinen Abend ...* An Caspars grundsätzlicher Abneigung änderte das wenig. Immer wieder gab es Dispute mit der uneinsichtigen Ehefrau, die ihrerseits nichts lieber tat, als ins Theater zu gehen. Heikel wurde es bei den Mahlzeiten, wenn Wolfgang zu spät nach Hause kam und man *die steten Vorwürfe des Vaters zu dulden hatte, das Theater sei zu gar nichts nütze ...*

Die Stimmung besserte sich schlagartig, als der Königsleutnant im Mai 1761 auszog. Endlich war man wieder unter sich. Die Zimmer wurden renoviert, die Böden gespänt, die Wände gestrichen, das *Giebelzimmer im Mansard* von den Malerspuren gereinigt. Elisabeths Freundinnen trafen sich bei ihr, von Caspar als *congressus amici Cajae* mit bescheidenen Kosten im Ausgabenbuch aufgeführt. Man lud wieder Freunde ein wie in Friedenszeiten, die Textors und den mit ihnen verwandten Musikliebhaber Friedrich von Uffenbach, den Juristen Orth, Hofrat Hüsgen, Rektor Albrecht mit seiner Frau, Baron Heckel und den einer unvernünftigen Tochter wegen verbitterten Ludwig von Reineck, mit dem man tröstliche Spazierfahrten unternahm. Um in Zukunft von Einquartierung verschont zu bleiben, vermieteten die Eltern den ersten Stock des Hauses an den mit Caspar befreundeten Kanzleidirektor Moritz, der seinen jüngeren Bruder, Legationsrat Johann Friedrich Moritz, bei Goethes einführte. Gelegentlich kam auch Ratsherr Erasmus Schlosser, dessen ehrgeizige Söhne man Wolfgang als Vorbilder hinstellte. Georg Schlosser wurde später zu seinem nicht geringen Ärger sein Schwager.

Was ihre Kinder betraf, waren Caspar und Elisabeth von ungewöhnlicher Großzügigkeit. Das Maß an elterlicher Zuwendung, der Aufwand, den sie betrieben, war keineswegs üblich. Trotzdem benahm sich der heranwachsende Wolfgang unausstehlich. Er schloß zweifelhafte Bekanntschaften, ging, wann und wohin er wollte, und bekundete die Allüren des verwöhnten einzigen Sohnes. Seine Mutter hatte Verständnis für seine pubertären Anwandlungen und tischte ihrem Mann seinetwegen fromme Lügen auf. Sie hat später eingestanden, ihn *verhätschelt* zu haben, und verwandte die Bezeichnung *Hätschelhans* mit leichter Ironie auch dann noch, als ihr Sohn schon zum Legationsrat ernannt war. Sie verzieh ihm alle Frechheiten, vertuschte seine Fehler und lachte, wenn er arrogant *wie ein Stutzer* daherkam. So hat sie es Bettine berichtet.

Bis eines Tages die Katastrophe hereinbrach. In seinem Lebensbericht schildert Goethe, daß er in einen Kreis junger Leute aus dem unteren Milieu geriet, die sich durch Urkundenfälschung, falsche Testamente und Schuldscheine strafbar machten. Er freundete sich ahnungslos mit ihnen an, stolz darauf, daß sie sein poetisches Talent schätzten und nach Gedichten und Briefen verlangten, die er um so lieber verfaßte, als ein Mädchen *von unglaublicher Schönheit* zu ihnen gehörte. *Das Häubchen saß so nett auf dem kleinen Kopfe, den ein schlanker Hals gar anmutig mit Nacken und Schultern verband ...* Elisabeth hat dieses *Gretchen* später als seine erste Liebe bezeichnet.[4]

Um länger ausbleiben zu können, verschaffte sich Wolfgang heimlich einen zweiten Hausschlüssel, damit er auch die Abende mit Gretchen verbringen konnte. Selbst als er sie unvermutet im Schaufenster einer *Galanteriewarenhändlerin* sitzen sah, wo er für Cornelia seidene Blumen besorgen sollte, merkte er nicht – sagt er –, daß auch Gretchen im Dienst der *Galanterie* stand. Jedenfalls schlug er die väterlichen Gebote in den Wind. *… es war schon über Mitternacht geworden, und ich fand, daß ich unglücklicherweise den Hausschlüssel nicht bei mir hatte …* Angeblich verbrachte er die ganze Nacht neben Gretchen sitzend, halb an sie geschmiegt. Ob er dabei so *unschuldig* blieb, wie er nachdrücklich behauptet, liegt im dunkeln; die Mutter sah es wohl anders, da sie mit Bettine immer wieder über die Gretchenaffaire sprach.[5] Erst *frühmorgens* war der Sohn nach Hause gekommen, auf einem Umweg, *denn nach dem kleinen Hirschgraben zu hatte mein Vater an der Mauer ein kleines Guckfenster;* dieser ›Spion‹ befindet sich auch heute an dieser Stelle. *Meine Mutter, deren Vermittlung uns immer zu Gute kam, hatte meine Abwesenheit des Morgens beim Tee durch ein frühzeitiges Ausgehen meiner zu beschönigen gesucht …*

Doch die Sache flog auf. Mitten in den Krönungsfeierlichkeiten im März 1764, als Erzherzog Joseph, Sohn der Kaiserin Maria Theresia, zum römisch-deutschen König gewählt wurde, betrat eine Amtsperson das Elternhaus, um den Sohn zum Verhör zu holen. Sein Freundeskreis hatte sich als Betrugsring, das schöne Gretchen als käuflich entlarvt. Daß es der Enkel des höchsten Stadtbeamten war, der sich mit Urkundenfälschern herumtrieb, verschlimmerte die Angelegenheit erheblich.

Elisabeth war sehr niedergeschlagen. *Den andern Morgen lag ich noch im Bette, als meine Mutter verstört und ängstlich hereintrat. ›Steh auf‹, sagte sie, ›und mach dich auf etwas Unangenehmes gefaßt. Es ist herausgekommen, daß du sehr schlechte Gesellschaft besuchst und dich in die gefährlichsten und schlimmsten Händel verwickelt hast. Der Vater ist außer sich … Bleib auf deinem Zimmer und erwarte, was bevorsteht.‹* Man erreichte, daß der Junge nicht vom Gericht, sondern von Rat Schneider verhört wurde. Ein öffentlicher Prozeß hätte Aufsehen erregt und die angestrebte Anwaltskarriere wahrscheinlich zunichte gemacht. Rat Schneider begann ein *peinliches Zwiege-*

spräch. ›Ich hätte nicht gedacht, daß Sie sich so weit verirren könnten. Aber was tun nicht schlechte Gesellschaft und böses Beispiel.‹ Am Ende wußte sich Wolfgang *vor Jammer nicht zu helfen* und warf sich der Länge nach auf den Fußboden. Er erhielt Hausarrest. *Mutter und Schwester besuchten mich von Zeit zu Zeit und ermangelten nicht, mir mit allerlei gutem Trost auf das kräftigste beizustehen.* Es wurde ihm ein *Aufseher* zugeteilt, ein Erzieher, der im Haus wohnte und für die Mutter einerseits beruhigend, andererseits aber auch belastend gewesen sein wird; sie hat mit niemanden, auch nicht mit Bettine, je darüber gesprochen.

VII.
Grüß mir die Mutter, sprich, sie soll verzeihn

Konflikte im Hause Goethe (1764/1765)

Die Stimmung im Haus war gespannt. Täglich führte Caspar unerquickliche Debatten mit seinem aufsässigen Sohn, und nichts deutet darauf hin, daß seine Ehefrau diesmal hätte erfolgreich eingreifen können. Ihr Mann, der *mit unglaublicher Konsequenz eine eherne Strenge vorbildete, damit er zu dem Zwecke gelangen könne, seinen Kindern die beste Erziehung zu geben*, war verärgert. Sein Sohn sollte an der gleichen Universität studieren wie er. Doch Wolfgang war es leid, sich maßregeln zu lassen. Sein erklärtes Ziel war die Universität Göttingen. *Aber mein Vater blieb unbeweglich.* Dessen Befehl lautete: Leipzig.

Die Renitenz des Sechzehnjährigen hatte noch einen anderen Grund. Als Enkel des Stadtschultheißen hatte er Gelegenheit, sich mit Mißständen und Ungerechtigkeiten in der städtischen Politik auseinanderzusetzen. Bei den Diskussionen mit dem Vater wurde ihm klar, daß Caspar, der kein Amt besaß und keine Funktion, nichts bewirken konnte. Ihm waren die Hände gebunden. Was hatte die lange Ausbildung gebracht? Der Sohn sah ihn *zwischen seinen Brandmauern ein einsames Leben führen, wie ich es mir nicht wünschen konnte.* Das war der Punkt: er wollte nicht werden wie sein Vater.

Caspar war gereizt, der Sohn *wie rasend*, ein ungebärdiger Polterer, der sich nicht beherrschte. Seine Bestimmung lag nicht in der Juristerei. Er wollte sich *den Sprachen, den Altertümern, der Geschichte* zuwenden. Die Mutter konnte sich dem Familienoberhaupt in einer so wichtigen Frage nicht widersetzen. Möglicherweise befürwortete auch sie als Juristentochter das traditionelle Jurastudium. Der Streit habe die ganze Familie gespalten, erklärt Goethe in *Dichtung und Wahrheit. Dies zusam-*

men lag als eine entsetzliche Last auf meinem Gemüte. Obwohl selbst alte Freunde des Vaters die Partei des Sohnes ergriffen, blieb Caspar stur bei seiner Entscheidung: Leipzig und nichts sonst. Dem Sohn wurde das Leben in Frankfurt unerträglich. Am liebsten hätte er der Stadt so bald wie möglich den Rücken gekehrt.

Dem väterlichen Ausgabenbuch sind die Querelen, die sich im Haus abspielten, nicht anzumerken. Wolfgang setzte den Fecht- und Reitunterricht bei Runckel fort und entwarf lateinische Reden, für die er ein Extrahonorar erhielt: *Guelpho pro Oratione latina 1 Gulden.* Cornelia besuchte einen Kreis von Freundinnen – *congressus am. adult 2 Gulden* – oder jüngerer Mädchen – *congressus minor Cornel. 1 Gulden 20 Kr.* Sie erhielt einen kostbaren Halsschmuck, angefertigt von Juwelier Winkler, und bekam Zugaben zum Taschengeld: *Corneliae pro variis.* Unmerklich stieg sie während der Streitereien mit dem Sohn zum Liebling des Vaters auf.

Unter dem 25. Juni 1765 findet man mit 62 Gulden und 48 Kreuzern eine gemeinsame Reise von Caspar und Wolfgang nach Wiesbaden und Schwalbach, Bad Homburg und Kronberg vermerkt. Auf dieser Reise verfertigte Wolfgang seine ersten Landschaftszeichnungen, die der Vater, stolz auf das künstlerische Talent des Sohnes, liebevoll rahmte. Cornelia durfte nicht mit. Es war nicht üblich, daß Mädchen reisten. Ihren Bruder zog es desto eher nach Hause, *und zwar durch einen Magnet, der von jeher stark auf mich wirkte; es war meine Schwester.*

Er brauchte Cornelia, seine Zuhörerin, seine Ratgeberin. Im Gegensatz zu ihm, von dem man sagte, er habe *mehr Plapperwerk als Gründlichkeit*, war sie ruhig und gründlich bei der Sache, aufmerksam und hilfreich bei seinen literarischen Plänen. Ihre Gemeinsamkeit war für beide ein Glück. Goethe selbst hat nach Cornelias Tod das seltsame Wechselverhältnis zu erklären versucht. *Wie in den ersten Jahren Spiel und Lernen, Wachstum und Bildung den Geschwistern völlig gemein war, so daß sie sich wohl für Zwillinge halten konnten, so blieb auch unter ih-*

nen diese Gemeinschaft, dieses Vertrauen bei Entwicklung physischer und moralischer Kräfte. Er vermeidet das heikle Thema enger geschwisterlicher Nähe nicht, das zum Verdacht eines fast inzestuösen Verhältnisses geführt hat.[1] *Jenes Interesse der Jugend, jenes Staunen beim Erwachen sinnlicher Triebe, ... manche Irrungen und Verirrungen, die daraus entspringen, teilten und bestanden die Geschwister Hand in Hand und wurden über ihre seltsamen Zustände umso weniger aufgeklärt, als die heilige Scheu der nahen Verwandtschaft sie, indem sie sich einander mehr nähern, ins klare treten wollten, nur immer gewaltiger auseinanderhielt.*

Cornelia konnte auch schweigen.

Hand in Hand – der wichtigste Mensch im Leben Cornelias war nicht die Mutter, sondern der Bruder. Ohne Zweifel lag über ihrer Gemeinsamkeit ein unverlierbarer Kindheitszauber. Sie erkannten die gegenseitigen Fähigkeiten neidlos an, verständigten sich durch Blicke, vertrauten einander. *Da ich dieses geliebte unbegreifliche Wesen nur zu bald verlor, fühlte ich genugsam Anlaß, mir ihren Wert zu vergegenwärtigen.*

Dieses ... unbegreifliche Wesen. Im gleichen Maße unbegreiflich muß Cornelia auch für ihre Mutter gewesen sein. Zwischen beiden scheint es kaum eine Übereinstimmung gegeben zu haben. Sie waren im Charakter verschieden und entgegengesetzt in ihren Vorstellungen. Die intelligente Tochter erhielt eine erstklassige Ausbildung, aber die Tatsache, sie zu nichts anwenden zu können, war deprimierend. Für die trivialen Dinge des Lebens wiederum, für Küche und Hauswirtschaft, zeigte sie nur Verachtung. Ihr späterer Ehemann Schlosser hat sich entsprechend beschwert, daß seine Frau *auf einem besonderen Fuße erzogen worden* sei. Elisabeth, die sich noch an ihrer eigenen Mutter orientieren konnte, die ein ausgefülltes Leben geführt und fünf Kinder großgezogen hatte, begriff die Problematik der Tochter nicht.

Zwar fanden auch Diskussionen zwischen Vater und Sohn statt, doch Wolfgangs Werdegang als Jurist sah glänzend aus.

16. Cornelia Goethe

Für die Zukunft Cornelias gab es jedoch nur eine Prognose: sie mußte heiraten. Jede Alternative war ausgeschlossen. Hätte sie Lehrerin werden, Sprachstunden geben sollen? Kam der Beruf einer Pianistin in Betracht? Wohl kaum. Sie war dreizehn, als man am 25. August 1763 zur Feier des 15. Hochzeitstages der Eltern gemeinsam in ein Konzert ging. *Pro Mus. conc. duor. infant 4 Gulden 7 Kreuzer*, steht im Ausgabenbuch. Die Ausführenden waren niemand anders als die Geschwister Mozart, Wolfgang und Nannerl, die ihre Zuhörer durch ihre Kunstfertigkeit sehr beeindruckten.

Aber die Tochter des Kaiserlichen Rats Goethe konnte nicht durch die Lande ziehen und für Geld Konzerte geben. Sie würde auf einen wohlhabenden Mann warten, eine ›Partie‹ machen, wie es sich für ein Mädchen aus gutem Hause gehörte. So war es auch Elisabeth beigebracht worden: Lebenserfüllung fand eine Frau an der Seite ihres Mannes. Als sie mit Siebzehn heiratete, hatte sie ihre musikalische Begabung auch nicht vervollkommnen, ihre Belesenheit und Kritikfähigkeit nicht unter Beweis stellen können. Sie kannte nicht die Zweifel der Generation nach ihr, nicht Cornelias Probleme.

An Caspars 55. Geburtstag im Juli 1765 gaben die Eltern eine große Gesellschaft, deren Ausgaben – *Impensae convivii* – sich auf *48 Gulden und 42 Kreuzern* beliefen; davon hätte die Magd zwei Jahre leben können. Am 28. August 1765 feierte Wolfgang mit der obligaten Brezel seinen vorläufig letzten Geburtstag im Hirschgrabenhaus. Man vervollständigte seine Garderobe durch Stiefel und Handschuhe. Einen Monat später, am 30. September, benützte der Sechzehnjährige eine Mitfahrgelegenheit im Wagen des Buchhändlers Fleischer und fuhr nach Leipzig.

Cornelia war fassungslos. Sie hatte dem Bruder vertraut, während er ihr verheimlichte, daß er mit dem Studienbeginn nicht länger warten würde. *Die Hartnäckigkeit meines Vaters, der, ohne es zu wissen, sich meinen Plänen entgegensetzte, bestärkte mich in meiner Impietät* ... Längst fieberte er der Abfahrt entgegen. Cornelia war *sehr erschrocken*, bis er ihr versprach, *sie nachzuholen*, so daß sie sich *zuletzt beruhigte.* Mit dieser Notlüge machte er nichts besser. Cornelia würde hinter den Mauern sitzenbleiben, denen der Bruder entfloh. *Die heimliche Freude eines Gefangenen, wenn er seine Ketten abgelöst und die Kerkergitter bald durchgefeilt hat, kann nicht größer sein, als die meine war*, schreibt er in *Dichtung und Wahrheit.*

Wenn Cornelia *sehr erschrocken* war – wie erging es der Mutter? Es gibt ein Indiz dafür, wie schwer ihr der Abschied fiel. Am Morgen seiner Abreise holte sie das im Schreibtisch verschlossene *Güldene Schatz-Kästlein* hervor, in das sich seit Jahren niemand mehr eintragen durfte, und gab es ihm. Was Mutter und Sohn damals verband, waren auch Erörterungen über den Glauben. Durch ihre Freundinnen Klettenberg und Griesbach war Elisabeth in den Kreis der Herrnhuter Brüdergemeine gelangt, die den christlichen Glauben mit neuem Leben erfüllen wollten. Daß sie Wolfgang teilhaben ließ, wird daran deutlich, daß er aus den 365 Sprüchen des *Geistlichen Schatz=Kästleins* gerade die für die Herrnhuter wichtigen Worte des Abendmahls wählte. Die Zeile *Auf daß ihr meiner nicht vergesset* zeigt überdies, wie ihm vor dem Abschied zumute war.

Das ist mein Leib, nehmt hin und esset,
Das ist mein Blut, nehmt hin und trinkt,
Auf daß ihr meiner nicht vergesset,
Auf daß nicht Euer Glaube sinkt.
Bey diesem Wein, bey diesem Brot
Erinnert Euch an meinen Tod.

Ffurt.
d. 30. Sept. 1765

Zum Zeichen der Hochachtung
und Ehrfurcht setzte dieses
seiner geliebtesten Mutter
J. W. Goethe

Elisabeth war vierunddreißig Jahre alt, eine temperamentvolle Frau in der Mitte des Lebens. Ihre Ehe mit dem wesentlich älteren Mann bestand seit nunmehr siebzehn Jahren. Das war die Hälfte ihrer gesamten Ehezeit: noch weitere siebzehn Jahre lagen vor ihr. Die liebevollen Attribute *der süßen Gefährtin, der geliebten Freundin* sind zu dieser Zeit im Ausgabenbuch nicht zu finden. *Sieben Halskrausen* und ein *Damenmieder* werden 1766 so sachlich vermerkt wie der *für Caja* gemietete Kirchenstuhl in der Katharinenkirche für zwei Gulden jährlich.

Statt dessen tritt die Tochter deutlich in den Vordergrund. *Für Cornelchen*, heißt es mit zärtlichem Klang, *Corneliolae.* Am 1. Januar 1766 fand die feierliche Konfirmation der Fünfzehnjährigen statt. Die Kosten, einschließlich des Pfarrers, beliefen sich auf achtzehn Gulden. An der Feier wird auch die Patin, Großmutter Anna Margaretha Textor, mit ihren vier verheirateten Töchtern, Schwiegersöhnen und Enkeln teilgenommen haben. Zwei Tage später, am 3. Januar 1766, brauchte Cornelia schon wieder drei Gulden zusätzlich – *Corneliae pro variis.* Außerdem wurde sie am 8. Januar von den Eltern mit *Süßigkeiten, Bäckerbrot und Kuchen* verwöhnt. Sie durfte eine Sänfte benutzen und für ihren Freundeskreis zusätzlich Geld ausgeben: *Corneliae Congressus magnus – 3*. Die Gulden fließen nur so, drei für Frisör und Perückenmacher, drei weitere für eine Gesellschaft. Doch der Weggang des Bruders war nicht durch einen Seidenmantel, nicht durch ein Kleid aus grünem Taft wettzumachen. Für ihn gab es keinen Ersatz.

Dafür, daß die Atmosphäre im Haus sich nicht besserte, findet sich ein weiteres Indiz. Zwar konnten die Eltern auf ihre Tochter stolz sein. Cornelia sprach englisch und französisch, las italienische Lyrik im Original und besaß ein gutes Urteilsvermögen für Literatur. Sie hatte sich sogar selber als Schriftstellerin versucht und eine Erzählung verfaßt, so daß Wolfgang ihr aus Leipzig verblüfft und ironisch antwortete: *Ich bin hingerissen von deinem Brief, von deiner Art zu schreiben, von deiner Auffassungsweise. Das ist nicht mehr das kleine Mädchen, die Cornelia, die meine Schwester, meine Schülerin war, das ist ein reifer Geist, eine Riccoboni, eine Schriftstellerin, von der ich meinerseits lernen kann.*

Doch auf häuslichem Gebiet lagen die Interessen der Tochter eben nicht. Anscheinend hat Elisabeth sie auch weniger zur Hausarbeit herangezogen, als es sonst üblich war. Wenn Schlosser klagte: *Vor Küche und Keller fürchtet sie sich noch zu viel*, war sicher auch die mangelnde Erziehung durch die Mutter gemeint. Aber Cornelia hatte in der Tat andere Neigungen als die Zubereitung einer Schöpsenfleisch-Carminade mit Weinbrühe. Für sie wurden *Concertbillets* und *ein Winterkleid mit Goldbesatz und Schleppe* für 74 Gulden zum Besuch der Herbstkonzerte angeschafft. Die Eltern waren stolz auf ihr Klavierspiel. Zu ihrem 18. Geburtstag bekam Cornelia einen eigenen Flügel, der einschließlich Transport und Klavierstimmer 314 Gulden kostete: königliches Geschenk für ein verwöhntes Kind.

Cornelias Leidenschaft gehörte der Musik. In ihren Briefen aus den Jahren 1767 bis 1769, dem ›Tagebuch‹ der Siebzehn- bis Neunzehnjährigen, wird sie, die kühl und abweisend war, nur dann mitfühlend und weich, wenn es um die Musik geht. Sie liebe die Kompositionen des in Paris lebenden Schobert, bekannte sie der Freundin Catharina Fabricius in Worms, einer Nichte des Legationsrats Moritz. Bei der Beschreibung der Sonaten, die sie spielte, nahm ihr oft bitterer Ton Wärme an. Als Schobert an einem Pilzgericht starb, schrieb sie: *Wenn ich spiele, zerreißen schmerzliche Empfindungen meine Seele, ich beklage ihn, den großen Komponisten, der in der Blüte seiner Jahre bei so großen Anlagen so elend und plötzlich zugrundeging.* Cornelia ahnte nicht, daß sie ihr eigenes Schicksal beschrieb. Auch sie würde in der Blüte der Jahre und bei vorzüglichen Begabungen elend zugrunde gehen.

In den Briefen an Catharina in Worms spielen ihr Aussehen und ihre Zukunft, nie jedoch die Familie eine Rolle. Sie erwähnt weder das häusliche Leben noch den Garten, wo man viele

Nachmittage verbrachte und gerade hundert junge Weißdornbüsche gepflanzt, der Brunnen gereinigt und das Gartenhaus neu gedeckt wurden, wie Caspars Ausgabenbuch festhält. Dafür schilderte sie andere Vergnügungen. Sie ging in einem neuen grünen Winterkleid mit Henriette Schmiedel, Lisette Runckel und den Schwestern von Stockum ins Theater. Sie holte die Gerock-Mädchen zu Ausflügen auf den alten Frankfurter Wällen ab. Von der Weinlese aber – für ihre Mutter Höhepunkt des ganzen Jahres – weiß sie nur zu berichten, daß es entsetzlich kalt war. Sie habe wollene Unterröcke, ein pelzbesetztes Kleid (im *Liber domesticus: 48 Gulden*) nebst einem *mit Atlas gefütterten Umhang* getragen, dazu Galoschen und einen Muff – und habe Stein und Bein gefroren.

Regelmäßig taucht in Caspars Ausgabenbuch Cornelias *Dienstagskränzchen* auf, *coetus major Corneliae* für *zwei Gulden und 38 Kreuzer*. Hier pflegten die heiratsfähigen Töchter bei einem *Caffé* französisch zu parlieren. Im Februar 1767 werden zusätzlich *drei Gulden Monatsverbrauch* vermerkt sowie: *Corneliae expensae menstr. 2 Gulden 24 Kreuzer*, im Juni *ein Mantel für Cornelia für fünf Gulden.* An ihr wurde nicht gespart.

Ihre Laune besserte sich dadurch nicht. Im Kreis junger Damen empfand sie sich als Außenseiterin; alle anderen waren ihr zu dumm und oberflächlich. Man lästerte und intrigierte in diesen Zirkeln, doch wenn es galt, Schwächen und Fehler anzukreiden, machte auch die intelligente Cornelia mit Spott und Kritik keine Ausnahme. Sie belächelte die *Ziererei* von Mademoiselle Sarasin, *sie ist über die Maßen eitel*, schrieb sie verächtlich, *was immer noch besser ist als das Betragen von Mlle B. [Bethmann] ...*[2] Mit scharfem Verstand nahm Cornelia die Mittelmäßigkeit der Töchter besserer Häuser unter die Lupe. Der väterliche Unterricht erwies sich jetzt als ein gefährliches Experiment. In Wolfgangs Abwesenheit erhielt sie weiterhin eine Ausbildung, wie sie sonst nur Söhnen zukam. Die Schülerin wollte es dem Vater-Lehrer recht machen – und haßte ihn dafür.

Cornelia wuchs in eine widersprüchliche Rolle hinein. Ihr entging die Kluft nicht, die sie von anderen Mädchen trennte.[3] Während die Cousinen alberne Liebesromane lasen, befaßte sie sich mit dem Kriminalhistoriker Pitaval, den Wolfgang bei seinen *Mitschuldigen* zu Rate zog. Sie las konzentriert und aufmerksam, so daß der Leipziger Student halb belustigt, halb beunruhigt ausrief: *Gerechter Himmel, wie gelehrt bist du geworden!* Trotzdem solle sie sich merken: diese Lektüre sei nichts für sie, sondern für einen Mann, *der davon etwas hat.*

Die Bemerkung des Bruders, ihr stehe Bildung nicht zu, mußte auf Cornelia wie eine Ohrfeige wirken. Das Bewußtsein, nichts von ihrem Wissen je anwenden zu können, deprimierte sie tief. Wolfgang tadelte, sie lese zuviel, sie lese das Falsche, sie solle nicht mehr schreiben, sich statt dessen bemühen, *die Haushaltung, wie nicht weniger die Kochkunst, zu studiren* ... Seine Vorschriften klangen fast beleidigend. Sie war wissensdurstig und begabt, und er kam ihr mit dem Kochbuch. Wollte er sich vor der Mutter brüsten, die seine Briefe ebenso las wie der Vater? Präsentierte er sich neunmalklug, um die Mutter zu unterstützen? *Ferner verlange ich, daß Du Dich im Tanzen perfecktionirst, die gewöhnlichen Kartenspiele lernst und den Putz mit Geschmack wohl verstehest ...*

Das alles hörte sich wie ein Echo der mütterlichen Wünsche an. Da Elisabeths Briefe fehlen, kann man den Inhalt nur rekonstruieren: Der Bruder stellte sich auf ihre Seite, indem er Cornelia riet, *das vernünftigste, artigste, angenehmste, liebenswürdigste Mädchen nicht nur in Frankfurt, sondern im ganzen Reiche* zu werden. Seine Ratschläge zeigen, daß Cornelia nicht tat, was die Mutter von ihr erwartete. Sie las nicht im Kochbuch, sondern im Pitaval. Sie haßte den Zirkelschritt von Menuett und Sarabande ebenso wie das Kartenspielen und den ›Putz‹. Hat sie nicht mehr geantwortet? Jedenfalls blieb Wolfgangs Ermahnung vom Oktober 1767 sein vorläufig letzter Brief. Er umwarb die hübsche Katharina Schönkopf, teilte Aufregung und Eifersucht dem Leipziger Freund Behrisch mit und hatte für sein gebildetes *Schwestergen* keine Zeit mehr.

Cornelia stand allein. Es gab niemanden, mit dem sie sprechen konnte, am wenigsten mit ihrer Mutter. Während Wolfgang sich von den Schwestern Dora und Minna Stock und der Professorengattin Böhmer verwöhnen ließ, die ihn, wie er sagte, ein wenig an die Mutter erinnere, klagte sie ihr Leid der Freundin in Worms. *Die Zeit für Spaziergänge ist vorüber, die Messe ebenfalls, und nun bin ich wieder in mein Zimmer gebannt zum Schreiben, Arbeiten und Lesen.* Der Vater ließ sie nicht aus den Fängen, behandelte sie wie einen Privatbesitz. Sie käme nicht aus dem Haus, jammerte sie, *deshalb bin ich auch seit ein paar Tagen so schwermütig und unerträglich, daß ich mit mir selbst unzufrieden bin.* (5. Februar 1768) Mutter und Sohn waren übereinstimmend der Meinung, daß Cornelias ›überfeinerte‹ Erziehung schuld an ihrem Unglück sei. »Gerechter Himmel, wie gelehrt bist du geworden!« hatte Wolfgang gerufen. In seinem Singspiel *Erwin und Elmire* von 1773 läßt der vierundzwanzigjährige Bruder die Personen so auftreten, wie er sie wohl zu Hause erlebt hatte: eine fröhliche Mutter, eine unfreundliche Tochter. *Liebes Kind, was hast du wieder? / Welch ein Kummer drückt dich nieder?* beginnt der Text. Warum schweige die Tochter nur immer und lasse *das Maul* hängen? *Liebe Mama, man giebt sich den Humor nicht selbst,* ist die Antwort der Tochter.

Daß die Goethekinder ihre Eltern mit *Mama* und *Papa* anredeten, ist belegt. Die Mutter im Singspiel sucht nach Gründen für die töchterliche Unzufriedenheit. *An all dem Mißvergnügen, der üblen Laune unsrer Kinder sind wir selber schuld, ist die neumodische Erziehung schuld. Ich sagte es deinem Vater oft; er wollte nun einmal ein kleines Meerwunder aus dir gemacht haben, du wurdest's und bist nicht glücklicher.* Die Tochter verteidigt ihre Ausbildung, die schließlich auch Vorzüge habe. *Vorzüge?* ruft die Mutter. *Ich dächte, der größte Vorzug in der Welt wäre, glücklich und zufrieden zu seyn. So war unsre Jugend. Wir spielten, sprangen, lärmten und waren schon ziemlich große Jungfern, da uns noch eine Schaukel, ein Ballspiel ergötzte, und nahmen Männer, ohne kaum was von einer Assemblée, von Kartenspiel und Geld zu wissen … und eh man sich's versah, paff! hatten wir einen Mann.*

Ähnlich hat sich Elisabeth auch in einem Brief geäußert. Es war ihr Lebensprinzip, Hindernisse aus dem Weg zu räumen und *glücklich und zufrieden zu seyn.* Was um alles in der Welt nützte es, daß aus der Tochter ein *Meerwunder* wurde, wenn dieses Wunderkind verzweifelt war? Sie, die Mutter, sah das Unglück voraus, doch im Stück beharrt die Tochter auf dem Nutzen der Bildung und macht die Mutter nahezu wütend. *Das ist eben das verfluchte Zeug, das euch entweder nichts hilft oder auch wohl gar unglücklich macht … Was hat ein Mädchen zu wünschen … Einen gefälligen, rechtschaffenen, wohlhabenden Mann zu bekommen … Und hernach ist es deine Sache, eine brave Frau zu seyn, Kinder zu kriegen, zu erziehen und einer Haushaltung vorzustehen …* Die Regieanweisung an dieser Stelle: *Sie klopft ihr auf die Backen.* Dann die Bemerkung: *Ich glaube, du giengst ietzo ins Kloster, wenn man dir die Freyheit ließe.*

Wir wissen, daß Goethe noch im Alter überzeugt war, Cornelia habe sich zur Äbtissin eines Klosters geeignet, nicht zur Ehefrau. Er wird ihre seelische Verfassung gekannt haben. Aber die Schwester gehorchte den Forderungen der Gesellschaft, wie sie zeitlebens dem Vater gehorcht hatte. In eben dem Jahr 1773, in dem das Schauspiel *Erwin und Elmire* entstand, heiratete sie einen den Eltern genehmen Mann. *Was hat ein Mädchen zu wünschen … Einen gefälligen, rechtschaffenen, wohlhabenden Mann zu bekommen …*

Daß Cornelias Benehmen eine Belastung war, hat die Mutter später dem Sohn gestanden. *Getäuschte Hoffnungen tun weh*, schrieb sie an Christiane Vulpius, der eine Tochter kurz nach der Geburt gestorben war. Ihr war von drei Töchtern diese eine geblieben, Cornelia, die widerspenstig, unliebenswürdig und unansehnlich war. *Was ihr Gesicht aber ganz eigentlich entstellte, so daß sie manchmal wirklich häßlich aussehen konnte, war die Mode jener Zeit, welche nicht allein die Stirn entblößte, sondern auch alles tat, um sie ... zu vergrößern*, bemerkt Goethe in *Dichtung und Wahrheit. Da sie nun die weiblichste reingewölbteste Stirn hatte und dabei ein Paar starke schwarze Augenbrauen und vorliegende Augen, so entstand aus diesen Verhältnissen ein Kontrast, der einen jeden Fremden für den ersten Augenblick wo nicht abstieß, doch wenigstens nicht anzog.*

Der Sohn besaß, was die Tochter vermissen ließ. Er sah gut aus, war entgegenkommend und anziehend. Minna Stock, die Tochter des Lehrers, der Wolfgang in Leipzig Zeichenunterricht gab, hat den Sechzehnjährigen beschrieben. *Goethe hatte das schönste braune Haar; er trug es ungepudert im Nacken gebunden, aber nicht wie der alte Fritz als steifen Zopf, sondern so, daß es in dichtem Gelock frei herabwallte*, und *es hätte sich die Mutter ein besonderes Vergnügen daraus gemacht, ihn zu kämmen, so daß sie sein wohlfrisiertes Haar erst in Unordnung gebracht, um ihn dann recht empfindlich durchzuhecheln.*[4]

Die Häßlichkeit, unter der Cornelia litt, hatte aus dem fröhlichen Kind ein gehemmtes Mädchen gemacht. Sie litt unter Minderwertigkeitskomplexen und reagierte so ablehnend, daß sie jeden Verehrer vertrieb. Den Eltern gegenüber benahm sie sich aufsässig oder bekundete durch trotziges Schweigen ihre Verachtung. Die Verzweiflung auf beiden Seiten muß groß gewesen sein. Am 28. November 1765 wurde ihr *zur Ader gelassen*, sie erkrankte. Da war ihr Bruder zwei Monate fort.

Erhalten blieben dreizehn Briefe von Wolfgang an Cornelia: alle übrigen hat er verbrannt. Er ließ die Eltern grüßen, besonders den Vater, der am Fortgang des teuren Studiums am meisten interessiert war. An die Mutter gerichtet, schildert er den angeblich fabelhaften Mittagstisch bei Medizinprofessor Ludwig, dessen Gattin die Mutter ebenfalls grüßen lasse. Es gebe dort nicht nur Rind und Hammel wie zu Hause, sondern *Fasanen, Rebhühner, Schnepfen, Lerchen und Forellen in Mengen.* Seine

Briefe an Cornelia erhielt Goethe später aus dem Nachlaß der Mutter zurück. Sie hat also gelesen, wie er das *Schwestergen* mit Ratschlägen überhäufte. Am 7. Dezember 1765 wurde Cornelia fünfzehn Jahre alt. Im Brief des Bruders konnte sie eine kleine Bosheit finden. Cornelia hatte ihm von einem Frankfurter Skandal berichtet: dem Freund der Eltern, Kriegsrat von Reineck, war die einzige Tochter durch den Hausfreund entführt worden. Auf die offenbar häßliche Tochter Reineck gemünzt, doch mit einem Seitenblick auf Cornelia, dichtete Wolfgang:

Wenn man sie in ein Kloster steckte
Und ihr Gesicht mit einem Schleier deckte,
Diß könnte wohl zu ihrem Vorteil seyn. ...

Wenn Goethe tatsächlich der Meinung war, Cornelia habe sich gut zur Klosterfrau geeignet, klingen die Verse infam. Er unterließ es auch nicht, ihr nachdrücklich den Liebreiz der sächsischen Mädchen zu schildern. ... *unter uns, es gibt einige schöne Mädchen hier, die sich freuen, wenn sie mich sehen.* (September 1766) Immerhin ließ er die Schwester teilhaben an seinen Studien und poetischen Versuchen. Doch als sie ihrerseits *kleine Szenen* und einen Brief von nicht weniger als zwanzig Seiten schrieb, kommentierte er ihn mit herablassender Ironie.

Für den Großvater Textor, der am 11. Dezember 1765 seinen 72. Geburtstag feierte, schickte der Enkel aus Leipzig ein Gratulationsgedicht, das beweist, wie sehr er sich in der Textorfamilie heimisch fühlte. *Für uns Kinder*, heißt es in *Dichtung und Wahrheit*, *war besonders die Festlichkeit im Hause des Großvaters ein höchst erwünschter Genuß ... Die Torten, Biskuitkuchen, Marzipane, der süße Wein übten den größten Reiz auf die Kinder aus.* Nun wollte er sich wenigstens mit einem Gedicht am Familienfest beteiligen. Johann Jost Textor, Bruder der Mutter, solle es an der Tafel vorlesen. *Bemerke dann der ganzen Gesellschaft Gemütsbewegungen und schreibe sie mir treulich.* Zuhörerin war, wie er wußte, auch die Mutter. Für sie hatte er ebenfalls ein Gedicht verfaßt. Er schickte es ihr nicht an einem beliebigen Tag, sondern am Tag der Geburt von Cornelia, am 7. Dezember 1765.

Grüß mir die Mutter, sprich, sie soll verzeihn,
Daß ich sie niemals grüßen ließ, sag ihr
Das was sie weiß, – daß ich sie ehre. Sags,
Daß nie mein kindlich Herz von Liebe voll,
Die Schuldigkeit vergißt. Und ehe soll
Die Liebe nicht erkalten, eh ich selbst
Erkalte.

Ostern 1766 machte Johann Georg Schlosser – ohne zu wissen, daß er einmal Goethes Schwager sein würde – den zehn Jahre jüngeren Studenten Wolfgang mit der Leipziger Gastwirtstochter Anna Katharina Schönkopf bekannt. Sie besaß alles, was Cornelia fehlte, war *hübsch, munter, liebevoll.* Er reimte für Katharina zärtliche, erotische, sinnliche Verse, die, als sie 1769 unter dem Titel *Neue Lieder* erschienen, den Eltern durchaus all das sagen konnten, was ihren Sohn in Leipzig weit mehr angezogen hatte als seine juristischen Seminare.

Dämmrung, wo die Wollust thront,
Schwimmt um ihre runden Glieder.
Trunken sinkt mein Blick hernieder.
Was verhüllt man wohl dem Mond.

Nebenbei schrieb er an seinem Stück *Die Laune des Verliebten,* wobei auch dieses *Schäferspiel* nicht etwa dazu angetan war, der Familie seine Verliebtheit zu verheimlichen. Aus seinen Briefen an Cornelia erfuhren die Eltern wohl ohnehin die Wahrheit. Die Schwester durfte zur Kenntnis nehmen, daß *Käthgen* nicht durch zuviel Lektüre verdorben sei. Hätte man ihr, Cornelia, jemals eine ›unstandesgemäße‹ Bindung erlaubt wie dem Bruder? *Ich liebe ein Mädgen ohne Stand und ohne Vermögen, und jetzo fühle ich zum allerersten mahl das Glück, das eine wahre Liebe macht*, teilte er dem Frankfurter Freund Max Moors mit. *Solltest du nur dieses fürtreffliche Mädchen kennen, bester Moors, du würdest mir diese Torheit verzeihen, die ich begehe, indem ich sie liebe.*

Die intime Mitteilung, am 1. Oktober 1766 abgesandt, muß mit schier unglaublicher Eile den Weg zum Elternhaus im Hirschgraben genommen haben. In Caspars Ausgabenbuch findet sich tatsächlich noch im gleichen Monat die Angabe, er habe für eine Gesellschaft *mit Familie Moors* zwei Gulden ausgegeben. Dabei werden die Eltern Moors und die Eltern Goethe vermutlich ihre Sorgen ausgetauscht haben über Söhne, die keinesfalls nur ihre juristischen Studien im Kopf hatten. Max Moors wurde später Anwalt in Frankfurt.

Anstatt zu studieren, kümmerte sich Sohn Goethe um seine treulose Geliebte. Er fühle sich betrogen, habe Fieber und werde krank: *Mein Gehirn ist in Unordnung.* Der Grund: seine Liebe bleibe unerwidert. Das teilte er nicht der Schwester, erst recht nicht der Mutter, sondern dem Leipziger Freund Behrisch mit. Katharina Schönkopf zog den älteren Doktor Kanne dem jungen Hitzkopf Goethe vor, dessen stürmisches Begehren sich in Gedichten von einer Direktheit niederschlug, wie man sie vorher kaum je gehört hatte.

Freude! Wollust! Kaum zu fassen!
Und doch wollt' ich, Himmel, dir
Tausend solcher Nächte lassen,
Gäb mein Mädchen eine mir.

Mitten in einem Taumel von Gefühlen vergaß er jedoch seine Mutter nicht, oder besser: mitten im Unglück fiel sie ihm wieder ein. Ob sie eine Andeutung gemacht, einen Wunsch geäußert hatte, wissen wir nicht. Doch ihre Gestalt war ihm gegenwärtig, ihr Humor und ihre Redekunst waren Bestandteile seiner Sprache, seiner Ausdrucksweise. In Briefen an Behrisch finden sich ihre Redewendungen wieder, wenn es heißt: *Auf alle Fälle will ich mir nicht den Kopf zerbrechen, denn das tut weh, sagt meine Mutter.* Sein Gedicht *An meine Mutter* hat sich erst in ihrem Nachlaß gefunden. Sie erhielt es am 11. Mai 1767 zum Osterfest, zu dem der *Festtagskuchen* schon bestellt war.

An meine Mutter

Obgleich kein Gruß, obgleich kein Brief von mir
So lang dir kömmt, laß keinen Zweifel doch
Ins Herz, als wär' die Zärtlichkeit des Sohns,
Die ich dir schuldig bin, aus meiner Brust
Entwichen. Nein, so wenig als der Fels,
Der tief im Fluß vor ew'gem Anker liegt,
Aus seiner Stätte weicht, obgleich die Flut
Mit stürm'schen Wellen bald, mit sanften bald
Darüberfließt und ihn dem Aug' entreißt,
So wenig weicht die Zärtlichkeit für dich
Aus meiner Brust, obgleich des Lebens Strom,
Vom Schmerz gepeitscht, bald stürmend drüberfließt
Und, von der Freude bald gestreichelt, still
Sie deckt und sie verhindert, daß sie nicht
Ihr Haupt der Sonne zeigt und rings umher
Zurückgeworfne Strahlen trägt und dir
Bei jedem Blicke zeigt, wie dich dein Sohn verehrt.

Währenddessen wurde die Stimmung zu Hause immer schlechter. Cornelias Verhalten vergiftete die Atmosphäre. *Ein wohlgesinnter, aber ernster Vater*, der sich von niemandem, auch nicht von der Ehefrau davon abhalten ließ, sein Programm konsequent durchzuführen, machte der Tochter das Leben schwer. Elisabeths Vermittlungsversuche scheiterten. Goethe vermerkt allerdings, Cornelia habe *ihre Härte gegen den Vater gewendet*, über ihr Verhältnis zur Mutter schweigt er.

Von einem harmonischen Eheleben konnte nicht die Rede sein. Im Gegenteil, Elisabeth erlebte einen Tiefpunkt ihres Lebens. *Meine Mutter, von Natur sehr lebhaft und heiter*, sagt Goethe, *brachte unter diesen Umständen sehr langweilige Tage zu.* Nicht nur *langweilig* werden die Tage gewesen sein, sondern qualvoll.

Auf der Suche nach einem Ausweg traf sie sich mit Freunden früherer Jahre, mit Pfarrer Claus, der eine Schulkameradin geheiratet hatte, mit Charlotte Fresenius und Dorothea Gries-

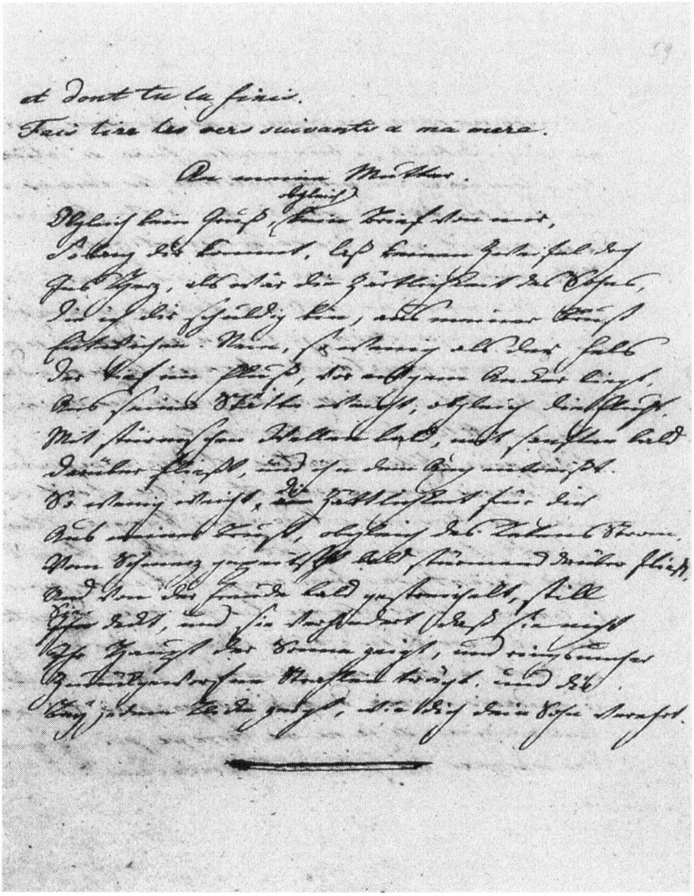

17. Gedicht des siebzehnjährigen Studenten Goethe
»An meine Mutter«

bach, auch mit der Herrnhuterin Susanna von Klettenberg, deren Vater mit Schultheiß Textor befreundet war. Sie wurde ihre Beraterin, ihre Vertraute, bei der sie sich von Familienzwist und seelischen Strapazen erholen konnte. Die Freundschaft gab ihr ungeahnten Rückhalt. Goethe behauptete, für seine Mutter, dieser *innerlich niemals unbeschäftigten Frau*, seien Fragen der Religion um so wichtiger geworden, *als ihre vorzüglichsten Freundinnen gebildete und herzliche Gottesverehrerinnen waren. Unter diesen stand Fräulein von Klettenberg obenan.*

Die Arzttochter Susanna von Klettenberg, die auch schrieb und dichtete, übte eine Faszination aus, von der noch im *Wilhelm Meister* die Rede ist. Ihr unerschütterlicher Glaube an Gottes Gerechtigkeit beeindruckte auch den unglücklich nach Hause zurückgekehrten Studenten Wolfgang. Die Herrnhuter trafen sich sonntags in verschiedenen Häusern, wobei Caspar sich abseits hielt. Im *Liber domesticus* ist unter dem 22. September 1766 nur vermerkt, daß er eine größere Menge Seife aus Herrnhut erwarb – *Pro Sapone Herrnhuthia 1/4 Centner – 4 Gulden.* Dem Erbauungsbedürfnis der Pietisten stand er jedoch fern. Elisabeth fand sich auf diese Weise in einem Zirkel aufgehoben, zu dem Caspar keinen Zutritt hatte. Es war der einzige Ort, den sie nicht mit ihm zu teilen brauchte, eine Welt, die ihr allein gehörte.

VIII.
Wie dich dein Sohn verehrt

Wolfgangs Krankheit, Cornelias Unglück (1765-1770)

Mit Wolfgang in Leipzig ging es bergab. Schon seit seiner Ankunft hatte er stechende Schmerzen in der Brust, die, wie er glaubte, davon herrührten, daß er bei der Hinfahrt die im Morast steckengebliebene Kutsche aus dem Dreck ziehen half. Ende Oktober 1767 hatte er sich zusätzlich beim Sturz vom Pferd verletzt. Außerdem brachte die *Herzenskälte* von Katharina Schönkopf den labilen jungen Mann völlig aus dem Gleichgewicht. Er bekannte Behrisch: *Und ich gehe nun täglich mehr bergunter, 3 Monate noch, Behrisch, und darnach ists aus.* Nach drei Monaten war es zwar nicht aus, doch sein Leben hing nur noch an einem seidenen Faden.

Eine schwere Krankheit brach aus. *Eines Nachts wachte ich mit einem heftigen Blutsturz auf und hatte noch so viel Kraft und Besinnung, meinen Stubennachbarn zu wecken. Doktor Reichel wurde gerufen, der mir aufs freundlichste hilfreich ward, und so schwankte ich mehrere Tage zwischen Leben und Tod ...* Gleichzeitig bildete sich am Hals eine Geschwulst. Bei der Krankheit muß es sich um eine Magenblutung oder um Lungentuberkulose gehandelt haben. In jedem Fall war sie lebensbedrohend. *Für das Auftreten einer Blutung bei einer Lungentuberkulose in dem besonders gefährdeten Pubertätsalter sprechen die Vorgeschichte der Brustschmerzen, die wahrscheinlich tuberkulöse Lymphknotengeschwulst am Hals und auch schriftliche Aussagen Goethes.*[1] An seinem neunzehnten Geburtstag verließ er Leipzig und fuhr nach Hause.

Gleichsam als ein Schiffbrüchiger traf er bei seinen Eltern ein. Es ist bezeichnend, daß er sich selbst als gestrandet sah, ein verlorener Sohn, der wenig erreicht und nichts gerettet hatte als sein angeschlagenes Leben. Die Mutter war gücklich, ihn wiederzuhaben, Tränen flossen, es gab *eine leidenschaftliche Szene.* Allerdings erschrak sie, wie krank und elend der Student aussah. Der Vater war verärgert. Wie viele Gulden hatten die drei Studienjahre verschlungen, und was hatten sie gebracht? Seine penible Aufrechnung läßt sich im Ausgabenbuch nachlesen. Unter dem 15. September 1768, nachdem er schon *einiges Wolfgang betreffend* bezahlt hatte, nämlich am 9. September *Wolfgangs Kiste mit dem Wagen transportiert, Porto nach Leipzig für Pelzhandschuhe* und *an Caja für Wolfgang drei Gulden*, hält er in einer eigenen Rubrik fest: *Triennio academico peracto 1200 fl incirca per singulos annos expendit, quod Summam 3600 f. conficit:* »In drei akademischen Jahren durchschnittlich 1200 Gulden jedes einzelne Jahr ausgegeben, was insgesamt eine Summe von 3600 Gulden ausmacht.« Fast die Hälfte seines Einkommens hatte er jährlich in den Sohn investiert. Mit welchem Ergebnis? Wolfgang hatte nicht einmal die Promotion zustande gebracht. Statt dessen Gedichte! Lieder! Nutzlos vertane Zeit.

Während sich Caspar über seine Konten beugte, beschwerten sich oben im Giebelzimmer Mutter und Schwester abwechselnd bei Wolfgang über die Probleme, die sie miteinander hatten. *Meine Schwester gesellte sich gleich zu mir, und wie vorläufig aus ihren Briefen, so konnte ich nunmehr umständlicher und genauer die Verhältnisse und die Lage der Familie vernehmen. Mein Vater hatte nach meiner Abreise seine ganze didaktische Liebhaberei der Schwester zugewendet* – Caspar hatte der Tochter *fast alle Mittel abgeschnitten*, sich frei zu bewegen. Wie eine Gefangene, eine Leibeigene war sie sich vorgekommen. *Das Französische, Italienische, Englische mußte sie abwechselnd treiben und bearbeiten, wobei er sie einen großen Teil des Tags sich an dem Klaviere zu üben nötigte.* Seine verärgerte Art der Darstellung zeigt noch nach Jahrzehnten Goethes Ärger über einen Vater, der die Tochter maßregelte und überwachte, der ihre Briefe, wenn schon nicht diktierte, so doch ›dirigierte‹ und kontrollierte.

18. Gemäldezimmer im Goethehaus

Allerdings erfahren wir auch, daß es bei dieser einseitigen Parteinahme nicht blieb. Als ihm die Mutter ihrerseits Cornelias Trotz schilderte, änderte der Bruder seine Meinung. Zum ersten Mal stand Aussage gegen Aussage. *Meine Schwester war und blieb ein indefinibles Wesen, das sonderbarste Gemisch von Strenge und Weichheit, von Eigensinn und Nachgiebigkeit ...*

Sie mochte streng und eigensinnig sein, doch woher kam ihr Haß? Der Vater wollte ihr Bestes, sie hätte nur etwas guten Willen zeigen müssen. Das Gegenteil war der Fall. *So hatte sie auf eine Weise, die mir fürchterlich erschien, ihre Härte gegen den Vater gewendet, dem sie nicht verzieh, daß er ihr diese drei Jahre lang so manche unschuldige Freude verhindert oder vergällt, und von dessen guten und trefflichen Eigenschaften sie auch ganz und gar keine anerkennen wollte.* Ihm gefiel die Verachtung nicht, mit der Cornelia die Eltern strafte. Zwar litt auch er unter einem Vater, der ihm seine Krankheit *heftig und bitter* vorwarf; auch er hatte in Leipzig, wie er Schlosser bekannte, unter Minderwertigkeitsgefühlen gelitten. Die Schwester aber suchte bewußt die Konfrontation. *Sie tat alles, was er befahl und anordnete, aber auf die unlieblichste Weise von der Welt ... Aus Liebe oder Gefälligkeit bequemte sie sich zu nichts, so daß dies eins der ersten Dinge war, über die sich die Mutter in einem geheimen Gespräch mit mir beklagte.*

Hier liegt ein Schlüssel zu dem rätselhaften Verhältnis, das zwischen Elisabeth und Cornelia bestand. Die Mutter hoffte, das Vertrauen der Tochter zu gewinnen, konnte aber ihren Trotz gegenüber dem Vater nicht akzeptieren. Ihrem kompromißbereiten Wesen war Cornelias Verhalten, mit dem sie sich und andere quälte, unbegreiflich. Heimlich schüttete sie dem Sohn ihr Herz aus. Caspars autoritäres Regiment hatte auch sie zu spüren bekommen, doch Cornelias Frechheit war nicht zu entschuldigen, und sie fand es unklug und uneinsichtig, daß die Tochter nie bereit war, an einer Sache, wie sie es nannte, *auch die gute Seite auszuspähen.* Cornelia sei ein Mensch gewesen, dem *Glaube, Hoffnung, Liebe* fehlten, sagte Goethe. Darin mag ein weiterer Gegensatz zwischen Mutter und Tochter gelegen haben. In Cornelias Briefen kommt kein Gott vor. Sie vermied, wann immer es ging, den sonntäglichen Gottesdienst und entzog sich auch in dieser Hinsicht der Familie. In ihrer nüchternen Illusionslosigkeit fand sie zur Welt der Mutter keinen Zugang.

Das Unglück der Cornelia hatte seine eigentliche Ursache in ihrer Unzufriedenheit mit der eigenen Person. *Niemals einig mit sich selbst*, der Bruder hat es gespürt. *Ich kann nicht anders werden*, schrieb ihm die Sechzehnjährige nach Leipzig. Das Bewußtsein des Andersseins führte zur Verweigerung. Zu Kompromissen war Cornelia nicht bereit. Wenn ihr etwas nicht paßte, zog sie sich in Krankheit oder in die Isolation zurück. So hielt sie es auch in ihrer Ehe. Mit sechsundzwanzig Jahren war Cornelia Goethe tot.

Im September 1768 war Wolfgang in Frankfurt eingetroffen. Schon im Dezember kam es zu einem bedrohlichen Rückfall. Er erlitt so schwere Darmkoliken, daß man mit seinem Tod rechnete. Die Mutter, vor Angst fast von Sinnen, greift zu dem einzigen Mittel, das ihr Hilfe versprach. Sie holt die Bibel, *sticht* nach altem Brauch mit der Nadel in die Blätter und findet die Textstelle: *Man wird wiederum Weinberge pflanzen an den Bergen Samariä, tanzen wird man und dazu pfeifen.*[2] Das Bibelwort wurde ihr zum Ausdruck für eine Erneuerung des Lebens und zum Schutzschild gegen den Tod. Mutter und Sohn liebten beide die Weinernte. *Nach mancherlei Früchten des Sommers und Herbstes war aber doch zuletzt die Weinlese das Lustigste und am meisten Erwünschte* ..., heißt es in *Dichtung und Wahrheit. Lust und Jubel erstreckt sich über eine ganze Gegend. Des Tages hört man von allen Ecken und Enden Jauchzen und Schießen* ...

Das Wort *Man wird wiederum Weinberge pflanzen* war wie ein Versprechen, an dessen Erfüllung man glauben konnte. Als Wolfgang nach drei Jahren Abwesenheit sein Elternhaus erstmals wieder besuchte, schrieb er, weil nun *an den Bergen Samariä der Wein so schön gediehen ist*, sei zu hoffen, *daß auch dazu gepfiffen würde* (9. August 1779). Niemand außer der Mutter konnte die Anspielung verstehen. In den *Noten und Abhandlungen* zum *West-östlichen Divan fügte Goethe später sehr bezeichnend eine Erklärung über Buch=Orakel* ein. Er erinnerte sich daran, wie eine ihm nahestehende *Person* sich *bei der Bibel, dem Schatzkästlein und ähnlichen Erbauungswerken zutraulich Raths holte.* Er dachte an seine Mutter.

Die schwerste Krise in Wolfgangs Krankheit trat am Mittwoch, dem 7. Dezember 1768, ein. An diesem Tag wurde seine Schwester achtzehn Jahre alt. Sie wandte sich bedrückt an ihre Freundin Catharina Fabricius.[3] Daß sie den kostbaren Flügel nicht erwähnte, den die Eltern ihr zum Geburtstag schenkten, mag an der deprimierten Stimmung gelegen haben, in der sie sich befand. *Heute ist mein Geburtstag, an dem ich das achtzehnte Lebensjahr vollende ... Meinem Bruder geht es sehr schlecht, er bekam plötzlich eine heftige Kolik, die ihm äußerste Schmerzen bereitet. Man wendet alles an, um ihm etwas Ruhe zu verschaffen, doch vergeblich. Ich kann ihn in diesem Zustand nicht ansehen, ohne daß sich mir das Herz zusammenzieht. Könnte ich ihm doch helfen.*

Wolfgangs Krankheit war nicht ihre einzige Sorge. Cornelia war verliebt. Ihr Freund war ein junger Engländer namens Arthur *Harry* Lupton. Goethe behauptet sogar in *Dichtung und Wahrheit: der Gott der Liebe und des Glücks* habe sie zueinander geführt. Doch davon konnte kaum die Rede sein. Zwar war *Harry* einige Male im Hirschgraben, und Caspar hatte bereits eine englische Grammatik angeschafft, doch in Wirklichkeit plante der Engländer bereits die Rückkehr in die Heimat, was Cornelia nur durch Zufall erfuhr. Sie war niedergeschmettert. *Nein, nein, ich kann ihn nicht völlig aufgeben ...* Was sie beabsichtigte, teilte sie der Wormser Freundin nicht mit, schilderte aber ihre Verzweiflung und ihr Scheitern. Wenigstens ein Porträt wollte sie besitzen und bat den befreundeten Georg Melchior Kraus, *Harry* zu malen. Wiedersehen wollte sie ihn in einem von

19. Susanna von Klettenberg und Goethe

ihr heimlich arrangierten Konzert – nichts glückte, und der einzige Freund fuhr am 22. Oktober 1768 ohne Gruß davon. *Ich Unglückliche – alles ist aus. Das ist nun die Strafe für meinen Hochmut ... Haben Sie Mitleid mit mir – Ich bin in einem erbarmungswürdigen Zustand ...* C. G.

Bis Wolfgang gesund wurde, dauerte es ein volles Jahr. Das Geschwür am Hals mußte aufgeschnitten und mit Höllenstein, also Silbernitrat, behandelt werden.[4] Durch Vermittlung der Freundin Klettenberg wurde ein neuer Arzt hinzugezogen, Dr. Johann Metz, ein *schlaublickender, freundlich sprechender, übrigens abstruser Mann, der sich in frommen Kreisen ein ganz besonderes Zutrauen erworben hatte (Dichtung und Wahrheit).* Der Arzt versicherte Elisabeth in einer unbedachten Minute, über eine selbstbereitete Arznei zu verfügen, ein gewisses Salz, *das nur in den größten Gefahren angewendet werden durfte.* Darüber verhandelte sie mit ihm am Krankenbett, und es kam zu einem Auftritt, der ihren Durchsetzungswillen eindringlich belegt. Als es Wolfgang immer schlechter ging, er sich vor Schmerzen krümmte und in Todesangst *das Leben zu verlieren glaubte, zwang meine bedrängte Mutter mit dem größten Ungestüm den verlegnen Arzt, mit seiner Universalmedizin hervorzurücken. Nach langem Widerstand eilte er tief in der Nacht nach Hause und kam mit einem Gläschen kristallisierten trocknen Salzes zurück, welches in Wasser aufgelöst von dem Patienten verschluckt wurde und einen entschieden alkalischen Geschmack hatte. Das Salz war kaum genommen, so zeigte sich eine Erleichterung des Zustandes, und von dem Augenblick an nahm die Krankheit eine Wendung, die stufenweise zur Besserung führte ...* Die Tatkraft der Mutter rettete ihm das Leben.

Als *eine große Meerenge, wo alles durch muß*, hat Goethe den Tod bezeichnet, dem er damals mit Mühe entkommen sei. Der mütterliche Einsatz und ihre Zuversicht verfehlten ihre psychische Wirkung auch auf den Sohn nicht. *Man wird wiederum Weinberge pflanzen* – noch im letzten Brief hat es ihm die Mutter geschrieben. Er konnte aus dem Krankenzimmer in seine Giebelstube zurückkehren. Dort las er von der Klettenberg geliehene mystische, medizinische und alchimistische Bücher, deren geheimnisvoller Inhalt nicht ohne Einfluß auf den *Faust* blieb. Gemeinsam mit Mutter und Schwester brachte er *die Abende eines langen Winters, während dessen ich die Stube hüten mußte, sehr vergnügt zu, indem wir zu dreien, meine Mutter mit eingeschlossen, uns an diesen Geheimnissen mehr ergötzten, als die Offenbarung derselben hätte tun können.* Der Vater blieb wieder der Außenstehende, während sich Mutter und Kinder so nahe waren wie lange nicht.

Während der Rekonvaleszenzzeit wurde die Freundin der Mutter zur Freundin des Sohnes. Wolfgang führte lange Gespräche mit Susanna von Klettenberg, deren religiöse und philosophische Gedanken seine schriftstellerischen Versuche beeinflußten wie den *Werther*, der mit Motiven aus dem Johannes-Evangelium durchsetzt ist.[5] Gemeinsam besuchte man pietistische Zusammenkünfte, wie man aus Briefen an den Leipziger Theologiestudenten Langer erfährt, dem der neunzehnjährige Goethe schrieb: *Mich hat der Heiland endlich erhascht, ich lief ihm zu lang und zu geschwind, da kriegt er mich bey den Haaren* (17. Januar 1769). Auch im Haus am Hirschgraben fanden Bibelstunden statt, wobei Caspar *freundlich und höflich* das *etwas freyere Exercitium Religionis* ertrug, während die Mutter Wein, Weißbrot und Würste auftischte und der Sohn wie bei einem Fest die Kerzen des Kronleuchters entzündete.

Susanna von Klettenberg war klug genug, den wissensdurstigen Neunzehnjährigen nicht mit Gewalt zur Frömmigkeit zu bekehren. Er zeichnete ein Bild von ihr, wie sie in der kleidsamen Tracht der Herrnhuterin am Fenster saß, und schrieb dazu:

Sieh in diesem Zauberspiegel
Einen Traum, wie lieb und gut
Unter ihres Gottes Flügel
Unsre Freundin leidend ruht.

An ihr und meiner Mutter hatte ich zwei vortreffliche Begleiterinnen, heißt es in *Dichtung und Wahrheit, ich nannte sie nur immer Rat und Tat.*

Welche Beziehung hatte Cornelia zur Freundin der Mutter? Konnte die lebenskluge Frau nicht auch ihr zur Vertrauten werden? Schließlich hatte die jetzt fünfundvierzigjährige Klettenberg ihr Schicksal selbst geregelt, als sie ihre Verlobung mit Johann Daniel von Olenschlager – die im Hause Textor begangen wurde – löste, weil Freiheit und Selbständigkeit ihr wichtiger waren. Sie blieb als einzige in ihrer Familie unverheiratet, lebte allerdings lange mit einem Freund, dem Staatsrechtler Carl Ludwig von Moser, zusammen. Ihre Jugend, von Goethe im *Wihelm Meister* beschrieben, weist Übereinstimmungen mit Cornelias Jugend auf. Der Vater habe mit ihr *wie mit einem Studenten* gesprochen und sie einen *mißratenen Sohn* genannt – solche Bemerkungen könnten auch im Haus am Hirschgraben gefallen sein. Hätte ihr diese eigenständige Frau nicht Vorbild sein können? Doch für die *kleine Hochgelahrte* galten andere Maßstäbe. Die Schwester war, schreibt Goethe, *so liebebedürftig als irgendein menschliches Wesen* und hegte durchaus erotische Wünsche. Ihre Briefe zeigen sie oft im Zustand erregter Erwartung. Sie schätzte elegante Soiréen und große Gesellschaften. *Die Ruhe hat keine Reize für mich. Ich liebe die Abwechslung, die Aufregung, das Getümmel der großen Welt und die lärmenden Lustbarkeiten.* Sie wollte gefallen, wollte begehrt werden. *Welch ein Vorteil ist doch die Schönheit! Man zieht sie den Reizen der Seele vor*, klagte sie, die doch begehrt werden wollte.[6] *Ich habe so heftige Leidenschaften – passions si fortes –, daß ich sogleich zum Äußersten getrieben werde.* (Oktober 1768) Männer waren ihr wichtig. Die Klettenberg war der Ehe ausgewichen. Für Cornelia hingegen war sie die unerläßliche Bedingung ihres Selbstwertgefühls. *Ich kann mir nichts Schöneres vorstellen, als zu gefallen. – Es ist offensichtlich, daß ich nicht immer ledig bleiben werde.* Aber würde es eine Liebesehe sein?

Um mehr über Cornelias Verhältnis zu ihrer Mutter zu erfahren, muß man die Briefe, die sie an Catharina Fabricius richtete, genau betrachten.[7] Diese Tagebuch-Briefe, die sich zum Teil wie ein autobiographischer Roman lesen, sind das Dokument einer Seelennot, in dem eine knapp Achtzehnjährige ihr unfaßliches Defizit an Liebe und Glück ungeschönt ausbreitet. Ihr Leben erscheint darin wie eine Kette tragischer Zufälle: Was sie will, mißlingt, was sie plant, mißrät, was sie tut, mißfällt. Sie bewunderte die Heldinnen der Romane Richardsons, die durch Anmut und Tugend zu siegen pflegten – sich selbst beschreibt sie als Verliererin, eine lächerliche, bemitleidenswerte Person. Betritt ein männlicher Besucher das Haus, wird Cornelia von Panik ergriffen. Wörtlich heißt es: *Ich zitterte am ganzen Leibe und machte alles verkehrt vor Aufregung ... Ich machte eine alberne Figur, weil ich nicht wußte, ob es dumm wäre, wegzugehen oder da zu bleiben ... Endlich entschied ich mich zu gehen, was ich so linkisch tat, daß ich jämmerlich anzusehen war ...*[8]

Nie erhält Cornelia Goethe je einen Liebesbrief wie ihre offenbar oberflächliche Konkurrentin Lisette Runckel, die es versteht, die Männer um den Finger zu wickeln. Cornelia schweigt, anstatt zu sprechen, flieht, anstatt zu bleiben, schlägt die Augen nieder vor Scham über sich selbst. Bis nach Worms schreit sie ihren Schmerz über die Demütigungen, denen sie ausgesetzt ist. Sie bringt es sogar fertig, ihren roten Hautausschlag zu schildern, offenbar ohne zu ahnen, daß das häßliche Ekzem nichts anderes ist als der sichtbare Ausdruck ihres unsichtbaren psychischen Leidens. Ungeschönt und ungeschminkt blickt sie in den Spiegel, treibt Selbstbeobachtung bis zum Überdruß. *Sonntagmorgen um 10 Uhr. Mein Herz ist unempfindlich gegen alles ... mein Seelenzustand grenzt an Gefühllosigkeit ... Ich blicke in meinen Spiegel, und mich jammert der schreckliche, feuerrote Ausschlag, den ich mir zugezogen habe ...* Ihre unattraktiven Gesichtszüge, die Frisur *à la Rhinoceros*, die hohe Stirn, alles ängstigt sie zu Tode. *... wie ich mich in einem Spiegel betrachtete, sah ich mich bleicher als der Tod.* Der Spiegel ist ihr aufrichtiges Gegenüber. *Doch mein Spiegel betrügt mich nicht, wenn er mir sagt, daß ich zusehends häßlicher werde. Das sind keine Redensarten, ich spreche aus tiefstem Herzen ...* Dieses Schreiben mit dem Datum vom 21. Oktober 1768 ist besonders bezeichnend. Ihr Bruder ist seit zwei Monaten wieder zu Hause.

Viele Schilderungen in Cornelias Briefen enthalten, wie sich nachprüfen läßt, reale Vorkommnisse, sind also nicht nur des Effekts wegen ›romanhaft‹ erdacht. Der geliebte *Harry* reiste tatsächlich im Herbst 1769 nach England zurück. Simonetta (Elisabeth) Bethmann heiratete tatsächlich im August 1769 Peter Heinrich Metzler aus Bordeaux und gab einen Ball. Die Eltern der beneideten Lisette Runckel waren tatsächlich hoch verschuldet. Lisettes Verehrer, Herr Busch, erwarb in dieser Zeit tatsächlich den Gasthof ›Römischer Kaiser‹, in welchem die Konzerte stattfanden, die auch Cornelias Mutter besuchte. Wir erfahren es aus den Briefen von Madame Crespel an ihren Sohn, von denen noch die Rede sein wird.

Cornelia schrieb alle ihre Briefe an Catharina Fabricius auf französisch, 78 Seiten in regelmäßiger Schrift. Lehrer Thym hatte an dem Kind ganze Arbeit geleistet: Jeder Buchstabe wirkt wie gestochen, die Handschrift insgesamt wie gedruckt. Die Briefpäckchen wurden durch eine Schwester von Catharina Fabricius nach Worms geschmuggelt. So entging Cornelia der elterlichen Kontrolle. Die Mutter wird keinen der Berichte zu Gesicht bekommen haben. Mit dem ersten Brief vom 16. Oktober 1768 um 8 Uhr morgens gesteht Cornelia, nur schreiben zu können, weil alle in der Kirche sind. Sie betont, daß *niemand im Haus* jemals etwas von diesem Brief erfahren darf, also auch nicht die Mutter oder der Bruder. Wozu diese Vorsicht? Würde die Mutter ihre Klagen und Selbstanklagen verurteilen? War von ihr keine Hilfe zu erwarten? Fürchtete sie Wolfgangs Kritik an ihren schriftstellerischen Versuchen, wie er sie schon einmal belächelt hatte? Wenn Cornelia vom Bruder berichtet, geschieht es nicht ohne Neid. Sie war allein in einem Konzert, weil er krank war. Was mußte sie erleben? *Mehr als dreißig Herren machten mir den Hof, und alle ihre Unterhaltungen begannen mit: ›Miss, wie geht es Ihrem Herrn Bruder?‹* Alles drehte sich um ihn. Sie stand in seinem Schatten.

Ende Oktober kündigte ihr Wolfgang zwei junge Männer an. Die Brüder von Olderogge aus Leipzig wollten ihn wiedersehen und die Schwester kennenlernen. Die Art, wie Cornelia die Episode schildert, charakterisiert wie in einem Drama ihre innere Zerrissenheit. *Ich bin neugierig, sie zu sehen, doch schäme ich mich, mich ihnen zu zeigen ... ich, eine so demütigende und wenig ansehnliche Gestalt ... Ach, meine Liebe, wenn Sie meine Tränen sähen – nein nein, ich weine nicht, es ist nur – es ist nichts.*

Die Tragik der Cornelia. Aufgewachsen in einem wohlhabenden Haus, sprachgewandt, teuer und elegant gekleidet, besitzt sie keinen Funken Selbstbewußtsein. Welche Rolle spielte die Mutter, die merken mußte, wie ihre Tochter fast hysterisch die Treppen *zwanzigmal* hinauf- und hinunterlief? Nachmittags um zwei Uhr. *Was soll ich tun? ... Ich will fort, es ist mir unmöglich, sie zu treffen. Sehen Sie diese Verrückte, wie ihr das Herz klopft! Zwanzigmal lief ich die Treppe herunter und ebenso oft wieder hinauf in mein Zimmer ... Bin ich nicht lächerlich?* – Um fünf Uhr: *Ich bin wieder da. Mir war schlecht, jeden Augenblick befürchtete ich eine Ohnmacht – Sie sind da ... Eben bin ich überrascht worden, mein Bruder kam herein, schnell habe ich meinen Brief versteckt ... Mein Bruder erschrak, als er mich so totenblaß sah ...*

Wie eine Verbrecherin vor dem Tribunal betrat sie kleinlaut das Zimmer, in dem die jungen Männer auf sie warten. Die Angst raubte ihr fast den Verstand. *Ich war kurz davor, das Bewußtsein zu verlieren.* Man erlebt den Auftritt einer dressierten Tochter aus gutem Hause, hört die gedrechselten Komplimente der höflichen Studenten, die die junge Frau begutachten. Erfrischungen stehen bereit, doch die im Hintergrund waltende Mutter bleibt in der Schilderung unsichtbar. Die Jugendlichen sind unter sich. Es ist Oktober, man zündet Kerzen an. *Mein Bruder bemerkt meine Verwirrung ... Ich saß zu sehr im Kerzenlicht, schämte mich und rückte vom Tisch weg in den Schatten.* Der Vetter stellte fest, sie sei in letzter Zeit größer und schöner geworden. Sie hielt seine Worte für verlogen. *Das ging über meine Kräfte* – rot vor Scham entschuldigte sie sich: Der Cousin treibe seinen Spaß mit ihr.

Erlösung bringt das einzige Element, in dem Cornelia sich sicher fühlt: die Musik. Sie geht hinüber zum Klavier, die Männer bilden einen Kreis, sie spielt. *Meine Angst war vorüber und ich gewann meine Geistesgegenwart zurück.* Der jüngere Olderogge, bemerkt sie entzückt, habe sie lange angesehen: *Wäre es nicht unendlich angenehm, einem solchen Mann zu gefallen – Aber warum sage ich das?*

Vielleicht fand Cornelia im Schreiben auch eine psychotherapeutische Hilfe. Nur der fernen Freundin kann sie sich anvertrauen, nicht der Mutter, die ihren Abscheu über das Verhältnis von Mann und Frau – der Mann als Käufer, die Frau als Ware – nie begreifen würde. Mutter und Tochter trennte die Kluft einer Generation, die sich nach der Französischen Revolution noch verschärfen würde: mit dem Anspruch auf Selbstbestimmung. Die Mutter wurde nicht nach ihren Wünschen gefragt. Die Tochter widersetzte sich althergebrachter Konvention. Da ein Beruf nicht zur Debatte stand, mußte sie die Lebenserfüllung in der Ehe mit einem ihr gemäßen Mann suchen. *Werde ich einen Mann heiraten, den ich nicht liebe? Die Vorstellung flößt mir Entsetzen ein* (5. Mai 1769).

In ihren Schilderungen offenbart sich Cornelia gewissermaßen als ein *weiblicher Werther.*[9] Der Briefroman ihres Bruders *Die Leiden des jungen Werthers* entstand vier Jahre nach dem Briefroman der leidenden jungen Cornelia. Daß Wolfgang ihre geheimen Briefe kannte, ist unwahrscheinlich. Allerdings sagt sie, daß er sie zweimal überraschte, als sie die Episteln in fieberhafter Aufregung niederschrieb. *Eben bin ich überrascht worden, mein Bruder kam herein, schnell habe ich meinen Brief versteckt … Mein Bruder erschrak, als er mich so totenblaß sah …* Der junge Werther wählte den Freitod. Cornelias selbstzerstörerische Überlegungen münden in Verzicht und Resignation. *Mittwoch, den 2. Novemb. um 8 Uhr morgens … Die Herren von Olderogge kommen heute nachmittag, ich freue mich darauf – wenigstens werde ich noch einmal dieses liebenswerte Gesicht sehen … man unterbricht mich, es ist mein Bruder, was wird er sagen – Bedauern Sie mich – alles bringt mich zur Verzweiflung – sie reisen heute ab – was soll ich tun – wenn Sie sähen, wie ich leide, es geht über meine Kräfte – alle Freude, die ich mir verspreche, ist mir versagt … wofür bin ich noch aufgespart? …*

IX.
Schreibpapier, Tinte, Porto und Band

Ein Schriftsteller in der Familie (1771-1773)

Zu Beginn des Jahres 1769 verschickte Wolfgang ein *Neujahrslied*, das die Unterschrift trug: *Seinen Freunden zum Zeugnis, daß er noch lebt. Daß er noch lebt* – ein Jahr lang hatte sich seine Mutter um ihn gesorgt. Ihr Sohn war zwar noch nicht völlig gesund, doch er lebte. Die ganze Familie nahm am 12. Januar an einem Festessen teil, das Legationsrat Moritz aus Freude über Wolfgangs Genesung gab. So hat es Cornelia ihrer Freundin berichtet. Caspar mußte für Medikamente – die ärztlichen Visiten nicht eingerechnet – siebzehn Gulden bezahlen. Er hielt es allmählich für angebracht, den Sohn, der wieder Besuche empfing und Besuche machte, an sein abgebrochenes Studium zu erinnern. Er sollte endlich den Doktorgrad erwerben. Dabei dachte der Vater wieder nicht an Göttingen, sondern diesmal an die Universität Straßburg.

Noch aber war er *der kranke Goethe*, noch freuten sich Mutter und Schwester über seine Anwesenheit. Mit dem Bruder zusammen wurde Cornelia sicherer. Offenbar war auch der Vater einsichtiger, die Mutter verständnisvoller als bisher, was sich positiv auf ihre Ehe auswirkte. In Caspars *Liber domesticus* findet sich nach langer Pause wieder ein Zärtlichkeitswort: *Uxori amatae* – der *geliebten* Ehefrau. Sie erhielt ein *corset*, von ihm als *Taillenmieder* bezeichnet, und ein ebensolches Kleidungsstück bekam auch Cornelia. Wolfgang, der am 28. August 1769 seinen zwanzigsten Geburtstag feierte, wurde mit einem Schlafrock für fünf Gulden und sechs Gulden Taschengeld beschenkt.

Für das Leben der Familie Goethe, die in jenem Sommer 1769 zum letzten Mal beisammen war, hat sich durch Zufall eine bedeutsame Quelle erschlossen. Es sind die Briefe einer mit Elisa-

20. Johann Wolfgang Goethe in seinem Mansardenzimmer

beth befreundeten und mit ihr gleichnamigen Frankfurter Juweliersgattin, Catharina Elisabeth Crespel, an ihren in Leipzig studierenden Sohn Bernhard.[1] Darin werden die *Visiten* und Sommervergnügen geschildert, die die Crespel-Töchter Catharina und Franziska mit den gleichaltrigen Goethe-Geschwistern unternahmen. Als Kind wohnte Bernhard Crespel mit seiner Familie neben den Großeltern Textor in der Friedberger Gasse. Nach dem Tod der Hausbesitzerin Anna Maria Textor, einer Schwester des Großvaters, zogen Crespels in das Haus in der Eschenheimer Gasse,[2] in dem auch Schöff Olenschlager lebte, bei dem Wolfgang und Cornelia früher Theater spielten. Crespels Freunde waren auch ihre Freunde: die Geschwister Runckel, Johann Jacob Riese und Max Moors vom Hirschgraben, der sich ein paar Jahre später als Anwalt mit dem Juristen Johann Wolfgang Goethe in übermütigen Prozeßschriften stritt.

Der erste Brief von Madame Crespel datiert vom Dezember 1768. Wolfgang lag noch schwerkrank im Bett, Frau Crespel zeigt sich aber erfreut, daß Cornelia Goethe – sie schreibt *Göthé* – an den Zusammenkünften in ihrem Haus teilnehme. Allerdings sei jetzt alles teurer als früher, da die anspruchsvollen *Demoisellen* nicht mehr zu Fuß gingen, sondern die Kutsche benützten, *pro Kutsche zu sechs Personen, um die Unkosten nicht zu groß zu machen.* Cornelia und die temperamentvollen Crespel-Schwestern übten die Quadrille und musizierten miteinander. Ein Brief vom 5. August 1769 berichtet: *Mlle Göthé ist ohne die ordentliche Gesellschaft öfters bei Deinen Schwestern und sie bei ihr, zumalen im Spazierengehen, wobei sich ihr Herr Bruder auch befindet.* Leider könne Elise Bethmann nicht mehr dabei sein, weil sie Herrn Metzler heirate. Die folgende Nachricht datiert von Mitte August. *Es bleibt nicht bei dem montägigen Besuch zwischen Deinen Schwestern und der Jungfer Göthé*, schreibt Madame Crespel, *sondern sie kommen öfter in der Woche zusammen.*

Offensichtlich besserte sich im Frühling des Jahres 1769 mit zunehmender Gesundheit des Sohnes auch die Laune des Vaters, und die gerühmte Tatkraft und *Heiterkeit* der Mutter sorgten für eine optimistische Stimmung. Elisabeth arrangierte Einladungen, veranstaltete Konzerte und gab am 30. Juni 1769 ein elegantes Diner. Sucht man nach Belegen, die Aufschluß geben könnten über ein neues Verhältnis zur Tochter, findet man nur geringfügige Hinweise. Eine Gemeinsamkeit vermerkt das väterliche Ausgabenbuch. Unter dem 26. September 1767 hielt er fest: *Cajae et filiae vestim. comparandis – 80 Gulden.* Mutter und Tochter haben sich also auf der Frankfurter Herbstmesse ähnliche Kleider, jedes für 40 Gulden, anfertigen lassen. Eine andere Notiz besagt, daß die Mutter die kostspieligen Unternehmungen der Tochter aus der eigenen Tasche finanzierte. Am 15. Februar 1769, kurz vor Elisabeths achtunddreißigstem Geburtstag, waren Cornelias Schulden bei der Mutter auf mehr als fünf Gulden angewachsen und wurden schließlich doch von Caspar beglichen: *Corneliae debit. maternum – 5 Gulden 36 Kreuzer.*

Cornelia war nicht mehr ins Haus gesperrt wie noch im Jahr zuvor. Sie besuchte die *Grande Compagnie*; ihre Freundinnen waren nun Franziska und Catharina Crespel, siebzehn und zwanzig Jahre alt, die zur *Montagsgesellschaft* kamen wie Catharina Melchior und die Schwestern Münch, die man seit Kindertagen kannte. Für Susanna Magdalena Münch schwärmte der zwanzigjährige Goethe.

Im Frühjahr 1769 geschah das Wunder, daß Cornelia zum ersten Mal von einem eigenen Erfolg berichten konnte. Die Nachricht belegt den positiven Wandel. *Unser Winterkonzert ist zu Ende*, berichtete sie Catharina Fabricius. *Nie hörte ich eine vortrefflichere Musik, und alles trug dazu bei, es herrlich zu machen. Meine Kusine Catherine und ich hatten einen glänzenden Auftritt. Ich hatte mehrere Burlesken im Kopf, und meine Kusine versprach, mich zu unterstützen. Die feine Welt kam in Scharen, und wir mußten viele abgeschmackte Komplimente anhören.*[3]

In diesem Sommer regte der zu allerlei seltsamen Einfällen neigende Bernhard Crespel das sogenannte *Mariage-Spiel* an.[4] Dazu gehörte, daß Freunde und Freundinnen sich per Los einen Partner ziehen sollten. Cornelia, im Grunde humorlos und empfindlich, blühte plötzlich inmitten der vergnügten Gesellschaft auf und entwickelte *sogar einige Keime von possenhaftem Humor, den ich an ihr nie gekannt hatte*, schreibt Goethe. Ihre Klagebriefe hörten auf. *Die gute Jahreszeit, die schöne Gegend blieb für eine so muntre Gesellschaft nicht unbenutzt; Wasserfahrten stellte man häufig an, weil diese die geselligsten von allen Lustpartien sind*, berichtet Goethe in *Dichtung und Wahrheit.* In den Semesterferien beteiligten sich auch Adam Horn und Bernhard Runckel, der Sohn des Reitlehrers, an den Vergnügungen. Dazu kam Maximilian Klinger, der Dichter des Dramas *Sturm und Drang*, der mit seiner Schwester Agnes schon als Kind im Hirschgrabenhaus ein- und ausgegangen war. Max Klinger bewunderte das Erzähltalent von Goethes Mutter. Als Vierundzwanzigjähriger schrieb er an den Komponisten Kayser: *du glaubst nicht ... was ich an ihr hab. Wie manche Stunde hab ich vertraut bey ihr auf dem Stuhl genagelt zugebracht und Märchen gehört.*[5]

Durch Wolfgang kamen neue Menschen ins Haus. Im September 1769 besuchte ihn der ehemalige Leipziger Studienkollege und Theologe Langer, ein angenehmer Gast, der allen gefiel. Nach seiner Abreise schrieb ihm Wolfgang: *Uns geht es allen noch so, wie Sie uns verlassen haben. Mein Vater, meine Mutter, meine Schwester, Fräulein Klettenberg lassen Sie alle grüßen.* Die ganze Familie war zu dieser Zeit damit befaßt, Wolfgangs erste Veröffentlichung zu begutachten: die *Neuen Lieder*, in Leipzig erschienen und von Breitkopf vertont. Stolz auf das Werk ihres Sohnes, ließen die Eltern das Buch, wie im *Liber domesticus* notiert, in einen schönen Einband binden. Es ist *die Geschichte meines Herzens in kleinen Gemälden*, gestand Goethe. Unter diesem Aspekt werden Mutter und Schwester die Lieder wohl mit doppeltem Interesse gelesen haben:

O Jüngling, sei weise, verwein' nicht vergebens
Die fröhlichsten Stunden des traurigen Lebens,
Wenn flatterhaft je dich ein Mädchen vergißt.
Geh, ruf sie zurücke, die vorigen Zeiten,
Es küßt sich so süße der Busen der zweiten
Als kaum sich der Busen der ersten geküßt.

Nach Frankfurt kam Ende des Jahres auch der Komponist Möller, den Student Wolfgang ebenfalls in Leipzig getroffen hatte. Möller gab eine Reihe von Konzerten, wobei er den Aufenthalt auch dazu benutzte, nach einer Frau Ausschau zu halten, die er in der hochmusikalischen Catharina Crespel gefunden zu haben glaubte. Die Einladungen und Konzerte, die im Hause Goethe stattfanden, gefielen ihm, und offenbar auch die neunzehnjährige Tochter Cornelia. Nach der Abreise bat er einen Freund, *bei Mademoiselle Goethe und derselben Herrn Bruder* und *bei ihren würdigen Eltern meine Neujahrsgratulation abzulegen*, es gebe *keine größere Hochachtung, als ich diesen zu verehrenden Personen sämtlich gönne und gegen sie hege.*[6] Der einzige Wermutstropfen: von Catharina Crespel erhielt er eine Absage. Sie blieb unverheiratet.

Cornelia und ihre Freundinnen machten in der Musik solche Fortschritte, daß sie von Madame Crespel schon als *Virtuosinnen* betitelt wurden. Tatsächlich fand im Januar 1770 ein Konzert vor geladenen Zuhörern statt, das ausschließlich von den jungen Damen bestritten wurde, und zwar im Musikzimmer des Hauses am Hirschgraben. Cornelia Goethe und Catherine Gerock spielten vierhändig, Franszika Crespel trug mit ihrer schönen Stimme neue Lieder vor. Der Erfolg muß Cornelia mehr Selbstbewußtsein verliehen haben. Endlich einmal war sie es, die im Mittelpunkt des Interesses stand. Erfreut konnte Madame Crespel ihrem Sohn am 3. Februar 1770 melden: *Deine Schwestern gehen öfters in Gesellschaft und (in) Conzerte bei den Mademoiselles Göthé und Gerock*; am 13. Februar hieß es: *und dann ist noch alle Woche zwischen den Mademoiselles Gerock,*

Göthé und Deinen Schwestern aparte Visite, die allezeit sich in der Musik exerzieren. Du wirst zu Deinem Staunen bei Deiner Zurückkunft große Virtuosinnen antreffen, sowohl Vokal- als Instrumentalmusik.

Wenn es in der Familie zu brodeln begann, so lag es diesmal nicht an Cornelia. Wolfgang, der sich bei wachsender Gesundheit zu Hause eingeengt fühlte, benahm sich ziemlich rücksichtslos. Wieder einmal fiel der Mutter die Rolle der Vermittlerin zu. Ihre Situation war nicht leicht. Sie hatte einen Ehemann, der für seinen begabten Sohn ein bedeutendes Amt, für seine musikalische Tochter eine gute Partie anstrebte, man hätte in Frieden leben können – statt dessen war die Familienharmonie ständig gefährdet. Cornelia reagierte auf alles kritisch und sensibel, Wolfgang folgte selbstherrlich der Devise: *Ich bin von jeher gewohnt, nur nach meinem Instinkt zu handeln.*[7] Auch wenn er in *Dichtung und Wahrheit* beteuerte, seine Mutter habe *einen heitern ja seligen Blick über die irdischen Dinge* geworfen, kann ihre Stellung inmitten dieser explosiven und zu keinem Kompromiß bereiten Familienmitglieder nicht einfach gewesen sein.

Caspar mußte sich vom eigenen Sohn Zurechtweisungen gefallen lassen der Art, seine barocken Spiegel seien veraltet, die chinesische Tapete im *Peking* unmodern und das Treppenhaus unpraktisch, weil es wegen der durchgängigen Stockwerke keine abgeschlossene Wohnung für ihn, Wolfgang, hergebe. Der Sohn nahm sich sogar die Freiheit heraus, Vorschläge zu unterbreiten, wie man die Treppe an die Seite verlegen könne, worüber der Vater *in einen unglaublichen Zorn geriet.*

Was sich unterschwellig hinter kleinlichen Vorwürfen verbarg, war ein von Wutausbrüchen begleiteter Generationenkonflikt. Caspar war nicht mit seinem untätigen Sohn zufrieden, der Sohn nicht mit einem Vater, der seine Zeit nur mit nutzlosen Liebhabereien verbrachte. *Er gehörte nun unter die Zurückgezogenen, welche niemals unter sich eine Societät machen*, hieß seine Kritik. Zwar gab es noch andere ›Sonderlinge‹ in Frank-

21. Goethe seiner Mutter vorlesend

furt, wohlhabende Männer ohne politische Funktionen wie Doktor Uffenbach, Doktor Orth und die Brüder von Ochsenstein, die aber auf Veröffentlichungen hinweisen konnten, während es dem eigenen Vater trotz Geld und Titel nicht gelungen war, in der oberen Schicht Fuß zu fassen. Hat der Sohn seinen Vater in *Wilhelm Meister* nachträglich kritisieren wollen? Er schildert *Wilhelms Vater* als einen Mann, der nicht wirklich zu leben versteht. *In seinem Hause mußte alles solid und massiv sein, der Vorrat reichlich, das Silbergeschirr schwer, das Tafelservice kostbar; dagegen waren die Gäste selten ...* Ob diese Charakteristik wirklich auf Caspar zutrifft, ist fraglich. Auch wenn dem Vater die heitere Überlegenheit der Mutter fehlte, kann man doch seinem Ausgabenbuch entnehmen, daß seine Großzügigkeit viele Vergnügungen und Einladungen ermöglichte.

Franckfurt binn ich nun endlich satt, schrieb Wolfgang an Katharina Schönkopf, die sich inzwischen mit Doktor Kanne verlobt hatte. Zu Hause hielt er es nicht länger aus. Am 1. April 1770 nahm er von den Eltern Abschied und fuhr nach Straßburg, wo er bei Pelzhändler Schlag am Fischmarkt eine Wohnung bezog. Am Tag seiner Ankunft, meldete er der Mutter in einem nicht mehr erhaltenen Brief, habe er die Losung aufgeschlagen: *Mache den Raum deiner Hütten weit / und breite aus die Teppiche deiner Wohnung / spare sein nicht / Dehne deine Seile lang und stecke deine Nägel feste. Denn du wirst ausbrechen zur rechten und zur linken.* Elisabeth fand sich durch diese Worte, die sie oft wiederholte, in der Meinung bestärkt, dem Sohn stehe eine große Zukunft bevor.

Wieder blieb Cornelia allein zurück. Sie war jedoch nicht mehr die freche Fünfzehnjährige, unter deren pubertären Launen die Mutter zu leiden hatte. Cornelia wurde zwanzig Jahre alt, vom Vater, der ihre elegante Garderobe finanzierte, leicht spöttisch als *Demoiselle Goethe* bezeichnet. Man konnte erwarten, daß sie sich allmählich nach einem passenden Heiratskandidaten umsah. Längst registrierte Cornelia die Eheschließungen ihrer Freundinnen – im Hinblick auf die eigene Zukunft – mit gemischten Gefühlen. *Eine sehr angenehme Gesellschaft hatte sich um sie versammelt*, schreibt Goethe in *Dichtung und Wahrheit, fast jedes Mädchen fand einen Freund; nur sie war ohne Hälfte geblieben. Freilich, wenn ihr Äußeres einigermaßen abstoßend war, so wirkte das Innere, das hindurchblickte, mehr ablehnend als anziehend* ... Cornelia litt selbst am meisten unter ihrem schroffen Wesen, und das *unbegrenzte Vertrauen* der Freundinnen, das der Bruder bemerkt haben wollte, war keine Entschädigung für fehlende Liebe. Nichts sei so wichtig wie Schönheit, versicherte sie im Mai 1769 Catharina Fabricius, *doch vielleicht wissen Sie noch nicht, daß ich sie zum Lebensglück für unbedingt notwendig halte und also glaube, daß ich niemals glücklich werde.* Sie habe die Hoffnung, geliebt zu werden, aufgegeben, *und nur Liebe kann meiner Meinung nach eine Verbindung glücklich machen.*[8]

Wohin sie sah, wurden Ehen geschlossen. Lisette Runckel hatte den reichen Verehrer Dorval. Charitas Meixner, für die der Bruder geschwärmt hatte, vermählte sich mit Kaufmann Schuler. Sie, Cornelia, hatte nur einen einzigen Verehrer, den schrecklichen *Monsieur G., le misérable*, den sie verabscheute. Als schließlich auch ihre Vertraute in Worms, Catharina Fabricius, heiratete, brach der Briefwechsel endgültig ab. In Caspars *Liber domesticus* heißt es am Jahresende 1770: für eine Reise nach Worms 80 Gulden. Vermutlich war die Familie zur Hochzeit gefahren.

Stand Cornelia allein, während alle Freundinnen in den Hafen der Ehe einliefen, oder ergab sich auch für sie eine Beziehung, die ihrem Leben eine neue Richtung geben würde? Eine kleine, scheinbar unbedeutende Notiz weist darauf hin. Im *Liber domesticus* steht unter dem Datum des 1. September 1769 die Bemerkung des Vaters: *12 Kreuzer Trinkgeld für das Überbringen eines Zettels von Schlosser.* Was war das für ein *Zettel*, der eigens erwähnt wurde? Welcher Schlosser war gemeint? Es kommt Erasmus Carl Schlosser in Frage, der als Schöffe und Senator mit

Caspar befreundet war; Elisabeth besuchte häufig seine Schwägerin Sophie, deren Gerichte, im *Kochbuch der Rätin Schlosser* gesammelt, ihr besonders gefielen.[9] Oder sollte es sich um Johann Georg Schlosser handeln, den jüngeren Sohn des Senators? Dann wäre die harmlos scheinende Notiz der erste Hinweis auf eine Begegnung der neunzehnjährigen Cornelia mit dem dreißigjährigen Juristen, der vor kurzem als Anwalt nach Frankfurt zurückgekehrt war.

Entgegen den Behauptungen des Sohnes, sein Vater sei immer *irrdischer und kleiner*, also sparsamer und kleinlicher geworden, erwecken die Zahlen in Caspars Haushaltsbuch durchaus den Eindruck von Lebensgenuß. Caspar widmete sich 1770 verstärkt seinen Liebhabereien. Er kaufte Gemälde, ein Stilleben von Dietzsch, ein *Blumenstück*. Er vermehrte seine Sammlung von Landkarten, erwarb Kunstbände und juristische Schriften, venezianische Gläser und alte Pokale, Elfenbeinskulpturen *und hundert andere Dinge*. Auch eine *Schachtel mit Seidenraupen* wird vermerkt, seine Liebhaberei, wobei er die Kinder mit der Fütterung der Seidenraupen quälte. Der lieben Caja ein Extra – *Charae Caja extraord.*, heißt es liebevoll. In den Monaten Januar und Februar 1770 verbrauchte das Ehepaar 14 Pfund Wachslichter. Alles, was angeschafft wurde, beweist Wohlleben und Behaglichkeit. Zwei *Pasteten aus Hühnerfleisch*, Biskuits und Göttinger Wurst wurden verspeist. An ihrem Geburtstag, dem 19. Februar 1770, machte Caspar seiner Frau, bei dieser Gelegenheit *amica*, »Freundin«, genannt, ein besonderes Geschenk. Dazu erhielten Frau und Tochter je eine *Andrienne* aus Seide, festliche Atlaskleider mit Schleppe für 62 Gulden. Sie konnten darin die in den Monaten März und April stattfindenden Konzerte, für die schon zehn Eintrittskarten im voraus bestellt waren, angemessen besuchen.

Am 24. Mai 1770 kam Anna Margaretha Textor in den Hirschgraben. *Sänfte für die alte Dame T. (matrona T.)*, notierte der Schwiegersohn. Elisabeths Mutter brauchte Trost. Seit

Monaten war Stadtschultheiß Textor schwer krank, im Februar 1771 wird er sterben. Außerdem hatte es bei ihrer Tochter, der Rätin Goethe, große Aufregung gegeben, und zwar durch keinen anderen als Enkel Wolfgang. Der Straßburger Student hatte einem Freund von einer Parisreise erzählt, die er demnächst unternehmen werde, dann aber nichts mehr von sich hören lassen, während gerade zu dieser Zeit bei einem Unfall in Paris fünfhundert Menschen ums Leben kamen. Der Freund, so berichtet Goethe in *Dichtung und Wahrheit*, erkundigte sich bei den Eltern, ob Wolfgang noch lebe. Das löste eine begreifliche Panik aus, bis sie die Nachricht erhielten, daß er gar nicht nach Paris gereist sei.

Cornelia erkrankte. Dr. Metz verschrieb ihr eine teure Medizin, die offenbar hilfreich war, denn am 21. Juni 1770 verabredete sie sich wieder mit ihren Freundinnen und setzte die Klavierstunden bei Bismann fort. Caspar beschloß seine Jahresaufstellung für 1770 mit der Bemerkung, daß der Aufenthalt des Sohnes in Frankfurt ihn 593 Gulden gekostet hatte, wozu er noch 270 Gulden für *goldene Schuh-, Hals- u. Arretier-Schnallen zu 45 Thaler samt 1 Paar goldenen Hembd-Knöpfen bekommen, als er im folgenden Jahr zu Advociren anfing.*

Als der teure Sohn im August 1771 erneut nach Frankfurt zurückkehrte, hatte er sein Studium endlich beendet, zwar nicht mit der vom Vater erhofften Promotion, doch wenigstens mit dem Titel eines Lizentiaten, der ausreichte, um die Zulassung als Rechtsanwalt zu erhalten und sich zukünftig *Doktor Goethe* nennen zu dürfen. *Docter Wolf* nannte ihn die Mutter. Seine kirchenrechtliche Dissertation war vom Dekan der Universität abgelehnt worden. Ein Student namens Stöber berichtete einem Freund, Goethe habe sich als *überwitziger Halbgelehrter* und *Religions-Verächter* erwiesen. *Er muß, wie man fast durchgängig von ihm glaubt, in seinem Obergebäude einen Sparren zu viel oder zu wenig haben.*[10]

Das erste, was der Sohn tat, war eine Dummheit, die seine

Mutter ausbaden mußte. In der ihm eigenen *Überspanntheit*, wie er in *Dichtung und Wahrheit* bekennt, hatte ihm auf der Rückreise ein junger Harfenspieler so gut gefallen, daß er ihn einfach mit nach Hause nahm. Wieder brachte er seine Mutter in die unangenehme Lage *des Ausgleichens und Vertuschens. Meine Mutter, klarer als ich, sah wohl voraus, wie sonderbar es meinem Vater vorkommen müßte*, einen hergelaufenen Wandermusikanten bei sich aufzunehmen. Sie besorgte und bezahlte dem Musikanten ein Quartier, verschwieg Caspar die Angelegenheit *und dachte nicht, daß sie diese Kunst in der nächsten Zeit durchaus nötig haben würde* – die Kunst der frommen Lügen, des Bemäntelns und Verschweigens nämlich.

Mutter und Schwester erfuhren nun mündlich, was Wolfgang in Briefen bereits angedeutet haben wird: daß er sich in einem Dorf bei Straßburg in die Pfarrerstochter Friederike Brion verliebt hatte, und sie sich ebenso heftig in ihn. Im Mai und Juni hatte er fünf Wochen im Sesenheimer Pfarrhaus verbracht, hatte Geschichten erzählt und den *Hamlet* vorgelesen. Dann war er abgereist, *wo es ihr fast das Leben kostete* ... Mutter und Schwester erlebten mit, wie er Friederikes Abschiedsbrief aufnahm.

Der Abschied, wie bedrängt, wie trübe!
Aus deinen Blicken sprach dein Herz.
In deinen Küssen welche Liebe,
O welche Wonne, welcher Schmerz ...

Straßburger Freunde besuchten den Hirschgraben. Der interessanteste Gast war der damals schon berühmte, sechsundzwanzigjährige Herder, den die Eltern im April 1771 persönlich kennenlernten. Von seiner Mutter habe Goethe die Anlage zu *Farcen- und Possenspiel*; das *steife Holzschnittartige hab' er von seinem Vater*, meinte Herder nach der Begegnung.[11] Der elegante junge Theologe erbat sich von Cornelia die Schriften ihres gerade abwesenden Bruders, doch sie weigerte sich, ihm die Papiere auszuhändigen. *Meine Schwester weiß selbst nicht, warum sie sie auf Ihr anhaltendes Gesuch nicht herausgeben wollte*, entschuldigte sich Wolfgang. Herders Begeisterung für Shakespeare wirkte selbst auf den sonst nüchternen Vater ansteckend. Nach seiner Abreise beschäftigte sich die ganze Familie mit der Vorbereitung zu einer Feier, die zu Shakespeares Ehren am 14. Oktober 1771 im Haus am Hirschgraben stattfand. Der Hausherr ließ ein kleines Orchester kommen und versorgte die Gäste mit einem Essen, das sechs Gulden kostete. Sohn Wolfgang hielt seinen Zuhörern eine feurige Rede: *Zum Shakespears-Tag.*

Nach allerlei schöngeistigen Ereignissen, so glaubte wohl der Vater, würde endlich mit dem Aktenstudium Wolfgangs Berufstätigkeit beginnen. Er hatte dem Sohn eine Kanzlei eingerichtet und erste juristische Fälle besorgt. Er wird kaum erfahren haben, daß sein Sohn zur gleichen Zeit an Freund Salzmann schrieb: *Ich hab so satt am Lizentieren, so satt an aller Praxis, daß ich höchstens nur des Scheins wegen meine Schuldigkeit thue ...* Als ihm aus einem juristischen Text die Gestalt des Götz von Berlichingen entgegentrat, ging der junge Advokat in die Leihbibliothek und ließ sich eine alte Chronik geben, *Die Lebensbeschreibung Herrn Götzens von Berlichingen, zugenannt mit der eisernen Hand.* Kaum hatte er sie gelesen, teilte er Cornelia seinen Plan mit, ein Drama daraus zu machen. Die Schwester hörte wie immer geduldig zu, verlangte dann aber energisch, sich nicht immer nur *mit Worten in die Luft zu ergehen*, sondern seine Ideen *auf das Papier festzubringen.* Von ihr angespornt, entstanden die ersten Szenen. In sechs Wochen lag das Manuskript vor.

Von Anfang an war auch die Mutter in das Projekt eingeweiht und erlebte die Entstehung des *Götz von Berlichingen* mit. Der alte Götz ein Ritter, der für Gerechtigkeit kämpfte – Elisabeth kannte sich aus. Sie hatte selber *Götzens Chronik* gelesen und war gespannt, was der Sohn daraus machen würde. Der Beweis für ihre Kenntnis findet sich in der Antwort, die sie dem Theaterdirektor Großmann auf seine Anfrage nach einer möglichen Aufführung des Stückes gab. *Meinem Sohn ist es nicht im Traum eingefallen, seinen Götz vor die Bühne zu schreiben. Er fand etliche Spuren des vortrefflichen Mannes in einem juristischen Buch – ließ sich Götzens Lebensbeschreibung von Nürnberg kommen ... webte einige Episoden hinein und ließ es ausgehen in alle Welt.* (4. Februar 1781) Ein weiteres Zeugnis stammt von dem englischen Schriftsteller Henry Crabb Robinson, der sich, wie er schreibt, im Jahre 1801 mehrmals *in Gesellschaft einer Persönlichkeit befand, die durch die herausragende Größe ihres Sohnes fast zu einer historischen Gestalt wurde.* Die Rätin habe ihm auch *vom Ursprung des Götz von Berlichingen* berichtet. *Er [Goethe] kam eines abends in high spirits nach Hause. ›O Mutter‹, sagte er, ›ich habe solch ein Buch in der Leihbibliothek gefunden und will ein Stück daraus machen! Was werden die Philistines für große Augen machen über den Ritter mit der Eisernen Hand! Das ist fabelhaft – die Eiserne Hand!‹*[12]

Als Elisabeth das Drama des Sohnes in Händen hielt, konnte sie entdecken, daß Götzens Ehefrau *Elisabeth* ihr nicht nur dem Namen nach glich. Sie fand bei dieser Gestalt die eigenen charakteristischen Züge wieder – sie sah sich selbst darin. *Streichen wir nicht in einem Buche Stellen an, die sich unmittelbar auf uns beziehen?* heißt es in *Dichtung und Wahrheit.* Der Sohn und Autor ließ der Mutter die Freude, bestimmte Dialoge auf sich zu beziehen und wohlbekannte Eigenschaften in der Ehefrau des Ritters wiederzufinden. *Fröhlichkeit ist die Mutter aller Tugenden*, diesen Satz aus dem Götz hat sie immer wieder zitiert, als sei er wissentlich auf sie gemünzt. Goethe bestätigt in *Dichtung und Wahrheit*, daß seine Mutter sich als Vorbild der *Elisabeth* betrachtet habe.

Niemand konnte ahnen, daß das erste Stück des vierundzwanzigjährigen Autors, noch dazu im Selbstverlag erschienen, ein derartiges Aufsehen erregen würde. Der Vater hatte ihm kein Geld geliehen; Wolfgang mußte das Papier selbst bezahlen. Woher sollte man wissen, daß der Sohn mit diesem *Bubenstück* das erste deutsche Geschichts- und Ritterdrama geschaffen hatte, das, obwohl es sich mit seinem zahlreichen Personal und Kulissenwechsel für die Bühne nur schlecht eignete, schon ein Jahr später in Berlin aufgeführt wurde. Wahrscheinlich war Caspar der gleichen Meinung wie der von ihm verehrte preußische König, der von *sonderbaren Ausschweifungen* sprach. Die junge Generation jedoch war begeistert, und die Rezensionen von Bürger, Claudius und Herder, von Klinger, Klopstock und Lenz überboten sich, den unbekannten Verfasser als Genie zu preisen.

Elisabeth konnte in der *Gelehrten Zeitung für das Frauenzimmer* vom 24. Juli 1773 ebenso wie in den *Frankfurter Gelehrten Anzeigen* vom 20. August 1773 glänzende Beurteilungen lesen. Selbst Christoph Martin Wieland schrieb in seinem *Teutschen Merkur* vom Juni 1774 eine lobende Kritik. Die Lektüre habe ihn erschüttert und *vom ersten Zug bis zum letzten in die Begeisterung des Dichters hineingezogen.* Kein Wunder, daß Elisabeth den Rezensenten, als er sie im Hirschgraben besuchte, mit den wärmsten Gefühlen empfing.

Wieland hatte nämlich nicht nur das Stück gelobt, sondern sich auch eingehend mit der Ehefrau des Götz befaßt. *Elisabeth ist keine Schwätzerin*, schrieb er, *sondern stammt aus einer Zeit, wo die Frau eines Landedelmannes* gleich dem guten Weibe Salomos *vor Tag aufstund, ihr Haus besorgte, ihre Küche selbst bestellte usw. Aber so wie sie ist, welcher Mann sollte sich keine Frau wie Elisabeth wünschen? ... Auch fühlt' es Götz, was ein solches Weib wert ist. ›Wen Gott lieb hat‹, sagt er, ›dem geb' er so eine Frau!‹* Das Zitat, vom Autor mit Bedacht dem Helden in den Mund gelegt, muß im Hause Goethe zum geflügelten Wort aufgestiegen sein. Die Mutter, die dem Verfasser des Stückes näherstand als irgend jemand sonst, konnte das Wort des Sohnes *Wen Gott lieb hat, dem geb' er so eine Frau!* wohl als Liebeserklärung auffassen.

Auf die Zeitgenossen wirkte die Sprache des *Götz von Berlichingen* revolutionär. Herder hatte verlangt, man sollte durch die Unmittelbarkeit der Sprache zu einem neuen Geist in der Literatur gelangen. Der junge Goethe setzte diese Forderung in die Tat um. Auch auf die Eltern blieb sein Schauspiel, das in ganz Deutschland diskutiert wurde, nicht ohne Wirkung. Ausgerechnet bei dem sonst unzugänglichen Vater bewirkte die wortmächtige Leistung des Sohnes eine Neuorientierung. Ob er durch seine schwungvolle Rede *Zum Shakespears Tag*, den Aufsatz *Von deutscher Baukunst* oder den Sturm und Drang-Ritter *Götz von Berlichingen* umgestimmt wurde, wissen wir nicht – doch von jetzt an verwandte Caspar in seinem seit Jahren in Latein geführten *Liber domesticus* die deutsche Sprache. Etwas ungelenk schrieb er:

Die Winterkonzertkutsche thut 8 Gulden.
Ein paar schwarzer Hosen Thräger.
Guelfi Kleid zu wenden.

Nicht mehr *porta sellis* heißt es, sondern: *Sänfte für Kl.*, was bedeutet, daß sich Susanna von Klettenberg weiterhin regelmäßig in den Hirschgraben tragen ließ. Daß Wolfgang mit Geld nicht sparte, erfaßt das Ausgabenbuch nun auf deutsch. Vom August 1771 bis zum September 1772 kostete der Sohn einschließlich Beköstigung nicht weniger als 659 Gulden. Auch Caspar verzichtete nicht auf teure Erwerbungen. Auf einer einzigen Auktion im Juni 1772 ersteigerte er Kunstwerke im Wert von 99 Gulden, erwarb dazu im Oktober vier große Tafelbilder für 110 Gulden und brachte so eine Sammlung zustande, die in Hüsgens Nachrichten von Frankfurter Künstlern und Kunstsachen als private Gemäldesammlung aufgeführt wird.

Portechaise pro Madame – »Für die Hausfrau eine Mietkutsche« – *Der liebsten Caja für Verschiedenes* – Elisabeth war beschäftigt. Sie gab Einladungen und besuchte *die Klettenbergern in ihrem großen, wohlgelegenen Hause*,[13] stand dem runden Tisch vor und sorgte auch dafür, daß Wolfgang und Cornelia die Großeltern in der Friedberger Gasse besuchten. Die Bindung von Sohn und Tochter zum Großelternhaus Textor war eng, und anrührend der Brief, den Wolfgang zum Tod des Stadtschultheißen im Februar 1771 an seine Großmutter Anna Margaretha schrieb.

Theuerste Grosmama, der Todt unsers lieben Vaters, schon so lange täglich gefürchtet, hat mich doch unbereitet überrascht. Ich habe diesen Verlust mit einem vollen Herzen empfunden; und was ist die Welt um uns herum, wenn wir die verlieren, die wir lieben.

Mich, nicht Sie zu trösten, schreib ich Ihnen, Ihnen die Sie ietzo das Haupt unserer Famielie sind, bitte Sie um Ihre Liebe und versichre Sie meiner zärtlichsten Ergebenheit ...

Er ist nun frey, und unsre Tränen wünschen ihm Glück, und unsre Traurigkeit versammelt uns um Sie, liebe Mama, uns mit Ihnen zu trösten, lauter Hertzen voll Liebe! Sie haben viel verlohren, aber es bleibt Ihnen viel übrig. Sehen Sie uns, lieben Sie uns und seyn Sie glücklich ... Ich binn mit recht warmem Herzen Ihr zärtlicher Enckel

J. W. Goethe.

Zieht man Caspars Ausgabenbuch zu Rate, kommt man zu dem Schluß, im Haus am Hirschgraben habe sich eine Schreibwerkstatt niedergelassen. Der Verbrauch an Federkielen und Stiften, Tinte und Papier stieg von Woche zu Woche. Der Vater notierte: *2 Stangen roth Sigellack, Wachsstock und Briefpapier. briefpapier 24 Kr., 3 Stangen Siegellack. Ein Buch Holl. Brief Papier* (September/Oktober 1772) *7 Buch Papier, 1 Schoppen Dinte, 3 Buch Concept Papier, 1 Buch Packpapier, Zehn Pfund weiße Lichter aus Nancy. 5 Buch Schreib Papier, porto Brief nach Darmst., papdekel u. Brf. porto.*

Das geht in den folgenden Monaten so weiter. Februar/März 1773. *Vor brf. porto nach Darmst. – 1 paquet nach Darmst. porto. 1 Schoppen Dinte. 6 Buch Papier, Briefporto und Wachsstöcke. Wachsflecken aus Buch zu machen. bindfaden. 5 buch basler Papier* (April 1773). *Lippolt*, das ist der Schreiber Liebholdt, fertigt Kopien an. *3 Stangen Sigellac. Buchbinder Adam 7 Gulden 48 Kreuzer* (Mai/Juni 1773). *8 Buch Schreib Pap. 1 Schoppen Dinte* (Juli 1773). *Bindfaden, Streu Sand u. Papier. 4 buch baßler Pap. u. 3 Stang. Sigel. Schreib Pappier* (Oktober

1773). *1 buch Holl. Bienkorb Schr. Pap 1/4 hundert federkiel. 5 Pfund Unschlitt Lichter. Bindfaden. 7 Buch Schr. Papier. 1 Buch Brief Papier holländisch. 1/2 Ries Papier* (November 1773).

Der Sohn schreibt. An den Rechtsfällen in seiner Kanzlei, die ihm von Schlosser und Horn übermittelt wurden, ist er weniger interessiert. Statt dessen ließ er sein Drama *Götz von Berlichingen* mehrfach abschreiben, um es den Freunden vorzulegen. Mit drei Gulden Kopistenlohn taucht ein neuer Diener im Ausgabenbuch auf, der achtzehnjährige Philipp Seidel, ein intelligenter, rechen- und schreibkundiger Handwerkersohn. Ihn gab Elisabeth dem Sohn mit nach Weimar, damit er Wolfgang als Sekretär, Kammerdiener und *Schutzgeist* zur Seite stehe und ihr, der Mutter, zuverlässige Berichte liefere. Sie schrieb später an ihren *Philippus. Ich weiß noch gar zu gut, wie Ihr am runden Tisch den Götz von Berlichingen abschriebet und wie Ihr das Lachen verbeißen wolltet* … Es amüsierte sie noch nach Jahren, daß auch der junge Kopist am *Götz* seine Freude hatte.

Um dem frischgebackenen Rechtsanwalt bei seinen Prozessen unter die Arme zu greifen, kam wiederholt der Jurist Johann Georg Schlosser ins Haus. Wolfgang beschreibt den zehn Jahre älteren Anwalt, der ihn in Leipzig mit Katharina Schönkopf bekannt gemacht hatte, als *wohlgebauten Mann mit einem runden, zusammengefaßten Gesicht, ohne daß die Züge deshalb stumpf gewesen wären.* Stumpf? Schon die unfreundliche Bemerkung macht stutzig. Dahinter scheint sich unausgesprochen eine gewisse Abneigung zu verbergen. Die Wahrheit lautete: Wolfgang mochte ihn nicht. Das wird auch an dem von ihm gezeichneten Porträt Schlossers erkennbar. Man sieht ein beinahe bäurisch derbes Gesicht unter dicken, in die Stirn gekämmten Haaren, das tatsächlich ›stumpf‹ wirkt. Es existiert ein anderes Bild des badischen Hofrats, das ihn mit gepuderter Zopffrisur als eleganten Weltmann zeigt. Von *zuviel Weltfirniß* sprach auch Caroline Herder. In *Dichtung und Wahrheit* schreibt Goethe spitzfindig: *Dieser junge, edle, den besten Willen hegende*

Mann ... war gewissermaßen das Gegenteil von mir. Diese schroffe Bemerkung sagt über ihr Verhältnis letztlich alles aus.

Briefporto nach Darmstadt, Pakete nach Darmstadt – zum Jahreswechsel 1771/1772 hatte Georg Schlosser einen neuen Gast ins Haus gebracht, Johann Heinrich Merck aus Darmstadt, Kriegsrat, Schriftsteller und Kunstkenner, nebenbei Herausgeber einer Zeitung, rastlos tätig und überdurchschnittlich gebildet. Am runden Tisch sprach er gewandt über Literatur und beurteilte die Kunstsammlung des Hausherrn mit Kennerschaft. Merck war Anfang dreißig, dünn, groß und hager, mit scharfen Augen und einer scharfen Nase im schmalen Gesicht, er sprach und urteilte schnell und bewegte sich in der neuen Umgebung mit erstaunlicher Ungezwungenheit. *Mit Verstand und Geist geboren, hatte er sich sehr schöne Kenntnisse, besonders der neueren Literaturen erworben*, bemerkt Goethe, der von diesen Kenntnissen bald ausgiebig profitierte. Ein solcher Gast wurde im Hirschgraben gern gesehen. Daß er vertrauenswürdig war, *von Natur ein braver, edler, zuverlässiger Mann*, erkannte auch Elisabeth. Nach Wolfgangs Weggang wurde Johann Heinrich Merck zu ihrem besten Verbündeten. In seiner Begleitung würde sie auch die viertägige Reise nach Weimar unternommen haben, wäre sie nicht durch Caspar daran gehindert worden.

Merck, oft zynisch und ungerecht, konnte den Hausherrn nicht ausstehen und bedauerte Elisabeth, daß sie ihr Leben an der Seite eines hypochondrischen Griesgrams verbringen mußte. Sie wiederum nannte Merck seiner gefürchteten scharfen Zunge wegen ihren *Mephistopheles*, und es mögen Züge dieses Mannes auch in die Mephistopheles-Gestalt in *Faust* eingegangen sein.[14] Merck war der einzige Mann, von dem wir wissen, daß Elisabeth ihn in seiner Wohnung besuchte. Das war während Caspars Krankheit, als sie allein nach Darmstadt fuhr. Sie ahnte nicht, daß der unstete Freund sich in riskante Spekulationen stürzte und von einer Krise in die nächste geriet, bis ihm niemand mehr helfen konnte. In gewisser Hinsicht glich der gebildete Unternehmer dem ebenfalls temperamentvollen und intelligenten, aber unsteten Schauspieler Carl Unzelmann, in den sich Elisabeth nach Caspars Tod leidenschaftlich verliebte. Wie Unzelmann, der über seine Verhältnisse lebte, Schulden machte und schließlich geschieden wurde, hatte auch Merck weder im Beruf noch in der Ehe Glück. Seine Frau betrog ihn, bekam ein Kind von einem anderen, und seine unsolide Geschäftemacherei trieb ihn in den Ruin. Krank und verzweifelt über seine verfehlte Existenz, machte er seinem Leben ein Ende.[15]

Im Frühling des Jahres 1772 gelang es Merck, Georg Schlosser und Wolfgang Goethe als redaktionelle Mitarbeiter für seine *Frankfurter Gelehrten Anzeigen* zu gewinnen, in der sie ihre ersten Buchrezensionen veröffentlichen konnten. Für den jungen Autor des *Götz* wurde Merck zum literarischen Berater, dessen Urteil ihm wichtig war. *Guelfo Excursio Darmstadina 22 Gulden:* der Sohn wanderte zu Fuß von Frankfurt nach Darmstadt, um bei Merck die Osterwoche zu verbringen. Er sei ihm erschienen *wie ein vom Himmel gegebener Freund*, teilte Merck seiner Frau Louise mit. *Ich fange an, in Goethe ernstlich verliebt zu werden.*

Auch für Cornelia äußerte der neue Freund Sympathie und Wohlwollen. Er bewunderte ihre Kenntnisse und das schöne Klavierspiel. *Ich habe bei Goethe gewohnt ... Mademoiselle ist eine hübsche Person, die ganze Familie sind sehr gute Leute.* Fortan zog es auch die geschmeichelte Cornelia immer öfter nach Darmstadt, wo sie Mercks Frau und ihre Freundinnen kennenlernte, Henriette von Roussillon und Luise von Ziegler, zwei junge Hofdamen der Darmstädter Landgräfin, und Herders Braut Caroline Flachsland. *Die Schwester hatte einen Kreis von verständigen und liebenswürdigen Frauenzimmern um sich versammelt. Ohne herrisch zu sein, herrschte sie über alle*, schreibt Goethe. Die Freundinnen gaben sich empfindsame Namen, nannten sich *Lila, Urania* und *Psyche*, so daß es nicht verwundert, wenn man die kluge Cornelia *Sophie*, *Weisheit*, rief. Caroline Flachsland meldete Herder ihr Urteil: *Sie ist häßlich, hat aber ein gutes Herz.*

Der Umgang der Geschwister Wolfgang und Cornelia war in dieser Zeit womöglich noch enger als je zuvor. Goethe sprach nachträglich von gewissen Empfindungen, *die ich mir um so weniger verbarg, als seit meiner Rückkehr von Straßburg unser Verhältnis noch viel inniger geworden war. Wieviel Zeit hatten wir nicht gebraucht, um uns wechselseitig die kleinen Herzensangelegenheiten, Liebes- und andere Händel mitzuteilen, die in der Zwischenzeit vorgefallen waren! … Meine eigenen kleinen Machwerke, eine weit ausgebreitete Weltpoesie mußten ihr nach und nach bekannt werden …* Cornelia kannte den Bruder genau. Er aber wußte von der Schwester in Wirklichkeit nichts.

X.
Bleich wie der Tod

Cornelias Heirat
(1773)

Etwas Unerwartetes, ja Außerordentliches geschah. Die noch nicht zweiundzwanzigjährige Cornelia Goethe verlobte sich mit Georg Schlosser. Der scharfäugige Merck war der erste, der es wußte. *Eine Neuigkeit, die Du noch nicht weißt*, schrieb er am 23. August 1772 seiner Frau, *ist, daß Herr Schlosser der Mademoiselle Goethe sehr sichtbar den Hof macht und daß er günstig erhört wird.*[1] Der *solide*, aber *ungelenke* Schlosser, wie Goethe spöttisch bemerkte, wurde von der verwöhnten Cornelia, der kaum etwas auf der Welt gut genug war, erhört. Die Eltern werden sie nicht zu diesem Schritt gedrängt, aber auch nicht abgeraten haben. Sie kannten Georg Schlosser seit seiner Kindheit und schätzten den soliden Mann als zielstrebigen Rechtsanwalt, der eine sichere Zukunft vor sich hatte. Wenn Caspar Bedenken äußerte, konnten sie nur finanzieller Art sein. Das Verhältnis Schlossers zu seiner Schwiegermutter hingegen war herzlich wie das eines Sohnes. Er nannte sie seine *liebe Mama*, und sie blieb seine *teure Mutter* auch dann, als eine andere Frau an die Stelle der toten Tochter getreten war.

Wolfgang war der letzte in der Familie, der von Cornelias Entschluß erfuhr. Die Nachricht verärgerte ihn so, daß er noch im Alter seinen Widerwillen gegen diese Verbindung äußern mußte. Wäre er zu Hause gewesen, behauptete er, hätte dieser verhängnisvolle Schritt nicht geschehen können. Darin liegt gewissermaßen auch ein Vorwurf an die Eltern, die seiner Meinung nach eine Verlobung hätten verhindern können. *Ich mußte mich nun wohl darein ergeben und meinem Freunde sein Glück gönnen*, doch habe er, Goethe, immer gewußt, *daß wenn der Bruder nicht abwesend gewesen wäre, es mit dem Freunde so weit nicht*

22. Cornelia Goethe

hätte gedeihen können. Mit anderen Worten, er war davon überzeugt, daß Cornelias Entscheidung nur durch seine Abwesenheit möglich wurde. … *sie fühlte sich allein, vielleicht vernachlässigt, und gab umso eher den redlichen Bemühungen eines Ehrenmannes Gehör, welcher … ihr seine Neigung, mit der er sonst sehr kargte, leidenschaftlich zugewendet hatte.* Wenn Goethe hinzufügt, Cornelia habe sich *bereden* lassen, so meint er: nicht von den Eltern, sondern von ihrem hartnäckigen Bewerber.

Es war kränkend, daß die Schwester ihren Entschluß sozusagen hinter seinem Rücken gefaßt hatte. Hatten sie sich nicht gegenseitig alles anvertraut? Wie ein Verrat erschien es ihm, daß sie ihre Hand aus der seinen zog und dem Nebenbuhler reichte. Welche Gründe konnte die sonst mitteilsame Mutter haben, ihm das Verlöbnis zu verheimlichen? Hatte Cornelia sie um Schweigen gebeten? Der Grund konnte nur sein, daß Mutter und Schwester seine Einmischung, erst recht seine Ablehnung fürchteten. Goethes oben zitierte Bemerkung, Schlosser sei sein *Gegenteil* gewesen, läßt auf ein entsprechend negatives Urteil schließen. Auch die Äußerung in *Dichtung und Wahrheit*, der Freund habe sich *unredlich* in Cornelias Leben geschlichen, enthüllt Goethes Ärger und seine Eifersucht. *Leider verwandelte sich bei ihm die Brüderlichkeit in eine entschiedene …, vielleicht erste Leidenschaft*, und wörtlich: … *mein Freund Schlosser, der Guten weder unbekannt noch zuwider, trat in meine Stelle.* Der *unredliche* Konkurrent verdrängte ihn von seinem angestammten Platz. Er, der Bruder, hatte Nähe und Vertrautheit gekannt. Nun stand er allein, würde allein mit den Eltern im Hirschgraben sitzen, während Cornelia davonging. Triumph für die Schwester, die ihm einen entscheidenden Schritt voraus war. Sie würde die Liebe vor ihm erfahren.

Für Cornelia war die Verlobung der einzig mögliche Weg, sich von der Bindung zum Bruder zu befreien und der Übermacht der Eltern zu entrinnen. Lange genug hatte sie unter häuslichen Spannungen gelitten. Sie hatte den Konflikt zwischen Abhängigkeit, Unterordnung und dem Wunsch nach Freiheit am eigenen Leibe erfahren. Schlosser war klug genug gewesen, sich nicht zuerst an den Vater zu wenden, sondern sie, Cornelia, um ihr Wort zu bitten. Sie konnte frei entscheiden, ablehnen oder einwilligen, alles hing von ihr ab. Zum ersten Mal war sie es, die eine Entscheidung zu treffen hatte.[2] Seine Werbung, die sie mit Stolz erfüllte, öffnete ihr den Ausweg, der ihr schon von den Freundinnen vorgelebt, von der Mutter als weibliche Bestimmung gepriesen worden war: zu heiraten und Kinder zu erziehen.

Ihr Bewerber, elf Jahre älter als sie, war ein Mann, der ihren intellektuellen Ansprüchen entsprach. Zu Goethes Verblüffung war Schlosser nicht nur in der deutschen und *auswärtigen Literatur* bewandert, sondern hatte auch eigene Studien veröffentlicht. Cornelia wird die geistigen Interessen, die sie bei ihrem Bruder bewunderte, auch bei ihrem Verlobten hoch eingeschätzt haben. Daß Goethe ihn trotzdem ablehnte, wird erst begreiflich durch den tragischen Verlauf von Cornelias Ehe. Nachdem er ihre Klagen, die Hilferufe einer kranken und unglücklichen Ehefrau gehört hatte, mußte ihm ihre Wahl noch verfehlter erscheinen. Das ist die Erklärung für seinen Zorn und seine Trauer. Und sooft er auch über Cornelia nachdachte, so hat er doch an keiner Stelle in *Dichtung und Wahrheit* die Vermutung oder gar Überzeugung geäußert, Cornelia habe Georg Schlosser geliebt.

Während die Schwester eigene Wege ging, befand sich Wolfgang seit drei Monaten in Wetzlar, um ein Praktikum am dortigen Reichskammergericht zu absolvieren, wobei er nicht nur dem Befehl des Vaters nachkam; auch die Mutter wird mit Genugtuung vermerkt haben, daß ihr Sohn in der Stadt, in der ihr Großvater Cornelius Lindheimer Kammergerichts-Prokurator gewesen war, nun *durch praktische Erfahrungen* seine juristische Karriere vorbereitete. Allerdings suchte Wolfgang die *praktische Erfahrungen* weniger in den Gerichtsakten als in der Lektüre griechischer Dichter und der Bekanntschaft interessanter Menschen, zu denen in erster Linie der Hannoveraner Johann Christian Kestner zählte. *Im Frühjahr kam hier ein gewisser Goethe aus Frankfurt*, notierte Legationsrat Kestner in sein Tagebuch, *seiner Hantierung nach Dr. Juris, 23 Jahre alt, einziger Sohn eines sehr reichen Vaters, um sich hier – dies war des Vaters Absicht – in Praxi umzusehen, der seinigen nach aber, den Homer, Pindar etc. zu studieren und was sein Genie, seine Denkungsart und sein Herz ihm weiter für Beschäftigungen eingeben würden.*

Sein Herz gab dem jungen Praktikanten *Beschäftigungen* ein, die alles andere in den Hintergrund drängten. Während Cornelia in Frankfurt die schwerwiegendste Entscheidung ihres Lebens traf, verliebte sich ihr Bruder Hals über Kopf in die blonde und blauäugige Charlotte Buff. Auf einem Ball, zu dem ihn Hofrätin Lange, geborene Lindheimer – eine Tante seiner Mutter – in ihrer Kutsche mitnahm, lernte er die Achtzehnjährige kennen, und in erwachender Leidenschaft durchtanzte er die halbe Nacht mit ihr, nicht ahnend, daß sie seinem Freund Kestner seit langem ›versprochen‹ war. Er besuchte Charlotte gleich am nächsten Tag in ihrem Hause, wo sie elf jüngeren Geschwistern die Mutter ersetzte. Von ihrer Liebenswürdigkeit hingerissen, gefiel ihm Lotte um so mehr, je öfter er sie besuchte, und er besuchte sie an jedem freien Tag.

Kestner sah sich durch den Nebenbuhler in eine unangenehme Situation gebracht. Seit vier Jahren mit Lotte so gut wie verlobt, schrieb er verärgert ins Tagebuch: *Er [Goethe] wußte nicht, daß sie nicht mehr frei war.* Trotz aller Eifersucht war er dennoch in der Lage, seinem Freund August von Hennings ein vorurteilsfreies Bild des Rivalen zu vermitteln. *Er ist in seinen Affekten heftig. Er hat eine edle Denkungsart. Er ist ein Mensch von Charakter. Er liebt die Kinder und kann sich mit ihnen sehr beschäftigen ... Er geht nicht in die Kirche, auch nicht zum Abendmahl, betet auch selten ... Er tut, was ihm einfällt, ohne sich darum zu bekümmern, ob es anderen gefällt ...* Was Lotte betraf, befand

23. Johann Georg Schlosser

sich Kestner in einer peinlichen Lage. Angesichts der bestechenden Vorzüge seines Konkurrenten war er fast zum Verzicht bereit. Allerdings reagierte er wütend auf einen Kuß, den Lotte ihrem *enthusiastischen* Verehrer gab. Sie ließ Wolfgang daraufhin wissen, daß er von ihr *nichts als Freundschaft* zu erwarten habe, was er *blaß und niedergeschlagen* zur Kenntnis nahm. Er war der ungebetene Dritte, und es war klar, daß er das Dreiecksverhältnis nicht länger in dieser Weise fortsetzen konnte. Seinen 23. Geburtstag am 28. August 1772 feierte er noch mit Lotte gemeinsam, dann fuhr er ohne Abschied davon. Kestner notierte erleichtert, es sei Lotte recht gewesen, daß Goethe abreiste, *da sie ihm das nicht geben konnte, was er wünschte.* Ein zurückgelassenes Gedicht zeigte ihr noch einmal die Gefühle des unglücklichen Liebhabers:

Vergiß nicht den, der – ach! von ganzem Herzen
Dich, und mit Dir geliebt.

Hofrätin Lange, die den Großneffen freundlich bewirtet hatte, war über seinen unhöflichen Abschied empört und verkündete, seine Mutter unverzüglich davon in Kenntnis zu setzen. *Sie wolle es des Dr. Goethe Mutter schreiben, wie er sich hier aufgeführt hätte*, lautete die Drohung.[3] Man weiß nicht, wie Elisabeth die Klagen über ihren schlecht erzogenen Sohn aufnahm, doch spätestens jetzt erfuhr sie von den erotischen Komplikationen, die er in Wetzlar hinterlassen hatte. Die alte Hofrätin erschien bald auch persönlich mit ihrer Tochter Isabella im Hirschgraben, um ihren Ärger loszuwerden. Wieder einmal hatte Wolfgang sich verliebt. Nach Gretchen, Käthchen und Friederike war es jetzt Lotte, die aber leider schon vergeben war. Niemand in der Familie konnte ahnen, daß diese Liebe von drei Monaten in die Weltliteratur eingehen und Unsterblichkeit erlangen würde.

Zu Hause sprach der Sohn ohne Unterlaß von Lotte, schrieb einen Brief nach dem anderen und nagelte ihre Silhouette an die Wand seines Giebelzimmers, um wenigstens ihr *liebes Bild* Tag und Nacht um sich zu haben. Der Mutter blieb das Verhältnis des Sohnes zur Braut eines anderen keineswegs verborgen, zumal sie den glücklich Verlobten bald auch selber kennenlernte. Christian Kestner war neugierig auf das Elternhaus seines Nebenbuhlers und führte über die schönen Herbsttage, die er im Hirschgraben verbrachte, ein detailliertes Tagebuch. Am 22. September 1772 trug er ein: *Wir gingen in Goethes Haus; die Mutter war nur anwesend und empfing uns, auch mich, auf das bei ihr alles geltende Wort des Sohnes ...* Nach einem Spaziergang auf dem Wall kehrte er gemeinsam mit Cornelia und Mercks Frau Louise in den Hirschgraben zurück, wo sie schon zum Abendessen erwartet wurden. Cornelia schien verschwunden. *Wir fanden sie oben am Klavier. Sie spielt vortrefflich, außerordentlich fertig ... Um 8 Uhr gingen der Hofrat Schlosser und ich nach Haus.* Am nächsten Tag: *Nachmittags um 3 Uhr zu Goethe. Wir gingen auf die Messe, vor einige Kaufmannshäuser; zur Antoinette, Tochter der Kaufmanns Gerock ...* Schließlich die zufriedene Notiz: *Nachher zu Haus nach Goethe. Ich hole Schlossern in die Komödie, wo Goethe, seine Schwester und die Mercken auch waren, nachher aß ich bei Goethes und kam um 11 Uhr zu Haus.*[4]

Elisabeth wird ihre Gäste mit *Braten in der Baitz*, Pastetgen und *englischem Putting*, Rezepte aus dem *Lindheimerschen Kochbuch* ihrer Mutter, bewirtet haben. Cornelia freundete sich augenblicklich mit Kestner an. Neun Briefe an ihn und Lotte, der sie Noten und Lieder beilegte, blieben erhalten. Dabei fällt auf, daß sie niemals ihren Verlobten erwähnte, vielleicht weil sie wußte, daß Wolfgang vor dem Thema ›Heirat‹ graute. Vermutlich war er insgeheim absolut der gleichen Meinung wie Caroline Flachsland, die an Herder schrieb, Cornelia Goethe habe *einen ganz andern Mann verdient, als Herr Schlosser es ist.*[5]

Kestners Aufenthalt fand mit dem Fest der Weinlese seinen Höhepunkt. Es fiel im Oktober 1772 so stürmisch aus, daß Elisabeth noch Jahre später der Weimarer Herzogin berichtet, *wie der Doktor und Hofrat Schlosser mit Wachslichtern auf den Hüten wie Geister im neuen Weg herumgingen.* Wolfgang und seine

Freunde, erzählte sie Bettine Brentano, seien jauchzend durch die Weinberge gehüpft, tanzende Lichtpunkte in der Dunkelheit. Ihrer Begeisterung lag unausgesprochen das Bibelwort zugrunde, das ihr das Leben des Sohnes garantierte: *Wieder wird man Weinberge pflanzen an den Hängen Samariä, pfeifen wird man und dazu tanzen.*

Die Mutter war über den Zustand ihres leicht überspannten Sohnes bis ins Detail informiert. Das war kein Kunststück, denn er machte aus seiner Leidenschaft für Lotte weiterhin kein Geheimnis. In schöner Aufrichtigkeit teilte er dem Bräutigam an einem Samstagnachmittag mit: *Das war sonst die Zeit, daß ich zu ihr ging, war das Stündgen, wo ich sie antraf ...* Vorwurfsvoll klagte er: *Lotte hat nicht von mir geträumt. Das nehme ich sehr übel und will, daß sie diese Nacht von mir träumen soll ...* Er nämlich träume unentwegt von ihr und fordere Kestner auf, es Lotte mitzuteilen. *Sagen Sie ihr, ich sey noch hundertmal bey ihr.*[6] Als er einen Antwortbrief von ihr erhielt, las er ihn bei Tisch und ließ ihn dann vor den mütterlichen Augen in der Rocktasche verschwinden. Sein Zustand war ein offenes Geheimnis, und als er von einem Besuch bei Merck zurückkam, hatte ihm die Mutter sein Bett so ins Zimmer gestellt, daß Lottes Bild über dem Kopfende hing. Gegen jeden Anstand beharrte er darauf, die Trauringe für das Brautpaar persönlich auszusuchen und ihnen zu schenken. Man hätte meinen können, daß diese Zudringlichkeit zu weit ging, und folgerichtig verheimlichte das Paar ihm den wahren Vermählungstermin, um wenigstens ungestört getraut zu werden und seinen dauernden Einmischungen zu entgehen.

Ohne ein Zeichen von Lottes Gunst verließ der Sohn nicht das Haus. Sie hatte ihm – nicht ohne Koketterie – die blaßrote Schleife des Ballkleides geschickt, in welchem er sie zum ersten Mal sah. Im Gegenzug zu dieser *unerwarteten Freude* schickt er ihr, nicht minder anzüglich, einen Fächer. Bei alledem kann die Mutter nicht unbeteiligt gewesen sein. Als er Ostern 1773 wie-

24. Charlotte Kestner, geb. Buff

der zu Merck marschierte, trug er Lottes Hochzeitsstrauß, den er sich eigens erbeten hatte, zuerst am Jackett, dann auf dem Kopf. *Ich gehe morgen zu Fuß nach Darmstadt und habe auf meinem Hut die Reste ihres Brautstraußes.* (15. April 1773)

Damit nicht genug, zog er sogar Erkundigungen nach ihrer Umstandsgarderobe ein. Lotte als junge Mutter paßte allerdings nicht in das Bild, das er von ihr im Herzen und in der Feder trug. *... ich schwöre dir, Lotte, das ist für meinen sinnlichen Kopf eine Marter, dich als Mamachen zu dencken.*

Als selbst Merck, der notorische Spötter, Mitgefühl zeigte und Lottes Silhouette durch ein untergelegtes blaues Papier verschönte, erkundigten sich die Eltern, wann sie die junge Frau endlich persönlich zu Gesicht bekämen. Doch erst lange nachdem sie Kestners Frau geworden war, kam Lotte zur Mutter des Dichters, dessen Roman ihren Namen weithin bekannt gemacht hatte. Elisabeth fand *Lottchen* fast noch reizender, als der Sohn sie geschildert hatte, und war schließlich selbst so eng mit ihr befreundet, daß sie sich mit ihrem Nachwuchs befaßte und bemüht war, Lottes ehemaliger *Strumpfwascherin* in Frankfurt zu einer Stelle zu verhelfen. Das Ehepaar Kestner wählte Goethes Mutter zur Patin ihres Kindes; den ersten Sohn nannten sie Georg Wolfgang.

Das unruhige Jahr 1773, in dessen Verlauf Cornelia heiraten und weggehen würde, hatte mit einer verheerenden Feuersbrunst begonnen. Die Familie wurde durch *Trommelschlag, Lärm und Feuerrufen* in der Januarnacht aus dem Schlaf gerissen. Elisabeth dachte sofort an ihre Mutter, die allein im verwinkelten alten Haus wohnte, und schickte Wolfgang in die Friedberger Gasse. *Ich lief zur Großmutter, die dort wohnt, sie war im Ausräumen des Silberzeugs. Wir brachten alle Kostbarkeiten in Sicherheit, und nun warteten wir des Schicksals Weg ab.*

Des *Schicksals Weg* wartete man auch hinsichtlich seiner eigenen Zukunft ab. Den Anwaltsberuf begann er, wie er an Salz-

25. Johann Georg Christian Kestner

mann schrieb, nachgerade zu hassen. Noch bot die Familie den nötigen Rückhalt. Das Geld des Vaters, die Fürsorge der Mutter und ihr Zutrauen in seine Fähigkeiten waren gute Voraussetzungen. Wolfgang brauchte sich nicht abzurackern wie der Nachbarsjunge Maximilian Klinger, Sohn einer Waschfrau, den die Mutter als Kind zu sich geholt, als Studenten unterstützt hatte. Klinger versicherte Elisabeth noch aus Petersburg, wo er in russischen Diensten Karriere machte, er denke immer noch wie damals, *als ich so glücklich war Sie zu sehen, zu verehren und zu lieben.*[7] Goethe schickte ihm 1826 eine Zeichnung vom Brunnen im Hof mit Versen, die beweisen, daß er hier früher wie zu Hause war. *An diesem Brunnen hast auch du gespielt, / Im engen Raum die Weite vorgefühlt ...*

Als Klinger nun dem Hirschgraben einen Besuch abstattete, fand er die Familie zum letzten gemeinsamen Weihnachtsfest versammelt vor. *Wir hatten einen schönen Abend zusammen*, berichtete Goethe Kestner, *wie Leute, denen das Glück ein großes Geschenk gemacht hat.* Die bevorstehende Trennung von der Schwester, die ungewisse Zukunft ließ sie alle näher zusammenrücken. Auch Cornelia schien nun zufrieden. *Wir leben hier ganz einfach und recht vergnügt*, schrieb sie Kestner, *wenn wir des Abends zusammen am Ofen sitzen und schwatzen oder wenn uns mein Bruder etwas vorliest, da wünschen wir oft, daß Sie bei uns sein und unser Vergnügen teilen könnten.*

Cornelia in ihrer neuen Rolle. Sie war nicht mehr die Einsame und Vernachlässigte, sie war Braut. Allerdings war ihr Bräutigam seit Monaten abwesend, um sich nach einer gut dotierten Stellung umzusehen, wie es dem Stand seiner zukünftigen Frau entsprach. Cornelia genoß offenbar den Zustand der Freiheit, bevor der Status einer verheirateten Frau ihr die erhoffte gesellschaftliche Einbindung und in gewisser Weise die ersehnte Selbstverwirklichung bringen würde. Damals kann das Porträt entstanden sein, das ihr Zeichenlehrer Morgenstern von ihr schuf. Es zeigt eine ernste, nachdenkliche Cornelia mit überraschend angenehmen Zügen, wenn man an die Beschreibung des Bruders denkt, der sie ausnehmend häßlich fand. Sie blickt niemanden an, die Augenlider sind gesenkt. *Ihre Augen waren nicht die schönsten, die ich jemals sah*, sagt Goethe in *Dichtung und Wahrheit, aber die tiefsten, hinter denen man am meisten erwartete, und wenn sie irgendeine Neigung, eine Liebe ausdrückten, einen Glanz hatten ohnegleichen …*

Für Cornelia muß der letzte Sommer, den sie noch zu Hause verbrachte, der vergnügteste ihres Lebens gewesen sein. Unter den wenigen erhaltenen Zeugnissen von ihrer Hand kommt einem Brief, den sie an Sophie von La Roche schrieb, besondere Bedeutung zu.

Die Schriftstellerin zählte seit dem Tag, da Goethe ihre Geschichte des *Fräuleins von Sternheim* in den *Frankfurter Gelehrten Anzeigen* gelobt hatte, zu den Freunden des Hauses. Goethe lernte sie durch Merck kennen – nicht nur sie, sondern bald auch ihre Tochter Maximiliane, von deren dunklen Locken, weicher Haut und *schwärzesten Augen* er augenblicklich schwärmte. Es sei angenehm, brüstete er sich, *wenn sich eine neue Leidenschaft in uns zu regen anfängt, ehe die alte noch ganz verklungen ist. So sieht man bei untergehender Sonne gern auf der entgegengesetzten Seite den Mond aufgehen und erfreut sich an dem Doppelglanze der beiden Himmelslichter.*[8] Mit der *untergehenden Sonne* war Charlotte Buff gemeint, deren Licht ihm immerhin noch hell genug erstrahlte, um die innigsten Passagen der Weltliteratur über sie zu verfassen. Dennoch ließ er die schöne Maxe nicht mehr aus den Augen, was nach der Heirat mit Peter Anton Brentano zu unangenehmen Szenen führte. Seine Mutter hätte es vermutlich lieber gesehen, wenn er diese neuerlichen Komplikationen vermieden hätte.

Elisabeth lernte Sophie von La Roche im Juli und August 1773 näher kennen. *Madame la Roche war hier, sie hat uns acht glückliche Tage gemacht, es ist ein Ergötzen, mit solchen Geschöpfen zu leben*, jubelte Wolfgang (an Kestner). Seine Mutter hatte die elegante Besucherin gastfreundlich empfangen. Beide Frauen waren gleichaltrig und stammten aus gebildeten bürgerlichen Elternhäusern, wobei Arzt Gutermann seiner Tocher Sophie, der ältesten von dreizehn Geschwistern, eine bessere Ausbildung hatte zukommen lassen als Bürgermeister Textor der seinen.[9] Voller Stolz schilderte die Schriftstellerin in *Melusinens Sommerabende* ihre herausragende Ausbildung, ihr großes Wissen. *Im Cirkel der Gelehrten war ich geboren und erzogen – mein Vater war Dekan der medizinischen Fakultät in Augsburg, mein Onkel Reichshofrat unter Karl dem Siebenten ... Also war ich mit dem Geiste und den Werken der Gelehrten aller Klassen bekannt ...* Wieland, einst ihr Verlobter, war noch immer die Liebe ihres Lebens. Nach zwei mißglückten Verlobungen hatte sie den Mann geheiratet, der ihr eine sichere Zukunft bot: den Sekretär des Grafen Stadion, Georg Michael La Roche, der 1775 geadelt wurde. Auch über das gehobene Leben an seiner Seite informierte sie ihre Leserinnen nicht ohne Eigenlob. *Ich lernte ... und versäumte auch sonst keine Gelegenheit, wo ich in der prächtigen Bibliothek des Grafen Stadion etwas Nützliches oder Schönes bemerken konnte.*

Das war nicht der Ton, den Elisabeth schätzte. Eitelkeit, Eigenliebe, Ehrgeiz waren ihr zuwider. Mit dem *Sternheim*-Roman hatte die Schriftstellerin dem Geschmack der Zeit entsprochen, die gefühlvolle Schilderung bedrohter Unschuld gefiel den Leserinnen. Elisabeth aber lehnte das Übermaß an rührseligen Empfindungen in der Literatur ebenso ab wie im Leben, und das übersteigerte Geltungsbedürfnis der Autorin ging ihr auf die Nerven. Daß die Freundschaft hielt, beruhte zum großen Teil auf der Tatsache, daß sie beide Mütter waren, denen das Wohl der heranwachsenden Kinder am Herzen lag. Allerdings konnte Elisabeth nicht begreifen, daß die Autorin, die auf dem Papier eine *Tugendheldin* beschrieb, im Leben ihre eigene Tochter an einen Dummkopf verhökerte, nur weil er Geld besaß. Daß Sophie auch noch die zweite Tochter einem versoffenen Kerl an den Hals warf, weil er sich Hofrat nannte, hat sie ihr nicht verziehen.

26. Sophie von La Roche

Ihre Vorbehalte – um nicht zu sagen Vorurteile – hingen aber auch mit ihrer Eifersucht zusammen. *Sie* habe es nicht nötig, ein Abc-Buch zu verfassen, bemerkte sie herablassend. Eine Frau, die für Geld schrieb, paßte nicht in das Weltbild einer Textor. Ob es ihr gefiel, daß Wolfgang und Cornelia Sophie mit ›Mama‹ und ›Mutter‹ ansprachen, ist fraglich. Der Sohn verehrte die Schriftstellerin. *Sie war die wunderbarste Frau, und ich wüßte ihr keine andere zu vergleichen*, beteuert er in *Dichtung und Wahrheit. Schlank und zart gebaut, eher groß als klein, hatte sie bis in ihre höheren Jahre eine gewisse Eleganz der Gestalt sowohl als des Betragens zu erhalten gewußt, die zwischen dem Benehmen einer Edeldame und einer würdigen bürgerlichen Frau gar anmutig schwebte. ... Sie sprach gut und wußte dem, was sie sagte, durch Empfindung Bedeutung zu geben.*

Die *wunderbare Frau* war nach Frankfurt gekommen, um ihre achtzehnjährige Maxe so vorteilhaft wie möglich an den Mann zu bringen. Sicher hat sie unter diesem Aspekt auch den jungen Goethe taxiert, der passabel aussah und sich gut ausdrücken konnte. Unvergleichlich waren die Briefe, mit denen er ihre Sympathie gewann. *Seit den ersten unschätzbaren Augenblicken, die mich zu Ihnen brachten, seit jenen Szenen der innigsten Empfindung, wie oft ist meine ganze Seele bei Ihnen gewesen ... und Sie – Sie wissen am besten, was Ihr Herz für mich spricht.* (November 1772) Solche Bekenntnisse erhielt eine Frau von einundvierzig Jahren nicht alle Tage. Da der vierundzwanzigjährige Goethe aber nicht zum Rechtsanwalt taugte und als Schriftsteller keinen blanken Taler verdienen würde, kam er für ihre Tochter nicht in Betracht.

Auch Cornelia war von Sophies Erscheinung beeindruckt. Durch sie lernte sie Jacobis Zeitschrift *Iris* kennen, durch sie gelangte Rousseaus *Pygmalion* in den Hirschgraben. Cornelia erfuhr, daß eine gebildete Frau auch dann Anerkennung finden konnte, wenn sie sich betont weiblich gab. Es gibt Indizien dafür, daß Cornelia keineswegs immer die Melancholische, Enttäuschte war, als die sich sich darzustellen pflegte. Durch nichts wird ihre Lebensfreude besser dokumentiert als durch ihren Brief an Sophie von La Roche vom 12. August 1773. Er zeigt eine Cornelia, wie man sie bisher nicht kannte. *Meine theure Mutter*, beginnt sie, *der gestrige Abend ist einer von den schönsten in meinem Leben gewesen, und wer, glauben Sie wohl, der ihn so schön gemacht hat? Niemand anders als unser lieber Dumeiz, der uns in seinem Garten ein vortreffliches Fest gab. Sie kennen den Garten, meine theure Freundin. Stellen sie sich die dunklen, stillen, einsamen Gänge illuminiert vor, die herrlichste Nacht von der Welt. Musik, ein mit erquickender Speise und Trank beladener Tisch – ich glaubte, in einem bezauberten Schloß zu sein. Wie oft ich Sie und Ihre liebe Max [her]gewünscht habe, kann ich nicht sagen; Ihre Gegenwart fehlte noch, uns vollkommen glücklich zu machen ...*[10] Von der zweideutigen Rolle, die der im Brief erwähnte Dumeiz, Dechant des katholischen Leonhardsstifts, im Leben der schönen Maxe spielte, erfuhr man erst viel später.

Cornelias Hochzeitstermin rückte näher. Wenn ihr Bruder an Kestner schrieb: *Der Vater ist unter höchst billigen Bedingungen zufrieden, und es hängt nun von Nebenbestimmungen ab ...*, so hieß das, Caspar hatte keine Einwände, sobald der Schwiegersohn über einen Titel und das nötige Einkommen verfügte. Die *Nebenbestimmungen* erwiesen sich jedoch für Schlosser als schwierige Hürde. Seine Verhandlungen zogen sich unbegreiflich lange hin, und die Vermählung verzögerte sich um ein volles Jahr.

Meine Schwester ist jetzt in Darmstadt bey ihren Freunden. Ich verliere viel an ihr, sie versteht und erträgt meine Grillen. Ich verliere viel an ihr – so schrieb Goethe. Dachte das auch die Mutter? Daß Cornelias Weggang sie schmerzte, wissen wir aus Briefen an Lavater und den Grafen Schönborn, in denen sie über die Entfernung von ihren Kindern klagte (24. Juli 1776/13. Juni 1777). In all den vergangenen Jahren hatte sie mit Cornelia gemeinsam musiziert, gearbeitet, gelernt, erzählt und gesungen, hatten sie Kleider ausgesucht, Konzerte gegeben, Freunde besucht und Kutschfahrten unternommen. Von Cornelias *herzlichem Lachen* ist einmal die Rede. *Meine Schwester ist mit Schlossern vor wie nach. Er sitzt noch in Carlsruh, wo man ihn herumzieht, Gott weiß wie. Ich verstehs nicht*, schrieb Goethe am 15. September 1773 an Kestner.

Endlich kam die Nachricht, daß Schlosser zum Hof- und Kirchenrat ernannt worden sei, nicht zuletzt auf Grund seines *Katechismus der Sittenlehre für das Landvolk*, der ihn als aufklärerischen Pädagogen bekannt machte. Ob seine zukünftige Frau sich ebenfalls für die ›Sitten des Landvolks‹ interessierte, ist zweifelhaft. Der Hochzeitstermin wurde festgesetzt und die Mitgift ausgehandelt. Caspar war bereit, eine Summe von 10000 Gulden bereitzustellen; mit den Zinsen von 400 Gulden zusätzlich zum Gehalt würde das junge Paar ein gutes Auskommen haben.

Bei Cornelias Heirat zeigte sich, daß eine Eheschließung – wie schon bei der Hochzeit ihrer Mutter – als Wirtschafts- und Interessengemeinschaft behandelt wurde. Gefühle spielten so gut wie keine Rolle. Auf den vierundzwanzigjährigen Wolfgang müssen die von beiden Seiten geführten Finanzdebatten abschreckend gewirkt haben; diese Form des Ehevertrags blieb ihm ewig verhaßt. Es wirkt wie eine nachträgliche ›Wiedergutmachung‹, wenn er in *Herrmann und Dorothea* die nüchterne Heirat seiner Eltern durch *Herrmanns Eltern*, die mit Eigenschaften von Caspar und Elisabeth ausgestattet sind, in eine Liebeshandlung verwandelt: der Bräutigam trägt die Braut über die Schwelle des Hauses.

Aufgebot und Hochzeitsvorbereitungen, Wäschelisten und gefüllte Truhen. Wie die Aussteuer einer wohlhabenden Ehefrau auszusehen hatte, erfährt man aus den Aufstellungen der jungen Sophie von Bethmann-Schwarzkopf, mit der Elisabeth befreundet war. Sie besaß *46 Hemden, 12 Hauben, 21 Leibchen, 7 Bettjacken, 29 Paar Strümpfe, 14 Negligées, 51 Halstücher und Schals, 65 Taschentücher, 10 weiße feine Kleider, 2 Musse-*

linkleider, 5 Kattunkleider, 2 Atlaskleider, 1 Gros de Tours Tunique mit weißem Atlasrock, 1 lilla Atlaskleid, 11 Taftkleider, davon 1 mit silbernen Fransen, 1 weißes Wollkleid, 1 schwarzes Kreppkleid, 4 Ballkleider, davon 1 von Goldstoff, 6 Paar gestickte Ärmel.[11]

Im Hause Goethe wurde Flachs gesponnen und zu Leinen verarbeitet, gewaschen, gebleicht, gefärbt, gebügelt. Ein Haushalt mußte über große Mengen verfügen, denn gewaschen wurde nur drei-, höchstens viermal im Jahr. Wieder hatten sich seit dem Frühjahr 20 Körbe mit schmutziger Bett-, Tisch- und Buntwäsche angesammelt. Mit dem eigenen Personal war das nicht zu bewältigen. Elisabeth mietete zwei Wasch- und zwei Bügelfrauen, die im Haus beköstigt wurden. Vorher waren Trocken- und Bleichwiesen angemietet worden, und um die Wäsche aufhängen zu können, hatte Caspar laut Ausgabenbuch rechtzeitig *Funis suspendendis linteam* – »Schnüre zum Wäschehängen« gekauft. Die große Wäsche nahm gewöhnlich mit Rollen, Spannen und Bügeln eine Woche in Anspruch und kostete mit Zusätzen von *Berliner Blau*, Holz- und Seifenverbrauch so viel wie das Jahresgehalt des Gärtners, zwanzig Gulden.

Der Wäschevorrat der Familie lagerte in den großen Frankfurter Schränken auf den Fluren, den sogenannten Vorplätzen. Goethe besaß, als er nach Straßburg ging, 267 Servietten, 34 Tischtücher, 58 Laken, 108 Handtücher, 194 Hemden mit Manschetten, 82 Hemden ohne Manschetten.[12] Entsprechend umfangreich muß man sich Cornelias Aussteuer vorstellen. Sophie von Schwarzkopf besaß zusammengerechnet 86 Tischtücher und 500 Servietten. Von Elisabeth hat sich die letzte Rechnung ihrer Plättwäsche vom Juli 1808 erhalten. Sie übergab der Bügelfrau nicht weniger als 37 Hemden, 18 Kissen, 39 Servietten und 17 große Servietten, ein großes Tafeltuch und 9 Tischtücher, 42 Handtücher, 29 Paar Strümpfe, 2 Kränze (für die Betten), 45 Küchenschürzen und 38 Küchenhandtücher. Dabei lebte sie damals allein in ihrer Wohnung am Roßmarkt. Im Hirschgraben verfügte sie über Spinnrad und Garnwinde, Mangel und Serviettenpresse[13] sowie eine geräumige, an den Hof im Erdgeschoß angrenzende Waschküche, wo in großen Bottichen die Seifenlaugen angesetzt, die Wäsche sortiert und im dampfenden Kupferkessel von schwitzenden Frauen gekocht, gerührt, auf dem Waschbrett bearbeitet, gewrungen und in Körben auf die Bleichwiesen geschleppt wurde. Das alles meint Schlosser, wenn er klagend bemerkte, Cornelia *fürchte sich* zu sehr vor Küche und Keller. Die Plackerei der Waschwoche wird ihr ein Greuel gewesen sein.

Die Hochzeitsvorbereitungen erreichten ihren Höhepunkt. *Sonst ist alles hier wohl, laufft durch einander und packt.* (31. Oktober 1773) Goethes Mitteilung am Tag vor der Hochzeit ging an Johanna Fahlmer, eine lebensfrohe und temperamentvolle, unverheiratete Frau von achtundzwanzig Jahren, die mit Wolfgang, Cornelia und Elisabeth gleichermaßen befreundet war. *Meine Schwester Braut grüßt Sie. Sie ist jetzt im Packen ganz, und ich sehe einer fatalen Einsamkeit entgegen. Sie wissen, was ich an meiner Schwester hatte* ... Cornelia ging davon. Er sprach seinen Schmerz offen aus: *Nur waren wir vielleicht Beyde das Hand in Hand gehen zu gewohnt.* Johanna Fahlmer war für Wolfgang ein Schwesternersatz – bis sie Cornelias Stelle vollständig einnahm und Schlossers zweite Frau wurde.

Die Trauung fand am 1. November 1773 in der Frankfurter Barfüßerkirche statt. Die blasse Cornelia glich nicht nur dem Namen nach ihrer Großmutter Cornelia Goethe, von der Wolfgang sagte, daß sie ihm als schlanke, immer weiß gekleidete Frau in Erinnerung geblieben sei. Von seiner Schwester sprach er ähnlich. Sie *war groß, wohl und zart gebaut und hatte etwas Natürlichwürdiges in ihrem Betragen* ... Als eine *hohe, blasse, weiß gekleidete, himmlisch erhabene Dame* erschien sie Lavater, der sie in Karlsruhe besuchte. Susanna von Klettenberg, ebenfalls zur Feier geladen, schickte einen höflichen Absagebrief. Daraus wird klar, daß Cornelia die Freundin der Mutter, im Gegensatz zum Bruder, in Wirklichkeit nie gemocht hatte.

Cornelias erste Nachrichten aus Karlsruhe klangen erfreulich. Einer ihrer Briefe an Caroline Herder, geschrieben am 13. Dezember 1773, spricht sogar von überraschendem Glück. *Dass Sie glücklich sind, beste Freundinn, fühle ich an mir selbst – alle meine Hoffnungen, alle meine Wünsche sind nicht nur erfüllt – sondern weit – weit übertroffen.* Und mit einer Variante nach dem *Götz von Berlichingen* beteuerte sie: *wen Gott lieb hat, dem geb er so einen Mann.* Diesem Glücksruf folgte eine aufschlußreiche Bemerkung. Caroline Herder hatte von einer mütterlichen Freundin berichtet. Cornelia antwortete: ... *hier hab ich noch keine weibliche Freundin gefunden – wenn ich so glücklich wäre wie Sie, meine Beste, und eine Mutter fände – unser Schicksal ist ja sonst in allem so gleich, sollts hierinn nicht auch seyn –* Eine Mutter ist es, die Cornelia vermißt.

Im Hirschgraben begingen die drei Zurückgebliebenen das Weihnachtsfest ohne Cornelia, ohne ihr Klavierspiel, ihren Gesang. Begierig las man ihre Briefe, und überheblich wie oft, wenn es um die jüngere Schwester ging, teilte Wolfgang Freund Kestner mit: *Meine Schwester ist brav. Sie lernt leben! und nur bey verwickelten misslichen Fällen erkennt der Mensch, was in ihm steckt.* Ihre Nachrichten erschienen der Familie positiv. *Es geht ihr wohl, und Schlosser ist der beste Ehemann, wie er der zärtlichste und unverrückteste Liebhaber war.* (25. Dezember 1773) Wenn es stimmte, was die Tochter schrieb, konnten die Eltern zufrieden sein.

In Caspars Ausgabenbuch sind die Kosten für die aufwendig begangene Hochzeitsfeier, an der alle Familienmitglieder, auch Elisabeths zweiundsechzigjährige Mutter Anna Margaretha, mit Sicherheit teilnahmen, nicht zu finden. Einige Verwandte, die Schwester des Bräutigams und ihr Vetter Starck, hatten dem Brautpaar glückverheißende Hochzeitsgedichte überreicht, in denen die Braut an ihre Verpflichtung erinnert wurde: *In Munterkeit, in Scherz und Lachen / Muß man die Welt bevölkert machen.* Bis heute haben sich die Gedichte in Elisabeths Nachlaß erhalten.[14] Doch der 1. November 1773, an dem Cornelia das Haus verließ, fehlt in Caspars Ausgabenbuch. Es war das letzte Mal, daß Eltern und Tochter sich sahen. In den Hirschgraben ist Cornelia nie mehr zurückgekehrt.

XI.
Das war kein Mondschein im Kasten

Der Ruhm und seine Folgen
(1774)

... Unter solchen Umständen, nach so langen und vielen geheimen Vorbereitungen schrieb ich den Werther in vier Wochen ... Es ward ein sauberes Manuskript davon besorgt, das nicht lange in meinen Händen blieb: denn zufälligerweise an demselben Tage, an dem meine Schwester sich mit Georg Schlosser verheiratete und das Haus, von einer freudigen Festlichkeit bewegt, glänzte, traf ein Brief von Weygand aus Leipzig ein, mich um ein Manuskript zu ersuchen. Ein solches Zusammentreffen hielt ich für ein günstiges Omen, ich sendete den Werther ab ...

Was Goethe im dritten Teil von *Dichtung und Wahrheit* als Entstehungsgeschichte des *Werther* ausgibt, entspricht nur zum Teil der Wahrheit. Sein Roman war, als Cornelia heiratete, durchdacht, doch noch nicht begonnen, geschweige denn beendet worden. Erst nach ihrer Abreise, im Februar 1774, fing er mit der Niederschrift an. Offenbar war ihm sehr daran gelegen, zwischen Cornelias Hochzeit und seinem Buch eine Gemeinsamkeit herzustellen. Das ist psychologisch zu erklären. Cornelia hatte den entscheidenden Schritt vor ihm getan, sie hatte geheiratet und würde bald ein Kind haben. Tatsächlich konnte ihm die Mutter schon im März 1774 das ›freudige Ereignis‹ verkünden, das er sofort an Kestner weitergab: *Meine Schwester trägt gegenwärtig die Unbequemlichkeit guter Hoffnung.* Nun wollte auch er ein ›Kind‹ erschaffen. Dazu existiert ein Brief an Lotte Kestner vom Juni 1774, in der er sein Werk ankündigt: es heiße Werther und habe viel Ähnlichkeit mit ihm. Wörtlich schrieb er: *Was red ich über meine Kinder; wenn sie leben, so werden sie fortkrabbeln unter diesem weiten Himmel ...* Cornelia bekam ihr Kind. Er bekam sein Buch.

Ein Freund der Eltern, Graf Schönborn, der sie im Herbst 1773 besuchte und am runden Tisch mit Trauben und Wein beköstigt wurde, erlebte auch ihren Sohn. *Es ist ein magerer junger Mann ohngefähr von meiner Größe. Er sieht blaß aus. Hat eine große, etwas gebogene Nase; ein länglichtes Gesichte und mittelmäßige schwarze Augen und schwarzes Haar. Seine Miene ist ernsthaft und traurig, wo doch komische lachende und satirische Laune mit durchschimmert. Er ist sehr beredt und strömt von Einfällen, die sehr witzig sind ...*[1]

Leidend und lachend – damit ist viel gesagt. Der Vater wollte den Sohn *täglich mehr in Stadt- Zivil- Verhältnisse einspinnen*, doch Wolfgang reagierte ablehnend. *Ein Riß! Und all die siebenfache Bastseile sind entzwey* (15. September 1773). Ihn ärgerte der belehrende *Vater-Ton*, die fruchtlosen Debatten. Caspar war unnachgiebig, der Sohn unbelehrbar, und es würde noch schlimmer kommen, wie sich zeigte, als er in fürstliche Dienste treten wollte.

Während der junge Mann im Giebelzimmer über poetischen Entwürfen brütete, saß *drunten im Visitenzimmer* die Tante der Mutter, Hofrätin Lange aus Wetzlar, der er keinesfalls begegnen wollte, mit ihrer Tochter Isabella, und sicher sprachen sie mit der Mutter ausgiebig über die Affäre mit Lotte Buff. Sein Mißmut wuchs. Frankfurt war ihm ein unerträgliches Nest, überdies wurde er seit Cornelias Abschied von Kopfschmerzen geplagt, war *leidlich und unleidlich*, vielleicht wirklich krank, denn von *Englisch Pflaster, Hustensyrup* und *Aderlaß* bei Chirurg Grasemann, der 7 Gulden Honorar erhielt, ist im Ausgabenbuch die Rede. Im Juni 1774 mußte Wolfgang wieder zur Ader gelassen werden: *Guelfus aderlas 1 Gulden 12 Kreuzer.*

Im Haushaltsbuch läßt sich jedoch weiterhin ablesen, daß ein Dichter im Hause lebte. Vom Januar 1774 an heißt es fortlaufend: *Gelehrte Frankf. Zeit. praen. 2. – 1 Buch Schreib Pappier. 4 Buch concept Papir à 6 Xr. – 1/4 Schoppen Tinte. – H. Liebholt pro copiis. – occasione litterarium Darmstad. – 6 Buch Schreib Papier. – pro Program Rector. – Buchbinder Adam*

27. Maximiliane Brentano, geb. La Roche

8 Gulden 16 Kreuzer. – 1 buch Holland. brf. Pappir. – 2 Schubkasten. – 1 Buch Honig Pappir – D. Liebhold pro Verzeichniß. – 1 Schoppen Dinten. – Streu Sand. – Im Juni schließlich: *Englisch Bley stift. – 1/4 100 Federkiel. – D. Liebhold pro Copialibus. – 1 Schoppen Dinte. – 3 Buch Basler Schreib Pap. – 3 Lavater Predigt* und *3 Buch Papier.*

Wolfgang schrieb einen Roman, und diesmal war es das eigene Lieben und Versagen, das ihm zugrunde lag. Mit dem Titel *Die Leiden des jungen Werthers* schickte er das Manuskript an Verleger Weygand in Leipzig ab.

Nächst der Mutter erfuhr auch Sophie La Roche von dem entstehenden Roman. Sie konnte darin die schwarzen Augen ihrer Tochter Maxe wiederfinden. Madame La Roche war im Frühjahr 1774 erneut bei Elisabeth zu Gast. *Meine Eltern und Fräulein v. Klettenberg grüßen Sie herzlich*, schrieb Wolfgang danach, aber mit ›Grüßen‹ allein war es bei ihm nicht getan. *Von Ihrer Max kann ich nicht lassen, so lang ich lebe, und ich werde sie immer lieben dürfen.* Das war insofern ein provozierendes Geständnis, als *Maxe* inzwischen mit Kaufmann Brentano verheiratet war – eine Mesalliance, die immerhin einen Vorzug hatte: Maxe würde sich in der prosaischen Umgebung eines Handelshauses, in dem es, wie Merck feststellte, nach Öl und Käse stank, über seine Gesellschaft freuen. Er las ihr vor und begleitete ihr Cembalospiel auf dem Cello. Der Mutter hatte er zwar versichert, *brav* zu sein. Doch als Elisabeth im Sommer 1774 zum Hause Brentano kam, um Sophie La Roche abzuholen, hatte der eifersüchtige Ehemann ihrem Sohn gerade das Haus verboten.

Goethe und Merck argwöhnten schon längst, daß *Maxe* Opfer einer Intrige geworden war. Der Dechant Dumeiz vom katholischen Leonhardstift, Freund ihrer Eltern, hatte sie buchstäblich verkuppelt: Er liebte die junge schöne Frau und wollte sie in der Nähe haben. Nur auf seinen Rat hin hatte Sophie La Roche die Tochter dem reichen Brentano *ins Bett gelegt.*[2] *O – Göthe – wohin ach wohin – hat mich der Aberglaube – an Freundschaft – an edelmüthigkeit u. Tugend geführt*, jammerte sie, als die Schandtat ans Licht kam. *Der unglückliche Engel* sei elend. *O Göthe – Gift ist ein labtrunk dagegen – ruhe und Glück meines Herzens ist ermordet – u. ich kan La Roche nichts sagen – ... verzeyhen Sie mir all dieses – heute laag ein ganz schweeres – schwarzes gewicht auf mir –*[3] (17. Oktober 1774).

Der Roman des jungen Goethe, *Die Leiden des jungen Werthers*, der im September 1774 mit schönen Titelvignetten geschmückt vorlag, fand eine ungeahnte Resonanz. Das Buch erlebte im Jahr darauf nicht weniger als zehn weitere Drucke und machte den Namen des Verfassers in ganz Europa bekannt. Die Jugend, die sich in der Gestalt des von der Gesellschaft enttäuschten Helden wiederfand, wurde vom *Wertherfieber* ergriffen, so daß der Verkauf des Buches in vielen Städten wegen *Gefährdung der Moral* bei Geldstrafe verboten wurde. *Die Wirkung dieses Büchleins war groß, ja ungeheuer, und vorzüglich deshalb, weil es genau in die rechte Zeit traf*, begründete Goethe seinen Erfolg.

Am 19. September 1774, einen Monat vor der Geburt von Cornelias Kind, hielt Elisabeth das erste Exemplar in Händen. Wie war ihr, der Lebenszugewandten, zumute, daß der Autor-Sohn darin den Selbstmord propagierte? Sie fand im Werther eine Mutter-Sohn-Beziehung, die sie überrascht haben wird. Im Roman ist es *die Mutter* – nicht der Vater –, die den *Sohn* in die Stadt schickte, damit er einen Beruf ergreifen und nebenbei verschiedene Erbangelegenheiten für sie erledigen sollte. Werthers erster Auftrag betrifft *die Mutter. Du bist so gut, meiner Mutter zu sagen, daß ich ihr Geschäft bestens betreibe und ihr eh'stens Nachricht davon geben werde ... Kurz, ich mag jetzt nichts davon schreiben; sage meiner Mutter, es werde alles gut gehen.*

Die Mutter, weiß Werther, ist um seine Karriere besorgt und hat sich deshalb mit seinem Freund *Wilhelm* verbündet. *Meine Mutter möchte mich gern in Aktivität haben, sagst du: das hat mich zu lachen gemacht. Bin ich jetzt nicht auch aktiv? und ist's im Grunde nicht einerlei, ob ich Erbsen zähle oder Linsen?* Daß der Autor seinen Werther als sein zweites Ich betrachtete, erweist ein Roman-Brief mit dem Datum vom *28. August.* Wörtlich heißt es: *Heute ist mein Geburtstag, und in aller Frühe emfange ich ein Päckchen von Alberten* ... Der 28. August war in der Tat der Geburtstag des Autors. Wie später im *Wilhelm Meister*, werden auch im *Werther* authentische Kindheitserlebnisse eingefügt. Da kann man die Zauberlaterne wiederfinden, da tritt die schöne Melusine aus dem Volksbuch auf, das schon die Mutter las, das *Buch Jonas* wird erwähnt, das sie laut Ausgabenbuch von Lavater erwarb, und der Autor läßt *die Großmutter* ein Märchen erzählen, von dem wir durch Bettine Brentano wissen, daß es die Lieblingsgeschichte von Elisabeth war, das Märchen vom Magnetenberg.

Obgleich Goethe das Buch im Haus des Vaters schrieb und von seinem Geld lebte, gibt es im Roman keine Vaterfigur. *Werthers Vater*, heißt es, ist lange tot. Die vorsätzliche Ausschaltung des Vaters wirft angesichts der Tatsache, daß viele Personen des Romans identifizierbar sind – *Tante* und *Lotte, Albert, Mutter* und *Wilhelm* – auf das Verhältnis des Autors zu seinem *Vater* ein merkwürdiges Licht. Unter dem Gesichtspunkt autobiographischer Bezüge ist besonders aufschlußreich, daß *der Sohn* von der *Mutter* gelenkt wird: ihretwegen zögert er, die Stadt zu verlassen; der Freund muß vermitteln. *Ich habe meine Entlassung vom Hofe verlangt ... Bringe das meiner Mutter in einem Säftchen bei ... Freilich muß es ihr wehe tun ...* Als Werther beschließt, aus dem Leben zu gehen, sagt er: *Leb wohl auch Du! Liebe Mutter, verzeih mir! Tröste sie, Wilhelm!*

Äußerungen der Eltern zum Roman des Sohnes existieren nicht, dagegen sind die Reaktionen der Freunde bekannt. Fritz Jacobi las das Buch gleich dreimal hintereinander und schwamm *in süßen, wonnevollen Tränen.* Ihm schrieb der Dichter Heinse, es sei *dies göttliche Werk ganz voll Kraft, ganz voll Leben*, und Gottfried August Bürger dankte dem Verfasser als dem einzigen Dichter, daß er es neben dem *großmächtigen Shakespear* vermöge, *sein Herz zu erschüttern.*

Bei der Konzeption des *Werther* hatte Goethe vom Selbstmord des unglücklichen, in eine verheiratete Frau verliebten Studenten Jerusalem erfahren. Ausgerechnet Freund Kestner, der ihm die Geschichte erzählte, hatte dem Selbstmörder seine Pistole geliehen. Das Thema des Selbstmords, das der eigene Sohn im Roman bis zum bitteren Ende durchspielte, hat auch Elisabeth beschäftigt, die wohl wußte, daß Wolfgang sich im *Werther* nicht zum ersten Mal mit diesem Gedanken befaßte. Was Goethe später in *Dichtung und Wahrheit* offen aussprach – daß er sich selber erst von diesem *Wahn* befreien mußte – wird ihr nicht verborgen geblieben sein. *Unter einer ansehnlichen Waffensammlung*, schreibt Goethe, *besaß ich auch einen kostbaren wohlgeschliffenen Dolch. Diesen legte ich mir jederzeit neben das Bette, und ehe ich das Licht auslöschte, versuchte ich, ob es mir wohl gelingen möchte, die scharfe Spitze ein paar Zoll tief in die Brust zu senken. Da dieses aber niemals gelingen wollte, so lachte ich mich zuletzt selbst aus ... und beschloß zu leben.*

Dafür, daß auch Elisabeth sich mit diesem Thema befaßt hatte, findet sich ein später Hinweis an unerwarteter Stelle: in einem Brief an die Herzogin Anna Amalia von Sachsen-Weimar. Der Vater der Herzogin war im Mai 1780 gestorben. Elisabeth kondolierte ihr mit den Worten, sie hätte ihm ein längeres Leben gewünscht, doch *in keinem, am wenigsten in diesem Stück läßt sich das Schicksal in die Karten gucken ... Wenn ich meine eigne Erfahrung zur Hand nehme und dencke, was ich alles, diesen Punkt betreffend, vor Narrenspossen gewünscht und nicht gewünscht*, und daß sie, *wenn es so gekommen wäre*, die Gegenwart nicht hätte erleben können, sondern *im Gegenteil alles wäre verdorben und verhuntzt worden*, schreibt sie wörtlich, so habe sie *heilig geschworen*, in Zukunft *alle kleine[n] Freuden aufzuhaschen, aber sie ja nicht zu anatomieren, mit einem Wort, täglich mehr in den Kindersinn hineingehn, denn das ist Summa Summarum doch das Wahre, wozu mir dann Gott seine Gnade verleihen wolle Amen.*

Eine Äußerung zur literarischen Darstellung des Selbstmords ist durch Bettine Brentano überliefert. Beide sprachen im Herbst 1806 über Karoline von Günderrode, die sich aus Liebe zu einem verheirateten Mann mit 26 Jahren erstochen hatte. Goethes Mutter habe ihr dazu erklärt: *Der Mensch wird begraben in geweihter Erde, so soll man auch große und seltne Begebenheiten begraben in einem schönen Sarg der Erinnerung, an den ein jeder hintreten kann und dessen Andenken feiern. Das hat der Wolfgang gesagt, wie er den »Werther« geschrieben hat; tu es ihm zulieb' und schreib's auf.*[4]

Diejenigen, die sich über das Erscheinen des *Werther* eher entsetzt als begeistert zeigten, war das Ehepaar Kestner. Der Autor hatte ihnen sein Werk als ersten übersandt. Dazu erklärte er: *Lotte, wie lieb mir das Büchelchen ist, magst du im Lesen fühlen ... Du sollst's haben, Lotte, ich hab es hundertmal geküßt, habs weggeschlossen, daß es niemand berühre. O Lotte!* Das Geschenk wurde weder dankbar noch anerkennend aufgenommen. Kestner schrieb verärgert, er fühle sich *prostituiert.* Als *Albert* sei er im Roman *zu einem Klotze* gemacht worden, während Lotte sogar unter ihrem eigenen Namen auftrete und daher peinlicherweise von jedem erkannt würde. *Der würcklichen Lotte würde es in vielen Stücken leid sein, wenn sie Eurer da gemalten Lotte gleich wäre ...* Der Autor war über ihre ablehnende Reaktion zutiefst enttäuscht. Schließlich bat er Kestner um Verzeihung. *O könnt ich Dir an Hals springen, mich zu Lottes Füßen werfen ... Werther muß – muß seyn!*

Seiner Mutter wird der irritierte Autor danach seine Idee mitgeteilt haben, daß er Lotte durch ein besonderes Geschenk versöhnen wolle. Dabei dachte er an ein Buch, das die Mutter so heilig hielt, daß die Wirkung unfehlbar sein mußte: *Das Güldene Schatz-Kästlein. Ich werde dir ehstens ein Gebetbuch, Schatzkästgen oder wie du's nennen magst schicken*, schrieb er an Lotte, *um dich Morgens und Abends zu stärken in der guten Erinnerung der Freundschaft und Liebe.*

Mit dem Ruhm des *Werther* wuchs der Ruhm seines Verfassers. Jeder wollte ihn sehen, sprechen, kennenlernen. Er sei aus der Stille *in den Lärm des Tageslichts* gezerrt worden, bemerkt er in *Dichtung und Wahrheit.*

Nicht anders erging es seiner Mutter. Ihr Leben nahm von nun an eine andere Richtung. Leute strömten ins Haus, und gleichsam über Nacht fiel ihr die Aufgabe zu, Gastgeberin und Gesprächspartnerin, Vermittlerin und Korrespondentin auch der fremdesten Menschen zu sein. Sie wurde praktisch aus der Privatsphäre eines ruhigen Hauses ins öffentliche Leben gezogen, hatte Hofmeister, Studenten und Gelehrte zu unterhalten, Künstler zu beköstigen, Bewunderer und Neugierige zu vertrösten und ambitionierte junge Poeten zu ermutigen. Die Fürstin von Dessau und die Herzogin von Sachsen-Weimar erschienen, Frau von der Recke aus Kurland und Madame de Staël aus Paris reisten an, die Dichter Klopstock und Bürger, der Naturwissenschaftler Alexander von Humboldt und der Verleger Nicolai aus Berlin, sie alle kamen in den Hirschgraben und beanspruchten Goethes Mutter.

Der überraschte Autor sagt in *Dichtung und Wahrheit*, die vielen Besucher seien den Eltern allmählich lästig geworden. Es hätten sich Bedürftige, aber auch Unverschämte an ihn gewandt, die er leichtsinnig angehört habe, während es dann doch die Mutter war, *welche die zuströmenden Gäste reichlich bewirten mußte*, ohne einen Dank dafür zu bekommen. So wird es gewesen sein – und auch wieder nicht. Elisabeth fand im Einsatz ihrer Fähigkeiten, ihrer Gastfreundschaft, ihrem Mitgefühl und ihrer Sorge für arme, stellungslose Künstler Anerkennung und Befriedigung genug. Es kam vor, daß aus den Beziehungen des Sohnes Freundschaften der Mutter wurden. Goethes Straßburger Kommilitone Röderer berichtete über einen Besuch im Hirschgraben: *Zu Frankfurt habe ich die Ehre gehabt, die Frau Rath Goethe zu bewundern.* Klopstock kam, sie machte ihn mit den literarischen Freunden des Hauses bekannt. Fritz Jacobi blieb sechs Wochen in Frankfurt. Jakob Michael Reinhold Lenz, dessen Schauspiel *Der Hofmeister* mit Goethes Hilfe veröffentlicht wurde, schien von *hypochondrischer Unruhe* gequält und fiel, nachdem er noch Cornelia in Emmendingen besucht hatte, in geistige Umnachtung.[5]

Im Juni 1774 reiste der weithin bekannte Züricher Prediger und Schriftsteller Johann Caspar Lavater nach Frankfurt. Zwischen Elisabeth und ihm entstand eine dauerhafte Freundschaft. Später sprach sie von den *seligen Augenblicke[n], da wir zusammen an einem Tisch saßen, da Ihr unter meinem Dach waret, da Ihr abends um 9 Uhr in meine Stube kamt* … (23. Juni 1777) Die Sympathie war gegenseitig. Lavater notierte in sein Tagebuch: abends *wünschten mir sein Vater und Mutter, eine trefflich natürliche Frau, eine gute Nacht. Herzliche Umarmung!* Er hatte den Maler Schmoll bei sich, um die Familie für seine *Physiognomischen Fragmente zur Beförderung der Menschenkenntnis und Menschenliebe* porträtieren zu lassen. Elisabeths Porträt charakterisierte er folgendermaßen: *Gutes, mütterliches, regierungsfähiges Weib, die in sehr vielem sein kann, was sie will. Der untere Teil hat viel Einfalt, Künstlersinn, Adel. Die Stirn ist sanguinisch, das Auge sanguinisch-cholerisch, die Nase und der Mund sanguinisch-phlegmatisch.*[6] Eine Veröffentlichung des Bildes hat Sohn Wolfgang ohne ihr Wissen verhindert. Schmolls Darstellung der Mutter mit aufgerissenen Augen, Knubbelnase und Doppelkinn entsprach nicht dem Bild, das er von ihr hatte. Er fand seine Mutter lebendiger, schöner, heiterer – auf jeden Fall anders als auf diesem Bild.

Es gab Gäste, die an die Geduld der Hausfrau hohe Anforderungen stellten. Am 12. Februar 1775 reiste Jung-Stilling an, dessen romanhafte Lebensbeichte *Henrich Stillings Jugend* sie sofort las. Der Augenarzt war gekommen, um den erblindeten Patrizier Maximilian von Lersner am Star zu operieren. *Er war mir und meinen Eltern willkommen, und wir boten ihm das Quartier an.* Die Operation mißlang. *Der Zustand, in den unser Freund dadurch geriet, läßt keine Schilderung zu*, schreibt Goethe, *nur betrübte es mich, meine gute Mutter für ihre Sorgfalt und häusliche Bemühung so übel belohnt zu sehen.*

28. Johann Caspar Lavater

Als besonderer Gast erschien im September 1775 der königliche Leibarzt Johann Georg Zimmermann aus Hannover. Er hatte ein Buch *Betrachtungen über die Einsamkeit* veröffentlicht und mit dem Verfasser des *Werther* einen Briefwechsel begonnen. Von der Atmosphäre des Hauses war er so angetan, daß er einer Patientin, der schönen Frau von Stein – obgleich sie Goethe noch nie gesehen hatte – unverzüglich mitteilte, der junge Mann sei gegenüber Mutter und Vater *der liebenswürdigste Sohn*, und sie, Charlotte, würde Mühe haben, *ihn nicht durchs Medium der Liebe zu sehen*. Tatsächlich würde sich diese eigentümliche Weissagung noch im gleichen Jahr bestätigen.

Zimmermann war mit seiner 19jährigen Tochter Catharina gekommen. *Schlank und wohl gewachsen* – das wußte Goethe noch im Alter – sei *ihr regelmäßiges Gesicht angenehm gewesen*, doch sie sprach wenig und war *so ruhig wie ein Bild. Kaum aber war sie einige Tage mit meiner Mutter allein und hatte die liebevolle Gegenwart dieser teilnehmenden Frau in sich aufgenommen*, berichtet Goethe, *als sie sich ihr mit aufgeschlossenem Herzen zu Füßen warf und unter tausend Tränen bat, sie da zu behalten*. Sie wollte lieber als Magd im Haus dienen, als zu ihrem Vater zurückzukehren, *von dessen Härte und Tyrannei man sich keinen Begriff machen könne*. Seit sie bei Elisabeth *eine so liebevolle, heitere, zwanglose Behandlung erfahren*, erscheine ihr die eigene Situation als wahre Hölle.

Meine Mutter war sehr bewegt, als sie mir diesen leidenschaftlichen Erguß hinterbrachte. Sie forderte Wolfgang sogar zur Heirat auf. *Gott bewahre mich vor einem Schwiegervater, der ein solcher Vater ist!* habe er gerufen. Schließlich konnte sie erreichen, das Catharina in ein Pensionat kam. Mit fünfundzwanzig Jahren ist sie unverheiratet gestorben.

Wir hören nicht zum ersten Mal von Elisabeths spontaner Hilfsbereitschaft. Wenn der Sohn sie schildert, stellt sich erneut die Frage: war ihr Verhältnis zu Cornelia so kühl, wie man aus Mangel an Beweisen vermutet? Es ist schwer vorstellbar, daß sie bei der eigenen Tochter weniger anteilnehmend gewesen sein sollte als bei der fremden Catharina Zimmermann. Andererseits hat sie Cornelia nie besucht. Nicht einmal zur Taufe reiste sie nach Emmendingen; kein Beleg findet sich im Ausgabenbuch. Dort liest man unter dem 28. November 1774 – die Enkelin Luise war zwei Wochen alt – die Notiz: *pro Aderlaß Herrn Grasemann 1 Gulden 12 Kreuzer*. War Elisabeth krank? Krank war jedenfalls Cornelia, die nach der Geburt zwei Jahre lang im Bett lag. Nur durch die Korrespondenz erhalten wir einen gewissen Aufschluß über die Mutter-Tochter-Beziehung. Zur Geburt des Enkelkindes heißt es: *Zimmet Waflen nach Emmendingen 1 Gulden 12 Kreuzer*. Das war vermutlich ein von Elisabeth hergestelltes Gebäck. Sie beauftragte auch Kaufmann Bölling, Pakete mit Frankfurter Spezialitäten zu expedieren: *H. Bölling 11 Gulden 40 Kr.* Im *Liber domesticus* heißt es für das Jahr 1775:

16. Sept. Porto v. Emmendingen Feld Ordnung 1 Gulden
3. Oct. von Emmendingen Briefporto 14 Kr.
6. Oct. 1 Brief v. Emmendingen 14 Kr.
16. Dec. pro Briefporto nach Emmendingen 12 Kr.
17. Dec. Brief nach Emmendingen 12 Kr.
Vätterliche Hülfe 1. Nov. 1774 bis 1775 400 Gulden.

Der nicht abreißende Besucherstrom im Hirschgraben ärgerte Caspar, weil er seinen Sohn am Aktenstudium hinderte. Von einem *starken Treiben* berichtet Goethe im Brief an Madame La Roche. Die gewandte Schriftstellerin war freilich mit solcher Betriebsamkeit eher vertraut als Elisabeth, deren Leben nun eine entscheidende Wendung genommen hatte. *Das war kein Mondschein im Kasten*, schrieb sie einmal in Anspielung auf ihre Lage. Nie wieder würde sie sich in die Unbekanntheit eines privaten Daseins zurückziehen können. Ein Abglanz von jenem Ruhm, der den Namen Goethe umgab, fiel auch auf sie. In Zukunft wird sie in Tagebüchern, Briefen und Gesprächen auftauchen, wird begutachtet, beschrieben und kritisiert werden. Die Aufgabe, der sie sich gegenübersah, war, Mutter eines berühmten Sohnes zu sein.

Mehr und mehr war im Elternhaus vom Heiraten die Rede. Man hoffte, daß nun auch der Sohn eine Familie gründen werde, und das Ziel rückte in greifbare Nähe. Das beliebte *Mariage-Spiel* war auch nach Cornelias Weggang im Freundeskreis fortgesetzt worden, wobei sich diesmal keine *liebenden Paare*, sondern *wahrhafte Ehegatten* bildeten – natürlich auf Probe. Im Grunde spiegelte das ›Hochzeitsspiel‹ eine Revolution der Emotionen und der guten Sitten. Jede Woche wurde man mit einem anderen Partner *vermählt*, wobei *Liebkosungen* allerdings nicht erlaubt waren. Es galt bereits als kühn, wenn man sich duzte.

Dabei ereignete sich, was Wolfgang betraf, ein Zufallswunder. Dreimal hintereinander loste er *dasselbe Frauenzimmer*, und obgleich er in *Dichtung und Wahrheit* keinen Namen nennt, hat man anhand des Geburtsdatums herausgefunden, um wen es sich handelte. Es war die siebzehnjährige Susanna Magdalena Münch, die dreimal als *gebietende Gattin* an seiner Seite auftrat. Daß sie ihm gefiel, verschweigt er keineswegs; sie war so anziehend, daß er sie, *wenn ein Priester zugegen gewesen wäre, auf der Stelle* geheiratet hätte.

Die hauswirtschaftlich erzogene Magdalena Münch war in Elisabeths Augen die ideale Schwiegertochter, und die dreimalige *Paarung* kam ihr sehr gelegen. *Auch meiner Mutter war ein solcher Zufall nicht zuwider; sie begünstigte schon früher das Frauenzimmer, mit dem ich in ein so seltsames Verhältnis gekommen war, und mochte ihr zutrauen, daß sie eine ebenso gute Schwiegertochter als Gattin werden könnte.* Zum ersten Mal versuchte Elisabeth, den Sohn zu überreden. Die Familie sei *nach Verheiratung Cornelias doch gar zu eng*, bemerkte sie andeutungsweise, man hoffe auf ein neues Leben im Haus, *und bei diesen Reden blieb es nicht.* Zufällig trafen die Eltern das junge Mädchen bei einem Spaziergang, wo sie sie *in den Garten einluden und sich mit ihr längere Zeit unterhielten.* Die Absicht war unverkennbar. Man sprach von Wolfgangs Heirat. *Hierüber ward nun beim Abendtische gescherzt*, wobei sogar der Vater heiter bemerkte, daß Demoiselle Münch genau die Eigenschaften besitze, *die er als ein Kenner von einem Frauenzimmer fordere.* Der Sohn konnte bemerken, wie die Mutter im ersten Stock die Zimmer begutachtete, die er bekommen sollte, wie sie in der Küche Verbesserungen vornahm im Glauben, Magdalena werde eine erfahrene *Gehülfin* abgeben. Einmal, schreibt Goethe, *überraschte ich nun einst meine Mutter, als sie in einer Bodenkammer die alten Wiegen betrachtete, worunter eine übergroße von Nußbaum mit Elfenbein und Ebenholz eingelegt, die mich ehmals geschwenkt hatte, besonders hervorstach.* Er verärgerte sie durch die Behauptung, Wiegen seien unmodern, man trage die Säuglinge jetzt an einem Band über der Schulter.

Elisabeth ließ sich nicht aus der Ruhe bringen. Ihr Sohn hatte Katharina Schönkopf einmal anvertraut: *Wir haben ein ganzes Haus, und wenn meine Schwester heiratet, so muß sie fort ... und wenn ich heirate, so theilen wir das Haus, ich und meine Eltern, und ich kriege zehn Zimmer, alle schön und wohl meubliert im Franckfurter Gusto.* Das war ganz in Elisabeths Sinne. Auch sie hatte das Haus einst mit der Schwiegermutter geteilt. Um Nägel mit Köpfen zu machen, schlug sie dem Sohn vor, *die Verbindung zu befestigen*, mit anderen Worten: Er solle sich verloben. Dann habe er vor der Hochzeit noch genügend Zeit, die ersehnte Italienreise zu machen. Alles schien im Lot, man wartete nur noch auf seine Entscheidung. Doch die Eltern hofften vergeblich. Aus dem schönen Plan wurde nichts. Daß niemals eine Schwiegertochter ins Haus kam, der Sohn statt dessen die Stadt für immer verließ, lag nicht zuletzt auch an ihr, der Mutter.

Von Anfang an erlebte Elisabeth die Ideen, Pläne und Entwürfe ihres im Giebelzimmer schreibenden Sohnes mit. In *Dichtung und Wahrheit* finden sich Wendungen wie: *Als ich nämlich zu meiner Mutter hinuntersprang ...* oder: *ich stand im Begriff, mir durch umständliche Erzählung das Herz zu erleichtern ...* Sie war in seine literarischen Kontroversen eingeweiht und fand, es sei keine angenehme Aufgabe, bei öffentlichen Debatten wie derjenigen mit Leopold Wagner, dessen Anti-Wieland-Pamphlet man für ein Geschreibsel Goethes hielt, vermittelnd eingreifen zu müssen. Noch weniger behagte ihr der Krach mit Jung-Stilling, der *Die Schleuder* herausgebracht hatte, ein Spottgedicht, wovon noch nach Jahrzehnten in einem ihrer Briefe die Rede ist. Aus ihren Bemerkungen läßt sich rekonstruieren, welche Gespräche im Hirschgraben geführt wurden. Man beschäftigte sich mit der neuen deutschen Literatur. Heinrich Christian Boie, Herausgeber des *Musenalmanach* mit Goethes Gedichten: *Der Adler und die Taube, Der Wanderer* und *Mahomets Gesang*, war für einige Tage ihr Gast. Elisabeth las den *Clavigo*, der im Juli 1774 als erstes Werk mit vollem Namen des Verfassers erschien, das *bürgerliche Trauerspiel*, in dem er seinen Schuldkomplex um die verlassene Friederike Brion verarbeitet hatte. Bei der Lektüre von *Stella, Schauspiel für Liebende*, worin zwei Frauen um denselben Mann kämpfen, war es ausgerechnet ihre Freundin Johanna Fahlmer, die behauptete, ihr diffiziles Verhältnis zum verheirateten Fritz Jacobi darin beschrieben zu finden.

Am 28. August 1774 wurde Wolfgang fünfundzwanzig Jahre alt. Man beging den Tag festlich und sparte nicht. *d. 28. Aug. Natalit. majores 18 fl.*, notierte Caspar. *Goethe war bei uns*, schreibt Heinse am 13. September 1774, *ein schöner Junge von 25 Jahren, der vom Wirbel bis zur Zehe Genie und Kraft und Stärke ist; ein Herz voll Gefühl, ein Geist voll Feuer mit Adlerflügeln ...*[7] Georg Jacobi trug in sein Tagebuch ein, selten einem solchen Menschen begegnet zu sein, *voll hohen Genies, glühender Einbildungskraft, tiefer Empfindung, rascher Laune, dessen starker, dann und wann riesenmäßiger Geist einen ganz eignen Gang nimmt.* An die Mutter erinnert die Schilderung, Goethe habe altschottische Romanzen *in einem unübertrefflichen Tone so erzählt, daß es ihnen schauderte wie in den Kinderjahren.*[8]

29. Goethe beim Schlittschuhlaufen auf dem Eis

Was die Beziehung zwischen Mutter und Sohn betrifft, fand ein Ereignis statt, das für beide als Symbol der Übereinkunft stehen kann, die sie damals miteinander verband. Beide haben sie in unterschiedlichen Varianten darüber berichtet, *in einem glücklichen Selbstgefühl* Goethe in *Dichtung und Wahrheit. Ein sehr harter Winter hatte den Main völlig mit Eis bedeckt und in einen festen Boden verwandelt*, schreibt er. *Grenzenlose Schlittschuhbahnen,*[9] *glattgefrorne weite Flächen wimmelten von bewegter Versammlung, Ich fehlte nicht vom frühen Morgen an und war also, wie späterhin meine Mutter dem Schauspiel zuzusehen angefahren kam, als leicht gekleidet wirklich durchfroren. Sie saß im Wagen in ihrem roten Sammetpelze, der auf der Brust mit starken goldenen Schnüren und Quasten zusammengehalten, ganz stattlich aussah. Geben Sie mir, liebe Mutter, Ihren Pelz! rief ich aus dem Stegreife ... mich friert grimmig. Auch sie bedachte nichts weiter; im Augenblick hatte ich den Pelz an, der, purpurfarb, bis an die Waden reichend, mit Zobel verbrämt, mit Gold geschmückt, zu der braunen Pelzmütze, die ich trug, gar nicht übel kleidete. So fuhr ich sorglos auf und ab ...* Drei Jahre später erschien sein Gedicht, das das Erlebnis zum Thema nahm, als *Eis-Lebens-Lied* in Wielands *Teutschem Merkur*, wo die Mutter las: *Sorglos über die Fläche weg / Wo vom kühnsten Wager die Bahn / Dir nicht vorgegraben du siehst, / Mache dir selber Bahn!*

Leuchtender, intensiver, persönlicher erfuhr Bettine Brentano die Begebenheit von Elisabeth. Für sie fand das Ereignis *an einem hellen Wintermorgen* statt. Im Hirschgraben waren Gäste, und sie hatte alle Hände voll zu tun, als der Sohn sie bat, mit den Besuchern an den Main zu fahren. *›Mutter, sie hat mich ja noch nicht Schlittschuh laufen sehen, und das Wetter ist heute so schön‹ ... so fahren wir denn hinaus; da schleift mein Sohn herum wie ein Pfeil zwischen den andern durch, die Luft hatte ihm die Backen roth gemacht und der Puder war aus seinen braunen Haaren geflogen. Wie er nun den karmoisinroten Pelz sieht, kommt er herbei an die Kutsche und lacht mich ganz* *freundlich an. – ›Nun was willst Du?‹ frag ich. ›Ei Mutter, Sie hat ja doch nicht kalt im Wagen, geb Sie mir ihren Sammetrock‹ … Ich zieh halt meinen prächtig warmen Rock aus, er zieht ihn an, schlägt die Schleppe über den Arm, und da fährt er hin, wie ein Göttersohn auf dem Eis …*

Die Erzählerin wußte, worauf es ankam. Sein herzliches Lachen macht das Einverständnis deutlich. Sein Gleiten wie ein *Göttersohn auf dem Eis* erinnert an Goethes Brief an Kestner, man fühle sich beim Schlittschuhlaufen *wie Gott Merkur auf seinen geflügelten Schuhen.* Die Mutter schloß mit den Worten: *Mein Lebtag seh ich noch, wie er den einen Brückenbogen hinaus und den andern wieder hereinlief und wie der Wind ihm den Schlepp lang hinten nachtrug* … Sie hat den Anblick niemals vergessen: Der Sohn im Mantel der Mutter. Es gab ihn, den hellen Tag, der sich unvergänglich heraushob aus den anderen Tagen. Sie hatte ihn gekannt, den schwerelosen Augenblick des Glücks.

XII.
Fast eine Schwiegertochter

Die schöne Lili Schönemann (1775)

Nichts wäre Elisabeth willkommener gewesen, als den unverheirateten Sohn endlich in festen Händen zu wissen, und niemand war so geeignet, diesen Wunsch zu erfüllen, als die junge, aus reichem Haus stammende, schöne und liebenswerte Anna Elisabeth Schönemann. Bisher hatte es unter Wolfgangs Freundinnen – abgesehen von Magdalena Münch – keine Frau gegeben, die besser zu ihm gepaßt hätte. *In mir ist viel Wunderbares Neues, in drey Stunden hoff ich Lili zu sehn ... Ja – sie war schön wie ein Engel, und ich hatte sie in 4 Tagen nicht gesehen. Und lieber Gott, wieviel ist sie noch besser als schön.*

Lili war seine große Liebe. *Jeder wechselseitige Blick, jedes begleitende Lächeln*, so Goethe in *Dichtung und Wahrheit, sprach ein verborgenes edles Verständnis aus ...* Im Alter gestand er Soret: *Sie war ... die erste, die ich tief und wahrhaft liebte. Auch kann ich sagen, daß sie die letzte gewesen ...* Das berührt seltsam, wenn man an seine lange Beziehung zu Charlotte von Stein, an seine Ehe mit Christiane Vulpius denkt. Doch auch zu Eckermann sagte noch der Achtzigjährige: *Ich bin meinem eigentlichen Glück nie so nahe gewesen als in der Zeit jener Liebe zu Lili. Die Hindernisse, die uns auseinander hielten, waren im Grunde nicht unübersteiglich – und doch ging sie mir verloren.*

Goethes gesamte Lebensbeschreibung *Dichtung und Wahrheit* gipfelt im Bericht dieser Liebe. Lili war Geist und Anmut, war *Lieb' und Güte* in einer Person. Ihre Mutter, eine geborene d'Orville aus französischem Adel, hatte der Tochter eine Erziehung angedeihen lassen, die der von Cornelia Goethe nicht nachstand. Lili wurde in den damals üblichen *wissenschaftlichen*

30. Lili Schönemann

Fächern ebenso unterrichtet wie in Zeichnen, Tanzen, Reiten und Musik. *Meine Schwester Lili*, schreibt ihr Bruder Friedrich, *war von der Natur mit einer schönen und interessanten Gestalt begünstigt worden. Der Ausdruck eines lebhaften Geistes und talentvoller Befähigung, der aus ihren sprechenden Augen leuchtete, mischte sich mit den weichen Zügen einer edel geformten Gesichtsbildung und schuf eine Harmonie darin, die schon beim ersten Anblick auf ein gutes, Allen wohlwollendes Herz schließen ließ ... darum zog diese so äußerst liebliche Erscheinung auch Alles an sich, was in ihre Nähe kam.*

In die Nähe dieser *sprechenden Augen* geriet der fünfundzwanzigjährige Goethe. *Mein Verhältnis zu ihr war von Person zu Person*, schreibt er. Ihr Anblick faszinierte und verwirrte, ihre Stimme betörte ihn, er bat Johanna Fahlmer um ihren weiblichen Rat. *Vielleicht thu ich Ihnen morgen meinen Vorschlag zur Promenaden mit Mama und mir*, so am Sonntag, dem 5. März 1775. Auch mit der Mutter, die längst eingeweiht war, besprach er sich über das komplizierte Verhältnis zu Lilis Familie, wie man aus einem Brief an Auguste Gräfin Stolberg ersehen kann: *Ich komme von meiner Mutter herauf, noch einige Worte dir ...*, so am 23. März 1775 *abends halb sieben.*

Lili war eine Persönlichkeit, die er von Anfang an bewunderte. *Daß sie mich beherrsche, war nicht zu verbergen, und sie durfte sich diesen Stolz gar wohl erlauben ...* Nachträglich hat sich herausgestellt, daß sein erstes Urteil zutraf. Elisabeth Schönemann zeigte in ihrem Leben mehr Disziplin und Rückgrat als manche andere Frau aus seinem Bekanntenkreis. Sie verlor durch die Revolution ihren gesamten Besitz, floh als Bäuerin verkleidet mit ihren fünf Kindern über die Grenze nach Heidelberg, während sie ihren Mann, den Straßburger Bürgermeister Bernhard von Türckheim, von Revolutionären ermordet glaubte, und auch in den ärmlichen Verhältnissen des Exils behielt sie Haltung und Standfestigkeit.[1]

Lili war die erste und einzige Frau, mit der Goethe sich verlobte, und seit sie offiziell ein Brautpaar waren, erschien sie ihm zusätzlich zu ihrer Schönheit noch *würdig und bedeutend. Es war ein Zustand, von welchem geschrieben steht: ›Ich schlafe, aber mein Herz wacht‹; die hellen wie die dunkeln Stunden waren einander gleich* ... Erhalten blieb ein einziges Fragment eines Briefes an Lili, dessen hingeworfene Satzfetzen Seelennot und Verwirrung spiegeln. *Herzlich bin ... Lieber Engel bist du mein – Ach warum bin ich ich nicht immer Sogleich bey – lieber Engel –*

Der Verliebte genoß die Aufenthalte bei ihren Verwandten, dem Ehepaar d'Orville und dem Tabakfabrikanten Bernhard, in dessen Offenbacher Landhaus er Singspiele aufführen, Bürgers *Lenore* deklamieren und mit Lili stundenlang allein sein konnte. In Caspars Ausgabenbuch heißt es unter dem 12. März 1775: *Offenbacher Spazierfahrt 2 Gulden 24 Kreuzer*. Die Eltern fuhren demnach ebenfalls nach Offenbach hinaus, wo Elisabeth sich mit dem Komponisten Johann André anfreundete, der ihr Jahre später bei der Flucht vor den Franzosen seine Kutsche lieh.

Schon das Kennenlernen hatte einem *coup de foudre* geglichen, einem Blitzschlag. Ein Freund hatte Goethe im Januar 1775 zu einem Konzert im Haus *Zum Liebeneck* am Kornmarkt 15 mitgenommen. *Die Gesellschaft war zahlreich, ein Flügel stand in der Mitte, an den sich sogleich die einzige Tochter des Hauses niedersetzte und mit bedeutender Fertigkeit und Anmut spielte.* Goethe konnte ihre Musikalität beurteilen, er hatte eine begabte Schwester. Danach standen sie sich gegenüber, sahen sich an.

Warum ziehst du mich unwiderstehlich
Ach in jene Pracht?
War ich guter Junge nicht so selig
In der öden Nacht?

Ob im *Negligée*, ob im Ballkleid, Lili, sechzehn Jahre alt, wirkte *unwiderstehlich. War es doch derselbige nun durch Putz verhüllte Busen, der sein Inneres mir geöffnet hatte und in den ich so klar wie in den meinigen hineinsah: waren es doch dieselben Lippen, die mir so früh den Zustand schilderten, in dem sie her-*

angewachsen ... Immer hatte er der Kleidung Bedeutung zugemessen, auch im *Werther* spielen Bänder und Schleifen, Haarlocken und Blumen eine große Rolle. Seine Mutter, die für Eleganz viel übrig hatte, wie der rote, goldverschnürte Samtmantel beweist, erzählte Bettine, daß ihr Sohn schon als Kind eitel war und sie ihm *täglich drei Toiletten* bereitlegte.[2] In Lilis Kreisen wurde ein Lebensstil gepflegt, dem Caspar und Elisabeth zu entsprechen hatten. Ausgabenbuch vom 30. März 1775: *excursio langeniana* – Ausflug nach Langen *8 Gulden. Extras für die Küche 12 Gulden,* 6. April *H. Perruqu. Löbenstein 12 Gulden,* 21. April *Guelfo extraord. 5 Gulden.* Die Mutter wird sich um die angemessene Ausstattung des Sohnes gekümmert haben. Am 25. April erhielten zwei Schneider Honorare von 22 Gulden. Am 28. April 1775: *Dem Guelpho zu einem Kleid 50 Gulden.* Wolfgang erhielt einen Gala Anzug.

War er glücklich? Seine Schilderung an die Briefpartnerin Auguste klang ironisch. *Wenn Sie sich, meine Liebe, einen Goethe vorstellen können, der im galonirten Rock ... mitten unter allerley Leuten von ein Paar schönen Augen am Spieltische gehalten wird ... und mit allem Interesse des Leichtsinns einer niedlichen Blondine den Hof macht, so haben Sie den gegenwärtigen Fastnachts Goethe ...*[3] Er war keineswegs mit sich zufrieden, und in der Formulierung, daß er *einer niedlichen Blondine den Hof* mache, ist der spöttische Ton nicht zu überhören. Diesem *Fastnachtsgoethe* stellte er den Schriftsteller gegenüber: *Aber nun giebts noch einen, den im grauen Biber-Frack mit dem braunseidnen Halstuch und Stiefeln, der in der streichenden Februarluft schon den Frühling ahndet ...* Nicht im galonierten Rock, sondern im *Biber-Frack* hat er sich für seine Mutter malen lassen.

Was sprach gegen die Schönemanns? Was konnte seine Mutter ausgerechnet gegen die reizende Lili einzuwenden haben? Die Wahrheit war, daß zwischen den beiden Familien, besonders zwischen den Müttern, kein gutes Verhältnis entstand. Elisabeth lag die damenhaft-repräsentative, leicht larmoyante Art von Lilis Mutter nicht. Madame Susanne Elisabeth Schönemann sprach und schrieb ausschließlich französisch. Ein Porträt zeigt sie in blumendurchwirkter Seidenrobe mit goldgesticktem Überwurf aus grünem Samt, das gepuderte Haar von Perlen und Brillanten durchzogen. Dagegen wirkte die vier Jahre jüngere Rätin Goethe, auch wenn sie zu feierlichen Anlässen in Schleppkleid und Federhut erschien, auf ihrem Gemälde mit Haube und Brusttuch eher bieder, und das wird auch der Eindruck gewesen sein, den Lilis fünf Brüder – von denen Goethe vier nicht ausstehen konnte – von seiner Familie hatten: wohlhabend, aber gutbürgerlich, kultiviert, aber ohne aristokratisches Flair.

Die Schönemanns gehörten als Calvinisten einer anderen Konfession an und bewegten sich in anderen Gesellschaftskreisen als die Goethes. Nach Caspars Meinung waren sie Aufsteiger, die durch ihre verschwenderische Lebensart, Empfänge und Soupers Ansehen erlangen wollten. Daß die Bank, die Lilis älterer Bruder nach dem Tod des Vaters führte, durch schlechte Geschäfte und *betrügerisches Verhalten mit zweierlei Büchern* in den Konkurs steuerte, konnte zu dem Zeitpunkt, da Goethe im Haus *Zum Liebeneck* ein- und ausging, niemand wissen.[4]

Die Kluft zwischen beiden Familien war jedoch nicht so groß, als daß sie nicht hätte überwunden werden können, auch wenn Caspar keine Spur Sympathie für die Familie hegte. Waren die Schönemanns wohlhabender, so war die Mitgift der Töchter Cornelia und Lili die gleiche: zehntausend Gulden. Auch hatten die Goethes, wie Elisabeths *Großes Capital-Buch* ausweist, im Bankhaus Schönemann & Wegelin ein Kapital mit halbjährlicher Verzinsung stehen.

Doch die persönlichen Differenzen waren nicht zu leugnen. Vermutlich sah niemand diesen Unterschied so deutlich wie Elisabeth selbst. Die Vorstellung, eine verwöhnte Lili Schönemann als Schwiegertochter im Haus zu haben, gefiel ihr nicht. Sie genoß mit Caspar ein behagliches Leben, während die Schönemanns mondäne Feste verlangten. Genau das gibt Goethe als

Grund der Trennung an. *So hatte sich auch … kein Verhältnis der Eltern untereinander bilden und einleiten können, kein Familienzusammenhang. Andere Religionsgebräuche, andere Sitten! und wollte die Liebenswürdige einigermaßen ihre Lebensweise fortsetzen, so fand sie in dem anständig geräumigen Haus keine Gelegenheit, keinen Raum.* In den zwanzig Zimmern seines Elternhauses kein Raum für Lilis Lebensweise? Anstatt der Mutter als *Gehülfin* zur Seite zu stehen, würde sie ihr eigenes Personal beanspruchen. Für den Lebenszuschnitt dieser *Staatsdame*, wie Caspar sie böse nannte, war selbst sein wohleingerichtetes Haus nicht vornehm genug.

Im Januar hatte Wolfgang Lili kennengelernt. Drei Monate später glaubte er, sich nie mehr von ihr trennen zu könnnen. An Herder schrieb er am 25. März 1775: *Es sieht aus, als wenn die Zwirnsfädchen, an denen mein Schicksal hängt … sich endlich knüpfen wollten.*

Und an diesem Zauberfädchen,
Das sich nicht zerreißen läßt,
Hält das liebe lose Mädchen
Mich so wider Willen fest.

Wider Willen? Es gab Phasen seligen Einverständnisses. Der verliebte Goethe schilderte Auguste Stolberg das Zusammensein: *Und auf dem Tisch hier ein Schnupftuch, ein Panier, ein Halstuch drüber, dort hängen des lieben Mädchens Stiefel. Nebenbei heut reiten wir aus. Hier liegt ein Kleid, eine Uhr hangt da, viel Schachteln und Pappdeckel zu Hauben und Hüten – Ich hör ihre Stimme –*

Die Situation drängte zu einer Entscheidung. Doch alleine war das junge Paar nicht imstande, sich den ablehnenden Eltern als Brautpaar zu präsentieren. Eine Geschäftsfreundin, Helene Delph aus Heidelberg, die mit den Schönemanns Kreditgeschäfte tätigte, kam, um den doppelten Familienwiderstand zu brechen, in den Hirschgraben. Sie muß sympathisch gewirkt haben, denn Elisabeth besuchte sie ein Jahr später in Heidelberg: *5. July 1776 der Frau Räthin zur Heidelberger Reise 30 Gulden.*

Demoiselle Delph vollbrachte das Wunder: Ostern fand die Verlobung statt. Statt der Trauringe überreichte man sich zwei kleine goldene Herzen. *Ich stand gegen Lili über und reichte meine Hand dar; sie legte die ihre, zwar nicht zaudernd, aber doch langsam hinein. Nach einem tiefen Atemholen fielen wir einander bewegt in die Arme.*

Die Mutter stand nun vor vollendeter Tatsache. Der Sohn aber blieb auch jetzt ein unsicherer Heiratskandidat. Er spürte die Ablehnung von Lilis Brüdern, die einen Geschäftspartner brauchten, keinen Poeten. Nur Lili hielt zu ihm. Später sprach sie von ihrem *Tugendgefühl*, das sie ihm habe opfern wollen; mit anderen Worten: sie wäre auch zur sexuellen Bindung bereit gewesen, hätte sie ihn dadurch halten können.[5] Goethe aber wollte sich nicht binden. Jahre später gab er Lilis Mutter dafür eine plausible Erklärung, während er in *Dichtung und Wahrheit* wenig stichhaltig von einer *Krise* spricht, die der Verlobung folgte. Es ging um das fehlende Geld. Ohne finanzielle Grundlage, dozierte er, sollten junge Leute sich *keine Honigmonde* versprechen. Selbst die größte Leidenschaft scheitere am fehlenden Einkommen. Was ihn betraf, war das nur die halbe Wahrheit. Mit Unterstützung des Vaters und der Brüder Schlosser hätte er ohne weiteres eine gutgehende Kanzlei aufbauen können. Was ging wirklich in ihm vor? Wir erfahren es aus einem Brief an Auguste Stolberg. *O wenn ich iezt nicht Dramas schriebe, ich ginge zu Grund.* Seine Liebe ließ ihn nicht endlich den Beruf eines Advokaten ergreifen, sondern war ihm Anlaß zu Dramen und Gedichten. Er beendete den *Egmont*, schrieb *Hanswursts Hochzeit* und verfaßte das Schauspiel *Stella*, worin er dem Mann, der sich zwischen zwei Frauen nicht entscheiden kann, eine Ehe zu dritt vorschlägt. Dieses Stück sandte er mit einer zärtlichen Widmung an Lili.

Mit leidenschaftlichem Begehren und großem Glück hatte das Jahr begonnen. Am Ende war alles vorbei, die Situation zermürbend, die Verlobung gelöst, die Geschenke zurückgegeben. Dennoch erlosch der Zauber jener Tage nicht. Goethes Gedichte *An*

Lili wurden 1775 in der *Iris* veröffentlicht, wo Elisabeth und ihre Fast-Schwiegertochter sie lesen und jede auf ihre Weise deuten konnten.

Herz, mein Herz, was soll das geben?
Was bedränget dich so sehr?
Welch ein fremdes neues Leben!
Ich erkenne dich nicht mehr …

Im Mai 1775 kamen die Brüder der Briefpartnerin Auguste, die Grafen Friedrich Leopold und Christian Stolberg mit ihrem Freund Graf Haugwitz, einem blassen, 23jährigen Juristen, nach Frankfurt, saßen am runden Tisch und tranken den alten Rotwein, den Elisabeth *Tyrannenblut* nannte, um die *genialischen* jungen Männer in ihrer *Tyrannenwut* zu besänftigen. Bei dieser Gelegenheit, berichtet Goethe in *Dichtung und Wahrheit*, sei der Name seiner Mutter, *Frau Aja*, den sie sehr mochte, aufgekommen, und zwar durch die Geschichte der vier Haimonskinder. Sie hätten sich am runden Tisch gefühlt wie jene vier Wanderer, die von einer *Frau Aja* gastfreundlich aufgenommen werden, bis sich herausstellte, daß die fremden Wanderer ihre eigenen vier Söhne waren. *Zu meiner Mutter machte sich ein eigenes Verhältnis*, erzählt Goethe. *Sie wußte in ihrer tüchtigen geraden Art sich gleich ins Mittelalter zurückzusetzen, um als Aja bei irgendeiner lombardischen oder byzantinischen Prinzessin angestellt zu sein. Nicht anders als Frau Aja ward sie genannt, und sie gefiel sich in dem Scherze und ging [um]so eher in die Phantastereien der Jugend mit ein, als sie schon in Götz von Berlichingens Hausfrau ihr Ebenbild zu erblicken glaubte.* Der Sohn wußte offenbar nicht, daß sie den Namen Aja heimlich längst trug: der Kosename findet sich bereits ein Jahr zuvor in Caspars *Liber domesticus*.

Als Goethe nach dem Tod seiner Mutter an jenen Besuch der Brüder Stolberg dachte, stand ihm die Szene so deutlich vor Augen, daß er an dieser Stelle in *Dichtung und Wahrheit* eine Beschreibung von ihr einfügen wollte. Bei den Vorarbeiten notierte er: *Versuch einer Trennung von Lili / Ankunft der Stol-*

berge und Haugwitze / Gesellige Unterhaltung / Charakter des häuslichen Kreises / Aristeia der Mutter. Aristeia bedeutet *Heldenlied.* Es war der Mutter zugedacht, deren Briefe er zu diesem Zweck noch einmal las. *Deshalb sind Briefe so viel wert, weil sie das unmittelbare des Daseyns aufbewahren.* Dennoch war es ihm nicht möglich, die Mutter so *unmittelbar* darzustellen, wie er sie erlebt hatte. *Ganz vergebens wär' es daher*, schreibt er, *wenn ich von den Eigenschaften und den Eigenheiten meiner Mutter sprechen wollte, und doch ist es merkwürdig, wie in ihr das allgemeine Muttergefühl gegen einen Sohn, gegen ihren Erstgebornen sich in eigenthümlicher Weise hervortat und zu welcher Gestalt ein solcher Charakter gerade in der Hälfte des vorigen Jahrhunderts sich ausbildete.* Dann bricht er ab. Das Vorhaben war *vergebens.*[6] Statt dessen fährt er fort, die endgültige Trennung von Lili zu schildern. Er reiste mit den Stolbergs in die Schweiz, um auszuprobieren, *ob ich Lili entbehren könne.* Es ist bezeichnend, daß die Eltern mit dieser absurden Idee sofort einverstanden waren. Am 14. Mai 1775 verabschiedeten sich die *Haimonskinder* von *Frau Aja. Mit einiger Andeutung, aber ohne Abschied trennt' ich mich von Lili …*

Caspar hatte seinen Sohn großzügig mit Geld versorgt. Am 13. Mai 1775 notierte er: *Zur Emmendinger Reise 40 Gulden.* Die liebe Ehefrau – *carae conjugae* – erhält ein Extrahonorar; Caspar brauchte eine neue Perücke und einen dazu passenden Haarbeutel (22. Mai 1775). Mit seiner Frau unternahm er Ausflüge in die Umgebung: *Wenzel pro Spazierf. in Garten; pro Spazierfarth auf dem Mayn.* Unterdessen nahte mit dem 19. Juli 1775 der Tag, an dem Caspar seinen 65. Geburtstag feierte. Es wirkt bewegend, wenn er an diesem Tag – neben bescheidenen 14 Kreuzern – ins Ausgabenbuch die persönlichen Worte einträgt: *Meine Zukunft. Gott u. frohe Frau.*

Inzwischen reiste Wolfgang zu Cornelia, was er *als eine wahre Prüfung* empfand. Der Stoßseufzer erklärt, warum er kein zweites Mal zu ihr fuhr. *Ich wußte, sie lebte nicht glücklich, ohne daß man es ihr, ihrem Gatten oder den Zuständen hätte schuld geben können. Sie war ein eigenes Wesen …* Er hatte sie seit ihrer Hochzeit nicht gesehen, und verglichen mit Lili muß sie ihm noch häßlicher als früher erschienen sein. Er fand sie *unangenehm* und bedauerte sie wegen ihrer vorgewölbten Stirn und der unreinen Haut. Ihre Strenge gemahnte ihn an eine Äbtissin. Nicht genug damit, meinte er noch dreißig Jahre nach ihrem Tod ihre Frigidität erwähnen zu müssen: *in ihrem Wesen lag nicht die mindeste Sinnlichkeit.* Wie paßt das zu dem sinnenfrohen Brief, den Cornelia überglücklich nach dem Gartenfest vor zwei Jahren an *Mama La Roche* schrieb? Der Bruder glaubte, daß Cornelia in ihrem Leben am liebsten für immer mit ihm zusammengeblieben wäre, und deutete verrätselnd und verräterisch an: der Leser, *welcher fähig ist, zwischen diese Zeilen hineinzulesen, was nicht geschrieben steht,* werde *eine Ahnung der ernsten Gefühle gewinnen, mit welchen ich damals Emmendingen betrat.* Mit anderen Worten, er bildete sich ein, Cornelia hätte nur mit ihm glücklich werden können. Ob ihm die Schwester, etwa aus einem unbefriedigenden Eheleben heraus, je einen derartigen Vorschlag gemacht hat, bleibt dahingestellt.

Er hatte Angst. Und doch war ihm Cornelias Meinung über Lili Schönemann unendlich wichtig. Die Schwester äußerte sich noch ablehnender als die Mutter. Hatte sie mit den Eltern darüber korrespondiert? War sie aus Eifersucht gegen die schöne Konkurrentin? Sie riet ihm dringend von einer Heirat ab, verbot sie förmlich. Durch ihre eigene unglückliche Ehe glaubte sie sich berechtigt, *mir aufs ernsteste eine Trennung von Lili zu befehlen.*

Cornelia war wie die Mutter der Ansicht, das Haus im Hirschgraben sei für die Bankierstochter nicht gut genug – wobei die Geschwister vereint ihre Eltern unter die Lupe nahmen. Es sei unmöglich, die luxusgewöhnte Lili in ein *nicht zu bedeutenden Gesellschaften eingerichtetes Haus* zu holen, zu einem wortkargen, *aber gern didaktischen Vater* – hier kamen Kinderängste zum Vorschein –, zu einer *in ihrer Art höchst häuslich-tätige[n]*

31. Goethe im Alter von 29 Jahren

Mutter, die es vorzog, sich *nach vollbrachtem Geschäft* im Kreis junger Leute zu erholen. Lilis Lebensweise passe nicht dazu. Die Argumente leuchteten ein – und dennoch kehrte Wolfgang, schon auf dem Weg nach Italien, wieder um. Er wollte Lili sehen. *Ein goldnes Herzchen, das ich in schönsten Stunden von ihr erhalten hatte, hing noch an demselben Bändchen, an welchem sie es umknüpfte, lieberwarmt an meinem Halse. Ich faßte es an und küßte es.*

Flieh' ich, Lili, vor dir! Muß noch an deinem Bande
Durch fremde Lande,
Durch ferne Täler und Wälder wallen!
Ach, Lilis Herz konnte so bald nicht
Von meinem Herzen fallen.

Nach zwei Monaten Abwesenheit kam der Sohn am 22. Juli 1775 nach Frankfurt zurück. Als erstes teilte er Sophie La Roche mit, wie gern seine Mutter mit *Maxe* zusammensei. Von Lavater, den er in Zürich getroffen hatte, kam Post: er schickte die Silhouette einer unbekannten Frau von Stein. Ohne Ahnung, wer sie sei, schrieb Goethe unter das Bild: *Nachgiebige Festigkeit. Wohlwollen. Treubleibend. Siegt mit Netzen.*

Dann stand er vor Lili. Ihre Familie hatte sie in der Zwischenzeit davon überzeugt, daß eine Ehe mit ihm nicht in Frage käme. Für ihn war es *ein verwünschter Zustand.* Seine Mutter fiel die unangenehme Aufgabe zu, Caspars Ärger, daß er Magdalena Münch nicht heiraten wollte, *auf das klügste* abzufangen. Der Konflikt erreichte seinen Höhepunkt. Wenn er sich jetzt noch mit Lili traf, durfte es weder ihre Familie noch seine Mutter erfahren. Er ritt mit Lili aus und fluchte danach im Brief an Merck vom 8. August 1775: *Ich bin wieder scheißig gestrandet und möchte mir tausend Ohrfeigen geben, daß ich nicht zum Teufel ging, da ich flott war.* Einen Monat später war er wieder glühend verliebt. Johanna Fahlmer mußte ihm – ohne Wissen der Mutter – Geschenke besorgen. ... *für Lili!!! Galanterie, Bijouterie, das neueste, eleganteste! – Aber heilig unter uns, der Mama nichts davon.*

Cornelias Briefe, für die Caspar das Porto zahlte, enthielten immer dasselbe Verbot: Keine Hochzeit mit Lili. *Mein Herz ist übel dran*, klagte Goethe Auguste Stolberg. *Es ist auch Herbstwetter drinn – nicht warm nicht kalt.* (8. Oktober 1775) Als die Verlobung gelöst wurde, waren beide Familien erleichtert, wenn auch Elisabeth, die schon die Familienwiege begutachtet hatte, mit den fehlgeschlagenen Heiratsabsichten gewiß nicht zufrieden war. Alle ihre Pläne hatten sich zerschlagen. Auch der Sohn, der anschließend krank im Bett lag, tat ihr leid. Das geht aus einem Brief hervor, den Wolfgang am Tag der Entlobung, dem 28. September 1775, an Lavater schrieb. … *ich bin bis zehn im Bette liegen blieben, um einen Catharr auszubrüten, mehr aber, um die Empfindung häuslicher Innigkeit wieder in mir zu beleben … Vater und Mutter sind vors Bett gekommen, es ward vertraulicher diskuriert, ich hab meinen Thee getrunken und so ists besser.*

In Briefen, die erst im Jahre 1997 in einem elsässischen Schloß auftauchten,[7] finden wir eine bis dahin unbekannte Äußerung Goethes, warum er nicht heiraten wollte. Er fürchte den Zwang, die Verantwortung, die Pflichten, gestand der Dreißigjährige Madame Schönemann, die ihrer in Straßburg verheirateten Tochter Lili meldete: *Ich sah Goethe im Konzert. Er unterhielt sich viel mit mir und stellte mir den Herzog vor … Goethe lud sich für morgen zusammen mit d'Orville und du Fay zum Nachtessen bei mir ein … Er hat eine Stunde allein mit mir verbracht, bevor die anderen dazu kamen. Er hat sich zu seinem Vorteil verändert, ist sehr kräftig, und immer der gleiche Freund … Er ist keineswegs geneigt, eine Ehe einzugehen. Er müßte sich einen zu großen Zwang auferlegen und könnte kein so angenehmes Dasein mehr führen.*[8] (31. Dezember 1779)

Goethes Bemerkung, Lili sei diejenige gewesen, die er *tief und wahrhaft* liebte, war nicht übertrieben. Als sie ihn viele Jahre später um freundliche Aufnahme eines ihrer vier Söhne bat, der nach Weimar reise, antwortete er bewegt: *Zum Schluß erlauben*

Sie mir zu sagen: daß es mir unendliche Freude machte, nach so langer Zeit einige Zeilen wieder von Ihrer lieben Hand zu sehen, die ich tausendmal küsse in Erinnerung jener Tage, die ich unter die glücklichsten meines Lebens zähle. Seine Mutter habe ihr berichtet, so Bettine Brentano, daß Lili Schönemann die *erste Heißgeliebte* im Leben ihres Sohnes gewesen sei.

XIII.
Beyde Kinder weit entfernt

Abschied des Sohnes – Tod der Tochter
(1776-1777)

Auf die Erleichterung folgte die Enttäuschung. Wolfgang fand sein Leben *völlig zweck- und planlos* und schrieb unglückliche Briefe an Bürger und Kestner, was der Mutter nicht entgangen sein wird. Es war wie ein Wink des Schicksals, daß ihn im Jahr zuvor der junge Herzog von Sachsen-Weimar besucht hatte, um den Autor des *Werther* in seine Residenz einzuladen. Die Eltern, die sich *vergnüglich* mit seinem Hofmeister von Kalb unterhielten, ahnten nicht, daß ihr Sohn sofort daran dachte, das Angebot anzunehmen und, nachdem die Einladung ernsthaft erneuert worden war, auch ungeduldig auf die Kutsche wartete, die ihn nach Weimar bringen sollte. *Wir mögen unter dem Schutz von Eltern und Verwandten emporkommen, wir mögen uns an Geschwister und Freunde anlehnen*, sagt Goethe, *so ist doch immer das Final, daß der Mensch auf sich zurückgewiesen wird.* Mit aller Macht versuchte der Vater zu verhindern, daß sein Sohn in höfische Dienste trat. Der aber hatte sich bereits von seinen Freunden verabschiedet und lebte fast incognito im Elternhaus: Abends schlich er im dunklen Mantel zu Lilis Haus und hörte sie durch die grünen Fensterläden sein Lied singen: *Warum ziehst du mich unwiderstehlich …*

Auch von der liebenswerten Maximiliane Brentano hatte er Abschied genommen und Mama La Roche zugerufen: *Ich geh nach Weimar! Freut Sie das? … Die Max ist hold, wird in meiner Abwesenheit noch freier mit meiner Mutter sein. – Tausendfaches an Mama Göthe – hat sie meine Loulou auch gern?* erwiderte Sophie im Januar 1776 in der Hoffnung, die Rätin werde sich auch der zweiten Tochter annehmen, die noch unglücklicher verheiratet war als die Maxe. *Sagen Sie Mama Göthe, daß ich sie beschwöre, mich auch zu lieben* –[1]

Die Kutsche aus Weimar kam nicht. Caspar spottete, daß sein Sohn, *doch sonst nicht auf den Kopf gefallen*, jetzt nicht merke, wie die hohen Herren nur ihr Spiel mit ihm trieben. Daß Wolfgang sich in der häuslichen *Einkerkerung* miserabel fühlte, ist seinem Brief an den Dichter Bürger zu entnehmen, geschrieben *auf einem niedern Sessel am Kindertischgen* – wie ein unmündiges Kind kam er sich vor. Schließlich ertrug nicht einmal der sonst stoische Vater die Situation. *Meine Dichtung geriet ins Stocken, und nun hatte mein Vater gutes Spiel bei der Unruhe, von der ich innerlich zerarbeitet war.* Wieder schlug er seinem Sohn eine Italienreise vor. Mit Landkarten, *Geld und Kredit* versehen, brach Wolfgang am 30. Oktober 1775 auf, morgens um sechs, während die Eltern schliefen. *Frisch also ... fort. Adieu Mutter! ... Lili, Adieu Lili zum zweitenmal! – Es hat sich entschieden – wir müssen einzeln unsre Rollen ausspielen.*

Als er schon in Heidelberg eingetroffen war, wo Helene Delph ihm eine adlige Heiratskandidatin präsentierte, erreichte ihn endlich die Staffette des Herzogs. Er kehrte um. Nicht nach Italien wollte er, sondern nach Weimar. *Wie eine Schlittenfahrt geht mein Leben, rasch weg und klingelnd und promenierend auf und ab. Gott weiß, wozu ich noch bestimmt bin ...*, schrieb er Johanna Fahlmer. *Geben Sie den Brief an Mama zu lesen.* (22. November 1775) Johanna war als enge Freundin der Mutter in alles eingeweiht und versuchte jetzt, zwischen dem verärgerten Vater und einem Sohn, der dringend Geld brauchte, zu vermitteln. Doch Caspar, der Wolfgangs Weggang als *Flucht* ansah, beabsichtigte nicht, dessen Höflingsdasein auch noch zu finanzieren. Beleidigt antwortete Wolfgang: ... *der Vater ist mir Ausstattung und Mitgift schuldig, das mag die Mutter nach ihrer Art einleiten* ... Elisabeth besorgte das Geld und ließ es ihm durch Merck zukommen.

Ich bleibe hier. Die Eltern hatten mit seiner kurzen Abwesen-

32. Charlotte von Stein

heit gerechnet, nun wurden Monate daraus. Sie erwarben laut Ausgabenbuch am 8. Februar 1776 2 *Hohmans. Landkarten v. Thüringen* und besorgten sich eine Ansicht von Weimar. Hatten sie vor, ihn dort zu besuchen? Auch in seinen folgenden Briefen hieß es: *Ich werd auch wohl dableiben und meine Rolle so gut spielen als ich kann ... ist doch immer besser als das untätige Leben zu Hause ... Hier hab ich doch ein paar Herzogtümer vor mir. Jetzt bin ich dran, das Land kennen zu lernen, das macht mir schon viel Spaß. Und der Herzog kriegt auch dadurch Liebe zur Arbeit ...*

Daß es nicht allein um die herzogliche *Liebe zur Arbeit* ging, muß der Mutter klar geworden sein, als sie die Begeisterung spürte, mit der er eine neue Bekannte beschrieb. *Eine herrliche Seele ist die Frau von Stein, an die ich so was man sagen mögte geheftet und genistelt bin ...* Das konnte sie in seinem Brief vom 14. Februar 1776 lesen. Fünf Tage später wurde Besuch angekündigt. Der Ehemann der Dame, an die der Sohn *geheftet und genistelt* war, Oberstallmeister Freiherr Josias von Stein, würde die Eltern aufsuchen. Eilig erteilte der Sohn ihnen wichtige Verhaltensmaßregeln. Seine Sorge war nicht unbegründet. Längst hatte sich herumgesprochen, daß Carl August in die Hände eines bürgerlichen Poeten gefallen war, der den jugendlichen Fürsten zu wüstem Treiben, nächtlichen Ausritten und wilden Saufgelagen anstiftete. Caspar muß der Gerüchte wegen, die über seinen mit Mühe erzogenen Sohn kursierten, und die Vorwürfe, die selbst Klopstock äußerte, so wütend gewesen sein, daß er erkrankte. Hofdienst und Herrenleben! Das Ausgabenbuch verzeichnet *Aderlaß, Medicin Pulver* und wachsende Arzthonorare.

Elisabeth, die ihren Sohn, den *Doctor*, im Gespräch mit Herrn Oberstallmeister von Stein verteidigte, schrieb ihrerseits verärgert an Bernhard Crespel: *Denkt, durch was alles Euer Bruder der Doctor sich hat durchschlagen müssen, was für Gewäsch, Gedräsch, Lügen u.s.w., bloß weil die Leute nicht begreifen, wie man, ohne von Adel zu sein, Verstand haben könnte.* Wirkliche Beruhigung brachte aber erst die Nachricht des Kammerherrn von Kalb vom 16. März 1776. Er erklärte, daß Carl August, Herzog von Sachsen-Weimar, *ihren vortrefflichen Sohn*, den Dr. jur. Johann Wolfgang Goethe, zum Geheimen Legationsrat ernenne und die Eltern bitte, ihre *Selbstgefühle* zurückzustellen und die Einwilligung zu erteilen. Sie würden den Sohn weniger vermissen, schreibt Kalb, wenn sie persönlich nach Weimar kämen, um *die glücklichsten Stunden ihres Lebens* dort zu verbringen. Der Herzog beabsichtigte, den Sohn mit Sitz und Stimme im Conseil *in sein Ministerium zu ziehen*, und zwar mit einem Jahresgehalt von 1200 Talern.

Während Josias von Stein mit den Eltern sprach, schrieb Wolfgang an dessen Gattin zärtliche Briefe, und es würde auch in Zukunft kein Tag vergehen, an dem er ihr nicht mündlich oder schriftlich seine Liebe bekundete. Charlotte von Stein, sieben Jahre älter als Goethe und mit schwarzem Haar und dunklen Augen das Gegenteil der blonden Lili, war intelligent und diskret, energisch und sanft, sehr weiblich und sehr kultiviert. Daß sie verheiratet war und in elf Ehejahren sieben Kinder geboren hatte, von denen drei Söhne noch lebten, war Goethes Leidenschaft nicht abträglich. Fast zweitausend Briefe und *Zettelgen* gingen im Laufe von zehn Jahren an Charlotte. *Du Einzige die ich so lieben kann ohne daß mich's plagt – O hätte meine Schwester einen Bruder irgend wie ich an dir eine Schwester habe.*

Die kranke Schwester verfolgte ihn unablässig mit ihren Jammerbriefen. Er reichte sie gequält an Frau von Stein weiter. *So unglaublich es auch klingen mag*, meint Kurt Eissler, *der produktivste Schriftsteller der Welt, dessen Briefe fünfzig Bände füllen, war ganz und gar unfähig, auch nur eine einzige Zeile an seine Schwester zu schreiben.*[2] Das stimmt nicht ganz. Goethe notierte sich: Briefe an *Frau Hofrath Schlosser, Rheinhausen.* Zugleich aber bat er Charlotte um Hilfe. Am 20. Mai 1776: *Hier einen Brief von meiner Schwester. Sie fühlen, wie er mir das Herz zerreißt ... Ich bitte flehentlich, nehmen Sie sich ihrer an ...*

Daß Cornelia in ihrer Ehe unglücklich war, wird an einem

kaum bekannten Vorfall deutlich. Ihr Ehemann hatte in seinen *Ephemeriden der Menschheit* ein Lob des *Werther* veröffentlicht. Sie las es und fand – einen Hieb gegen sie selbst. Schlosser kannte ihre Vorliebe für die Romane von Richardson, besonders für seinen unvergleichlichen *Grandison.* Wie konnte er dann sagen: *Man braucht kein sehr großes Genie zu sein, um einen Grandison zu schreiben*, ein *Werther* jedoch sei *genial.* Persönliche Kränkungen dieser Art verschlimmerten ihren depressiven Zustand, und sie erholte sich erst, als Arzt Zimmermann sie im Auftrag der Mutter konsultierte. Überglücklich dankte ihm Elisabeth: *Gottlob daß die Schlossern sich besser befindet; Wer war aber ihr Helfer! Wem hat sies zu dancken? nächst Gott gewiß niemandt als unserm theuren Zimmermann.* (16. Februar 1776)

Endlich klangen die Briefe der Tochter zufriedener. Frau von Stein hatte ihr Noten geschickt; Cornelias Antwort zeigt eine überraschend heitere Frau. Sie sei wieder gesund und brauche nur eine Freundin, *es ist das einzige Gut das mir jezt noch fehlt, sonst besiz ich alles was auf der Welt glücklich machen kann* –, erklärte sie. *Noch vor kurzer Zeit war ich ganz traurig und melancolisch, das beynah dreyjährige beständige Leiden des Cörpers hatte meine Seelenkräffte erschöpft* – (Juni 1776). Hier übertrieb sie ihre Leidenszeit. Dann fuhr sie in einem neuen Ton fort: *Nun aber siehts Gott sey Danck ganz anders aus, ich finde überall Freude wo ich sonst Schmerzen fand* ... Ihre zweijährige Tochter Luise erwähnte sie nicht.

Der Fr. Räthin zur Heidelb. Reise 30 Gulden, steht im Ausgabenbuch unter dem 6. Juli 1776. Für eine nicht geringe Summe – Wolfgang hatte bis Emmendingen 40 Gulden gebraucht – reiste Elisabeth nach Heidelberg. Wen sie dort besuchte, ist fraglich; entweder Helene Delph oder Schlossers Verwandte auf ihrem Besitz Schloß Neuburg. Spätestens am 23. Juli muß sie zurück gewesen sein, denn an diesem Tag empfing sie einen Kurier aus Weimar, der *sehr viel Schönes und Gutes* von ihrem Sohn berichtete. Am Tag darauf schrieb sie an Salzmann in Straßburg: *Wohl dem, der Freude an seinen Kindern erlebt!* Rätselhaft ist, daß

33. Johann Caspar Goethe

Caspar drei Wochen später schon wieder eintrug: *Zur Heidelberg. Reise contrib. 30 Gulden.* Fuhr seine Frau – die das Reisen nicht liebte – zum zweitenmal dorthin, oder war jemand von dort gekommen? Etwa Cornelia? Hatten sich Mutter und Tochter getroffen? Am 12. Juli vermerkte Caspar den Erwerb des *Landcatechismus 1. Teil*, das Werk seines Schwiegersohnes. Hatte Cornelia der Mutter das Buch mitgegeben? In einem Brief an den Grafen Schönborn vom 24. Juli 1776 erwähnt Elisabeth keine der Reisen. Statt dessen klagt sie, daß *meine beyde Kinder weit weit von mir entfernt sind.* Die beiden *Heidelberger Reisen* geben Rätsel auf.

Im Herbst desselben Jahres ließ Elisabeth sich malen. Hatte Cornelia, die eine *mütterliche Freundin* vermißte, sie um das Porträt gebeten? Das Bild war jedenfalls für sie bestimmt. *Hn. Mahler Pastell May, Fr. Aja portr. 16 Gulden 48*, heißt es am 26. November 1776 im *Liber domesticus.* Porträtist war der Offenbacher Künstler Georg Oswalt May, der auch Goethe malte. Am 7. Dezember wurde Cornelia, die wieder schwanger war, 26 Jahre alt. Vermutlich machte ihr die Mutter das Bild zum Geschenk. Im Februar 1777 wurde der Transport bezahlt: *dem Andres v. Emmendingen 2 Gulden 24.* Das muß eine größere Fracht gewesen sein. Dann noch einmal: *Pro porto dahin* (Emmendingen) *bezahlt 1 Gulden.* Nach Cornelias Tod erhielt ihre Tochter Luise das Bild. Erst 1956 kam es ins Haus am Hirschgraben.

Wie es scheint, legte die damals fünfundvierzigjährige Rätin keinen allzu großen Wert auf gemalte Vornehmheit. Die schlichte Art, in der sie sich mit Hauskleid und Haube darstellen ließ, war nicht selbstverständlich. Die meisten weiblichen Porträts wie das ihrer Schwägerin Margarethe Textor, der Freundin Margaretha Bethmann oder der Emilie Bernus, mit der sie die Theaterloge teilte, machen mittels eleganter Kleidung den hohen sozialen Rang deutlich, zeigen sie in Brokat und Seide, mit Juwelen, Blumen und Perlen. Obwohl auch Elisabeth in ihrer Schatulle ein Perlencollier mit Brillantschloß, ein *Bracelet* und andere Prezio-

34. Catharina Elisabeth Goethe

sen besaß, wollte sie offensichtlich so erscheinen, wie die Kinder sie kannten. Das Gesicht mit der klaren Stirn, der geraden Nase und dem charakteristischen Grübchen im Kinn wirkt so selbstsicher und vertrauenswürdig, wie ihr Sohn sie beschrieben hat. Die großen Augen blicken gelassen wie auf dem Jugendbildnis, das zwanzig Jahre früher entstand. Auf beiden Bildern ist der Ausdruck von Ausgeglichenheit und heiterer Ruhe vorherrschend.

Zum ersten Mal in ihrem Leben hatte Elisabeth keine Kinder mehr im Haus. Wolfgang schien vorerst in Weimar zu bleiben, Cornelia in Emmendingen. Nach fünfundzwanzig Jahren eines intensiven Familienlebens, in dem sie Kinderkrankheiten und Kindersterben, Einquartierung, Erziehungsprobleme, Dispute und Enttäuschungen erlebt hatte, konnte sich Elisabeth jetzt ihren eigenen Interessen widmen, der Musik und dem Lesen, dem Theater und den Besuchern. Merkwürdig war: zu ihr kam die Jugend. Riese, der Schulfreund des Sohnes, der eine Leihbücherei gegründet hatte, brachte ihr das Schachspielen bei, und sie spottete mit Johanna Fahlmer über das *Schachmatt* des machtlosen Königs. Ein Höhepunkt jeder Woche war das Treffen mit jungen Frauen, die ihre Töchter hätten sein können: Maximiliane Brentano, Catharina und Franziska Crespel, die Nichten Minchen und Rosina Starck, die vier Schwestern Gerock, die Demoiselles Clermont und Johanna Fahlmer. Geschichten wurden erzählt, Theater gespielt, Stücke mit verteilten Rollen gelesen und viel musiziert – man könnte sogar sagen, daß damals im Blauen Zimmer ein ›Salon‹ abgehalten wurde. Das häufige Klavierstimmen läßt auf starke Benutzung schließen. Man studierte ganze Opern ein, *Günter von Schwarzburg* von Anton von Klein stand auf dem Programm: die Oper ist *von der löblichen Samstags-Gesellschaft mit Noten, Anmerkungen, ja sogar mit Handzeichnungen verbessert und vermehrt worden*, meldete die Gastgeberin Freund Crespel (1. Februar 1777). *Ihr sollt auch am runden Tisch sitzen, und über Euer Haupt soll ein ganzes Füllhorn vom Guten ausgeschüttet werden.* Das Dabeisein *am runden Tisch* kam einer

Auszeichnung gleich. Catharina Crespel berichtete am 21. Februar 1777 ihrem Bruder: *... man hat uns ein neues Stück von Göthe vorgelesen*, darin gebe es *Hände, die spinnen, ohne daß man das Übrige sieht.* Sie wisse zwar, daß Goethe die Idee aus einem Märchen des Comte d'Hamilton habe, doch sie schweige, um die Eltern nicht zu kränken, *und da wollt ich ihnen ihre Freude und dem Göthe die Ehre der Erfindung nicht rauben.*

Am Sonntag machte das Ehepaar Visite bei den Familien Moritz und Starck, Melber und Schmerber. Montags gingen sie ins Konzert; allerdings mußte Caspar in den Wintermonaten mehrmals zur Ader gelassen werden. Im April berechnete Dr. Metz 24 Gulden, und es stieg der Verbrauch an stärkendem Malaga. Doch im Sommer konnten wieder Spazierfahrten und eine Exkursion für 23 Gulden nach Langen unternommen werden.

Nach den zahlreichen Gästen zur Messezeit – *hier ein Fremder, der einem über dem Hals sitzt, da einer, den man ehrenhalber zu Gaste haben muß* – kam im März Schwiegersohn Schlosser und meldete, daß seine Frau die Geburt ihres zweiten Kindes noch vor Pfingsten erwarte. Am 16. Mai 1777 war es soweit. Cornelia brachte wieder eine Tochter zur Welt. Elisabeth wurde zur Patin ernannt, doch auch dieses Mal fuhr sie nicht nach Emmendingen, erlebte nicht die Taufe der kleinen Catharina Elisabeth Julie, sonst hätte sie mit eigenen Augen gesehen, wie elend es ihrer Tochter ging. Die Berichte, die Schlosser vom Zustand der Wöchnerin gab, klangen nicht ermutigend, und Elisabeth machte sich, wie sie Lavater schrieb, große Sorgen. Dennoch unternahmen der kränkelnde Rat und seine Frau am 11. Juni 1777 einen weiten Ausflug, der durch das herrliche Pfingstwetter verschönt wurde. *Pro Spazierfahrt 1 Gulden 40 Kreuzer.* Noch hatten sie keine Nachricht, daß schon drei Tage zuvor das Entsetzliche stattgefunden hatte.

Cornelia war tot. Für die schwache Konstitution der depressiven Tochter, deren letzter Brief an Auguste Gräfin Stolberg die Überzeugung enthielt, sie tauge *nirgends hin als ins Grab*, waren die

Anstrengungen einer zweiten Geburt zuviel. Sie starb am 8. Juni 1777 vormittags um elf Uhr. Ihr Mann teilte es nächst den Schwiegereltern auch Lenz und Lavater mit. *Ich kann euch die Geschichte ihres Leidens nicht erzählen! Es thut mir zu weh!* Cornelia war, als sie starb, sechsundzwanzig Jahre alt.

Erschüttert wandte sich Elisabeth an Lavater. Das Unglück sei *gantz ohnvermuthet* hereingebrochen, schreibt sie, *Blitz und Schlag war eins.* Sie schildert ihre Seelenbedrängnis. *Ein neuer, lebendiger, dastehender Zeuge sind wir, die wir unsre Cornelia unsere einzige Tochter nun im Grabe wissen* – Caspar sei überreizt und krank. *O lieber Lavater! die arme Mutter hatte viel viel zu tragen, mein Mann war den gantzen Winter kranck, das harte Zuschlagen einer Stubenthüre erschröckte ihn, und dem Mann muste ich der Todes Bote seyn von seiner Tochter, die er über alles liebte – mein Hertz war wie zermahlt...* Sie kenne nur einen Trost, die Liebe Gottes, *ohne Glauben an den wäre so etwas ohnmöglich auszuhalten – – wir! die wir wissen, daß über den Gräbern Unsterblichkeit wohnet und daß unser spannenlanges Leben auch gar bald am Ziel seyn kan – uns ziemt die Hand zu küssen, die uns schlägt, und zu sagen /: zwar mit 1000 Thränen :/ der Herr hats gegeben, der Herr hats genommen, sein Nahme sey gelobet.*

Die Trauer Kosten betrugen 78 Gulden. Caspar hat sich von dem Verlust der Tochter nicht mehr erholt. Was wissen wir von den Empfindungen der Mutter? Ein wichtiger Hinweis fand sich in einem Brief von Sophie von La Roche an Bernhard Crespel. Sophie schrieb: *Was sagen Sie? – – Mama Göthe hat keine Tochter mehr – Die liebe – liebe Mama, was für Proben für ihr Herz und Geist – an was? wie? wann starb das Liebenswürdige Weib, was für elende Stunden für Göthen –* Madame La Roche hatte Mutter und Tochter zusammen erlebt und kannte das Verhältnis aus nächster Nähe. Sie wird gewußt haben, was *die liebe Mama Goethe* bei diesem Verlust erlitt.

Ein anderes Zeugnis fand sich in Goethes Privatbibliothek, und zwar im Gesangbuch seiner Mutter, das er seit ihrem Tod

35. Catharina Elisabeth Goethe

dort aufbewahrte. In den Einband aus schwarzem Leder hatte sie in goldenen Buchstaben die Initialen *C. E. G.* und das Datum *1778* gravieren lassen. Auf dem Vorsatzblatt entdeckt man den handschriftlichen Eintrag: *Catharina Elisabetha Goethe, geb. Textorin, den 7ten December 1778*. Der siebte Dezember war der Geburtstag von Cornelia. Ein Jahr nach dem Tod der Tochter ließ sich Elisabeth dieses Datum einprägen, Cornelia zum Gedächtnis.

Als Wolfgang die Todesbotschaft erhielt, war Cornelia schon unter der Erde. Er hatte gerade Charlotte von Stein auf Gut Kochberg besucht und einen *frohen freyen Tag* bei ihr verlebt. Tagebuchnotiz: *Brief des Todts m. Schwester. Dunckler zerrissner Tag*. Es dauerte 12 Tage, bis er zu einer Antwort an die Mutter fähig war. *Ich kann Ihr nichts sagen, als dass das Glück sich gegen mich immer gleich bezeigt, dass mir der Todt der Schwester nur desto schmerzlicher ist* ... Es wirkt anrührend, wenn er, den mütterlichen Kummer überdenkend, anfügt: *Lebe Sie glücklich, sorge Sie für des Vaters Gesundheit, wir sind nun Einmal so beysammen ... Adieu, liebe Mutter*. Dem Vater schrieb er nicht.

Im November erreichte ihn ein zweiter Brief der Mutter, auf den er betroffen reagierte. *Mit meiner Schwester ist mir so eine starke Wurzel die mich an der Erde hielt, abgehauen worden, dass die Äste von oben, die davon Nahrung hatten, auch absterben müssen*. Die Mutter benachrichtigte ihn davon, daß Schlosser wieder heiraten werde. Daß sie sich einsam fühle *wie in einer Wüste*, gestand sie nur Lavater, nicht dem Sohn. Was war von ihren Hoffnungen geblieben? Sie hatte keine Tochter mehr, besaß keine Schwiegertochter und verlor auch noch die einzige Freundin. Vier Monate nach Cornelias Tod hatte sich Schwiegersohn Schlosser mit Johanna Fahlmer verlobt.

36. Johann Caspar Goethe

XIV.
Ich bin eine glückliche Frau!

Weimar im Hirschgraben
(1778-1780)

Johann Heinrich Merck, fünfunddreißig Jahre alt, mit scharfem Blick und schnellem Mundwerk, exzentrisch, aber treu, wurde nach Wolfgangs Weggang zu Elisabeths engstem Freund. Der Schriftsteller, Kunstexperte und Geschäftsmann liebte die geselligen Abende am runden Tisch, wobei ein verbindendes Element der abwesende Sohn war. Merck fand Goethe unvergleichlich und genial,[1] was zweifellos dazu beitrug, ihn und die Rätin einander näherzubringen. Auch konnte er sich bei ihr von seiner häuslichen Misere erholen, von der schon Caroline Flachsland bemerkte, sie kenne *kein größeres Unglück* als Mercks Ehe.[2]

Der umsichtige Freund besorgte für Caspar Zeichnungen und Kupferstiche, schickte Elisabeth Partituren und literarische Neuerscheinungen und brachte Gäste ins Haus wie den Berliner Verleger Nicolai und seine belesene Freundin Albertine von Grün, die aus Verehrung für Goethe am liebsten sein Bild von der Wand gestohlen hätte, wie sie nach dem Besuch im Hirschgraben Merck gestand.[3] Mit der Zeit wurde Merck zum Merkur, wurde Bote und Lieferant, Korrespondent, Reiseleiter, Ratgeber und Begleiter in einer Person. Über alles konnte Elisabeth mit ihm sprechen, selbst über die *unbegreifliche* Cornelia, ihr Eheleben und ihren Tod. Nur so war es möglich, daß Merck an Cornelias Freundin Luise von Ziegler schrieb: *Die arme Schlosserin ist seit 3 Monaten in der Ewigkeit und ihr Mann untröstlich … Sie haben gut zusammen gelebt, ob sie's gleich nur getragen hat. – Ob sie's gleich nur getragen hat*, diesen Hinweis auf Cornelias Tragik konnte Merck nur von der Mutter erfahren haben.

Daß auf Merck Verlaß war, wußte auch Goethe, als er ihn –

mit halbwegs schlechtem Gewissen – bat, sich der einsamen Eltern anzunehmen ... *und bitte Dich, Vater und Mutter ein bissel zu laben. Habe Dich auch herzlich lieb ... Ich hab meiner Mutter ein Geschäft an Dich aufgetragen ...* Merck erwies sich als Helfer in der Not: er besorgte 200 Gulden für Goethe, der ihm aus Ilmenau stürmisch dankte: *Die Götter sind sichtbar mit uns. Addio! Grüß die Mutter. Daß die Weine glücklich angelangt sind, wird Dir Frau Aja geschrieben haben ... Verlass' meine Alten nicht.* (Juli 1777) Gegen Caspars anhaltenden Ärger auf den Sohn konnte allerdings auch Merck nichts ausrichten. Eckermann notierte noch 1829, daß der Zorn des Vaters Goethe über Jahre verfolgt habe. *Das poetische Talent im Konflikt mit der Realität ... Der Vater fortwährend ungeduldig gegen das Hofleben.*[4] Merck konnte den Kaiserlichen Rat nicht leiden. Immerhin erfahren wir durch ihn, daß Caspar sich doch eingehend mit der neuen Situation des Sohnes beschäftigte. Merck traf ihn nämlich *mit dem Stäbchen in der Hand* vor einer großen geographischen Karte von Weimar. Man sei mit den seltsamen Örtlichkeiten der Residenzstadt schon gut vertraut, berichtete er Wieland, den er aufforderte, bei seiner geplanten Rheinreise im Hirschgraben einzukehren, um Goethes Mutter kennenzulernen. *Sie hat Sie von Grund der Seele lieb und giebt ihnen wieder, was Sie Ihr geben.*

Seine Anregung fiel auf fruchtbaren Boden: Ende 1777 erwartete man in Frankfurt die Ankunft des berühmten Christoph Martin Wieland. Der Vierundvierzigjährige, einst mit Sophie von La Roche verlobt, nun vielfacher Familienvater, stand auf dem Gipfel des Ruhms. Seine Romane *Agathon* und *Die Abenteuer des Don Sylvio*, sein *Alceste* und *Musarion* waren ungemein beliebt. Der *Teutsche Merkur* wurde von 2500 Abonnenten gelesen, für die damalige Zeit eine Sensation. 1774 waren seine Übersetzungen französischer Märchen erschienen, so meisterhaft formuliert, daß Goethe behauptete, *das ganze obere Deutschland verdankt ihm seinen Stil.* Wieland war der meistgelesene und höchstbezahlte Schriftsteller deutscher Sprache, dessen Rang in Italien wie in Rußland, in Schweden wie in England gleichermaßen anerkannt war. Doch selbst er hätte in einem Land, das keine hohen Auflagenzahlen kannte, nicht von der Schriftstellerei leben können. Sein Glück beruhte auf dem Wunsch der Herzogin Anna Amalia, ihn zum Erzieher ihres Sohnes zu machen und ihm eine Pension von 1000 Talern auszusetzen. Zuvor ein aufklärerischer Verächter fürstlicher Willkür, avancierte Wieland in Weimar zum persönlichen Berater der Herzogin. Wo immer sie weilte, ob in Schloß Tiefurt oder in Belvedere, in Ettersberg oder im Wittumspalais, stets war Wieland in ihrer Nähe.

Zwischen dem Dichter und der fast gleichaltrigen Rätin – die er grundsätzlich *Frau Aja* nannte – entwickelte sich zur Vorbereitung ihres Treffens eine lebhafte Korrespondenz. Elisabeth las alles, was er veröffentlichte, und teilte ihm unverzüglich ihr Urteil mit, worauf er nicht nur geschmeichelt reagierte, sondern sogar einen Text umschrieb: In *Liebe um Liebe* änderte er den Schluß, damit der Knabe Gandalin Frau Aja besser gefalle. Als der Sturm-und-Drang-Dichter Maximilian Klinger ihm eine tragische Geschichte für den *Merkur* anbot, bat der überlastete Wieland seine Korrespondentin um ihre Mitarbeit. Sie solle ihm nach der Lektüre *unverhohlen Ihre Meynung* sagen. Das war eine neue Erfahrung. Bisher war es Elisabeth nicht gewohnt, als Kritikerin unveröffentlichter Texte in Erscheinung zu treten.

Im Dezember 1777 begann Wieland seine Reise, neugierig auf die Eltern Goethes. *Er [Goethe] ist und bleibt halt doch mit allen seinen Eigenheiten einer der besten, edelsten und herrlichsten Menschen auf Gottes Erdboden. Und wer sollte nun den Vater und die Mutter eines solchen Mannes nicht persönlich kennen wollen?* (30. September 1777) In humorvollen, aber auch erstaunlich intimen Briefen kündigte er der *lieben Frau Mutter Aja* an, daß er *den 18ten Decemb. bey guter Vormittags Zeit zu Franckfurt eintreffen und, nach meines Hertzens Trieb und Ihrem Befehl, geradezu vor Ihre Thüre fahren werde* ... Vorsorglich gab er ihr noch Hinweise privatester Natur. *Was mich*

37. Herzog Carl August von Sachsen-Weimar

betrifft, liebe Frau Aja, so hat man Sie (wie ich hoffe) schon prevenirt, daß Sie sich an der Schmächtigkeit meiner Figur und meinen Spindelbeinen nicht ärgern. Ich bin noch aus der Zeit wo es Mode war, daß die Herren Genien ... alle ihre Kraft im Kopf hatten ... Übrigens werde er einen Gesellschafter mitbringen, *einen großen, hübschen, wackern jungen Kerl Nahmens Kranz*, Musiker und Virtuose auf der Bratsche (1. Dezember 1777).[5]

Frau Aja hat grosse Anstalten gemacht, Sie zu empfangen, betonte Merck, *und der Frau Baasen Gesellschafft* verhindert. Die *Baase* war Wielands Cousine Sophie von La Roche, die immer noch *sentimentalisch* an ihrem Jugendverlobten hing, obgleich er ihr längst zu verstehen gab, daß gebildete Frauen ihn nicht sonderlich interessierten. *Ich verlange kein bißchen Geist von meiner Frau*, er habe davon genug in seinen Büchern. Seine Gattin Dorothea Hillebrand war eine schlichte Natur, die ihm vierzehn Kinder gebar. Soeben war wieder ein Sohn zur Welt gekommen, über den Wieland nicht ohne Hintersinn an Elisabeth schrieb: *mir wirds immer Ehre genug seyn, in einem Sohn, der größer ist als ich, fort zu leben.* Sie wird die Anspielung wohl verstanden haben.

Diesen Winter haben wir nun auch Freund Wieland kennenlernen, wer diesen Mann sieht und Ihn nicht lieb kriegt ... – Elisabeth war noch nachträglich aufgewühlt von dem Erlebnis seiner Persönlichkeit. *Er war nebst Freund Merck 8 Tage bey uns. O was war das wieder einmahl vor eine herrliche Zeit!* Im Überschwang des Herzens kann sie auch dem verehrten Lavater nicht verschweigen, daß sie begeistert war von einem Dichter, der sich als geistreich, witzig und liebenswürdig erwies. Sie war selig, daß Wieland ihr sein Gedicht *Zweierlei Götterglück* schickte. Seine körperliche Schmächtigkeit ließ die Größe seiner Gedanken um so heller leuchten, und seine *Spindelbeine* störten sie nicht im geringsten.

Allerliebste Mutter, schrieb Wieland, der nach Mannheim gefahren war, um seine *Rosamunde* auf der Bühne zu sehen. *Mein*

Herz und mein Sinn ist bey Ihnen und unserm lieben guten Papa und unserm Freund Merck, mit dem ich nun auf immer und allezeit einverstanden bin ... Sobald ichs nicht länger aushalten kann, eil ich zu Ihnen zurück ... Der Himmel vergelte Ihnen die seligen Tage, die ich mit und bey und durch Euch gelebt habe! Kranz beugt seine Kniee. Der gute Mensch weinte wie ein Kind, da wir aus Franckfurt hinaus und wieder im Freyen waren, und sagte von Zeit zu Zeit wunderbare Dinge im Sturm und Drang seines Herzens. Nochmals adieu, Beste Mutter! (23. Dezember 1777) Einen Monat später kehrte er mit Kranz zum zweitenmal im Hirschgraben ein. Die Hausfrau war nur für ihn da und entschuldigte sich bei Caroline Großmann, der Frau des Theaterdirektors, die sie zur Patin bei ihrem noch ungeborenen Kind bat, für ihr Versäumnis: ihr Haus sei *von oben biß unten mit schönen Geistern vollgepropft*, sie komme nicht zum Schreiben. *Ihre Niederkunfft jagte mich aus den Federn. Tausendt Element, dachte ich, wenn die liebe Frau ins Kindbett käme und wüßte unsre Nahmen nicht ...* Sie heiße: *Catharina Elisabetha*. Falls es ein Junge werde, sollte der Sohn *Johann Wolfgang* heißen.

Johann Wolfgang, erfuhr sie in diesen Tagen, agierte gerade als stürmischer Schauspieler auf Weimars Liebhaberbühne. Philipp Seidel teilte der *Frau Räthin* mit, man habe im Liebhabertheater den *Westindier* aufgeführt, worin Goethe und Frau von Stein persönlich in den Hauptrollen mitwirkten. Es ist zu vermuten, daß Elisabeth nicht versäumte, Freund Wieland, der über Weimars Affären aus erster Quelle bestens informiert war, nach dem Verhältnis ihres Sohnes zu Charlotte von Stein zu befragen. Diener Seidel ließ die Privatsphäre seines Herrn lieber beiseite und hielt sich strikt an die Tatsachen. Er schilderte ihr das Aussehen des Herrn Geh. Legations-Rats beim Theaterspiel. *Der Herr Geh. Legations-Rath in einem weißen Frack, blauseiden Weste und Beinkleider* habe schon durch die *bloße Figur* beeindruckend gewirkt, wobei der Frack übrigens von einem Kleid stammte, das die Rätin früher selbst trug. Einen Monat später, im Februar 1778, spielte man den *Triumph der Empfindsamkeit* aus der Feder des *Geh. Legations-Raths*, und diesmal war es der nach Weimar zurückgekehrte Musiker Kranz, der Elisabeth Bericht erstattete. Ihn habe die verblüffende Ähnlichkeit zwischen Mutter und Sohn bewegt. *O wenn Sie ihn nur da hätten sehen sollen! Augen, Gebärden, Ton, Gestikulation. Alles in allem, sage ich Ihnen. Ich war gar nicht mehr im Orchester, ganz in der Atmosphäre von Casa santa. Casa santa* war fortan die Bezeichnung für das Haus, in dem Wieland und Kranz sich *unsagbar wohlfühlten.*[6] Der junge Musiker schickte der Hausfrau am 16. Februar 1778 noch einmal einen Brief, der uns die Atmosphäre im blauen Zimmer lebendig übermittelt. *Wie mir an Ihrem runden Tische zumuthe war, kann ich ohnmöglich beschreiben ... Der Herr Rath war immer stille, doch wie ich glaube, innerlich vergnügt, nur daß es nicht zum Ausdrucke kam ... Sie saßen mir gegenüber als die Großmächtigste. So viel Sie auch in dem Gespräch interessiert sein mochten, so entschlüpfte Ihnen doch nichts, was außerdem im Zimmer vorging. Unter währendem Reden einen tiefen Blick auf den Herrn Rath und – immer wieder fortgesprochen ...*[7]

Auf Wieland folgten weitere Besucher, die sich sogar in ihren Notizen angelegentlich mit der Gastgeberin im Hirschgraben beschäftigten. *Madame Goethe*, notierte im April 1778 der Prinzenerzieher Ring aus Karlsruhe, *unterhielt mich von Klopstock, Wieland, Schlossern und dem Herrn Sohne sehr angenehm ... würde mir auch eines vordeklamiert haben, wäre sie nicht so heiser – besser – enrhumiert gewesen.*[8] Der westfälische Dichter Sprickmann gab im Mai seine Meinung an Boie weiter. *Nun begreife ich recht gut, wie Göthe Göthe ward. So war Thusnelda! ein Geschöpf von bestem Zuschnitt zu einem herrlichen Mann, das Gott weiß durch welchen eigensinnigen Vergriff der Natur ein Weib ward.*[9] Wieland schickte sehnsüchtig-rührende Briefe und lud *Frau Aja* nach Weimar ein. *Kommen Sie nur auch gewiß auf Ostern oder Pfingsten zu uns und sagen Sie dem l[ieben] Papa, falls Er sich nicht entschließen kann mitzureisen, ich wolle Ihnen aus Dankbarkeit meine Sophie [seine Tochter] auf*

38. Christoph Martin Wieland

etliche Monate nach Frankfurt mitgeben und sie dann im Herbst in eigener Person wieder abholen ... Alle guten Engel schweben je und allzeit über der Casa santa! und heilig sey das Andenken der seligen Stunden, die wir im Jahr 1777 und 78 an der unvergeßlichen Tafelrunde zugebracht haben! O liebe Frau Aja, wer Flügel hätte! – Wann wirds uns wieder so gut werden? (1. Januar 1779)

Solche Briefe waren Trost und Balsam. Elisabeth teilte nicht Wieland, wohl aber dem Diener Seidel mit, wie es inzwischen in Wirklichkeit um sie und die *Casa santa* bestellt war. Caspar, ohnehin krank, hatte einen Schlaganfall erlitten. *Der Herr Rath ist immer noch nicht recht wohl, wir brauchen Medicin, laufen spaziren u. s. w.* Resigniert fügte sie hinzu: *Die Jahre kommen freylich heran, von denen es heißt, sie gefallen mir nicht ...*

Kommen Sie nur, hatte Wieland an Elisabeth geschrieben. Warum reiste sie nicht? Der einzige Grund, der sie abhalten konnte, war die Krankheit ihres Ehemannes. Sie war zerrissen zwischen Sehnsucht und Pflicht. Es wird nicht die Fahrt von vier Tagen gewesen sein, die sie schreckte. Caspar wollte nicht allein bleiben. Wieland hatte ihm seine Tochter zur Gesellschaft angeboten; Elisabeth beriet sich mit Merck, schmiedete Pläne und nannte Termine – nichts wurde daraus. Sie kam nicht nach Weimar. Statt dessen kam Weimar zu ihr. Die Herzogin, die zum Besuch der Düsseldorfer Gemäldegalerie aufgebrochen war, würde auch in Frankfurt Station machen. In Wirklichkeit lagen die Dinge eher umgekehrt: Anna Amalia, durch Wielands Bericht neugierig geworden, wollte nun auch die Eltern desjenigen kennenlernen, der seit seiner Ankunft an ihrem Hof Furore machte. Am 15. Juni 1778 traf sie in Frankfurt ein, stieg im Gasthof *Zum Rothen Hause* ab und eilte in den Hirschgraben.

Die Nichte König Friedrichs II. von Preußen war in ihrer Generation eine Ausnahmeerscheinung. Schon die junge Frau hatte friderizianische Durchsetzungsfähigkeit und Dynamik bewiesen. Mit sechzehn hatte die Braunschweiger Prinzessin Anna

Amalia den kränklichen Ernst August von Sachsen-Weimar heiraten müssen, dem der Tod schon an die Stirn geschrieben stand. Mit achtzehn war sie Witwe und Mutter von zwei kleinen Söhnen. Obgleich nicht einmal mündig, setzte sie es gegen jeden Widerstand durch, das Regierungsamt zu übernehmen. Dabei lagen ihre Interessen – wie bei Friedrich dem Großen – eher auf künstlerischem Gebiet. Sie komponierte und dichtete, zeichnete und malte, sie war es, die bei der Lektüre des *Werther* das Talent des Verfassers erkannt und sich für seine Person interessiert hatte. Seit Goethe in Weimar war, wehte ein neuer Wind. In seinem Gefolge kamen die Grafen Stolberg nach Weimar, besuchten Bürger, Lenz und Klinger die Residenzstadt, wurde Herder zum Generalsuperintendenten ernannt. Alljährlich brachte er neue Stücke, neue Singspiele aufs Theater, wozu die Herzogin selber die Kompositionen schrieb. Die Schauspielerin Corona Schröter, die Goethe noch aus Leipzig kannte und die sich als das Ideal einer klassischen *Iphigenie* erwies, deklamierte ergreifend jene Klage der *Proserpina*, die Goethe in Trauer um seine Schwester Cornelia verfaßt hatte. Allerdings weckte die schöne Schauspielerin bei dem mit Luise von Hessen-Darmstadt verheirateten Sohn, Herzog Carl August, eine kaum zu bändigende erotische Leidenschaft, die ihn eine Zeitlang zu Goethes Rivalen machte.

Es war kein Zufall, daß die Herzogin ihre ›Kunstreise‹ nicht etwa mit Kunstbetrachtungen, sondern mit der Besichtigung des Hirschgrabenhauses begann. *Sie ist klein von Statur, sieht wohl aus, hat eine spirituelle Physiognomie, eine braunschweigische Nase, schöne Hände und Füße, einen leichten und doch majestätischen Gang, spricht sehr schön aber geschwind und hat in ihrem ganzen Wesen viel Angenehmes und Einnehmendes*, lautete die Beschreibung eines Zeitgenossen.[10] Sie erschien mit der Hofdame Charlotte von Stein, einer Schwester des schon bekannten Oberstallmeisters, und der sechsundzwanzigjährigen, leicht buckligen Louise von Göchhausen, die durch schlagfertige Bonmots brillierte. Außerdem brachte sie den Kammerherrn von Einsiedel und den Künstler Peter Melchior mit, der die Porträtmedaillons von Goethes Eltern anfertigte.

Nach Caspars Vorbehalten gegen fürstliche Personen, die vermutlich auf seinen eigenen schlechten Erfahrungen beruhten, mußte Elisabeth eine unnahbare Aristokratin erwarten. Höchst überrascht war sie daher, daß ihre Besucherin sich als eine zierliche, lebhafte und natürliche Frau entpuppte, mit der man sich hervorragend unterhalten konnte. *Sie stiehlt alle Herzen*, fand auch der ebenfalls anwesende Merck. *Wir haben herrliche Zeit zusammen verlebt* ... Er bot sich der Herzogin als Reisebegleiter an und wich nicht mehr von der Seite dieser *herrlichen Frau.* Mercks Bericht an Wieland dokumentiert bei dieser Gelegenheit auch den Unterschied zwischen der Rätin Goethe und der Schriftstellerin Sophie La Roche. *Mit der La Roche wollts am Ende nicht gehen, sie drückte uns mit Sentiments ... Die Frau Aja aber und Bölling sind unsre Leute.*[11]

Vom ersten Augenblick an bekundete Anna Amalia für die Mutter des *Docter Wolf* die Zuneigung einer Freundin. *Liebe Frau Aja*, schreibt sie in ihrem ersten Brief vom 29. August 1778, *Meine Freude über den Empfang Ihres Briefes ist wohl schwerlich zu beschreiben, auch will ich es nicht unternehmen, denn wahre Empfindungen sind zu heilig, um sie schwarz auf weiß zu setzen, Sie wissen Liebe Mutter was Sie mir sind* ... Was hatte Elisabeth der nach Düsseldorf weitergereisten Herzogin geschrieben? *Franckfurth d. 17ten Augst 1778. Theureste Fürstin! Tausend und aber Tausend Dank vor alle uns erzeigte Gnade und Liebe. O! wie seelig waren wir in dem Umgang einer Fürstin, die die Menschen liebt ... und da sollte sich nicht alles freuen, eine solche vortreffliche Dame wiederzusehn? –*

Ich bin eine glückliche Frau!!! rief sie am 19. Februar 1780 aus. Anna Amalia muß das Zusammensein mit der Mutter Goethes ebenfalls behagt haben; sie kehrte für weitere zehn Tage nach Frankfurt zurück, und ihre Gespräche vertieften sich in einer Weise, daß sie zu einer zehn Jahre währenden Kor-

39. Herzogin Anna Amalia von Sachsen-Weimar

respondenz führten. Beide Frauen standen den Pietisten nahe, beide hatten eine Vorliebe für Musik und Theater und schätzten dieselben Freunde, zu denen Herder und Wieland zählten, die Brüder Jacobi und die Grafen Stolberg, Max Klinger und Lenz, der nach einem Aufenthalt bei Frau von Stein Hals über Kopf aus Weimar geflohen und nahe daran war, verrückt zu werden.

Anna Amalia, acht Jahre jünger als Elisabeth, hatte nicht nur glückliche Zeiten erlebt. In ihren Aufzeichnungen ist von einer bedrückenden Kindheit, von Zurücksetzung und Kränkung die Rede, von Problemen mit den heranwachsenden Söhnen, fehlender Zärtlichkeit und großer Einsamkeit. Sie schreibt in ihren *Gedanken* von *Aufopferung für andere* und den *Ketten* eines Regierungsamtes, das der jungen Witwe eine zweite Heirat verbot.[12] Hatte Elisabeth eine Tochter verloren, so hatte Anna Amalia nie eine Tochter besessen, und die Schwiegertochter war ihr fremd. Die Welt der Kunst mußte ihr auch als Ersatz für fehlende Liebe dienen. Der hellsichtige Merck hatte, wie er an Wieland schrieb, den Mangel an Zuwendung, unter dem die Herzogin litt, wohl bemerkt.

Amalias Lebensinhalt war die Erziehung Carl Augusts gewesen, und es lag nahe, daß die Gespräche sich zum großen Teil um die Zukunft der Söhne drehten. Daß aus vorsichtiger Annäherung Herzlichkeit wurde, bedeutet, daß man in wichtigen Fragen einer Meinung war. Das gute Verhältnis hat es Elisabeth später erleichtert, um Gefälligkeiten für ihren *Hätschelhans* zu bitten und dem Sohn zu einem Haus zu verhelfen.

Seit Amalias Abreise brachte die Post fürstliche Geschenke ins Haus. *Es hat mich biß zu Thränen gerührt, daß meine gnädige Fürstin sogar auf der Reise an Mutter Aja denckt und ihr Freude zu machen sucht*... Was traf im Hirschgraben ein? Ein Bild vom *Höllenbreughel.* Die Fürstin hatte das Haus inspiziert, hatte die Zimmer mit venezianischen Spiegeln, Rokokomöbeln und chinesischen Tapeten gesehen, Bibliothek und Gemäldesammlung, Uhren und Silbergerät betrachtet und vom Kunstgeschmack der

Bewohner wohl einen guten Eindruck gewonnen. Vielleicht hatten die Damen auch über den holländischen Maler gesprochen, jedenfalls war die Freude groß. *So bald der Höllen-Bregel ankommt, wird er in die kleine Stube, meinem Wohnzimmer gegenüber, aufgestellt*, antwortete Elisabeth am 17. August 1778, *sonst hieß sie gelbe, jetzt heißt sie die Weimarer Stube, und alles, was ich von Weimar schon besitze, und wills Gott noch besitzen werde … soll als ein Heiligthum drinnen aufbewahrt werden. Flugs wird mich meine Einbildungskraft nach Weimar versetzen, und aller Druck, üble Laune, lange Weile, und wie die bösen Geister alle heißen, werden über Hals und Kopf den Reißaus nehmen.* Nebenbei geht aus ihren Briefen hervor, daß sich Caspars Ablehnung gegen Standespersonen in unerwarteter Weise änderte. Er rechne es *unter den glücklichsten Zeitpunckt seines Lebens, daß er eine solche Vortreffliche Fürstin die Gnade gehabt hat kennen zu lernen*, behauptete Elisabeth.

Anna Amalia – die ihre Briefe mit *Amalia* zeichnete – ließ keine Gelegenheit aus, die Frankfurter Freundin mit Gaben, und seien sie noch so sonderbar, zu überraschen. *Theureste Fürstin! Der 8te September war vor mich ein Tag des Jubels und der Freude. Zwey Päcklein vom Eisenacher Postwagen wohl und schön behalten kamen bey Frau Aja Morgens um 10 Uhr richtig an, der herrliche Höllenpregel in dem einen, ein gantzer Berg voll vortrefflicher Handschuh in dem andern machte mich so singend springend und wohlgemuth, daß ich 20 Jahre auf der stelle jünger wurde … – Franckfurth d. 16ten October 1778: Theureste Fürstin! Tausendt Danck vor das gnädige Andenken an Mutter Aja. Die überschickten Lieder werden von mir gesungen und gespielt, daß es eine Art und Schick hat …*

In grünes Wachstuch verpackt, wurde eine vernagelte Kiste im Hirschgraben abgeladen. Ihr Inhalt: das Porträt des Sohnes. Im grauen Flanellrock, mit übergeschlagenen Beinen im Sessel eine Silhouette betrachtend, sah die Mutter ihn vor sich. *Frau Aja that einen großen Schrei, als sie ihren Häschelhans erblickte,*

Wir finden viele Gleichheit drinnen und haben eine große Herrlichkeit damit, wie das Ihro Durchlaucht sich leicht vorstellen können, da wir ihn selbst in 3 Jahren nicht gesehen haben, zumahl da er im Frack gemahlt ist, worin ich ihn immer am liebsten so um mich herum hatte, und es auch seine gewöhnliche Tracht war. Zum Jahreswechsel noch einmal: *Große und Beste Fürstin! ich habe in meinem Leben manches Gute genoßen, manches Jahr vergnügt zurückgelegt, aber vor dem 1778 müssten die vorigen alle die Seegel streichen – Das Porträt des Docters ist unsere und aller seiner Freunde Augenweide, jedermann erkennt ihn.*

Für Louise von Göchhausen, die *Frau Aja* mit ironischen Bulletins über des *Doctor Wolf* Betragen und seine neuen Stücke zu versorgen pflegte, reimte sie ein etwas holpriges Neujahrsgedicht.

Dein guter Wunsch auf grün papier
Hat mir gemacht sehr viel pläsir,
Im Verse machen habe nicht viel gethan
Das sieht mann diesen warlich an
Doch hab ich gebohren ein Knäbelein schön
Das thut das alles gar trefflich verstehn
Schreibt Puppenspiele kutterbunt
Tausend Allexandriner in einer Stund
Doch da derselbe zu dieser frist
Geheimer Legations Rath in Weimar ist
So kann Er bey bewandten Sachen
Keine Verse vor Frau Aja machen …
Es mag also dabey verbleiben
Ich will meinen Danck in Prosa schreiben.

Zu Elisabeths Geburtstag am 19. Februar 1779 sandte die Herzogin eine goldene Dose mit ihrem Porträt *en miniature. So habe ich noch keinen Geburtstag gefeyert – nein wahrlich noch keinen!* jubelte Elisabeth. Sie wurde achtundvierzig Jahre alt. *Als der Vater herunter zum Essen kam, fand er das Futteral auf sei-*

40. Goethe mit der Silhouette

nem Teller, er machte es auf, fuhr vor Erstaunen zusammen – großer Gott ... was ist das vor eine prächtige Dose –

Die Reise nach Weimar war keineswegs aufgegeben. *Ich besuche Dich gewiß künftigen Winter oder Frühjahr mit Mutter Aja in Gesellschaft*, schrieb Merck an Wieland. Man betrachtete es als ein gutes Zeichen, daß Goethe das Vorhaben begrüßte – unter einer Bedingung. *Wenn du mit der Mutter auf künftig Frühjahr kommen kannst, so richt's ein; sie sagen vom Winter, das ist nichts.* Also wurde der Reisetermin auf das Frühjahr gelegt. Merck an Wieland: *Gestern waren wieder alle die Mädchen, die Euretwegen vorm Jahr so häufig sich hier im Hause einfanden, beysammen, und Madame Brentano spielte wieder den Gickel auf dem Clavier. Dabei gedachten wir Abends bei dem herrlichen Wein Deiner ... Hiermit erklärte sich der Herr Rath großmüthiger Weise [einverstanden], daß er seine Frau wolle ziehen lassen ...*

Doch als der Termin herankam, ging es Caspar so schlecht, daß an eine Reise nicht zu denken war. Merck am 11. April 1779 an Wieland: *Letzthin hat mich die Mutter Goethe auf einen Augenblick besucht. Es war, als wenn Eins vom Himmel käme. Der liebe Gott hole nun bald den Alten, denn er fängt an, den ganzen Tag zu schlafen. Alsdann zieht sie halb zu Euch, und es wird Ihr und Euch allen wohl bekommen.* Die Pläne gingen demnach schon sehr weit. Wenn Caspar nicht mehr lebte, hieß das, würde Elisabeth *halb* nach Weimar ziehen.

Sie schrieb der Herzogin gefaßt ihre Absage. *Merck wird seine Reiße nach dem gelobtenland Weimar auf seinem getreuen Fuchs ehestens antreten ... wäre der Vater gesünder, so käme gewiß noch jemandt mit.* – Sie freue sich indessen auf Mercks Bericht, *was soll der mir alles erzählen, unter 8 Tage lasse ich Ihn nicht aus meinem Hauße ...* Tatsächlich fuhr Merck im Mai 1779 allein ab. Seine Darstellung der in Weimar erlebten Wunder bot Elisabeth, wie sie Amalia schrieb, fast einen gültigen Ersatz. *Mittwochs als den 21. Juli Mittags 12 Uhr sassen die wackern Ritter von Einsiedel und Merck an der berühmten Taf-*

41. Johann Heinrich Merck

felrunde, speisten Welschhahnen Paßtete und trancken echten 26er – Frau Aja war fröhlig und wohlgemuth über alle die guten Nachrichten … Merck überreichte ihr ein Geschenk des Sohnes, einen Schattenriß *vons Docters gantzer Gestalt … es wird ein Glaß drüber gemacht und in die Weimarrer Stube gehengt …*

Die guten Nachrichten wurden von der Wirklichkeit noch übertroffen. Der Sohn kündigte zum ersten Mal seinen Besuch an. Endlich, schrieb er am 9. August 1779, komme er *so ehrenvoll als möglich – gesund, ohne Leidenschafft, ohne Verworrenheit, ohne dumpfes Treiben.* Er wußte anscheinend genau, wie unerträglich er sich in der letzten Frankfurter Zeit aufgeführt hatte, als der *Werther*-Trubel und die *Leidenschafft* zu Lili ihn fast aus der Bahn warfen. Jetzt sei er ein *von Gott Geliebter*, ein Mensch, der *täglich übe und wachse.* Seinen Erklärungen lag Schuldbewußtsein zugrunde, aber auch der Wunsch nach Wiedergutmachung. Vom väterlichen Zorn verfolgt, hatte er das Haus verlassen. Jetzt wandte er sich an die Mutter und beschwor, um sie zu gewinnen, sogar den Bibelspruch vom *Weinberg* als sicheres Zeichen innerlicher Übereinkunft. *Weil ich aber auch mögte dass, da an den Bergen Samariä der Wein so schön gediehen ist, auch dazu gepfiffen würde, so wollt ich nichts, als dass Sie und der Vater offne und feine Herzen hätten, uns zu empfangen und Gott zu dancken, der Euch euren Sohn im dreissigsten Jahr auf solche Weise wiedersehen läßt.*

Die mütterliche Reaktion muß den anspruchsvollen jungen Mann zufriedengestellt haben. Schon früher hatte er sich über Briefe von ihr gefreut. *Meine Seele löst sich nach und nach …*, schrieb er an Frau von Stein. *Einen gar guten Brief von meiner Mutter hab ich kriegt.* (Februar 1779) Jetzt heißt es: *So eine Antwort wünscht ich von Ihr, liebe Mutter, ich hoffe es soll recht schön und herrlich werden.* Es folgten exakte Anweisungen, wo der Herzog schlafen und seine Gäste empfangen, wo Kammerherr von Wedel logieren werde. Selbst das Essen – vier Gänge zu jeder Mittagsmahlzeit, *nicht mehr noch weniger* – wird genau vorgeschrieben: es darf ruhig *bürgerlich* sein. Gebrauchsanweisung für einen zweiundzwanzigjährigen Fürsten. *In des Herzogs Zimmer thu sie alle Lustres heraus, es würde ihm lächerlich vorkommen. Die Wandleuchter mag sie lassen. Sonst alles sauber wie gewöhnlich ... Es muss ihr seyn als wenn wir 10 Jahr so bey ihr wohnten ...* Der Mutter wurde viel zugemutet. *Das große Zimmer bleibt für Zuspruch und das Peking zu seiner Wohnung.* Aus dem Schlafzimmer sei die Orgel zu entfernen, auf das Bett *ein schön Leintuch* und eine leichte Decke zu breiten. *Für mich oben in meiner alten Wohnung auch ein Strohsack pp wie dem Herzog.* Außerdem: Absolutes Stillschweigen, auch an Merck kein Wort. Übrigens spricht der Sohn in seinen Briefen die Mutter stets in der dritten Person an; das vertrauliche *Du* findet man nur in seinen Gedichten an sie.

Incognito von Kassel kommend, trafen die Reisenden am 18. September 1779 im Hirschgraben ein. Das Wiedersehen muß überwältigend, ja erschütternd gewesen sein. *Der 18te September war der große Tag, da der alte Vater und Frau Aja den seeligen Göttern weder Ihre Wohnung im hohen Olymp, weder Ihr Ambrosia noch Nectar, weder ihre Vocal noch Instrumental Musick beneideten, sondern glücklich, so gantz glücklich waren, daß schwerlich ein sterblicher Mensch jemahls größre und reinere Freuden geschmeckt hat als wir beyde glückliche Eltern an diesem Jubel- und Freuden Tag ...* Elisabeths Bericht an die Herzogin spiegelt Aufregung und Irritation, Überschwang und Tränen. Sie konnte ihre Erschütterung nicht verbergen. *Wie dann ferner Frau Aja sich nicht mehr halten konnte, sondern in ein Eckelgen ging und ihrem Hertzen Luft machen mußte ...* Sie sei den ganzen Tag *vor Freude und Wonne wie betruncken.*

Die Mutter fand den Sohn stattlicher, schöner und in jeder Hinsicht *männlicher* als früher. Zuerst erschien leise Carl August in der blauen Stube, in der sie am runden Tisch saß, als *in dem Augenblick der Häschelhans ihr um den Hals fällt ...* Merck sei dazugekommen und habe sich relativ vernünftig benommen, *wiewohl den Mephistoviles kann Er nun freylich niemahls gantz zu Hauß laßen.* Anna Amalia erfuhr, daß die jungen Männer in vornehmen Frankfurter Kreisen auf einmal von *Hochadliche[n] Freulein* umringt wurden, wie es Wolfgang nie zuvor passiert war: *das verdiente nun freylich hübsch dramatisirt zu werden.* Elisabeth hatte die Gesellschaftskomödie sofort durchschaut. *Eine Chronik müßte ich schreiben und keinen Brief.* Carl August, der Elisabeth zum ersten Mal sah, schrieb an Anna Amalia: *es ist aus Goethens Haus, den ersten Morgen, den ich daselbst zubringe, daß ich Ihnen schreibe. Goethens Mutter ist eine herrliche Frau. Ich freue mich erstaunlich, sie zu kennen.* Und mit noch größerer Begeisterung an seine Gattin Louise: *Seine Mutter ist eine ganz treffliche Frau, voll Liebe und Größe.*[13]

Die Gäste waren gerade in die Schweiz weitergereist, von wo sie auf dem Rückweg wieder über Frankfurt kommen wollten, als Briefe von Charlotte von Stein eintrafen, die Elisabeth dem Sohn nachschickte. Demnach hatte er sie – wenn auch gewiß nicht vollständig – in die wechselvolle Geschichte seiner Liebe zu dieser Frau eingeweiht. Er absolvierte auf der Weiterreise jene Besuche, die ihm schon lange am Herzen lagen, fuhr zu Friederike Brion nach Sesenheim, zu Lili Schönemann nach Straßburg, die er mit ihrem Kind auf dem Schoß antraf, schließlich zu seinem Schwager nach Emmendingen. Zum erstenmal sah er dort die Töchter seiner Schwester und stand an Cornelias Grab. Seine frühere Vertraute, Johanna Fahlmer, war nun Hofrätin Schlosser. Ihr Bericht klingt nicht zufrieden. *Er hat zu viele Mischungen in sich*, klagte sie Fritz Jacobi, *Goethe ist nicht glücklich und kann schwerlich glücklich werden.*[14]

Ganz anderer Meinung war die Mutter. *Häschelhans habe ich zu seinem Vortheil sehr verändert gefunden. Er sieht gesunder aus und ist in allem betracht Männlicher geworden, seyn Moralischer Carackter hat sich aber zu großer Freude seiner alten Bekandten nicht im geringsten verschoben – alle fanden in Ihm den alten Freund wieder – mich hats in der Seele gefreut wie lieb*

42. Catharina Elisabeth Goethe

ihn alles gleich wieder hatte. Sie erwartete seine Rückkehr und litt schon jetzt unter der endgültigen Trennung. *So sehr ich mich auf die Rückkunft freue, so kommt der fatale Gedanke des Abschiednehmens wie ein Pfeil ins Herz geflogen …*

XV.
Die Tage, die nun kommen, gefallen mir nicht

Der Tod des Ehemannes
(1780-1783)

Acht Tage bevor Wolfgang eintraf, hatte Caspar einen schweren Schlaganfall erlitten. War die Aufregung schuld daran gewesen? Konnte der Vater es nicht verwinden, daß sein Sohn kein Ratsherr, kein Schöffe, kein Bürgermeister der Freien Reichsstadt, sondern Höfling bei einem unbedeutenden Fürsten geworden war? Der *Auftritt mit dem Vater*, berichtete Elisabeth, war so aufwühlend, daß sie glaubte, *er stürbe auf der Stelle.* Auch Goethe war bewegt. *Wir sind am schönsten Abend hier angelangt und mit viel freundlichen Gesichtern empfangen worden ... Meinen Vater habe ich verändert angetroffen, er ist stiller, und sein Gedächtnis nimmt ab*, erfuhr Charlotte von Stein, *meine Mutter ist noch in ihrer alten Kraft und Liebe.* (20. September 1779)

Caspar, der auf die Siebzig zuging, wurde durch den ›Schlagfluß‹ gelähmt. Bis zu diesem Augenblick hatte er sein *Liber domesticus* zuverlässig geführt. Demnach besuchte er im Januar 1778 mit seiner Frau eine Lesung von Klopstocks *Messiade* und gab *Frau Aja extra 12 Gulden.* Die städtische Laternenbeleuchtung wurde bezahlt, bei Bölling Kaffee, bei Kohlhagen Schinken gekauft. Im Mai erwarb er den zweiten Teil von *Henrich Stillings Leben*, erweiterte seine Münzsammlung, las den *Machiavell* und Elisabeth die neue Folge der *Iris.* Ungeachtet seiner Krankheit, für die er 10 Gulden *an Medicin* und *Pillen* ausgeben mußte – der Begriff *Pille* kommt dabei zum erstenmal vor – besuchten er und seine Frau im Oktober eine Aufführung von Shakespeares *Hamlet.* Elisabeth kaufte *Arien* und vier *Music Piecen*, Caspar *Kraußens Weimarische Prospect*, eine Ansicht der Stadt, in der sein Sohn lebte.

Zu Beginn des Jahres 1779 erwarb er eine bemerkenswerte Anzahl kleinerer Gemälde von Nothnagel, dazu Stiche und illustrierte Bücher. Am 13. Februar bezahlte der Rat *vor 2 kl. Oel Gemehlde d. H. Nothnagel ger. [gerahmt] 9 Gulden*. Die Bilder könnten für Elisabeths Geburtstag gedacht gewesen sein, der sechs Tage später stattfand. Am 2. März muß *der vergulter* – der Vergolder – *wieder 2 kleine Rahmgen* zurechtmachen, und am 11. März gehen *an H. Nothnagel vor 19 Frankf. portraits 12 Gulden 24 Kreuzer*. Ebenfalls im März wird eine *Schachtel nach Weimar* expediert. Elisabeth benötigte im April sage und schreibe *18 Ellen Brabanter Spitzen*, ferner ein Spargel- und ein Tranchiermesser. Weiterhin bezog sie ihren Tee bei ihrer Schwester Johanna Melber, den Kaffee bei Kaufmann Bölling, Wachslichter bei *Resident Brentano*.

Der Hausherr, inzwischen bei Dr. Metz in Behandlung, ließ sich vom Buchhändler Fleischer Lektüre für 12 Gulden besorgen. Im August unternahm das Ehepaar noch einen Ausflug *auf d. Schmidtischen Mühle zu Nieder Ursel*. Dann folgen die beiden letzten Eintragungen: *1/2 [Dutzend] niedrige schw. Gläser à 3 Batz das zahlt an H. Zahn 1 Gulden 12 Kreuzer* und d. 10. September 1779 *Gelegenheitl. der Meinungischen Interessen dem H. Debus geb. 12 Kreuzer*. Damit bricht Caspars *Liber domesticus* ab.

Ohne zu zögern, trat Elisabeth an seine Stelle. Die Ausgabenbücher, die sie von diesem Tag an eigenverantwortlich führte – insgesamt dreißig an der Zahl –, sind, neben ihren Briefen, das authentischste Zeugnis und die wichtigste Quelle für ihr Leben. Die Reihe beginnt mit dem *Cassa-Buch von 1779 bis 1792*. Auf dem Vorsatzblatt steht in ihrer Handschrift, die zunächst seltsam ängstlich und klein wirkt, die Notiz: *Vom 10. September 1779 trage in dieses Buch die continuierte, theils ordentliche, theils zur Küche gehörige Ausgaben*. Ein erster Eintrag lautet: 2. *Oct. 1779: Vor das Glas zu d. Fr. Herzogin Amalia porträt – 20, dem Vergulder Herrn Finsterwald – 30 Kreuzer*. 4. Oktober: *zahlt an Hr. Chirurg Grasemann 3 Gulden. 19. Oct. gab an Herrn Schwager Starck zur Orgel 12 Gulden*.

Sie bestellte Haus und Garten, ließ vorsorglich Brot backen und *100 Stück Weißkraut* einmachen, besorgte *3 Schwartenmagen* und konnte, als der Sohn und sein Herzog mit Gefolge zurückkehrten, die Gäste mit allem bewirten. Zu Sylvester 1779 holte die Kutsche des Herrn *Resident Brentano* sie zum Neujahrsschmaus ab. Sie ging in die *Komedia*, bezahlte *die 3 letzten Theile des Don Quixote* und ließ sich im Februar *zwey Kleider garnieren*. Wie das Ausgabenbuch zeigt, war sie es, die nun die Bankgeschäfte führte, Kredite vergab und Zinsen einnahm, Geld auslieh, das Hauspersonal und die Kaufleute bezahlte und die täglichen Ausgaben kontrollierte. Die Verwaltung des gesamten Vermögens lag in ihrer Hand. Eine neue Epoche begann.

Als die Weimarer Herzogin im Oktober 1780 zum dritten Mal nach Frankfurt kam, im Rothen Hause abstieg und ihre Freundin Goethe zu sehen wünschte, erlitt Caspar einen weiteren Zusammenbruch. Noch zwei Jahre siechte er dahin, für Elisabeth eine Zeit schwerer Belastung. Sie habe nicht schreiben können, entschuldigte sie sich bei Theaterdirektor Großmann, denn *erstlich war der Herr Rath auf den Todt kranck, und das biß jetzt vor ein paar Tagen, da sichs wieder sehr gebeßert hat. Zweytens war zu gleicher Zeit die Herzogin Mutter auf 12 Tage hier, noch überdieß kam auch noch drittens mein Schwiegersohn Schlosser mit Frau und Kindern angemarschirt – da ging es nun freylich etwas bunt durcheinander, und ans Schreiben war kein Gedancke.* (16. November 1780) Sieben Briefe Schlossers an die *liebe Mama* und verschiedene Quittungen liegen noch heute zwischen ihren Ausgabenbüchern. Darin bedankt er sich für die Wohltaten größerer Geldzuwendungen. Die bei der Heirat festgesetzten 400 Gulden jährlich, die ursprünglich Cornelia galten, flossen seit ihrem Tod mit gleicher Korrektheit Schlosser und seiner Frau Johanna Fahlmer zu, die seine Familie um zwei weitere Kinder vermehrte.

Seit die Herzogin die Rätin wiedergesehen hatte, riß die Kette von Briefen und gegenseitigen Geschenken nicht ab. Amalia sandte ihre Marmorbüste und ließ zu Elisabeths Geburtstag ein ganzes Porzellanservice mit ihren Initialen bemalen. *Theureste Fürstin!* antwortete die Rätin noch am selben Tag, dem 19. Februar 1780, *was war das wieder vor ein gnädiges Andencken! vor ein herrliches Geschenck! So vortrefflich hat Frau Aja ihren Nahmen noch nie gesehen, alles ist erschöpft, was von gousto, Elegantz und Schönheit nur möglich war* ... Amalia scheute sich auch nicht, ihr sozusagen von Frau zu Frau ein Paar Strumpfbänder zu offerieren, eine Gabe von solcher Intimität, daß die Beschenkte Mühe hatte, sie mit Fassung und Humor zu quittieren. *Vor die Strumpfbänder dancke unterthänig – So vornehm war ich in meinem Leben nicht – werde sie aber auch alle Morgen und Abende mit gehörigem Respekt und Devotion an und aus ziehen – ihre Durchlaucht müßen aber eine große Idee von meiner Corpulentz gehabt haben, denn eins gibt gerade zwey, vor mich freylich desto beßer* ... (17. Juli 1781) Als Gegengabe schickte Elisabeth ihr Miniaturbildnis und Caspars Konterfei für das *Cabinett* der Herzogin, *zwey Schachtelen mit Trauben* und gestickten Kleiderstoff. Mit Böllings Hilfe wurden geschliffene Spiegel und Wandlampen, schön wie *Zauberlaternen*, für Weimar besorgt. Die Herzogin ließ daraufhin einen veritablen Tisch zu ihr transportieren, der *Frau Aja* zur Erneuerung ihrer Zimmer inspirierte. *Ich habe mein gantzes unterstes Stockwerck, besonders meine Wohnstube so schön aufgetackelt und ausgeziehrt, daß der prächtige Tisch ... auch wircklich als mein Arbeits-tisch Sitz und Stimme an meinem gewöhnlichen Platz genommen hat ... Sitz und Stimme*, das sind die Termini der politisch geschulten Bürgermeisterstochter.

Um Spezialitäten bemüht, die es in Franfurt nicht gab, beglückte Anna Amalia die Freundin im März 1784 mit einer in Weimar erfundenen Neuheit. Sie schickte einen Strauß künstlicher Blumen aus farbiger Seide, die so echt aussahen, daß die Empfängerin *beym aufmachen des Kastens* wie verzaubert stand und *in der Täuschung an der Hiazinte roch*. Sie bestellte daraufhin bei Bertuch in Weimar weitere Sorten, wünschte sich

Kornblumen, Vergißmeinnicht, Reseda und Klapperrosen und konnte nicht ahnen, wer diese Blumen herstellte. In der von Bertuch begründeten Kunstblumenfabrik arbeitete auch Christiane Vulpius, Tochter eines verarmten Archivars, der einer Unredlichkeit wegen sein Amt verloren hatte. Sie, die tüchtige, hübsche, braunlockige Christiane würde einmal ihre Schwiegertochter werden.

Weimar war für Elisabeth ein vorstellbarer Ort geworden. Durch die Besuche von Wieland und Kranz, Einsiedel und Knebel, der Kammerherren von Wedel, Kalb und Seckendorff, durch die Herzogin Anna Amalia, Carl August und Louise von Göchhausen kannte Elisabeth den Kreis, in dem ihr Sohn lebte. Der Hofstaat von Anna Amalia war klein, verglichen mit anderen Fürstenhöfen. Sie verfügte über zwei Hofdamen, zwei Kammerherren und zwei Sekretäre, Leibschneider und Frisör, Konditor, Mundkoch, Wirtschafterin und Livrée-Bedienstete, wozu der Tafeldecker und der Silberdiener, Hausknechte und Stubenmädchen kamen, alles in allem nicht mehr als dreißig Personen, durch die jedes Vorkommnis mit erstaunlicher Geschwindigkeit nach außen drang. Man kann sicher sein, daß Elisabeth über alles, was ihren Sohn betraf, gut informiert war, selbst über sein undurchschaubares Verhältnis zur Gattin des Oberstallmeisters. Darauf lassen zwei Briefe schließen, in denen sie sich Frau von Stein gegenüber betont distanziert verhält und nie vergißt, auch *Dero Herrn Gemahl* grüßen zu lassen.

Weimar war *das gelobte Land*, und die Hoffnung, es mit eigenen Augen zu sehen, wurde zu einer fixen Idee. *Merck besteht steif und fest drauf, und Ihro Durchlaucht können Sich leicht vorstellen, daß das vor Frau Aja der höchste Grad von irdischer Glückseeligkeit wäre* – Merck traf *Frau Aja* an ihrem 49. Geburtstag am Schreibtisch an, wo sie im *Wirrwarr* Briefe an alle Welt beantwortete. Wolfgang hatte ihr einen Geburtstagsgruß geschickt und ihr zu Ehren eine Lesung seines Singspiels *Jery und Bätely* in Weimar veranstaltet. Sie war in bester Stimmung. *Un-*

ser aller Frau Aja ist mein letztes Refugium, die ich auch neuerlich in voller Correspondenz mit Ew. Durchlaucht angetroffen habe ... Wir freuten uns innig unsres Daseyns und tranken dem Alten ins Angesicht seinen Alten Wein so laut dabey aus, daß er ... endlich lebenssatt entschlief und auch, so lange ich da war, nicht wieder erwachte ... Merck verabscheute den alten Hausherrn, je länger er ihn erlebte. *Frau Aja* hingegen sei *jung wie ein Adler* und so freundlich, *als ob sie neben ihrem Popanz das herrlichste Leben führte.*

Warum ließ *der Popanz* seine Frau nicht reisen? Schon vor mehr als einem Jahr hatte Elisabeth alle Einladungen – die des Sohnes, der Herzogin und Wielands – seinetwegen ausschlagen müssen. Dabei sah sie die ersehnte Stadt bereits im Traum. *Diese ganze Nacht träumte ich von Weimar*, schrieb sie, *da kams mir vor als ginge ich über die Zeil, und Ihro Durchlaucht säßen auf dem Balcon im Rothen Hauß, riefen mir zu, ich solte heraufkommen ...* (24. November 1778) So kam es in der Tat. Amalia wartete auf sie, während Caspar den zweiten Schlaganfall erlitt. Es sei *ohnmöglig, den Vater allein zu lassen*, meldete Elisabeth traurig. In Weimar waren Goethes *Iphigenie* und *Der Triumph der Empfindsamkeit* aufgeführt worden. Im Park an der Ilm hatte der gefeierte Autor ein illuminiertes Fest veranstaltet, das Wieland in einen solchen Freudenrausch versetzte, daß er ausrief: *Ich hätte Goethen vor Liebe fressen mögen.* Gern hätte die Mutter an diesen Ereignissen teilgenommen.

In Mercks Augen war Caspar nicht nur ein Popanz, sondern auch ein Geizkragen, der seine Frau schikanierte und ihr, wenn Gäste kamen, noch weniger Haushaltsgeld gab als sonst. In einem spöttischen Brief vom 27. Oktober 1779 machte er seinem Ärger Luft. *Meine einzige Resource ist hier die treue Frau Aja, mit der ich zuweilen, wenns mir wehe ist, einen Humpen Alten Weines ausleere, indeß daß der Herr Rat seinen Frankfurter trinkt*, schrieb er der Herzogin. *Dieser alte Mensch ist ganz incorrigible, und die Filzerey ist so arg, daß, wenn der Herzog vier Wochen in seinem Haus logiert, er der Frau nicht einen Taler*

Wochengeld mehr gibt. Dieser Mensch, resümierte er sarkastisch, *ist Goethes Vater und Frau Aja[s] Eheliebster.*

Am Bett des *Eheliebsten* saß *Frau Aja* und wartete auf Post. *Wenn aber auch die lieben lieben Weimarer nicht wären! So würde mein armes Leben gar traurig hinschleichen – aber Gott sey Danck! daß ein Weimar in der Welt ist.* Der Unterschied zu früher war gravierend. Zwar hatte sie wochenlang Logierbesuch von ihrem Freund, dem Theaterdirektor Großmann, und der sechsköpfigen Familie Schlosser. Sie besuchte die alte Freundin Margaretha Bethmann, die sich einst als Demoiselle Schaaf in ihr *Güldenes Schatz-Kästlein* eintragen durfte, und feierte mit der eleganten Emilie Bernus die Neueröffnung des Schauspielhauses am Komödienplatz, wo sie *Minna von Barnhelm* und *Emilia Galotti, Julius von Tarent* und den *Hamlet* sah.

Doch weder in Madame Bethmann noch in der Theaterfreundin Bernus fand sie die Vertraute, wie es Johanna Fahlmer gewesen war. Sie liebte die Freundinnen der *Samstagsgesellschaft*, doch gab es dort auch Klatsch und Intrigen, an denen sie nicht unbeteiligt war. Elisabeth war einsam. *Freylich hätte ich nur eine einzige Freundin, eine einzige theilnehmende Seele, so hätte meine Wonne und Freude den höchsten Gipfel erreicht, denn ein Vergnügen, das mann niemand sagen kann, bleibt allemal nur halb. Was kann ich aber machen – vor der Hand ist das nun jetzt eben Frau Aja ihr trauriges Los* – (31. März 1780) Sie selber wußte genau, wodurch sie sich von den *Damen der Gesellschaft* unterschied. An Großmann schrieb sie: *Doch da mir Gott die Gnade gethan, daß meine Seele von Jugend auf keine Schnürbrust angekriegt hat, sondern daß sie nach Herzenslust hat wachsen und gedeihen, ihre Äste weit ausbreiten können u. s. w. und nicht wie die Bäume in den langweiligen Zier Gärten zum Sonnenfächer ist verschnitten und verstümmelt worden, so fühle ich alles was wahr, gut und brav ist, mehr als villeicht Tausend andre meines Geschlechts … eben dieses unverfälschte und starcke Naturgefühl bewahrt meine Seele (Gott sey ewig Danck) vor Rost und Fäulniß.*

Das erklärt, warum sie mit Naturen wie Sophie von La Roche nicht warm werden konnte. Sie hat sich der Schriftstellerin gegenüber mit Skepsis und einer fast beleidigenden Herablassung geäußert. *So tief wird mich doch der liebe Gott nicht herabsincken lassen, um an einem Journal zu schreiben – Behüte und bewahre!* hat sie gesagt. Niemals werde sie sich in dieser Weise *prostituieren*, was wohl hieß: für Geld schreiben. (5. Oktober 1783) Andererseits waren Sophies Werke in ihrer Bibliothek vertreten,[1] und es wird eine große Überraschung gewesen sein, als sie in der Neuerscheinung *Rosaliens Briefe an ihre Freundin* jene Schlittschuhszene wiederfand, die sie selbst miterlebt hatte. Anschaulich schilderte Sophie den kalten Januartag und die *zu einem festen, glatten Spiegel* gefrorene Eisfläche, von der man Musik und Jubel herüberschallen hörte. *Der Schauplatz war auserlesen*, schrieb sie. *Bei den kühnen Schlittschuhläufern waren die Söhne der angesehensten Familien, junge Engländer, Offiziere – und einer der seltensten und vortrefflichsten Köpfe Deutschlands* – womit Goethe gemeint war – *alle in kurzen Pelzröcken und runden, ihnen recht passenden Kappenhüten.* Die Atmosphäre war genau wiedergegeben, der Wiesengraben, die Ulmenbüsche, der helle Himmel. Sophie erwähnte auch die grünen Bänke am Rand der Eisfläche, die Holzdielen, *um die Füße vor Kälte zu schützen; ganz kleine Tischgen, immer drei Fuß breit voneinander, mit Servietten gedeckt, worauf dann Chocolade, Kaffee, kleine warme Pastetgen, Confect und fremde Weine, Schinken und Braten gesetzt und angeboten wurde.*

War diese Szene auch für *Frau Aja* gedacht? Sophies Zuneigung zu Elisabeth scheint aufrichtig gewesen zu sein. *Mama Göthe ist die beste liebste Frau von der Welt*, beteuerte sie Bernhard Crespel. *Cents milles choses à la digne Mama Göthe, sagen Sie der Mama Göthe daß ich sie liebe und ehre von ganzer Seele.*[2] Im Hirschgraben fühlte sie sich so wohl, daß aus herzlichen Grüßen zärtlichste Küsse wurden. In dem Maß, in dem Goethe sich enttäuscht von ihr abwandte, suchte sie die Nähe seiner Mutter.

Der Zufall mag ihn gegen mich bös gemacht haben! Ich bin nur Weib, aber ich werde nie ungerecht und nie klein sein, schrieb sie diplomatisch klug an Wieland. *Crespel! gehen Sie doch zu Mama Göthe und fragen, warum wir nichts von ihr hören, wir sind sehr unruhig ... – Mama Göthe ist jetzt mehr Muttertrost für Max als ich –*[3]

Doch bei aller Freundschaft – Elisabeth war entgeistert über Sophies berechnende Heiratspolitik. *Mama La Roche* präsentierte ihr im Hirschgraben ihren zweiten Schwiegersohn, einen brutalen Alkoholiker, weit schlimmer als Brentano. Was war von einer Frau zu halten, bei der das Leben dem Werk sichtlich widersprach? *Eine Frau wie die La Roche, von einem gewiß nicht gemeinem Verstand, von zimlichen Glücksgütern, von Ansehn, Rang u.s.w. die es recht drauf anfängt, ihre Töchter unglücklich zu machen – und doch* Sternheime *und* Frauenzimmer Briefe *schreibt – mit einem Wort, mein Kopf ist wie in einer Mühle.* Der Mann, den sie ihrer weinenden Louise aufzwinge, sei ein *Ungeheuer* und ein *Unthier. Ich habe närrische Heurathen genug erlebt, aber warlich, was zu viel ist, ist zu viel.* (30. April 1779)

Allerdings kam es auch in anderen ihr bekannten Familien zu Zwangsehen wie dieser. Gerade wurde die siebzehnjährige Elisabeth Bethmann an den ungeliebten Herrn Hollweg verkuppelt, was Frau Schönemann ihrer Tochter Lili ausführlich berichtete. Das arme Mädchen habe *unter tausend Thränen* die Ehe versprechen müssen. *Auf der Rückfahrt haben sie bei der Metzler-Bethmann soupiert. Sie hat während des ganzen Essens geweint ... Die Kinder Bethmann erzählen in der Schule, daß ihre Schwester immer noch weint und daß die Mutter ihr sage: sei doch zufrieden ... wenn du einmal geheurathet bist, wirst du ihn schon lieben.*[4] Elisabeth hatte keinen Funken Verständnis übrig für eine Frau wie Sophie von La Roche, die alles tat, *um ihre Töchter unglücklich zu machen.*

Goethe hat alle Briefe seiner Mutter vom Jahre 1765 bis 1792 verbrannt. Nur drei Briefe und ein Zusatzblatt sind der Vernichtung entgangen, weil sie nicht in seinem Besitz waren. Das erste erhaltene Schreiben der Mutter stammt vom 23. März 1780. Trotz Caspars schwerer Krankheit enthält es keine Klagen – Wolfgang gegenüber klagte sie nie. *Lieber Sohn! diesen Augenblick bringt mir Herr Paulsen zwey Briefe, die mich so in einen Freuden und Jubelthon gestimmt haben, daß es gar nicht ausgesprochen werden kann ... wenn es aber auch kein Weimar und keine solche herrliche Menschen drinne gäbe – ferner keinen Häschelhans – so würde ich Catholisch und machts wie Maler Müller ... Der Postwagen will fort, lebe wohl! Ich bin ewig deine treue Mutter Aja.*

Warum versetzte der Brief sie in einen *Jubelthon*? Schließlich hatte Carl August ihr nur Herrn Paulsen, Bürgermeister von Jena, ankündigen wollen. Doch beim Schreiben war er ins Schwärmen geraten. *Daß ich Sie liebe und ehre, wißen Sie, ich brauche es also nicht zu sagen*, versicherte er, und *da die zwey Worte einmahl dastehn, so mögen sie bleiben, es hieße alles, was man mit 3 000 000 Worten nicht sagen kann ...* Derartige Gefühlsäußerungen eines regierenden Herzogs erhielt man nicht alle Tage. Gern wäre Elisabeth gereist, zumal Anna Amalia sie im Sommer erneut, diesmal dringlicher als sonst, zu sich einlud. Es ging nämlich das Gerücht um, ein Erdbeben werde Frankfurt verwüsten. Doch auch ein Erdbeben konnte Elisabeth nicht bewegen, ihren Mann zu verlassen, der am 19. Juli – im Ausgabenbuch nicht erwähnt – seinen siebzigsten Geburtstag beging. Mit bewunderswerter Heiterkeit beantwortete sie *die gnädige Vorsorge* der Frau Herzogin und schlug vor, statt ihrer eigenen Person eine Fuhre alter Weine zu schicken mit der Bitte, sich *dieser armen vertriebenen und verjagten Emigranten anzunehmen, und ihrer in einem hübschen trockenen Keller best möglichst zu pflegen.* Doch dann: *Daß Ihro Durchlaucht in Ihrem Ettersburg Gesund und vergnügt sind, hat mich unendlich erfreut – Aber – aber eine große Kluft ist's doch alle mahl vor Frau*

Aja!!! Dieser Sommer geht also leider wieder vorbey, ohne daß ich die Seeligkeit genüße, meiner Theuren, Besten und Holdseligen Fürstin Liebevolles Angesicht zu sehen – O! Was muß mann doch alles in dieser Werkeltag welt entbehren! (14. Juli 1780)

Ihr Sohn, anstatt zu kommen, schickte ihr eine Freundin, der er wohl mehr als nur freundschaftlich zugetan war. Maria Antonia von Branconi, Mätresse des Herzogs von Braunschweig, eines Bruders von Anna Amalia, war die schönste Frau, der er je begegnet war.[5] Während sie im Hirschgraben weilte, schrieb er ihr einen Brief, wie ihn sonst nur Frau von Stein bekam. *In meiner Eltern Haus komm ich Ihnen mit einem Gruß entgegen, auf denen Schwellen, wo ich in meinem Leben mit so tausendfach veränderten Empfindungen hin und wieder gegangen bin ... Meine Mutter schreibt mir gewiss gleich, sagen Sie ihr etwas für mich.*

Elisabeths Begeisterung über die *gar liebliche Branconi* veranlaßte ihn zu weiteren, von erotischen Andeutungen nicht freien Geständnissen. *Meine Mutter ist recht glücklich gewesen, Sie bey sich zu haben. Die gute Frau schreibt auch eine Epoche von dem Tage Ihrer Bekanntschafft. So gehts dem Astronomen, wenn an dem gewohnten und meist unbedeutenden Sternhimmel sich Gott sey Danck endlich einmal ein Komet sehen läßt ...*

Gegen Jahresende wird in Elisabeths Briefen ein resignativer Ton unüberhörbar. *Mit den übrigen sehr ... schönen Sachen des Herrn Häschelhanßens wirds wohl noch Zeit haben: Frau Aja muß noch im Glauben leben, das Schauen muß sie mit Gedult erwarten*, schrieb sie der Herzogin traurig. (15. Dezember 1780) So stolz sie auf die Erfolge des Sohnes war, sprach sie doch, wenn von *Egmont, Clavigo, Iphigenie* die Rede war, sehr zurückhaltend von seinen *schönen Sachen*. Nur selten ging die Begeisterung mit ihr durch. *Meine glorie war fast groß*, bekannte sie einmal und rief beglückt, als sie ein Gedicht erhielt,[6] worin *ein Engel mit einem Lilienstengel* erschien: *davor hätt ich meinen Sohn Küßen mögen –*

Caspar war ein todgeweihter Mann. Merck sprach von einem *lebendtodten Menschen*; von einer *Sandwüste* der Einsamkeit sprach Elisabeth. Sie umschrieb Caspars Zustand mit dem anrührenden Begriff *Pflantzenleben*. Ihr Bericht an Lavater, den sie um die letzten Teile seiner *Physiognomik* bat, wirkt ebenso verhalten wie liebevoll. *Bei uns gehts – so – so. Ich vor mein Theil befinde mich Gott sey Danck noch immer wie ich war, gesund, munter und guten Humors, aber der arme Herr Rath ist schon seit Jahr und Tag sehr im abnehmen – vornehmlich sind seine Geistes-Kräffte gantz dahin – Gedächtnis, Besinnlichkeit, eben alles ist weg. Das Leben, das Er jetzt führt, ist ein wahres Pflantzenleben.* Caspar konnte kaum sprechen, mußte seit dem letzten Schlaganfall wie ein Säugling gefüttert und versorgt werden.

Zufällig hat sich zwischen Elisabeths Wirtschaftsbüchern ein besonderes Heft gefunden mit der Aufschrift: *Spielbüchlein von Gewinn und Verlust vom Jahre 1781*. Nach diesem *Spielbüchlein* ging sie ein- bis zweimal in der Woche zu Freunden, um sich beim Kartenspiel vom häuslichen Elend abzulenken. Auf siebzehn Seiten ist nachzulesen, wer die Freunde waren, bei denen man sich traf: *bey Herrn Crespel, bey Herrn Jaquet* (dem Ehemann von Franziska Crespel), *bey Herrn Jäger, bey Frau Rath Moritz, bey Frau Syndicus Gelf, bey Mama Stock, bey Frau Lehnhardt, bey Hauptmann Lucius, bey Dr. Moors* (einem Bruder von Max Moors), *bey Frau Gräfin von Rantzau* – die bei ihr im Hause wohnte –, *bey Frau Brentano* (Maximiliane), *bey Doctor Textor* (ihrem Bruder), *bey der jungen Frau Stock, bey Frau Rath Selig, Frau von Melling, Frau Melber* (ihrer Schwester), *Frau Doctor Schlosser, Frau Doctor Textor* (ihrer Schwägerin), *Frau Leonhardi*.

Am häufigsten nannte sie dabei ihre Mutter. Anna Margaretha Textor, siebzig Jahre alt, wird ihren Schwiegersohn um ein Jahr überleben. *Die Mama bey mir* oder *bey der Mama*, heißt es. Wenn man Elisabeths Brief an Lavater bedenkt, wie sehr sie unter Caspars *Pflantzenleben* leide, kann man im *Spielbüchlein* ein Tagebuch der inneren Not sehen.[7] Sie hat beim Spiel öfter verloren als die anderen; zum Schluß standen 10 Gulden auf ihrer Verlustseite.

Da der kaiserliche Rat nicht mehr geschäftsfähig war, bestellte das Frankfurter Schöffengericht einen Vormund. Eine Frau durfte nicht einmal ihr eigenes Vermögen allein verwalten. Sie sei doppelt einsam, schrieb sie Lavater, *da ich keinen Ersatz an meinen Kindern habe – Alles ist ja von der armen Frau Aja weit weit weg* – Wolfgang *hat mir aber zu einer kleinen Entschädigung einen gar herrlichen Brief geschrieben* – (20. August 1781).

Der *gar herrliche Brief* blieb erhalten. Es ist die ernste Antwort des Sohnes auf eindringliche Fragen der Mutter – einem Rechenschaftsbericht nicht unähnlich. Merck hatte behauptet, Goethe sei in Weimar fehl am Platze, werde ausgenützt, *das Dreckwesen* könne ein anderer erledigen, *dazu ist Goethe zu gut* ... Elisabeth machte sich Sorgen und formulierte zwei Tage lang, vom 17. bis 19. Juni 1781, die Fragen, die eine Mutter stellt, wenn ihr Sohn sich beruflich und gesundheitlich zu ruinieren droht.

Lieber Sohn! Ein Wort für Tausend! Du mußt am besten wißen, was dir nutzt – da meine Verfaßung jetzt so ist, daß ich Herr und Meister bin, und dir also ungehindert gute und ruhige Tage schaffen könnte; so kannst du leicht dencken, wie sehr mich das schmertzen würde – wenn du Gesundheit und Kräffte in deinem Dienste zusetzen [würdest] ... Doch dich ohne Noth aus deinem Würckungs-Kreiß heraus reißen, wäre auf der andern Seite ebenso thörig –

Also du bist Herr von deinem Schicksahl – prüfe alles und erwähle das beste – ich will in Zukunft keinen Vorwurf weder so, noch so haben – jetzt weißt du meine Gedancken – und hiermit punctum. Unmißverständliche Worte. Sie beendete ihre Mahnung – nicht ohne Hintersinn – mit einem Lob auf die Heimatstadt. *Franckfurth ist ein Curioser Ort, alles was durchpassiert, muß den nehmlichen Weg wieder zurück – Vivat Franckfurth!!!* Darin lag die Zuversicht, ihn bald zu sehen.

Goethe hat die Mutter wohl verstanden. Er dankte für ihren Brief: *In demselben Ihre alten und bekannten Gesinnungen wieder einmal ausgedrückt zu sehen und von Ihrer Hand zu lesen, hat mir eine große Freude gemacht. Ich bitte Sie, um meinetwillen unbesorgt zu sein … Was meine Lage selbst betrifft, so hat sie, ohnerachtet großer Beschwernisse, auch sehr viel erwünschtes für mich … Merck und mehrere beurteilen meinen Zustand ganz falsch, sie sehen das nur was ich aufopfre, und nicht was ich gewinne …* Noch einmal sprach er von der letzten Zeit im Elternhaus, *unter solchen fortwährenden Umständen würde ich gewiß zu Grunde gegangen sein. Das Unverhältnis des engen und langsam bewegten bürgerlichen Kreises zu der Weite und Geschwindigkeit meines Wesens hätte mich rasend gemacht …* Keinesfalls wolle er seinen Posten verlassen, da er sich sonst *um Früchte und Ernte* brächte. Bei diesen Worten überwältigte ihn sein Gefühl. Sie, die Mutter, sagte er, sei nach wie vor das Fundament seiner Existenz. *Indeß glauben Sie mir, daß ein großer Theil des guten Mutes, womit ich trage und wirke, aus dem Gedanken quillt, daß … ich nur dürfte Postpferde anspannen lassen, um das Nothdürftige und Angenehme des Lebens mit einer unbedingten Ruhe bey Ihnen wieder zu finden. Denn ohne diese Aussicht … würde mir manches viel saurer werden.*

Die Antwort konnte die Mutter beruhigen. Doch schon hatte sie neue Sorgen. Wolfgang lebte in einem Gartenhaus, das kaum beheizbar war. Zum ersten Mal wandte sie sich mit einer Bitte an die Herzogin, deren Sohn Constantin gerade bei ihr logierte. *Haben doch Ihro Durchlaucht die Gnade und helfen mit dazu, daß mein Sohn den Winter in der Stadt eine Wohnung bekommt* – Bei jedem schlechten Wetter *fällt mirs schwer aufs Hertz, daß der Docter Wolf in seinen Garten gehen muß, daß allerley Übels draus entstehen kann u. s. w. – Ihro Durchlaucht werden Frau Aja unendlich verbinden, wenn Sie ihr diesen Hertzendruck helfen wegnehmen.* (16. November 1781) Anna Amalia beeilte sich, ihrem Dichter eine passende Bleibe zu verschaffen. Acht Tage später lag das Ergebnis vor. *Liebste Frau Aja! ich kann Ihnen mit viel Vergnügen ankündigen, daß ihr geliebter Hätschelhanz sich in Gnaden resolviert hat ein Hauß in der Stadt zu miethen, zwar werden sie erst um Ostern es beziehen, weil der contract von den jetzigen Bewohner bis dahin gehet; indeßen haben wir doch, liebe Mutter, halb den Sieg davongetragen, ... auch habe ich ihm versprochen, einige Meubeln anzuschaffen, weil er so hübsch fein und gut ist. Sie werden also die Güte haben, liebe Mutter, und mir einige Proben von Zitzen [Bezugsstoff] zu schicken für Stühle und Canapée und zugleich die Preise dabey.* Nachschrift: *unser Wollf läßt Ihnen tausendmal grüßen, er ist recht wohl und brav.* (23. November 1781)

Das Haus lag am Frauenplan. Elisabeth äußerte ihre Zufriedenheit. *Daß Ihro Durchlaucht die Gnade haben wollen, dem guten Wolf sein neues Hauß ausschmücken zu helfen – davor statte den Unterthänigsten Danck ab. Die Muster nebst denen Preisen sollen ehesten erscheinen.* Durch Wieland hatte sie das handgeschriebene *Tiefurther Journal* mit den Beiträgen ihres Sohnes, Herders und Seckendorffs erhalten. Sie sitze *in einer Sandwüste*, antwortete sie, *und mein armes bißgen Witz und Verstand ist dem Verschmachten oft schon nahe gewesen;* nun bereite ihr das Journal besonderes Vergnügen. (30. November 1781)

Was sie damals allenfalls ahnte: der Sohn erlebte die glücklichste Zeit seiner Liebe zu Charlotte von Stein. Sie hatte ihm einen Ring mit ihren Initialen *C v S* geschenkt – ... *auf das Siegel drück ich einen Kuß und bin dein für ewig*, antwortete er. *Ich wollte, daß es irgend ein Gelübde oder Sakrament gäbe, das mich dir auch sichtlich und gesetzlich zu eigen machte*, sein *Noviziat* habe lange genug gedauert (12. März 1781). *Wir sind wohl verheurathet, das heißt, durch ein Band verbunden* ... (Juli 1781). Er sei *unzertrennlich* und *leibeigner, als sich denken läßt* (August 1781). Manche seiner Äußerungen legen den Verdacht nahe, daß die Beziehung doch nicht nur rein platonischer Natur war.[8] Wenn diese Bekenntnisse auch kaum nach außen drangen, mag es für die Mutter dennoch nicht schwer gewesen sein, zu erraten, von wem ein bestimmtes Liebesgedicht im 9. Tiefurter Heft stammte. Zwar hieß es geheimnisvoll: *Aus dem Griechischen*, doch konnte sie sich vermutlich denken, für wen die zärtlichen Zeilen gedacht waren, die Goethe der Geliebten schon vorher, in seinem Brief vom 22. September 1781, ankündigte:

Wenn ich deinen lieben Leib umfasse
Und von deinen einzig treuen Lippen
Langbewahrter Liebe Balsam koste …

Ob die Mutter erfreut gewesen wäre, wenn sie den wahren Sachverhalt erfahren hätte, bleibt offen. Der Sohn war zweiunddreißig, seine Geliebte sieben Jahre älter. Als Charlotte von Stein Jahre später zu ihr nach Frankfurt kam, wird über dergleichen kaum gesprochen worden sein.

Im 40. Stück des *Tiefurther Journals* las Elisabeth zum ersten Mal Goethes Gedicht: *Edel sey der Mensch / hülfreich und gut* und verwandte die Zeilen in einem Brief an Fritz von Stein. Zu Weihnachten reimte auch sie. Für Louise von Göchhausen hatte sie ein Geschenk vorbereitet: Sie ließ sich malen.

So schickt sie hier ein Bildnis fein,
Das Ihnen wohl mögte kenntlich seyn;
und bittet es zum Angedencken
An Ihren Schwanenhals zu hencken …
Antworten wirds Ihnen wohl freylich nie
Allein wer läugnet Simpatie! …

Wolfgang hatte zu kommen versprochen – er kam nicht. Wollte er den Vater nicht in seinem erbärmlichen Zustand sehen? *Ich hatte mir mit der Hoffnung geschmeichelt, mein Sohn würde die Herbstmeße herkommen, aber da wird auch nichts draus.* (20. August 1781) Statt dessen gab er der Mutter den seltsamen Rat, das Leben trotz des Vaters Krankheit zu genießen. Ihre Berichte machen jedoch nicht den Eindruck, als ob ihr nach Frohsinn zumute gewesen wäre. Am 31. März 1782 bricht auch das

Spielbuch ab. Der Gesundheitszustand des einundsiebzigjährigen Ehemannes hatte sich dramatisch verschlechtert.

Johann Caspar Goethe starb am 25. Mai 1782. Erhalten blieb ein Blatt mit den Namen all derer, die die Ehefrau von seinem Tod benachrichtigte. Die Liste der Honoratioren beweist das Ansehen, das das Paar genoß. *Bürgermeister Lucius, Herr Hauptmann, H. v. Loen, Mainzergasse, H. Canzley Direktor Moritz, Bölling, Buchgasse, Garbe ditto, H. Thiese, H. Olter, H. Altheins vom Römerberg, Frau Fischern, Mad. Melber* (ihre Schwester), *Rath Schneider* (der Hausfreund), *Rebstock, Madame Bernus, Madame Manskopf, Frau Rost, Mad. Fingerlin, H. Sternberg, Dr. Hoffmann, H. Grasemann* (Chirurg), *Bankier Willemer, Senator Schlosser & Haus, Fr. Hofrat Ruprecht, Frau Stadtschultheiß Textor und Herrn Senator* (Textor), *Herrn Hauptmann Schuler* (ihr Schwager), *Frau Syndicus Gelf, Zeil, Herr v. Loen, Zeil, H. Jäger u. Haus, Herr Geh. Rat v. Melling, Jungfer Schmiedel, Dr. Starck* (Neffe), *Frau Lang u. Frau Stadtschreiber Hofmann, Zeil, Herr Crespel, Frau Rath Moritz, Frau Gräfin von Rantzau, Frau Major von Klettenberg, Rath Seeling, Herr Wuppermann, Dr. Albrecht, v. Wiesenhütten* (Geh. Rat), *Dr. Hetzler* (Ratsherr), *H. Schmerber, Herr Hofmann vom Hirschgraben, Frau Stock, Liebfrauenberg, Frau Schwartz und Jungfer, Neue Kräme, Frau Jaquet, Braunfels, H. Leonardo, Apotheker, Herr Resident Brentano, Sandgasse, Dr. Metz* (Arzt), *Senator Lohnemann, Herr Bankier Bethmann, Herr Bankier Bethmann gegenüber.* Die Liste bricht ab, die zweite Hälfte fehlt.[9]

Eine weitere Liste war auszufüllen: die Aufstellung, was beim Leichenbegängnis bezahlt werden mußte:

Dem Kirchenbuchführer
Chorsingen der Schüler am Grab oder am Hause
Fuhrlohn Kutscher
Kreuzträger, Träger, Marschall, Hellpartirer
Trauergewand

Ein Epitaphium=Schrein
Zeugen, Sarg, Schreinergeselle
Schnüre zum Sarg, Flöre und Handschuhe
... Stück Zitronen
... Stück Brezeln
... Stück Eyerweck, Caffé und Confect
... Ordinairen Wein
Dem Cath=, Nicolai= oder Pfarrtürmer
Armenbüchs
Dem Leichenbitter so das Leid ansagt.

Der einzige Sohn war nicht anwesend, als der vierspännige Schimmelwagen, von sechs Hellebardieren geleitet, Johann Caspar Goethe zum Peterskirchhof brachte, wo er am Epitaph der Waltherischen Gruft neben seiner Mutter Cornelia Goethe, geborene Walther, beigesetzt wurde. *Die Leichen=Kosten bei Beerdigung des weiland Herrn Goethe, gewesenen Kaiserl. würcklichen Raths und J. U. Dr.* beliefen sich auf 608 Gulden und 38 Kreuzer. Der große Leichenschmaus mit Brezeln, Eierweck und Wein kostete 100 Gulden.[10] Im Tagebuch des Sohnes findet sich für die Zeit vom 19. Mai bis 1. Juni 1782 keine Eintragung. Am 2. Juni zog er im Haus am Frauenplan ein; einen Tag später erreichte ihn das von Kaiser Joseph II. unterschriebene Diplom, wodurch er in den erblichen Adelsstand erhoben wurde. Der Vater hat die Standeserhöhung nicht mehr erlebt.

Hat der Tod des Ehemannes Elisabeth von Druck und Sorgen befreit? Merck berichtete Carl August am 4. Juli 1782: *Mit Frau Aja hab ich neulich einen schönen Trauerschmauß gefeiert, und sie ist nicht ungeneigt, einen guten Gebrauch von ihrer natürlichen Freyheit zu machen, besonders stimmt sie zu einer Reise nach Weimar, wenn ihr Sohn erstlich besser eingerichtet ist.* Das ist eine unmißverständliche Aussage: Goethes Mutter ist jetzt frei und möchte nach Weimar. Nicht weniger deutlich schreibt es Elisabeth selber in ihrem ersten Brief nach Caspars Tod an Anna

Amalia: *Jetzt verzählt sich Frau Aja die prächtigsten Mährgen von einer Reiße nach Weimar – Ich hoffe zuverlässig, daß mir der Himmel diese außerordentliche Freude gewähren wird – so geschwind kann es freylich noch nicht seyn – Doch Gedult! Wollen schon unsere sieben Sachen suchen in Ordnung zu bringen, und dann auf Flügeln des Windes an den Ort eilen, der für mich alles enthält, was mir auf diesem Erdenrund hoch, theuer und werth ist.* (11. Juli 1782)

Deutlicher ging es nicht. Doch ausgerechnet jetzt kündigte Lavater aus Zürich sich an, den sie als ihren alten Freund betrachtete, obgleich sie wußte, daß der Sohn ihm die Freundschaft mit bitteren Worten aufgekündigt hatte. Sie ließ gerade ihr Haus renovieren, die Rechnungen dazu existieren noch, sie steckten bündelweise zwischen den Ausgabenbüchern. Daraus erfährt man überrascht, daß der *Handwerker* kein anderer war als der berühmte Frankfurter Maler und Kunsthändler Johann Andreas Benjamin Nothnagel, der schon Wolfgang in die Anfänge der Ölmalerei eingeweiht hatte. Seine Fähigkeiten bei der Renovierung bezeugen zugleich den Kunstsinn der Hausherrin. Nothnagel listete seine Arbeiten auf:

Zwey Zimmer auf die noch gut gewesene grundierte Leinwand à la antique fein gemahlt
In das fordere Zimmer eine Niche in Ölfarbe fein gemahlt
In beiden Zimmern die Boisserie hellgrau mit Glanzfarbe gestrichen
Zwey große Mahlereyen gefirnißt
Zwölf Stühle hellgrau staffiert …

Nothnagel betrachtete sich als Künstler und berechnete für seine Arbeiten nicht weniger als 143 Gulden. Schon im Juni 1782, vier Wochen nach Caspars Tod, hatte Elisabeth für 55 Gulden ihre Möbel neu beziehen lassen. Im September wurde der Weißbinder beauftragt, den vom Maurer beschädigten Herd zu reparieren, die Stukkaturdecken, den Vorplatz und den Abtritt zu weißen, Nischen zu tünchen und sämtliche Fensterrahmen im dritten Stock *mit Öl-Silber-Farbe* hellgrau zu streichen. Nachdem er auch die Mäuselöcher mit Gips verschlossen hatte, erhielt er 57 Gulden und 20 Kreuzer.

Da alle Möbel vom zweiten Stock nach oben gebracht waren, mußte der berühmte Lavater in der Mägdekammer schlafen. Doch auch hier empfing er seine alten Freunde wie ein König. *Mamma Goethe*, urteilte er, sei ihm weit sympathischer als Madame La Roche, deren *sentimentale Preziosität* ihn *genierte.* Merck schrieb an Carl August: *Vor acht Tagen waren wir so glücklich, Lavaters Anlitz zu sehen ... Gegen Abend war Frau Aja so galant und ließ einen artigen Phaethon anspannen und brachte den Propheten nach seinem Verlangen nach Offenbach zu dem Pfarrer Stolz. Da sich die ganze Stadt Frankfurth schon lange mit der Sage schleppt, sie ginge nächstens nach Weimar, um da zu leben und zu sterben*, habe man die Abreise mitsamt vielen Koffern für *ihren endgültigen Abschied* gehalten. (22. Juli 1782)

Damit betonte Merck noch einmal: Frau Aja möchte reisen. Trotzdem kam kein Wink aus Weimar. In Tiefurt wurde Goethes *Fischerin* aufgeführt, Corona Schröter trug den *Erlkönig* zauberisch schön vor. *Von meiner Mutter hab ich einen Brief gefunden, der fürtrefflich ist. So lang ich euch beyde habe, kann mir's an nichts fehlen*, sagte Goethe zu Frau von Stein. (2. Oktober 1782) Anna Amalia meldete sich erst im Oktober. *Ich könnte viel Schönes von hier sagen, unter andern daß das Palais des Herrn Geheimden Rats von Goethe von außen und innen prächtig geschmückt wird und daß es eines der schönsten in der Stadt Weimar werden wird ...*

Doch eine Einladung in das prächtige *Palais* am Frauenplan kam nicht. Goethe lebe neuerdings recht aristokratisch, bemerkte Herder zur gleichen Zeit. *Er ist also jetzt Wirklicher Geheimer Rath, Kammerpräsident, Präsident des Kriegscollegii, Aufseher des Bauwesens bis zum Wegbau hinunter, dabei auch Directeur des Plaisirs, Hofpoet, Verfasser von schönen Festivitäten, Hofopern, Balletts, Redoutenaufzügen, Inskriptio-*

nen, Kunstwerken etc., Direktor der Zeichenakademie ... kurz, das fac totum des Weimarschen. ... Er ist baronisiert, und an seinem Geburtstage wird die Standeserhebung erklärt werden. Er ist aus seinem Garten in die Stadt gezogen und macht ein adlig Haus ...[11] Wäre es nicht an der Zeit gewesen, die Mutter wenigstens für ein paar Wochen an diesem Leben teilhaben zu lassen?

Für alte Kleider vom Seligen Herrn Rath 77 Gulden und 30 Kreuzer. Kann man einem Haushaltsbuch Gefühle ablesen? Sie sei jetzt ganz sich selbst überlassen, antwortete Elisabeth der Herzogin, ihre Freuden müssen sie jetzt *bey Fremden* suchen, denn in ihrem Haus sei es *so still und öde wie auf dem Kirchhof – sonst wars freylich ganz umgekehrt.* Es mußte schlecht um sie bestellt sein, wenn sie ihre Bitterkeit so unverhüllt aussprach. Nur von *einer* Freude weiß sie zu berichten: in Kürze werde man im Theater *Clavigo* aufführen, *da geht ganz Franckfurth hinein, alle Logen sind schon bestellt.* Es war ihr wie ein persönlicher Triumph, wenn Goethes Dramen auf der Bühne der Reichsstadt bejubelt wurden. *Der Mond prangt ja auch mit geborgtem Licht* – damit erklärte sie einleuchtend ihren mütterlichen Stolz. (5. Januar 1783)

Ohne Zweifel wäre die Zeit zu einem Weimarbesuch reif gewesen. Sie wagte noch einen Vorstoß. Zur Geburt des herzoglichen Erbprinzen habe sie mit Abendgästen den Chor *Fröhliger, seliger, herrlicher Tag* angestimmt, eine Vertonung aus Goethes Singspiel *Claudine von Villa Bella. Voll von diesen Ideen, wars kein Wunder, daß mirs träumte ich seye in Weimar*, fügte sie eindringlich hinzu. *Nur Schade, daß Morgens beym Erwachen die gantze Seligkeit dahin war.* (7. Februar 1783) Leider ging Anna Amalia mit keiner Silbe auf ihre Andeutung ein. Daraufhin änderte Elisabeth den Ton. *Ich bin ja wohl eine recht glückliche und beneidungswürdige Frau!* schrieb sie keine zwei Wochen später, *suche mir mein bißgen Leben noch so angenehm zu machen als möglich* und schilderte ihr volles Tagesprogramm.

Morgens besorge ich meine kleine Haußhaltung und übrigen Geschäfte, auch werden da Briefe geschrieben – ... Nachmittags haben meine Freunde das Recht, mich zu besuchen, aber um 4 Uhr muß alles wieder fort – dann kleide ich mich an – fahre entweder ins Schauspiel oder mache Besuche – komme um 9 Uhr nach Hauß – das ist es nun so ungefähr, was ich treibe. Dabei betonte sie, alles zu vermeiden, was *mit Unruhe, Wirrwarr und Beschwerlichkeit verknüpft ist.* Spielte sie damit auf die Beschwerlichkeit des Reisens an? Diesen Ton behielt sie von nun an bei. *Gesund, vergnügt, lustig und fröhlich – zumahl bey dem herrlichen Herbst und vortrefflichem Wetter – den 3ten war das große Bachus Fest – Es war ein Jubel, eine Lust, ein Gejauchze ...* (5. Oktober 1783) Ein andermal: Habe Sohn *Wolf* sich mit den Musen überworfen? Sie warte ungeduldig auf seinen *Elpenor.* Aus dieser Bemerkung wird deutlich, wie gut sie über den Sohn informiert war.

Am 18. April 1783 starb ihre Mutter, die Stadtschultheißin Anna Margaretha Textor. Wie mögen die letzten Monate der Zweiundsiebzigjährigen gewesen sein? Ihr Porträt im Frankfurter Goethehaus zeigt eine alte, schmal gewordene Frau mit spitzem, faltigem Gesicht unter der übermächtig wirkenden Haube. Sie sieht erschöpft und müde aus. Was geschah mit ihrem Haus in der Friedberger Gasse, der Bibliothek, den Landkarten und Folianten? Ein einziger Hinweis fand sich: Elisabeths Haushaltsbuch weist für den 26. April 1783 einen Transport nach Weimar aus, wobei sie für 4 7/8 Zentner Gewicht das Porto von 17 Gulden und 34 Kreuzern zu bezahlen hatte.

Es ist der hellsichtige Merck, der hinter der Maske *Frau Ajas* doppelte Verlassenheit spürt. Durch ihn erfuhr Carl August, daß sie ständig auf den Sohn warte, *es ist mehr als Bescheidenheit, wenn sie es verbirgt, wie viel sie durch seine Abwesenheit verlieren muß.* (Juli 1783) Von einer Reise ist nicht mehr die Rede. War Wolfgangs schwieriges Verhältnis zu einer verheirateten Frau der Grund? Obwohl es nach des Vaters Tod die Pflicht des Sohnes gewesen wäre, der Mutter beizustehen, vermied er ein Wiedersehen.[12] Sein Brief war dafür um so herzlicher. Das Datum, der 7. Dezember 1783, enthält unausgesprochen eine Gemeinsamkeit: nur sie beide, Mutter und Sohn, wußten, daß es der Geburts-Tag von Cornelia war. Vielleicht auch deshalb schrieb Goethe besonders zärtlich. Er kündigte ihr das Erscheinen seines Romans *Wilhelm Meister* an. *Aus Ihrem Briefe, liebe Mutter, habe ich mit vieler Freude gesehen, daß Sie wohl sind und der Vergnügen des Lebens, so weit es gehen will, geniessen. Ehstens erhalten Sie das vierte Buch von Meistern, den ich Ihnen zu der übrigen dramatischen Liebhaberey bestens empfehle.* Soweit die Einleitung. Hauptursache seines Schreibens ist eine Rechtfertigung. Sie hatte ihm vorgeworfen, er sei dick und bequem geworden, was sie von Betty Jacobi erfahren haben wollte. Keinen Augenblick hätte sich die Mutter *mit einer solchen Klatscherey* abgeben sollen, konterte er verärgert. *Sie haben mich nie mit dickem Kopf und Bauche gekannt, und daß man von ernsthafften Sachen ernsthafft wird, ist auch natürlich, besonders wenn man von Natur nachdencklich ist und das Gute und Rechte in der Welt will.*

Um sie zu überzeugen, beschwor er zum zweiten Mal das bewußte Codewort. *Hätte man Ihnen in dem bösen Winter von 69 in einem Spiegel vorausgezeigt, daß man wieder auf solche Weise an den Bergen Samariä Weinberge pflanzen und dazu pfeifen würde, mit welchem Jubel würden Sie es angenommen haben.* Nie vergaß er die biblische Prophezeiung, die die Erneuerung seines Lebens voraussagte. *Lassen Sie uns hübsch diese Jahre daher als Geschenck annehmen*, fügt er hinzu, und bei diesen Worten überfiel ihn jäh der Gedanke an seinen Tod. *Sie an Ihrer Seite, vergnügen Sie sich an meinem Daseyn ietzt, und wenn ich auch vor Ihnen aus der Welt gehen sollte. Ich habe Ihnen nicht zur Schande gelebt, hinterlasse gute Freunde und einen guten Namen, und so kann es Ihnen der beste Trost seyn, daß ich nicht ganz sterbe.*

Bei dieser Vorstellung übermannte ihn vollends die Rührung,

und er schrieb der Mutter einen Satz von solcher Wärme und Herzlichkeit, wie er ihn – außer im *Italienischen Tagebuch* für Frau von Stein – nie wieder aussprach. *Vielleicht*, sagte er, *gibt uns das Schicksal noch ein anmutiges Alter zusammen, das wir denn auch mit Danck ausleben wollen.* Er endete: *Leben Sie recht wohl und lieben mich, W. d. 7. Dez. 83. G.*

XVI.
Das war meine glücklichste Zeit!

Der Schauspieler Carl Wilhelm Unzelmann (1784-1788)

Vom Reisen war kaum mehr die Rede. Zwar vermißte die Mutter den Sohn, doch das erfuhr nur *der kleine Korrespondent*, Charlottes Sohn Fritz von Stein. War es ihr Stolz, der sie daran hinderte, einen neuen Vorstoß in Richtung Weimar zu wagen? Auf dem schmalen Grat zwischen Sehnsucht und Selbstbehauptung fiel die Entscheidung schwer. Der Sohn kam nicht zu ihr, sie aber auch nicht zu ihm. Sein letzter Besuch lag fünf Jahre zurück. Er solle *ein kleines Tagebuch* führen und ihr jeden Monat zuschicken, bat sie den zwölfjährigen Fritz (9. Januar 1784); *die Entfernung von meinem Sohn wird mir dadurch unendlich leichter* ... (12. Februar 1784). War es Absicht, daß sie jeden Brief an Fritz Stein mit den Worten schloß: *Grüßen Sie Ihre Frau Mutter und meinen Sohn* –?

Früher hätte sie die scherzhaften Aufforderungen von Anna Amalia, den soeben erfundenen Fesselballon zur Reise zu nutzen, mit Humor quittiert. *Nicht wahr, das wär eine Lust, wenn Frau Aja sich in der Luft transportieren und bey mir in Tiefurth aus Lüften hoch, da komm ich her! singen könnte!* hatte die Herzogin geschrieben. Der heitere Vorschlag wurde trocken abgelehnt. *Die Luftreiße wollte ich mit Vergnügen anstellen – nur fürchte ich, daß es so bald noch nicht geschieht* – (2. März 1784) Der Grund: *Wir haben hier eine große Überschwemmung gehabt – noch heute, da ich dieses schreibe, ist mein Keller noch voll Wasser.* Konnte das der wirkliche Grund sein? *Das Unglück abgerechnet, war der Eisgang ein prächtiges Schauspiel* – Konnte sie die Einladung nicht ernst nehmen und die Koffer packen?

Einen Grund gab es, Frankfurt gerade jetzt nicht zu verlassen:

Die Uraufführung von Schillers *Kabale und Liebe* stand bevor. Im neuen Komödienhaus würde eine glänzende Theatersaison beginnen, unter der Leitung von Freund Großmann, dessen Unternehmungen sie mit stattlichen Zuwendungen – allein im Jahre 1781 waren es 552 Taler Courant – unterstützte. Dabei scheint sie, was konkrete Zusagen betraf, manchmal übers Ziel geschossen zu sein. Hofrat Tabor, ein weiterer Mäzen der Großmannschen Truppe, kritisierte, daß die Rätin oft *mehr sprach, als sie verantworten konnte.*[1] Offenbar ging in der Begeisterung das Temperament mit ihr durch. Großmann hatte Schillers *Räuber* und *Die Verschwörung des Fiesco zu Genua* in der Urfassung aufgeführt und damit den Ruhm des jungen Dramatikers begründet, dessen Ideale von Freiheit und Gleichheit in der Freien Reichsstadt bejubelt wurden.

Friedrich Schiller war fünfundzwanzig Jahre alt, als er am 3. Mai 1784 zur zweiten Aufführung von *Kabale und Liebe* nach Frankfurt kam – nicht halb verhungert wie bei seinem Aufenthalt zwei Jahre zuvor auf der Flucht aus Mannheim, sondern festlich empfangen und bewirtet. Die Hauptrolle spielte Iffland, über den Schiller seinem Gönner Dalberg schrieb, daß er *wie der Jupiter des Phidias unter den Tüncharbeitern* hervorrage. Der junge Iffland, dessen *Verbrechen aus Ehrsucht* Großmann ebenfalls im *vollgestopften Schauspielhaus* aufführte, war am 30. April 1784 Elisabeths Gast; er fand in ihr *eine liebenswerte rasche alte Frau, der man wahrlich wohl ansieht, daß sie Goethes Mutter ist.*[2] Ob auch Schiller, der ein halbes Jahr zuvor Sophie von La Roche besucht hatte, Goethes Mutter kennenlernte, ist nicht belegt; man könnte es fast annehmen, wenn sie dem Sohn später schreibt: *Grüße deine Lieben, aber auch Schiller, den ich von Herzen liebe und verehre.* (24. Mai 1799)

In den Ostertagen 1784 brachte Großmann einen neuen Schauspieler ins Haus, der vom Berliner Theater kam und seiner Meinung nach hochtalentiert war. Elisabeths Mitteilungen nach Weimar ist nicht anzumerken, welche Veränderungen der Unbe-

43. Carl Wilhelm Ferdinand Unzelmann

kannte in ihrem Leben bewirkte. Was sich vollzog, erfährt man allein aus den neunundzwanzig Briefen, die sie ihm schrieb, Zeugnissen einer leidenschaftlichen Freundschaft, die damals begann. Die Gegenwart dieses Mannes hatte einen Aufschwung zur Folge, mit dem sie nicht gerechnet hatte, als sie Philipp Seidel klagte, *die Jahre kommen freylich heran, von denen man sagt, sie gefallen mir nicht.* Die Jahre, die nun kamen, gefielen ihr außerordentlich, es wurde die bewegteste, stürmischste und, wie sie sagte, *glücklichste Zeit* ihres Lebens.

Carl Wilhelm Ferdinand Unzelmann war einunddreißig Jahre alt, Elisabeth dreiundfünfzig; der Altersabstand zwischen ihnen war ebenso groß, wie er es zwischen ihr und Caspar gewesen war – mit dem Unterschied, daß in diesem Fall sie die ältere und erfahrene Frau war, während er, am Anfang seiner Karriere stehend, ihr Sohn hätte sein können. Aber der wirkliche Sohn blieb fern, Mann und Tochter waren tot, sie lebte allein in dem großen Haus – eine ansehnliche, vor Lebenslust sprühende, mit liebenswürdigem Wesen und herzlichem Lachen anziehende Frau, die nicht gewillt war, die ihr verordnete Einsamkeit länger zu ertragen. Durch eine von Goethe und Schlosser unterzeichnete Eingabe beim Rat der Stadt war ihr die alleinige Verfügungsgewalt über ihr Vermögen bewilligt worden. Sie war eine wohlhabende Frau, und voller Elan beförderte, inszenierte und genoß sie das Wagnis, das sie ihr *Märchen* nannte, einen Neubeginn, der ihr Leben veränderte, ihr die Ruhe raubte und nichts anderes bedeutete als den nie gekannten Aufbruch in die verwirrende Welt der Gefühle.

Nach seinem Porträt zu urteilen, sah Unzelmann mit seiner langen, hageren Gestalt Merck ähnlich, war auch vielseitig wie er, blitzgescheit, wortgewandt und gelegentlich provozierend, doch ohne Mercks intellektuellen Scharfsinn. Unzelmanns Faszination erwuchs aus seiner schauspielerischen Begabung, seiner Redekunst und einer von erotischem Fluidum begleiteten Selbstinszenierung. Seine Großzügigkeit und Herzlichkeit im Umgang mit Freunden werden Elisabeth ebenso gefallen haben wie seine

Lust am geselligen Beisammensein, am Feiern, Trinken und Erzählen. Sein größter Vorzug war sein überwältigender Humor; in diese Hinsicht muß er das Gegenteil von Ehemann Caspar gewesen sein, der selten zu einem Scherz bereit war. Unzelmann besaß ein allseits gerühmtes Talent zur Komik, wie Elisabeth es nie zuvor erlebt hatte.

Theaterprinzipal Großmann war stolz, diesen Komödianten ersten Ranges für Frankfurt gewonnen zu haben. Zwar galt Unzelmann unter Theaterleuten als streitsüchtiger Feuerkopf und Schuldenmacher, Eigenschaften, die Elisabeth ihm später vorwarf. Doch alle Untugenden wurden wettgemacht durch seine mitreißende Improvisationsgabe, eine mimische Verwandlungskunst, die ihn in Frankfurt wie in Berlin zum Liebling des Publikums machte. Entsprechend den Anforderungen, die damals an einen Schauspieler gestellt wurden, übernahm Unzelmann auch Gesangspartien; er stellte in Mozarts Opern den *Figaro,* den *Leporello,* den *Papageno* dar. *Ein wahrhaft großer Komiker, aber eben auch, wie viele von ihnen, ein Zerrissener, der sein Leben zerstörte,* heißt es in der Geschichte des Berliner Theaters.[3] Auch darin lag eine Gemeinsamkeit mit dem vielseitig talentierten, aber unsteten und zuletzt enttäuschten Merck, der sich mit fünfzig Jahren das Leben nahm.

Zwischen Unzelmann und Elisabeth entwickelte sich ein kompliziertes, von erotischen Zwischentönen knisterndes Verhältnis, das Unzelmanns junge Frau, eine Stieftochter Großmanns, eifersüchtig beobachtete. Friederike Unzelmann, die sich 1803 von ihrem *flatterhaften* Mann scheiden ließ, um den 14 Jahre jüngeren Schauspieler Bethmann zu heiraten, zählte später in Berlin zum Freundeskreis von Gubitz, in dessen *Erlebnissen* sie sagt: *Er (Unzelmann) flatterte und flunkerte überall umher, war alltäglich verliebt und allwöchentlich in eine andere, endlich sogar in die Frau Rat, die Mutter Goethes, die ihn so beherrschend gängelte, daß ich nichts ohne ihren Einfluß tun durfte. Ich war eine siebzehnjährige unbedachtsame Frau, eitel auch, und meinte: zieht er dir eine vor, die hübscher ist als du, so wäre das zu begreifen, aber die Frau Rat! – Das blieb mir unerklärlich und um so mehr fatal, als sie sich in jede unserer Angelegenheiten mischte. Zufolgedesssen erhielt unser Sohn Carl bei seinem Vornamen wider meinen Willen in Bezug auf Goethe auch den Vornamen Wolfgang.* Unzelmann selber habe Gubitz dazu die Erklärung geliefert: *Die Neigung zur Frau Rat war natürlich durchweg intim spirituell; sie imponierte mir durch warme Empfänglichkeit für das Theater sowie vermöge ihres gesunden, penetranten Urteils.*[4]

Eine ergiebige Quelle für die ›intimen‹ Jahre mit Unzelmann, die sie in anhaltender, beglückender Hochstimmung verbrachte, sind Elisabeths Ausgabenbücher, in denen sich der Umschwung auf überraschende Weise dokumentiert. Sie schenkte, kaufte, bewirtete und feierte. Sie sparte nicht – sie lebte. Es begann mit kleinen Gaben und steigerte sich innerhalb von vier Jahren ins schier Uferlose. Im Mai 1784 bestellte sie drei Pfund teuren Javakaffees. Wie sie Fritz von Stein berichtete, hatte sie täglich schon zum Frühstück Gäste. Unzelmanns Geburtstag wurde am 20. Juni gefeiert. 36 Gulden im voraus bezahlte sie im September für insgesamt 95 Schauspielvorstellungen. Für den 29. Oktober, den Tag, an dem Iffland sie zum zweiten Mal besuchte – auch Unzelmann wird dabeigewesen sein –, liegt die Rechnung des Konditors vor: für *Biscuitkranz mit Guß, Citronenpastetger und caramelisierte Maronen 5 Gulden und 40 Kreuzer.* Schneidermeister Löhl wird erfreut gewesen sein, ihre Kleider nicht nur nach der Mode zu ändern, sondern neue, elegante Roben in Crèpe und Seide herzustellen. Seine Rechnungen wirken nicht kleinlich. Auch der *Peruqueur* bekam zu tun. Er besorgt *fünf Pfund blond Puder, um die Haare zu roullieren 4 Liter Pomade, 2 Liter feine Pomade à la Rose und 1 L à la Oran[ge]*, dazu kamen *1000 Haarnadeln* vom Perückenmacher Georg Christian Zeitz. Ein abgerissener Zettel fand sich im Haushaltsbuch des Jahres 1784. Darauf steht: *Sagen Sie daß in … Weimar … Sei mir gut.* Es war eines der hastig hingeworfenen Billetts von Unzelmann: Täglich gingen Verabredungen, Briefchen, Ankündigun-

44. Catharina Elisabeth Goethe

gen hin und her, bis der Freund mit dem Jubelruf: *Ist er da!* zu Wein und Pastete empfangen wurde. Elisabeth handelte nicht bedenkenlos, aber sie wagte viel und riskierte den Spott der Umgebung. *Habe ich nicht schon genug um Ihrentwillen geduldet?* schrieb sie später. Das *intim spirituelle* Verhältnis der Mitfünfzigerin zu einem Mann, der Mitte dreißig und verheiratet war, konnte nicht unbemerkt bleiben.

Stapel von Quittungen und Rechnungen belegen das neue Leben.[5] Zu Unzelmanns Geburtstag am 20. Juli 1785 wurde bei Lausberg ein Faß Rheinwein gekauft. Ein Juwelier lieferte *3 antique Leuchter, 2 Leuchter in Säulenform, 2 Salzgefäße mit blauem Fuß und 6 Tafelmesser.* Am 3. November 1785 lud sie eine große Gesellschaft ein, wozu sie eigens von Bernus den *Sandhof* mietete und als Dessert *Meringen und Marzipankrantz, Makronen, Himbeerentorte und Zimtküchlein* für 26 *Gulden* reichte. Zwei Tage später erstand sie *einen feinen goldenen Ring mit echter Perle für 20 Gulden* sowie *einen silbernen Flacon für 4 Thaler.* Für wen waren diese Präsente gedacht? Einen Tag später, am 6. November, erwarb sie ein *Porzellanen Déjeuner mit 2 Tassen in bunten Blumen, 2 Tafelleuchter weiß, 2 Lichtlöscher weiß dazu.* Ein solches Déjeuner, kostbare Erfindung des Rokoko, war für ein Tête à Tête von zwei Personen bestimmt.

Um zu Sylvester 1785 elegant erscheinen zu können, leistete sie sich einen besonderen Luxus und erstand *fünf große Straußenfedern* für die Unsumme von 18 Gulden. Schon vorher hatte sie sich eine *Coeur-Haube* mit Federschmuck für 10 Gulden nähen lassen. Die Schneiderrechnungen häuften sich. Im Oktober 1786 bekam sie ein Corsett nebst lila Capotte, einen weißen wattierten Mantel, einen Piqué-Oberrock, ein gestreiftes Seidenkleid mit Fischbein verstärkt, einen leinenen Oberrock und *1 weiß Mouselman engl. Kleid* für 74 Gulden; im Oktober 1787 neben anderem *ein weiß burgunder Foureau mit engl. Ermel.*

Elisabeth fühlte sich durch ihr Glück verjüngt und war nicht gesonnen, ihren Gefühlen Zwang anzutun. Sie empfand Leidenschaft und wollte sie auch leben. An Unzelmann schrieb sie später, es sei traurig, daß man *in unserm aufgeklährten Zeitalter, wo alle Leiden und Freuden, alles Gefühl von Schmertz und Lust in [ein] Sistem gezwängt sind, wo die Leidenschaften … steife Schnürbrüste anhaben müßen,* seine Gefühle verbergen müsse, während die Opernheldin Ariadne alle Furien aufrufen dürfe (29. April 1788). Ihre Lebensfreude zeigte sich in fortlaufenden Aktivitäten. Sie modernisierte ihr Haus. Statt der verschnörkelten Rokokomode hielt nun die Mode des Empire Einzug im Hirschgraben. Sie verkaufte Silbersachen oder tauschte alte Stücke gegen neue ein. Silberhändler von Hilten übernahm in September 1787 ein Deckelgefäß im Tausch gegen einen *modischen ovalen Teller, kantig mit 4 Füßen* und ein *kantiges Zuckerkörbgen.* Ostern 1786 erstand sie bei Juwelenhändler Carl Graumann eine Goldkette für 60 Gulden, und damit nicht genug, noch am gleichen Tag bei Juwelier Winkler *einen Spitz Ovalen Ring mit einer blauen Composition und Rosetten Façon* für ebenfalls 60 Gulden. Auf der Herbstmesse wurde bei Graumann eine goldene Uhr mit Medaillon sowie *1 Pretentino mit Bouquet in Elfenbein* erworben, bei Wendel verschiedene Tabatièren sowie *eine lederne Dose engl.* für 47 Gulden. Das sind bemerkenswerte Summen für Geschenk- und Luxusgegenstände. Der Jahreslohn der Köchin Maria Beatrix Diethlin betrug 24 Gulden; ab Oktober 1786 bekam die neue Köchin Philippine Elisabeth Schmiedin eine Gehaltserhöhung von 6 Gulden.

Die neue Situation brachte es mit sich, daß vom Reisen nicht mehr die Rede war. Über diesen Wandel sagt nichts mehr aus als ihr Brief vom Juli 1784 an Fritz von Stein, den Goethe wie einen eigenen Sohn im Mai zu sich ins Haus genommen hatte. *Auch mir würde es großes Vergnügen machen, Sie und meinen Sohn zu sehen, – aber das ist auf keine Weise thunlich, – das Reisen war nie meine Sache, und jetzt ists beinahe ganz unmöglich. Nicht tunlich – ganz unmöglich* heißt es nun, obgleich es zu Beginn des Jahres noch sehr gut möglich war. Den wahren Grund ihrer Reiseunlust will und kann sie nicht nennen – *alle die Ursachen, die mich verhindern, anzuführen, wäre zu weitläufig*, ohnehin würde niemand sie begreifen, *weil Sie das Innere meiner Verhältnisse nicht wissen.* (2. Juli 1784) Die gleiche Begründung gebrauchte auch Goethe, der den Herzog allein reisen ließ, um nicht von Frau von Stein getrennt zu sein. *Soviele innre sowie äußere Ursachen halten mich ab*, lautete seine vage Begründung, die ihn offenbar auch davon abhielt, seine Mutter zu besuchen (6. Dezember 1784).

Das Innere meiner Verhältnisse, das hieß: Unzelmann hatte Vorrang. Sie genieße, schrieb Elisabeth der Herzogin, nach einem *erschröcklich langen Winter die Freuden des Frühlings doppelt.* Nie war ihr Einverständnis mit dem Leben größer. Dazu kam ihre Theaterleidenschaft, die die Sympathie für den Schauspieler noch beflügelte. Sie ließ keine Vorstellung aus, und selbst als bei Minustemperaturen im eiskalten Saal das *moralisch Stück Armut und Tugend* gespielt wurde, *so kriegte ich doch vor Angst so rote Backen, als wenn fingsdick der Carmin drauf läge.* Sie lud die Darsteller – wie später auch Schwiegertochter Christiane es tat – zur Bewirtung ins Haus, wo sich am runden Tisch eine unkomplizierte Geselligkeit entfaltete. Der von Unzelmann geschätzte Schauspielkollege Stadelmann schrieb in drei Briefen aus Kassel, wie sehr er sich an ihren Tisch zurücksehne,[6] und Iffland kam, wenn er in Frankfurt war, gern zu ihr.

Gewissermaßen stellvertretend für sich selbst schickte Goethe ihr in dieser Zeit *Wilhelm Meisters theatralische Sendung.* Als der vierte Teil fertig war, bat er Knebel: *Wenn Ihr ihn gelesen habt, so schicke ihn meiner Mutter. Ich habe ein Kästgen dazu machen lassen, um das Packen zu erleichtern.* (November 1784) Das Buch, das Elisabeth in Händen hielt, begann mit dem Puppentheater und den ihr wohlbekannten Marionetten – *die in schöner Ordnung, die beweglichen Drähte an den Köpfen befe-*

stigt, nebeneinander lagen und nur den Geist zu erwarten schienen, der sie aus ihrer Untätigkeit regen sollte ... Kinder müssen Komödien haben und Puppen. Es war euch auch in eurer Jugend so, ihr habt mich um manchen Batzen gebracht, um den Doktor Faust und das Mohrenballett zu sehen, erklärt *Wilhelms Großmutter.*

Elisabeth fühlte sich in glückliche Zeiten versetzt. Sie las, wie Wilhelm, dem Autor nicht unähnlich, sein Glück beim Theater suchte, in einer Welt also, die Sohn Wolfgang sich als Schauspieler, Dramatiker und Regisseur tatsächlich erobert hatte. Im Roman war es die Mutter, die ihn auf diesen Weg brachte; dafür handelte sie sich – wie im Leben – die Vorwürfe des Ehemannes ein. Vieles im Roman muß ihr bekannt vorgekommen sein, auch die prekäre Situation, die auf der einen Seite die Übereinstimmung von Mutter und Sohn zeigte, die sich gegen den Vater als ungeliebten Dritten wandten, weil er immer genau das verbot, was ihnen gefiel und sie gerade dadurch zu Verschwörern machte.[7] Was die autobiographischen Züge betraf, tat Goethe im Roman seinem Vater unrecht.[8] Caspar hatte das Puppentheater bezahlt und die Komödienbesuche nicht verhindert. Wahrscheinlich war es trotzdem der Realität entnommen, wenn Goethe die *Mutter* im Roman klagen läßt: *Wie oft mußte ich mir das verwünschte Puppenspiel vorwerfen lassen, das ich euch vor zwölf Jahren zum heiligen Christ gab und das euch zuerst Geschmack am Schauspiel beibrachte.* Wilhelm entgegnet: *Schelten Sie das Puppenspiel nicht ... Es waren die ersten vergnügten Augenblicke, die ich in dem neuen leeren Hause genoß ...* Der Text stellte die glückliche Atmosphäre früherer Tage wieder her, da ihre Kinder – Hermann Jacob war noch ein Säugling – mit den Marionetten spielten und Wilhelm/Wolfgang ihr heimlich das Textbuch stahl. Der Autor schien sich sogar an ihre damalige *mütterliche Freude* zu erinnern: *Ich weiß,* ließ er sie sagen, *wie du mir das Büchlein entwendetest und das ganze Stück auswendig lerntest ... Ich hatte damals so eine herzliche mütterliche Freude über dein gutes Gedächtnis und pathetische Rede ...* –

Lassen Sie sich's nicht gereuen, versetzte Wilhelm, denn es haben uns diese Scherze manche vergnügte Stunde gemacht.

Ungeduldig erkundigte sich Elisabeth nach der Fortsetzung. Als sie 1795 den vollendeten Roman *Wilhelm Meisters Lehrjahre* in Händen hielt, berichtete sie dem Sohn, wie genau sie alles vor sich sehe, den siebenjährigen Max Moors, die kleine Elise Bethmann, die *3 Treppen hoch* mit ihren Kindern spielten. *Du würdest froh und fröhlig seyn*, schrieb sie, *deiner Mutter so einen vergnügten Tag gemacht zu haben.*

Ließ sie Unzelmann an der Lektüre teilnehmen? Regte das Buch zu Gesprächen über das Komödienspielen an? Elisabeths Engagement für die Bühne fand auch offizielle Anerkennung. Aloys Schreiber, der Herausgeber der *Dramaturgischen Blätter*, ließ auf das Vorsatzblatt des ersten Bandes 1788 drucken: *Der Frau Räthin Goethe in Frankfurt gewiedmet.* Sie entwickelte professionelle Kenntnisse, die sie in die Lage versetzten, Theaterdirektor Großmann Kritiken zu senden. *Wenns Ihnen Freude macht, mein lieber Herr Gevatter, so sollen Sie allen Spektakel, groß und klein, dick und dünn, gut und bös – von mir treu fleißig vordramatisiert kriegen ...*

In *Wilhelm Meister* hatte sie vieles über den *Hamlet* gelesen. Die Liebe zum Theater ließ sie auch das eigene Leben oft als Schauspiel betrachten, wobei Aneignung, Identifikation, Verwandlung keine geringe Rolle spielten. Es verwundert daher nicht, wenn sie sich selbst als Bühnenfigur präsentierte. *Von Person bin ich ziemlich groß und ziemlich korpulent – habe braune Augen und Haar, – und getraute mir die Mutter von Prinz Hamlet nicht übel vorzustellen,* so lautete ihre Selbst-Charakterisierung, um die Fritz von Stein gebeten hatte.[9] *Viele Personen, wozu auch die Fürstin von Dessau gehört, behaupten, es wäre gar nicht zu verkennen, daß Goethe mein Sohn wäre,* fuhr sie fort. *Ich kann das nun eben nicht finden, – doch muß etwas daran seyn, wie es schon so oft ist behauptet worden. Ordnung und Ruhe sind Hauptzüge meines Charakters, – daher thu ich*

Alles gleich frisch von der Hand weg, – das Unangenehmste immer zuerst, und verschlucke den Teufel (nach dem weisen Rat des Gevatters Wieland) ohne ihn erst lange zu bekucken ... (September 1784)

Die Theaterliebe, von der der Roman des Sohnes handelt, wurde in ihrem Leben durch Unzelmann zu einer Leidenschaft. Mit seinem funkelnden Temperament und genialischen Witz war er in allem der ideale Partner. Er animierte sie und belebte ihre Erzählkunst.

Wenn Goethe gesagt hat, er habe *von Mütterchen die Frohnatur / Und Lust zu fabulieren*, dann wird diese Fabulierkunst den Schauspieler ebenso gefesselt haben, wie später Bettine. In ihrem Frankfurter Dialekt erzählte Elisabeth ihm von der französischen Einquartierung, die Caspar so in Wut versetzte, daß er fast verhaftet wurde, und sprach *mit Feuer* von der Comédie Française. Daß Sohn Wolfgang sich sechzehnjährig in schlechte Gesellschaft begeben hatte, wird seine Mutter wohl verschwiegen haben, um den Dichter, der gerade mit Göschen über die Gesamtausgabe seiner Werke verhandelte, nicht zu kompromittieren. Doch von den Konflikten mit der aufsässigen Tochter konnte sie sprechen, denn Cornelia war seit zehn Jahren tot. Schwiegersohn Schlosser hatte mit Johanna Fahlmer zwei weitere Kinder bekommen; Merck hatte die Familie in Emmendingen besucht und ihr einen erfreulichen Bericht geliefert (4. Juli 1786). Falls die vier Enkel nach Frankfurt kämen, stand das Marionettentheater bereit, und die Puppen warteten noch wohlverwahrt in ihrer großen Schachtel.

Die Briefe nach Weimar waren seltener geworden, und als sie der Herzogin endlich im November 1784 für ein Schreiben dankte, war es ihr Hauptanliegen, das Frankfurter Theater ins rechte Licht zu rücken. Sie sei stolz, daß *wir hier doch etwas haben, das beßer ist als in Weimar, nämlich das Schauspiel,* erklärte sie. *Es sind Leute drunter, die schon auf den besten Theatern Teutschlands mit Ruhm geehrt worden sind und die ihrem Ruhm stehen.* Damit war kein anderer als Unzelmann gemeint, der im Berliner *Hamlet* zwölfmal erfolgreich aufgetreten war. Sie dankte *in Unterthänigkeit* für die Nachrichten vom *vielgeliebten Sohn*, doch erscheint ihr Leben auch ohne ihn ausgefüllt genug. *Morgens*, erklärte sie Fritz von Stein am 23. Dezember, *wirds vor halb neun nicht Tag, und bis ich angekleidet bin und meine übrigen Sachen in Ordnung habe, so ist es Mittag, man weiß nicht wie – kommen gar noch Morgenbesuche, (welches bei mir nichts Seltenes ist) so fällt das Schreiben gar weg.* Immerhin habe sie, so im Januar, für ihn und Wolfgang köstliche Süßigkeiten ausgesucht, *eine Schachtel mit Marzipan, eine Brieftasche, einen Geldbeutel* und andere Geschenke und sei erfreut, daß in Weimar alles in Ordnung sei.

Vom Glück ist die Rede. Es sei die glücklichste Zeit ihres Lebens gewesen, sagte sie. Sie genoß es, anziehend zu sein, Anerkennung zu finden und ihre Kompetenz einsetzen zu können, mit der sie Unzelmanns Karriere beförderte. *Ich bin viel glücklicher als die Frau von Reck*, sagte sie. *Die Dame muß reisen, um die gelehrten Männer Deutschlands zu sehen, bei mich kommen sie Alle ins Haus ...* (23. Dezember 1784) Tatsächlich erschien bei ihr die berühmte Elisa von der Recke, deren Bücher über Cagliostro sie sich daraufhin zulegen wird.[10] Im Tagebuch der Begleiterin Sophie Becker heißt es: *Am 26. Juli 1785 gleich nach Tische machte Elise mit mir einen Besuch bei der Residentin Brentano, der ältesten Tochter La Roche. Es ist ein angenehmes, sehr geistreiches Weib voll natürlicher Herzensgüte. Von ihr fuhren wir zu Goethes Mutter, einer Frau gegen die sechzig Jahre, noch voll Feuer der Jugend. Sie ist ganz Geschwätzigkeit und Leben, wenn sie auf ihren Sohn kommt, und man kann ihr keine größere Freude machen, als wenn man ein Verlangen bezeugt, von allem, was ihn betrifft, unterrichtet zu sein. Es war uns beiden damit ganzer Ernst, und ich hätte wohl gewünscht, daß die Zeit nur erlaubt hätte, mehr von seiner Kindheit zu erfahren; so mußten wir uns begnügen, den Ort seiner Geburt, das Zimmer wo er als Knabe gespielt und als Mann gearbeitet hat, zu sehen, das Zimmer, wo ein Werther, Clavigo und Götz ans Licht getreten sind.* Auch Merck, der sich mit Frau und Tochter *auf einige Tage bey der Frau Rätin Goethe einquartierte,* bemerkte ihre Verjüngung. *Sie ist und bleibt immer dieselbe die sie war! Fürtrefflich gut, und jung, und froh!* meldete er am 26. September 1785 Anna Amalia. Von ihrem *Feuer der Jugend* sprach selbst die welterfahrene Elisa von der Recke.

Frau von der Recke reiste durch ganz Deutschland – Elisabeth kam nicht einmal bis Weimar. Reisen galt noch immer für Frauen als ein leichtsinniges Unterfangen. Beim Tod des Freundes Joachim von Schwarzkopf nannte der Arzt die Ursache: *durch stete Reisen entkräftet.*[11] Reisen bedeutete mehr als Unsicherheit, nämlich Gefahr, und der wollte Catharina Elisabeth sich nicht aussetzen. Hatte sie noch im Februar der Göchhausen ihren Besuch in Aussicht gestellt in einem Gedicht, dessen holprige Verse sie sogleich entschuldigte: *Aber als mich meine Mutter gebahr, / Kein Poeten Gestirn am Himmel war* – so kümmerte sie sich jetzt ausgiebig um ihren Freund Unzelmann. Sie lieh ihm Geld und Kleidung, ja sogar Möbel, besorgte ihm Kleiderschrank und Kommode und einen schönen Mantel, der im *Don Carlos* zu der Ehre gelangte, *die Schultern und Lenden eines Kaisers zu schmücken.* Sie gab ihm zwei Flinten aus Caspars Waffensammlung, verschaffte ihm Bücher, Noten und den *Teutschen Merkur* von Wieland, verwöhnte ihn mit altem Wein, gutem Essen und teuren Geschenken. Sein Lieblingssitz hatte *zwei doppelte Kissen,* worauf er den Wein aus vergoldetem Glas leerte wie ein König (1. August 1788). Die Intimität ihrer Beziehung verrät ihr Ausruf: *Sie wußten doch bey Gott alles!* (12. Mai 1788) Auch Unzelmanns junge Ehefrau Friederike war ihr Gast, saß *bey ihr am kleinen, klimperkleinen Tisch,* an dem sie ihr *den Reißauflauf oder die Gelee Pastete bereitet hatte.* (13. November 1788)

Mitten in der Theater- und Unzelmannzeit kam im August und September 1785 Fritz von Stein zu ihr. Goethe, der mit Charlotte zur ersten längeren Kur in Karlsbad weilte, schickte ihn wie seinen eigenen Sohn. *Grüße meine Mutter und erzähle ihr recht viel! Da sie nicht so ernsthaft ist wie ich, so wirst du dich besser bei ihr befinden.* (5. September 1785) Elisabeth nahm den Jungen zu ihren Freunden Stock und Bethmann-Hollweg mit, zu den Töchtern Moritz, Thurneisen und Graf, mit denen sie Karten spielte. Zum Frühstück bekam der Junge sein Obst, sie ihren Tee, danach gings *an ein Putzen und Schniegeln*, um *aufgetakelt* im Theater zu erscheinen, und der Dreizehnjährige begleitete sie so galant ins Schauspielhaus, daß sie ihn charmant ihren *Cherubim* und *Pagen* nannte und ihm Cherubims *Romanze* nach Weimar schickte ... *erinnert Er sich noch, wie wirs zusammen sangen, und dabei so fröhlich und guter Dinge waren. Fröhlichkeit ist die Mutter aller Tugenden, sagt Götz von Berlichingen, – und er hat wahrlich recht.* (18. Dezember 1785) Goethe fand den zurückgekehrten Jungen vorteilhaft verändert: *meine Mutter hat ihn die Philosophie des lustigen Lebens erst recht ausführlich kennen gelehrt*, meldete er der Geliebten. *Du wirst dich wundern, wie er in allem zugenommen hat.*

Erstaunt wird Elisabeth über einen Auftrag der ihr unbekannten Frau von Stein gewesen sein, Juwelen bei einem Frankfurter Goldschmied schätzen zu lassen. Dazu erhielt sie zwei Briefe, auf die Elisabeth zurückhaltend reagierte. Sie schien zu wissen, woran das Verhältnis von Sohn und Hofdame insgeheim krankte: an Charlottes ständigen Perfektionierungs- und Erziehungsversuchen. *Theureste Freundin ... Es hat mich sehr gefreut, daß Dero Herr Sohn mit seinem Auffendhalt bey mir so zufrieden war – Ich habe wenigstens alles gethan, um Ihm meine Vaterstadt angenehm zu machen – und bin froh, daß es mir geglückt ist. Zwar habe ich die Gnade von Gott, daß noch keine Menschenseele mißvergnügt von mir weggegangen ist, wes Standes, Alters und Geschlecht sie auch gewesen ist – Ich habe die Menschen sehr lieb – und das fühlt alt und jung, gehe ohne Pretention durch diese Welt, und das behagt allen Evas Söhnen und Töchtern – bemoralisiere niemand – suche immer die gute Seite auszuspähen – überlaße die schlimme dem, der den Menschen schuf und der es am besten versteht, die scharffen Ecken abzuschleifen, und bey dieser Methode befinde ich mich wohl, glücklich und vergnügt* … Die dezidierte Nachschrift lautet: *Dero Herrn Gemahl – wie auch unsern beyden Söhnen empfehlen Sie mich aufs beste.* (14. November 1785)

Ihre Maxime, niemanden zu *bemoralisieren*, enthält doppelte Bedeutung, liest man Goethes Vorwurf an Charlotte: *Aber das gestehe ich gern: die Art, wie Du mich bisher behandelt hast, kann ich nicht erdulden. Jede meiner Mienen hast Du kontrolliert, meine Bewegungen, meine Art zu sein getadelt und mich immer mal à mon aise gesetzt. Wo sollte da Vertrauen und Offenheit gedeihen, wenn Du mich mit vorsätzlicher Laune von dir stießest?*

Goethe schrieb diesen Brief nach seiner Rückkehr aus Italien, wohin er im September 1786 ohne Ankündigung aufgebrochen war. Frau von Stein zeigte weniger Verständnis für ihn als seine Mutter,[12] der er am 4. November seine römische Existenz verraten hatte. *Wie wohl mir ist, daß sich soviele Träume und Wünsche auflösen, daß ich nun die Gegenstände in der Natur sehe, die ich von Jugend auf in Kupfer sah und von denen ich den Vater so oft erzählen hörte, kann ich Ihnen nicht ausdrükken …*

Das Antwortschreiben der Mutter, durch Zufall der Vernichtung entkommen, fiel geradezu poetisch aus. *Lieber Sohn! Eine Erscheinung aus der Unterwelt hätte mich nicht mehr in Verwunderung setzen können als dein Brief aus Rom – Jubeliren hätte ich vor Freude mögen daß der Wunsch, der von frühester Jugend in deiner Seele lag, nun in Erfüllung gegangen ist – Einen Menschen wie du bist, mit deinen Kenntnüßen, mit dem reinen großen Blick für alles was gut, groß und schön ist, der so ein Adlerauge hat, muß so eine Reiße auf sein gantzes übriges Leben vergnügt und lustig machen – und nicht allein dich, sondern alle die das Glück haben, in deinem Wirkungskreiß zu leben.* Sie erinnert ihn dabei an die Äußerungen der *seligen Klettenber-*

gern. Aber sehen hätte ich dich mögen beym ersten Anblick der Peters Kirche!!! Doch du versprichsts ja, mich in der Rückreise zu besuchen, da mußt du mir alles Haarklein erzählen. (17. November 1786) Goethe konnte den Brief nicht mit den anderen verbrennen, weil er ihm durch einen Spitzel des Kardinals Herzan in seinem römischen Zimmer entwendet worden war.[13]

Liest man den Brief genauer, entdeckt man, daß ihre Worte von der *Erscheinung aus der Unterwelt* ein Meisterstück in der Kunst des Andeutens darstellen. Sie ließ den Sohn merken, daß er zu lange geschwiegen habe, und bezog sich zugleich auf sein Incognito, unter dem er in Rom lebte. Er hatte sie nämlich wissen lassen, daß er als Philipp Möller reise; insofern war der Hinweis: *Erscheinung aus der Unterwelt* klug und diskret zugleich. (Sie würde vermutlich noch verschlüsselter geantwortet haben, hätte sie gewußt, daß ihr Brief in den Händen des Staatskanzlers Fürst Kaunitz in Wien landen würde, wo er noch heute im Staatsarchiv liegt.) Den erforderlichen Kredit habe sie bei den *Bethmännern* besorgt, und zwar so, daß niemand den wahren Namen erfahre. Was ihr Befinden betreffe: sie sei *vergnügt wie eine Göttin.* (17. November 1786)

Das entsprach der Wahrheit. Man merkt ihrem Jubel an, wie froh sie war, den Sohn in Italien zu wissen. Der enttäuschten Frau von Stein, die eher Trost gebraucht hätte, antwortete sie: *Hochwohlgebohrne Frau, Vortreffliche Freundin! … Ich freue mich, daß die Sehnsucht, Rom zu sehen, meinem Sohne geglückt ist. Es war von Jugend auf sein Tags Gedancke, Nachts sein Traum – Die Seeligkeit, die Er bei Beschauung der Meisterwerke der Vorwelt empfinden und genießen muß, kann ich mir lebendig darstellen und freue mich seiner Freuden.* (29. Januar 1787) Sie schickte die zehn gerahmten Bilder nach Weimar, die Goethe an ihre Adresse gehen ließ. Jede Verlängerung der Reise werde von ihr begrüßt, erklärte sie Fritz von Stein: *in dieser glücklichen Constellation wird er wohl Italien nie wiedersehen; ich votiere also aufs längere Dortbleiben.* (9. März 1787) Im Februar hatte *ohnvermuthet* Carl August sie besucht; davon berichtete sie

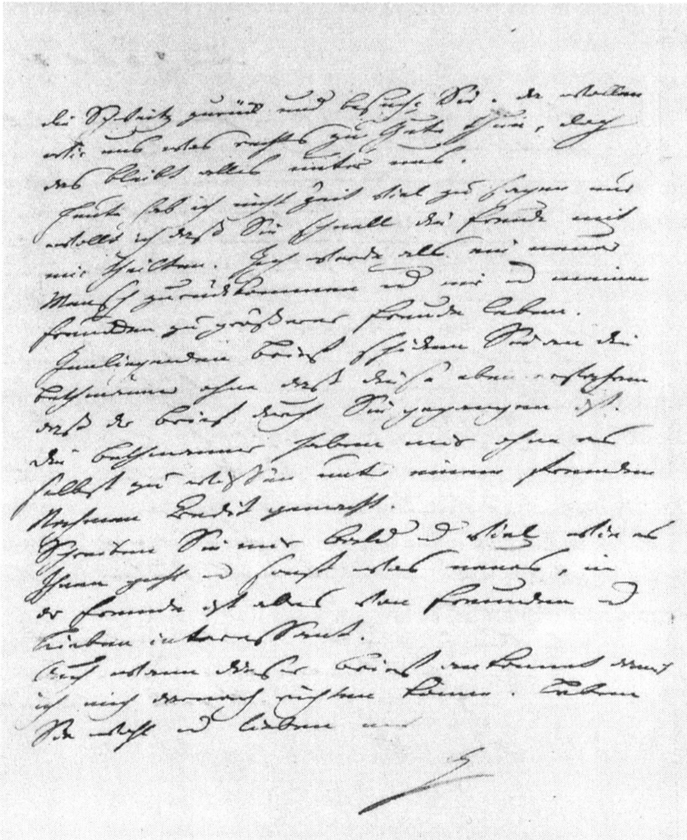

45. Brief Goethes an seine Mutter aus Rom,
4. November 1786 (dritte Seite)

Anna Amalia und wiederholte ihr Einverständnis mit Goethes Reise: *auch seine Freunde werden mit genießen, denn Er hat die Gabe, ziemlich lebendig die Dinge darzustellen. Gott bringe ihn nur gesund und wohlbehalten zurück ...* (9. März 1787)

Sie war vollauf beschäftigt. Noch war Unzelmann ihr Stern, am Theater wie im privaten Leben, der in seiner schillernden Vielseitigkeit gewirkt haben muß wie eine Gestalt aus *Hoffmanns Erzählungen.* Auf der Bühne sah sie nur ihn, ihren Jäger, ihren *Amour,* wie eine Bekannte, Frau von der Lippe, anzüglich bemerkte, woraus nebenbei hervorgeht, wie sie beobachtet wurde. Ein Höhepunkt der Theatersaison war der 8. Mai 1786 – an diesem Abend wurde *Götz von Berlichingen mit der eisernen Hand* aufgeführt, und man jubelte dem Stück und der Mutter des Dichters zu. Unzelmann machte ihr die Freude, am Ende jeder Vorstellung zu ihrer Loge hinaufzusehen, wo sie ihn von ihrem Theatersessel aus bewunderte, eine Zuschauerin, die über dem Spiel die Realität vergaß, auch wenn sie wußte, daß letztlich alles auf Täuschung beruhte. So hatte sie (im März 1784) an die Göchhausen geschrieben:

O Täuschung! Du, des Lebens Glück!
oft hast Du meinem Mißgeschick
Das hellste Colorit gegeben –
Verlaß mich nicht in diesem Leben
bleib bey mir! Andern gönn ich gern
Die nackte Wahrheit. In der Fern
Will ich sie sehn, doch nicht zu nah ...

Schauspieler gewinnen die Herzen und geben die ihrigen nicht hin; sie hintergehen aber mit Anmut. Die Sentenz aus Goethes *Maximen und Reflexionen* scheint wie auf Unzelmann gemünzt. Schon lange verhandelte er mit dem Berliner Theater, und zwar hinter Elisabeths Rücken. Sie intrigierte ebenfalls – zu seinen Gunsten – und war am Schluß die Betrogene. Graf Spaur, Unzelmanns Gönner in Mainz, hinterging auch sie, so daß sie sich zum Schluß verspottet und kritisiert vorkam. Zu ihrem Entsetzen flo-

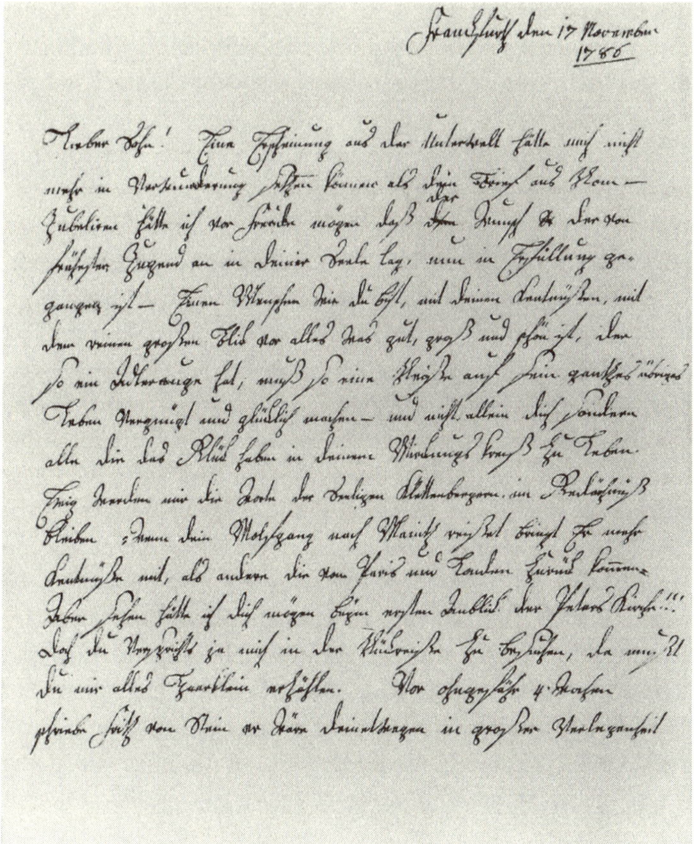

Franckfurth den 17 November
1786

Lieber Sohn! Eine Erscheinung aus der Unterwelt hätte mich nicht mehr in Verwunderung setzen können als dein Brief aus Rom — Jubiliren hätte ich vor Freude mögen daß der Wunsch der von frühster Jugend an in deiner Seele lag, nun in Erfüllung gegangen ist — Einen Menschen wie du bist, mit deinen Kentnüßen, mit dem reinen grosen Blick vor alles was gut, groß und schön ist, der so ein Adlerauge hat, muß so eine Reiße auf sein gantzes übriges Leben vergnügt und glücklich machen — und nicht allein dich sondern alle die das Glück haben in deinem Wirckungskreiß zu leben. Ewig werden mir die Worte der Seligen Klettenbergern im Andencken bleiben: Wenn dein Wolfgang nach Maintz reißt bringt Er mehr Kentnüße mit, als andere die von Paris und London zurück kommen. Aber sehen hätte ich dich mögen beym ersten Anblick der Peters Kirche!!! Doch du versprichst ja mich in der Rückreiße zu besuchen, da must du mir alles haarklein erzählen. Vor ohngefähr 4 Wochen schriebe Fritz von Stein er wären deinetwegen in großer Verlegenheit

46. Antwortbrief von Catharina Elisabeth Goethe an ihren Sohn in Rom, 17. November 1786 (erste Seite)

hen Unzelmann und seine Frau bei Nacht und Nebel aus Frankfurt. Sie hinterließen hohe Schulden bei zahlreichen Gläubigern, die dadurch, daß sie mit Verhaftung drohten, Elisabeth in helle Panik versetzten.[14]

Wovon sie vermutlich nie etwas erfuhr, war Unzelmanns leichtfertiger Lebenswandel. Er betrog seine kokette, frühreife Frau, als er eine Affäre mit ihrer Zofe begann, die von ihm schwanger wurde. Der schlechte Ruf der Theaterleute mit wechselnden Beziehungen, unehelichen Kindern und fehlgeschlagenen Hoffnungen traf auch auf die Unzelmanns zu, die 1803 geschieden wurden. Daß der Schauspieler auch ein intimes Verhältnis zu einer Frau unterhielt, die unmittelbar zu Elisabeths Umkreis gehörte, wird durch einen anonymen Liebesbrief belegt. *Du wirst heut einen Brief von der Goethe bekommen haben*, schreibt ihm *Johanna*, vermutlich eine junge Schauspielerin, *sie war gestern bey mir ... Sie erzählte mir dann, was die Ursach war, daß sie Dich so kalt empfing ...* Unzelmann habe wieder Bücher auf Rechnung der Frau Rat gekauft, was sie *außer Fassung* brachte. Er solle ihr zu ihrem Namenstag einen versöhnlichen Glückwunsch sagen. Der Brief endet mit *tausend Küssen*. Die Beigabe: ein Ring zur ewigen Erinnerung.[15] Demnach wußte Elisabeth, als sie *Johanna* aufsuchte, von deren Affäre nichts, während umgekehrt ihr Verhältnis allen bekannt war.

Für sie war der Abschied von Unzelmann eine Tragödie. Sie war vorwurfsvoll wie nie, erregt wie nie, verbittert wie eine betrogene Liebhaberin. *O! Täuschen sie mich nicht wieder! O! Blasen Sie nicht den toden Funcken wieder an – überlaßen Sie mich lieber meinem Gram, der eine solche Höhe erstiegen hat, wo schwerlich was drüber geht* (16. März 1788). Unzelmann hatte seinen Schritt schon fast bereut, hatte ihr zugerufen: *O! Elisabeth, was habe ich gethan!*, was ihr so ins Herz schnitt, daß sie fürchtete, *der Odem bleibt mir aus.* (12. Mai 1788)

Unzelmann! Noch einmahl, ich bitte Ihnen, überlegen Sie die Sache reiflich, ehe Sie den gefährlichen Schritt wagen – Mein

Schauspiel Schuß ist seinem Ende nahe – weder an meinem sonst so lieben Fenster im Spielhaus, weder unter den Spielenden noch unter den Stummen seh ich, was ich sonst sahe ... Jawohl, Sie hätten doch ein klein bißgen Rücksicht auf Ihre Freundin und auf die Zukunft nehmen sollen ... Hat Ihnen Ihr hitziges, aufbrausendes, sprudelndes Wesen noch nicht Kummer genug gemacht – (9. Mai 1788). – *Erinnern Sie sich noch der Dose, die ich Ihnen vor 3 Jahren nach Cassel schickte, wo ein Mann mitten im Schiffbruch einen Fels erklimmte, und die Worte, die ich dabey schrieb? ... – Gott laße Ihnen immer einen sichern Port finden ...* Ihr Haus war dieser sichere *Port* gewesen. Nun hatte sie Unersetzliches verloren, und wie beim Tod von Cornelia gebrauchte sie den Ausdruck: *hier war Blitz und Schlag eins.*

Sie war verletzt, *krank an Leib und Seele*, grämte sich entsetzlich über die Schadenfreude der andern, die *suchen und spähen, ob in meinen Augen Traurigkeit wahrzunehmen ist.* Nahezu verzweifelt schrieb sie: *Habe ich nicht schon genug um Ihrentwillen geduldet, vergeben, getragen, gelitten, und nun noch dieses Schreckliche alles Schrecklichen – O! Schicksahl, womit habe ich das verdient! ... Sie müßen mir vergönnen, mein Herz auszuschütten – Diese Freundschafts probe verdiene ich doch – nicht wahr? – Drey Tage war ich Bettlägrig, heute stunde ich mit dem Trost auf, einen Brief von Ihnen zu erhalten – aber es kam keiner.* (12. Mai 1788) Sie bedauert sich selbst. *Es ist ein großer Fehler an mir, daß ich mehr an die Vergangne Zeit als an die gegenwärtige denke, und daß ich mir die Ideen, Träume und Märchen, die ich mir mit Ihnen in Kopf gesetzt hatte, noch nicht ganz aus dem Gedächtnis tilgen kann* – (27. Mai 1788) Traurig sei sie, *Mißmuthig – Hoffnungslos – niedergeschlagen ... meine Schauspiel Freude ist vorüber – und alles ist vorbey!* (24. Juni 1788)

Sie litt. Ihre Lebensphilosophie, sich ins Unvermeidliche zu schicken und Widrigkeiten als gottgegebene Prüfungen hinzunehmen, geriet ins Wanken. Sie war eine leidgeprüfte *Frohnatur.*

Dabei war von keiner Seite Hilfe zu erwarten. Sophie von La Roche reiste in der Welt umher. Der sonst allzeit bereite Merck steckte in einer tiefen menschlichen und finanziellen Krise. Sein Bittbrief blieb erhalten, mit dem er sich in größter Not an Goethe wandte. *Einer der unglücklichsten Menschen, der Ihnen ehedem wert war, ruft Ihre Hülfe in der drückendsten Lage an. Ich habe eine weitläuftige CottonFabrique übernommen, wovon ich nichts verstanden habe, bin mit rohen und verarbeiteten Waren überladen, die im Preise gefallen sind, ich soll bezahlen und habe kein Geld ... Kein Unglück ist in der Welt ohne eigne Schuld. Und hier liegt viel verborgen. Ich kann nichts für mich anführen als die dringendste Noth meiner armen Familie, und daß ich als ein Mensch menschliches Mitleiden verdiene.* (3. August 1788) Goethe half, indem er Herzog Carl August veranlaßte, dem Verzweifelten mit einer Bürgschaft über 4000 Taler beizuspringen. Merck konnte den zinslosen Kredit pünktlich zurückzahlen, war aber seelisch und moralisch ruiniert. *Meine Situation übertrifft an Elend alle Beschreibung. Ohne Schlaf und ohne Mut, physisch und moralisch zu Grund gerichtet, wandere ich ohne Ruhe unter den Lebenden herum, jedem zur Last – und fürchte um meinen Verstand.* (18. September 1788)

Elisabeths Briefe an Unzelmann decken *das Innere der Verhältnisse* auf und lassen ermessen, was er ihr bedeutet hat. In ihrem Leid schrieb sie einen Liebesbrief nach dem anderen in der Hoffnung, ihn zur Umkehr bewegen zu können. *Ihnen kann ich sagen, daß mir Ihr Weggehen leid, sehr leid gethan hat – daß mir beim Essen die Zeit unausstehlich lang wird, mit einem Wort, daß mein Märchen im Brunnen liegt ...* Mit *Emilia Galotti* ruft sie aus: *Wer über gewisse Dinge seinen Verstand nicht verliert – der hat keinen zu verlieren. – Die Qual, die ich nun leide, ist unaussprechlich.* Hier äußert sich eine tief unglückliche, leidensfähige, im Leid um Worte ringende Frau, deren Klagen mehr Einblick in ihr Wesen gewähren als die zuweilen geschönten Briefe an den Sohn. *Was kann eine Frau, der in der Welt alles*

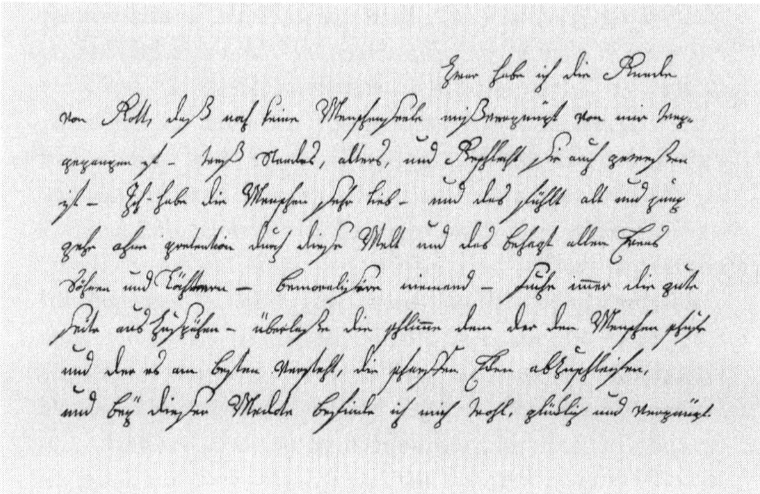
Zwar habe ich die Gnade
von Gott, daß noch keine Menschenseele mißvergnügt von mir weg-
gegangen ist - wes Standes, alters, und Geschlecht sie auch gewesen
ist - Ich habe die Menschen sehr lieb - und das fühlt alt und jung
gehe ohne prätention durch diese Welt und das behagt allen Evens
Söhnen und Töchtern - bemoralisire niemand - suche immer die gute
seite auszuspähen - überlasse die schlimme dem der den Menschen schuf
und der es am besten versteht, die scharfen Ecken abzuschleifen,
und bey dieser Medicin befinde ich mich wohl, glücklich und vergnügt.

47. Brief von Catharina Elisabeth Goethe an Charlotte von Stein,
14. November 1785 (zweite Seite)

gleichgültig geworden ist – die keine Gefühle für nichts mehr hat – die in allen ihren Hoffnungen auf das schrecklichste getäuscht worden ist – die den Glauben an Menschen verlohren hat – was soll die schreiben? rief sie Unzelmann im September 1788 zu, *soll ich immer noch Schlößer in die Luft bauen – dem Irrlicht Hoffnung aufs neue trauen, um aufs neue betrogen zu werden? Nein, mein trauter Freund! Für mich ist alles vorbey – mit mir ists aus.*

Elisabeth fühlte sich von allem, was sie liebte, verlassen. Ihr Sohn hatte angekündigt, auf der Rückreise von Italien über Frankfurt zu kommen – da werde es *pompos* hergehen mit Wein, Wildbretsbraten und Geflügel, hatte sie gejubelt. Doch obwohl er schon Bücher und Zeichnungen an sie vorausgeschickt und sowohl Frau von Stein wie auch dem Herzog gemeldet hatte: ich werde *einige Zeit bey meiner Mutter bleiben, um meine vier letzten Bände in Ordnung zu bringen,* war er über Mailand und Nürnberg direkt nach Weimar zurückgekehrt. Vor doppeltem Gram vergaß sie sogar die Antwort an Charlotte Kestner, *Werthers Lotte,* die sie bei einem Besuch mit Mann und Kind zur Patin der Tochter ernannt hatte. – *mein Kopf war mir dumm und Mein Mund voller Blasen*, entschuldigte sie sich, *meine Zunge wie durchlöchert, welches alles große Schmertzen verursachte und mich zum Schreiben gantz unfähig machte.* (23. Oktober 1788) Vom Kranksein ist die Rede. Es ist der sichtbare körperliche Ausdruck ihres seelischen Leidens. An Unzelmann: *ich habe in dieser Nacht ein so entsetzlich geschwollenes Gesicht gekriegt – und sehe so fürchterlich aus wie Atzor – Schlucke Arzeney, die wie der Teufel und seine Großmutter schmeckt ... sitze einsam in meiner Krankenstube – will versuchen, ob das Schreiben an Ihnen mir wohlmacht.* (13. November 1788)

Allmählich überdachte sie ihre Haltung, sah die Dinge nüchterner, verlangte ihre 76 geliehenen Louisdor, ihre Möbel und den *Teutschen Merkur* zurück. Auch grüßt sie seine Frau, die einmal bemerkt hatte: *Die liebe Goethe ist noch recht wohl, ich lerne die Vortrefflichkeit dieser Frau täglich mehr und mehr ken-*

nen.[16] Hatte sie den Schauspieler nicht schon früher als *launischen Freund* bezeichnet? Im Oktober erwog sie tatsächlich, ihn in Berlin zu besuchen, weil sich eine günstige Mitfahrgelegenheit bot: *Wenn ich gerne reiste, so wäre das eine hübsche Gelegenheit …* Sie reiste nicht, und als er plötzlich seinen Besuch ankündigte, wehrte sie entschieden ab. *Ihnen würde kein Mensch weder in Berlin, noch hier glauben, daß Sie bloß die Reiße meinetwegen angetreten und unternommen hätten …* Man würde über sie spotten. Sie verbat sich jede Art von Peinlichkeit. *Glauben Sie denn, daß so ein abermaliges Abschiednehmen Balsam für mich seyn dürfte?? Nein, Lieber Freund! So einen Auftritt mag ich nicht wieder!* Es hatte demnach eine erschütternde Abschiedsszene gegeben. *Will es das Schicksahl, daß ich Ihnen wieder sehen soll, so muß es auf die alte Art und Weise geschehen, sonst dancke ich unterthänig davor.* (19. Dezember 1788) Mit seiner Antwort sandte Unzelmann ihr einen Ring, den sie ihm zuliebe tragen solle. Sie versprach es.

Erst im März 1789, als alles vorbei war, tauchte Merck aus der Isolation auf, in der sich der Hochverschuldete wie in einem Kerker versteckt hatte. *Sie können nicht glauben*, schrieb er an Herzog Carl August, *was ich vor ohngefähr 8 Tagen empfand, als ich mich aus der Schmach der Unterdrückung wieder in den Cirkel meiner alten Freunde aufgenommen fand, mit Göthes Mutter, der La Roche, ihren Kindern und Göthes alten Freunden vereinigt wieder sah. Dies alles habe ich nächst Gott Ihnen zu danken. Ich weinte vor Freude, als ich den schönen Kopf von Göthe von Neker geschnitten in den Händen seiner Mutter sah. Sie erlaubte mir, einige schöne Abdrücke davon zu machen.* (28. März 1789) Auch Elisabeth wird das Zusammensein mit Merck und Riese, Moors und Hüsgen genossen haben.

Ob ihr Sohn von der Zuneigung erfahren hat, einer Freundschaft, die zur Leidenschaft wurde, ist ungewiß. Die Briefe fehlen. Immerhin nahm Goethe Unzelmanns Sohn *Carl Wolfgang*, der sich ihm als Sechzehnjähriger in Weimar präsentierte, nach kurzer Probezeit – wie es hieß aus Achtung für die hervorragende Schauspielerin Friederike Unzelmann – als junges Talent an seinem Theater auf. Unter seiner Leitung wurde aus dem Sohn Unzelmann, der seinem Vater *wie aus dem Gesicht geschnitten schien*, ein vorzüglicher Komiker.[17]

XVII.
Alles was ich dir zu Gefallen tun kann

Charlotte von Stein und Christiane Vulpius
(1789-1793)

Man mußte schon eine Lebenskünstlerin sein, um angesichts der Leere und Stille im Haus Heiterkeit zu bewahren. Sie hatte manches falsch gemacht. Daß der einzige Sohn entgegen seinem Versprechen nicht gekommen war, muß ein weiterer Kummer gewesen sein. Von ihm existiert ein kleines, gerändertes Billett ohne Datum, das er der Mutter zugleich mit einem für sie ausgesuchten Geschenk sandte. *Hier liebe Mutter ist ein Steinchen mit einem Minervenkopfe. Es wird Ihnen gefallen, es ist gar klein und zierlich. Wenn Sie es faßen laßen, darf das Gold nicht weiter als das weiße Riefchen gehen, der übrige Stein steht vor. Adieu. G.* Bis zuletzt hatte sie gehofft, er komme selbst, denn *betrogene Hoffnung ist meine Sache gar nicht.* Aber sie war schon oft um eine Hoffnung betrogen worden.

Eine schwermütige Heiterkeit ist es, die sich in den Briefen ausspricht. Sie gibt sich scheinbar gelassen und ist doch seelisch äußerst bedrückt. Sie war beargwöhnt, belächelt, gedemütigt worden. Noch das letzte Schreiben des Jahres 1788 galt Unzelmann. *Mit meiner Gesundheit gehts wieder Berg auf – nur wegen der Siberischen Kälte hat mir mein Arzt das Ausgehen noch untersagt. Leben Sie wohl! und antworten mir flinck, daß Sie guten Rath annehmen – und bleiben wollen wo Sie sind.* Ein Wiedersehen hätte sie nicht ertragen. Statt dessen suchte sie nach neuer Betätigung. Der erste Gruß im Jahre 1789 berichtet Fritz von Stein von einer wiedererweckten Liebhaberei. *Mein größtes Steckenpferd ist jetzt das Clavierspielen – das macht mich sehr glücklich.* Da das Theater mit den neuen Schauspielern *sehr mittelmäßig*, geradezu lächerlich sei, beschäftigte sie sich intensiv mit dem Klavierspiel, und zwar mit solcher Vehemenz, daß sie (am 1. August 1796) dem Sohn schreiben konnte: *so bin ich meißt zu Hauße, da spiele ich Clavier, ziehe alle Register, paucke drauf loß, daß man es auf der Hauptwache hören kann* ... Die Musik wurde ihr, wie einst Cornelia, zum Heilmittel.

Es fehlte nebenbei nicht an Unternehmungen. *Montags ist Ball, – Freitags Concert, – Dienstags, Donnerstags und Sonnabends ist Comedie, aber nicht von unsern vorigen Leuten ... die Truppe ist sehr mittelmäßig, die Balletts sind aber ganz artig.* Sie dankte Fritz von Stein für das überschickte *Modejournal.* Es handelte sich um die von Bertuch und Kraus herausgegebene Frauenzeitschrift *Journal des Luxus und der Moden,* die sie nun regelmäßig bezog. Das Inhaltsverzeichnis führte eine reiche Themenpalette auf. Man informierte über *Häuser- und Zimmer-Einrichtungen, Garten- und Landhäuser,* berichtete *Aus dem gesellschaftlichen Leben* (darin: über das Du zwischen Eltern und Kindern), über *Kunst und Literatur, englische Möbel, Feder- und Seidenblumen,* über *Stammbücher, Mozart und sein Andenken,* schließlich gab es auch einen *Beytrag zur Verbeßerung der Teutschen Brief-Form.* Das *Journal* macht die Damenwelt mit Pariser Modellen bekannt und stellte in Farbe neueste Ballroben vor, wobei man den Wandel vom Reifrock vor der Französischen Revolution zum griechischen Gewand *danach* unmittelbar mitverfolgen konnte. Kleiderfragen fanden immer Elisabeths Interesse. Sie legte großen Wert auf ihre äußere Erscheinung. Noch im Alter, berichtet Bettine Brentano, trat sie ausnehmend elegant auf. Bettine gefielen ihre Spitzen und Fächer, nicht aber dem jungen Abraham Mendelssohn, dem sie *pretenziös* und stark geschminkt vorkam. Daß sie Schminke, Puder und Pomade bestellte, ist in den Ausgabenbüchern bestätigt, daß sie eitel war, sagt eine ihrer ironischen Selbstbeschreibungen, die sie der Herzogin Anna Amalia als Dank für ein Miniaturporträt am Bande gab. *Ihro Durchlaucht müßten doch lächeln, wenn Sie sähen, wie Frau Aja sich in die Brust wirft – daher rauscht in einem weißen seidnen Kleid – das mir ewig theure Bild an einem breiten schwartzen Band auf der Brust –*

und ein Ausdruck in Gang und Mienen, daß alles meine gantze Selbstzufriedenheit aus den Augen lesen kann – und nun das Gucken, das Fragen ohne Ende wer die schöne Dame seye … Bey Gott! das ist die Herzogin Amalia, wie aus dem Spiegel gestohlen! Ihro Durchlaucht würden lächeln …

Konnte der Tiefpunkt, an dem sie sich nun befand, je zu einem Wendepunkt werden? In den sechs erhaltenen Briefen, die Elisabeth auch 1789 noch an Unzelmann richtete, weicht des Kummer allmählich einem gewaltsam unterkühlten Ton, zumal sie sich jetzt resolut mit seinen Schulden befaßt. Am 9. Januar 1789: *Da dieser Brief ökonomisch anfängt, so will ich etliche Dinge bey Ihnen in Erinnerung bringen, worauf ich mir gefälligste Antwort erbitte …* 9. März 1789: *– ich werde doch, ohne Ärgerniß zu geben, nach Dingen die mein sind fragen dürfen? Haben Sie die Güte, (aber ärgern Sie Sich nicht) und schicken mir den Merkur.* 2. Mai 1789: *Lieber Freund! Hier schicke ich Ihnen einen Wechsel auf 75 Reichsthaler – … Seyn Sie froh, daß Ihre hiesigen Schuldner nichts davon inne geworden sind – kein Heller wäre in Ihre Hände gekommen … N. S. Schicken Sie mir doch den schon 10 000 mahl geforderten Mercur.* 15. Mai 1789: *Mein Brief vom 2ten Mai hat Ihnen nicht sonderlich behagt … War denn in diesem Schreiben nicht auch ein Wechsel … und von dieser mir so wichtigen Übermachung schreiben Sie kein Sterbenswort – ich erbitte mir Antwort mit umlaufender Post.*

In finanziellen Dingen war sie absolut korrekt. Daß die Sorgfalt nichts mit Geiz zu tun hatte, dokumentiert ein Quittungsheft, wonach sie ihrer Schwester Johanna Melber großzügig mit Geldmitteln unter die Arme griff und ihrem Schwager 2200 Gulden lieh. Als sich die Schwester nach dem Tod des Mannes 1780 mit sechs Kindern wieder in Schwierigkeiten befand, gab sie ihr einen weiteren Kredit von 5000 Gulden und stundete ihr schließlich 1788 den Rest der Summe auf Lebenszeit. Das von den Söhnen Georg Christoph und Johann Wolfgang Melber gemeinsam mit ihrer Mutter unterzeichnete Dokument lautet:[1] *Es will nemlich eingangs gedachte Frau Rath Göthe an bestimmter Summe von 5000 fl. aus bewegenden Ursachen, sonderlich aber aus hegender Liebe für ihre Frau Schwester und in Hinsicht deren damaligem schwächlichen Vermögens-Zustand nicht allein zwey Tausend und achthundert Gulden, sondern auch von den bis dato aus diesem Capitel aufgelaufenen 300 Gulden betragenden Intereßen die Hälfte, nemlich 150 fl. nachlaßen … Die andere Hälfte des Capitals von 2200 will sie zur Lebenszeit der Schwester nicht zurück.* Auf die Frage, ob nicht ihr Sohn Ansprüche erheben könnte, antwortete Elisabeth: *daß einestheils ihr eingebrachtes u. ererbtes Elterliches Vermögen ein mehreres betrage, anderentheils der ihr zukommende errungenschaftliche Antheil diese Summe weit übersteige.* Die Bemerkung vom *errungenschaftlichen Anteil* besagt, daß sie ihr Kapitalvermögen durch Anlage und Verzinsung bedeutend vermehren konnte.

Am 5. Mai 1789 reiste Charlotte von Stein, kränkelnd, entmutigt und tief enttäuscht, zu einer Kur nach Ems. Sie wußte inzwischen, daß Goethe mit einer anderen Frau zusammenlebte. Aus Rom hatte er noch beteuert: *An dir häng ich mit allen Fasern meines Wesens … Ach liebe Lotte du weißt nicht … daß der Gedancke, dich nicht zu besitzen, mich doch im Grunde, ich mags nehmen und stellen und legen wie ich will, aufreibt und aufzehrt.* (2. Januar 1787) Sie aber gab sich nach seiner Rückkehr verstimmt und beleidigt, während er die dreiundzwanzigjährige Christiane Vulpius kennenlernte, die ihm die Liebe leicht machte.

Zutiefst verletzt, hinterließ Charlotte einen anklagenden Brief. Das Leid war doppelt und dreifach über sie hereingebrochen. Ihr Sohn Ernst starb, ihr Ehemann litt an Kopfschmerzen und Depressionen und blieb bis zu seinem Tod ein Pflegefall. Seine Obduktion ergab einen Knochensplitter im Gehirn, den er sich bei einem Reitunfall zugezogen hatte. Charlotte muß verzweifelt gewesen sein. Auf dem Rückweg von Ems machte sie Station in Frankfurt, um die Rätin Goethe zu besuchen. Nach

Jahren des intimen Umgangs mit Goethe bekundete sie plötzliches Interesse für das Haus, in dem er aufgewachsen war, für seine Mutter, deren Briefe sie kannte – jetzt, da es zu spät war.

Vor Elisabeth stand die langjährige Geliebte des Sohnes, an die er sich wie an keine andere *geheftet und genestelt* fühlte und die auch ein Grund war, warum er sie, die Mutter, jahrelang nicht besuchte. Charlotte war die Vertraute, die, wie er sagte, *Mutter und Schwester nach und nach beerbt* hatte. Ihr allein berichtete er von jenem biblischen Orakel, das lebensbestimmend und erhaltend geworden war. *Es ist eben um die Zeit, daß ich vor neun Jahren kranck zum Todte war,* schrieb er ihr am 9. Dezember 1777, *meine Mutter schlug damals in der äußersten Noth ihres Herzens die Bibel auf und fand, wie sie mir nachher erzählt hat: ›Man wird wiederum Weinberge pflanzen an den Bergen Samariä, pflanzen wird man und dazu pfeifen‹.*

Frau von Stein, sechsundvierzig Jahre alt, wirkte zart und elegant, aber Elisabeth wird den Zustand der Gekränkten, Verlassenen, Beleidigten deutlich gespürt haben. Auch sie war nach der Trennung von Unzelmann krank geworden wie jetzt Charlotte, die später an Schillers Witwe schrieb: *der Begriff von meinem ehemaligen vierzehn Jahre lang gewesenen Freund liegt mir auch manchesmal wie eine Krankheit auf.* Auch Elisabeth kannte Enttäuschung und den Verlust aller Illusionen. Noch ihr letzter Brief an Unzelmann offenbarte die Tiefe ihrer Verletzung. Er hatte ihr, unter Anspielung auf die Namensgleichheit, eine Biographie über die *Königin Elisabeth von England* geschenkt. *Meinen besten Dank für Ihr gütiges Andenken und für das mir so angenehme Geschenk,* antwortete sie. *Arme Elisabeth! Du kanntest dein Herz nicht! Ehrgeitz und Eitelkeit sind immer schlechte Rathgeber, aber besonders fiel ihr Rath zu kurtz bey einer Leidenschaft, die übers Grab hinausging …*

Empfand sie aus dem Bewußtsein selbsterlittener Enttäuschung heraus die seelische Verfassung ihrer Besucherin noch intensiver? Goethe schrieb nach dem Besuch an Charlotte: *Du hast meine Mutter gesehen und ihr viel Freude gemacht, auch der La Roche. Laß auch mir deine Wiederkunft freundlich seyn.* (8. Juni 1789) Er bekam keine Antwort, die Beziehung war am Ende. Sein Brief enthielt nämlich auch gezielte Verletzungen. Sie sei schon ablehnend gewesen, bevor sie überhaupt von seinem Verhältnis wußte. *Und welch ein Verhältnis ist es? wer macht Anspruch an die Empfindungen, die ich dem armen Geschöpf gönne?* Das *arme Geschöpf* war Christiane Vulpius – zu diesem Zeitpunkt im dritten Monat schwanger. Als Elisabeth die sanfte, traurige Frau von Stein verabschiedete, wußten beide nicht, daß Goethes Freundin ein Kind erwartete. Es kam am Geburtstag der Frau von Stein, dem 25. Dezember 1789, zur Welt.

Goethe's Schriften, die in acht Bänden bei Göschen erschienen, trafen nach und nach im Hirschgraben ein. Was die Werke des Sohnes anging, hatte Elisabeth ihr eigenes – meist lobendes – Urteil. *Daß die Geschwister so wohl in Berlin gefallen haben, hat mich sehr gefreut,* schrieb sie 1788 an Unzelmann, der darin die Hauptrolle spielte. *Es ist ein klein Stück, aber eben deßwegen gehört von Seiten der Schauspieler mehr Kunst dazu, jeden Carackter ins rechte Licht zu setzen und mit Wärme und Wahrheit darzustellen – als in einem großen Prachtstück mit Trommlen und Pfeifen* – Schauspieler wie er, Unzelmann, fügte sie hinzu, *heben das Stück und machen dem Autor Ehre.* Dagegen hatte sie an der äußeren Gestalt der *Werke* eine Menge auszusetzen. Nach den ersten Bänden in blauem Einband fand sie den fünften in Leder unpassend, und ihr Ärger über den Papiereinband von Band acht war so groß, daß sie es Göschen schreiben wollte. Der sechste Band machte ihr Freude, denn *Tasso und Lila sind mir neu – und ich hoffe viel Vergnügen davon zu haben.* (1. März 1790) Der siebte Band enthielt *Faust,* das Werk, dessen Entstehung sie miterlebt hatte, seit vor zwanzig Jahren die junge Susanna Brandt, deren Gestalt nun als *Gretchen* wieder auftauchte, nicht weit vom Hirschgraben als Kindsmörderin hingerichtet worden war. Goethe hatte vor der Abreise nach Weimar (am 7. Oktober 1775) die fertigen Szenen aufgelistet: *Nacht,*

Schülerszene, Auerbachs Keller, Land Strase, Abend, Allee, Nachbarinn Haus, Faust, Mephistopheles; Garten, Ein Gartenhäusgen; Gretgens Stube; Marthens Garten; Am Brunnen; Zwinger, Dom; Nacht, Offenes Feld, Kerker. Es waren diese Szenen, die sie jetzt zum erstenmal gedruckt vor sich sah.

Sie äußerte sich zu Goethes Schriften, mit keinem Wort aber zu seinem Sohn August, der seit einem halben Jahr auf der Welt war. Auch in den Briefen an Fritz von Stein, der Goethes neue Freundin im Gartenhaus an der Ilm überrascht hatte und längst eingeweiht war, findet sich über August keine Silbe. Was wußte sie von Demoiselle Vulpius? Vermutlich gelangte die Empörung, die in Goethes Umkreis über die unstandesgemäße *Mesalliance* laut wurde, auch zu ihr. Sie aber schwieg über die Verbindung ebenso wie über das unehelich geborene Kind, sowohl bei ihren Freunden wie bei den Enkelinnen, die sie von Karlsruhe aus besucht hatten. Es waren die Töchter Cornelias: die elfjährige Julie, deren liebliche Zartheit auch an ihrer Krankheit lag, vermutlich einer unheilbaren Lungentuberkulose, an der sie mit sechzehn Jahren sterben würde, und die vierzehnjährige Louise, genannt *Lulu,* ein unkompliziertes, praktisches und lebensfrohes Kind, von dem schon die kranke Cornelia bemerkt hatte, daß es den ganzen Tag tanze. Auch Elisabeth war der Meinung, Lulu gebe zu erkennen, daß sie von ihr abstamme (8. September 1807). Mit ihr unterhielt sie eine kleine Korrespondenz, in der es um Handarbeiten und um die Stiefgeschwister Henriette und Eduard ging, die Kinder von Schlosser und Johanna Fahlmer.

In der ›Unzelmannzeit‹ waren Elisabeths Briefe kurz und bündig ausgefallen. Jetzt nahmen sie an Länge zu. *Liebe, liebe, gute brave Enkeleins! O! was habt Ihr mir vor Freude gemacht! und das alles kam so gantz unerwartet! Liebe Louise! Es war ja als wenn du gewußt hättest, daß ich in großer Strickbeutels Noth mich befände ... Meine liebe Julia! auch Dir danke ich vor Dein schön gearbeitetes Angebinde – auch zu Deinem Andenken soll es Parade machen, damit jedermann sieht, daß auch Du liebe*

Juliette an die Großmutter denkst. Und mein liebes Jettchen! mit seinem schönen Körbgen – so zierlich als man's nur machen kann – potz fickerment! Jetzt muß die Großmutter fleißig sein ... Kommt doch ja bald wieder, hörst Du! (23. Februar 1789) – *Liebe Louise! ... – Daß Du meine gutgemeinte aber sehr gekritzelte Briefe so werth hälst, daß du sie so wohl aufhebst, freut mich gar sehr – denn schreiben ist eben so eigentlich meine Sache nicht – ... Ja wenn ich so schön schriebe wie meine Louise! Potz Fischen! Da sollte die gantze Christenheit Briefe von mir erhalten – nun nun, jeder hat so seine eigne Gabe – und wenn ich in den langen Winter Abenden bey Euch wäre, wollte ich mein Licht schon leuchten laßen und Euch durch Anmuthige Geschichten, schöne Mährlein die Zeit so vertreiben, daß es eine Art und Schick haben sollte ...* (14. Oktober 1789)

Vom Enkel in Weimar weiterhin kein Wort. Wann Elisabeth zuerst von der Existenz Christianes und Augusts erfuhr, ist mangels schriftlicher Zeugnisse nicht belegt. Im Grunde war sie immer über alles, was ihren Sohn betraf, erstaunlich gut unterrichtet, und es wäre unwahrscheinlich, daß eine Angelegenheit, die ganz Weimar beschäftigte, nicht auch ihr zu Ohren gekommen wäre. Der Klatsch schlug hohe Wellen. *Was für ein Lärm über das Kind ist, ist unglaublich*, so Humboldts Braut Caroline an ihren Verlobten. Man war bei Hof über den unehelichen Sprößling der Vulpius so empört, daß Goethe in das *letzte Haus vor dem Frauentor*, das sogenannte *Jägerhaus*, umsiedeln mußte, weil die Herzogin Louise es angeblich nicht duldete, daß man ihr das Kind *vor der Nase* herumtrage.[2]

Konnte Goethe diesen Skandal seiner Mutter zumuten? Anscheinend wagte er nicht, ihr die Wahrheit zu sagen. Bevor er zum zweiten Mal nach Venedig aufbrach, vertraute er nicht ihr, sondern Herder die Sorge für seine Geliebte und den Säugling an. Elisabeth hörte auffallend wenig von ihm und wandte sich mehrmals an Fritz von Stein, um Einzelheiten zu erfahren. Madame La Roche habe den *Römischen Carneval in Maynz mit aller Pracht* auf der Bühne gesehen (1. März 1790), schrieb sie

Fritz – nebenbei, wo halte sich eigentlich ihr Sohn auf? In Venedig? In der Schweiz? (22. April 1790) Da Goethe, wie gesagt, alle Briefe seiner Mutter nicht nur der frühen Zeit von 1762 bis 1768, sondern auch diejenigen von 1772 bis 1792 – mit Ausnahme von vier Briefen – verbrannt hat und so etwa zweimal 200 Briefe vernichtete, sind weder zur Geburt des kleinen August Weihnachten 1789 noch zu der ganz Europa aufwühlenden Französischen Revolution Äußerungen vorhanden.

Nachricht erhielt sie nicht von Goethe. Es war ausgerechnet Unzelmann, der erklärte, nach Frankfurt zurückkommen zu wollen. Dabei hatte er gewiß nicht mit ihrer entschlossenen Ablehnung gerechnet. *An ein Nationahl Theater ist hier nicht zu denken,* behauptete sie entgegen besserem Wissen. *Setzen Sie sich also nicht wieder zwischen zwey Stühle ... Aber in aller Welt sagen Sie nur wies zugeht, daß Sie wieder weg wollen? Ihre ersten Briefe ... waren ja alle so voll Entzücken, Jubel, Freudengeschrei, Königlicher Gnaden u.s.w.* (11. Mai 1790) Sie wollte nicht zum zweiten Mal ins Gerede kommen. Das setzte sie ihm auch in ihrem letzten erhaltenen Brief energisch auseinander. Zwar plane der Magistrat die Gründung eines Nationaltheaters – doch ihn, Unzelmann, wünsche sie nicht herbei.

Die glücklichen Tage, da sie bei Rotwein und Pastete das Leben genossen hatten, waren endgültig vorbei, *denn die Zeit hat viel viel verändert – das können sie mir auf mein Wort glauben!! Rathen was Sie thun sollen, das kann ich auf keine Weise,* antwortete sie kühl, *denn niemand weiß beßer als Sie, wie ich vor meine Mühe, Sorgen und Wohlthaten bin belohnt worden* – Sie hielt inne, sagte dann: *Ein gebrandes Kind scheut das Feuer* – Nun war es heraus. Ein zweites Mal würde sie den Verstand nicht verlieren.

Zum Grübeln hatte sie weder Lust noch Zeit: sie entdeckte das Lesen. Lang sind die Listen der Bücher, die Buchhändler Fleischer für sie besorgen muß. Zur Herbstmesse 1791 bestellte sie: *Romantische Geschichte der Vorzeit. Heinrich der Löwe. Der deutsche Alcibiades. Zauber-Romane 2 Theile. Musäus nachge-*

laßne Schriften. Anekdoten aus dem Leben Mirabeaus und vieles andere. Außerdem wurde sie gebraucht: die Enkelinnen kamen zu ihr. Gesund und vergnügt trat Cornelias Älteste, die sechzehnjährige Louise, ins Haus; mit ihr verstand sie sich in puncto Lektüre, Handarbeiten und Kochrezepten besser als je mit Cornelia. *Liebe, gute, brave Louise!* heißt es, *Tausend Danck vor dein schönes, geschmackvolles – und zugleich prächtiges Arbeits tischgen – So ist keins in Franckfurth* – Sie habe es einen Stock höher zur Gräfin Ysenburg getragen, die es ebenfalls bewunderte. Man erfährt bei dieser Gelegenheit, daß sie Mieter ins Haus genommen hat, den Generalleutnant außer Diensten Graf Sayn-Wittgenstein und die mit ihr gleichaltrige Gräfin Sayn-Wittgenstein, die bis zu ihrem Tod 1791 das obere Stockwerk bewohnte.

Blaß und zart erschien die zweite Enkelin, ihr Patenkind Catharina Elisabeth Julie, bei deren Geburt Cornelia gestorben war. Es muß eine entsetzliche Vorahnung gewesen sein, das Kind Blut spucken zu sehen. Goethe, der sich zur Zeit ihres Todes im Juli 1793 bei Mainz befand, lehnte einen Besuch bei Schlossers ab. *Seine Tochter ist tödlich kranck, und es wäre mir entsetzlich, meine Schwester zum zweyten mal sterben zu sehen. Meine Mutter hat mir Briefe von dem Kinde gezeigt, die höchst rührend sind.*[3]

Januar 1792. Das große *Cassabuch von 1792-1801* verzeichnet die Ausgaben des neuen Jahres. Elisabeth bezahlte den Perükkenmacher Zeitz im voraus mit 15 Gulden. Für *Spazirfahrt und Schauspiel* gab sie *5 Gulden 30 Kr.* aus. Am 10. April erstand sie *4 Schachteln bon bon* für 2.24, es war Ostern und August zwei Jahre alt, an ihn könnte eines der Süßigkeitenpakete gegangen sein. 22. *May: 12 Pomade Büchsger 3 Gulden* und *Vor 2 Fächer 48 Kreuzer.* Einer dieser Fächer blieb erhalten, kostbares Gebilde aus durchbrochenen Elfenbeinstäben, der Stoff mit Goldpailletten bestickt.[4] Alles deutet darauf hin, wie wichtig der jetzt einundsechzigjährigen Rätin Ansehen und Eleganz waren.

17. Juli: *Vor die Krönung zu sehen 14 Gulden. Vor eine gute Haube 11 Gulden. Perückenmacher Trankgeld zur Krönung 4 Gulden 48 Kreuzer.* Das Buch enthält auch Hinweise auf das größte Ereignis des Jahres: nach dem Tod Josephs II. standen Wahl und Krönung Leopolds II. zum römischen Kaiser bevor. Ihre Briefe berichten von hohen Kosten, überfüllten Wirtshäusern und der Tatsache, daß der Reichsquartiermeister ihr Haus wieder mit Einquartierung *vollstopfen* werde. *Bei mir waren die Quartierherren noch nicht, – ich traue mir deswegen nicht vor die Thür zu gehen und sitze bei dem herrlichen Gotteswetter wie in der Bastille,* hatte sie Fritz von Stein gemeldet.

Insgeheim erwartete sie auch ihren Sohn, des zuletzt als Fünfzehnjähriger aus dem Dachstock des Hauses Frauenstein einer Krönung zusah, als ihr Vater Textor den Monarchen unter einem mit doppelköpfigen Adlern bestickten Traghimmel zum Dom geleitete. Bis zu dreißigtausend Menschen strömten jedesmal zur Krönung nach Frankfurt. Im *Journal des Luxus und der Moden* schrieb Bertuch: *Frankfurt ist dermalen in der Periode der Kaiserkrönung gewiß der Brennpunkt des Luxus, der Pracht und des Aufwandes von ganz Europa.* Endlich wurde ihr die *Einquartierung* präsentiert, und diesmal hatte sie Glück. Es handelte sich um drei fürstliche Kinder aus dem Hause Mecklenburg-Strelitz. Zwei Prinzessinnen, die vierzehnjährige Luise und die zwölfjährige Friederike, kamen mit ihrem Bruder Georg aus Darmstadt, wo die Halbwaisen von ihrer Großmutter erzogen wurden. Elisabeth war eine mütterliche Wirtin. Die Kinder durften im Hof den Pumpenschwengel bedienen und die Zimmer sehen, in denen Goethe geboren wurde und der *Werther* entstanden war. Man tanzte, man sang, man spielte Klavier und erlebte *jugendliche Freuden: alle Mittage kamen Sie mit 3 Gablen bewaffnet an meinen kleinen Tisch – gabelten alles was Ihnen vorkam – es schmeckte herrlich – nach Tisch spielte die jetzige Königin auf dem piano forte und der Printz und ich walzten …* Als sie den Bericht drei Jahre später verfaßte, hatte die siebzehnjährige Luise inzwischen den preußischen Kronprinzen geheiratet. Nie werde sie jemals Goethes Mutter vergessen, sagte sie, und sie hielt Wort.

Zehn Jahre nach dem Tod des Vaters besuchte im August 1792 Sohn Wolfgang zum erstenmal wieder seine Mutter in Frankfurt. Er befand sich auf dem Weg ins Lager zu Herzog Carl August, der als preußischer General am Feldzug gegen das französische Revolutionsheer teilnahm, und blieb zunächst für acht Tage im Hirschgraben. Als erstes kümmerte er sich dort um Geschenke für Christiane Vulpius: *Von Frankfurt soll aber bald das zierlichste Krämchen ankommen.* Das bedeutet, daß zumindest jetzt seine Mutter in alles, was Christiane und den zweieinhalbjährigen *schwarzäugigen* Enkel betraf, eingeweiht wurde.

Zeitgenossen bestätigten, daß der dreiundvierzigjährige Dichter, der seit dem Frühjahr wieder im Haus am Frauenplan wohnte, blendend aussah. *Das Gesicht Goethens ist voll Feuer und doch Weichheit, nicht wie bei Herder – Marmor. Sein Auge ist rund und frei, braun, ein dunkler Spiegel, der desto reiner und heller auffaßt ... Er ist noch voll Manneskraft, schnell in seinem Wort und Tun, überlegen prüfend im Urteil ...*[5] Im Haus der Großeltern sah Goethe den Bruder der Mutter wieder, den Schöffen Johann Jost Textor. Er besuchte die liebliche Maxe, die inzwischen nicht weniger als elf Kinder zur Welt gebracht hatte; Clemens Brentano war zwölf, Bettine sieben Jahre alt – im Jahr darauf würde Maximiliane bei der Geburt ihres zwölften Kindes sterben. Mit der Mutter besprach er das Ansinnen der *Bethmänner*, Gartengrund von ihr zu erwerben. Im Februar 1793 verkaufte Elisabeth an Peter Heinrich von Bethmann-Metzler ihre am Ginnheimer Steg und am Asmusweg gelegenen Wiesen. Vor der Weiterfahrt schrieb Goethe an Christiane: *Meine Mutter habe ich wohl angetroffen und vergnügt, umd meine Freunde haben mich alle gar freundlich empfangen. Es giebt hier mancherley zu sehen, und ich bin dieser Tage immer auf den Beinen geblieben. Meine erste Sorge war das Judenkrämchen, das mor-*

gen eingepackt und die nächste Woche abgeschickt wird. Wenn es ankommt, wirst du einen großen Festtag feyern, denn so etwas hast du noch nicht erlebt. Mit *Judenkrämchen* waren Spitzen, Bänder, seidene Tücher gemeint. Außerdem ließ er durch seine Mutter *zwey Unterbetten und Küssen von Federn* besorgen *und noch allerley gute Sachen.*

Am Abreisetag des Sohnes, dem 20. August, setzte Elisabeth ihr großes *Cassabuch* fort. *6 Baumwollene Nachtkappen 4 Gulden 15 Kreuzer. Vor 8 Billetts ins Schauspiel 5 Gulden.* Am 25. August: 2 *Kutschfahrten über Land 5 Gulden 45.* Am 29. August: *Einen Artikel in die Zeitung 2 Gulden. Vor zwei Bücher einzubinden 24 Kreuzer*, das heißt, der Sohn hatte ihr weitere Bände seiner *Werke* mitgebracht; dafür aber auch die Großzügigkeit seiner Mutter ausgenützt und sich in Frankfurt neu eingekleidet: *Schneider-Conto vor meinen Sohn 10 Gulden.* Das Leben bei ihr muß ihm behagt haben; er klagte vor der Weiterreise ins Lager: *Gegen mein mütterlich Hauß, Bette, Küche und Keller wird Zelt und Marquetenderey übel abstechen, besonders da mir weder am Todte der Aristocratischen noch Democratischen Sünder im mindesten etwas gelegen ist.*

Eine wichtige Frage war vorher noch besprochen worden. Es ging um das große Haus, das für Elisabeth allmählich eine Last wurde. Die Einquartierung, das Heizen, die Reparaturen, alles ging ins Geld. Sie erörterten die Möglichkeit des Verkaufs und die Höhe der Summe, die erzielt werden müßte. Der Vater hatte den Wert des Hauses mitsamt den Möbeln auf 20000 Gulden geschätzt. Kaum waren sich Mutter und Sohn einig, daß ein Verkauf das Vernünftigste sei, setzte sich Goethe auch schon an den Schreibtisch und verfaßte einen Brief an den Weimarischen Minister Voigt, der seine Zustimmung zum Verkauf in ein gewisses Zwielicht rückt. *In Franckfurt habe ich gefunden, daß ich eine Summe Geldes daher ziehen und in Weimar anlegen könnte. Schon lange habe ich Lust zu einem Gütchen, besonders zu dem Lobedaischen Griesheimischen ... Könnte man nicht erfahren ... ob das Gut zu einem leidlichen Preis zu haben wäre.*

Uneigennützig war der Rat des Sohnes, das schöne, vom Vater geliebte Haus herzugeben, demnach nicht. Daß er nach dem Gespräch mit der Mutter, beinahe noch am gleichen Tag, auf *eine Summe Geldes* spekuliert, läßt einen rigorosen Egoismus erkennen. Der anspruchsvolle Dichter hatte nämlich sein Auge auf ein unverhältnismäßig teures Landgut geworfen und verfolgte das Projekt mit einer Hartnäckigkeit, die der Mutter Aufregung und Sorge bereitete. Doch er nahm weder beim Verkauf des Elternhauses noch beim Erwerb eines eigenen Landgutes Rücksicht. Wie oft in derartigen Fällen, ging es dem Sohn nur am Rande um das Wohlbefinden der Mutter; im Vordergrund stand für ihn, der jetzt Frau und Kind besaß, die eigene Existenz.

Auf der Weiterreise traf er in Mainz den Schriftsteller Ludwig Ferdinand Huber, der erfreut berichtete, endlich Goethe kennengelernt zu haben, *ich habe zwei Abende mit ihm zugebracht …, in Augenblicken machte es mir vielen Spaß, seine Mutter ganz in ihm wieder zu finden, und das war dann, wenn er launig-kräftig etwas auseinandersetzte, worin eben ihre Originalität vorzüglich liegt.*[6] Die Schilderung der Ähnlichkeit von Mutter und Sohn wird noch von anderer Seite bestätigt: von Goethe selbst. In der *Campagne in Frankreich* gibt er unter dem *23. August 1792* in anerkennenden Worten eine in jeder Hinsicht liebevolle Charakteristik seiner Mutter, deren lebhafte Erzählfreude und heitere Genialität er deutlicher als sonst empfunden hatte. Er habe viele alte Freunde getroffen, *meist schon früher Bekannte, Studien-Genossen* wie Sömmerring, Huber und Forster, die alle Elisabeth kannten: *sämmtlich mit meiner Mutter vertraut, ihre genialen Eigenheiten schätzend, manches ihrer glücklichen Worte wiederholend, meine große Ähnlichkeit mit ihr … mehr als einmal beteuernd …*

Ursprünglich hatte Goethe nach dem Treffen mit Herzog Carl August wiederkommen wollen. Doch die Franzosen besiegten das zahlenmäßig überlegene Heer der Verbündeten, und er geriet in die Kanonade von Valmy, wo er die Prophezeiung niederschrieb: *Von hier und heute geht eine neue Epoche der Weltgeschichte aus.* Der Rückzug der Truppen durch Unwetter, Schlamm und Morast mit Hunger, Seuchen und dem Anblick sterbender Soldaten war das Grauenvollste, das er je sah. Vom Bericht an seine Mutter blieb nur ein abgerissener Rest erhalten: *keine Feder, keine Zunge kann das Elend der kombinierten Armee beschreiben.* Er wollte zu ihr, doch am 22. Oktober 1792 besetzte General Custine Frankfurt, und er flüchtete sich aus dem Kriegselend zu Jacobi nach Düsseldorf. Als ihm die Mutter schrieb, er müsse einer Order Carl August folgend sofort nach Frankfurt zurückkehren, war er schon auf dem sicheren Weg nach Weimar.

In dieser Situation gestand ihm die Mutter zum ersten Mal in ihrem Leben, daß sie *schwermütig* sei. Sie wisse nicht, ob sie ihn herbeizitieren solle *in eine Gegend, wo mann in beständiger Angst lebt und athmet*, oder nicht. *Biß vorgestern hatte ich noch immer guten Muth – aber nun bin ich sehr schwermüthig – so was läßt sich nicht schreiben.* Sie sah sich in einem Dilemma. Angst, Unruhe kamen sonst selten vor. *Ich weiß nicht, ob ich wünschen soll, dich bald zu sehen, oder ob das Gegenteil zuträglich wäre ... Ich bin, wenigstens vor jetzt, die verstimmte und sehr unruhige / Frau Aja.*

Dann sah sie sich plötzlich vor eine Entscheidung gestellt, die ihr ganzes zukünftiges Leben vollständig verändern konnte. Senator Johann Jost Textor, ihr einziger Bruder, war gestorben, und der Magistrat bot die freigewordenen Ratsstelle ihrem Sohn an. Wie sollte sie handeln, wie raten? Aufrichtig nannte sie ihm ihre Gründe *davor und dagegen*, wobei sie seine berufliche und private Situation mit erstaunlichem Scharfblick einschätzte und die Überzeugung vertrat, er sei nicht zum städtischen Beamten geboren, sondern dazu, wie ein *Freyherr* über sich zu verfügen. *Ich glaube allemahl, daß dir in deiner jetzigen Verfaßung nach Leib und Seele beßer ist – als in einer neuen Laufbahn – denn du bist in dem eigentlichen Sinn des Wortes ein Freyherr.* Mit klarer Einsicht in sein Wesen bezeugte sie eine bewundernswerte Uneigennützigkeit. So stolz sie auf den großen Sohn war – an ihren Lebensalltag wollte sie ihn nicht binden.[7]

Goethe antwortete am 24. Dezember 1792 aus Weimar: *Die Hoffnung, Sie, geliebte Mutter, und meine werthen Franckfurter Freunde bald wiederzusehen, ist mir nunmehr verschwunden ... Wieviel Sorge habe ich bißher um Sie gehabt!* Er sei stolz auf das Angebot der Stadt, *da es vor Europa, ja vor der ganzen Welt eine Ehre ist, als Frankfurter Bürger geboren zu sein. Die Freunde meiner Jugend,* setzte er halb offiziell hinzu, *konnten mir kein schöneres Zeugniß ihres fortdauernden Andenken geben ...* Die Mutter zeigte sich mit dieser Antwort zufrieden. *Dein Brief hat seine Würckung gethan,* so am 6. Januar 1793, *ich bin froh, daß Sie mich jetzt in Ruhe laßen.* So schrieb sie, obwohl sie wußte, daß dies die letzte Gelegenheit war, den Sohn nach Frankfurt zurückzuholen. Eine solche Chance würde ihr niemals wieder begegnen.

Dabei ging es ihr persönlich miserabel. *Wir leben hier in täglicher Angst und Gefahr – und wenn ich einen Gran Furcht mehr hätte, als ich Gott sey Danck nicht habe, so ginge ich in die weite Welt.* Jetzt wäre die beste Gelegenheit gewesen, nach Weimar zu fahren, wie sie es seit Jahren vorhatte, zumal Anna Amalia sie wegen der wachsenden Gefahr noch einmal dringend einlud. *Ihro Durchlaucht die Frau Herzogin Amalia haben die Gnade gehabt, mich wegen der Kriegsunruhen nach Weimar zu invitiren – dancke Hochdenenselben in meinem Nahmen und sage dieser vortrefflichen Fürstin, ich hätte guten Muth, der Gott, der mich biß hieher gebracht, würde weiter sorgen.*

Warum nahm sie das Angebot nicht an? Da die Gefahr einer Bombardierung Frankfurts immer wahrscheinlicher wurde, bot ihr nun auch Wolfgang eine Bleibe an. Die Zimmer in seinem Hause seien schon vorbereitet. War er über ihre Antwort enttäuscht? *Aber du Lieber Himmel!!! Ich und Reisen!* lautete ihre beinahe entrüstete Entgegnung. Sie wollte nicht zu ihm, packte statt dessen lieber ihre großen Weihnachtspakete. *Liebe Enke-*

lein! An Euch alle ist dieser Brief gerichtet, so an die Schlosserschen Kinder in Karlsruhe. *Sagt selbst – was mir tröstlicher und erquickender sein könnte, als Enkel zu haben, die so dankbahr gegen mich sich betragen – die so liebevoll meiner gedenken, mit warmen Gefühl trotz der Entfernung mich so lieben und ehren.* (31. Dezember 1792)

Am neuen Jahrs Tag 1793. Lieber Sohn! Vielen Danck vor deinen schönen Brief, der ist wie er sein soll … Sie lobt ihn und berichtet so intensiv, als käme er jeden Moment nach Frankfurt, von den derzeit aufgeführten Theaterstücken. *Da der König von Preußen und alle Generälle, Herzogen und Printzen alle Abende drinnen sind, so ist dir das Leben wie die Krönung …* Auch die ungute politische Lage bleibt nicht unerwähnt. *Gott bewahre unsere Stadt vor einem Bombartement – denn da könnten wir alle arm und elend werden … das wollen wir nun nicht hofen – sondern Gott vertrauen – und den Deutschen Glück und Seegen wünschen.*

Diese Briefe, die sich vom Dezember 1792 an fast vollständig erhalten haben, die Nachrichten einer Mutter an den abwesenden Sohn, sind Dokumente von unvergleichlichem literarischem, kulturellem und menschlichem Wert. Die darin bezeugte Ausdruckskraft, spontane Mitteilungsfreude und sprachliche Virtuosität sind ungewöhnlich und über jedes Klischee erhaben. Sie dramatisiert, deklamiert und philosophiert: *Ach was ist Unwißenheit eine herrliche Sache!* oder, je nach Lebenslage, das Gegenteil: *ein Stückgen Allwißenheit wäre jetzt so übel nicht!* (15. August 1794) Wenn die Situation es verlangt, wie bei einem Gespräch mit Sophie von La Roche, greift sie zur Dialogform, als verfasse sie ein Textbuch. Anläßlich ihrer mühsamen Wohnungssuche heißt es: … *ohngeachtet die Zeitläufte so beschaffen sind, daß mir des Diogines sein Faß am liebsten wäre – ich wollte es schon rollen!!* (6. Februar 1794) Ironisch kann sie sich über sich selbst erheben: *Elisabeth, wo hast du deinen Verstand!* Bei Freuden- oder Wutausbrüchen fließen grobe, mitunter vulgäre Ausdrücke ein: *Potz fickerment! Potz Fischen! Ich habe so ein drängen, so ein treiben in meinem inneren – die Gedancken und Ideen jagen sich so untereinander – wie die Knaben wenn sie Jägers spielen.* (9. März 1794) An jeden ihrer Korrespondenten wendet sie sich unmittelbar, von Person zu Person. Die Post von Theaterdirektor Großmann veranlaßt sie zu dem Ausruf: *mir wards, als träte ein alter guter Freund in meine Stube und spräche: Da bin ich wieder.* Sie liebt Bilder und Vergleiche. *Übrigens befinde ich mich sehr wohl nach Leib und Seele – weiß von keiner Furcht – laße kommen was ich nicht ändern kan – genieße das gegenwärtige – und da ich die Speichen des großen Rades nicht aufhalten kan, so wäre es ja Narrheit drüber zu greinen, daß mann so schwach sich fühlte.* (8. Dezember 1794) – *So viel hab ich lange nicht geschrieben, drum wirds auch am Ende schief und bucklicht!* (15. Juni 1804, an Goethe) Um günstige Beurteilung eines mittelmäßigen Dichters bittend, schrieb sie: *Lieber Himmel! Es krablen ja so viele um den Parnaß – laße Ihn mit krablen.* Daß sie plastisch und treffend zu formulieren verstand, war ihr wohl bewußt. Zu Max Klinger sagte sie 1776: *Schade, daß ich keine Dramata schreibe.*

Mit der Orthographie verfuhr sie, wie die meisten ihrer Briefpartner, nach Gutdünken. Fremdwörter haßte sie. Bei dem Versuch, den Begriff *hypokondrisch* zu schreiben, fügte sie hinzu: *Der Teufel hole das Verfluchte Wort, ich kans nicht einmahl schreiben.* (10. Februar 1777)[8]

Sie poetisierte den Alltag, so daß die Herausgeber ihrer Briefe sie als eine Dichterin bezeichnet haben.[9] Auch äußerlich sind ihre Briefe bemerkenswert. *Die steilen Schriftzüge der Schreiberin, ihre über Jahrzehnte gleichbleibende, übersichtliche Raumaufteilung und die Qualität des dünnen, holländischen Schreibpapiers, zumeist im Quartformat, sind von eigenem ästhetischen Reiz.*[10] Sich mit ihr zu unterhalten muß ein Vergnügen gewesen sein, kein Wunder, daß die Töchter befreundeter Familien sich auf ihren Besuch freuten. Zweifellos hat der Sohn davon profitiert. *Wehrt doch den Bäumen, daß sie nicht in Himmel wachsen,* schrieb sie ihm – er übernahm ihr Wort als Motto

48. Christiane Vulpius

in *Dichtung und Wahrheit.* Insgesamt blieben 163 Briefe der Mutter an den Sohn erhalten, dagegen nur 16 Briefe von Goethe an sie; alle übrigen hat er vernichtet.

Wird der Sohn sie, wie versprochen, besuchen? Sie erhielt tatsächlich eine positive Nachricht. Es lag Goethe viel an diesem Wiedersehen. *Den 15ten Mertz 1793. Lieber Sohn! Es ist Raum genung in der Frau Aja ihrem Häußlein, komme du nur – freylich mußt du dich mit dem zweyten Stockwerck begnügen – aber einem Mann, der eine Cammpangne mitgemacht und dem die Erde sein Bett und der Himmel sein Zelt war, verschlägt nun sowas nichts – Übrigens solls an nichts fehlen, was zur Leibes Nahrung und Nothdurft gehört … Alles, was nun noch zu sagen wäre, wollen wir aufs mündliche Erzählen verspahren – denn ich schwatze ohnehin lieber als ich schreibe … Gott! Schencke uns eine fröhliche Zusammenkunft! Dieses wünschet hertzlich / deine / treue Mutter / Goethe. – Den 26ten Aprill 1793. Lieber Sohn! Ich erwarte dich mit großem Vergnügen … NS. Weil aber deine Vorsätze sich öffters wunderbar verändern und dir etwan dein Plan durch unvorhergesehene Zufälle vereiteln würde, so lasse mich ja nicht vergeblich warten – so was kann ich durchaus nicht vertragen.*

Bevor er kam, lud sie die alte, über siebzigjährige Elisabeth Held ein, seine Amme, der sie laut Eintrag im Ausgabenbuch ein Geldgeschenk machte: *Meinem Sohn seiner Säugamme 1 Gulden 22 Kreuzer.* Dem gleichen Ausgabenbuch ist zu entnehmen, daß sie sich zu ihrem 62. Geburtstag eine Brezel leistete und mit *Mützen zur Fastnacht* Karneval feierte. Auch die Gewinne und Verluste beim Kartenspiel – sie bevorzugte die Spiele Tarock, l'Hombre und Piquet – wurden genau vermerkt, wobei die jeweiligen Gastgeber – Frau von Bethmann und Frau Kellner, Herr Stock und Herr Metzler, Frau von Fleischbein und Maxe Brentano – sie immer mit der Kutsche im Hirschgraben abholen ließen.

Daß Goethe kam, hatte einen bestimmten Grund. Christiane

Vulpius war wieder im dritten Monat schwanger. Nun lag ihm, vor allem im Hinblick auf ihre ungesicherte Zukunft, am Einverständnis der Mutter; sie sollte das Verhältnis akzeptieren. Am 16. Mai 1793 traf er bei ihr ein – es war der vierte Besuch, seit er Frankfurt verlassen hatte. Diesmal berichtete er ausführlich von seinem geräumigen, eleganten Wohnhaus, dem großen Haushalt, seinem Sohn und Christianes Fähigkeit, vorzüglich für ihn zu sorgen und die Wirtschaft umsichtig zu leiten. Er stellte der Mutter sein häusliches Glück vor Augen und muß dabei sehr überzeugend gesprochen haben, denn schon am nächsten Tag überreichte sie ihm Geschenke für sein *Liebgen. Meine Mutter hat mir einen sehr schönen Rock und Caraco für dich geschenckt, den ich dir sogleich mitschicke* … (17. Mai 1793).

Christiane war überglücklich. *Itzo, da ich Deinen Brief zumachen will, kömmt das Packet mit dem schönen Habit, ich bin vor Freuden außer mir und springe herum wie ein Kind … – Der Gruß von der lieben Mutter ging mir über alles, ich habe vor Freuden darüber geweint.* (7. Juni 1793) Lange hatte sich die junge Frau vor dem Urteil der Rätin gefürchtet. Überall stieß sie auf Ablehnung. In Weimar bezeichnete man sie gemäß dem Gesetz, wonach unehelicher Beischlaf bestraft wurde, als Dirne; für Goethes Umgebung war sie *die Vulpia,* eine Haushälterin, die nicht an des Dichters Tafel speiste und nicht von ihm geheiratet wurde. Christiane Vulpius hatte als Arbeiterin in Bertuchs Kunstblumenfabrik Geld verdienen müssen und war im Lesen und Schreiben ungeübt. Goethe selbst hatte den Herzog nach Entdeckung der Schwangerschaft gestanden: *Ich habe nichts gethan, dessen ich mich rühmen könnte.*

Und seine Mutter? Schon lange hatte Christiane auf ihre Entscheidung gewartet. Nun war das Eis gebrochen, und sie war selig. *Ich habe was ohne dein Wissen gethan, ich habe an die liebe Mutter geschrieben und mich bei ihr bedankt,* teilte sie Goethe mit. Sie sei glücklich, daß die Mutter nicht böse sei, *denn das hat mich doch mannichmal betrübt.* Sie mache sich aber Sorgen, daß ihr fehlerhafter Brief unleserlich sei, *sage ihr, daß ich es nicht besser kann. – Du hast recht wohl gethan an meine Mutter zu schreiben, sie wird es ja wohl lesen können,* tröstete er. *Sie ist dir recht gut, denn ich habe ihr erzählt, wie du so brav bist und mich so glücklich machst.*

Die Unterhaltungen zwischen Mutter und Sohn müssen demnach inniger, auch intimer gewesen sein als früher. Er erwähnte offen sein glückliches Liebesleben mit Christiane, so daß sich Elisabeth nicht scheute, sie unumwunden seinen *Bettschatz* zu nennen. *Socia thori* hatte Caspar sie selbst einst tituliert, das hieß schließlich auch nichts anderes als ›Bettgefährtin‹. Zuerst mündlich, dann schriftlich willigte sie ein, Christiane einen Brief zu schreiben, was einer Billigung des Verhältnisses gleichkam. Doch es war keine einfache Aufgabe, sich der *Hausgenossin* des Sohnes im rechten Ton zu nähern. Zum zweiten Mal – nach Charlotte von Stein – mußte sie einer Frau schreiben, die ohne Trauschein sein Leben teilte und zudem die Mutter seines einzigen Kindes war. Bisher hatte sie abgewartet, jetzt wurde die Zusage von ihr verlangt. *Ich werde an dein Liebgen schreiben,* beteuerte sie schließlich. (14. Juni 1793) Ein paar Tage später: *Ich habe ein gutes Briefelein an dein Liebgen geschrieben, das Ihr vermuthlich Freude machen wird.*

Wie soll eine Mutter die Geliebte des Sohnes bezeichnen? Welche Worte wählen? Sie vermied jede Anrede. *Daß Ihnen die überschickten Sachen Freude gemacht haben, war mir sehr angenehm,* eröffnete sie den Brief, *tragen Sie dieselben als ein kleines Andencken von der Mutter deßjenigen, den Sie Lieben und hochachten, und der wircklich auch Liebe und hochachtung verdient. Zehn kurtze Tage war Er nur bey mir und seinen Freunden – wir lebten herrlich und vergnügt – und trösten uns auf seine Wiederkunft* … Sie schimpfte auf die Politik, auf *Krieg und Kriegsgeschrey … wir sehen und hören aber Tag-täglich nichts als Bomppen – Kuglen – Pulver Wägen – Blessirte – Krancke – Gefangne u.d.g.* Doch *Ein einziger Augenblick kann alles umgestalten: sagt Gevatter Wieland – und Gevatter Wie-*

land hat recht. (20. Juni 1793) Es war der erste Brief, in dem sie sich auch nach dem *kleinen lieben Augst* erkundigte.

Mit einem so herzlichen Ton hatte Christiane nicht gerechnet. *Die Frau Räthin hat mir einen recht lieben Brief geschrieben. Der hat mir einen vergnügten Tag gemacht … da habe ich ihr wieder geantwortet, ich wünsche mir nur, sie noch einmal in meinem Leben zu [sehen] und zu sprechen. Sie muß eine recht gute Frau sein, Dich hat sie auch recht lieb.* Elisabeth war dabei, ein großes Tafeltuch aus Damast mit zwölf Servietten und das erbetene Bettzeug zu besorgen und an Christiane abzuschicken. *Hir übersende 1 gantzes Stück Bettzwilch, dieses gibt ein Unterbett und einen Pfühl – anbey folgt noch 2 3/4 Ellen zum zweyten Pfühl – wünsche guten Gebrauch.* Letzteres wird sie nicht ohne Augenzwinkern hinzugefügt haben.

Goethe befand sich inzwischen beim Herzog von Sachsen-Weimar im Feldlager von Marienborn, wo er die Prinzessinnen kennenlernte, die bei seiner Mutter gewohnt hatten, Luise und Friederike von Mecklenburg-Strelitz. Als Dank hatte Elisabeth eine brillantengeschmückte Golddose erhalten, die sie in der Theaterloge recht auffällig benutzte, wie Friederike später Goethe erzählte, damit der preußische König in der Nachbarloge auch sah, wen er vor sich hatte.

Nicht weniger als *zwölf Pfund Esskastanien* gingen in diesem Herbst nach Weimar. Dazu erhielt der Sohn eine Strafpredigt wie wohl noch nie. *Den 23ten Dezemb. 1793. Lieber Sohn! Alles was ich dir zu gefallen thun kann, geschieht gern und macht mir selbst Freude – aber eine solche jnfame Mordmaschine zu kaufen – das thue ich um keinen Preis.* Er hatte für den kleinen August ein Kriegsspielzeug haben wollen, entweder eine Kanone oder eine Guillotine nach französischem Muster, – ein Spielzeug jedenfalls, das sie für absolut verfehlt hielt. Es ist das einzige Mal, daß sie einer Bitte nicht nachkommt. – *was! die Jugend mit so etwas abscheuliches spielen zu laßen – ihnen Mord und Blutvergießen als einen Zeitvertreib in die Hände geben – nein da wird nichts draus.*

XVIII.
Der Mensch muß sich den besten Platz erwählen

Der Verkauf des Hirschgrabenhauses (1795)

Am vorletzten Tag des Jahres trug Elisabeth in ihr Ausgabenbuch die geheimnisvolle Notiz ein: *den 30. December 1793 Vor eine gute Nachricht ein Gulden.* Sollte sich diese *Nachricht* auf den Hausverkauf beziehen? Seit einem halben Jahr suchte sie für das Anwesen im Hirschgraben einen Interessenten, der die geforderte Summe zu zahlen bereit war – ein nahezu aussichtsloses Vorhaben zu einer Zeit, da das nahe Mainz von den Franzosen belagert, bombardiert und in Schutt und Asche gelegt wurde. Das gleiche Schicksal drohte Frankfurt. Unter diesen Umständen fand sich kein Käufer, zumal es nicht nur um Grundstück und Gebäude, sondern um den gesamten Inhalt ging: fast alle Möbel, Gemälde, Kunstwerke und Bücher einschließlich der Weine sollten veräußert werden. Es lagerten noch fünf Weinfässer der Jahrgänge 1706, 1719 und 1726 im Keller, von späteren Jahrgängen ebenfalls fünf Fässer, die 8000 Gulden wert waren. Sie sei vollauf mit Verhandlungen beschäftigt, schrieb Elisabeth im Oktober 1793. Dann begann sie mit dem Ausräumen, vielmehr dem Ausmisten, schleppte unbrauchbare Sachen vom Speicher und sortierte Stapel von alten Papieren. *Lieber Sohn!* bemerkte sie dazu am 9. November, *Hercules mistete einmahl einen Stall aus und wurde vergöttert – gemistet habe ich, aber mit der Vergötterung wills noch nicht so recht fort … – Drey Centner Papier habe [ich] durchsucht – das wenige nützliche (wovon du in einem Kästlein auch etwas erhalten haben wirst), habe beybehalten, das andre auf die Papiermühle verkauft. Die zwey Böden und der 3te Stock sind nun von allem unnützen Ammeublement gereinigt – das alte Holtzwerck, das gar nicht zu brauchen war, ist zum verbrennen klein gemacht worden – die andern noch brauchbahre Sachen habe in einen öffendtlichen Ausruf gethan ... Nun muß ich Odem holen – denn mir ist noch immer, als säße ich auf dem obern Boden und hätte die 3 Centner Papiere um und neben mir, 14 Tage habe daran ausgesucht – O! das war eine verwünschte Arbeit, jedes noch so unbedeutende Päckgen war mit Cordel umbunden – nun das alles aufzumachen!!!* (9. November 1793) Mit den drei Zentnern wurden in der Papiermühle zweifellos auch Dokumente von Wert vernichtet, Caspars sämtliche Briefe, Dokumente, Belege, Zeugnisse, alles, was er gesammelt hatte. Immerhin hob Elisabeth sein Haushaltsbuch, *Liber domesticus*, auf und übergab Wolfgang die Briefe, die er ihr als Student geschrieben hatte. *Bey Aussuchung der Papire wovon dir ein Theil hirmit zugeschickt wird, habe seelige Stunden gehabt – ich war dabey 25 Jahre jünger – ich wünsche dir eine gleiche Freude.* Goethe hat dann aber selbst diesen jugendlichen Briefwechsel mit der Mutter vernichtet.

Anscheinend maß Elisabeth dem Umstand, daß das Hirschgrabenhaus als Geburts- und Elternhaus des inzwischen berühmten Dichters zu einem Ort des Interesses geworden war, keine Bedeutung bei. An Verehrung und Bewunderung lag ihr nicht viel. Lächelnd hatte sie es hingenommen, daß Wieland und Merck, Anna Amalia und der Herzog ihr Haus als Casa santa bezeichneten. Die Anerkennung, die Goethe galt und ihr zuteil wurde, nahm sie mit königlicher Gelassenheit entgegen. Doch sie hatte auch die Folgen des Ruhms kennengelernt, die Gesuche, Briefe, Bittsteller. Diesmal war es eine Frau von Schilden, durch Scheidung verarmt, und ein junger Künstler ohne Anstellung, für die sie sich verwenden sollte. *Da es bey Stadt und Land eine ausgemachte Sache ist, mich als eine Beschützerin und Pflegerin der Sieben freyen Künste anzusehn, und alle Schöne Geister, die in Sturm und Drang sich befinden, ihre Zuflucht zu mir nehmen, so hat auch Herr Robert ... sich De- und wehmüthig an mich gewendet ...*, schrieb sie im Mai 1794 an Senator Stock.

Währenddessen war sie mit der eigenen Zukunft vollauf beschäftigt. Sie hatte viel für andere, noch mehr für den Sohn getan – jetzt ging es um ihre eigene Zukunft. Sie wollte sich nicht bescheiden, sondern wünschte sich die neue Wohnung so angenehm wie möglich. Man dürfe im Alter nicht weniger glanzvoll leben als in den Jahren zuvor, war ihre Ansicht, die sie mit einem Bild aus dem Theater belegte: im letzten Akt solle applaudiert und nicht gepfiffen werden! Goethes Aufstieg, seine Ministerwürde, das Adelsdiplom waren schön für ihn, doch für *ihr* Leben nicht von gravierender Bedeutung. Die Art, wie sie ihr Dasein bestand, lag – allein bei ihr.

Gerade damals machte sich Goethe für die *Annalen,* die er unter dem Titel *Tag- und Jahres-Hefte* veröffentlichte, folgende Notizen von seinem Frankfurter Besuch:

Mutter und Freunde
Druck des Besitzes vermehrt.
Sorge wegen eigener Existenz.
Angebotne Aufnahme abgelehnt.
Bleibens Vorsatz.
Hausverkauf naht.

Angebotne Aufnahme abgelehnt: er hatte ihr eine Bleibe verschaffen wollen, hatte sie gebeten, zu ihm zu ziehen, wenigstens bis die Gefahr einer Bombardierung vorüber sei. Man kann Goethes Angebot als neuerlichen Höhepunkt der Mutter-Sohn-Beziehung betrachten. Bei ihm, dem die eigene Bequemlichkeit und Freiheit über alles ging, der sonst die Anwesenheit von Frauen im Haus kaum ertrug, war das Angebot, die Mutter aufzunehmen, nicht hoch genug zu veranschlagen. Welche Belastung ein Daueraufenthalt werden konnte, war bei Wieland zu beobachten. Seine Mutter, die bei ihm im Haus wohnte, erzählte ihm, wie begabt er schon als Kind gewesen sei, jeden Zettel habe sie aufbewahrt. Wieland betrachtete die Zettel – und warf sie allesamt in den Ofen. Verstimmung war die Folge.

Elisabeth schlug das Angebot aus. Welche Bedenken konnten

sie dazu gebracht haben? Nach einer Kutschfahrt von vier Tagen und Nächten käme sie für Wochen oder Monate in ein Haus, in dem es ein Kind, aber keine Ehefrau gab. Sie kannte Christiane nicht, hatte sie nie gesehen. Wie würde sich das Verhältnis gestalten? Sollte bei den Mahlzeiten des Herrn Geheimen Rats sie, die Mutter, an der Tafel speisen, der *Bettschatz* aber in der Küche sitzen? Die *von Goethe'sche Haushälterin*, wie Christiane genannt wurde, nahm niemals am Essen teil.[1] Gäbe die Herzogin eine Einladung, müßte die Nicht-Schwiegertochter zu Hause bleiben; ihre Anwesenheit hätte für die Gäste eine Zumutung bedeutet.[2] Diesen Schwierigkeiten ging Elisabeth lieber aus dem Weg. Sie sagte ab.

Angebotne Aufnahme abgelehnt. – Lieber Sohn! ... Vor dein gütiges Anerbieten mich aufzunehmen dancke ich dir – aber alles im Stiche laßen!! Wie würden sie haußen, wenn sie ein leer Hauß antrefen! Vor der Hand habe ich noch guten Muth – Einmahl glaube ich steif und fest, sie kommen nicht wieder zu uns – und dann habe ich Glauben an Gott – der hat auch bey der Sache noch was zu sagen. (7. Januar 1794) Statt selber zu reisen, kümmerte sie sich darum, daß *Leibmedicus* Behrends Frau und Kinder nach Weimar schicken konnte. Sie wiederholte ihren Entschluß. *Lieber Sohn! Zum Fortgehn hab ich keine Lust ... Gott! verläßt uns nicht, das bin ich fest überzeugt – Unterdeßen dancke ich dir vor deine Liebe und Sorgfalt ...*

Goethe hingegen bestand zu ihrer Überraschung nicht nur auf ihrem Kommen, sondern bot ihr jetzt auch Unterstützung und Begleitung bei der Reise an. Darüber war sie doch gerührt. *Lieber Sohn! Nun wirst du meinen langen Brief vom 7ten Jenner erhalten und meine Meinung daraus zur Gnüge ersehen haben. Vor deinen lieben Brief vom 8ten Jenner, worinn du mir deine Hülfe zu meinem Fortreisen so hertzlich und Liebevoll anbietest, dancke ich dir recht von Hertzensgrund. Ich habe noch zur Zeit nicht die geringste Furcht – eben so wenig dencke ich ans Weggehen* – Sie gestand allerdings, daß halb Frankfurt die Stadt Hals über Kopf verlasse. *Ein panischer Schrecken hat sich frey-*

lich über gantz Franckfurth verbreitet ... Den 3ten Jenner kommt Abends um 7 Uhr Frau Elise Bethmann im Nachthabit außer Odem zu mir gerennt – Räthin! liebe Räthin! Ich muß dich doch von der großen Gefahr benachrichtigen, die Feinde bompardiren Mannheim mit glühenden Kuglen ... Wie eine geschickte Dramaturgin schilderte sie die Bedrohung, wobei sie die einzige ist, die den Kopf nicht verliert, *da dancke ich nun Gott, daß ich so viel Verstand habe, das trierum trarum nicht zu glauben ...*

Was sie mehr als die Franzosen fürchte, schrieb sie besorgt, sei Goethes Idee, ein zu großes und teures Landgut zu erwerben. *Nur noch eins – das Gut scheint mir zu groß vor dich – du bist kein Landmann, hast andere Lieblings Beschäftigungen,* und *muß es denn eins um so einen enormen Preis seyn ... 45 000 rth!! da wurde mir gantz schwindlich vor den Augen. Noch einmahl – thue was du willst ... nur mögte [ich] meine paar Jahre noch ruhig durchleben – das ist das einzige was begehrt und verlangt / deine / treue Mutter / Goethe.* Elisabeth behielt mit ihren Bedenken recht. Goethe kaufte ein kleineres Gut in Oberroßla für etwas mehr als 13 000 Gulden und hatte so wenig Freude daran, daß er es im Jahre 1803 schon wieder abstieß.

Die drängenden Einladungen des *Docter Wolf* verstärkten nur Elisabeths Wunsch, sich in eine kleinere Wohnung zurückzuziehen. Sie ließ den Wert des Hirschgrabenhauses von einem Zimmermann schätzen und durch Liebhold einen Katalog von Caspars Büchern anfertigen. Wolfgangs Vorschlag, den Namen des Vaters voranzustellen, wurde von ihr nicht akzeptiert. Der Katalog mit dem Titel *Verzeichnis von Büchern aus allen Theilen der Wissenschaften und in verschiedenen Sprachen* enthielt 1371 Titel,[3] wobei sie dem Sohn vorab nicht weniger als *10 Centner Bücher* schickte. Ihr *Cassa-Buch* führt unter dem 17. Juni 1794 auf: *Fracht vor Bücher nach Weimar 34 fl. [Gulden], 17 Kr. [Kreuzer]* Den einzigen Sohn auch finanziell zu unterstützen war für sie selbstverständlich. Es existiert eine handschriftliche Anweisung Goethes vom 12. Februar 1794: *Frau Räthinn Goethe zu Frankfurt am Mayn beliebe gegen diese meine Assignation die Summe von 1000 f. sage Eintausend Gulden in Laubthalern zu 2 f 25 Xr. an die Herren Bansa und Sohn gefällig auszuzahlen, und zwar für Rechnung der hiesigen fürstlichen Cammer. / J. W. v. Goethe.* Auf einem kleinen Blatt rechnete Elisabeth einmal die Summen zusammen, die sie ihm im Laufe der Jahre zukommen ließ.

1778	*700*	
1782	*888*	
1782	*1000*	
1785	*1000*	
1794	*1000*	
1801	*1000*	
	f 5588	
	600	
	f 6188	*Diese Summe hat mein Sohn empfangen.*

Im Juni 1794 schickte ihr Goethe sein bei Unger in Berlin erschienenes Versepos *Reineke Fuchs,* das sie *aufs neue* mit Vergnügen las. *Auch verdient Herr Unger Lob und Preis wegen des herrlichen Papiers und der unübertreffbahren Lettern,* sie hasse den lateinischen Druck, *beym Römischen Carneval da mags noch hingehen – aber sonst im übrigen bitte ich dich, bleibe deutsch auch in den Buchstaben.* (15. Juni 1794) Am 19. Juli heißt es: *Einem Armen 1 Gulden:* Es war Caspars Geburtstag.

In Frankfurt wuchs die Gefahr einer französischen Invasion derart, daß sie beinahe gegen ihren Willen nach Weimar gekommen wäre. Man hatte die Schrecken des verwüsteten Mainz vor Augen, und sie gestand dem Sohn die Wahrheit: *alles rüstet sich zur Flucht – es verbreiten sich Gerüchte, die ich nicht dem Papier anvertrauen mag – genug, so arg war es noch nie!! Um nun nicht gantz unthätig zu seyn ... so habe Gestern meine beste Sachen, die sich transportiren laßen, in 3 große Kisten durch Lippold packen … laßen,* nämlich Schmuck, Silber und ihr gesamtes Weißzeug (26. Juli). Nach Weimar, behauptete sie ausdrücklich, habe sich kein Fuhrwerk gefunden. Goethe war in hohem Grade beunruhigt. *Meine Mutter*, schrieb er am 8. September an Fritz Jacobi, *steht auf dem Sprunge, sie hat sich endlich entschlossen, was transportabel war wegzuschicken. Ich habe indessen einige Zimmer zurechte gemacht um sie allenfalls aufzunehmen.*

Elisabeth war nach Weimar eingeladen, nicht aber Sophie von La Roche. Doch die reiseerfahrene und weltgewandte Dame bestand darauf, endlich ihre Jugendliebe Wieland wiederzusehen. Der mit Pflichten überhäufte Dichter, der schon aus Rücksicht auf seine durch vierzehn Geburten geschwächte Ehefrau eine Reise mit Sophie nach Paris abgelehnt hatte, bat Elisabeth dringend, den Besuch zu verhindern. In Elisabeths Ausgabenbuch steht: 1. April 1794, *nach Offenbach zu ſahren zu Gunsten Herrn Wielands 2 fl. 48 Kr. Mama La Roche kommt nicht zu Euch,* meldete sie einen Tag später, *ich könnte, um meinen Ruhm zu vergrößern, Euch rathen laßen, wie ich die Sache betrieben …* Sie habe in Offenbach nur die – ihrem Ehemann davongelaufene – Tochter Louise angetroffen und mit ihr ein denkwürdiges Gespräch geführt, welches sie in Form eines schlagfertigen Komödiendialogs wiedergibt. Ohne Intrige ging es nicht ab. Wieland sei krank und mit Arbeiten überhäuft, habe sie behauptet. Statt nach Weimar, reise Mama La Roche nun woandershin – nämlich zu ihr.

Dabei mühte sie sich weiter um den Verkauf ihres Hauses. Lange hatte sich kein Käufer gemeldet, und *an Kopf schmeiße ich ihnen das schöne, gut unterhaltene Hauß gewiß nicht … doch Gott! der mir von Jugend an so viele Gnade erwißen hat – der wird schon ein Plätzgen aus suchen, wo ich meine alten Tage ruhig und zufrieden beschließen kann.* Dabei schwebte ihr ein *Ideal* vor, *in ein Loch* verkrieche sie sich nicht. *Es scheint sich alles zum besten vor deine alte Mutter anzuschicken, indem auch ein Logi in der schönsten Gegend der Stadt, nemlich auf dem Roßmarkt wird zu haben seyn,* heißt es endlich am 1. Mai

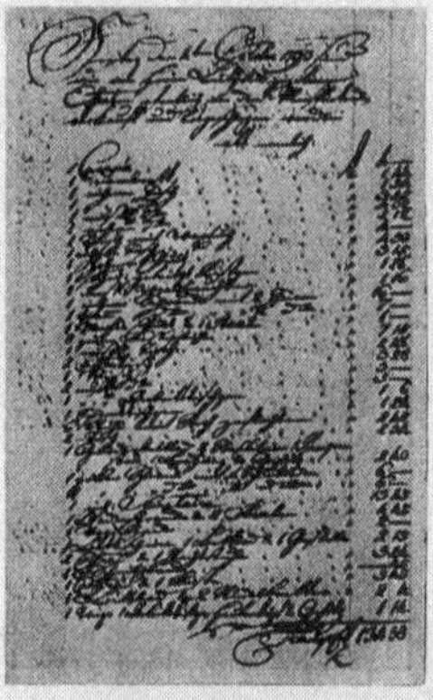

60. Bericht über die Versteigerung von Hausrat

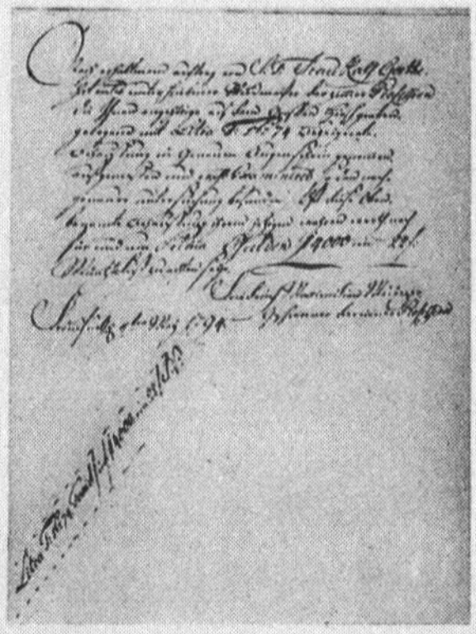

61. Schätzung des Hauses im Hirschgraben durch einen Zimmermeister

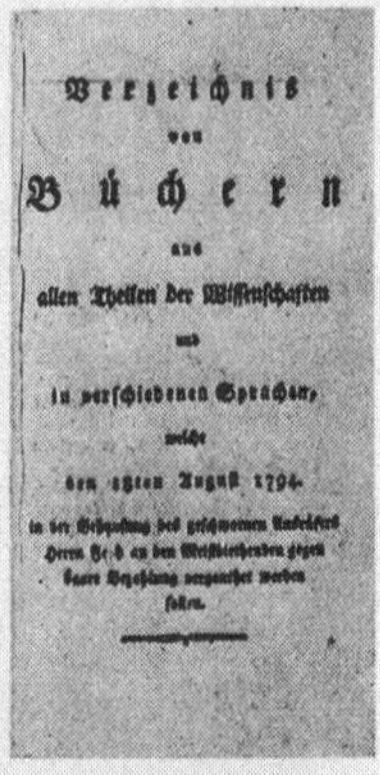

Verzeichnis
von
Büchern
aus
allen Theilen der Wissenschaften
und
in verschiedenen Sprachen,
welche
den 18ten August 1794.

62. Anfangsseite des gedruckten Katalogs zur Versteigerung der Bibliothek des Herrn Rat

ZUR AUFLÖSUNG DES HAUSHALTES IM GROSSEN HIRSCHGRABEN

49. Der Verkauf des Goethehauses am Hirschgraben
Hausratsversteigerung, Schätzung des Zimmermeisters,
Katalog der Bibliothek

1795. Seit zwei Jahren mußte sie ihre neue Einquartierung mit Essen und Holz versorgen, überdies starb ihre jüngere Schwester Anna Maria Starck. *Ach Herr jemine!* schreibt sie, *die Frau Aja wird recht getrillt – Gott! erhalte mir meinen guten Mut und mein fröhliges Herz.*

Geduld und Gelassenheit hatten sich gelohnt. Das Haus am Hirschgraben wurde im Mai 1795 an den Weinhändler Johann Gerhard Blum verkauft. Die Dinge entwickelten sich zu ihrer Zufriedenheit, zumal sie das *Ideal* einer Wohnung im Haus *Zum goldenen Brunnen* am Roßmarkt fand. Der Besitzer habe zur unverbindlichen Besichtigung aufgefordert. *Nun ging ich oder beßer gesagt ich lief hin ... wie ich aber in die Zimmer kam, so kann ich auf Ehre versichern, daß ich dastunde wie simpel vor Erstaunen – nein eine solche Aussicht – eine solche Lage ist in der gantzen Stadt nicht mehr anzutreffen – die Küche ist hell und schön – eine große Speißekammer – großer Holtzplatz, Summa Sumarum, mein gantzes Ideal ...* Überglücklich bestätigte sie in ihrer Freude, daß der Sohn es war, der den Verkauf des alten Hauses anregte. *Wem habe ich aber alle diese Freuden zu verdancken? niemandt als Gott und dir – du hast mich auf den glücklichen Einfall gebracht, meine noch übrigen Jahre in Ruhe verleben zu können.* (16. Mai 1795) Was würde sie gesagt haben, hätte sie geahnt, wie anders ihr Sohn über die Dinge dachte!

Während die Mutter dabei war, sich im Wohlgefühl eines neuen Lebensabschnitts behaglich einzurichten, beklagte er sich sich in den *Tag- und Jahres-Heften* ungewöhnlich ablehnend: *In dem Laufe dieser Jahre hatte meine Mutter den wohlbestellten Weinkeller, die in manchen Fächern wohlausgerüstete Bibliothek, eine Gemäldesammlung , das Beste damaliger Künstler enthaltend, und was sonst nicht alles verkauft, und ich sah, indem sie dabei nur eine Bürde los zu sein froh war, die ernste Umgebung meines Vaters zerstückt und verschleudert.* Vorwurfsvolle Töne, immerhin mit dem ehrlichen Eingeständnis: *Es war auf meinen Antrieb geschehen. Zuletzt ... blieb das Haus noch übrig; dies wurde endlich auch verkauft und die Meubels, die sie nicht mitnehmen wollte, zum Abschluß in einer Auktion vergeudet. Vergeudet?* Bittere Worte, die einen Zwiespalt verraten. Er selber hatte auf den Verkauf und besonders auf den Erlös großen Wert gelegt. Nun, da es mit seiner Einwilligung geschehen war, konnte er sich mit dem endgültigen Verlust nicht abfinden.

Schuld an allem war nach seiner Meinung der Krieg. *Ein bei unsern Lebzeiten neuerbautes, bürgerlich bequemes und anständiges Haus,* sinniert er in der Chronik des Jahres 1794, *Büchersammlungen, Gemälde, Kupferstiche und Landkarten, Altertümer, kleine Kunstwerke und Kuriositäten ... es stand alles da und noch beisammen,* aber die anrückenden Truppen verbreiteten *schreckenvolle Unsicherheit,* Frankfurts Bewohner flohen, die Gefahr wuchs in einem Maße, daß auch er nicht untätig habe zusehen können. *Mehrmals bot ich meiner Mutter einen ruhigen Aufenthalt bei mir an, aber sie fühlte keine Sorge für ihre eigene Persönlichkeit; sie bestärkte sich in ihrem alttestamentlichen Glauben,* beteuert er und meint den Grund ihrer Absage genau zu kennen: es war die *Neigung zur Vaterstadt, mit der sie ganz eigentlich zusammengewachsen war, weshalb sie denn auch nicht einmal einen Besuch zu mir unternehmen wollte.*

Vielleicht ist Elisabeth dennoch – ohne sein Wissen – gereist. Im Ausgabenbuch liest man unter dem 26. Juni 1795: *Vor zu Reißen 10 Gulden 40 Kreuzer.* Kurz kann die Reise nicht gewesen sein, sie verschlang das Fünffache einer Fahrt nach Offenbach. Besuchte sie die befreundeten Schlossers auf Stift Neuburg? Fuhr sie zu Helene Delph nach Heidelberg, um in der unsicheren Lage ihr Geld dort zu deponieren?[4] Nach Weimar jedenfalls reiste sie nicht.

Während Goethe den Verkauf des Hauses im Innersten tief bedauerte, schrieb ihm seine Mutter: ... *seit 14 Tagen schwimme ich in Vergnügen!* Der Umzug sei reibungslos verlaufen, zwei preußische Grenadiere hätten ihr beim Einzug geholfen, alles sei ohne Probleme vonstatten gegangen. Das war ihre Art, Schwierigkeiten zu vertuschen und den Sohn mit unerfreulichen Nachrichten zu verschonen. Nicht alles, was sie ihm weismachen wollte, stimmte. Es existieren noch die Listen, auf denen sie die *Ausgaben beym Aus- und Einzug 1795* eigens vermerkt hat. Rücksichtsvoll unterschlug sie die kostenaufwendigen Maßnahmen, verschwieg die Tatsache, daß sie als alleinstehende Frau ohne die Hilfe des Sohnes auskommen mußte. Die von ihr bestellten, beaufsichtigten und bezahlten Handwerker waren nicht wenige; tätig waren *Schreiner, Weißbinder, Ofensetzer, Köchin, Uhrmacher und Geselle, Maler, Glasschranksetzer, Fuhrwerke usw.* Die Sonderausgaben beliefen sich auf insgesamt 60 Gulden.

Dem Sohn darüber kein Wort. Nur *Kleinigkeiten* seien noch zu erledigen. *Ich habe verschiedne Sachen, die mir den Auszug erschweren würden – Als da ist das berühmte Puppenspiel – unser Familien Portrait wovon wenigstens die Rahme und das Brett zum Übermalen noch tauglich sind – ferner noch andre Rahmen – 3 Büsten von Stein – 1tens Ihro Durchlaucht der Herr Herzog – 2tens Durchlaucht Herzogin Amalie – 3tens du selbst* – für diese Dinge habe sie keinen Platz und werde alles verschenken, wenn er sie nicht nimmt.

Das *berühmte Puppenspiel*, das sie gerade im *Wilhelm Meister* beschrieben fand, überließ sie der befreundeten Sophie Bansa und ihren Kindern.[5] Dafür, daß es ihr schon bald leid tat, das schöne Theater verschenkt zu haben, fand sich ein Hinweis. Der Student Johann Smidt, der in Jena studierte und dort auch Goethe kennenlernte, mit dem er sich über das Marionettentheater unterhielt, *mit welchem Göthe in seiner Jugend sich vergnügt*, berichtete im Jahre 1856 seinem Freund Maltzahn, er habe damals in Frankfurt auch Goethes Mutter besucht, wo er auf ihre Frage: *ob ich ihr nichts von ihrem Sohne zu erzählen wisse? – seiner Erinnerung an dieses Puppenspiel gedachte. ›Wenn er einem doch vorher nur ein Wort darüber gönnte, wenn er etwas berühmt machen will, fuhr sie heraus. ›Denken Sie, das*

Puppenspiel hat noch bis vor 4 Wochen auf dem Boden unsers Hauses gelegen, wo ich es, weil es mir im Wege war, an einige Kinder der Nachbarschaft verschenkte. Das hätte ich jetzt wohl bleiben lassen.‹[6]

Das teure Familienporträt des Hofmalers Seekatz, das sie als Rokoko-Dame mit Strohhut und Hündchen, Caspar und die Kinder in bukolischer Landschaft zeigt, war offenbar nicht nach ihrem Geschmack. Aus dem Nachlaß ersteigerte Meline Brentano das Bild für ihre Schwester Bettine.

Die eiligen Kunstverkäufe hinterlassen den Eindruck, als habe Elisabeth zur bildenden Kunst kein Verhältnis gehabt. Andererseits war sie durchaus in der Lage, einen Künstler richtig einzuschätzen. Den jungen Maler Robert, später Direktor der Kasseler Galerie, empfahl sie dem Frankfurter Senat mit den Worten: *ich habe eine Landschaft von ihm gesehen, die dem größten Meister Ehre machen würde,* und für ihre Freundin Johanna Fahlmer erwarb sie laut Ausgabenbuch etliche Kupferstiche. Beim Umzug stellte sie die besten Bilder für den Sohn zusammen. *Ich habe in einem zimmlich großen Kasten Handzeichnungen und andere dahin einschlagende Dinge … vor dich zurück gelegt,* meldete sie ihm mit dem aufrichtigen Eingeständnis: *obs aber gute oder schlechte Dinge sind, verstehe ich nicht.* Zwei mythologische Darstellungen Tischbeins gingen nach Weimar.

Ihre Liebe galt der Musik und der Literatur. Begeistert spielte sie die Kompositionen Reichardts nach Gedichten aus dem *Wilhelm Meister. Auch die Romanzen, die Reichart zum Glück vor mich in den Clavierschlüßel gesetzt hat, machten mir große Freude.* Im Januar 1796 war sie zu einer besonderen musikalischen Zusammenkunft geladen. *Gestern warst du die Ursach eines sehr vergnügten Tages – die Elise Bethmann gab verschiedenen großen Musick künstlern ein Diner, nach Tische setzt sich der eine an's Forte Piano und singt mit der herrlichsten Stimme:* kennst du das Land, wo die Citronen blühn? *das war etwas außerordentliches – der Ausdruck* dahin, dahin *hat bey mir ein Gefühl zurückgelaßen – das unbeschreiblich ist –*

Den *Wilhelm Meister* nannte sie ein *Meisterwerk*, so daß Goethe, der auch negative Kritiken einstecken mußte, sich ihr Echo beglückt notierte. *Vor den Willhelm dancke recht sehr – das thut auch Herr Stock – Jedermann ist nur auf den fortgang der Geschichte sehr erpicht und wartet mit Ungedult auf die folgenden Theile, welches dann vor den Autor ein gutes Zeichen ist.* (22. Juni 1795) Nachdem sie die Fortsetzung erhalten hatte, schickte sie in einem großen Weihnachtspaket, das Kastanien, Süßigkeiten und *Infanteri und Cavaleri vor den kleinen Augst* enthielt, auch ihren Dank für den Roman: *das Intereße steigt, so wie es weiter fort geht – Habe Danck daß du der unvergeßlichen K. [Klettenberg] noch nach so vielen Jahren ein so schönes Denckmahl gestifftet hast.*

Für die Kunstsammlungen ihres Mannes zeigte sie jedoch weniger Verständnis, obwohl sie in Hüsgens *Artistischem Magazin* auch aufgeführt fand: *Bey Frau Rath Goethe, auf dem großen Hirschgraben: a) Ein Zimmer voll Gemälde b) Eine Bibliothek von Handzeichnungen.*[7] Caspars teure antike Skulpturen wurden von ihr schlicht als *Nacktärsche* bezeichnet. Sie war als Nichte des Sammlers Michael von Loën in einer kultivierten Umgebung aufgewachsen, in der Bilder von Cranach und Dürer, Rembrandt und Rubens an den Wänden hingen. Dennoch sagte sie beim Einzug am Roßmarkt: *Meine 3 Zimmer im Neuen Hauß möblire ich hübsch und ordentlich, aber aller kling klang wird verkauft. Kling klang* waren die brokatbezogenen Möbel aus dem roten und blauen Zimmer, *Kling klang* Caspars Sammlung von Gemälden, deren Entstehen sie doch größtenteils persönlich miterlebt hatte. Seine geliebten römischen Veduten gab sie dem Sohn. Doch als sie Jahre später im Theater eine Darstellung des römischen Capitols sah, weinte sie. Vielleicht bedeutete der respektlose Umgang mit Caspars Sammlungsstücken auch eine nachträgliche und endgültige Ablösung von der dominierenden Person des Ehemannes.

Karl August Varnhagen berichtete eine Anekdote, die er von Elisabeths Freund Nicolaus Schmidt gehört hatte. Die Rätin

50. Das Haus Zum Goldenen Brunnen am Roßmarkt mit der
Wohnung von Catharina Elisabeth Goethe, 1795 bis 1808

Goethe habe ihrem Sohn geklagt, *es würden ihr so oft Gemälde gezeigt und sie wisse dann nie, was sie davon sagen solle ... Da habe er gesagt: »Mutter, wenn man Ihr ein Bild zeigt, so sehe Sie es eine Weile recht scharf an und sage dann bedeutend: ›Das macht seinen Effekt!‹ Da wird jedermann Sie für eine Kennerin halten.«*[8] Was sie bevorzugte, kann man dem Ausgabenbuch ablesen: Lampen im neuen Stil, elegantes Geschirr und kostbare Gläser, Porzellan und Preziosen, goldene Tabaksdosen und silberne Kerzenleuchter. Die alten Spiegel, die sich der Sohn erbat, bekam er nicht, sie brauche sie unbedingt selber, erklärte sie. Er wollte auch ein Bett von ihr haben; das benötige sie als Gästebett, antwortete sie ihm. (22. Juni 1795)

Während die Mutter ihre Wohnung verkleinerte und dabei ausrief: *Wie konnte ich nur 46 Jahr auf dem Hirschgraben wohnen!!*, vergrößerte der Sohn sein Haus im repräsentativen Stil, ließ ein eindrucksvolles Treppenhaus, dem im Hirschgraben nicht unähnlich, einbauen und füllte die Zimmer mit Kunstwerken an.[9] Seine Sammelleidenschaft war weit größer als die des Vaters. Er besaß Schränke voller venezianischer Gläser, Münzen und Medaillen, Majolicen aus Urbino, antike Bronzen, Gipsabgüsse und klassizistische Statuen, Graphiken und Handzeichnungen, Gemälde und Kupferstiche aus nahezu allen europäischen Epochen. Jean Paul nannte das Haus staunend *ein Pantheon.*[10]

Seine Mutter war in drei Zimmern glücklich. *Noch ein unruhig 1/4 Jahr, dann hoffe ich froh und zufrieden ganz ruhig dem Lauf der Dinge zuzusehen und jeden Alexander zu bitten, mir aus der Sonne zu gehn.* Sie schickte an Goethe das Bild *Die Löwen* von Seekatz, das sie schon verkauft und für ihn zurückerobert hatte, sandte zwölf Flaschen vom alten Rotwein, seit dem denkwürdigen Besuch der Stolbergs vor zwanzig Jahren nur noch *Tyrannen Blut* genannt, und schilderte die neue Behausung so eingehend, als stünde der Sohn unmittelbar vor der Tür. *Eingerichtet bin ich gantz exelentz – ich habe gerade so viel als ich brauche – 3 gar schöne Stuben in einer Reihe, eine von 4 Fen-*

stern, die auch wohl einen Saal vorstellen könnte, ist, so lange mann noch nicht einzuheitzen braucht, mein Wohn und Besuch Zimmer – die zweyte von 3 Fenster ist mein Schlafzimmer – die von zwey Fenster haben meine zwey Mägde – ich habe letztere so hübsch eingerichtet, daß wann ich die Freude habe, dich bey mir zu sehen, es dein Zimmer wird … aber nun die Aussicht – da ists ohne allen Streit das erste Haus in Franckfurth – die Hauptwache gantz nahe – die Zeil, da sehe ich biß an Darmstädter Hof – alles was der Catharinenporte hinein und heraus kommt so mit der Bockenheimerstraße u. s. w. So eben werden die Anspacher auf dem Paradeplatz gestellt – um 11 Uhr die Wachtparade mit trefflicher Kriegerischer Musick alles an mir vorbey, und sonntags, wenn die Catharinenkirche aus ist – und die Wachtparade dazu kommt, so siehts auf dem großen Platz aus wie am Krönungstag – sogar an Regentagen ist es lustig, die vielen hundert Paraplü Vormiren ein so buntes Dach, das lustig anzuschauen ist … Ich bin mit einem Wort sehr vergnügt, bereue meinen Tausch gantz und gar nicht und dancke dir noch vielmahls, daß du mich auf den guten Gedancken gebracht hast. (24. August 1795)

Erst als der Sohn, der sich längst angekündigt hatte, seine Reise wieder verschob, reagierte sie verärgert. *Lieber Sohn! Seit 5 Tagen erwarte ich deine Ankunft, anstatt deiner kommt nun ein Brief, der von veränderten Umständen spricht und wo zu meinem Leidweßen dein noch längeres Ausbleiben mir angedeutet wird … Die Ursach deines Außenbleibens seye nun welche es wolle, so habe zwey Bitten an Dich. Erstlich mir den Tag deiner Abreiße von Eisenach zu berichten, damit ich nicht Tagelang (wie seit Sonntag der Fall war) am Fenster mich bald blind gucke und jede Postschäße vor die deinige halte – Zweytens daß du bei guter Tageszeit eintriffst* – so schrieb sie am 16. Oktober 1795. *Dein Koffer ist wohlbehalten angekommen – komme du auch bald und verlebe mir die noch schöne Herbsttage nicht in Eisenach.* Nicht ahnend, daß er überhaupt erst in zwei Jahren wiederkommen wird, fügte sie eine temperamentvolle Nachschrift an, mit einer Reihe von zwölf Ausrufungszeichen, die kurvig abwärts gleiten. *Soeben zieht die Preußische Wachtparade auf, kucktest du doch mit mir dem Fenster herraus!!!!!!!!!!!!*

Eine zweite Hiobsbotschaft traf ein. Der kleine *Carl,* den Christiane Vulpius am 30. Oktober zur Welt gebracht hatte, war zwei Wochen später tot. Von fünf Geburten überlebte nur August – den Elisabeth *Augst,* Goethe *Gustel* nannte. In ihrer Vorfreude hatte Elisabeth schon *zum künftigen neuen Weltbürger* gratuliert und die Bemerkung nicht unterdrückt, wie gerne sie die Geburt im Anzeigenblatt veröffentlichen würde, aber das war unmöglich bei einem unehelichen Kind. … *doch da unter diesem Mond nichts Vollkommenes anzutreffen ist*, erklärte sie mit staunenswerter Offenheit, *so tröste ich mich damit, daß mein Häschelhans vergnügt und glücklicher als in einer fatalen Ehe ist.* Mochte der Sohn ruhig mit seinem *Bettschatz* leben, eine falsche Heirat wäre auf jeden Fall das größere Übel.

Eine gute Nachricht gab es immerhin: *Meine Enkelin Louise kommt im Mertz in die Wochen – da werde ich nun Urgroßmutter!* Louise Schlosser hatte zur Großmutter, bei der sie wochenlang wohnte, ein besonders enges Verhältnis. Als Achtzehnjährige, die im Begriff stand, den Fürstlich Lübeckischen Kammersekretär Georg Heinrich Nicolovius zu heiraten, hatte sie aus dem Haus der *lieben herzigen* und *allerliebsten Großmama* spontane und glückliche Briefe an eine Düsseldorfer Freundin gesandt.[11] *Liebe Louise! Siehst du nun, wie Gott gute Kinder schon hier belohnt – ist deine Heyrath nicht beynahe ein Wunderwerck,* schrieb ihr Elisabeth am 24. März 1794, *mercke dir das auf dein gantzes Leben – der Gott, der dem Abraham aus Steinen Kinder erwecken kann, kann auch alles, was wir mit unseren blöden Augen vor Unglück ansehen, zu unserm besten wenden. Nun Liebe Louise, du einzige, die mir von einer theuren und ewig geliebten Tochter übriggeblieben ist – Gott seegne dich! Sey die treue Gefährtin deines zukünftigen braven Man-*

nes, mache ihm das Leben so froh und glücklich als nur in deinem Vermögen steht – Sey eine gute Gattin und deutsche Haußfrau; so wird deine innre Ruhe, den Frieden deiner Seele nicht stören können –

In Aussicht auf *die Rarität* eines Urenkels unternahm sie eine Arbeit, die, wie sie betonte, *seit der Erschaffung der Welt … keine Urgroßmutter verfertigt hat,* nämlich zarte Klöppelspitze an Kinderwäsche herzustellen, *und nicht etwa so lirum larum, nein, sondern ein Brabanter Muster 3 Finger breit, und wohl zu bemerken: ohne Brille!* (2. Februar 1796) Im April klingt ihr Jubel bis Eutin, wo Louise ihr erstes Kind Eduard zur Welt brachte und sie zur Patin ernannte. *Lieben Kinder! Gott seegne Euch in Eurem neuen Stand! Der Vater und Mutter Nahme ist Ehrwürdig – O! Was für Freüden warten Eurer …*

In ihrem stürmischen Glückwunschbrief entwirft sie auch ein Bild ihrer eigenen – wie sie meint: unzulänglichen – pädagogischen Fähigkeiten: *die Urgroßmutter kann keine Kinder erziehen, schickt sich gar nicht dazu – thut ihnen allen Willen, wenn sie lachen und freundlich sind, und prügelt sie, wann sie greinen oder schiefe Mäuler machen, ohne auf den Grund zu gehen, warum sie lachen, warum sie greinen – aber lieb will ich dich haben, mich hertzlich deiner freuen, deiner vor Gott oft und viel gedencken, dir meinen Urgroßmütterlichen Seegen geben – ja, das kann, das werde ich.*

Goethe notierte in seinen *Tag- und Jahres-Heften: Als bedeutendes und für die Folge fruchtbares Familienereignis habe ich zu bemerken, daß … Nicolovius zu Eutin wohnhaft meine Nichte heiratete, die Tochter Schlossers und meiner Schwester.* Er hatte sich um Cornelias Kind kaum gekümmert, das überließ er seiner Mutter. *Fruchtbar* war die Heirat allerdings, denn durch Cornelias Tochter blieb die Familie bis in die Gegenwart hinein erhalten, während seine eigenen Enkel kinderlos starben.

XIX.
Damit ich nicht am Fenster mich bald blind gucke

Der letzte Besuch des Sohnes (1797)

Lange nach dem Tod der Mutter, als Goethe sich wieder mit seiner Lebenschronik beschäftigte, schrieb er in sein Tagebuch: *Die Jahre 1795 und 1796 absolviert. Koffer mit alten Papieren herbei gebracht.* Es war der Koffer, der die Briefe der Mutter seit 1792 enthielt. Noch einmal überdachte er den Verkauf des Elternhauses, las ihr glückliches, begeistertes Urteil über den *Wilhelm Meister* und studierte ihre Schilderung der Revolutionskriege, unter denen die Bevölkerung seit 1792 litt. Dazu notiert er sich einen besonderen Brief: 22. *Juli 1796 Mutter Bombardement von Franckfurt.*

Dieser Brief Elisabeths vom 22. Juli 1796 ist erhalten. *Lieber Sohn! Aus den Zeitungen wirst du die jetzige Lage deiner Vaterstadt erfahren haben, da aber das Tagebuch von Frau Aja zuverläßig nicht darinnen steht, ... so werde eine kleine Relation davon abstatten.* Die Bemerkung deutet darauf hin, daß sie vielleicht doch ein *Tagebuch* führte. Sie schreibt: ... *den 12ten gegen Abend fing das Bombardement an, wir setzten uns alle in die untere Stube unsers Haußherrn, wie es etwas nachließ, ging ich schlafen – gegen 2 Uhr früh morgens fings wieder an, wir wieder aus den Betten – nun fing ich an auszuräumen, nicht vor den Frantzosen, aber wohl vor dem Feuer* – Seit Wochen beobachtete sie beim Kommandanten von Wartensleben eine wachsende Unruhe, sah, wie sich der Platz vor der Hauptwache mit Soldaten aller Waffengattungen, mit Menschen, Pferden, Wagen füllte. Der französische General Jourdan rückte mit seiner Armee gegen die Stadt vor, die der kaiserliche Kommandant unter allen

Umständen halten wollte. Die Lage wurde täglich gefährlicher, die Bürger begannen mit Schutzmaßnahmen, schafften feuchtes Stroh und Mist auf die Dächer und legten nasse Tücher aus, um einen Großbrand zu verhindern.

Da begann auch Elisabeth, das Kostbarste einzupacken und in den Keller zu tragen. Eine schwere Eisenkiste konnte nur mit Hilfe ihres Schwagers, des Stadtkommandanten Cornelius von Schuler, bewältigt werden. Als man schließlich ängstlich beim Hauswirt zusammensaß, erfolgte unter dem französischen General Kléber ein entsetzliches Bombardement. Schlag auf Schlag donnerten die Geschütze. Die Vorübereilenden berichteten Schreckensbotschaften über Nachbarn, die in Stücke gerissen oder getötet worden waren. Alle bangten um ihr Leben, und zum ersten Mal gab auch Elisabeth zu: *nun fing mir an Angst zu werden, und ich beschloß fortzugehn, freylich nicht weit* – Das beteuerte sie jedesmal: wenn schon Flucht, dann *nicht weit* – jedenfalls nicht bis Weimar.

Flucht war für sie ein schreckliches Wort, ein schwerer Entschluß, *Emigration* nahezu eine Schande. Sie mußte aber auch auf die Mägde, die bei ihr wohnten, Rücksicht nehmen. Da in den letzten Tagen Hunderte von Frankfurtern mit Pferd und Wagen die Stadt Hals über Kopf verlassen hatten, war nun *kein Fuhrwerck ums Geld zu haben*; eine Nachbarsfamilie erbot sich, sie und die Mägde mit bis Offenbach zu nehmen. Während man sich durch Rauchschwaden, Kanonendonner und gedrängte Pferdewagen quälte, die die alte Mainbrücke als einzigen noch offenen Fluchtweg benutzten, wird sie inständig gehofft haben, ihre Offenbacher Freundin Sophie von La Roche möge nicht geflohen, sondern in der Domstraße geblieben sein. Sie wußte wohl, daß die zarte Dame die Revolution verabscheute, um ihren Besitz bangte und auf gepackten Koffern saß.

Zu ihrer Freude wurde sie von Madame La Roche gastlich aufgenommen. Die Tage im kultivierten Haus und dem gepflegten, von Bettine Brentano liebevoll geschilderten Garten der Schriftstellerin scheinen die Freundschaft zwischen beiden

Frauen noch einmal vertieft zu haben. Wenn *Mama la Roche* fortan Frankfurt besuchte, traf man sich, tafelte bei den Schwarzkopfs oder den Willemers und diskutierte den *Wilhelm Meister. Der 4te Teil macht hier eine erstaunliche Wirckung – und mit Schmertzen wartet jedermann auf den 5ten Teil.* Bankier Willemer habe sich in die Gestalt der *Marianne* verliebt, halte sich selbst für einen *Wilhelm* und sei nur mit Mühe von einem Dummenjungenstreich abgebracht worden, vermerkte Elisabeth belustigt, nicht ahnend, daß der sechsunddreißigjährige Freund in dritter Ehe seine eigene Adoptivtochter Marianne ehelichen würde, die sie selbst noch auf dem Jahrmarkt tanzen sah. Auf welche Weise Marianne von Willemer durch ihre Liebe zu Goethe im *West-östlichen Divan* als seine *Suleika* unsterblich wurde, hat sie nicht mehr erlebt.

Nach vier Offenbacher Tagen wollte Elisabeth so schnell wie möglich nach Hause.[1] Jetzt aber *war wieder Holland in Noth! war wieder kein Fuhrwerck zu haben.* Schließlich lieh ihr der Komponist Johann André, ihr Freund seit der Lili-Schönemann-Zeit, seine Kutsche, *und rasch war ich wieder im goldenen Brunnen, danckte Gott von gantzem Hertzen vor meine und vor die Bewahrung meiner Wohnung.* In keinem Augenblick kam es ihr in den Sinn, den Sohn durch Angst und Hilflosigkeit unter Druck zu setzen. Sie schrieb ihm erst, als die Gefahr vorüber war. Trotzdem glaubte sie noch, die Flucht rechtfertigen zu müssen – vor ihm und vor sich selber. *Ich bin keine von den verzagten Seelen, aber diese schreckliche Nacht, die ich gantz ruhig in Offenbach bey Mama la Roche zubrachte, hätte mir in Franckfurth vielleicht Leben oder doch Gesundheit gekostet*, steht in jenem Brief vom 22. Juli, aus dem Goethe seine Exzerpte zusammenstellte.

Als die Nachricht von der Bombardierung Frankfurts in Jena eintraf, äußerte sogar Schiller die Sorge, Goethes Mutter in Frankfurt möge *nicht so schwer betroffen* sein. – *Von meiner Mutter habe ich noch keine Nachricht*, antwortete Freund Goethe, *sie wohnt auf dem großen Platz, wo die Hauptwache steht, und sieht gerade die Zeil hinauf, sie hat also den ganzen Halbkreis der Stadt, die bombardiert wurde, vor ihren Augen gehabt.* Ob auch sie bombardiert worden war, konnte er nicht wissen; anscheinend rechnete er ganz selbstverständlich mit ihrem Überleben. Ihren Brief – den Carl August *heroisch* nannte – schickte er an Schiller weiter. *Für den Brief Ihrer Mutter danken wir schönstens. Außer dem, was er Historisches enthält, interessierte uns die Naivetät ihrer eignen Art und Weise*, antwortete Schiller am 28. Juli. Goethe in seinen Notizen: *Die Österreicher gehen über die Lahn zurück, bestehen bey Annäherung der Franzosen auf dem Besitz von Frankfurt, die Stadt wird bombardiert, die Judengasse zum Theil verbrannt, sonst wenig geschadet, worauf denn die Übergabe erfolgt. Meine gute Mutter, in ihrem schönen neuen Quartiere an der Hauptwache, hat gerade die Zeil hinaufschauend den bedrohten und beschädigten Theil vor Augen, sie rettet ihre Habseligkeiten in feuerfeste Keller und flüchtete über die freygelassene Maynbrücke nach Offenbach. Ihr Brief*, schloß er im Gedanken an seine Chronik, *verdient, beygelegt zu werden.*

Du verlangst die nähreren Umstände des Unglücks unserer Stadt zu wißen. Dazu gehört eine ordendtliche Rangordnung, um klahr in der Sache sehen zu können ... Elisabeth gab schon am 1. August 1796 bereitwillig Auskunft, beschrieb das unkluge Verhalten des kaiserlichen Kommandanten, die Übergabe Frankfurts an die Franzosen, die Tragödie der abgebrannten Judengasse, deren Bewohner geflüchtet waren, berichtete auch, daß ihr Elternhaus in der Friedberger Gasse nicht mehr existierte. Es war abgebrannt.

Zum fünften Mal forderte der Sohn sie auf, zu ihm zu kommen. *Daß du in unserer gegenwärtigen Verfaßung an mich gedacht hast, davor dancke ich dir sehr hertzlich – solten wir das Unglück noch einmahl haben, die F. [Franzosen] hierher zu bekommen, so bleibe ich schwerlich da – aber so weit weg gehe ich auch nicht.* Zu seiner Information legte sie ihm Zeitungsmeldungen über den Krieg bei. *Unsere jetzige Lage ist in allem*

Betracht fatal und bedencklich, bestätigte sie, *doch vor der Zeit sich grämen oder gar verzagen war nie meine Sache – auf Gott vertrauen – den gegenwärtigen Augenblick nutzen – den Kopf nicht verliehren – sein eignes werthes Selbst vor Kranckheit ... zu bewahren – da dieses alles mir von jeher wohlbekommen ist, so will ich dabey bleiben.*

Ihre Haltung muß Goethe imponiert haben. Als er im Jahr darauf *Herrmann und Dorothea* schrieb, waren ihre Worte und ihre Tapferkeit ihm gegenwärtig. Einzelheiten der Flucht, Mitleid in der Gefahr, Standhaftigkeit und Hilfsbereitschaft unter den Bürgern und das Schicksal derer, die vertrieben wurden, finden sich in seinem Werk wieder, sogar das zerstörte Großelternhaus taucht in *Herrmann und Dorothea* wieder auf.

Am 9. September erlitten die Franzosen bei Würzburg eine Niederlage, Frankfurt wurde geräumt. *Der erste Zapfenstreich von unsern Franckfurthern drang mir lieblicher ins Ohr – als die schönste Oper von Mozart*, verkündete Elisabeth. Der Schrekken, mit dem sie, zum erstenmal ängstlich geworden, davongekommen war, scheint doch größer gewesen zu sein, als sie zugeben wollte. Mit dem Interesse eines Menschen, der soeben eine Extremsituation überstanden hat, erkundigte sie sich plötzlich nach den Freunden in Weimar, nach Anna Amalia, Carl August und Herder, nach Louise von Göchhausen und Wieland. Warum höre sie nichts, keinen Gruß, kein *Kopfnücken*? Der Begriff vom *Schattenreich*, den sie dabei verwendet, macht ihre psychische Beschaffenheit nach den überstandenen Strapazen deutlich. *Wir haben doch manche frohe Stunde miteinander gehabt und leben Gott Lob noch alle – da muß man doch nicht thun, als ob das Schattenreich einem schon aufgenommen hätte.*

Sie lebt und will am Leben teilhaben.

Es fängt jetzo hier Gott lob und danck! wieder an, etwas Lebendig zu werden. Die Bewohner kehrten nach Frankfurt zurück. Elisabeths Literaturkreis, der zuletzt Schillers *Don Carlos* mit verteilten Rollen aufgeführt hatte – Elisabeth als *Marquis Posa*, der 30jährige Schwarzkopf als *Prinz Carlos*, Jenny von Bethmann als *Prinzessin Eboli* –, traf sich wieder im Bethmannschen Hause. Die Sonntagsrunde kam bei Esther Stock und ihren Töchtern zusammen. Die Namen guter Freunde stehen wiederholt im Ausgabenbuch, aus dem man auch erfährt, daß sie Margarethe Textor und Madame Sarasin besuchte, öfters die Kutsche von Bethmann-Hollwegs gebrauchte und bei den Senatorenfamilien Metzler und Hetzler zu Gast war. Gelegentlich dinierte sie, mit oder ohne Madame La Roche, im Haus der liebreizenden Sophie von Schwarzkopf, deren Schönheit durch die Anträge des preußischen Königs Friedrich Wilhelm II., den die Neunzehnjährige abgewiesen hatte, einige Berühmtheit erlangt hatte.

Mit Spannung wurde in diesem Kreis der *Wilhelm Meister* gelesen, und es ist bemerkenswert, in welch dynamischen Austausch von Meinungen, Kritik und Urteil so unterschiedliche Menschen wie Bankier Willemer und Thurneisen, der Gelehrte Soemmerring und Bankier Steitz, Schöffin Schlosser und Elise Bethmann bei der Lektüre des Romans gerieten. *Der 4te Band ist gantz herrlich! Ich bin noch nicht mit zu Ende, denn es ist Confect, womit ich mich nur Sonntags regalire – mir ist Angst und bange, daß das der letzte Band seyn mögte – noch einmahl meinen besten Danck davor.* Der Roman werde *nicht gelesen, sondern verschlungen*, wiederholte sie zur Freude des Autors, der ihr Lob angesichts der strengen Kritiken von Schlegel und Novalis bitter nötig hatte. *Willemer sagt: so hätte er in seinem Leben nichts gelesen, das ihn so im innersten bewegt hätte – genug, eins reißts dem andern aus der Hand – mich hat es außerordentlich ergötzt – jetzt fange ich an, es vom Anfang zu behertzigen, denn den Faden kann man ohnmöglich im Gedächnüß behalten – alles freut sich auf die Fortsetzung.* (4. Dezember 1796) Und *den 17ten Decemb 1796: Lieber Sohn! … Die Feyertage werde (ich) mir ein großes gaudium mit Wilhelm Meister machen – und ihn vom Anfang lesen … das soll mir wohl behagen, denn der Gang der sonderbahren Geschichte hat meine Erwartung aufs höchste gespannt.* Elisabeth legte den Brief in die große *Confect-Schachtel* ihres Weihnachtspaketes, das für den Enkel August eine veritable Arche Noah enthielt. Im Cassabuch heißt es am 9. Dezember: *Vor Spielsachen nach Weimar 2 Gulden 30 Kr., Vor Confect 5 Gulden 20 Kr.*

Obwohl sie sich interessiert nach den alten Freunden erkundigt hatte und auch Anna Amalia gern wiedersehen würde: nach Weimar reiste sie nicht. *Wenn ich die Freude haben soll, dich zu sehen, so muß ich es doch zeitig vorher wißen*, heißt es statt dessen im März 1797. Sie hatte wohl schon damit gerechnet: Goethe kündigte sich pünktlich an. Seit April war er reisefertig. Dabei ging es ihm allerdings nicht nur um die Mutter.

Sein Plan sah in Wirklichkeit vor, in die Schweiz und weiter nach Italien zu reisen, und zwar in Begleitung des Diplomaten Johann Isaak Gerning. Frankfurt war nur eine Station, um der Mutter Sohn August und Freundin Christiane vorzuführen. Er zögerte jedoch die Abfahrt so lange hinaus, daß Gerning schließlich ohne ihn nach Neapel reiste. Was war der Grund? Goethe wurde plötzlich von Skrupeln ergriffen: Wenn ihm etwas zustieße, wäre Christiane, mit der er nach neun Jahren und vier Geburten noch immer ›in wilder Ehe‹ lebte, unversorgt und mittellos. Nach dem Gesetz war im Falle seines Todes die Mutter seine legale Erbin. Er bat sie daher um nichts Geringeres als um eine Erbverzichtserklärung.

Elisabeth zögerte keinen Augenblick, zugunsten von Wolfgangs Freundin und Kind auf alles zu verzichten, was ihr zustand. Ihre Antwort ist ein Dokument mütterlicher Selbstlosigkeit und wirft auch ein Licht auf ihr Verhältnis zum Tod – nicht einmal *das Wort* will sie niederschreiben. Angesichts von Goethes ›Todesverdrängung‹, die so weit ging, daß Charlotte von Stein ihm ihren Leichenzug nicht zumuten wollte, daß er Schillers Tod nicht akzeptierte und sogar dem Sterbebett Christianes fernblieb, ist der Brief der Mutter besonders aufschlußreich.

Lieber Sohn! Alles was ich vermag, um dich ruhig und zufrie-

den zu machen, will ich von gantzem Hertzen gerne thun – ohngeachtet ich gantz gewiß weiß, daß Gott mich deinen – ich kann das Wort nicht schreiben – nicht erleben läßt, so will ich doch auf deine Erbschaft Verzicht und überhaubt alles thun, was dir Vergnügen machen kann – damit du ruhig und ohne Kummer die Reise antreten – und noch 40 Jahre theils in Italien, theils in Weimar des Lebens genüßen kannst und sollst. Goethe war tief bewegt. Er sandte die Antwort mit der Bemerkung an Christiane: *Hier schicke ich Dir einen Brief meiner Mutter, daraus Du sehen kannst, wie gut sie denkt.*

Die Erbverzichtserklärung vom 17. Juni 1797, von den Senatoren Stock und Hetzler unterzeichnet, von Notarius Hacker beglaubigt,[2] offenbart wie kaum ein anderes Dokument Elisabeths Charakter. Um den Sohn moralisch zu entlasten und keine Beschämung über ihre tatsächliche Großzügigkeit aufkommen zu lassen, ließ sie ihn in einem weiteren Schreiben wissen: *Ich hatte selbst eine wahre Freude, daß ich die Acte so geschwind befördern konnte – du kannst sie einmahl deinen Enkeln vorweisen, damit sie sehen, wie du vor sie gesorgt hast.*

Erst nachdem auch Herzog Carl August informiert war, daß die Rätin *auf sämmtliche Erbschaft renunciiert* habe, konnte Goethe sein Testament aufsetzen. Zum Universalerben ernannte er *den mit meiner Freundinn und vieljährigen Hausgenossin Christianen Vulpius erzeugten Sohn August.* Christiane würde unter der Bedingung, daß sie das Kind vorschriftsmäßig erzog, den Nießnutz von Grundbesitz und Geldvermögen erhalten.[3]

Auf das Werk, worinnen eine Frau Aja vorkommen soll, freue ich mich sehr, hatte Elisabeth am Ende ihres Juni-Briefes geschrieben. Goethe muß ihr also berichtet haben, daß er an einem *Gedicht* arbeitete, in dem auch sie eine Rolle spiele. *Herrmann und Dorothea, mit Leichtigkeit und Behagen* verfertigt, nahm einen so privaten Charakter an, daß der Autor in den *Tag- und Jahres-Heften* gesteht, es niemals ohne Rührung vorgelesen zu haben.

Wie in keinem zweiten Werk Goethes, wird in *Herrmann und Dorothea* eine besondere Mutter-Sohn-Konstellation beschrieben. Der Antrieb zu dieser *bürgerlichen Idylle* war nicht zuletzt autobiographischer Natur, wenn der Autor erklärte, *den ganzen laufenden Ertrag meines Daseyns* darin eingearbeitet zu haben. Das Bild, das er von Herrmanns Mutter entwirft, gleicht dem seiner Mutter in *Dichtung und Wahrheit* aufs Haar. Die zuversichtliche Grundstimmung des gesamten Werks beruht auf der überlegenen Einsicht der *Mutter*, die er zugleich als den Urtypus aller Mütter darstellt, wenn er ihre charakteristischen Eigenschaften auf die einfache Formel bringt: *denn als Mutter, fürwahr, bedarf sie der Tugenden alle.*

War Elisabeth neugierig auf das Werk, *worinnen eine Frau Aja vorkommen soll*, so war der Verfasser nicht minder gespannt, wie sie es aufnehmen würde. Er trug die frisch geschriebenen, noch ungedruckten Verse bei sich, als er mit Christiane am 30. Juli 1797 von Weimar abreiste, immer noch in der Hoffnung, nach Italien zu kommen. Uneigennützig war sein Besuch nicht. Dem in Rom wartenden Freund Heinrich Meyer schrieb er, in Frankfurt habe er mit der Mutter *mancherlei zu arrangieren.* Vor der Abfahrt verbrannte er *alle an mich gesendeten Briefe seit 1772*; eine Korrespondenz von rund 1000 Briefen wurde so vernichtet.[4] Im Tagebuch notierte er: *9. Juli Weimar. Briefe verbrannt. Schöne grüne Farbe der Flamme, wenn das Papier nahe am Drahtgitter brennt.*

Auf dein Herkommen freue ich mich hertzinniglich! hatte ihm Elisabeth am 5. Juni geschrieben. *Bitte dich aber nur um das einzige, daß ich es 8 Tage vorher gewiß weiß – auch ob du einen oder zwey Bedienung mitbringst … Heute ist mirs nicht mehr schreiberlich, drum Lebe wohl!* Sie freute sich *hertzinniglich*, weil sie nun endlich auch den inzwischen achtjährigen Enkel August und Christiane Vulpius kennenlernen würde. Um die Reisenden zu beruhigen, hatte sie schon vorher ausführlich vom Frieden gesprochen. – *ich kuckte zum Fenster hinaus und wollte sie [die Franzosen] ankommen sehen – Das war Mittags um 2 Uhr – auf einmahl kommt die Fritz [Friederike] Metzlern mit Sturm in meine Stube, ruft schier außer Odem Räthin es ist Friede! Der Commandant von Mylius hat einen Curier vom Bonaparte ... Alt und jung schwingt die Hüte, ruft Vivat, es ist ein Jubel der unaussprechlich war ... Gott hat wohl schon durch geringre Mittel aus großen Nöthen geholfen, und sollte mein Glaube an die Ewige Vorsehung wieder einmahl schwach werden, so will ich mir zurufen: dencke an den 22ten Aprill.* (2. Juni 1797)

Mit Goethes Italienplan war sie noch weniger einverstanden als Christiane, was sie auch unverblümt äußerte. *So viel Vergnügen ich haben werde, dich einmahl in meiner neuen Einrichtung bey mir zu haben; so würde der Gedancke daß du in das Land wo jetzt Räuber und Mörder ihren Sitz aufgeschlagen haben, hin wollest, mir alle Freude vereiteln ...* Bei ihr, wollte sie damit sagen, sei er weit besser aufgehoben. Kurz bevor der Sohn eintraf, erwarb sie noch bei Juwelier Wendel – wie eine Rechnung vom 2. August 1797 ausweist – eine *Tabatière mit Medaillon* für elf Gulden. War es ein Auftrag? Ein Geschenk? Sie erwartete den Sohn mit steigender Ungeduld – *Denn das Fenstergucken von zwey Jahren her, das habe ich noch nicht vergeßen – jede der Zeil herunterkommende Postkutsche wurde scharf beobachtet –*

Wahrscheinlich hat sie sich auch diesmal *tagelang am Fenster bald blind geguckt*, um die hereinfahrenden Wagen ins Visier zu nehmen. Am Morgen des 3. August 1797 um 8 Uhr trat Goethe bei seiner sechsundsechzigjährigen Mutter in die Stube. Seit seiner Geburt vor achtundvierzig Jahren war es das erste Mal, daß er nicht im Elternhaus empfangen wurde, und obwohl für ihn und den Diener Geist reichlich Platz vorhanden war, fühlte er sich, wie sich zeigen wird, im Haus *Zum goldenen Brunnen* nicht so frei und unabhängig wie im Haus am Hirschgraben.

Christiane kam mit August nach und wurde im Gasthof *Zum weißen Schwan* einquartiert, wo man auch die gemeinsamen Mittagsmahlzeiten einnahm. Vier Tage lang zeigten ihr Mutter und Sohn die Stadt, in der Wolfgang aufgewachsen war, wobei er durch die vielen Neuerungen *oft irre gemacht* wurde. Sie fuhren über die Alte Brücke nach Sachsenhausen und in die Weinberge, betrachteten auf dem Rückweg den Römer und das abgebrannte Haus der Textors; Elisabeth wird dem Enkel von ihrer Flucht über diese Brücke, Goethe von Großvater Textor und seinem Sitz im Rathaus erzählt haben.

Vom ersten Augenblick an war Elisabeth der Lebensgefährtin ihres Sohnes zugetan. Die zweiunddreißigjährige Frau war lebensnah und tüchtig, wirtschaftlich und praktisch veranlagt wie sie, hatte ein offenes Wesen und kam ihr mit der Selbstverständlichkeit einer Tochter entgegen. *Mutter* und *Tochter* lautete auch ihre Anrede. *Grüße meine Liebe Tochter hertzlich, sage Ihr, daß ich Sie liebe schätze verehre – daß ich Ihr selbst würde geschrieben haben, wenn wir nicht in einem beständigen Wirrbel lebten*, versicherte sie 1806, und 1807, nachdem Christiane sie alleine besucht hatte, verkündete sie für alle Zeit ihr unumstößliches Urteil. *Du kannst Gott dancken! So ein liebes – herrliches unverdorbenes Gottesgeschöpf findet mann sehr selten ...* Goethe wird über die Maßen erleichtert gewesen sein, daß seine Mutter die Freundin vorurteilslos akzeptierte. Elisabeth fand Christiane *arbeitsam, sorgsam, wirtschaftlich*, schenkte ihr eine Schokoladentasse, lobte ihren Fleiß und hoffte, daß der liebe Enkel *Augst in die Fußstappen seines Vaters* treten werde. *Bleiben Sie bey denen Ihnen beywohnenden edlen Grundsätzen*, riet sie der Fast-Schwiegertochter, *und Gott! und Menschen werden Wohlgefallen an ihnen haben.*

Nach vier Tagen reiste Christiane mit dem Kind nach Weimar zurück, während Goethe in Frankfurt blieb, wohlversorgt durch die Köchin Franziska Catharina Freudenberg und die Gehilfin Elisabetha Henrietta Hoch, die vor vier Jahren als Untermagd begonnen hatte, inzwischen aber zur teilnehmenden Hausgenossin geworden war, die Elisabeth bis zum Tode treu blieb. Christiane bedankte sich artig: *Und die liebe Frau Rath hat uns so gut aufgenommen! ich glaube, ich bin nach der Reise ganz anders*, sie bedaure nur, *daß wir in Frankfurt keine Flasche Champagner getrunken haben. Das betrübt mich ordentlich.*

51. Christiane und August

Mutter und Sohn machten währenddessen Visiten bei den Verwandten Schlosser und Melber.[5] *Abends bei Stocks im Garten*, notierte Goethe. *Abends Spaziergang auf die Höhen vor dem Eschenheimer Tor.* Ein Treffen am 11. August mit Sophie von La Roche, deren Sentimentalität ihm auf die Nerven ging, verlief enttäuschend. Sie werde mit der Zeit *immer leerer und unerträglicher*, meldete er Schiller. Nicht weniger enttäuscht war die empfindsame Autorin von ihm, dem Autor des *Werther* und der *Iphigenie. Edelmütigkeit, Seelengröße, Weisheit und Güte*, urteilte sie verbittert, seien nur in den Schriften zu finden, nicht im Menschen.

Am 22. August fand ein Gespräch mit Hölderlin statt, den Elisabeth als Hauslehrer der Kinder Gontards kannte. Goethe besuchte Horn und Riese, Bethmann, Nothnagel und den Anatomie-Professor Sömmerring, dessen fünfjähriger Sohn Wilhelm jede Woche zur Rätin kam, um bei ihr zu basteln und Geschichten zu hören. Die Liebe zu Kindern hat Elisabeth dem Sohn vererbt, der die kleinen Wielande, Herders und Steins in Weimar durch herrliche Feste mit *Ostereiersuchen* und *Naschpyramiden* in Erstaunen zu versetzen pflegte.

Höhepunkte der drei Wochen war jedoch zweifellos die gemeinsame Lektüre von *Herrmann und Dorothea*. Der Titel des Werks erinnerte daran, daß es einst einen siebenjährigen *Hermann Jacob* im Hause gab. Elisabeth wird das Epos als das verstanden haben, was es für sie bedeutete: ein Denkmal der Zuneigung. Die *Idylle* enthielt mehr als jedes frühere Werk Goethes Details aus ihrem Leben. Von *Herrmanns Mutter* erfuhr man, daß sie den Garten pflegte, *der weit bis an die Mauern des Städtchen reichte*, den Herbst und die Weinlese liebte; sie war *die würdige Hausfrau*, die *gütig*, *tätig* und *verständig* dem Anwesen vorstand, von ihr sagte der Autor schlicht: *Die tätige Mutter belebt im Ganzen die Wirtschaft. Herrmanns Vater*, der leicht erzürnte *Gastwirt Zum goldenen Löwen* – so wie Großvater Göthe Gastwirt *Zum Weidenhof* war – nannte seine Frau *Lieschen*, Kosename für *Eli-*

sabeth. Wie im Stolberg-Kapitel in *Dichtung und Wahrheit* verwandte Goethe auch hier das unvergeßliche Bild der für die Gäste sorgenden Hausfrau: *Sorgsam brachte die Mutter des klaren, herrlichen Weines.* Ihr *Ahnherr*, dessen Haus bei einem Brand zerstört wurde wie das Großelternhaus in der Friedberger Gasse, hatte den gleichen Stand wie Vater Textor: er war *Bürgermeister* der Stadt. Die Tochter, heißt es, war lange tot, das erinnert an den frühen Tod der Cornelia. *Herrmann* als einziger Sohn war noch übrig, um dessen Heirat sich das Gespräch der Eltern drehte. Die Forderung des *Vaters* lautete:

Und so hoff' ich von dir, mein Herrmann, daß du mir nächstens
In das Haus die Braut mit schöner Mitgift hereinführst –

Der Sohn indessen liebt das Flüchtlingsmädchen Dorothea. Möglicherweise war es Goethes Absicht, durch die Verbindung des reichen *einzigen Sohnes* mit einer sozial nicht gleichgestellten, aber lebenstüchtigen Frau eine poetische Verteidigung seiner eigenen *Mesalliance* mit Christiane Vulpius zu liefern.[6] Nicht der *Vater*, nicht der *Pfarrer*, sondern die *Mutter* ist es, die seine Probleme erkennt. Als sie *den Sohn* im Garten – *unter dem Birnbaum* – findet, sagt sie:

Sohn, was hat sich in dir verändert und deinem Gemüte,
Daß du zu deiner Mutter nicht redest wie gestern und immer –

Sie weiß, was ihn bedrückt: er ist verliebt. *Jenes Mädchen ist's, das vertriebene, die du gewählt hast.* Goethe gab der Begegnungsszene am Birnbaum die Überschrift *MUTTER UND SOHN.* Dieses Kapitel las er ihr vor. *Mit Entzücken erinnre ich mich*, schrieb sie ihm nach der Abreise, *wie wir so hübsch nahe beysammen waren – und unser Wesen so miteinander hatten – wenn du also wieder kommst, wollen wirs eben wieder so treiben, nicht wahr?*

Bettine Brentano berichtete Goethe im Mai 1808 nach einem Besuch bei seiner Mutter: *Du glaubst nicht, wie froh es mich macht, wenn sie so recht von Herzen lacht.*[7] So wird es auch diesmal beim Zusammensein mit dem Sohn gewesen sein. Elisabeth genoß alles von Herzen: die Visiten bei den Verwandten, die Aufführung von Païsiellos Singspiel *Die Müllerin*, die Goethe zu mehreren *Müllerinnen*-Gedichten veranlaßte, seine Verwunderung über die einzigartigen Kulissen zur Oper *Palmira*, deren Pracht er begeistert bis nach Weimar schilderte. Am meisten werden sie aber die Vorlesestunden berührt haben. *Mit tiefer Herzensbewegung, unter hervorquellenden Tränen*, berichtet später Carl von Wolzogen, habe Goethe ihnen aus *Herrmann und Dorothea* das Gespräch des Sohnes mit der Mutter unter dem Birnbaum vorgelesen. *So schmilzt man bei seinen eignen Kohlen*, habe der Dichter dazu gesagt.[8]

Während die Mutter glücklich war, den Sohn so lange ganz für sich zu haben, litt er unter der engen Umgebung, den kleinen Verhältnissen. Nichts war mehr wie vorher. Bisher hatte er sich die Mutter immer nur im Haus am Hirschgraben vorstellen können, das beweisen etliche Stellen in *Hermann und Dorothea*. Als *Herrmann* der Geliebten das Haus zeigt, sagt er: *Und dies Fenster dort ist meines Zimmers im Dache.* Er spricht vom runden Tisch, dem Symbol reicher Gastlichkeit; man saß *um den glänzend gebohnten / Runden braunen Tisch, er stand auf mächtige Füßen.* Fand er den Tisch noch vor? Im Nachlaß der Mutter wird ein runder Tisch *von Mahagony mit Wachstuch* erwähnt, dazu *1 großer Sopha* und *12 Stühle mit gleichem Überzug.* Das werden die Möbel aus dem Hirschgraben gewesen sein. Im übrigen war die neue Wohnung nach der Mode des Empire mit weißen Möbeln eingerichtet, selbst der Eckschrank und die Kommode waren *weiß angestrichen.* Genau diesen Modewechsel hatte Goethe gerade in *Herrmann und Dorothea* beschrieben: *Alles ist einfach und glatt; nicht Schnitzwerk oder Vergoldung*, läßt er Hermanns Vater spotten, *alles soll anders sein und geschmackvoll … weiß die Latten und hölzernen Bänke.*

Lediglich einige Kupferstiche, die alten Spiegel – deren Rahmen weiß gestrichen waren –, der grüne Sessel und zwei große Eichenschränke auf dem Vorplatz erinnerten noch an das Eltern-

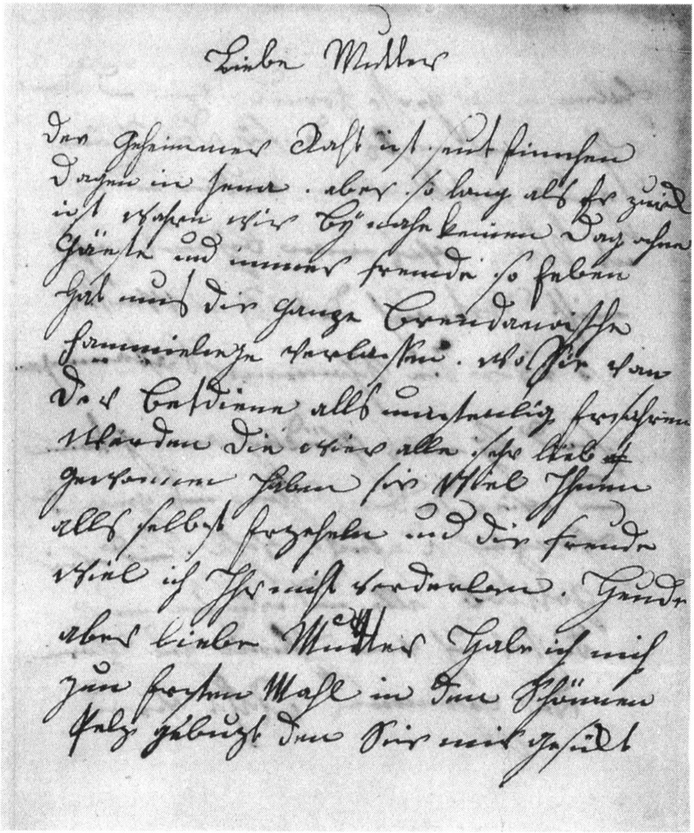
Liebe Mutter

52. Brief von Christiane an Catharina Elisabeth Goethe

haus. Wie wehmütig dem Besucher zumute war, beweist die wiederholte Klage über das Verlorene, die er unter dem Jahr 1794 in die *Tag- und Jahres-Hefte* eingetragen hatte: *Ein bei unsern Lebzeiten neuerbautes, bürgerlich bequemes und anständiges Haus, Büchersammlungen, Gemälde, Kupferstiche und Kuriositäten, es stand alles da und noch beysammen ...* Jetzt war nichts mehr beisammen, alles war bereits zu seinen eigenen Lebzeiten dahin.

Freund Hüsgen, bei dem Goethe überraschend eintrat, schrieb an Isaac von Gerning, der sich neuerdings zu Elisabeths engen Freunden zählte und sie in mittelmäßigen Versen als *Göttermutter* besang, Goethe sei *steif und zurückhaltend* und so dick geworden, daß er ihn nur an der Stimme erkannte habe. (11./12. August 1797) Anders die Mutter. Sie fand den Sohn gesund und schön und erfreute sich an seinem *so außerordentlich guten An- und Aussehen*. (4. Dezember 1797) Beide hatten viel miteinander zu besprechen und *zu arrangieren*: den Gutskauf in Oberroßla, den Frankfurter Komödienplan und Goethes Leitung des Weimarer Theaters, das gerade durch die junge Caroline Jagemann eine neue, begabte Darstellerin erhalten hatte. Daß ihn Caroline, die zur Mätresse Carl Augusts aufstieg, so verärgern würde, daß er ihretwegen sein Amt niederlegte, war nicht vorauszusehen.

Diskussionen gab es über den Druck seiner Werke. Die Mutter verabscheute die *lateinischen Lettern* und verlangte deutsche Buchstaben, nicht nur aus Patriotismus und einem ausgeprägten demokratischen Verständnis heraus, sondern mit der Begründung, daß auch einfache Leute wie *Schneider und Näherinnen Herrmann und Dorothea* lesen müßten (12. März 1798). Sie scheint sich durchgesetzt zu haben: Als sie die fertigen Taschenbücher mit *Herrmann und Dorothea* erhielt, dankte sie Goethe mit dem glücklichen Ausruf: *in- und auswendig sind sie zum Küßen*. In Worten des Überschwangs berichtete sie, wie das Werk in Frankfurt gelobt und geliebt werde, so daß Senior Hufeland es sogar von der Kirchenkanzel herab deklamiert habe.

Im Januar sandte ihr Prediger Hufeland (mit einem bisher ungedruckten Brief) sein *Erbauungs-Buch*, das nach der Lektüre von *Herrmann und Dorothea* entstanden sei.[9]

War es unüberlegt, dem Sohn vorzuschlagen, bei seinem nächsten Besuch auf jeden Fall wieder bei ihr zu wohnen – *denn bey jemand anders als bey mir zu wohnen, das ertrüg ich nicht – und bey schöner Jahreszeit ist auch Raum genug vorhanden* – (4. Dezember 1797) Vielleicht sah diese Bedingung, voreilig geäußert, wie ein Befehl aus, zumal die Mutter ihre Bitte noch einmal wiederholte: *Wünsche Euch alle gute liebliche Feyertage und ein frohes neues Jahr – und hoffe auf dein Versprechen, dich bald wieder in dem kleinen Stübgen zu sehn* – (23. Dezember 1797)

Im *kleinen Stübgen* hatte es ihm jedoch nicht so gefallen, wie sie glaubte. Seine Briefe aus jenem *Stübgen* klingen sogar sehr unzufrieden. Wohl hatte er sich mit der Mutter gut verstanden, sich aber nicht mit dem Übermaß an Unruhe abfinden können, mit dem er sich am Roßmarkt konfrontiert sah. An den Philologen Böttiger schrieb er aus Frankfurt: *Wenn man mehrere Jahre einer stillen gleichen Wirkung, einer poetischen und wissenschaftlichen Existenz gewohnt ist, so hat man fast kein Organ, um in diese lebhafte, sinnliche Welt einzugreifen ...* Noch unzufriedener liest man es im Brief an Christiane. *In acht Tagen will ich hier weggehen, denn an eine Arbeit ist nicht zu denken, du hast selbst die Lage gesehen ...*

Zu der Erkenntnis, daß das Frankfurter Leben ihn an jeder poetischen Tätigkeit hinderte, kam die Enttäuschung, in der kleinen Wohnung nur Bruchstücke dessen vorzufinden, was einst seine Jugend ausgemacht hatte. Auch darum wird er in *Dichtung und Wahrheit* das Haus am Hirschgraben in allen Einzelheiten ausgemalt haben: Das *Geräms* neben der Eingangstür, das es längst nicht mehr gab, die Bibliothek des Vaters, das *Peking* mit den handkolorierten Tapeten, ja selbst ein Ort wie die Vorratskammer bleibt nicht unerwähnt, weil es darum ging, das Haus seiner Kindheit durch Erinnerung zu bewahren. In der

Enttäuschung über den unwiederbringlichen Verlust mag auch ein Grund liegen, warum Goethe nicht mehr nach Frankfurt kam. Bei aller Liebe – hier wurde er nicht froh. Er wußte nun, daß das Beisammensein in der Dreizimmerwohnung, die Nähe, die die Mutter gerade schätzte, für ihn unerträglich war. Dem wollte er sich nicht noch einmal aussetzen.

Während die Mutter ihm vorschlug, bald wieder im *kleinen Stübgen* zu wohnen, schrieb er an Schiller, daß er nur *in einer absoluten Einsamkeit* arbeiten könne. Er wisse, *daß nicht etwa nur das Gespräch, sondern sogar schon die häusliche Gegenwart geliebter und geschätzter Personen meine poetische Quellen gänzlich ableitet* (9. Dezember 1797).

Nach dem Besuch im August 1797 hat Goethe seine Mutter in den zehn Jahren, die ihr noch zu leben vergönnt waren, nicht mehr wiedergesehen.

XX.
Du lieber Gott! Ich und reisen!

Goethes Heirat
(1798-1806)

Seit Christiane Vulpius in Elisabeths Leben getreten war, wurde der Kontakt nach Weimar enger als bisher. Wolfgangs *Hausgenossin* berichtete der Mutter über den Enkel, erzählte vom *Herrn Geheimder Rath* und sandte ihr Lektüre und Journale. *Liebe Tochter! Sie haben mir durch die überschickten Bücher eine große Freude gemacht, besonders war ich entzückt, Agnes von Lilien jetzt gantz zu besitzen* ... Christiane war es auch, die *die liebe Mutter* zum Weihnachtsfest einlud. Doch in ihrer schon geübten Taktik höflicher Ablehnung erklärte Elisabeth, eine Reise sei nicht ratsam, da die Franzosen Mainz besetzten und den Rhein als Grenze forderten. *So widersinnig es klingen mag, so ist mein Trost, daß meine Kinder nicht hier sind.* Elisabeth gab sich stets betont unpolitisch. Ihre Sorge galt allein dem Schicksal ihrer Vaterstadt, alles übrige schien sie nicht zu interessieren. Wenn es nur ihren Kindern gutgehe – *so mag meinetwegen das rechte und linke Rheinufer zugehören wem es will* ...

Ein kleiner Zettel mit der Notiz *Romane und Liebesgeschichten* lag in einem ihrer Haushaltsbücher. Es war Merck, der sie mit der *Bibliothek der Romane* bekanntgemacht hatte, einer Reihe, für die sie schwärmte. Ihr Urteil über weibliche Schriftstellerei war nicht mehr so abwertend wie früher. Sie fand *Agnes von Lilien* ausgezeichnet und war entzückt, als die Verfasserin sich als Schillers Schwägerin entpuppte. Schiller war ihr Favorit – übertroffen nur noch vom eigenen Sohn. Aber sie sollten beide ihre Werke in deutschen Lettern drucken lassen, befahl sie, sonst werde *in 50 Jahren kein Deutsch mehr weder geredet noch geschrieben – und du und Schiller, Ihr seid hernach Classische Schriftsteller – wie Horaz, Livius, Ovid und wie sie alle heißen,*

... was werden alsdann die Professoren Euch zergliedern – auslegen – und der Jugend einpleuen – darum, so lang es geht, deutsch, deutsch geredet, geschrieben und gedruckt. (25. Dezember 1807) Zu jedem neuen Werk des Sohnes äußerte sie ihr von mütterlicher Begeisterung diktiertes Urteil. An der Spitze ihrer Gunst stand *Herrmann und Dorothea*, gefolgt von *Wilhelm Meister* und *Egmont*. Sie las 1793 den *Bürgergeneral*, ließ sich den *Erzschelm Reineke Fuchs* zum zweitenmal gefallen, nannte seine *Eugenie ein Meisterstück* und regte sich beim *Römischen Carneval* wieder über die *lateinischen Lettern* auf, die nur die Gebildeten lesen könnten. Das Buch, für das sie die größte Bewunderung äußerte, war das von Goethe übersetzte *Leben des Benvenuto Cellini. Lieber Sohn!* ließ sie ihn am 11. Oktober 1804 wissen, *Ich habe in diesen Tagen ein Werk von dir geleßen, welches ich nicht genung habe bewundern können, und welches mir große Freude gemacht hat – das Leben von dem großen Künstler und noch größern Menschen Benvenuto – das ist herrlich und hat mir auch frohe Tage gemacht.*

Wenn seine Stücke auf der Bühne erschienen, berichtete sie mit leidenschaftlicher Anteilnahme vom jeweiligen Erfolg. Am 14. Juli 1804 wurde *Clavigo* aufgeführt – sie betonte das Tagesdatum, den Beginn der Französischen Revolution – und schrieb: *könnte ich dir nur recht lebendig darstellen, wie vortreflich alles ging, wie die Schauspieler es wie ihr eigen Kind behandelten ... – wie eine Stille in dem großen, voll Menschen voll gepfropften Hauße war – mann hätte eine Stecknadel fallen hören ... wie Beaumarchais die neue Untreue von Clavigo erfährt – wie Carlos Clavigo aufs neue zur Untreue beredet – beßer, größer kann diß Trauerspiel schwerlich ... gegeben werden.* Bettine Brentano berichtet von einer Aufführung, bei der der Fürstprimas von Dalberg im Theater *ihre freudeglänzenden Augen* sah; anschließend bat er die Rätin und ihren Enkel zum Festmahl in sein Haus.[1]

Die Art, wie sich Elisabeth anerkennend über den Roman der Caroline von Wolzogen äußerte und die *Verfaßerin* des Romans

Julchen Grünthal lobte, zeigt, daß auch sie sich in ihrer Rolle als Frau neuerdings mit anderen Augen sah. Seit Jahren erlebte sie, daß man ihr mit Anerkennung und Respekt begegnete, nicht nur in ihrer Eigenschaft als Goethes Mutter, sondern als einer eigenständigen Persönlichkeit, beinahe einer *historischen Größe*, wie es der englische Schriftsteller Henry Crabb Robinson ausdrückte.[2] Schon an Unzelmann hatte sie geschrieben, ihre Freundschaft sei sehr kostbar. Durch ihr selbstverantwortliches Leben gelangte sie zu einem Frauenbild, wie es in ihrer Jugend und patriarchalisch geprägten Ehe noch unmöglich war. Das gewachsene Selbstbewußtsein drückt sich in einem Vorfall aus, den Bettine überliefert hat. Im Theater, das wegen der herrschenden Hitze nur halbvoll war, habe die Rätin dem Schauspieler Verdi zugerufen: *Sie können anfangen, ich bin da!*

Wegen der politischen Unruhen wolle sie nicht nach Weimar kommen, hatte Elisabeth mehrmals Christiane versichert. Vielleicht blieb sie aber auch deshalb zu Hause, weil sie vollauf beschäftigt war. Ihren 67. Geburtstag am 19. Februar 1798 feierte sie in großer Runde. Es kam die Schauspieltruppe, laut Ausgabenbuch wurden *Musicalien* besorgt. Schon im Januar hatte sie zwei aufwendige Einladungen für 24 Gulden gegeben. Einen teuren Posten machte Perückenmacher Christ aus. Die Rätin trage zu besonderen Anlässen – wußte sogar Böttiger in Weimar gerüchtweise – eine mit Federn und Blumen verzierte Perücke.[3] *Vor eine Perücke 11 Gulden*, heißt es tatsächlich im Ausgabenbuch.

Das Schauspielabonnement für 1798 kostete 45 Gulden; sie lobte Dittersdorfs *Doctor und Apotheker*, Winters *Opferfest* und Mozarts *Zauberflöte*, die achtzehnmal gespielt wurde. Von ihrer Leidenschaft für Theater, Musik und ihrem Interesse an der Besetzung profitierte auch Goethe, dem sie die Frankfurter Besetzungszettel schickte. Ihre Theaterbegeisterung war zurückgekehrt, als hätte es den Kummer mit Unzelmann nie gegeben.

So wie Elisabeth Lust am Spiel hatte, an Geldgewinn und Risiko, beteiligte sie sich neuerdings, durch Margarethe von Bethmann dazu aufgefordert, an der städtischen Lotterie. Der Gewinn war dem Sohn zugedacht, wie aus einem Haushaltsbuch hervorgeht, welches sie zum neuen Jahr mit der Überschrift begann: *Ausgaben / die nicht im kleinen Ausgabbüchlein enthalten sind vom Jahre 1798 und 1799 und 1800*.[4] Die darin aufgeführten *Neujahrsausgaben* betrugen in jedem Januar rund 45 Gulden. Bedacht wurden die Mägde und der Friseur, Briefträger Erler, Lampenfüller und Grabenfeger, der Klöckner der Peterskirche, Schornsteinfeger und Milchfrau, Zeitungs- und Zettelträger, der Katharinentürmer, das Armenhaus und ein blindes Mädchen. Mit diesen Zuwendungen, Spenden an das Armen- und Waisenhaus, die Kirchenchöre und die vom Unglück Verfolgten, deren Adressen Elisabeth aus der Zeitung herausschrieb, übernahm sie die Verpflichtungen, für die sie sich moralisch zuständig fühlte. In ein Büchlein mit *Waschausgaben* von 1796 notierte sie: *Armer kranker Mann in Chemnitz, 7 arme Kinder im sächsischen Erzgebirge. Mißgeburth und großes Elend in Steinach; Abgebrannt in Braunfels. Armer, vom Schlag getroffener Schneider in Frisau.* Arm und krank zu sein, galt als Makel, Schulden waren gleichbedeutend mit Schuld. Betteln und Hausieren war verboten, wer bettelnd aufgegriffen wurde, mußte die Straßen vom Kot reinigen. Eine arme Frau, deren Mann starb, wurde ins Armenhaus oder ins Gefängnis gebracht, die Kinder kamen ins Waisenhaus, das sich seit 1769 an der Mauer des Friedberger Tores befand. Im gleichen Bau waren das Armen- und das Zuchthaus untergebracht. Die sozialen Leistungen der Stadt lagen auf niedrigstem Niveau.[5]

Das Haushaltsbuch für Mai und Juni 1798 enthält in Zahlen aufgelistet jene ungeliebten Hausfrauenarbeiten, die sie bei Christiane Vulpius lauthals beklagte. *Sie haben so viele Geschäfte, Liebes Weibgen – so was ist nun grade mein Casus nicht – daher sind die Monathe May und Juni meine fatalsten im gantzen Jahr ... da kommt vor das gantze Jahr Holz – da koche ich meine Molken – da wird die große Wäsche besorgt u.d.g.*

Alles Erwähnte findet man im Ausgabenbuch. Butter in Zentnern für 76 Gulden und 15 Kreuzer wurde ausgelassen, dazu brauchte man Personal und eine Bütte Kohlen für 2 Gulden. Das Holz fürs ganze Jahr wurde im Hof gespalten: zweimal 6 Gulden 48 Kreuzer. Sie könne vor lauter Arbeit nicht zu ihren Lieblingsbeschäftigungen kommen, schrieb Elisabeth, *nicht ordentlich Lesen – Clavir spielen – Spitzen klöpplen*. Wenn aber Post aus Weimar eintreffe, fühle sie sich *um 10 Jahre jünger*. Mehr von diesen *Lebenstropfen, und ich tanze noch den Ehrentanz auf Augsts Hochzeit*.

Eine Liebhaberei war neu: die Gartenlust. Im Juli 1798 bestellte sie *3 Bouteillen Schampagner* – sie waren vermutlich für die Freunde gedacht, mit denen sie die Sommertage in ihren Gärten verbrachte. Man traf sich am Teetisch im Gartensaal oder saß gesellig im Freien, und die Rätin Goethe kam mit der Kutsche hinaus, um die Runde durch ihr bekanntes Erzähltalent zu unterhalten. Wohlhabende Familien wie d'Orville und Bethmann, Stock und Moritz hatten sich vor den Toren der Stadt Landhäuser und Lusthäuschen, Rundtempel und Grotten nach dem Vorbild englischer Gärten angelegt. Es gab künstliche Seen mit kleinen Brücken, von Fackeln erhellte Rasentreppen, Marmorfiguren und *Irrgärten* für denjenigen, der die Einsamkeit suchte. Tabakfabrikant Nicolas Bernard verfügte sogar, wie Madame Schönemann ihrer Tochter Lili mitteilte, über ein eigenes Theater mit verstellbaren Kulissen und einem von Rosen gesäumten Parterre, das sich terrassenförmig zum Main senkte.[6] Elisabeth schilderte Christiane in ihrem Brief vom 21. Juli 1798 das Gartenleben, an dem sie teilnahm: *alles ist in den Landhäusern oder in den Bädern – Ich bin auch sehr oft auf dem Land bey guten Freunden … den gantzen Sonntag bin ich vor dem Bockenheimer Thor in Senator Stocks Garten – in der Woche vorm Allerheiligen Thor bey Madam Fingerling – dann über Sachsenhaußen auf einem prächtigen Gut bey Herrn Kellner, und so habe ich 3 bis 4 Orte, wo es mir sehr wohl behagt. Sie sehen hieraus, daß die Großmutter sich des Lebens noch immer freut* – Sie genoß das Sommerleben unter hohen Bäumen, wie sie es schon im elterlichen Garten geliebt und wie ihr Sohn es in *Hermann und Dorothea* beschrieben hatte.

Dabei zeigt ein Blick auf Elisabeths Freunde, daß sie fast alle einen ähnlichen Beruf ausübten wie ihr Vater Textor, also Schöffe, Bürgermeister oder Senator waren. Vielleicht fühlte sie sich unter ihnen besonders wohl, weil sie Erfahrungen weitergeben und Rat erteilen konnte. Umgekehrt scheinen die Freunde Stock und Kellner, Metzler und Hetzler, Fingerlin und Schwarzkopf sie als kompetente Ansprechpartnerin geschätzt zu haben. Das war von Vorteil. Wenn für einen Schauspieler, eine geschiedene Frau, einen stellungslosen Musiker zu sorgen war, konnte Elisabeth auf dieses ›Beziehungsnetz‹ zurückgreifen.

Überraschend und schön für sie war, daß man ihren Schwiegersohn Georg Schlosser in den Rat der Stadt gewählt hatte. *Lieber Sohn!* meldete sie aufgeregt, *Schlosser ist Franckfurther Syndicus geworden – und zwar ... ohne Kugelung! ... Wer hätte sich das träumen laßen!* Der Zusatz *ohne Kugelung* mußte sie beide, Mutter und Sohn, an Caspar erinnern, dem es nicht gelungen war, *ohne Kugelung* in den Rat zu kommen. Daß Schlosser es geschafft hatte, war ein Glücksfall: damit kam auch ihre beste Freundin Johanna Fahlmer zurück. *Auf den Umgang mit der Schlossern freue ich mich, denn ob ich gleich verschiedne weibliche Bekanntschafften habe, so ist doch keine darunter, die mich so ganz begreift und versteht – die alten Zeiten fangen wieder bey mir an aufzuleben – daß die Hannchen [Johanna Fahlmer] bey uns im alten Haus am runden Tisch bey mir saß, und du manchen schönen Abend unser Gespräch warst ...* (15. September 1798).

Zur gleichen Zeit begann sie einen Briefwechsel mit dem zehnjährigen Enkel August, der ein so treuer und schreibgewandter Korrespondent wurde wie zuvor Fritz von Stein. Bei seinen Briefen überdachte sie ihre eigene, weniger begünstigte Kindheit.

Lieber Augst! So oft ich ein so schön und deutlich geschriebenes Heft von dir erhalte, so freue ich mich, daß du so geschickt bist, die Dinge so ordentlich und anschaulich vorzutragen – auch schäme ich mich nicht zu bekennen, daß du mehr von diesen Sachen, die von großem Nutzen sind, weißt als die Großmutter, er wisse nicht, *wie elend die Kinder zu der Zeit meiner Jugend erzogen wurden – dancke du Gott und deinen Lieben Eltern, die dich alles nützliche und schöne so gründlich sehen und beurtheilen lernen* ... Wie war es bei ihrem Wolfgang gewesen? *dein Lieber Vater*, resümiert sie, *hat mir nie nie Kummer oder Verdruß verursacht – drum hat Ihn auch der Liebe Gott gesegnet, daß Er über viele viele empor gekommen ist – und hat Ihm einen großen und ausgebreiteten Ruhm gemacht ... da nimm ein Exempel und Muster dran* – (21. Juli 1798).

Sie klagte nicht darüber, daß dieser einzige Sohn sie vergessen hätte. Im Gegenteil, im November 1798 lag wieder eine Einladung auf dem Schreibtisch. Goethe und Christiane baten sie gemeinsam, Weihnachten zu kommen. Der Brief muß besonders herzlich gewesen sein, denn diesmal fiel ihr die Absage nicht leicht. ... *nehmen Sie hiermit nochmahls meinen besten Mütterlichen Danck*, erwiderte sie Christiane. *Ja, wenn die Großmutter nicht so gemächlich wäre, so wäre das gar nicht übel, wenn sie einmahl ihre Kinder besuchte und alles Schöne, was ich schon längst von Weimar gehört habe, selbst in Augenschein nähme – Aber du Lieber Himmel!! Ich und reisen! Das gescheideste ist, meine Kinder kommen zu mir* – Dabei bedauert sie doch, den Enkel nicht zu sehen. *Grüßen [Sie] meinen Sohn und den geschickten, fleißigen, lieben, guten, braven Augst von Eurer allen treuen Euch liebhabenden / Mutter u. Großmutter Goethe.* (23. November 1798)

Tat es ihr leid, daß nicht sie, sondern eine andere Frau nach Weimar fuhr, die zwar keineswegs jünger, wohl aber couragierter war? Uneingeladen und ungelegen, aber mit zäher Energie fuhr die reisegewandte Schriftstellerin Sophie von La Roche zu den

Weimarer Freunden. *O Wehe!! Madame La Roche geht doch zum Gevatter Wieland*, warnte Elisabeth ihren Sohn. Er solle sich darauf gefaßt machen. (2. April 1799) Bedauerte sie hinterher, die Chance nicht genutzt zu haben? Sie sagte es nicht direkt, doch ihr Bericht an Goethe klang wehmütig. *Mama La Roche ist gantz entzückt über die gütige Aufnahme in deinem Hause*, schrieb sie, und noch einmal deutlicher: *Lieber Sohn! Nach der Rückkehr der Mama La Roche empfinde [ich] erst recht, wie du mir zu liebe dich in meiner kleinen Wohnung beholfen hast – Ei! Was hat die mir und allen deinen Freunden vor eine herrliche Beschreibung deines Hauses und deiner gantzen Einrichtung gemacht – das deliziese Gastmahl, das du ihr gegeben hast – das prächtige grüne atlasne Zimmer – der herrliche Vorhang – das Gemählde, das dahinter war – Summa Summarum – einen gantzen Tag hat Sie mich davon unterhalten – was mir das vor ein Tag war, kannst du leicht dencken!!!*

Konnte Sophies Schilderung nicht auch sie zur Reise ermutigen? Gern hätte sie die Weimarer Herrlichkeit mit eigenen Augen gesehen – doch es wäre noch schöner, der Sohn käme zu ihr. *Aber dem allen unbeschadet, hoffe ich doch, daß du mich einmahl wieder mit deinem Besuch erfreuen wirst.* Für Platz sei gesorgt: *ich will, so viel mir möglich, dir alle Gemächlichkeit zu verschaffen suchen.* (16. Dezember 1799)

Vergebliches Werben und Hoffen. Er kam nicht, und sie reiste nicht, zumal sie derzeit unabkömmlich war. Jede Woche traf man sich im Hause des Gesandten von Schwarzkopf, einem witzigen und temperamentvollen Mann, wo *Wallenstein* mit verteilten Rollen *dramatisiert* wurde. *Künftigen Mittwoch wird Tasso von dir gelesen, dann Iphigenie ...* (8. Dezember 1800) Statt zu reisen, packte sie Pakete und bezahlte für Goethe die fällige Vermögenssteuer sowie die Kriegskontribution, wobei sie in patriotischem Eifer der von den Franzosen erpreßten Stadt mehr gab, als gefordert wurde.[7] Allerdings habe sie alles, *Contributionen – Requisitionen – Einquartierung – Durchmärsche u.s.w.* gründlich satt. Christiane gestand sie dann doch ihre Sehnsucht ein:

das Verlangen, [euch] einmahl wieder zu sehen, kann nicht größer seyn, als das meinige ist, einmahl Ihre schöne Häußliche Ordnung und Wirthschaftlichte Beschäftigungen mit meinen Augen anzusehn ... Biß diese schöne Zeit erscheint – erfreuen Sie mich von Zeit zu Zeit mit angenehmen schriftlichen Nachrichten – (September 1800)

Warum zögerte sie? Wann würde die *schöne Zeit* endlich kommen? Sie wartete, bis es zu spät war. Goethe erkrankte lebensgefährlich. Er litt an einer schweren Gesichtsrose; seine linke Gesichtshälfte einschließlich Kehlkopf, Rachen, Gaumen und Augen waren in Mitleidenschaft gezogen, dazu bekam er in der Nacht vom 5. auf den 6. Januar 1801 einen Krampfhusten, der so furchtbar war, daß er aufrecht stehen mußte, um nicht zu ersticken. Der Husten ging auf eine schwere Infektion zurück.[8] Es gelang dem von Carl August aus Jena herbeigerufenen Arzt, einen Schlaganfall abzuwenden, doch die Krankheit brachte den Dichter an den Rand des Grabes. Acht Tage lang, vom 8. bis 16. Januar 1801, war er bewußtlos. Charlotte von Stein, die durch den kleinen August wieder mit Goethe versöhnt war, ließ ihm eine stärkende Suppe bringen. Er erholte sich, doch als er seinen Sohn vor sich sah, brach er, wie Charlotte berichtet, in Tränen aus.[9]

Seine *unermüdete* Pflegerin war es, die als erstes die Mutter von seiner Genesung informierte. Christianes Brief kam im richtigen Moment. Elisabeth hatte gerade erst von der Krankheit erfahren, *ich glaube, der Schrecken wäre mir tödlich gewesen*, schrieb sie. Mutter und Sohn empfanden die Heilung wie einen *Wiedereintritt ins Leben*[10] und werden an den hilfreichen Bibelspruch gedacht haben. Er sei sich wie ein Kind vorgekommen, schrieb Goethe an Reichardt, und dieses Gefühl war es wohl auch, das ihn ein langes, eigenhändiges Schreiben an die Mutter senden ließ. Neun Tage und neun Nächte, berichtete er in seinem erhaltenen Brief vom 1. Februar 1801, sei er ohne Besinnung gewesen. Nun versichere er ihr *mit eigner Hand, daß es wieder ganz leidlich mit mir geht*. Die Mutter antwortete glücklich, sie sei sicher, *daß du mit deinem schönen braunen Auge Gottes Schöpfung wieder fröhlich anschauen wirst. Unsere gantze Stadt war über deine Kranckheit in Alarm*, erzählte sie, als die Nachricht seiner Besserung kam, *regnete es Zeitungen in meine Stube*, und die Gratulanten drängten sich in ihren Räumen. Sie erinnerte ihn an den Bibelspruch, den er ihr nach seiner Ankunft in Straßburg im Jahre 1770 geschrieben hatte, *du warst wundersam bewegt, ich weiß es noch wie heute! Mache den Raum deiner Hütten weit ... dehne deine Seile lang und stecke deine Nägel fest ... Gelobet sey Gott!!! der die Nägel den 12ten Jänner 1801 wieder fest gesteckt und die Seile aufs neue weit gedehnt hat.* Es war ihre Formel für seine nie versiegende, alles übersteigende Lebensleistung.

Am 19. Februar 1801, ihrem 70. Geburtstag, erhielt sie von ihm eine eigene Zeichnung, die das Titelkupfer zu *Paläophron und Neoterpe* werden sollte. Sie bedankte sich mit der nicht geringen Summe von 1000 Gulden, sandte dazu Stoffe, Spitzen, Bänder und ein großes Seidentuch für Christiane sowie einen modischen Sommerhut (der mit 11 Gulden im Ausgabenbuch vermerkt ist).

Ihre Pakete waren eine eigene Leistung. Sie schickte die besten *Cronberger Castanien*, die zu haben waren, Englischen Barchent nebst *Oberrock und Warme Weste* für August, *Kästgen mit Trauben*, Marzipan, Frankfurter Pfeffernüsse mit einem Buckel aus Zuckerguß, Biskuits und Pomeranzenschalen. August bekam ein Karnevalskostüm. 1802 ging Türkischer Weizen, ein Taftkleid und ein Musselintuch nach Weimar, zarter Batist zu Manschetten, Ostindischer Nankinstoff zu Beinkleidern und *Welsches Korn* für den Garten, im *Cassa-Buch* mit 3 Gulden 30 Kreuzern vermerkt. Der Sohn erhielt Nachtkappen aus eigener Herstellung – eine von ihr gehäkelte Nachtmütze mit Efeurand blieb erhalten.[11] Sie schickte *weißes Seidenzeug*, Cattun zu einem *Haußkleid meiner Lieben Tochter* und eine *Prachtweste* für den 13jährigen August. Nachdem Christiane geseufzt hatte, sie werde *corpulent*, wurden *zwei schöne neue Kleider von Taf-*

fend in der Farbe *Egyptische Erde* angefertigt. Weihnachten 1803 gerät sie in Zorn, weil Diebe ihr Paket geöffnet und die obenauf liegenden Süßigkeiten gestohlen hatten: *Was mich am meisten geärgert hat, waren die Pomerantzen Schaalen.* Darum nähte sie im Jahr darauf das Marzipan in Wachstuch ein: *den Confect sollen die Spitzbuben dißmahl ungefressen lassen.*

Zum ersten Mal – nachdem sie wieder eine Einladung von Christiane abgelehnt hatte – ist ihrer Antwort auch Eifersucht, ja Neid auf die Konkurrentin Sophie von La Roche anzumerken. Die geschickte Autorin hatte ihre Reiseerlebnisse flugs in Buchform herausgebracht. Unter dem Titel *Schattenrisse abgeschiedener Stunden* konnte Elisabeth nun lesen, wie zuvorkommend ihr Sohn die empfindsame Dame mit leiser Musik, erlesenem Essen und einem echten *Amorino*, einem Liebesknaben, in seinen kultivierten Räumen empfangen hatte. *Du lieber Gott!! Ich und Reisen!!* schrieb sie erneut. *Ich wünschte, ich hätte Frau von La Roche Ihren Muth und ihre Reise-Seligkeit, den habe ich aber nicht, und da wird es wohl so bey dem alten bleiben.* (18. Januar 1802) Die Reisen der Schriftstellerin durch halb Europa waren ihr ohnehin suspekt, und hatte sie bisher schon wenig Neigung für sie bekundet, so schmolz ihre Sympathie nun auf ein Minimum zusammen. Die beiden alten Damen seien *total* entgegengesetzte Naturen, bemerkte Nicolovius, Ehemann ihrer Enkelin Luise, und zwar so entschieden, *daß man die eine für die Satire der anderen halten könnte; sie hemmten sich also gegenseitig.* Dabei bescheinigte er jeder von ihnen unbestreitbare Vorzüge. *Das Haupt unserer großen Familie, die Urgroßmutter Goethe, ist das lebendigste, herzvollste Mitglied derselben. Ihre Originalität macht, daß man manche Eigenthümlichkeit ihres Wesens vergißt; dagegen verlassen die La Roche ... ihre Grazie und ihr schöner Sinn nicht ...*[12]

An Besuchern war nach wie vor kein Mangel. Manchmal fand sich Elisabeth wie in einem Taubenschlag. Es kamen Herr von Wiesenhütten, die Melberts, Georg Jacobi, Senator von Fleischbein, der *Bremische Gesandte*, Karl Stock und ihr Neffe Georg Melber, der Medizin studierte und ihr Hausarzt wurde. Es fanden sich bei ihr ein *der Doctor Chladni* und Nicolaus Schmidt, Herr Senior Hufnagel, die Damen Bethmann und Schwarzkopf und die Freunde der Kartenspielrunde. Georg Jacobi erschien, um nach Beiträgen für seinen *Musenalmanach* zu fragen, Gerning berichtete aus Weimar, Bankier Willemer und Direktor Tabor wandten sich in Theaterangelegenheiten an sie. Mit Johanna Fahlmer, die sich vergeblich bemühte, ihre Tochter Henriette Schlosser mit einem ungeliebten Mann zu verheiraten, spielte sie Schach. Prinz Georg von Mecklenburg-Strelitz fuhr vierspännig vor, um sie ins Palais Thurn und Taxis zu holen, wo seine Schwester, die preußische Königin, in Ruhe mit ihr sprechen wollte – ein Ereignis nach ihrem Geschmack.... *es wurde in den ersten Tagen nichts anders geredet ... mit einem Wort, ich hatte einen Nimbus ums Haupt, der mir gut zu Gesichte stand.* Der junge Erbprinz von Sachsen-Weimar sprach mit Kammerherrn von Wolzogen im Mai 1802 bei ihr vor; im November kam der Komponist Johann Friedrich Reichardt, der Goethes Lieder und Singspiele vertont hatte und sich *von alter und neuer Zeit* mit ihr unterhielt.

Es war das Gerücht aufgekommen, Goethe käme nach Frankfurt. Als er es dementierte, machte sie ihm zum erstenmal einen Vorwurf über sein Nicht-Erscheinen: – *es sind jetzt 5 Jahre, das ist kein Spaß.* Ihr Trost war die Nachricht, daß Christiane wieder ein Kind erwarte. Schon begann sie mit der Herstellung von Spitzen und schickte *zwei Kinderkleidgen*, die *dem neuen Weltbürger schön zu Gesichte stehen.* Am 31. Dezember dann der große Kummer: das kleine Mädchen hatte nur eine Woche gelebt. August blieb Goethes einziges Kind. *Ja, Lieber Augst – wenn ich Doctor Fausts Mantel aufzufinden wüßte, da käme ich dich besuchen – Aber! Aber! die Großmutter ist so an ihre Häußliche Ordnung von langen Jahren her gewöhnt, daß ich glaube, es mögte vor meine Gesundheit nicht zuträglich seyn – komme du nebst Vater und Mutter zu mir, das ist beßer.*

Am Ende des Jahres 1802 überdachte sie ihr Leben, als ziehe sie Bilanz. Sie berichtete von ihrem Dasein, ihren Freunden, ihrem Glück. *Ich befinde mich Gott! sey Danck recht wohl, werde (ohne daß ich begreifen kann, wie es eigendtlich zugeht) von so vielen Menschen geliebt, geehrt, gesucht, daß ich mir offte selbst ein Rätzel bin und nicht weiß, was die Leute an mir haben – genung, es ist so – und ich genüße diese Menschengüte mit Dancksagung gegen Gott – und bringe meine Tage vergnügt hin.*

Das einzige, was sie wirklich fürchte, sei neben der Kälte die *Epidemie*, die in Frankfurt umging, eine neue, bisher unbekannte Krankheit, die man ›Grippe‹ (sie schreibt *Krippe*) nenne; sie käme deswegen kaum vor die Tür. *Seit beynahe 6 Wochen hat mich wegen der enormen Kälte kein Mensch zu sehen bekommen – heute ist der erste Tag, wo mann ein Fenster, ohne zu zittern und zu zagen, öffnen kann*, schreibt sie am 18. Februar 1803 und bedankt sich bei Christiane *vor die überschickten Journale*. Doch schon im März konnte sie wieder die Ostermesse besuchen, und Goethes *Natürliche Tochter*, im Schauspielhaus aufgeführt, bereitete ihr großes Vergnügen: *es ist aber leicht zu dencken – daß ich mich des Trauerspieles (das zu seiner Zeit uns allen zum Vergnügen erscheinen wird) hoch gaudirte!!*

Es ging in ihrem Leben weiterhin aufwühlend und ereignisreich zu. Keine Geringere als Königin Luise schickte ihr einen mit vier Pferden bespannten Wagen vor die Tür, um sie nach Wilhelmsbad abzuholen. Die siebenundzwanzigjährige Monarchin, vor zehn Jahren im Hirschgrabenhaus als verspielte Prinzessin ihr Gast, inzwischen Mutter von sieben Kindern, war beim Ball der Bethmanns ihrer Schönheit und Eleganz wegen bewundert worden.[13] Elisabeth schilderte dem Sohn die Begegnung in Worten, in denen noch die Begeisterung mitschwingt. *d. 24ten Juni 1803: … ich wurde in ein schönes Zimmer geführt, da erschien die Königin wie die Sonne unter den Sternen – freute Sich hertz-*

lich mich zu sehen, presentierte mich an Dero 3 Schwestern, die Herzogin von Hildburghausen – Erbprinzess von Thurn und Taxis – Fürstin von Solms – letztere und die Königin erinnerten sich noch mit vieler Freude der Zeiten der Krönungen, meines Haußes u.d.g. Da ich so recht zum Jubel gestimmt war, wer kam da dazu?? Unser Hertzog von Weimar! Gott!!! welche Freude vor mich – O! wie viel liebes und gutes hat Er von dir gesagt ... in dieser Stimmung ließe mich die Königin in ein anders Zimmer rufen – da kam auch der König – die Königin ging an einen Schranck und brachte ein kostbahres goldenes Halsgeschmeide und nun erstaune!!! Befestigte es um meinen Hals mit Ihren eigenen Händen – biß zu Thränen gerührt konnte ich nur schlecht dancken. In diesem kostbahren Schmuck kam ich wieder ins Zimmer ... Alles zu erschöpfen, was an diesem vor mich so glorreichen Tag geschah, ist ohnmöglich – genug, ich kam Abends um 10 Uhr vergnügt und Seelig im goldenen Brunnen an.

Dem Erlebnis folgte eine Einladung der Markgräfin von Bayreuth und der Besuch von Friederike Unzelmann, mit der sie sich über die Frankfurter Epoche ausgetauscht haben wird, als Unzelmanns schillernde Gestalt auf der Bühne glänzte und ihr Leben beherrschte. Beide Frauen hatten manchen Traum begraben müssen. Jetzt stand die erfolgreiche Berliner Schauspielerin im Begriff, sich von ihrem *flatterhaften* Gatten scheiden zu lassen. Im Bericht an Goethe spricht Friederike von ihrer Bewunderung für seine Mutter, *die an Geist und Körper noch gantz unverändert sey.*[14] Am 31. August 1803 kam die Hofrätin Charlotte Kestner – als *Werthers Lotte* unsterblich geworden; auch sie staunte über die jugendlich gebliebene Rätin.

Von *Unsterblichkeit* ist die Rede. Elisabeth hatte erfahren, wie hoch Wertschätzung und Anerkennung, wie groß Anteilnahme und Bewunderung der ganzen Welt für ihren Sohn waren. *Die natürliche Tochter, Die Geschwister, Mahomet* waren in Frankfurt *bey vollem Hause* aufgeführt worden, demnächst werde *Clavigo* gegeben. Goethes Büste sei im Lesekabinett zwischen

Wieland und Herder aufgestellt worden. Die gerühmte Madame de Staël kam und äußerte den Wunsch, sie zu sprechen; mit phantasievollen Ausschmückungen hat Bettine Brentano die Szene geschildert, wie sich die beiden Damen im Hause von Moritz Bethmann hoheitsvoll gegenüberstanden.[15] Allerdings war ihr die wißbegierige Französin ungemein lästig, *mich hat sie gedrückt*, schrieb Elisabeth, *als wenn ich einen Mühlstein am Hals hangen hätte – ich ging Ihr überall aus dem Wege, schlug alle Gesellschafften aus, wo Sie war und athmete freier da Sie fort war. Was will die Frau mit mir?? Ich habe in meinem Leben kein a.b.c. buch geschrieben, und auch in Zukunft wird mich mein Genius davor bewahren.* (13. Januar 1804) Dennoch spricht, bei aller persönlichen Zurücknahme, ungewohnter Stolz aus ihren Worten.

Es waren nicht mehr nur *schöne Sachen*, die der Sohn schrieb, es war Weltliteratur. An Goethe gerichtet, bemerkte Bettine später: *Sie [die Mutter] sagte mir oft einzelne Stellen aus deinen Büchern vor, so zu rechter Zeit, mit herrlichem Blick und Ton, daß in diesem auch meine Welt anfing, lebendigere Farben zu empfangen ... Das Lied: ›O laß mich scheinen, bis ich werde‹ legte sie herrlich aus, sie sagte, daß dies allein schon beweisen müsse, welche tiefe Religion in dir sei ... und nannte es ihr Glaubensbekenntnis.*[16]

Im Bewußtsein der herausragenden Lebensleistung des Sohnes, der sich zu ihrer Zufriedenheit über jede Kritik erhaben zeigte, schrieb Elisabeth tief bewegt an ihn und Schiller: *Fahrt in diesem guten Verhalten immer fort – Eure Wercke bleiben vor die Ewigkeit!*

Überraschend stand eines Tages ein unbekannter junger Mann vor ihr. *Ich erkannte Ihn nicht*, schrieb Elisabeth verwundert. Es war der fünfzehnjährige August von Goethe, ihr einziger Enkel. Da er sie nicht in ihrer Wohnung antraf, sah er sie unvorbereitet in der Oper, ein dunkellockiger, kräftiger, *schwarzäugiger Jüngling*. Sie traute ihren Augen nicht. *Er ist sehr groß und sehr hübsch geworden – gantz erstaunt stand ich da, als Er mir den so lieben Nahmen nannte – Er schläft in der Stube neben mir und ich hoffe, es soll Ihm wohl bey mir werden ...* (8. April 1805) Er freue sich über ihre Erzählkunst und ihre Liebe fürs Theater, weshalb sie ihm gleich ein Abonnement für 18 Vorstellungen gekauft habe.

Ihre Freude, einen so wohlgeratenen Enkel bei sich zu haben, war groß. *Augst lebt – Heysa lustig ohne Sorgen so wie König Salomo* – Willemer habe ihn gleich an den Augen erkannt. Johanna Fahlmer ebenfalls. (12. April 1805) Sie spielten Schach, besuchten Stocks, Schlossers und Familie von Malapert, sahen den *Wilhelm Tell.* August schrieb begeistert, er sei *wie in einem Traum* und berichtete von einer Fahrt mit dem Marktschiff nach Höchst;[17] Gerning bestätigte Goethe (in einem bisher ungedruckten Brief), daß sein Sohn überall *sehr gefallen habe.*[18] *Der Liebe Junge hat was besonders glückliches in seiner Bildung, alle, die ihn sehen, lieben Ihn*, beteuerte Elisabeth, ihr komme es vor, als besitze August den Ring *Nathans des Weisen*, der ihn *vor Gott und Menschen* angenehm mache (2. Mai 1805). In sein Stammbuch schrieb sie ihm den Vers:

Tritten des Wanderers über Schnee sey ähnlich dein Leben,
Es bezeichne die Spur, aber beflecke sie nicht.

Auf die Rückseite heftete sie ihre Silhouette, auf der sie – mit Locken, Blüten und ohne die sonst obligate Haube – sehr jugendlich erscheint. Ernestine Voß, die sie mit ihrem Mann, dem Altphilologen Johann Heinrich Voß, auf Goethes Wunsch besuchte, bestätigte das jugendliche Aussehen der Mutter. *Wir besuchten die Frau Rat Goethe, eine äußerst merkwürdige Frau. Im zweiundsiebzigsten Jahr, rot geschminkt, die Stirn voll dunkelbrauner Locken, kurze Ärmel bis eine Hand breit über den Ellbogen ...*[19] Sie hatte kein graues Haar, trug keine Brille und lieft weite Strecken zu Fuß.

Mit einem baldigen Besuch ihres Sohnes rechnete sie kaum noch. Er war Anfang 1804 wieder krank gewesen und nach Lauchstädt und Halle, nicht aber nach Frankfurt gereist. Es ging dem Sohn gesundheitlich weit schlechter als der Mutter. Doch wieviel Sicherheit ihre Existenz ihm gab, davon berichtet der junge Johann Heinrich Voß im Sommer 1804. Er habe sich mit Goethe über einen Mann unterhalten, *der schon sehr bejahrt sei, dessen Mutter aber noch lebte. Da meinte er [Goethe], das sei gar schön, der Mann müsse sich so viele Jahre, als seine Mutter Vorsprung habe, noch recht sicher vorkommen. Konnte ich da nicht umhin, an Goethens eigene Mutter zu denken?*[20]

Seit Beginn des Jahres 1805 litt Goethe an schweren Krämpfen und schmerzhaften Nierenkoliken, die ihn vollkommen reiseunfähig machten. Elisabeth bewies viel Verständnis für seine doppelte Belastung als Minister und als Dichter: *da mein Lieber Sohn so sehr viele Geschäffte hat – und da Er jetzt die Gelehrte Zeitung mit Schiller schreibt, da wird Ihm seine Zeit sehr zusammengehn.* Sie rechne nicht mit seinem Besuch, sollte das heißen. War sie zu großzügig, zu selbstlos?

Aus Weimar kamen die schlimmsten Hiobsbotschaften. Seit der lebensbedrohenden Krise von 1801 habe sich Goethe nie richtig erholt, schrieb Christiane. *Der Geheime Rath hat nun seit einem Vierteljahr fast keine gesunde Stunde gehabt und immer Perioden, wo man denken muß, er stirbt*, teilte sie Freund Meyer mit.[21] Erst Anfang Mai 1805 konnte er sich wieder persönlich melden, um seiner Mutter für die Betreuung Augusts zu danken. Kurz darauf wurde ihm Schillers Tod gemeldet; die Nachricht führte zu einem schweren Rückschlag. An Zelter schrieb er: *Ich dachte mich selbst zu verlieren und verliere nun einen Freund und in demselben die Hälfte meines Daseins.* (1. Juni 1805) Die Krämpfe kamen so schrecklich wieder, daß der Mediziner Stark um Mitternacht aus Jena herbeigerufen wurde.[22]

Elisabeths Brief vom 11. Mai 1805 klang daher doppelt betrübt. Sie war wieder allein. *Seine [Augusts] Abreiße hat mir sehr wehe gethan – ich war die Vierthalb Wochen so an Ihn gewohnt, daß ich immer glaubte, in der Nebenstube seine Stimme zu hören ...* Sie bekam Post von Georg von Mecklenburg-Strelitz, dem Bruder der Königin Luise, der ihr *ohne Schnörkel* sagte, sie sei *die Frau, von der es mich nie gewundert hat, daß sie uns einen Goethe gebar.* (20. August 1805) Sie ließ in dieser Zeit für den nicht abreißenden Strom der Besucher ihre Sitzmöbel aufpolieren und mit *39 Ellen Möbelkattun bey Scheidel für 39 Gulden* beziehen, und zwar von Sattlermeister Phühle für 88 Gulden, wie das dicke *Cassabuch von 1802 bis 1806* besagt. Caroline Jagemann, die in Frankfurt ein Gastspiel gab, brachte ihr einen Brief von Goethe mit. Fritz Jacobi, Familie Schlosser und das Buchhändler-Ehepaar Frommann aus Jena traten bei ihr ein, Goethes Freunde, dessen Leidenschaft für Frommanns Pflegetochter Minna sich in den *Wahlverwandtschaften* niederschlug. Johanna Frommann trug in Weimar Goethe vor, was seine Mutter in Frankfurt zur politischen Lage geäußert hatte: *das gefiel ihm sehr*; er wünschte, auch andere würden sich ihrer Meinung anschließen.[23]

Im August erschien der Freund aus glücklichen Tagen, der Prinz ihres Märchens und *irrende Ritter*, Carl Unzelmann. Er trat in drei Rollen auf der Frankfurter Bühne auf. Was zwischen ihr, die ihn in jeder Aufführung sah, und dem inzwischen geschiedenen zweiundfünfzigjährigen Schauspieler vorging, darüber ließ sie kein Wort verlauten. Mit seiner Darstellungskunst sei sie äußerst unzufrieden gewesen, erfuhr Christiane. Er habe ihr in keiner Rolle gefallen.

D. 21ten wo nicht d. 25ten Aprill. 1806. Ein schweres Jahr begann. Elisabeth meldete Christiane: *Die Frantzosen scheinen uns noch nicht verlaßen zu wollen ... was aus uns werden wird, wißen wir nicht* – Ihr Leben sei bedrängt und bedrückt. Daß Napoleon das Ende des Heiligen Römischen Reiches Deutscher Nation besiegelt hatte, die Tatsache, daß Frankfurt keine Freie Reichsstadt mehr war, machte sie tief unglücklich. *Gestern wurde zum ersten mahl Kaiser und Reich aus dem Kirchengebet weggelaßen*, so an Goethe, ihr sei zumute gewesen wie beim Tod eines alten Freundes, überhaupt erlebe man nur noch *Leichenbegengnüße.*

Goethe kränkelte, doch hatte er im April den ersten Teil des *Faust* beendet. Danach wäre ein Besuch in Frankfurt wohl möglich gewesen. Warum kam er nicht? Hatte er erfahren, daß seine Mutter nicht gesund, daß sie abgemagert, schwach, an einen Tiefpunkt gelangt war? Wir wissen es aus einem Brief von Catharina Stock, einer Tochter des befreundeten Senators Jakob Stock, von der noch die Rede sein wird. Man kann vermuten, daß solche Nachrichten schnell bis Weimar drangen. Für Goethe, der nichts so sehr fürchtete wie Krankheit und Tod, wäre es ein Grund zum Fernbleiben gewesen, wie er auch beim Tod seines Vaters nicht erschienen war, weder an seinem Krankenbett, noch an seinem Grab.

Entlarvend für seine Haltung wirkt ein Brief, den er sechs Tage nach dem Tod der Mutter an Senator Stock schrieb. *Nur die Überzeugung, daß unsre theure Mutter von trefflichen und teilnehmenden Freunden umgeben sei*, heißt es da, *konnte uns in der letzten Zeit beruhigen, in der wir menschlicher Weise bei ihrem hohen Alter ein herannahendes Ende befürchten mußten.* Er befürchtete also ihr Ende. Er wußte *menschlicher Weise*, daß sie nicht mehr lange leben würde – und blieb fern.

Der preußische König rief zur Mobilmachung auf, Thüringen stand im Sommer 1806 voller Truppen, als Goethe zur Erholung nach Karlsbad und Franzensbad fuhr. Dort kam er, seinen Tagebuchnotizen zufolge, mehrmals mit Friederike Unzelmann zusammen. Ob ihm die Schauspielerin einiges über die Beziehung ihres früheren Ehemannes zu seiner Mutter verriet, darüber hat Goethe nichts notiert. Doch er dachte an sie, und in seinem Brief, den er dem Buchhändler Frommann nach Frankfurt mitgab, sprach er von großen Sorgen. Ohne zu ahnen, wie bald auch er unter dem bevorstehenden Krieg leiden würde, bot er der Mutter eine Bleibe und seine Hilfe an. Sie antwortete am 19. August 1806 in ihrer eigenwilligen Art: *Um mich Lieber Sohn! Habe keine Besorgnüße, ich komme durch.*

Eine Woche vor der entscheidenden Schlacht von Jena und

Auerstedt kehrte Goethe nach Hause zurück. Dann brach mit ungeahntem Schrecken nach der preußischen Niederlage am 14. Oktober 1806 das Kriegselend über die Bevölkerung Weimars herein. Charlotte von Stein, in deren Haus der verwundete Graf Schmettau starb, verlor durch Plünderer ihre gesamte Habe. Georg Melchior Kraus, Direktor der Zeichenakademie, erlag den erlittenen Mißhandlungen. In Goethes Tagebuch heißt es: *Brand, Plünderung, Kanonenkugeln, Einzug der Chasseurs*, dazu die Notiz: *schreckliche Nacht*. Es war die Nacht, in der Christiane ihn vor den ins Haus eingedrungenen Marodeuren beschützte, ihm vielleicht das Leben rettete.

Ja, Lieber Sohn! das war wieder eine Errettung – wie die 1769 – 1801 – 1805 da nur ein Schritt, ja nur ein Haar dir zwischen Tod und Leben war. Vergiß es nie; so wie ich es auch nie vergeße. Elisabeth sah sich durch Goethes *trostreichen lieben, herrlichen Brief* beruhigt. Offenbar gab es doppelten Grund zur Freude. In seinem *trostreichen Brief* hatte Goethe sie nämlich von einem Ereignis unterrichtet, auf das sie schon lange wartete und von dem sie sich nichts mehr hätte träumen lassen. Achtzehn Jahre lang hatte sie das peinliche Konkubinat geduldet und es vor Freunden und Bekannten zu entschuldigen versucht. Jetzt kam die Nachricht: ihr Sohn hatte geheiratet.

So zurückhaltend und diskret sich Elisabeth sonst zu Goethes Privatleben verhielt, war ihrer Reaktion jetzt doch die Genugtuung anzumerken, daß er sein *Verhältnis* endlich legalisierte und die Frau, die ihm fünf Kinder geboren hatte, offiziell zu seiner Gattin machte. Was sich bislang vor aller Augen abspielte, war ein im Grunde strafbarer und vor Gott verwerflicher Zustand, erniedrigend für Christiane, die dem Dichter eine *behagliche* Existenz ermöglichte, während er sie einer ungesicherten und letztlich demütigenden Situation überließ. Zwar hatte sich Elisabeth damit beruhigt, daß ihr Hätschelhans auf diese Weise *glücklicher als in einer fatalen Ehe* sei. Doch insgeheim stand sie auf der Seite der jungen Frau, die nun den Status einer *Geheimen Räthin* erhielt, ein Titel, den Elisabeth gerne verwandte: *der Ge-*

heimden Räthin von Goethe 12 1/2 Ellen Battist. – Frau Geheimde Räthin ein seiden Kleid 31 Gulden 32 Kreuzer.

Wie sehr Goethes Entschluß ihrer Denkweise entgegenkam, besagt ihr Gratulationsbrief vom 27. Oktober 1806. *Zu deinem neuen Stand wünsche dir allen Seegen – alles Heil – alles Wohlergehen – da hast du nach meines Hertzens Wunsch gehandelt – Gott! erhalte Euch! ... der Mutter Seegen erhält den Kindern die Häuser ... Ihr sollt mit Eurem Theil zufrieden seyn, das schwöre ich Euch. Grüße meine liebe Tochter hertzlich, sage Ihr, daß ich Sie Liebe – schätze, verehre ... Lebt wohl! Behaltet lieb – Eure / treue und hocherfreudte / Mutter Goethe.*

Selbst unter den Zahlenkolonnen im Ausgabenbuch kann man ihre Freude über die Heirat des Sohnes entdecken.[24] *Kleidungs- Stücke, Seide, Mousselin, Taffend in der Lieblingsfarbe* und *28 Pfund Kastanien* gingen nach Weimar; *Frau Geheimer Räthin ein Seidenkleid*; für August *drei Stück grün Tuch für 22 Gulden 30 Kreuzer*. Der soeben vermählte Sohn verspürte offensichtlich seinerseits das Bedürfnis, der Mutter eine Menge mitzuteilen, denn sie wunderte sich nicht wenig über *die 4 lieben Briefe, die ich in so kurtzer Zeit erhalten habe – und wovon 2 sogar von deiner eigenen Hand sind!* Die neue Schwiegertochter berichtete von den Marodeuren, die vor Goethes Person nicht haltmachten, sondern nachts bis in sein Schlafgemach drangen und sein Leben bedrohten.[25] *Deinem Lieben Weibgen dancke vor den lieben Brief ... Ihr schönes – heroisches – haußhälterisches Betragen hat mein Herz erfreut*, schrieb Elisabeth am 12. Dezember. Johann Heinrich Voß überbrachte ihr gleichzeitig die erfreuliche Nachricht, daß der Sohn sie gewiß im nächsten Jahr besuchen werde.[26] Wer dann aber kam, war nicht Goethe, sondern die *heroische und haußhälterische* Schwiegertochter Christiane.

Goethes Tagebuch vom 23. März 1807: *Reiste meine Frau nach Frankfurt ab, und August begleitete sie zu Pferde bis Erfurt.* Elisabeths Haushaltsbuch vom 9. April: *Vor Bedienung der Frau*

Geheimräthin 5 Gulden 30 Kreuzer. Die Schwiegertochter, die allen Freunden vorgestellt wurde, erhielt auch einen Pelz: *Kürschner Lückert 27 Gulden.* Die einundvierzigjährige Christiane war *munter, vergnügungssüchtig, fröhlich.* Catharina Stock fand sie *artig und natürlich*, aber auch *etwas gemein.* Damit spielte sie auf die mangelnde Bildung von Goethes Frau an. Der Dichter selbst bekannte seinem Freund Karl von Reinhard: *Zuerst muß ich Ihnen sagen, daß von allen meinen Werken meine Frau keine Zeile gelesen hat. Das Reich des Geistes hat kein Dasein für sie, für die Haushaltung ist sie geschaffen.*[27]

Was andere ihr zum Vorwurf machten, war in Elisabeths Augen ein Vorzug. Die Schwiegertochter kümmerte sich um das Wohl des Sohnes und verstand sich auf eine perfekte Haushaltsführung. Das waren Eigenschaften, die sie bei ihrer Tochter Cornelia immer vermißt hatte. Die gemeinsamen Tage verliefen überaus glücklich. Beide schätzten gutes Essen und eine geordnete Häuslichkeit, beide liebten Komödie und Schauspiel, beide begeisterten sich für Natur und Garten. Prüft man daraufhin Elisabeths *Garten-Ausgaben,*[28] erkennt man, wie groß ihr Interesse daran war. Sie erntete 1804 *schöne Spargel, Sauerkirschen, Bohnen, Birnen, Pfirsiche, Äpfel gelbe, rote, kleine weiße.* Die Einnahmen betrugen 35, die Ausgaben 39 Gulden, wobei der Lohn des Gärtners Uppel letzthin von 24 auf 28 Gulden gestiegen war. 1805 erntete sie *Johannisbeeren, Klosterbirnen zum Einmachen, Mirabellen zum Essen, 2 große Mahnen [Körbe] Zwetschgen, davon 20 Bouteillen eingemacht, 2 große Mahnen geschnitzte Äpfel.* 1806 ließ sie den ganzen Garten mit 19 Karren Mist düngen. 1807, als Christiane kam, erntete sie *viele Erdbeeren und schöne Mirabellen, viele Gurken und Quitten.* Mit der ebenso gartenkundigen Schwiegertochter konnte sie sich darüber fachkundig austauschen.

Goethes Tagebuch vom 12. April 1807: *Um 5 Uhr kam meine Frau von Frankfurt zurück.* Christiane wird ihm über alles ausführlich berichtet haben, auch darüber, daß die Mutter keineswegs so gesund war, wie sie immer behauptete: sie litt an *Catar* und Erkältung und war so heiser, daß sie nicht einmal ihr *briliantes Talent, Mährgen zu erzählen*, richtig entfalten konnte.

Welche Maßnahme Goethe daraufhin für geboten hielt, wird aus einem besonderen Dokument ersichtlich.[29] Drei Wochen nach Christianes Rückkehr ließ er sich von Senator Stock eine Vollmacht ausstellen – für den Fall des Todes seiner Mutter. Er sorgte vor. Nach Frankfurt begab er sich nicht.

Ja wir waren sehr vergnügt und glücklich beyeinander! schrieb ihm Elisabeth, *und was mir unaussprechlich wohl that, war, daß alle Menschen – alle meine Bekannten sie liebten* – Daß Christiane auch der Kritik ausgesetzt war, merkte sie nicht, und es hätte sie vermutlich nicht einmal sonderlich interessiert. Ihr Urteil bildete sie sich allein. Sie hatte die Schwiegertochter im innersten Wesen erkannt und einen warmherzigen Menschen in ihr gefunden. *Du kannst Gott dancken! So ein Liebes – herrliches unverdorbenes Gottes Geschöpf findet man sehr selten*, schrieb sie und fügte im Gedanken, daß Goethe sie, die Mutter, nicht ewig haben werde, hinzu: *wie beruhigt bin ich jetzt (da ich Sie genau kenne) über alles, was dich angeht –*

Mit anderen Worten, für die Zukunft war gesorgt. Sie konnte beruhigt sterben.

XXI.
Von der Mutter schreib alles auf

Abend-Glückseligkeit
(1807-1808)

Die Familie Brentano war Elisabeth seit langem bekannt. Peter Anton Brentano, der das Handelshaus in der zweiten Generation leitete und die junge Maximiliane La Roche geheiratet hatte, war nur vier Jahre jünger als sie.[1] Sie hatte miterlebt, wie dem ungleichen Paar ein Kind nach dem anderen geboren wurde, bis die zarte *Maxe* nach der zwölften Geburt starb. Mit Clemens, dem dritten Sohn, hatte sie auf dem Jahrmarkt einen zierlichen Harlekin aus dem Ei springen sehen. Es war Marianne Jung, die später als Marianne von Willemer zu Goethes Suleika im *West-östlichen Divan* wurde.

Dem phantasievollen Clemens Brentano schrieb Elisabeth ins Stammbuch:

Wo dein Himmel, ist dein Vadutz,
Ein Land auf Erden ist dir nichts nutz!
Dein Reich ist in den Wolken
Und nicht von dieser Erde,
Und so oft es sich mit derselben berührt,
Wird es Thränen regnen.
Ich wünsche einen gesegneten Regenbogen!

Unangemeldet, aber keineswegs schüchtern, trat an einem Junitag des Jahres 1806 ein junges Mädchen mit dunklen Augen und Locken bei ihr ein. Clemens' Schwester Bettine kam, um Goethes Mutter kennenzulernen. Auf dem Dachboden ihrer Großmutter Sophie von La Roche in Offenbach hatte sie ein Bündel Papiere entdeckt, die eine Sensation enthielten: der junge Goethe gestand in 43 Briefen seine Liebe zu ihrer Mutter Maximiliane. Bettine faßte ihren Entschluß. Der Weg war ihr vertraut; ihre einzige Freundin Karoline von Günderrode – die

53. Bettine Brentano

sich gerade von ihr getrennt hatte – lebte im Cronstettenschen adligen Damenstift am Roßmarkt, wo die Rätin in ihrer Wohnung *wie in einer Baumwollenen Schachtel* saß. Schiller hatte gesagt, das sei der richtige Ort, um dort die *Teilung der Erde* zu lesen.[2]

Die Tür ging auf, und in Gestalt einer ungewöhnlichen, sehr temperamentvollen jungen Frau von einundzwanzig Jahren kam die Jugend ins Haus. Bettine eroberte die alte Dame im Sturm; sich ihren eindringlichen Fragen, dem intensiven Blick ihrer dunklen Augen zu entziehen, war, wie Achim von Arnim sagte, nahezu unmöglich. Bettine – die wie die Rätin *Catharina Elisabeth* hieß – hatte unvermutet ihre Karoline verloren, die Mutter vermißte den Sohn: Beide Frauen, auf eigene Weise einsam, wurden ungeachtet des Altersunterschieds zu Freundinnen. *Ich habe mir statt Deiner die Rätin Goethe zur Freundin gewählt*, schrieb Bettine triumphierend an die traurige Karoline, *die Jugendgeschichte ihres Sohnes fließt wie kühlender Tau von ihren mütterlichen Lippen in mein brennend Herz ...*

Zwei Jahre lang, bis zu Elisabeths Tod, ging sie im *Goldenen Brunnen* ein und aus. Man sprach über den *Werther,*[3] später über den Selbstmord der unglücklichen Karoline von Günderrode, über Goethe, dem Bettine schrieb: *Wenn ich die Tür aufmachte, wir grüßten uns nicht, es war, als ob wir schon mitten im Gespräch seien ... manchmal küßte sie mich und sprach davon, daß ich in meinem Wesen sie an Dich erinnere, sie habe auch Dein Sorgenbrecher sein müssen.* Zu der Art, wie sie lachte, habe die Rätin gesagt: *Das ruft mir alte Zeiten zurück.* Bettine las Goethes Roman *Wilhelm Meister* und glaubte, in der zierlichen *Mignon*, die musikalisch, verträumt und italienischer Abkunft war, sich selber geschildert zu sehen. *Ich bin sehr glücklich mit dieser Frau, ich seh sie alle Tage, ich darf bei ihr gute und böse Launen äußern wie ein verzognes Kind bei der liebenden Mutter*, schrieb sie an Achim von Arnim, ihren späteren Ehemann. Als der Dichter Ludwig Tieck das Haus Brentano besuchte, nahm sie ihn zu Elisabeth mit. *Wir waren fast alle Tage bei der Frau Göthe, welche auf Tieck einen sehr angenehmen Eindruck machte.* (26. September 1806)

Elisabeth gefiel diese impulsive junge Frau, die nicht genug von ihrem Sohn hören konnte und schließlich darauf bestand, selber zu ihm zu reisen. In Männerhosen und mit einer Fuchskappe auf dem Kopf fuhr Bettine tatsächlich auf dem Kutschbock ihres Schwagers nach Weimar, wo sie, mit einem Empfehlungsschreiben von Wieland versehen, von Goethe freundlich empfangen und beim Abschied mit einem blauen Ring beschenkt wurde. Niemals hat Bettine dieses Erlebnis vergessen. Goethe wurde ihr zum glühend umworbenen, lebenslang verehrten Idol. *Wer ihn kennt wie ich und nicht liebt wie ich, der ist seiner nicht wert*, sagte sie zu ihrem Bruder Clemens.

Da hat dann doch die kleine Brentano ihren Willen gehabt, und Goethe gesehen, schrieb Elisabeth an Christiane. Sie habe schon gefürchtet, die ohnehin leicht exaltierte Bettine wäre sonst *toll* geworden, *so was ist mir noch nicht vorgekommen – sie wollte als Knabe sich verkleiden, zu Fuß nach Weimar laufen – vorigen Winter hatte ich öfter eine rechte Angst über das Mägchen.* (16. Mai 1807)

Christiane antwortete mit einem langen Brief. Als einzig erhaltenes eigenhändiges Schreiben an Elisabeth soll dieses Zeugnis einer rührenden Zuneigung zur Schwiegermutter vollständig wiedergegeben werden.

Liebe Mutter. Der Geheimmer Rath ist seit Einichen Dachen in Jena: aber so lang als Er zurück ist wahren wir beynahe keinen Dag ohne Gäeste und immer freunde so Eeben hat uns die ganze Brendanoische Famimielinge [Brentanosche Familie] *verlassen. wo Sie von der Betdiene* [Bettine] *alls unversenlig* [unverzüglich?] *Erfahren wärden die wier alle sehr lieb gewonnen haben sie wiel Ihnen alls selbst Erzeheln und die Freude wiel ich Ihr nicht verderben. Heude aber liebe Mutter Habe ich mich zun Ersten Mahl in den Schönen Pelz gebuzt den Sie mir gesickt haben ich habe grosse Freude darn und danke Ihnen noch mahls da für Der Schöne Zeug gefält allen leuden und es ist Etwas was man bey uns gahr nicht Hat. auch daß Spah Wasser so wie die Schönnen Kastännichen sind bey uns glücklich an gekomm und wir danken Ihnen ins gesamd herzlich dafür. Wohl sind wir gottlob alle und wünschen nur dieses auch von Ihnen zu Hören.*

Der geheimmer Raht wierd Ihn von Jena aus schrieben und August der sich besten Einfühlt wierd die nächste nachrücht geben.

mein Wunsch währe aber nur mit Ihnen liebe Mutter allein zu sprechn. Doch ist dieses nicht möchlich und ich tuhe es in Geist und kan mir Sie liebe Mutter so ganz dabey dencken.

Leben Sie recht wohl und dencken Sie zu weilen an Ihre Sie Ewich liebende gehor.samme Tochter / Cr. Goehet.[4]

Elisabeth antwortete drei Tage später, sie erwarte Bettines Bericht mit Vergnügen. Man beurteile sie meist falsch, weil sie sonderbar und eigen sei; *ist sie bey mir, das ist ihre beynahe einzige Freude …* Bettine habe sie mit Blumen und einer weißgoldenen Schokoladentasse beschenkt und erklärt, sie sei die beste Erzählerin der Welt. Sie, die immer behauptet hatte, nicht gern zu schreiben – und der Schwiegertochter tröstend versicherte, *das Bustawieren und gerade Schreiben* sei nicht ihre Stärke – verfaßte noch am gleichen Tag einen zweiten Brief. *Gute – Liebe – Beste Bettina! … Du bist beßer – Lieber – größer als die Menschen, die um mich herum grabelen, denn eigentlich Leben kann man ihr thun und laßen nicht nennen … Meine Freude war groß, da ich von meiner Schwiegertochter hörte, daß du in Weimar gewesen wärest … Was werden wir uns nicht alles zu sagen haben!!! Darum komme bald und erfreue die, die bis der Vorhang fällt, ist und bleibt / deine wahre Freundin / Elisabeth Goethe.*

Sie hatten sich unendlich viel zu sagen. Elisabeth erzählte von ihrer eigenen Mutter, die das *zweite Gesicht* besaß, und von ihrem Vater, der seine Wahl zum Stadtschultheißen im Traum erblickte.[5] Aus dem großen Dielenschrank holte sie ein gestreiftes Röckchen und ein mit silbernen Blumen besticktes Mützchen hervor, Wolfgangs Taufkleidung.[6] Ob bei der Heirat mit Goethes Vater Liebe im Spiel gewesen sei? In diesem Punkt wurde Bettine kurz abgespeist: Sie habe *ohne bestimmte Neigung* geheiratet.[7] Statt dessen, da gerade ein Posthorn ertönte, erfuhr sie von Elisabeths schwärmerischer Jungmädchenliebe zum unglücklichen Kaiser Karl, wobei die Rätin den Rock hob und Bettine die sternförmige Narbe auf ihrem Knie zeigte.

Wolfgangs Kinderjahre wurden lustvoll rekapituliert: wie er das Geschirr auf die Straße warf, des Vaters Zahlbrett benutzte und in seinen Hosentaschen Kieselsteine sammelte, die der Mutter ins Gesicht flogen. Auch von der Gretchen-Affäre war ausgiebig die Rede, so daß Bettine sich fast scheute, Goethe den Bericht seiner frühen unerlaubten Liebe wiederzugeben.[8] Mit Bravour entwarf die Erzählerin ihre farbigen Bilder. *Ihr Gedächtnis war nicht allein merkwürdig, es war sehr herrlich; der Eindruck mächtiger Gefühle entwickelte sich in seiner vollen Gewalt bei ihren Erinnerungen.* Man sah Wolfgang vor dem Puppentheater und mit seinen Freunden bei der Weinernte, wo sie mit Kerzen auf den Hüten wie *Irrlichter* zwischen den Hecken *auf- und abschwebten.*[9] Man sprach vom Tod des kleinen Jacob,[10] von Lili Schönemann, *der ersten Heißgeliebten des Sohnes*[11] und von jenem Winter, da Wolfgang, im Mantel der Mutter, auf Schlittschuhen durch die Bögen der Mainbrücke dahinfuhr wie ein Göttersohn auf dem Eis.[12]

Die Erzählerin mit den *großen Kinderaugen* erwies sich als eine Biographin ersten Ranges. Beide Frauen waren sich so ähnlich, als wären sie verwandt. *Den 13ten Juni 1807: Liebe – Liebe Tochter! Nenne mich ins künftig mit dem mir so theuren Nahmen Mutter – und du verdienst ihn so sehr, so gantz und gar … Auf deine Herkunft freue ich mich gar gar sehr, da wollen wir eins zusammen Schwatzen – denn das ist eigendtlich meine Rolle, worinn ich Meister bin – aber Schreiben! so Tintenscheu ist nicht leicht jemand … Lebe wohl! Behalte lieb / deine dich hertzlich Liebende Mutter / Goethe.*

Von der Mutter schreib alles auf, es ist mir wichtig; sie hatte

Kopf und Herz zur Tat wie zum Gefühl.[13] Goethes Wunsch machte Bettine glücklich; so bekam ihre Freundschaft eine tiefe und echte Berechtigung. Tatsächlich bat der Dichter sie bei seinen Vorarbeiten zu *Dichtung und Wahrheit* eindringlich: *Nun hast Du eine schöne Zeit mit der teuren Mutter gelebt, hast ihre Märchen und Anekdoten wiederholt vernommen und trägst und hegst alles im frischen belebenden Gedächtnis. Setze Dich also nur gleich hin und schreibe nieder, was sich auf mich und die Meinen bezieht, und Du wirst mich dadurch sehr erfreuen und verbinden ... Liebe mich bis zum Wiedersehn!* (25. Oktober 1810). Als erstes berichtete ihm Bettine von seiner Geburt. Sie erzählte, wie seine Großmutter ausgerufen habe: *Räthin, er lebt!* und fügte ihren eigenen Jubel hinzu. *Rätin, er lebt! das Wort ging mir immer durch Mark und Bein, sooft es die Mutter im erhöhten Freudenton vortrug.* (An Goethe, Anfang November 1810)

Für Elisabeth waren die Gespräche mit der klugen jungen Frau, die viel ernsthafter war als die *Plapper-Elstern* ihrer Umgebung, eine Schicksalsbegegnung. Sie genoß das Zusammensein wie ein Geschenk. Sogar das Haushaltsbuch strömt Wohlbehagen aus. Im April 1807 wurde wieder eine große Menge Wein bei d'Orville bestellt, dazu *Eingemachte Quitten, Honig, Malaga*, zu Ostern *Eiertorte, ein Pfund Schokolade* und *ein Pfund Caffé*. Schneider Müller nähte oder änderte Kleider, sie erwarb einen Sonnenschirm, beschenkte die Witwe Bansa mit einem Halsband für immerhin 22 Gulden, Johanna Schlosser mit einer Schokoladentasse, und überreichte deren Tochter Henriette zur Hochzeit einen Silberleuchter für 72 Gulden. Im Mai, Juli, November gingen Transporte nach Weimar, *36 Bouteillen vor Obst einzumachen, 50 Bouteillen Spaa Wasser, 20 Pfund Kastanien* und der Schwiegertochter ein modisches schwarzes Sammethütchen. Sie verkaufte altes Silber für 109 Gulden, verlängerte das Zeitungsabonnement, ließ im Juli die große Uhr für ein Jahr aufziehen, erwarb auf der Herbstmesse einen *Porzellan Leuchter* für 16 Gulden und schaffte (für *10 Pfund Mainzer Flachs*) sogar ein neues Spinnrad an.

Das Erscheinen von Goethes Werken, die von Cotta in dreizehn Bänden veröffentlicht wurden, machte ihr die größte Freude. Zum erstenmal las sie seine Balladen, die *kriege ich nun einmahl nicht satt!* schrieb sie, *die 3 Reuter, die unter dem Bett hervorkommen, die sehe ich leibhaftig – die Braut von Corindt – die Bajadere – Tagelang – Nächte lang stand mein Schiff befrachtet – der Zauberlehrling – der Rattenfänger und alle andre, das macht mich unaussprechlich glücklich.* (17. April 1807)

Sie erfuhr, daß im April 1807 die Herzogin Anna Amalia gestorben war. Als sie ihren Trauerbrief verfaßte, kam ihr von neuem das Fernbleiben des Sohnes schmerzhaft zu Bewußtsein. Bei Bettine klagte sie: *Denk' doch, daß ich ihn acht Jahre nicht gesehen hab' und ihn vielleicht nie wieder seh'.*[14] In Wirklichkeit war er schon zehn Jahre nicht bei ihr gewesen. Ebenfalls im April war die einst berühmte Sophie von La Roche gestorben, gealtert, vergessen und vereinsamt. Ihre Enkelin Bettine war ihr zuletzt fern geblieben; sie kam lieber zur Rätin Goethe, nahm auf dem Fußschemel Platz, auf dem schon Wolfgang saß, streichelte das zahme Eichhörnchen[15] und ließ sich Goethes Leben erzählen, von Anfang an.

Durch einen Zufall haben sich bisher kaum bekannte Briefe gefunden, die über Elisabeths letzte Lebensjahre Auskunft geben.[16] Die Absenderin war Catharina Stock, eine Tochter jener Senatorenfamilie, bei der die Rätin an jedem Sonntag zu Gast war. *Da lobe ich mir das Stockische Haus, da lieben die Eltern die Kinder – die Kinder die Eltern, da ist einem so wohl*, hatte sie geschrieben. Die Briefe der achtzehnjährigen Catharina waren an ihren Hamburger Onkel Johann Caspar Moritz gerichtet, mit dessen Mutter Catharina Sibylle, geborene Schöll, Elisabeth befreundet war. Einst durfte sich Sibylle in ihr *Güldenes Schatz=Kästlein* eintragen, und der Sohn war ihr Pate.

Im ersten erhaltenen Brief Catharinas (vom 26. Dezember 1806) herrscht Kummer. Bedrückt bemerkte die Schreiberin: *Die Frau Rath spricht jetzt gar nicht mehr von der Einquartie-*

rung, aber seit einem Jahr hat sie zu unserem großen Leidwesen sehr abgenommen, sowohl an ihrer Gestalt als manchmal an ihrem Geiste, wir lieben sie wie unsere Verwandte, auch sie liebt uns so, besonders unseren Fritz [ihren jüngeren Bruder], in den ist sie ordentlich verliebt.

Ganz anders klang es bei der *Frau Rath* selbst. Obwohl sie vermutlich schon damals an der Krankheit litt, an der sie sterben sollte, ließ sie bei ihrem Sohn mit keinem Wort etwas darüber verlauten. Zur gleichen Zeit, als Catharina ihren Verfall beobachtete, schrieb sie ihm freudige, leidenschaftlich bewegte Zeilen. Sie dankte für sein *eigenhändiges Briefgen*, erwähnte nur am Rande die Tatsache, daß sich Frankfurt *wie mitten im Kriege* befinde (wobei sie verschwieg, daß die Stadt von 9000 Franzosen besetzt und mit vier Millionen Francs Kriegskontribution belegt worden war) und bestätigte ihr Wohlergehen. *Ich bin Gott sey Danck! Frisch und gesund, habe gute Freunde, die mir mit Rath und Tath aushelfen, habe in diesem Stück – die Lebens-Weisheit des Schach Bahams in Wielands Winter Mährgen ... Künftigen Mittwoch den 19ten werde ich 75 Jahr alt – da trinckt meine Gesundheit hoch!!!* Ihr Dank fiel stürmischer aus als sonst, weil Goethe ihrer Freundin Esther Stock, Catharinas Mutter, ein Stammbuchblatt geschickt hatte, das ihr besonders zu Herzen ging:

Was uns Günstiges in fernen Landen
Auch begegnet, sehnt, bei allem Glück
Doch das Herz zu seiner Jugend Banden
Zu dem heimischen Kreise sich zurück.

Die Verse enthielten, worauf sie immer hoffte: daß auch er, der Dichter, sich in die *heimischen Kreise* zurücksehne. Sie hätte nicht geglaubt, daß er sie nie mehr besuchen würde.

Am 30. März 1807 lieferte Catharina Stock dem Onkel einen Bericht über Christiane von Goethe, die sie bei der Rätin kennenlernte. *Es ist eine gewesene Vulpius, sie ist eine ganz natürliche, hübsche, dicke, artige Frau, sie hat ihn ganz unter dem Pantoffel, wie es scheint, sie ist aber doch etwas gemein, es ist schön, daß er sie geheirathet, da er einen Sohn von 15 Jahren hat. Ich glaube,daß Du die Frau Rath gewiß noch sehen wirst, auch wenn Du nicht diesen Sommer hierher kömmst, sie hat sich diesen Winter recht wohl befunden und mit ihrer Schwiegertochter ist sie sehr zufrieden.*

Der folgende Brief vom 8. Juli 1807 bestätigt, was Elisabeth zur nahezu gleichen Zeit (Anfang September) nach Weimar berichtete: daß sie herrliche Wochen in den Gärten der Freunde verbringe. Sie habe *Mährgen erzählen müßen (denn unter uns) das ist meine Briliante Seite*, schrieb sie und fügte hinzu, daß dieser nicht endenwollende Sommer mit seiner Hitze sie an das Jahr 1748 erinnere, wo es ebenso heiß gewesen sei. Wieso sprach sie von einem längst vergangenen Jahr? Christiane wußte sicher nicht, daß ihre Schwiegermutter an jenen heißen Sommer dachte, in dem sie mit Johann Caspar Goethe ihre Ehe begann.

Wir wohnen seit Pfingsten im Garten, berichtete Catharina Stock. *Deine Frau Pathe ist wieder so wohl, daß sie alle Woche einmal zu Fuße heraus geht, bei uns ißt, aber nicht mehr den Sonntag, denn das ist ihr unbequem, und Abends eben so wieder nach Hause geht. Sie ist so munter und vergnügt, daß wir uns immer freuen, wenn sie kommt. Es ist gewiß viel für eine Frau von 76 Jahren, daß sie noch das Vergnügen an dem Theater hat und noch so theilnehmend an allem ist.* Am 30. August 1807 fuhr sie fort: *sie kam den ganzen Sommer alle Woche einmal zu uns, aß da zu Mittag, erzählte uns Märchen, Scenen aus ihrem Leben, brachte Briefe merkwürdiger Mäner und Frauen mit, las sie uns vor und machte uns und sich recht viel Vergnügen damit …*

Sohn Wolfgang hatte der Mutter von Karlsbad aus durch den Kunstsammler und Bankier Städel kostbare Spitzen und einen Brief überbringen lassen. Der Besucher berichtete Elisabeth, wie gut aussehend er Goethe gefunden habe. *Ein gar prächtiges Gesicht mit zwei klaren braunen Augen, die mild und durchdringend zugleich sind*, hatte Johanna Schopenhauer ihrem Sohn geschrieben, *wenn er spricht, verschönert er sich unglaublich;*

ich kann ihn dann nicht genug ansehen. Städels entsprechende Schilderung wird Elisabeth daran erinnert haben, daß ihr Sohn es nun seit zehn Jahren nicht für nötig gehalten hatte, sie zu besuchen. In ihren Briefen schwieg sie. Einzig Bettine, mit der sie über sein Fernbleiben sprach, begriff ihren seelischen Zustand. Die Mutter habe erklärt, schreibt sie wörtlich, *sie sei nicht allein um ihres Sohnes willen da, sondern der Sohn auch um ihrentwillen ... indem sich ja auch kein vollendeteres und erhabeneres Glück denken lasse, als um des Sohnes willen allgemein so geehrt zu werden ... So entfernt Du von ihr warst, so lange Zeit auch: Du wast nie besser verstanden als von ihr.*[17]

Bettine deutet überdies an, es sei von einer gemeinsamen Reise gesprochen worden. *Wenn wir miteinander zu ihm gereist kämen, das denk' ich mir immer noch aus*, sagte sie.[18] Nur in einem Brief hat Elisabeth ihre Hoffnung auf ein Wiedersehen schließlich noch einmal anklingen lassen. Sie werde sich freuen, schrieb sie gleichlautend an Goethe und an Christiane, *wenn jemand von Weimar her kommt – Sohn, Tochter oder Enckel ...* Nicht mehr als diese Andeutung. Eine Mutter, die sich aufdrängte, war sie nicht. Dazu schickte sie (am 9. Juli 1807) eine Rezension, in der die *Bekenntnisse einer schönen Seele* aus dem *Wilhelm Meister* lobend besprochen wurden. *Das ist der Lieben Klettenbergern wohl nicht im Traum eingefallen*, kommentierte sie den Text, *daß nach so langer Zeit Ihr Andencken noch grünen, blüten und Seegen den nachfolgenden Geschlechtern bringen würde.* Der Rezensent war der Meinung, Goethes *Wilhelm Meister* werde mit der *Iphigenie* und den *Leiden des jungen Werthers in den Tempel der Unsterblichkeit* eingehen.

Unsterblichkeit, Unvergänglichkeit – der Ruhm des Sohnes bewirkte, daß auch sie, die Mutter, sich über die eigene Person klar werden wollte. Sie hatte einen Sohn zur Welt gebracht, dessen Name in ganz Europa berühmt, der geadelt und ausgezeichnet worden war – wie sollte sie, die ihre Bedeutung gern hinter ironischen Äußerungen verbarg, sich dazu stellen? Kürzlich hatte sich der große Alexander von Humboldt bei ihr angemeldet. Immer war es eine Gratwanderung zwischen Stolz und zurückhaltender Bescheidenheit, die sie zu vollbringen hatte. Nun wollte sie es sich und dem Sohn erklären, was es bedeutete, Mutter eines Genies zu sein. *Da nun ein großer Theil deines Ruhmes und Rufes auf mich zurück fällt, und die Menschen sich einbilden, ich hätte was zu dem großen Talendt beygetragen,* schrieb sie am 6. Oktober 1807, *so kommen sie denn, um mich zu beschauen – da stelle ich denn mein Licht nicht unter den Scheffel, sondern auf den Leuchter, versichre zwar die Menschen, daß ich zu dem, was dich zum großen Mann und Dichter gemacht hat, nicht das allermindeste beygetragen hätte (denn das Lob, das mir nicht gebühret, nehme ich nie an), zudem weiß ich ja gar wohl, wem das Lob und der Danck gebührt, denn zu deiner Bildung in Mutterleibe, da alles schon im Keim in dich gelegt wurde, dazu habe ich wahrlich nichts gethan – Vielleicht ein Gran Hirn mehr oder weniger, und du wärest ein gantz ordinerer Mensch geworden, und wo nichts drinnen ist, da kann nichts raus kommen … gute, brauchbahre Menschen, ja, das laße ich gelten, hier ist aber die Rede vom Außerordendtlichen.*

Sie hält inne, besinnt sich auf die eigenen Fähigkeiten. *Meine Gabe, die mir Gott gegeben hat, ist eine lebendige Darstellung aller Dinge, die in mein Wißen einschlagen, großes und kleines, Wahrheit und Mährgen u.s.w., so wie ich in einen Cirkel komme, wird alles heiter und froh, weil ich erzähle. Also erzählte ich den Profeßoren, und Sie gingen und gehen vergnügt weg – das ist das gantze Kunststück.*

Ihr Selbstbehauptungswille und der Anspruch, das Alter würdig zu bestehen, war Teil ihrer Lebensdevise: *Der Mensch muß sich den besten Platz erwählen, und den muß er behaupten ein Leben lang.*[19] Mit Realitätssinn und Phantasie zugleich gelang es ihr, sich ihre Zufriedenheit zu bewahren. Noch am 27. Oktober 1807 schrieb sie dem Sohn: *Ich freue mich des Lebens, weil noch das Lämpchen glüht – suche keine Dornen – hasche die kleinen Freuden – sind die Thüren niedrig, so bücke ich mich –*

kan ich den Stein aus dem Wege thun, so thue ich, ist er zu schwer, so gehe ich um ihn herum – und so finde ich alle Tage etwas, das mich freut – und der Schlußstein, der Glaube an Gott! der macht mein Hertz froh und mein Angesicht fröhlich – ich weiß, daß es mir und den Meinen gut geht und daß die Blätter nicht einmahl verwelcken, geschweige der Stamm. Mit dieser letzten Bemerkung wiederholte sie ihre Grundüberzeugung, daß er, ihr Sohn, unvergänglich, ja unsterblich sei.

Alles Behagen im Leben ist auf eine regelmäßige Wiederkehr der äußeren Dinge gegründet. Der Wechsel von Tag und Nacht, der Jahreszeiten, der Blüten und Früchte und was uns sonst von Epoche zu Epoche entgegentritt, damit wir es genießen können und sollen, diese sind die eigentlichen Triebfedern des irdischen Lebens. Je offner wir für diese Genüsse sind, desto glücklicher fühlen wir uns.

Goethes Betrachtung in *Dichtung und Wahrheit* finden wir auch bei seiner Mutter. Für den Abend ihres Lebens, erklärte sie am Jahresende 1807 in einem wunderbar eindringlichen Brief, habe sie sich etwas Besonderes geschaffen, nämlich *ein Rebhuhn*, und das sei kein Geheimnis. Sie, die zwar niemals klagte, aber wohl merkte, daß sie Ruhe und Entspannung brauchte, berichtete an einem dämmerigen Spätnachmittag des 14. Dezember 1807 über ihre *Abend Glückseligkeit.* – Es hatte geschneit, im Zimmer wurde es dunkel. Sie konnte die beiden weißen Kerzenleuchter anzünden, die sie laut Ausgabenbuch mit einer passenden Lichtschere erwarb, konnte sich auch den wollenen Schal umlegen, der ebenfalls unter den Ausgaben verzeichnet ist. Sie setzte sich an den Schreibtisch, bevor *Liesgen*, wie sie ihre Köchin nannte, das Nachtessen brachte, ein Stück Taube und etwas eingemachtes Obst, wie es Bettine beschrieb, die auch wußte, daß die Rätin beim Nachhausekommen ihre Haube auf eine leere Weinflasche zu stülpen pflegte.[20] Vielleicht trank Elisabeth auch ein Gläschen Malaga, wovon im Ausgabenbuch ein steigender Verbrauch verzeichnet wird: am 8. und 30. Januar, am

9. und 19. Februar sowie am 9. März 1808 jeweils *1 Bouteille Malaga für 1 Gulden 12 Kreuzer.*

Hier schneits wie in Lappland, schrieb sie an jenem Nachmittag, *meinetwegen mag es schneien oder haglen, ich habe zwey warme Stübger und ist mir gantz behaglich … und so gantz allein Abens zu Hause ist mir eine große Glückseligkeit.* Ihr Vorbild sei der Heilige Johannes, der nach anstrengendem Studium abends mit einem zahmen Rebhuhn spielte. Sie mache es wie er – damit meinte sie die Stunde der Ruhe. *Nun bin ich freylich kein Johannes, aber eine Seele habe ich, die, wenn sie mir gleich keine Offenbarung dictiert – doch den Tag über im kleinen sich anstrengt, und gerechnet, daß sie einen Körper 76 Jahre alt bewohnt, absolut abgespannt werden muß. Davon ist die Rede nicht, wenn ich unter guten Freunden bin, da lache ich die jüngsten aus – auch ist nicht Rede vom Schauspiel, da villeicht keine 6 sind, die das Lebendige Gefühl vor das schöne haben wie ich, und die sich so köstlich amüsieren. Die Rede ist, wenn ich gantz allein zu Hause bin und jetzt schon um 1/2 5 Uhr ein Licht habe – da wird das Rebhuhn geholt …* Das sei das Geheimnis ihrer *Abend Glückseligkeit.*

Im Januar 1808 meldete Catharina Stock traurig, *die Frau Rath* sei zwar wieder recht wohl, *doch nimmt sie sehr ab, sowohl an Geist als an Körper, denn beinahe alles, was ihr sonst Vergnügen machte, interessiert sie nicht mehr, sogar das Theater hat nicht mehr viel Reiz für sie …* Selbst aus der Musik mache sie sich nichts mehr, *ausgenommen, wenn Friederike [die Schwester] ihr einige Märsche, eine Sonate von Hummel oder den arrangierten Don Juan spielt, dann ist sie vergnügt. Doch wenn wir einmal 77 Jahre alt werden, so werden wir lange nicht so liebenswürdig und munter mehr seyn wie die Frau Rath.*

Goethe erfuhr nichts davon – oder wollte davon nichts wissen. Nahezu heiter bat er Bettine um Nachricht, *wie Sie die gute Mutter gefunden haben, wie Sie ihrer pflegen und was für Unterhaltungen im Gange sind.* (Januar 1808) Er wird erleichtert gewesen sein, daß sie sich *der guten Mutter* annahm, wenn er es schon nicht selber tat. Als Bettine ihn später nach seinem Verhältnis zu Frankfurt fragte, antwortete er, *keine liebere Stadt* zu kennen, mit der Begründung: – *meiner Mutter, die vielleicht in jeder anderen Stadt ein trübes einsames Leben geführt hätte, ist bis in ihr spätestes Alter geehrt und geliebt von allen Mitbürgern, ein glückliches Leben zuteil geworden, und ich der ich für ihr Dasein so wenig tun konnte, war dadurch sehr erleichtert.*[21] Er konnte also *für ihr Dasein so wenig tun?* Wenigstens auf Bettine war Verlaß. *Ich bin, seitdem Du weg bist, noch nicht aus dem Haus gewesen, außer bei der Frau Göthe*, teilte sie Arnim am 31. Januar 1808 mit. Sie las bei der Rätin den Brief, in dem Goethe der Mutter von Weimar aus die Lebensdevise wiederholte: *Wieder wird man Weinberge pflanzen an den Hängen Samariä, pflanzen wird man und dazu pfeifen.* Beeindruckt schrieb Bettine an Arnim: *Nun, Gott wird wohl alles noch kräftig machen, und ich sage mit Göthe: es wird die Zeit kommen, da man Weinberge auf Steinwegen pflanzt und die Arbeiter dazu pfeifen.*

Elisabeth schien sich im Frühjahr 1808 noch einmal zu verjüngen. Sie ging zu den Festen mit, las Arnims *Einsiedlerzeitung*, und die Zahl der Kutschfahrten war groß. Sie ließ ihren Schmuck bei Winkler reparieren, bestellte 12 Flaschen Malaga und erwarb im Februar neue Spielkarten. Im Hause Brentano feierte sie Savignys Geburtstag bis ein Uhr nachts. *Goethes Gesundheit wurde getrunken, dies machte sie so lustig, daß sie gleichsam wie in einem Paradies von Seligkeit war und uns alle versicherte, sie könne nicht älter sein als 20 Jahr, ihre 77 seien nur fingiert, sie fühle, daß sie noch Kraft habe, 30 und mehr Jahre zu leben*, berichtete Bettine.[22] *Ich hab mich gewundert, wie schnell sie die Herzen gewinnen kann …*[23]

Anstatt selber zu kommen, schickte Goethe lieber ein Familienmitglied. Im März kündigte er der Mutter seinen Sohn an. *Werthgeschätzter Herr Enckel!* antwortete sie voll Freude. »*Ich schreibe dir gleich mit umlaufender Post ... du logierst bey keinem Menschen als bey mir ... Auf deine Herkunft freuen sich hertzinniglich Bettina, Stocks, Schlossers – und noch viele andre brave Menschenkinder – die Großmutter ist auch diesen Winter gantz Allegro ... und wenn es so fortgeht, so triffst du mich gesünder an als deine Liebe Mutter mich vorm Jahr gesehen hat, da war ich an Leib und Seele sehr Contrakt und gähnte die Leute an im Tackt.* Sie endete mit einem Scherz. Da im Museum Goethes Büste aufgestellt werde, falle ihr sofort das herrliche Epigramm ein: *Ihr Fürsten, Grafen und Prälaten / Auch Herrn und Städte insgemein / Vor 20 Species Ducaten / Denck doch!!! soll einer Goethe seyn.*

Der achtzehnjährige August, der auf dem Weg zur Universität Heidelberg bei ihr Station machte, blieb vom 5. bis zum 22. April. Sie erstand für ihn *1 Reformirtes Gesangbuch* für *1 Gulden 20 Kreuzer*, besorgte *1/2 Jahr Schauspiel Abonement* für *32 Gulden* und die obligate Flasche Malaga (16. April). Sie nahm ihn mit ins Theater und in die Häuser von Schlosser und Brentano, Gerning und Leonhardi. Höhepunkt seines Aufenthalts war ein Fest, das der Fürstprimas von Dalberg ihr zu Ehren gab, *der Fürst tranck meines Sohnes Gesundheit und war gantz allerliebst.* (22. April 1808) ... *hier hat er [August] sich sehr beliebt gemacht durch seine Lieblichkeit u. anständiges Betragen.* Mit reichlich Taschengeld versehen, reiste August zusammen mit Passavant aus dem Hirschgraben weiter nach Heidelberg, wo er die alte Freundin Delph grüßen sollte. *Dem Augst zur Reiße 5 Gulden 24 Kreuzer.*

Die Anwesenheit des *schwarzaugigen und braunlockigen Jünglings*, das erlesene Diner, bei dem sie sehr elegant erschienen war, hatten ihr Auftrieb gegeben. Sie erwarb viele Dinge zum bloßen Vergnügen. Ihr kleines Ausgabenbuch verzeichnet im Juli *2 Gläßer Cöllnisches Waßer, eine Blechbüchse vor kleine Nüßger*, die Reparatur der Standuhr, ein Halbjahresabonnement der *Darmstädter Zeitung*. Sie gab *eine Wäsche von 4 Mahnen* außer Haus, kaufte viereinhalb Ellen Spitze und für 18 Gulden und einen modernen Schal. Außerdem bezahlte sie die Kriegskontribution für sich und Sohn Wolfgang sowie die *große Schatzung* (zweimal *58 Gulden 55 Kreuzer*).

Bettine brachte ihr neue Gäste, den berühmten Phrenologen Gall, der an Elisabeths Schädel untersuchen wollte, *ob die großen Eigenschaften ihres Sohnes nicht durch sie auf ihn übergegangen sein möchten.*[24] Beim Besuch der Madame de Staël,[25] behauptete Bettine, habe sich die Rätin mit drei Federn auf dem Kopf *wunderbar geschmückt, ihre großen schwarzen Augen feuerten einen Kanonendonner, um ihren Hals schlang sich der bekannte goldne Schmuck der Königin von Preußen, Spitzen von altherkömmlichem Ansehen und großer Pracht, ein wahrer Familienschatz, verhüllte ihren Busen, und so stand sie, mit weißen Glacéhandschuhen, in der einen Hand einen künstlichen Fächer, mit dem sie die Luft in Bewegung setzte ...*[26] Für manche Behauptung Bettines entdeckt man den Beleg im Haushaltsbuch. Sie beschrieb unter anderem einen Abend, an dem sie im Zimmer der abwesenden Rätin Prinz Georg von Mecklenburg gesehen habe, der dort in der Dunkelheit wartete. Im Haushaltsbuch findet man unter dem 10. Juni 1808: *Printz Mecklenburg-Strelitz zu Gaste: 6 Gulden 48 Kreuzer.* Ebenfalls im Juli kam der Dichter Zacharias Werner; er notierte in sein Reisetagebuch, man könne über Goethes Mutter im Zweifel sein, ob sie *der Epilogus der hellenischen oder der Prologus der romantischen hohen Weiblichkeit* sei.[27]

Porto vor meines Sohnes Schriften 3 Gulden 50 Kreuzer. Die neue Ausgabe von Goethes *Werken* machte sie überglücklich, *die 4 ersten Bände sind hertzerquickend – mir besonders der Erste, der kommt mir nicht von der Seite ... Wollte ich alles dir darlegen, was mich himmlisch entzückt, so müßte ich den gantzen 1ten Band ausschreiben*, und sie zählte auf, was sie *gantz herrlich* finde: *die Braut von Corinth – der Gott und die Bajadere – die Hochzeit – Eufrosine, genug – wo man nur das Buch aufschlägt ist ein Meisterwerck.*

Welches Ansehen der bald sechzigjährige Dichter seit dem Erscheinen des *Faust* genoß, beschreibt Wilhelm von Kügelgen, der ihn porträtierte. *So lange ich denken konnte, hatte der Name Goethe einen mehr als königlichen Klang. Er war ja auch der Jupiter des deutschen Olymps, seine Worte waren Sprüche von canonischer Bedeutung, sein Urtheil die letzte Instanz in allen Gebieten des Schönen, in der Gedankenwelt und aller Weisheit der Menschen.*[28] Goethe befand sich wieder in Karlsbad, als der mütterliche Dank vom 3. Juni 1808 bei ihm eintraf. Sein Schreiben – das vernichtet ist – muß bedeutsam gewesen sein, denn seine Mutter antwortete so ernst wie lange nicht. *Lieber Sohn! Dein Brief vom 9ten May hat mich erquickt und hoch erfreut – Ja ja man pflantzt noch Weinberge an den Bergen Samarie – man pflantzt und pfeift! So offte ich was guts von dir höre, werden alle in meinem Hertzen bewahrte Verheißungen lebendig ... Gott! Erhalte dich! Gebe dir Freude die Hüll und die Füll – Behalte Lieb / deine / glückliche und treue Mutter / Goethe.*

Am 1. Juli 1808: *Deine Wercke sind den 29ten Juni glücklich bey mir angelangt ... alle 8 Bände sind beym Buchbinder, werden in halb Frantzband auf das schönste eingebunden, wie sich das vor solche Meisterwercke von selbst versteht ...*

Es war ihr letzter Brief an ihn. Das Ausgabenbuch vermerkt: *12 Bände von Goethens Werken zu binden 4 Gulden 48 Kr.*

Ende Juni schrieb Bettine an Arnim: *Die Alte wird wohl sterben, ihr Ansehn ist sehr betrübt; es macht mich immer traurig sie zu sehen, und doch kann ich es nicht lassen, es wird bald heißen, sie ist tot.*[29] Es tat ihr leid, sie gerade jetzt verlassen zu müssen. Als sie im Juli nach Schlangenbad fuhr, um dort Arnim zu treffen, schickte ihr Elisabeth einen beschwörenden Brief, der ihre Lebensdevise enthielt: *dancke Gott mit mir – der immer noch an den Weinbergen zu Sammaria pflantzen und dazu Pfeifen läßt!*

Am 18. August vermerkt das Ausgabenbuch zum erstenmal seit langem: *Arzney 1 Gulden 42 Kreuzer*. 19. August *ditto*. Der Arzt war Georg David Melber, Sohn ihrer Schwester Johanna, dem sie das Medizinstudium ermöglicht und eine Anstellung als städtischer Geburtshelfer verschafft hatte.[30] Jetzt war er es, statt Wolfgang, der ihr half, das Ende zu bestehen, vor dem sie sich nie gefürchtet hatte. Daß man den einzigen Sohn von ihrem Zustand benachrichtige, hatte sie ausdrücklich verboten.

28. August 1808, Geburtstag von *Wolfgang, Wolf, Wölfchen, Häschelhans, Bruder Wolf, Docter Wolf, Lieber Sohn.* An ihn schrieb sie nicht. Sie würde ihn, hatte sie geklagt, in diesem Leben nicht wiedersehen. Ihr Innerstes offenbarte sie nur Bettine.

Liebstes Vermächtnüß meiner Seele – Das ist einmal ein gar erfreulicher Tag für Uns, denn es ist unseres lieben meines liebsten Sohnes, und deines Bruders Geburtstag … ist er dir zu alt? – da sey Gott vor, denn ein so kostbarer Stoff, wie in diesem seinem Leib und Seele verwirkt ist, der bleibt ewig neu, und ja sogar seine Asche soll einst vor andern das beste Salz haben, an die eine Mutter, absonderlich am Geburtztag, zu denken Bedenken tragen möcht, aber wir zwei sind nicht Abergläubig, und für seine Unsterblichkeit schon dergleichen Ängstlichkeit überhoben.

Der Brief wurde zum Rückblick auf ihr Leben, zum Vorgriff auf die Unsterblichkeit. *Ich vorab hab gewonnen Spiel, denn in diesem Jahr zähl ich 76 jahr und hab also den Becher der Mutterfreude bis auf den letzten Tropfen geleert, mir kann nicht Unglücks-Schicksal aufgeladen mehr werden,* so schrieb sie, wie über ihr Schicksal triumphierend, und trank der fernen Bettine zu, *jetzt stoß ich mit dir an, Er soll Leben! Dann wollen wir weiter sprechen …*

Auf die symbolische Geburtstagsfeier mit der abwesenden Bettine folgte eine bewegende Klage: *keiner denkt daran, daß ich Mutter bin heut.* Sie vermißte die einzige Gesprächspartnerin. *Die Plapper Elstern, die Stadtmadamen, was verstehen die von unsern goldnen Stunden, die wir miteinander verplaudern … einerlei wo du bist, wirst du deiner Freundin, deiner Mutter … an die wirst du denken heut und mit ihr Gott danken, daß der sie so gnädig bis ans End in ihrem Antheil an den Himmlischen Freuden einer Mutter geschützt hat – Was kann ich dir noch hinzufügen? – – – daß ich Gott auch für dich danck als meine Beste Freud hier auf Erden, in der mir alles genossene aufs neue lebendig geworden ist ... und erkenne in diesen schwachen Zeilen mein zu volles Herz, das mit Sehnsucht deiner baldigen Ankunft entgegen schlägt. Ich kann nichts mehr hervorbringen und verspare alles auf eine baldige köstliche mündliche Unterhaltung. Behalt Lieb deine dich ewig liebende Mutter / Goethe. Frankfurt am acht und zwanzigsten August 1808.*

Es ist ihr letzter erhaltener Brief.

Am folgenden Tag ließ sie Fritz Schlosser kommen, den Sohn der mit ihr befreundeten *Frau Schöff Schlosser*, um sich juristischen Rat zu holen. Am 1. September kam er wieder, um sechs Uhr morgens gerufen: sie plane, ihre Sachen zu verteilen, Handtücher, Wäsche und Kleidung, *die je nach Verlangen nach Königsberg zu Nicolovius oder nach Weimar gehen sollte*. Ihr Ausgabenbuch bestätigt, daß sie bis zuletzt sehr klar dachte. Am 1. September notierte sie das *Caffé- und Zucker Geld* für *3 Gulden*, sie bezahlte ihren *Händler Schuch* und Frisör *Christ*, erwarb die *Landzeitung* und *Journal* für 1 Gulden und gab noch am 6. September der Magd ihrer Waschfrau ein Trinkgeld. An diesem Tag bricht das Ausgabenbuch ab.

Am 13. September 1808 starb sie.

Noch am gleichen Tag benachrichtigte Fritz Schlosser Goethe (in einem bisher ungedruckten Brief):

Frankfurt, 13. September 1808. Schon seit einigen Wochen nöthigten uns die Gesundheitsumstände Ihrer Frau Mutter, dem nahen Ende derselben entgegenzusehen. Nur ihr ausdrückliches Verbot hinderte uns, Ihnen Nachricht von ihrem Befunde zu ertheilen. Nachdem sie in den letzten Tagen durch Gebrauch zweckmäßiger Mittel in einen Zustand gerathen war, in welchem sie, bei geringen Schmerzen, schon dem Gedanken an ihre

Wiederherstellung Raum zu geben schien, befiel sie gestern eine neue Schwäche ... daß man seit gestern auf ihren Tod mit höchster Wahrscheinlichkeit rechnen mußte. Heute um die Mittagszeit erfolgte dieser, sanft, und dem Anschein nach, schmerzlos. Ihre Besonnenheit und der ernste, ruhige Mut, den wir in ihrem Leben bewundert, verließ sie auch vor und bei ihrem Tode nicht.[31]

Der Sohn des Arztes Melber hat später über ihre letzten Stunden berichtet. *Als die alte Frau Rath merkte, daß es mit ihr bald zu Ende gehe, säumte sie nicht, ihr Haus zu bestellen und zumal ihr Leichengegängniß bis in's Einzelne zu ordnen, so daß sie selbst die Handwerker mit Namen bezeichnete, welche ihren Sarg zu Grabe tragen sollten ... Als ihr letzter Tag nun herangekommen, ließ die Sterbende spät Abends ihren Neffen und Arzt, den Dr. Melber, den sie sehr liebte, noch einmal zu sich bescheiden und legte ihm die unumwundene Frage vor, wie viel Stunden ihr noch übrig seien. Auf eine ausweichende Antwort wurde sie fast ärgerlich. ›Mach Er mir nichts vor, Vetter, ich weiß doch, daß es aus mit mir ist. Sag' Er's rund heraus, wie viel Stunden hab' ich noch zu leben?‹ Die Erwiderung, daß es wohl noch bis gegen morgen Mittag dauern könne, hörte sie mit heiterer Fassung an. ›Nun muß Er mir aber auch noch versprechen, mich nicht eher zu verlassen, als bis ich todt bin‹, bat sie zuletzt. Der Arzt erfüllte ihren Wunsch und blieb bei ihr, bis sie gegen Mittag 12 Uhr entschlummert war.*[32] Der Arzt nannte das Übel, an dem sie starb, Brustwassersucht. Die heutige Medizin würde es als Herzinsuffizienz bezeichnen.[33]

Goethe kehrte nach fast fünfmonatiger Abwesenheit aus Karlsbad und Franzensbad zurück, wo er sich in die zweiundzwanzigjährige Sylvie von Ziegesar verliebt hatte, die dort täglich mit ihm zusammen war. In seinem *früh sechse* in der Kutsche geschriebenen Brief an Sylvie heißt es: *Ich war in Gedancken bey Ihnen geblieben ... und das liebe längliche Gesichtchen war mit aller seiner Freundlichkeit und Anmuth gegenwärtig ...* (22. Juli

1808) Trotz der langen Abwesenheit nahm er nicht zuerst den Weg nach Weimar, sondern fuhr noch einmal zu Sylvie nach Drakendorf bei Jena. Dort traf ihn Christianes Bote an. *Als mich, liebste Silvie, der Eilbote aus Ihrem freundlichen Thale wegrief, ahndete ich nicht was mir bevorstehe. Der Tod meiner theuren Mutter hat den Eintritt nach Weimar mir sehr getrübt. Nur mit wenig Worten empfehle ich mich heute ihrem Andencken ...* (21. September 1808)

Gerning teilte Goethe mit, daß seine Mutter am 15. September beerdigt worden sei. Elisabeth hatte angeordnet, wie Caspar auf dem St. Peterskirchhof bestattet zu werden, doch nicht an seiner Seite in der Waltherischen Gruft, sondern getrennt von ihm im Familiengrab der Textors.[34] Gerning bot Goethe sein Haus an in der Annahme, daß er jetzt endlich nach Frankfurt käme.

Aber Goethe kam nicht.

Seine Mutter ist gestorben, doch spricht er nicht gerne davon.[35] Was Henriette von Knebel ihrem Bruder schrieb, wußten auch andere Freunde: Goethe wollte nicht über seine Mutter sprechen. Schillers Witwe meldete Cotta: *Jetzt hat er einen Verlust erlitten, der ihn sehr schmerzt, er hat seine Mutter verloren. Sie war eine vorzügliche Frau, so geistreich und kräftig.*[36]

Um selber nicht reisen zu müssen, schickte Goethe seine mit Vollmachten ausgerüstete Frau Christiane zur Regelung der Erbschaft nach Frankfurt. Am *Freytag, den 4. November 1808* konnte man im Anzeigenblatt die *Versteigerungs-Anzeige* lesen, wonach auf dem Roßmarkt im goldenen Brunnen *die zum Nachlaß der verstorbenen S.T. Frau Rath Göthe gehörige, sämtlich sehr gut erhaltene Effecten, bestehend in Schränken, Commoden, Bettladen, Tischen, Canapees, Stühlen, Betten, Spiegeln, Uhren, Porcellain= und Steingut Servicen, Glaswerk, Zinn, Kupfer, Messing benebst einer eisernen Geldkiste gegen gleich baare Bezahlung öffentlich versteigert werden.*[37]

Bei der Versteigerung, die Ausrufer Klebinger vornahm, erbrachte die große Standuhr 60 Gulden, die schwere Eisenkiste, die Elisabeth nur mit Hilfe des Schwagers in den Keller gebracht hatte, 44 Gulden, die Fußbank, auf der Goethe und Bettine gesessen hatten, 20 Kreuzer. Mit dem Mobiliar wurden auch 150 Bücher veräußert. Im Erlös von insgesamt 1166 Gulden waren verschiedene Silbersachen nicht enthalten; sechs Präsentierteller, ein silbernes Lavoir mit Kanne, ein Bestecketui und die Zuckerschale nebst drei goldenen Ringen wurden direkt beim Juwelier Schott für 462 Gulden 58 Kreuzer verkauft. Die kostbareren und wertvolleren Gegenstände aus Silber behielt Goethe sich vor. An ihn gingen zwei große Leuchter, eine Zuckerschale von 18 Lot sowie zweimal Silberbesteck für je zwölf Personen, das er wohl noch aus dem Hirschgraben kannte. *16 Stück silberne Coffee Löffel sind getheilt worden*, steht in den Rechnungs-Unterlagen zur Regelung des Nachlasses,[38] nämlich zwischen Goethe und Elisabeths Enkelin Luise. An sie, Cornelias Tochter, schrieb Goethe am 27. Januar 1809: *Unsere gute Mutter hat uns noch immer zu früh verlassen; doch können wir uns dadurch beruhigen, daß sie ein heiteres Alter gelebt und daß sie sich durch den Drang der Zeiten sicher und selbständig durchgehalten hat.*

Luise erhielt den größten Teil des Schmuckes, nämlich *1 Kranz mit Rosetten in Emaille* (die die junge Frau Rat auf ihrem Porträt trug), *1 Halsschnur mit Perlen und Schloß, 1 Medaillon an Haarkette* (vielleicht von Anna Amalia), *1 Goldenes Collier* (vermutlich das der Königin Luise), ferner fünf Ringe (darunter einer von Carl Unzelmann). Zwei goldene Tabatièren, eine davon mit Anna Amalias Silhouette, blieben zum Verkauf zurück.

Die ganze Erbangelegenheit wurde mit Hilfe des Juristen Fritz Schlosser am 20. Januar 1809 beendet.[39] Demnach hatte die Rätin zuletzt trotz Kriegskontributionen und Steuern über ein Kapital von 49 883 Gulden verfügt, wovon nur die ausgeliehenen Barbeträge noch abzuziehen waren: vom Schwager Schuler 500, von Kaufmann Nicolaus Schmidt 500, von Bankier Willemer 300 und von ihrer Freundin Johanna Fahlmer-Schlosser

300 Gulden. An Rechnungen waren zu begleichen: Schneider Müller 35 Gulden, Herrn d'Orville für Wein immerhin 45 Gulden, Chirurg Grasemann 7 Gulden sowie der Uhrmacher, der die Standuhr repariert hatte. Außerdem waren zwölf Flaschen Malaga bestellt, aber noch nicht bezahlt worden.

Nach Abzug der Begräbniskosten von 534 Gulden 48 Kreuzern und aller mit der Erbteilung zusammenhängenden Rechnungen verblieb ein Vermögen von insgesamt 44 505 Gulden, das zwischen Goethe und Cornelias Tochter geteilt wurde. An der Summe fehlte schließlich nur ein minimaler Betrag. Noch immer besaßen die Goethes in der Kirche St. Catharinen den Platz No. 2, einen Mannesplatz No. 158 und ein Anhängebänkel im Stuhl No. 21.

Diese Plätze wurden nun frei.

In einem Brief an Christiane vom 16. Oktober 1808 erwog Goethe, sich in Frankfurt *auf der Bockenheimer Gasse oder unter der Allee nicht weit vom Schauspielhause* eine Wohnung zu nehmen, ließ den Gedanken aber bald wieder fallen. Am 4. Februar 1810 erkundigte sich Fritz Schlosser, was mit den von der Mutter hinterlassenen Rechnungs- und Haushaltungsbüchern sowie den Quittungen geschehen solle, die seiner Meinung nach *von gar keinem Gebrauch* mehr sein könnten.[40]

Goethe war anderer Meinung. Er ließ sich die Haushaltsbücher kommen, die schwarzen und grünen, marmorierten oder mit ausgeschnittenen Mustern verzierten Kladden: das kleine *Schuldbüchlein*, das *Spiel-, Wasch- und Recheney-Büchlein*, das blütenbedruckte *Haus-Zinß Quittung-Buch*, das *Flachs-, Spinn- und Weber-Büchlein*, auch das Heft mit der Aufschrift *Liber Famulitii et Vinitoris*, worin die Gehälter von Köchinnen und Ammen verzeichnet, das Sterben der fünf kleinen Kinder vermerkt war. In den von Schreiber Liebholdt geführten und von der Mutter kontrollierten *Caßa-Büchern*, worin die ausgeliehenen Kapitalien nebst Zinsen mit Gewinn und Verlust aufgeführt waren, wird Goethe auf die von der Mutter notierten *Betrach-*

tungen gestoßen sein, die sie mitten in die Zahlenkolonnen gelegt hatte: *Wechsel Briefe von Gott, der nicht verläßt die, so auf Ihn vertrauen.* Noch im September 1808 hatte sie auf einem losen Blatt, das sich im *Interessen-Büchlein* von 1805 fand, mit ihrer immer größer werdenden Schrift notiert: *machet es wie ein Reisender, der da merkt, daß er irre gegangen sey – fragt aber nach den Wegen der Ewigkeit – so werdet Ihr Ruhe finden für Eure Seele.*

Zwischen den Ausgaben für Haushalt und Kleider, Schauspielkarten und Konzertbilletts, zwischen den Beerdigungskosten für Caspar und dem Verkauf des Hirschgrabenhauses, den Quittungen für *Porzellan Tassen*, Tabakdosen für Unzelmann und *drei Bouteillen Schampagner*, den Rechnungen für *Musicalien*, Kutschfahrten und Gartengerät, Reisegeld für den Enkel und *Porto nach Weimar*, zwischen den Listen mit Neujahrsgeschenken und dem wiederholten Eintrag *Schriften meines Sohnes einzubinden* konnte man darin, Seite für Seite, ein Leben finden.

Nachwort

Man wird nicht müde, Biographien zu lesen, so wenig als Reisebeschreibungen: denn man lebt mit Lebendigen.
Goethe, Paralipomena

Seine Lebensgeschichte kann man sich nicht aussuchen. Für Catharina Elisabeth Textor galt: nicht einmal den Ehemann konnte sie sich aussuchen. Es gibt Hinweise, die besagen, daß es ihr schwerfiel, diesen Mann zu heiraten, und daß sie darunter litt. Es sei schade, daß sie *keine Dramata* schreibe, bemerkte sie einmal. Ihr Leben besaß innere Dramatik genug. Zu den bitteren Erfahrungen gehörte der Tod der Kinder, die Mißverständnisse mit der Tochter, das elende Sterben des Ehemannes. Und ihr Schicksal, Mutter eines berühmten Sohnes zu sein? Das Fazit ihres letzten Briefes klingt enttäuscht. *Die Sonn' hat geschienen aus allen Kräften*, schrieb sie am 28. August 1808 an Bettine Brentano, *aber sonst auch nichts hat geschienen … keiner denkt daran, daß ich Mutter bin heut.* Sie hat die ihr als Dichter-Mutter aufgebürdeten Lasten bereitwillig übernommen, da *alle schönen Geister, die im Sturm und Drang sich befinden, ihre Zuflucht zu mir nehmen* … Dabei schien sie über einen unversiegbaren Humor zu verfügen; niemand ahnte, daß die Zufriedenheit, die sie zu demonstrieren pflegte, den Erschütterungen des eigenen Lebens abgetrotzt werden mußte.

Als ich begann, mich mit Goethes Mutter zu beschäftigen, hatte ich eine Frau vor Augen, deren Leben von Gottvertrauen, Heiterkeit und Gelassenheit bestimmt wurde und von der es hieß, sie habe den einzigen Sohn verwöhnt, während er sie weder besucht noch eingeladen habe. Sehr ›gebildet‹, hieß es allgemein, sei sie nicht gewesen; sie selber habe dem Enkel gegenüber ihre mangelhafte Schulbildung laut beklagt.

Vieles von dem, was verbürgt schien, erwies sich als nicht haltbar: weder war sie ungebildet noch schlecht erzogen, noch benutzte sie eine für ihre Zeit besonders mangelhafte Orthographie, wie immer behauptet wurde. Bei den Zitaten aus ihren fast 400 erhaltenen Briefen (nach der im Insel Verlag Frankfurt 1996 herausgegebenen Briefausgabe) habe ich ihre Orthographie im wesentlichen beibehalten und einzelne Worte nur dann modernisiert, wenn sonst das Verständnis erschwert worden wäre. Ebenso habe ich ihre Zeichensetzung – einschließlich der

Fülle an Gedankenstrichen – belassen und nur dann durch Kommata ergänzt, wenn dadurch Lektüre und Textverständnis erleichtert wurden.

Alte Vorurteile wurden durch neue Quellen widerlegt. Das Findbuch 356 im Goethe- und Schiller-Archiv führt nicht nur die 163 Briefe der Mutter an den Sohn auf, sondern auch diejenigen, die sie von anderen erhielt, von Anna Amalia und Carl August, Goethe und Christiane, von Merck, Unzelmann und Klinger, Luise von Göchhausen und dem damals bekanntesten deutschen Dichter, Christoph Martin Wieland. Eine Entdeckung war das noch unerschlossene *Güldene Schatz=Kästlein*, ihr Stammbuch. Goethe hat es im Haus am Frauenplan in seiner Privatbibliothek als Zeugnis der Mutter aufbewahrt. Der vielleicht wichtigste Fund aber waren die noch erhaltenen Ausgaben-, Haushalts- und Wirtschaftsbücher, nicht weniger als dreißig an der Zahl, die eindringlich ihren Alltag belegen und ein neues Licht auf ihr Leben werfen.

Catharina Elisabeth Textor, geboren am 19. Februar 1731 und von der Familie *Elisabeth* genannt, konnte kaum damit rechnen, daß gerade ihr ein ungewöhnliches Schicksal beschieden sein würde. Vorausgesetzt, sie hätte nicht diesen bedeutenden Sohn zur Welt gebracht, was wäre von ihr im Gedächtnis geblieben? Sie erhob für ihr Leben keinen exemplarischen Anspruch, doch auf die Frage, von wem der große Sohn sein Talent habe, erlaubte sie sich die Bemerkung: *da stelle ich dann mein Licht nicht unter den Scheffel …*

Sie lebte in einer Epoche, da grundsätzlich Männer es waren, denen Ruhm und Nachruhm zustanden. So war es auch in ihrer eigenen Familie, die eine Reihe bedeutender Köpfe hervorbrachte – eine Frau war nicht darunter. Ihr Großvater war als Jurist und Syndikus, mithin als Rechtsberater der Freien Reichsstadt tätig; ihr Vater Johann Wolfgang Textor wurde als Stadtschultheiß und Vertreter des Kaisers Frankfurts mächtigster Mann. Ihr Ehemann, der Kaiserliche Rat Johann Caspar Goethe, besaß schon den Titel eines Doktors beider Rechte, als Elisabeth noch ein Kind war; ihr Sohn schließlich, Johann Wolfgang Goethe, gab einer ganzen Epoche seinen Namen.

Ich bin eine glückliche Frau!!! schrieb Elisabeth der Herzogin Anna Amalia, die sie als Freundin nach Weimar holen wollte. War es ›Glück‹, wenn Fürsten, Philosophen, Dichter und Gelehrte in ihr Haus traten, an ihrem *runden Tisch* Platz nahmen? War sie bevorzugt, wenn die bedeutendsten Männer des Landes sie aufsuchten, berühmte Frauen wie Madame de Staël, Aristokratinnen wie die Herzogin Anna Amalia, Charlotte von Stein, sogar die Königin von Preußen zu ihr kamen, wenn man Anfragen, Aufträge und Briefe überbrachte, die der Mutter überreicht wurden und dem Sohn galten – war das ›Glück‹? *Der Mond scheint auch nur mit geborgtem Licht*, lautete eine ihrer treffenden Antworten.

Als der Sohn ihr in Zeiten drohender Kriegsgefahr eine Bleibe in seinem Haus anbot und die Zimmer für sie schon bereit waren, lehnte sie ab. Warum fuhr sie nie nach Weimar? War es der unumstößliche Wille, sich die eigene Unabhängigkeit zu bewahren? *Sicher und selbständig*, schrieb Goethe nicht ohne Genugtuung, habe die Mutter ihr Leben *durchgestanden*. Ihm gegenüber hat sie stets nur glückliches Wohlbefinden und heitere Sorglosigkeit geäußert. Andere Gefühle verschwieg sie; die Enttäuschungen der verschmähten Liebenden, den Kummer der alleingelassenen Mutter gab sie nicht preis.

Vom Vater hab' ich die Statur,
Des Lebens ernstes Führen,
Von Mütterchen die Frohnatur
Und Lust zu fabulieren …

Goethe sei in vieler Hinsicht begünstigt gewesen, *vor allem aber durch das Selbstvertrauen einer Mutter, die den Reichtum ihrer Natur nicht hatte verkümmern müssen; durch eine Erziehung zur Sympathie, die ihn Freunde finden und an Freundschaft glauben ließ. Er war begünstigt, das war sein Glück.* (Adolf Muschg) Das Erzähltalent der Mutter und ihre Wirkung auf den Sohn, ihr Temperament und die *Lust zu fabulieren* haben sich bestätigt, ebenso ihre Lebensklugheit und ihre Begabung zur Freundschaft. Aber da gab es auch vieles, was neu war in dieser Biographie. Ich fand eine Frau, die sieben Kinder gebar und einem großen Haushalt vorstand, die diplomatisch klug, aber auch unbedacht und vorschnell reagierte, mitteilsam und dennoch verschlossen war, eine eigenständige Frau, die ihren ›Kindersinn‹ bewahrte und doch zu leidenschaftlicher Liebe fähig war.

Sie besaß den energischen Willen, ihr Leben selbstbewußt und souverän zu gestalten. *Der Mensch muß sich den besten Platz erwählen, und den muß er behaupten sein Leben lang, und muß all seine Kräfte daran setzen, dann nur ist er edel und wahrhaft groß*, sagte sie zu Bettine Brentano. Sie hat es verstanden, ihren Platz in der Welt zu behaupten.

Goethes Mutter sei *über alle Beschreibung erhaben*, bemerkte Einsiedel (30. Juni 1778) zu Knebel. Daß ich eine *Beschreibung* trotzdem versucht habe, wäre nicht möglich gewesen ohne die unerschlossenen Quellen, die Haushalts-, Wasch-, Spiel-, Zins- und Quittungsbücher, die mir die Mitarbeiterinnen des Weimarer Goethe- und Schiller-Archivs großzügig zur Verfügung stellten; ohne die Briefe, Bilder und Dokumente, die ich im Archiv des Freien Deutschen Hochstifts in Frankfurt einsehen durfte. Mein Dank gilt überdies meiner Familie: Isabella und Rüdiger, Alexander und Andrea, Constanze und Carsten, die mir bereitwillig mit Wort und Tat halfen und auch dann Nachsicht übten, wenn die Ausgabenbücher von Goethes Mutter mich weit mehr interessierten als meine eigenen. Nicht zuletzt danke ich meinem Mann, der die Arbeit über Jahre begleitet, in jeder Hinsicht gefördert und durch viele anregende Gespräche beflügelt hat.

Dagmar von Gersdorff

Anmerkungen

I. Ein schöner Mann
(S. 9-28)

1 BvA, S. 438.
2 Zitate von J. W. Goethe, die nicht im einzelnen nachgewiesen sind, stammen aus seiner Autobiographie *Aus meinem Leben. Dichtung und Wahrheit*, hg. v. Klaus-Detlef Müller, Frankfurt am Main: Deutscher Klassiker Verlag 1986.
3 *Die Briefe von Goethes Mutter*. Nach der Ausgabe von Albert Köster, hg. v. Mario Leis, Karl Riha und Carsten Zelle, Frankfurt am Main: Insel Verlag 1996. Alle Angaben und Zitate nach dieser Ausgabe. Hier: Brief vom 19. 2. 1779.
4 Elisabeth Mentzel, *Frau Rath. Ein Lebensbild*, Frankfurt am Main 1908, S. 21.
5 Goethe-National-Museum Weimar. Inv. KGe 220.
6 Heinrich Düntzer, *Goethes Stammbäume*, Gotha 1894, S. 20.
7 BvA, S. 230.
8 Das Bild, früher in Leipziger Privatbesitz, gilt seit Kriegsende als verschollen; es ist mir aus Reproduktionen bekannt.
9 Heute im Goethe-National-Museum Weimar, Inv. H. 469.
10 Mit dem Titel *In das geistliche Schatzkästlein meiner Mutter* nahm er das Gedicht in die Gesamtausgabe seiner Werke auf.
11 Nachlaß Bethmann. Institut für Stadtgeschichte, Frankfurt am Main.
12 Ernst Beutler, *Essays um Goethe*, S. 138.
13 Voelcker, *Stadt Goethes*, S. 370.
14 BvA, S. 438.
15 Der Behauptung Goethes in *Dichtung und Wahrheit* widerspricht Beutler, *Elternhaus*, S. 111. – Ihm widerspricht Karlheinz Schulz, *Goethe. Eine Biographie*, Stuttgart 1999, S. 528. Er hält die Darstellung Goethes für glaubwürdig.

II. Sie sind einander wert
(S. 29-40)

1 Caspar Goethe, *Liber domesticus*, übers. v. Helmut Holtzhauer, Bern/Frankfurt am Main 1973.
2 BvA, S. 433-437.
3 Heinrich Düntzer, *Goethes Stammbäume*, S. 20/21.

4 BvA, S. 435-437.
5 Elisabeth Mentzel, *Frau Rath*, S. 19 f.
6 BvA, S. 437.
7 Ernst Beutler, *Elternhaus*, S. 113 f.
8 Brief von Elisabeth an Christiane vom 17. 8. 1807.
9 Voelcker, *Stadt Goethes*, S. 382.
10 Ernst Beutler, *Elternhaus*, S. 116.
11 BvA, S. 230.
12 Elisabeth Mentzel, *Festgedichte zu der Goethe-Textorschen Hochzeit*, in: Die kleine Chronik, Jg. 7. Nr. 8., 1884.
13 Handschrift im FDH.
14 Nicolas Boyle, *Goethe*, Bd. 1, S. 68.
15 Voelcker, *Stadt Goethes*, S. 375.

III. Rätin, er lebt! *(S. 42-56)*

1 BvA, S. 650.
2 Voelcker, *Stadt Goethes*, S. 364.
3 Volker Hesse, *Vermessene Größen*, S. 11.
4 A. Fischer, *Geschichte des deutschen Gesundheitswesens*, S. 27.
5 BvA, S. 414, 650.
6 GG, Nr. 5.
7 Der Teppich befindet sich heute im Goethehaus in Weimar.
8 GG, Nr. 7.
9 Elisabeths Brief vom 17. 11. 1786 an Goethe.
10 GNM, Inv. KGe 257.
11 Es handelt sich um Goethes Gedicht: *Vom Vater hab' ich die Statur*, mit den Zeilen: *Urahnherr war der Schönsten hold, / Das spukt so hin und wieder, / Urahnfrau liebte Schmuck und Gold, / Das zuckt wohl durch die Glieder.*
12 Ernst Beutler, *Essays um Goethe*, S. 19-22.
13 In diesem Sinne auch Karl Otto Conrady, *Goethes Leben und Werk*, München/Zürich 1994, S. XVII u. S. 554.
14 Barbara Vopelius-Holtzendorff: 1 Gulden gleich 100 Mark. Eva Carstanjen (nach Angaben des Hauptstaatsarchivs Stuttgart 1980): 1 Gulden gleich 50 Mark. Beide in: Hölderlin-Jb. 1980/81, Bd. 22, S. 337/8. – Claus Dopfer: 1 Gulden gleich 70 Mark, in: Wirtschaftsprüfung 1980.

15 Zum Vergleich: Schillers Vater, Johann Caspar Schiller, brachte 215 Gulden bei der Hochzeit in die Haushaltung. Nach: Voelcker, *Stadt Goethes*, S. 380.
16 Nicolas Boyle, Bd. 1, S. 68.
17 BvA, 654.
18 Entgegen Nicolas Boyle, Bd. 1, S. 79.

IV. Ein wohleingerichtetes Haus
(S. 57-76)

1 Heckmann/Michel, *Frankfurt mit den Augen Goethes*, S. 17.
2 Der Zinnbestand wird im Nachlaß aufgeführt.
3 GG, Nr. 1052.
4 Höffner, S. 44.
5 Vgl. dazu Alexander von Bernus (Hg.), *Das Kochbuch der Rätin Schlosser*, Frankfurt 1936.
6 Margarethe Freudenthal, *Hauswirtschaft*, S. 8.
7 BvA, S. 654.

V. Mein Vater war lehrhafter Natur
(S. 77-95)

1 Elisabeth Mentzel, *Frau Rath*, S. 30.
2 Franz Götting, *Die Bibliothek von Goethes Vater*, 1953.
3 Ebenda.
4 Der Ausdruck nach Publius Ovidius Naso, *Metamorphosen* I.
5 Negativ sieht den Unterricht der Psychoanalytiker Kurt Eissler, Bd. I, S. 1380-1382.
6 Sigmund Levarie, in: Jb. der Goethe-Gesellschaft XIX, 1957, S. 196-202.
7 BvA, S. 420.
8 Kurt Eissler, Bd. II, S. 1489 f.
9 BvA, S. 420.
10 Elisabeth Mentzel, *Aus Goethes Jugend*, Leipzig 1927.
11 Johann Caspar Goethe, *Viaggio per l'Italia*. Manuskript der Italienreise aus dem Jahr 1740, 2 Bde., hg. v. Arturo Farinelli, Rom 1932.

VI. Beim Widerwillen des Vaters
(S. 96-107)

1 GG, Nr. 782.
2 Zur Bedeutung der Mutter für Goethes literarische Kreativität s. Eissler, Bd. 1, S. 119.
3 Brief vom 30. 10. 1780 an die Herzogin Anna Amalia.
4 Bettine Brentano an Goethe, Brief vom 28. 11. 1810.
5 BvA, S. 658.

VII. Grüß mir die Mutter, sprich, sie soll verzeihn
(S. 108-126)

1 Kurt Eissler, Bd. 1, S. 74-174.
2 Cornelia Goethe, *Briefe und Correspondance secrète. 1767-1769*, Freiburg 1990, S. 21 (Brief vom März 1768).
3 Ulrike Prokop, *Die Illusion vom Großen Paar*, Bd. 2, S. 87.
4 GG, Nr. 32.

VIII. Wie dich dein Sohn verehrt
(S. 127-141)

1 Volker Hesse, *Vermessene Größen*, S. 17 f.
2 Jeremias 31, Vers 5. Dazu W. Goetz, *Goethe. Sein Leben in Selbstzeugnissen, Briefen und Berichten*, Berlin 1938.
3 Sämtliche Briefzitate nach: Cornelia Goethe, *Briefe und Correspondance secrète*.
4 Volker Hesse, *Vermessene Größen*, S. 20.
5 *Goethe und die Stillen im Lande*, Katalog Halle 1999, S. 96 ff.
6 Zitiert nach: Cornelia Goethe, *Briefe und Correspondance secrète*, S. 110 f.
7 Cornelias Briefe wurden erst 1877 entdeckt. Sie befinden sich in der Leipziger Universitätsbibliothek.
8 Sämtliche Zitate nach: Cornelia Goethe, *Briefe und Correspondance secrète*.
9 Ulrike Prokop, *Die Illusion vom Großen Paar*, Bd. 2, S. 417.

IX. Schreibpapier, Tinte, Porto und Band (S. 142-163)

1 Wilhelm Hertz, *Bernhard Crespel. Goethes Jugendfreund*, München und Leipzig 1914.
2 Ebenda.
3 Cornelia Goethe, *Briefe und Correspondance secrète*, S. 97.
4 Wilhelm Hertz, *Bernhard Crespel*, S. 72 ff. – Über Crespels Skurrilitäten schrieb E. T. A. Hoffmann die Erzählung *Rat Crespel*.
5 Max Rieger, *Friedrich Maximilian Klinger*, S. 18.
6 Wilhelm Hertz, *Bernhard Crespel*, S. 81 ff.
7 Nicolas Boyle, Bd. 1, S. 171.
8 Cornelia Goethe, *Briefe und Correspondance secrète*, S. 108.
9 A. v. Bernus, *Das Kochbuch der Rätin Schlosser*.
10 GG, Nr. 51.
11 BuG, Bd. V, S. 82 (nach Gernings Tagebuch v. 19. 11. 1800).
12 BuG, Bd. I, S. 191.
13 Wilhelm Bode, *Goethes Leben. Lehrjahre*, S. 332.
14 Gero von Wilpert, *Goethe-Lexikon*, Stuttgart 1998.
15 Vgl. dazu Richard Friedenthal, *Goethe. Sein Leben und seine Zeit*, München 1963, S. 126.

X. Bleich wie der Tod (S. 164-186)

1 GG, Nr. 115.
2 Ulrike Prokop, *Die Illusion vom Großen Paar*, Bd. 2, S. 368.
3 GG, Nr. 119.
4 Sigrid Damm, *Cornelia Goethe*, S. 139.
5 Ebenda, S. 141.
6 25./26. 9. 1772.
7 Max Rieger, *Klinger*, S. 74.
8 GG, Nr. 139 f.
9 Klaus Günzel. *Die Brentanos. Eine deutsche Familiengeschichte*, Zürich 1993, S. 35.
10 Sophie von La Roche, *Ich bin mehr Herz als Kopf*, S. 176 f.
11 Nachlaß Bethmann, Institut für Stadtgeschichte, Frankfurt am Main.
12 Ernst Beutler, *Essays um Goethe*, S. 205.
13 Jügel, *Puppenhaus*, S. 226.
14 Archiv des FDH.

XI. *Das war kein Mondschein im Kasten*
(S. 187-205)

1 GG, Nr. 143.
2 Sophie von La Roche an Elise zu Solms-Laubach, 2. 8. 1783.
3 Es ist bemerkenswert, daß sich die Orthographie der Schriftstellerin La Roche von derjenigen der Rätin Goethe nicht wesentlich unterscheidet.
4 BvA, S. 81.
5 Froitzheim, *Lenz und Goethe*, S. 129.
6 Adolf Teutenberg, *Frau Rat Goethe und Lavater*, Jb. FDH 1998.
7 GG, Nr. 187.
8 GG, Nr. 192.
9 ›Schrittschuhe‹ für ›Schlittschuhe‹ damals nicht ungebräuchlich.

XII. *Fast eine Schwiegertochter*
(S. 206-220)

1 Jules Keller, *Lettres inédites*, Einleitung.
2 BvA, S. 652.
3 J.W. Goethe, *Briefe an Auguste Gräfin zu Stolberg*, hg. v. Jürgen Behrens, Frankfurt am Main und Leipzig 1993.
4 Jules Keller, *Lettres inédites*, S. 17.
5 Nicolas Boyle, Bd. 1, S. 70.
6 Als Vergleich dazu die Äußerung von Klaus Mann, der in seiner Autobiographie (*Der Wendepunkt*, 1942) ebenfalls auf eine Beschreibung seiner Mutter verzichtete. *Ich muß Dich um Verzeihung bitten ... daß ich in diesem bruchstückartigen Lebensbericht nicht mehr von Dir erzählt habe. Aber die wesentlichen Dinge sind auch die unaussprechbaren.*
7 Jules Keller, *Aus dem Alltagsleben*, Vorwort.
8 Ebenda, S. 100.

XIII. *Beyde Kinder weit entfernt*
(S. 221-235)

1 Wilhelm Hertz, *Bernhard Crespel*, S. 149.
2 Kurt Eissler, Bd. 1, S. 36. – Eissler sieht in Frau von Stein den *Antityp seiner Mutter*, doch sei sie Cornelia bezüglich Frigidität und Sexualunterdrückung ähnlich gewesen. (Bd. 2, S. 1099).

XIV. Ich bin eine glückliche Frau!
(S. 236-258)

1 J.H. Merck, *Werke und Briefe*, hg. v. Arthur Henkel und Herbert Kraft, Frankfurt am Main 1968; hier: Brief vom 8. 8. 1778.
2 Katalog J.H. Merck, Darmstadt 1991, S. 39.
3 Albertine von Grün, *Ein Frauenleben im Umkreis des jungen Goethe*, Darmstadt 1986, S. 102/130.
4 GG, Nr. 2654.
5 *Wielands Briefwechsel*, hg. v. Hans Werner Seiffert, Akademie d. Wissenschaften der DDR, Berlin 1983 ff.
6 Casa Santa in Anspielung an die berühmte Wallfahrtskirche in Loreto, die Caspar Goethe 1740 besucht hatte.
7 Voelcker, *Stadt Goethes*, S. 436.
8 Ebenda, S. 438.
9 Ebenda, S. 437.
10 Charlotte Werner, *Goethes Herzogin*, S. 73.
11 Mercks Briefe, S. 187 ff.
12 Charlotte Werner, *Goethes Herzogin*, S. 101.
13 GG, Nr. 517/519.
14 GG, Nr. 521.

XV. Die Tage, die nun kommen, gefallen mir nicht
(S. 259-282)

1 Franz Götting, *Die Bibliothek*.
2 Wilhelm Hertz, *Bernhard Crespel*, S. 136.
3 Ebenda, S. 134.
4 Jules Keller, *Aus dem Alltagsleben*, S. 37/38.
5 Gero von Wilpert, *Goethe Lexikon*, S. 132.
6 Am 26. 2. 1782. Das Gedicht bezog sich auf Wielands *Oberon*.
7 Ernst Beutler, *Elternhaus*, S. 295.
8 Diese Meinung vertritt Karlheinz Schulz, *Goethe*, S. 130, entgegen der Behauptung Kurt Eisslers und anderer, das Verhältnis sei rein platonisch gewesen.
9 Vgl. Ernst Beutler, *Elternhaus*, S. 175.
10 GSA, Akte 37/VIII, 13.
11 Herder an Hamann, GG, Nr. 633.
12 Dazu Kurt Eissler, Bd. 2, S. 946.

XVI. *Das war meine glücklichste Zeit!*
(S. 283-310)

1 Pfeiffer-Belli, *Schillers Beziehung*, in: Jb FDH 1925, S. 50.
2 *Isslands Briefe an seine Schwester Louisa und andere Verwandte*, hg. v. Ludwig Geiger, Berlin 1904.
3 *Berlin, Stadt der Theater*, Berlin 1957, S. 202.
4 Otto Bacher, *Goethes Mutter und das Ehepaar Unzelmann*, in: Jb FDH 1927, S. 185.
5 Die Originale liegen im GSA.
6 Stadelmanns bisher unveröffentlichte Briefe vom 28. 6., 7. 7. und 28. 8. 1785 befinden sich im GSA.
7 Zur Mutter-Sohn-Beziehung in *Wilhelm Meisters Lehrjahre*, vgl. Bernhard Greiner in: Euphorion 83, 1989.
8 Dazu Klaus Gerth, *Das Wechselspiel des Lebens*, in: Jb FDH 1996.
9 Daß die Rätin *von ziemlich hoher Statur* sei wie ihr Sohn, berichtet der Frankfurter J.K. Friedrich 1804 in BuG, Bd. V, S. 690.
10 Nachweis bei Franz Götting, Nassauische Annalen 64, S. 23-69.
11 Nachlaß Bethmann, Institut für Stadtgeschichte, Frankfurt am Main.
12 Kurt Eissler vertritt die Ansicht, Goethe spiele mit diesem Brief die eigene Mutter gegen Frau von Stein aus (Eissler, Bd. 2, S. 1089).
13 BuG, Bd. III, S. 113; Ernst Beutler, *Elternhaus*, Anm. zu Brief Nr. 128, S. 932 und Robert Zapperi, *Incognito*, S. 74.
14 Otto Bacher, *Goethes Mutter und das Ehepaar Unzelmann*, S. 200.
15 Ebenda, S. 197. – Zuerst abgedruckt in: Wilhelm Dorow, *Reminiszenzen*, Leipzig 1842, S. 189.
16 Otto Bacher, *Goethes Mutter und das Ehepaar Unzelmann*, S. 194.
17 Ebenda, S. 211.

XVII. *Alles was ich dir zu Gefallen tun kann*
(S.311-333)

1 Das Dokument befindet sich im FDH.
2 Sigrid Damm, *Christiane und Goethe*, S. 134-141.
3 Ernst Beutler, *Essays*, S. 158.
4 FDH, Inv. Nr. IV 847.
5 Christoph Michel, *Goethe*, S. 263.
6 GG, Nr. 1.052.

7 Dazu Ulrike Prokop, *Die Illusion vom Großen Paar*, Bd. 1, S. 298.
8 Zur Orthographie s. Bertha Merkel, *Die Sprache der Mutter Goethes. Ein Beitrag zur Geschichte der rheinischen Schriftsprache im 18. Jahrhundert*, Frankfurt am Main 1938.
9 *Die Briefe von Goethes Mutter*. Nach der Ausgabe von Albert Köster hg. v. Mario Leis, Karl Riha und Carsten Zelle, Frankfurt am Main 1996.
10 Sabine Schäfer, *Die Briefe von Katharina Elisabeth Goethe an ihre Familie in Weimar*, in: Das Goethe- und Schiller-Archiv 1896-1996, hg. v. Jochen Golz, Weimar/Köln/Wien 1996.

XVIII. Der Mensch muß sich den besten Platz erwählen (S. 334-351)

1 Sigrid Damm, *Christiane und Goethe*, S. 188f.
2 Karlheinz Schulz, *Goethe*, S. 268. – Charlotte von Schiller konstatiert, daß bei Goethe die Dame des Hauses nie bei Tisch erscheint (am 7. 2. 1801 an Frau von Stein, s. BuG, Bd. V, S. 105.).
3 Ernst Beutler, *Elternhaus*, S. 945.
4 Daß der Kontakt zu Helene Delph, die einst die Verlobung Goethes mit Lili Schönemann bewirkte, nicht abriß, findet sich im November 1803 bestätigt. Sie habe beim Empfang von Elisabeths Brief, schrieb H. Delph, die Absenderin mit all ihrer Munterkeit und Geisteskräften vor sich gesehen. (K.H. Hahn, *Briefe an Goethe*. Gesamtausgabe in Regestform, Bd. V, Weimar 1992ff.)
5 Ernst Beutler, *Elternhaus*, S. 950.
6 BuG, Bd. V, S. 92.
7 Ludwig Geiger, *Goethe in Frankfurt 1797*, Aktenstücke und Darstellung. Frankfurt 1899, S. 113.
8 Varnhagen, Tagebuch vom 24. 7. 1846.
9 Zum Einfluß des Vaters auf Goethes Umbau s. Erika Pielmann, *Goethes Treppenhäuser*, in: Goethe-Jahrbuch 1998, Bd. 115, S. 171-181.
10 Sigrid Damm, *Christiane und Goethe*, S. 186.
11 Ernst Beutler, *Elternhaus*, S. 135-137

XIX. Damit ich nicht am Fenster mich bald blind gucke (S. 352-370)

1 Das Stadtmuseum Offenbach besitzt eine Tasse mit Goldstreifendekor aus einem Service der Sophie von La Roche, woraus die Rätin ihren Kaffee nahm.
2 GSA 30/54, A 18 III, Bl. 2 f.
3 Nicolas Boyle, Bd. 2, S. 631/Sigrid Damm, *Christiane und Goethe*, S. 235 f.
4 Nicolas Boyle, Bd. 2, S. 633.
5 Ludwig Geiger, *Goethe in Frankfurt 1797*.
6 Nicolas Boyle, Bd. 2, S. 543.
7 BvA, S. 229/230.
8 Carl Muthesius, *Goethe und seine Mutter*, S. 194.
9 Karl-Heinz Hahn, *Briefe an Goethe*. Gesamtausgabe in Regestform.

XX. Du lieber Gott! Ich und reisen! (S. 371-393)

1 BvA, S. 120.
2 BuG, Bd. I, S. 191.
3 Karl August Böttiger, *Literarische Zustände und Zeitgenossen. Begegnungen und Gespräche im klassischen Weimar*, Berlin 1998.
4 Wirtschaftsbücher GSA 37/III-VII.
5 Ulrike Prokop, *Die Illusion vom Großen Paar*, Bd. 2, S. 19.
6 Jules Keller, *Aus dem Alltagsleben...*, S. 45/46.
7 Ernst Beutler, *Elternhaus*, S. 961.
8 Volker Hesse, *Vermessene Größen*, S. 61.
9 Nicolas Boyle, Bd. 2, S. 850.
10 Ebenda, S. 852.
11 GG, Nr. 7261.
12 Karl Heinemann, *Goethes Mutter*, 1895, S. 328.
13 Ernst Beutler, *Elternhaus*, S. 968.
14 Karl-Heinz Hahn, *Briefe an Goethe*. Gesamtausgabe in Regestform, Bd. V.
15 BvA, S. 230.
16 Ebenda, S. 432.
17 Brief vom 13. 4. 1805, s. Karl-Heinz Hahn, *Briefe an Goethe*, Bd. V.

18 Brief vom 1. 5. 1805, ungedruckt, GSA.
19 Ludwig Geiger, *Frau Rat Goethe. Gesammelte Briefe*, Leipzig 1811, Einleitung S. IX.
20 Johann Heinrich Voß am 17. 8. 1804 an Abeken; BuG Bd. V, S. 510.
21 Ernst Beutler, *Elternhaus*, S. 971.
22 Sigrid Damm, *Christiane und Goethe*, S. 317.
23 GG, Nr. 2.267.
24 Dagegen Charlotte von Stein an ihren Sohn Fritz: *Während der Plünderung hat er [Goethe] sich mit seiner Mätresse öffentlich in der Kirche trauen lassen.* (24. Oktober 1806)
25 Riemer berichtete später (1841), Christiane habe Hilfe herbeigerufen und Goethe so von der Gefahr befreit (GG, Nr. 2.286).
26 Brief von Voß an Goethe vom 7. 12. 1806.
27 Brief von Reinhards Ehefrau vom 30. 6. 1807, in: Karl-Heinz Hahn, *Briefe an Goethe*, Bd. V.
28 Im GSA Weimar.

XXI. Von der Mutter schreib alles auf (S. 394-418)

1 Klaus Günzel, *Die Brentanos*, S. 56ff.
2 Julius Petersen, *Aus der Goethezeit*, Leipzig 1932, S. 225.
3 BvA, S. 81.
4 Handschrift im GSA.
5 BvA, S. 430.
6 Ebenda, S. 255.
7 Ebenda, S. 438.
8 Bettine Brentano im Brief vom 28. 11. 1810 an Goethe: *Alter bist Du bös, daß die Mutter mir dies alles erzählt hat?*
9 BvA, S. 425/657.
10 Ebenda, S. 61.
11 Ebenda, S. 114.
12 Ebenda, S. 659.
13 Ebenda, S. 399 – Goethe gestand in den *Tag- und Jahres-Heften*, er habe mit seiner Biographie zu lange gewartet. *Bey meiner Mutter Lebzeiten hätt' ich das Werk unternehmen sollen, damals hätte ich selbst noch jenen Kinderszenen näher gestanden und wäre durch die hohe Kraft ihrer Erinnerungsgabe völlig dahin versetzt worden.*

14 BvA, S. 33.
15 Ebenda, S. 155.
16 Die Brieforiginale befinden sich im FDH.
17 BvA, S. 431 f.
18 Ebenda, S. 78.
19 Ebenda, S. 396.
20 Aus: Bettine von Arnim, *Dies Buch gehört dem König* (1843), in: B. v. A, *Sämtliche Werke*, hg. v. Waldemar Oelke, Bd. 3, Berlin 1920-1922.
21 Zit. nach Voelcker, *Die Stadt Goethes.*
22 GG, Nr. 155.
23 BvA, S. 159.
24 Ebenda, S. 110.
25 Den Besuch der *Frau von Staehl gebohrne Necker* erwähnt Goethes Mutter am 1. 7. 1808.
26 BvA, S. 230. – Für andere Berichte Bettines, etwa *die Fahrt ins Kirschenwäldchen*, fanden sich keine Belege.
27 Karl-Heinz Hahn, *Briefe an Goethe*, Bd. V, Nr. 941.
28 Wilhelm von Kügelgen, *Erinnerungen*, 1888, S. 138.
29 GG, Nr. 264.
30 Fritz Ebner, *Goethe*, S. 192.
31 GSA A, 28.
32 Georg Karl Melber, *Letzte Stunden der Frau Rath Goethe*, in: Marie Belli-Gontard, *Der Perlenschmuck*, S. 59 f.
33 Volker Hesse, *Gesundheitsbegriff bei Goethe und Schiller*, Erfurt 1999.
34 *Das getrennte Begräbnis erhellte schlaglichtartig, was Goethe nur angedeutet hatte: die unglückliche Ehe der ›Frohnatur‹ Katharina Elisabeth mit dem ernsten, mehr als zwanzig Jahre älteren ›Geheimen Rath‹.* (Bettina Erche in: Frankfurter Allgemeine Zeitung v. 21. 1. 1999.)
35 GG, Nr. 2739. – Das Wort Mutter, wie im *Faust II*, meine das Beharrende, Unwandelbare, schreibt Friedenthal, *so wie seine Mutter eine Unveränderliche ist, eine ›geprägte Form‹, die sich zu ihrem eignen Ziel hin entwickelt hat.* (Friedenthal, *Goethe*, S. 682.)
36 GG, Nr. 2742.
37 Anzeigenblatt im FDH.
38 GSA 37/VIII, 15.
39 Goethe-Akten GSA 30/19.
40 Karl-Heinz Hahn, *Briefe an Goethe*, Bd. V.

Literatur

A. Siglen und Abkürzungen

AS: *Amtliche Schriften Goethes.* Darin enthalten die Aufzeichnungen über den Nachlaß seiner Mutter (Goethe- und Schiller-Archiv Weimar = GSA A, 28)
BuG: *Goethe. Begegnungen und Gespräche*, hg. v. Ernst und Renate Grumach. Berlin 1965 ff.
BvA: Bettine von Arnim, *Goethes Briefwechsel mit einem Kinde*, hg. v. Waldemar Oehlke, Frankfurt am Main 1984
FDH: Freies Deutsches Hochstift Frankfurt am Main
GSA: Goethe- und Schiller-Archiv Weimar
GG: *Goethes Gespräche*, hg. v. Flodoard Frhr. von Biedermann, ergänzt von Wolfgang Herwig, 5 Bde., Zürich und Stuttgart 1965-1984
GMD: Goethe-Museum Düsseldorf. Anton- und Katharina-Kippenberg-Stiftung
GNM: Goethe National Museum Weimar
Jb.: Jahrbuch
Zs.: Zeitschrift

B. Quellen

Die Briefe von Goethes Mutter. Nach der Ausgabe von Albert Köster, hg. v. Mario Leis, Karl Riha u. Carsten Zelle. Frankfurt am Main 1996
Catharina Elisabeth Goethe. Briefe an ihren Sohn Johann Wolfgang, an Christiane und August von Goethe, hg. v. Jürgen Fackert, Stuttgart 1971
Goethes Mutter. In einer Auswahl aus ihrem Briefwechsel dargestellt von Eduard von der Hellen, Stuttgart/Berlin o. J. (1900)
Frau Rath Goethe. Briefwechsel von Katharina Elisabeth Goethe. Nach den Originalen mitgeteilt von Robert Keil, Leipzig 1871
Briefe aus dem Elternhaus. Johann Caspar Goethe, Cornelia Goethe, Catharina Elisabeth Goethe, hg. und mit drei Essays eingel. v. Ernst Beutler, Frankfurt am Main und Leipzig 1997
Briefe von Goethes Eltern, ausgewählt von Karl Schüddekopf. Dt. Bibliothek Berlin, 1912
Frau Rat Goethe, Gesammelte Briefe, hg. v. Ludwig Geiger. Leipzig 1911

Die Briefe der Frau Rath Goethe, hg. v. Albert Köster, 2 Bde., Leipzig 1911, 1923

Briefe von Goethes Mutter an Anna Amalia, hg. v. C. A. H. Burkhardt, Weimar 1885

Reminiszenzen. Goethes Mutter nebst Briefen und Aufzeichnungen zur Charakteristik anderer merkwürdiger Männer und Frauen, hg. v. Wilhelm Dorow. Leipzig 1842

Achim von Arnim und Clemens Brentano. Freundschaftsbriefe. Vollst. krit. Edition v. Hartwig Schultz, 2 Bde., Frankfurt am Main 1998

Arnim, Bettina von. Der originale Briefwechsel mit Goethes Mutter und Goethe (u.a.), in: B.v.A., Werke und Briefe, Bd. 5, hg. v. Joachim Müller, Frechen/Köln 1961

Bettine und Arnim. Briefe der Freundschaft und Liebe, hg., eingeführt und kommentiert v. Otto Betz und Veronika Straub, 2 Bde., Frankfurt am Main 1986/1987

Böttiger, Karl August, *Literarische Zustände und Zeitgenossen. Begegnungen und Gespräche im klassischen Weimar*, Berlin 1998

Boisserée, Sulpiz, *Briefwechsel/Tagebücher*, Göttingen 1970

Briefwechsel zwischen Schiller und Goethe in den Jahren 1794 bis 1805, Stuttgart und Tübingen 1828/29

Die Göchhausen. Briefe einer Hofdame aus dem Klassischen Weimar, hg. v. Werner Deetjen, Berlin 1923

Goethe, Cornelia, *Briefe und Correspondance Secrète 1767-1769*. Hg. u. a. d. Frz. übertragen von Melanie Baumann u.a. Freiburg 1990

Goethe, Johann Wolfgang, Sämtliche Werke, Briefe, Tagebücher und Gespräche (Frankfurter Ausgabe), I. Abteilung: 27 Bde. II. Abteilung: 13 Bde., Frankfurt am Main 1985ff.

Goethe, Johann Wolfgang, *Aus meinem Leben. Dichtung und Wahrheit*, hg. v. Klaus-Detlef Müller, Frankfurt am Main 1986

Goethes Briefe und Briefe an Goethe, hg. v. Karl Robert Mandelkow u. Bodo Morawe, 4 u. 2 Bde. (Hamburger Ausgabe), München 1988

Briefe an Goethe. Gesamtausgabe in Regestform, hg. v. Karl-Heinz Hahn. Bd. I-V und Ergänzungsband, Weimar 1992ff.

Goethes Briefe an Charlotte von Stein, hg. v. Julius Petersen, 3 Bde., Leipzig 1907

Goethe in vertraulichen Briefen seiner Zeitgenossen, hg. v. Wilhelm Bode. Neuausgabe von R. Otto u. P.-G. Wenzlaff. 3 Bde., Berlin und Weimar 1979

Goethe, Johann Wolfgang, *Tag- und Jahres-Hefte*, hg. von Irmtraut Schmidt, Frankfurt am Main 1994

Goethe, Johann Wolfgang, *Gedichte*, hg. u. komm. v. Erich Trunz, München 1978
Goethe, Johann Wolfgang, *Begegnungen und Gespräche*, hg. v. Ernst und Renate Grumach, Berlin 1965 ff.
Goethes Gespräche, hg. v. Flodoard von Biedermann und Wolfgang Herwig, Zürich und Stuttgart 1965-1984
Der junge Goethe. Neu erw. Ausgabe in 5 Bdn., hg. v. Hanna Fischer-Lamberg, Berlin/New York 1963-1974
Goethes Äussere Erscheinung. Literarische u. künstlerische Dokumente seiner Zeitgenossen, hg. v. Emil Schaeffer, Leipzig 1914
Goethe, Johann Caspar, *Liber domesticus*. 1753-1779. Lateinisch und deutsch, übers. u. komm. v. Helmut Holtzhauer, Bern und Frankfurt am Main 1973
Geiger, Ludwig, *Goethe und die Seinen. Quellenmäßige Darstellungen über Goethes Haus*, Leipzig 1908
Geiger, Ludwig, *Goethe in Frankfurt 1797. Aktenstücke und Darstellung*, Frankfurt am Main 1899
Grotefend, Hermann: *Zur Geschichte der Familie Goethe*, in: Mitt. d. Ver. f. Geschichte u. Altertumsk., Frankfurt a. M. 1881, S. 225-231
Herder, Johann Gottfried, *Briefe*, hg. v. W. Dobbeck und G. Arnold, Weimar 1984-1988
Hüsgen, Heinrich Sebastian, *Nachrichten von Frankfurter Künstlern und Kunstsachen*, Frankfurt am Main 1780
Keller, Jules, *Lili Schönemann, Baronne de Turckheim, Lettres inédites, journal intime et extraits des Papiers de famille*, Bern/Frankfurt am Main/New York/Paris 1987
Keller, Jules, *Aus dem Alltagsleben einer Frankfurter Goethe-Freundin. Unveröffentlichte Briefe der Anna Elisabeth Schönemann geborene d'Orville an ihre Tochter Lili in Straßburg (1778-1782)*, Bern/Berlin/Frankfurt am Main/New York/Paris/Wien 1997
Lavater, Johann Caspar, *Briefe und Tagebücher*, hg. v. Heinrich Funck, Weimar 1901
Lavater, Johann Caspar, *Physiognomische Fragmente zur Beförderung der Menschenkenntnis und Menschenliebe*, 4 Bde., Leipzig und Winterthur 1775-1778
Merck, Johann Heinrich, *Werke und Briefe*, hg. v. Arthur Henkel und Herbert Kraft. Mit e. Einleitung v. P. Berglar, 2 Bde., Frankfurt am Main 1968
Nachlaß der Familie von Bethmann (unveröffentlicht). Institut für Stadtgeschichte der Stadt Frankfurt am Main

Nachlaß Passavant (unveröffentlicht). Institut für Stadtgeschichte Frankfurt am Main

Pallmann, Heinrich (Hg.), *Simon Moritz von Bethmann und seine Vorfahren*, Frankfurt am Main 1998

Schuchardt, Christian, *Goethes Kunstsammlungen*, 3 Bde., Frankfurt am Main 1848 (Faksimile Hildesheim/New York 1976)

Steig, Reinhold, *Bettinas Briefwechsel mit Goethe.* Aufgrund ihres handschriftlichen Nachlasses nebst zeitgenöss. Dokumenten über ihr persönliches Verhältnis zu Goethe, Leipzig 1922

Steiger, Robert, *Goethes Leben von Tag zu Tag. Eine dokumentarische Chronik*, Zürich und München 1982 ff.

Vaterland auf dem Römerberg und Roßmarkt. Geschichten und Berichte aus sechs Jahrhunderten, zusammengestellt aus 20 Limpurger Briefen der Adeligen Ganherrschaft des Hauses Alten Limpurg zu Frankfurt am Main, hg. v. der Cronstetten- und Hynspergischen Ev. Stiftung, Frankfurt am Main 1957

Wielands Briefwechsel, hg. v. der Akademie der Wissenschaften der DDR. Zentralinstitut für Literaturgeschichte, durch Hans Werner Seiffert, Bd. 1-5, Berlin 1983 ff.

C. Biographische Werke/Sekundärliteratur

Aichinger, Ingrid, *Künstlerische Selbstdarstellung, Goethes »Dichtung und Wahrheit«*, Bonn 1977

Bach, Adolf, *Goethes Dechant Dumeiz. Ein rheinisches Porträt der Aufklärungs-Zeit*, Heidelberg 1964

Bacher, Otto, *Goethes Mutter und das Ehepaar Unzelmann*, in: Jb. FDH 1927, 185-216

Badinter, Elisabeth, *Emilie, Emilie, Weiblicher Lebensentwurf im 18. Jahrhundert*, München 1984

Bergemann, Fritz (Hg.), *Bettinas Leben und Briefwechsel mit Goethe*, Leipzig 1927

Beutler, Ernst und Josefine Rumpf (Hg.), *Bilder aus dem Frankfurter Goethe Museum*, Frankfurt am Main 1949

Beutler, Ernst, *Essays um Goethe*, Berlin, Darmstadt, Wien und Bremen 1957

Beuys, Barbara, *Familienleben in Deutschland*, Reinbek 1980

Biedermann, Carl, *Deutschland im 18. Jahrhundert*, Frankfurt am Main 1979

Biese, Alfred, *Frau Aja, Goethes Mutter*, Braunschweig 1912
Biese, Alfred, *Goethe und seine Mutter*, in: Jb. FDH 1908, S. 108 ff.
Biedrzynski, Effi, *Goethes Weimar. Lexikon der Personen und Schauplätze*, München 1992
Bode, Wilhelm, *Goethes Leben*, 9 Bde., Berlin 1919-1927
Bothe, Friedrich, *Wirtschaft und Kultur in Goethes Vaterhause*, in: Archiv für Frankfurts Geschichte und Kunst, hg. v. Otto Ruppersberg, Frankfurt am Main 1932
Bothe, Friedrich, *Geschichte der Stadt Frankfurt am Main*, Frankfurt am Main 1913
Boyle, Nicholas, *Goethe. Der Dichter in seiner Zeit*. Bd. I 1749-1790, Bd. II 1791-1803. München 1995/1999
Brandt, Otto, *Briefe der Frankfurter Familien Moritz und Stock, der Freunde des Goethehauses, 1791-1851*. Mit einem Anhang veröff. von Otto Brandt, in: Neue Heidelberger Jb. N. F. 1927. S. 1-66
Bruford, W. H., *Die gesellschaftlichen Grundlagen der Goethezeit*. Mit Literaturhinweisen von Reinhardt Habel. Frankfurt am Main/Berlin/Wien 1979
Carstanjen, Eva, *Hölderlins Mutter, Untersuchungen zur Mutter-Sohn-Beziehung*, Frankfurt am Main 1987
Conrady, Karl Otto, *Goethe. Leben und Werk*, 2 Bde., Königstein 1982-1985
Damm, Sigrid, *Cornelia Goethe*, Berlin und Weimar 1987; Frankfurt am Main u. Leipzig 1992
Damm, Sigrid, *Christiane und Goethe. Eine Recherche*, Frankfurt am Main u. Leipzig 1998
Devrient, Eduard, *Geschichte der deutschen Schauspielkunst*. Neu bearbeitet von Willy Stuhlfeld, Berlin 1969
Deycks, Ferdinand, *Friedrich Heinrich Jacobi im Verhältnis zu seinen Zeitgenossen, besonders zu Goethe*, Frankfurt am Main 1848
Dopfer, Claus, *Non olet*. (Beitrag zu Goethes Einkünften und Umrechnung in heutige Währung), in: Die Wirtschaftsprüfung, Heft 10, Düsseldorf 1980
Dülmen, Andrea van, *Das irdische Paradies. Bürgerliche Gartenkultur der Goethezeit*. Köln/Weimar/Wien 1999
Düntzer, Heinrich, *Catharina Elisabeth Goethe, geb. Textor, Goethes Mutter*, in: ders., *Frauenbilder aus Goethes Jugendzeit. Studien zum Leben des Dichters*, Stuttgart 1852
Ebner, Fritz, *Goethe. Aus seinem Leben. Reden, Vorträge, Zeitbilder*, Darmstadt 1997

Eissler, Kurt Robert, *Goethe. Eine psychoanalytische Studie 1775-1786*. A. d. Amerik. von Peter Fischer, Rüdiger Scholz u.a., 2 Bde., Basel/Frankfurt am Main 1983
Engel, Wilhelm, *Ein neuer Brief der Frau Rat Goethe*, in: Jb. der Goethe-Gesellschaft 15, 1929, S. 120f.
Engels, Anni, *Aja. Rätin Goethe (1731-1808)*, Iserlohn 1988
»Frankckfurt bleibt das Nest«. Johann Wolfang Goethe und seine Vaterstadt, Katalog, hg. v. Patricia Stahl unter Mitarbeit von Roland Hoede und Andreas Thiel, Frankfurt am Main 1999
Heckmann, Herbert u. Walter Michel (Hg.), *Diese lebhafte sinnliche Welt. Frankfurt mit den Augen Goethes*, Frankfurt am Main 1993
Freudenthal, Margarethe, *Gestaltwandel der städtischen bürgerlichen und proletarischen Hauswirtschaft unter besonderer Berücksichtigung des Typenwandels von Frau und Familie, vornehmlich in Süd-west-Deutschland von 1760-1933*, Würzburg 1934
Friedenthal, Richard, *Goethe. Sein Leben und seine Zeit*, München 1963
Fuhrmann, Helmut, *Bild und Gestalt der Frau im Werk Goethes*, in: Jb. FDH, 1989
Gersdorff, Dagmar von, *Bettina und Achim von Arnim. Eine fast romantische Ehe*. Berlin 1997
Gersdorff, Dagmar von, *»Dich zu lieben kann ich nicht verlernen«. Das Leben der Sophie Brentano-Mereau*. Frankfurt/Main 1984
Gersdorff, Dagmar von, *Königin Luise und Friedrich Wilhelm III. Eine Liebe in Preußen*. Berlin 1996
Gerth, Hans H., *Bürgerliche Intelligenz um 1800*, Göttingen 1976
Glaser, Rudolf, *Goethes Vater. Sein Leben nach Tagebüchern und Zeitberichten*, Leipzig 1929
Goes, Albrecht, *Goethes Mutter*, Frankfurt am Main 1961
Götting, Franz, *Die Bibliothek von Goethes Vater*, in: Nassauische Annalen, Jb. d. Vereins für Nassauische Altertumskunde und Geschichtsforschung, 64. Band, 1953, S. 23-69
Gräf, Hans Georg (Hg.), *Goethe über seine Dichtungen. Versuch einer Sammlung aller Äußerungen des Dichters über seine poetischen Werke*, 3 Teile in 8 Bdn., Frankfurt am Main 1901-1914
Greiner, Bernhard, *Puppenspiel und Hamlet-Nachfolge: Wilhelm Meisters Aufgabe der theatralischen Sendung*, in: Euphorion 83, 1989
Grotefend, Hermann: *Zur Geschichte der Familie Goethe*, in: Mittheilungen des Vereins f. Geschichte und Altertumskunde, Frankfurt am Main 1881, S. 225-231

Günzel, Klaus, *Die Brentanos. Eine deutsche Familiengeschichte*, Zürich 1993
Hartmann, Georg von, *Königin Luise und die Frau Rat*, in: Jb. FDH 1910, S. 372-384
Heinemann, Karl, *Goethes Mutter. Ein Lebensbild nach den Quellen*, Leipzig 1895
Herrmann, Ulrich (Hg.), *Die Bildung des Bürgers. Die Formierung der bürgerlichen Gesellschaft und die Gebildeten im 18. Jahrhundert*, Weinheim/Basel 1984
Hertz, Wilhelm, *Bernhard Crespel. Goethes Jugendfreund*, München und Leipzig 1914
Hoeffner, Johannes, *Frau Rath. Elisabeth Goethe, geb. Textor*, Bielefeld/Leipzig 1908
Holthof, Ludwig, *Tagebuch des Stadtschultheißen Johann Wolfgang Textor*, in: Berichte des Freien Deutschen Hochstifts, H. 4, S. 159 ff.
Jügel, Karl, *Das Puppenhaus*, Frankfurt am Main 1857
Kippenberg, Anton, *Goethe und seine Welt.* Unter Mitwirkung von Ernst Beutler, Leipzig 1932
Krüger-Westend, Hermann, *Goethe und seine Eltern*, Weimar 1904
La Roche, Sophie von, *»Ich bin mehr Herz als Kopf«. Ein Lebensbild in Briefen*, hg. v. Michael Maurer (Bibl. d. 18. Jh.s), München 1983
Leitzmann, Albert, *Zu den Briefen der Frau Rat*, in: Zeitschrift für deutsche Philologie 49 (1923)
Lewis, George Henry, *Goethe's Leben und Werke* [o. J.]. Neu übersetzt u. mit literarischen und kritischen Anmerkungen versehen von Dr. Paul Lippert. 2 Bde., Berlin 1886
Lindheimer, Anna Margaretha Justina, *Das Kochbuch von Goethes Großmutter*, hg. v. Manfred Lemmer, Frankfurt am Main 1980
Maltzahn, Helmut von, *Bücher aus dem Besitz des Vaters in Goethes Weimarer Bibliothek*, in: Jb. FDH, Frankfurt am Main 1927
Matthias, Adolf, *Goethe und seine Mutter*, Neuwied 1910
Mauser, Wolfram und Barbara Becker-Cantarino (Hg.), *Frauenfreundschaft – Männerfreundschaft. Literarische Diskurse im 18. Jahrhundert*, Tübingen 1991
Melber, Georg Karl, *Letzte Stunden der Frau Rath Goethe*, in: Marie Belli-Gontard, *Der Perlenschmuck*, Frankfurt am Main 1879
Mentzel, Elisabeth, *Frau Rat Goethe. Ein Lebensbild*, Frankfurt am Main 1908
Mentzel, Elisabeth, *Aus Goethes Jugend. Ein Beitrag zur Entwicklungsgeschichte.* Nach archivalischen Quellen. Leipzig o. J. (1927)

Johann Heinrich Merck (1741-1791). Ein Leben für Freiheit und Toleranz. Zeitdokumente, hg. v. E. Merck, Darmstadt 1991
Michel, Christoph, *Goethe. Sein Leben in Bildern und Texten.* Mit e. Vorwort von Adolf Muschg, Frankfurt am Main 1982
Mommsen, Momme (Hg.), *Die Entstehung von Goethes Werken in Dokumenten.* Unter Mitw. v. Katharina Mommsen. Inst. für deutsche Sprache und Literatur der Dt. Akad. der Wiss., 2 Bde., Berlin 1958
Muthesius, Carl, *Goethe und seine Mutter*, Dresden 1923
Nicolovius, Alfred, *Johann Georg Schlossers Leben*, Bonn 1844
Pallmann, Heinrich, *Die Familien Goethe und Bethmann*, in: Festschrift zu Goethes 150. Geburtstagsfeier vom Freien Deutschen Hochstift, Frankfurt am Main 1899
Paquet, Alfons, *Frau Rat Goethe und ihre Welt. Eine Farbenskizze*, Frankfurt am Main 1931
Petersen, Julius, *Frau Rat und Bettina*, in: ders., *Aus der Goethezeit*, Leipzig 1932, S. 223-241
Prang, H., *Goethes Mutter. Kleine Chronik einer großen Lebenskünstlerin*, München 1949
Prokop, Ulrike, *Die Illusion vom Großen Paar*, Bd. 1: *Weibliche Lebensentwürfe im Bildungsbürgertum 1750-1770. Psychoanalytische Studien zur Kultur*, hg. v. Alfred Lorenzer, Bd. 2: *Das Tagebuch der Cornelia Goethe. Psychoanalytische Studien zur Kultur*, hg. v. Alfred Lorenzer , Frankfurt am Main 1991
Prokop, Ulrike, *Die Freundschaft zwischen Katharina Elisabeth Goethe und Bettina Brentano – Aspekte weiblicher Tradition*, in: Literarische Diskussion im 18. Jahrhundert, hg. v. Wolfram Mauser und Barbara Becker-Cantarino, Tübingen 1991
Prokop, Ulrike, *Die Melancholie der Cornelia Goethe*, in: Schwestern berühmter Männer, hg. v. Luise F. Pusch, Frankfurt am Main 1985
Prokop, Ulrike, *Sturm und Drang – die weibliche Perspektive. Die Briefe der Katharina Elisabeth Goethe und ihrer Tochter Cornelia*, in: *FrauenStadtGeschichte. Zum Beispiel: Frankfurt am Main*, hg. v. der Hessischen Landeszentrale für Politische Bildung, Mechtild M. Jansen u.a., Königstein 1995
Pusch, Luise F. (Hg.), *Mütter berühmter Männer. Zwölf biographische Porträts*, Frankfurt am Main/Leipzig 1994 (enthält nicht Goethes Mutter)
Rieger, Max, *Friedrich Maximilian Klinger*, 3 Bde., Frankfurt am Main 1810/1896

Riemer, Friedrich Wilhelm, *Mitteilungen über Goethe*, 2 Bde., Berlin 1841
Roth, Ralf, *Stadt und Bürgertum in Frankfurt am Main. Ein besonderer Weg von der ständischen zur modernen Bürgergesellschaft 1760-1914*, München 1996
Ruland, Carl, *Des Herrn Rat Haushaltsbuch*, in: *Weimars Festgrüße*, Weimar 1899
Ruland, Carl, *Das Stammbuch der Frau Rath*, in: Goethe-Jahrbuch 12 (1891), S. 175-178 und 15 (1929), S. 120f.
Sachse, Arno, *Frau Rat Goethe. Ihr Leben in Bildern*, Leipzig 1957
Schäfer, Sabine, *Die Briefe von Katharina Elisabeth Goethe an ihre Familie in Weimar: Ein Beitrag zu der noch ausstehenden »Geschichte der Goetheschen Briefregistratur«*, in: Das Goethe- und Schiller-Archiv: 1896-1996, hg. v. Jochen Golz, Weimar 1996, S. 195-213
Sengle, Friedrich, *Das Genie und sein Fürst. Die Geschichte der Lebensgemeinschaft Goethes mit dem Herzog Carl August von Sachsen-Weimar-Eisenach*, Stuttgart/Weimar 1993
Separatisten, Pietisten, Herrnhuter: Goethe und die Stillen im Lande. (Katalog), hg. v. Paul Raabe, Halle/Saale 1999
(Schlosser) *Das Kochbuch der Frau Rat Sophie Schlosser*, hg. v. Alexander von Bernus. 2 Bde., Heilbronn 1936/1937
Schlumbohm, Jürgen, *Kinderstuben. Wie Kinder zu Bauern, Bürgern, Aristokraten wurden. 1700-1850*, München 1983
Schmidt, Alwin, *Briefe von Goethes Mutter als Quelle zu Goethes Werken*, in: Zs. f. dt. Philologie 1894, Bd. 26, S. 375-399
Schnapper-Arndt, G., *Studien zur Geschichte der Lebenshaltung in Frankfurt während des 17. und 18. Jahrhunderts*, hg. v. K. Bräuer, Frankfurt am Main 1915
Schröder, W. Freiherr von, *Das Geheimnis der Bethmännchen*, Frankfurt am Main 1966
Schultz, Alwin, *Alltagsleben einer deutschen Frau Anfang des 18. Jahrhunderts*, Leipzig 1890
Schulz, Karlheinz, *Goethe. Eine Biographie in 16 Kapiteln*, Stuttgart 1999
Seele, Astrid, *Frauen um Goethe*, Reinbek 1997
Steinfeld, Ludwig, *Goethes Reisen zwischen Frankfurt und Weimar*, Frankfurt am Main 1991
Stephan, Gustav, *Die häusliche Erziehung in Deutschland während des 18. Jahrhunderts*, Wiesbaden 1891

Theater. Die Königlichen Theater in Berlin. Statistischer Rückblick auf die künstlerische Tätigkeit und die Personal-Verhältnisse während des Zeitraums vom 5. Dezember 1786 bis 31. Dezember 1885, Berlin 1886
Tischendorf, Käte, *Frau Aja. Goethes Mutter in ihren Briefen und in den Erzählungen der Bettina Brentano*, Ebenhausen b. München 1914
Toppe, Sabine, *Die Erziehung zur guten Mutter. Medizinisch-pädagogische Anleitungen zur Mutterschaft im 18. Jahrhundert*, Oldenburg 1993
Teutenburg, Adolf, *Goethes Mutter und Lavater*, in: Die Schweiz. Jg. 12, H. 17, 1908
Voelcker, Heinrich (Hg.), *Die Stadt Goethes. Frankfurt am Main im XVIII. Jahrhundert*, Frankfurt am Main 1932
Volger, Otto, *Goethes Vaterhaus. Ein Beitrag zu des Dichters Entwicklungsgeschichte*, Frankfurt am Main 1863
Vopelius-Holtzendorff, Barbara, *Familie und Familienvermögen Hölderlin-Gock*, in: Hölderlin-Jahrbuch Bd. 22, 1980/1981
Weber-Kellermann, Ingeborg, *Die deutsche Familie. Versuch einer Sozialgeschichte*, Frankfurt am Main 1974
Weisbecker, Walter, *Goethe zwischen Frankfurt und Weimar*, Frankfurt am Main 1991
Weißenborn, Birgit, *Frau Rat Goethe*, in: dies., *Bettina von Arnim und Goethe. Topographie einer Beziehung als Beispiel weiblicher Emanzipation zu Beginn des 19. Jahrhunderts*, Frankfurt am Main/Bern/New York 1987
Wies, Ruth, *Das Journal des Luxus und der Moden (1786-1827). Ein Spiegel kultureller Strömungen der Goethezeit*, München 1953
Werner, Charlotte M., *Goethes Herzogin Anna Amalia, Fürstin zwischen Rokoko und Revolution*, Düsseldorf 1996
Witkowski, Georg, *Cornelia, die Schwester Goethes*. Mit ihren z.T. ungedruckten Briefen und Tagebuchblättern, Frankfurt am Main 1903
Wolf, Bodo, *Frau Aja Wohlgemut und ihr Steckenpferd. Von Musik und Musikern im Goethehaus*, in: Der Chor, 1951, S. 90-93
Wolter, Joseph, *Gustav Friedrich Wilhelm Großmann*, Köln 1901
Zapperi, Roberto, *Das Inkognito. Goethes ganz andere Existenz in Rom*, München 1999
Zimmermann, Rolf Christian, *Das Weltbild des jungen Goethe. Studien zur hermetischen Tradition des deutschen 18. Jahrhunderts*, 2 Bde., München 1969

Bildnachweise

Abb. 1: Catharina Elisabeth Goethe in jungen Jahren. Gemälde von Joseph Schneider.
Das Bild aus Leipziger Privatbesitz gilt seit Kriegsende als verschollen.
Archiv für Kunst und Geschichte, Berlin.
Abb. 2: Johann Caspar Goethe. Ölgemälde von Hermann Juncker, Pastell 1890.
Freies Deutsches Hochstift/Frankfurter Goethe-Museum.
Abb. 3: Anna Margaretha Textor, geb. Lindheimer. Ölbild eines unbekannten Künstlers. Um 1750.
Goethe-National-Museum Weimar/Stiftung Weimarer Klassik.
Abb. 4: Johann Wolfgang Textor. Bürgermeister und Stadtschultheiß von Frankfurt am Main. Gemälde von Jakob Andreas Scheppelin, um 1760.
Goethe-National-Museum Weimar/Stiftung Weimarer Klassik.
Abb. 5: Das alte Goethehaus am Großen Hirschgraben. Goethes Geburtshaus, vor dem Umbau 1755.
Freies Deutsches Hochstift/Frankfurter Goethe-Museum.
Abb. 6: Blick aus dem Goethehaus. Um 1749. Lavierte Federzeichnung von Karl Theodor Reiffenstein.
Historisches Museum Frankfurt.
Abb. 7: Das Marionettentheater der Goethekinder.
Freies Deutsches Hochstift/Frankfurter Goethe-Museum, Foto: Ursula Edelmann.
Abb. 8: Das Goethehaus am Großen Hirschgraben, nach dem Umbau von 1755/56.
Abb. 9: Grundriß des Goethehauses und Lage der Zimmer, nach dem Umbau.
Abb. 10: Johann Wolfgang Goethe im Alter von 16 Jahren. Porträt eines unbekannten Malers, aus dem Nachlaß von Goethes Jugendfreundin Charitas Meixner.
Abb. 11: Der Brunnen im Hof des Hirschgrabenhauses. Aquatinta nach Samuel Rösel, 1823.
Freies Deutsches Hochstift/Frankfurter Goethe-Museum, Foto: Ursula Edelmann.
Abb. 12: Die Küche im Goethehaus.
Freies Deutsches Hochstift/Frankfurter Goethe-Museum.

Abb. 13: Das Musikzimmer im Haus am Hirschgraben.
Freies Deutsches Hochstift/Frankfurter Goethe-Museum.
Abb. 14: Königsleutnant François de Thoranc. Gemälde von Johann Christian Fiedler, um 1760.
Abb. 15: Familie Goethe in arkadischer Landschaft. Gemälde von Hermann Juncker nach Johann Conrad Seekatz, 1762.
Freies Deutsches Hochstift/Frankfurter Goethe-Museum, Foto: Ursula Edelmann.
Abb. 16: Cornelia Goethe. Bleistiftzeichnung ihres Bruders Wolfgang auf einem Korrekturbogen des *Götz von Berlichingen*, 1773.
Abb. 17: Gedicht des siebzehnjährigen Studenten Goethe »An meine Mutter«.
Goethe-Schiller-Archiv/Stiftung Weimarer Klassik.
Abb. 18: Gemäldezimmer im Goethehaus.
Freies Deutsches Hochstift/Frankfurter Goethe-Museum.
Abb. 19: Susanna von Klettenberg und Goethe. Autotypie nach einer Originalzeichnung von Julius Hamel, 1865.
Goethe-National-Museum Weimar/Stiftung Weimarer Klassik.
Abb. 20: Selbstporträt Johann Wolfgang Goethes in seinem Mansardenzimmer. Bleistiftzeichnung von ihm selbst, um 1774.
Goethe-National-Museum Weimar/Stiftung Weimarer Klassik.
Abb. 21: C. E. Goethe im Gespräch mit ihrem Sohn. Anonymes Ölgemälde, 1779.
Freies Deutsches Hochstift/Frankfurter Goethe-Museum, Foto: Ursula Edelmann.
Abb. 22: Cornelia Goethe. Rötelzeichnung von Johann Ludwig Ernst Morgenstern, um 1772.
Freies Deutsches Hochstift/Frankfurter Goethe-Museum.
Abb. 23: Johann Georg Schlosser. Kupferstich von Prestel nach Philip Jakob Becker, 1788.
Freies Deutsches Hochstift/Frankfurter Goethe-Museum, Foto: Ursula Edelmann.
Abb. 24: Charlotte Kestner, geb. Buff. Lithographie nach einem Pastell von Johann Heinrich Schröder.
Goethe-Museum Düsseldorf, Foto: Walter Klein.
Abb. 25: Johann Georg Christian Kestner. Anonym.
Goethe-National-Museum Weimar/Stiftung Weimarer Klassik.
Abb. 26: Sophie von La Roche. Unbezeichnetes Pastellbild der Schriftstellerin, nach 1774.
Freies Deutsches Hochstift/Frankfurter Goethe-Museum.

Abb. 27: Maximiliane Brentano, geb. La Roche, Holzschnitt.
Abb. 28: Johann Caspar Lavater. Tusche-, Kreide- und Rötelzeichnung von Daniel Nikolaus Chodowiecki.
Goethe-Museum Düsseldorf.
Abb. 29: »Goethe beim Schlittschuhlaufen auf dem Eis«. Nach einem Gemälde von Wilhelm von Kaulbach, 1862.
Archiv für Kunst und Geschichte, Berlin.
Abb. 30: Lili Schönemann. Pastell von Franz Bernhard Frey, 1782.
Archiv für Kunst und Geschichte, Berlin.
Abb. 31: Johann Wolfgang Goethe. Pastell von Georg Oswald May, 1779.
Privatbesitz/Original im Freien Deutschen Hochstift/Frankfurter Goethe-Museum.
Abb. 32: Charlotte von Stein. Getuschte Silhouette um 1775.
Goethe-Museum Düsseldorf, Foto: Walter Klein.
Abb. 33: Johann Caspar Goethe. Zeichnung nach Schmoll, 1774.
Freies Deutsches Hochstift/Frankfurter Goethe-Museum.
Abb. 34: Catharina Elisabeth Goethe. Pastellbild von Georg Oswald May, 1776.
Stiftung Weimarer Klassik, Foto: Sigrid Geske.
Abb. 35: Catharina Elisabeth Goethe. Porträtmedaillon von Johann Peter Melchior, 1779.
Freies Deutsches Hochstift/Frankfurter Goethe-Museum.
Abb. 36: Johann Caspar Goethe. Porträtmedaillon von Johann Peter Melchior, 1779.
Freies Deutsches Hochstift/Frankfurter Goethe-Museum.
Abb. 37: Herzog Carl August von Sachsen-Weimar, Ölgemälde von Jens Juel, 1779.
Herzogin Anna Amalia Bibliothek/Stiftung Weimarer Klassik.
Abb. 38: Christoph Martin Wieland, Bleistiftzeichnung von Johann Wolfgang Goethe, 1776.
Abb. 39: Herzogin Anna Amalia von Sachsen-Weimar. Ölgemälde von Johann Ernst Heinsius, um 1775.
Schloß Tiefurt/Stiftung Weimarer Klassik, Foto: Sigrid Geske.
Abb. 40: Goethe mit der Silhouette. Gemälde von Georg Melchior Kraus, 1778.
Freies Deutsches Hochstift/Frankfurter Goethe-Museum.
Abb. 41: Johann Heinrich Merck. Gemälde von Johann Ludwig Strecker, 1772.
Firmenarchiv Merck.

Abb. 42: Catharina Elisabeth Goethe. Gezeichnet von Schmoll, 1774.
Freies Deutsches Hochstift/Frankfurter Goethe-Museum.
Abb. 43: Carl Wilhelm Ferdinand Unzelmann. Anonymes Porträt.
Herzog August Bibliothek Wolfenbüttel.
Abb. 44: Catharina Elisabeth Goethe. Schattenriß von 1805.
Abb. 45: Brief Goethes an seine Mutter aus Rom, 4. November 1786.
Goethe-Museum Düsseldorf, Foto: Walter Klein.
Abb. 46: Antwortbrief von Catharina Elisabeth Goethe an ihren Sohn in Rom, 17. November 1786.
Goethe-Museum Düsseldorf, Foto: Walter Klein.
Abb. 47: Brief von Catharina Elisabeth Goethe an Charlotte von Stein, 14. November 1785.
Abb. 48: Christiane Vulpius. Kreidezeichnung von Friedrich Bury, 1799/1800.
Stiftung Weimarer Klassik.
Abb. 49: Der Verkauf des Goethehauses am Hirschgraben 1795. Dokumente.
Abb. 50: Das Haus Zum Goldenen Brunnen am Roßmarkt mit der Wohnung von Catharina Elisabeth Goethe.
Abb. 51: Christiane von Goethe und ihr Sohn August. Aquarell von Heinrich Meyer, um 1792/93.
Goethe-National-Museum Weimar/Stiftung Weimarer Klassik, Foto: Sigrid Geske.
Abb. 52: Brief von Christiane Vulpius an Catharina Elisabeth Goethe.
Goethe-Schiller-Archiv Weimar/Stiftung Weimarer Klassik.
Abb. 53: Bettine Brentano. Bleistiftzeichnung von Ludwig Emil Grimm, 1809.
Goethe-Museum Düsseldorf, Foto: Walter Klein.

Alle nicht näher bezeichneten Abbildungen stammen aus dem Archiv des Insel Verlags Frankfurt am Main.

Die Familie Textor

Ur-Urgroßvater Wolfgang Textor
(† 1650)
Fürstl. Hohenlohe'scher Rath und Kanzleidirektor
|
Urgroßvater Johann Wolfgang Textor
(1638-1701)
Dr. jur. und Syndicus in Frankfurt/Main
verh. 1663 mit Anna Margaretha Priester (geb. 1640)
5 Kinder. Ältester Sohn:
|
Großvater Christoph Heinrich Textor
(1666-1716)
Dr. jur. und Kurpfälzischer Hofrat
verh. 1693 mit Marie Catharine Appel
(1665-1734)
5 Kinder. Ältester Sohn:
|
Vater Johann Wolfgang Textor
(1693-1771)
Dr. jur., Rat-, Stadt- und Gerichtsschultheiß in Frankfurt
verh. 1727 mit Anna Margaretha Lindheimer
(1711-1783)
9 Kinder. Älteste Tochter:
|
Catharina Elisabeth Textor
(19. 2. 1731 - 13. 9. 1808)
verh. 1748 mit Dr. jur. Johann Caspar Goethe
(19. 7. 1710 - 25. 5. 1782)
|
7 Kinder. Ältester Sohn:
|
Johann Wolfgang Goethe
(28. 8. 1749 - 22. 3. 1832)

Die Familie Goethe

Hans Christian Göthe
(1633-1694)
Hufschmied in Artern (Thüringen)
|
Friedrich Georg Göthe (Göthé)
(1657-1730)
Ältester von vier Brüdern.
Schneidermeister.

1. Ehe 1687 mit Anna Elisabeth Lutz (1667-1700)
5 Kinder,
darunter Hermann Jacob Göthe, geb. 1697
Zinngießer und Ratsmitglied in Frankfurt

2. Ehe 1705 mit Cornelia Schellhorn, geb. Walther
(1668-1754)
|
Johann Caspar Goethe
(19. 7. 1710-25. 5. 1782)
verh. 1748 mit Catharina Elisabeth Textor
(19. 2. 1731-13. 9. 1808)
|
Deren Kinder:

1. Johann Wolfgang (1749-1832), verh. seit 1806 mit Christiane Vulpius (1765-1816). 5 Kinder, davon der einzige und überlebende Sohn Julius *August* Walther (1789-1830)

2. Cornelia Friederica Christiane (1750-1777), verh. seit 1773 mit Johann Georg Schlosser (1739-1799), 2 Töchter: Maria Anna Louise, verh. Nicolovius (1774-1811); Catharina Elisabeth Julie (1777-1793)

3. Hermann Jacob (1752-1759)

4. Catharina Elisabeth (1754-1756)

5. Totgeborener Sohn (1756)

6. Johanna Maria (1757-1759)

7. Georg Adolf (1760-1761)

Personenregister

Inhalt